Madame Tout-le-monde

DE LA MÊME AUTEURE

Saga Madame Tout-le-monde

Tome 1 : *Cap-aux-Brumes*. Montréal, Hurtubise, 2011.
Tome 2 : *Jardins de givre*, Montréal, Hurtubise, 2012.

Juliette Thibault

Madame Tout-le-monde

tome 3

Châteaux de sable

Roman historique

Hurtubise

Catalogage avant publication de Bibliothèque et Archives nationales du Québec et Bibliothèque et Archives Canada

Thibault, Juliette, 1945-

Madame Tout-le-monde : roman historique

L'ouvrage complet comprendra 5 v.

Sommaire : t. 3. Châteaux de sable.

ISBN 978-2-89723-267-2 (v. 3)

I. Titre. II. Titre : Châteaux de sable.

PS8639.H515M32 2011 C843'.6 C2011-941257-8
PS9639.H515M32 2011

Les Éditions Hurtubise bénéficient du soutien financier des institutions suivantes pour leurs activités d'édition :

- Conseil des Arts du Canada ;
- Gouvernement du Canada par l'entremise du Fonds du livre du Canada (FLC) ;
- Société de développement des entreprises culturelles du Québec (SODEC) ;
- Gouvernement du Québec par l'entremise du programme de crédit d'impôt pour l'édition de livres.

Conception graphique : René St-Amand
Illustration de la couverture : Sybiline
Mise en pages : Andréa Joseph [pagexpress@videotron.ca]

ISBN 978-2-89723-267-2 (version imprimée)
ISBN 978-2-89723-268-9 (version numérique PDF)
ISBN 978-2-89723-269-6 (version numérique ePub)

Dépôt légal : 3e trimestre 2013
Bibliothèque et Archives nationales du Québec
Bibliothèque et Archives Canada

Diffusion-distribution au Canada :
Distribution HMH
1815, avenue De Lorimier
Montréal (Québec) H2K 3W6
www.distributionhmh.com

Diffusion-distribution en Europe :
Librairie du Québec/DNM
30, rue Gay-Lussac
75005 Paris FRANCE
www.librairieduquebec.fr

Imprimé au Canada
www.editionshurtubise.com

Personnages principaux

Briand, Anne-Marie : née Dumont, épouse de Julien
Briand, Francis : fils de Julien et Anne-Marie
Briand, Jean-Marie : fils de Julien et Anne-Marie
Briand, Julien : époux d'Anne-Marie Dumont
Briand, Rémi : fils de Julien et Anne-Marie
Briand, Valérie : fille de Julien et Anne-Marie
Doiron, Ti-Paul : voisin et ami des Briand
Dumas, Georges : fils de Marie et Guillaume
Dumas, Lucette : épouse de Georges
Dumas, Marie : née Lemieux, veuve de Guillaume, mère de Marie-Reine
Dumont, Clémence : fille de Théo et Marie-Reine
Dumont, Étienne : fils de Théo et Marie-Reine
Dumont, Germain : fils de Théo et Marie-Reine
Dumont, Gisèle : fille de Théo et Marie-Reine
Dumont, Jérôme : fils de Théo et Marie-Reine
Dumont, Marguerite : fille de Théo et Marie-Reine
Dumont, Marie-Reine : née Dumas, épouse de Théo
Dumont, Noémie : née Santerre, épouse de Jérôme
Dumont, Théo : époux de Marie-Reine Dumas
Dumont, Victor : fils de Théo et Marie-Reine
Fontaine, Zoé : servante des Briand
Grey, Willy : commis-voyageur
Jolicœur, Agnès : épouse de Bertrand, petite-fille de madame Tremblay

Jolicœur, Bertrand : voisin des Briand
Lamarre, Françoise : amie d'Anne-Marie Briand
Lamarre, Pierre : époux de Françoise
Poulin, Dorélie : épouse du concessionnaire Ford
Poulin, Valmont : concessionnaire Ford
Tremblay, madame : potineuse de Cap-aux-Brumes, surnommée madame Dondon

À
Danièle,
Manon,
Jean-René

1

Val-des-Castors, juin 1944

Anne-Marie s'éveille en sursaut. L'obscurité la cerne. Un hurlement à glacer le sang déchire la nuit. Comme un enfant terrorisé, elle remonte le drap au-dessus de sa tête, son cœur bat à tout rompre. L'affreux cauchemar dont elle émerge continue de la hanter, les images de mort se superposent, puis s'emmêlent dans un brouillard angoissant. « On passe une mauvaise nuit quand on mange trop au souper, me dirait maman. Autant de décès en si peu de temps, c'est impossible. On ne voit ça que dans les mauvais rêves et je suis éveillée maintenant. »

Elle allonge un bras et perçoit la douce chaleur que dégage Marguerite. Rassurée, elle se colle contre sa petite sœur et son rythme cardiaque décélère peu à peu. Le profond silence de la chambre l'engage à rabattre le drap sous lequel elle étouffe, mais elle n'ose bouger de crainte d'être assaillie de nouveau par les fantômes qui la pourchassaient. Ils semblaient si réels qu'elle a du mal à les chasser. Elle craint qu'ils restent tapis dans l'ombre, n'attendant qu'une distraction de sa part pour revenir l'importuner.

Dans la pénombre, à des milliers de milles du rang des Cailles, les forces alliées débarquent sur cinq plages de Normandie. La division canadienne de l'opération Overlord prend d'assaut la plage Juno, déterminée à vaincre les Allemands occupant la France. Alertés par la sentinelle, quelques Allemands mitraillent la troupe dont fait partie le mari d'Estelle, l'amie d'Anne-Marie. Sans autre protection que leur courage, ces hommes sont des cibles faciles et les balles ennemies déchiquettent les corps exposés au feu nourri des armes automatiques. Une rafale atteint Julien Lepage en plein visage. Il s'écroule sur le sable de la mère patrie, la mâchoire disloquée.

À Cap-Chat, dans le lit douillet où elle a été conçue, la fille d'Estelle fait son entrée dans ce monde chamboulé par la guerre qui vient de lui ravir son papa. Sous la flamme vacillante de la lampe à pétrole, la petiote est toute rose. Éblouie, Estelle contemple sa poupée. Elle caresse la menotte de sa petite Julie et lui murmure :

— Que tu es belle, ma mignonne ! Je suis heureuse, tu ressembles à ton papa.

Au sanatorium de Mont-Joli, une quinte de toux réveille Marie-Reine. Elle se saisit vivement du récipient de métal destiné à recueillir ses expectorations. Hospitalisée depuis quelques semaines, son état ne s'améliore pas. À chacune des lettres d'Anne-Marie, où la tendresse s'inscrit en filigrane, la maman, atteinte de tuberculose, se reproche de gâcher l'avenir de son aînée qui doit reporter son mariage avec Julien Briand.

En cette nuit du 5 au 6 juin, dans une autre chambre d'hôpital de la province, le corps décharné de l'oncle du fiancé d'Anne-Marie exhale des odeurs de putréfaction que rien n'arrive à dissiper. La fenêtre ouverte et les désinfectants les rendent à peine supportables. Le cancéreux n'est plus qu'un squelette recouvert d'une mince couche de peau parcheminée, ses yeux sont enfoncés dans leurs orbites. L'absence de chair fait saillir ses os, creuse ses joues, accentue son réseau veineux. Le malade, trop longtemps alité, est couvert de plaies de lit, le bord de ses oreilles est rouge vif.

Julien tient la main décharnée du seul parent qu'il lui reste et les râlements caverneux du mourant lui lacèrent le cœur. Après des semaines de souffrances sans nom, le bijoutier expire à l'aube. Julien laisse couler les larmes qu'il a refoulées afin de présenter un visage apaisant au moribond. Assister jour après jour à la dégradation d'un homme d'une si grande bonté, sans pouvoir alléger ses maux, lui a broyé les entrailles. Il est épuisé, défait, à la limite du dégoût et de la révolte. Cette fin pénible lui paraît si injuste qu'il en arrive à douter de la miséricorde de Dieu. Il n'admet pas que son oncle n'ait pas connu une mort douce, à l'image de sa vie, alors que les pires crapules bénéficient d'une santé insolente. Depuis quelques jours, il éprouve une sensation d'étranglement telle qu'il est incapable d'avaler quoi que ce soit.

À Cap-aux-Brumes, Marie écoute le silence de la nuit qui n'est plus ponctué par le tic-tac de l'horloge qu'elle a donnée à son fils Georges quand il a pris possession du logis situé au-dessus du magasin général, après la mort de Paul-Émile. Dans sa perfection, ce silence lui semble pourtant rempli de vacarme, aussi coléreux que le ressac qui tosse les rochers lors des grandes marées d'automne, aussi lugubre que la fureur du vent durant une nuit d'orage, aussi menaçant que des ombres malfaisantes. Seule dans sa grande maison, elle pense à tous ses chers disparus. Telle une louve solitaire, elle erre dans la forêt de ses souvenirs, se sentant écartée et rejetée du monde des vivants.

« Non, je suis injuste, reconnaît-elle, Georges et Lucette m'ont offert d'aller vivre avec eux, mais je ne me voyais pas vendre la maison que Guillaume a achetée à mon nom en signe de protestation contre le Code civil, qui n'est toujours pas amendé ! Doux Jésus ! Mon Guillaume serait malheureux de voir que le monde est de nouveau en guerre depuis des années. J'espère seulement, s'il me voit du haut du ciel, qu'il ne m'en veut pas d'avoir donné des espérances à Paul-Émile alors qu'il était si malheureux. Et toi, mon cher beau-frère, sans doute comprends-tu que c'est par affection que j'ai agi de la sorte. Mais puisque tu es maintenant auprès de Reine, j'imagine que tu m'as oubliée. Oh, Seigneur, je me sens si seule ! Si seulement le bijoutier Lapierre avait consenti à s'associer au fiancé de ma belle Anne-Marie, j'aurais hébergé Julien et continué de cuisiner au lieu de perdre jusqu'à l'appétit de vivre. Je me fais du souci pour ce cher Julien. Tout se ligue contre lui présentement. Bonne Sainte Vierge, veillez sur lui et guérissez ma chère Marie-Reine. Doux Jésus, épargnez-nous ! S'il est vrai que vous éprouvez ceux que vous aimez, je ne vous en voudrais pas d'en aimer d'autres pour un bout de temps, vous le savez, ce n'est pas la première fois que je vous le dis ! Sinon, donnez-moi les forces qui vont avec vos épreuves, je ne vois que tristesse et désolation autour de moi. Est-il besoin de vous rappeler qu'après la guerre, vous nous avez envoyé la grippe espagnole qui nous a cruellement endeuillés ? Puis, après un court répit, c'est mon Guillaume que vous êtes venu chercher. Nous avons trimé dur toute notre vie pour assurer un meilleur avenir à nos enfants, mais c'est tout le contraire qui s'est produit : ils ont souffert par la suite de dix années de crise économique suivies d'une deuxième guerre mondiale. Quand donc cela finira-t-il ? Ma famille est dispersée des deux côtés de la frontière. Oh, mon Guillaume, viens me chercher, je n'en peux plus ! »

Marie aimerait se défouler en pleurant un bon coup, mais elle n'a plus de larmes, elle se désespère en gardant les yeux secs et elle a l'impression que son cœur se pétrifie, comme les battures du fleuve qui se transforment en blocs de glace durant l'hiver canadien. Son cœur trop aimant subit une autre saison de froidure, contrairement au renouveau printanier qui vient encore une fois réveiller la nature et la parer des plus beaux atours. Mais le lilas aura beau refleurir dans quelques jours, il ne réussira pas à recréer l'enchantement de naguère puisque sa Marie-Reine en sera privée. Sa trop sage aînée goûtait si peu aux plaisirs de la vie que la voir se coller le nez dans les branches du lilas pour mieux le humer procurait à la mère beaucoup de joie. À ce souvenir, Marie se promet d'aller lui porter un gros bouquet qui embaumera sa chambre d'hôpital et fera naître un sourire sur le visage amaigri de la malade. Georges acceptera sûrement de la conduire à Mont-Joli, il n'aura qu'à l'attendre dans le stationnement du sanatorium s'il craint la contagion. Marie ne redoute pas les microbes pour elle-même.

Puis elle se souvient du défunt curé qui avait incité Marie-Reine à se marier en l'assurant que Dieu lui accorderait la santé et, comme il fallait s'y attendre, elle s'insurge. « Monsieur le curé, si vous vous êtes trompé dans vos prédictions, c'est ma petite-fille qui en fera les frais ! Étant l'aînée de la famille, Anne-Marie doit s'occuper de la maisonnée. Et si Marie-Reine ne guérit pas cette fois, qu'adviendra-t-il des beaux projets de ma petite-fille ? Je vous avertis, monsieur le curé, vous faites mieux de vous grouiller parce que vous allez m'entendre quand je vais arriver de l'autre bord ! »

Une fois de plus, c'est dans son tempérament combatif que Marie la rebelle puise le courage d'affronter son destin. Mais, tout comme son accablement, cette force émane de l'amour qu'elle voue à sa famille. « J'irai aussi porter du lilas à Anne-Marie », se promet-elle. Les menues attentions dont elle entoure les siens n'ont rien de spectaculaire, bien au contraire, mais elles sont porteuses de tant d'affection qu'elles arrivent à alléger leurs épreuves.

À Val-des-Castors, fortement ébranlée par le cauchemar qui l'a réveillée, Anne-Marie ne peut se rendormir. Au chant du coq, elle se lève pour entreprendre une autre journée de labeur. La belle saison est si courte qu'une fermière n'a pas un instant à perdre.

Ma chérie,

J'ai le regret de t'annoncer le décès de mon oncle Éloi. Ses funérailles auront lieu vendredi matin. Tout à l'heure, je vais téléphoner à ta grand-mère qui m'a demandé de l'informer le plus tôt possible.

J'espère que ta mère est en voie de guérison, c'est si triste de voir souffrir nos proches. Je prie pour elle et pour toi, tu me manques plus que je ne saurais le dire.

Je t'écrirai plus longuement après les obsèques. Je t'embrasse, ma très chère Anne-Marie. Malgré les malheurs qui nous frappent, je t'aime de plus en plus.

Julien

Julien plie la missive et décroche le combiné du téléphone. Il donne le numéro de Marie à la standardiste et s'inquiète d'entendre sonner cinq coups avant que la grand-mère de sa fiancée réponde. La voix morne de Marie lui donne à penser qu'elle va lui annoncer une mauvaise nouvelle.

— Ici Julien Briand. Comment allez-vous, madame Dumas ? s'efforce-t-il de dire gaiement d'une voix où perce néanmoins une pointe d'angoisse.

— Bonjour, Julien. Ici, il n'y a pas de nouveau. Et toi, comment ça va ?

Marie a un ton morose, mais Julien se sent à moitié soulagé. Avec des trémolos dans la voix, il l'informe du décès de son oncle et répond à ses questions concernant les funérailles. L'intérêt de Marie lui rend sa solitude plus supportable. Il lui est doux d'entendre la grand-mère de sa fiancée l'assurer de ses prières. Il aurait besoin de se faire bercer longtemps par les paroles tendres de celle qu'il considère comme sa propre grand-mère, mais des tâches urgentes l'appellent et il raccroche à regret.

Après avoir lavé sa réserve de chemises et les avoir mises à sécher sur la corde à linge, Julien sort poster sa lettre à Anne-Marie. Devant lui, le trottoir s'éclaire puis s'assombrit en raison du soleil qui joue à cache-cache derrière une série de cumulus. Juchés sur les fils électriques, les oiseaux pépient en épiant les promeneurs et Julien aimerait avoir des ailes, comme eux, pour aller se poser sur le rebord de fenêtre de sa belle. En passant près d'un lilas chargé de fleurs odorantes, il pense à Marie Dumas chez qui il a senti tant de tristesse, et il déplore que le bijoutier Lapierre ait rejeté son offre d'achat ou d'association. Néanmoins, depuis que son oncle lui a avoué qu'il se savait malade bien avant son hospitalisation, Julien comprend que le vieux bijoutier de Cap-aux-Brumes s'accroche à son commerce en dépit de sa santé déclinante. Ces hommes courageux ne lâchent prise que lorsque les forces les abandonnent complètement.

Habitué à la discrétion de son oncle qui n'était guère porté à s'épancher, Julien s'interroge aujourd'hui. Par délicatesse, jamais il n'a osé lui demander de raconter sa vie et l'oncle Éloi est parti en emportant tous ses souvenirs et l'histoire de sa famille. Julien regrette, ce matin, de ne pas l'avoir questionné davantage sur ses parents, disparus trop tôt. Son désir ardent de fonder une famille lui vient peut-être de sa condition d'orphelin, mais avec tous les obstacles qui se dressent sur sa route, il croit que le destin le condamne à vivre seul pour le reste de ses jours.

Le besoin de voir Anne-Marie se fait si lancinant qu'il souhaiterait être délesté de toutes les obligations qui l'attendent au cours des prochains jours. Pourtant, quoi qu'il lui en coûte, il s'acquittera de tous ses devoirs, d'abord par reconnaissance pour son oncle qui l'a recueilli après la mort de ses parents, ensuite par respect pour sa clientèle et, finalement, parce qu'il ne peut agir autrement : sa conscience lui interdit toute échappatoire. Ce sentiment du devoir à accomplir est chez lui une valeur bien enracinée. Le jeune bijoutier est d'une nature aimante et généreuse. Les renoncements qu'il s'impose vont de soi et jamais une plainte ne franchit ses lèvres. Julien est l'un de ces héros méconnus qui supportent leurs malheurs en silence. Ses chagrins se dissimulent derrière un sourire, qui se fait plus discret, et vont se cloîtrer au fond de son âme meurtrie.

Après avoir rangé l'appartement, Julien fait rapidement sa toilette avant de s'endimancher. Le temps et l'appétit lui font défaut et il n'a rien avalé d'autre qu'une tasse de thé au retour du bureau de poste. Revenant vérifier sa mise dans le miroir de la salle de bain, il constate qu'il doit de nouveau mater l'épi rebelle pointant à travers son toupet. Depuis des années, il a essayé divers moyens pour discipliner cette touffe récalcitrante : se coiffer dans un sens, puis dans l'autre, la brosser énergiquement pour l'aplatir et même la couper à ras, mais rien n'arrive à faire plier l'indocile. De guerre lasse, il la combat à l'aide d'une couche de savon humide.

Julien se sent mortifié d'être affublé d'une deuxième imperfection difficile à masquer. L'autre, il peut la camoufler grâce à une semelle compensée. Être affecté d'une jambe plus courte l'a pourtant beaucoup humilié dans son enfance. Ses camarades de classe se moquaient de lui. On l'appelait «le boiteux» et tout éclat de rire l'offensait, même s'il n'en était pas l'objet. Le problème avait finalement trouvé sa solution quand il avait huit ans. Encore aujourd'hui, Julien admire l'ingéniosité du cordonnier qui a fait disparaître sa claudication.

Cependant, sa difformité et les moqueries ont forgé sa personnalité, et Julien est aujourd'hui aussi résistant que de l'acier trempé. Dans son enfance, pour le consoler, sa mère lui répétait qu'il était un gentil garçon. Alors, pour faire oublier ses défauts physiques et se faire aimer, il s'est appliqué à devenir le plus gentil garçon qu'on puisse trouver. Il y est si bien arrivé qu'il a réussi à développer des qualités propres à plaire à tous: écoute attentive, discrétion, compréhension, bienveillance. Julien n'est que bonté et tolérance. Mais, aujourd'hui, l'épuisement extrême dans lequel il se trouve le déconnecte de ses émotions. Comme un automate, il quitte le petit appartement contigu au commerce pour se rendre au salon mortuaire.

Une pancarte est affichée dans la vitrine de la bijouterie: «Fermé pour cause de décès». Les horloges, montres et réveille-matin alignés sur les murs demeurent au garde-à-vous, immobiles et muets, comme un régiment de soldats bien disciplinés.

En raison de l'exiguïté de son modeste appartement, Éloi Briand ne sera pas exposé chez lui, comme le veut la tradition. Même s'il n'a plus de famille, Julien s'attend à ce que les voisins et les clients de son oncle viennent lui rendre un dernier hommage, et le décorum du salon funéraire est le dernier cadeau qu'il peut offrir à celui qui a été son deuxième père.

— Vous l'avez bien arrangé, dit-il au propriétaire du funérarium qui l'accompagne en silence.

L'homme affiche la mine compassée et la retenue convenant aux circonstances. À voix basse, il offre à Julien de réciter une dizaine de chapelets et le jeune homme apprécie de ne pas se retrouver seul dans ce décor lugubre. Le parfum entêtant des lys étalés sur le couvercle du cercueil commence à lui donner la nausée et il doit tourner légèrement la tête pour prendre une bonne bouffée d'air. «Je n'aurais pas dû écouter les conseils du fleuriste et choisir plutôt des roses blanches, comme je le voulais», se reproche-t-il. Julien s'est laissé influencer quand le type lui a affirmé que les lys conviendraient mieux pour un homme.

À la fin de la prière, Julien entend des pas feutrés se diriger vers lui. Il se place légèrement en retrait afin de permettre à une jeune cliente et à sa mère de s'agenouiller sur le prie-Dieu. La jeune Gladys, un peu timide, est une cliente assidue et cela surprend Julien, car il la sait de condition modeste. Jamais il ne pourrait imaginer qu'une jeune femme puisse dépenser jusqu'à son dernier sou rien que pour avoir le bonheur de le voir sourire et d'entendre sa voix aux doux accents, car il est inconscient de son charme.

— Mes plus sincères condoléances, murmure Gladys après une courte prière.

La jeune personne enlève son gant et lui serre la main avec une douceur si insistante qu'elle en deviendrait gênante si sa mère n'y mettait fin en la poussant du coude. La dame entretient la conversation en posant une kyrielle de questions sur l'évolution de la maladie d'Éloi, comme elle appelle familièrement le trépassé. Sans doute l'oncle a-t-il été lui aussi l'objet des prévenances de la mère dans le passé. Puis deux autres jeunes filles se présentent, au grand dam de Gladys qui, se voyant obligée de céder la place, fronce les sourcils.

Fort heureusement pour Julien, plusieurs voisins se présentent à leur suite et lui servent de rempart contre les assauts des jeunes entichées qui entendent profiter des circonstances pour se faire valoir. Déjà, plusieurs se sont engagées à lui apporter dans la matinée de demain quantité de petits plats. Ignorant tout des ruses féminines, Julien accueille chacune des offres avec la politesse requise pour ce qu'il croit être pure générosité.

Juste avant la fermeture du salon, à vingt-deux heures, le curé de la paroisse vient réciter tout un chapelet pour le repos de l'âme d'Éloi Briand, considéré comme un généreux donateur par toutes les congrégations religieuses de Drummondville.

Puis Julien retrouve l'appartement désert, se dévêt en rangeant soigneusement ses habits et s'écroule sur son lit, mort de fatigue.

Après une nuit sans rêves, Julien s'éveille courbaturé et l'esprit embrumé. Péniblement, il glisse ses pieds hors du lit. Il lui faut entamer une autre longue journée. Il n'a que le temps d'enfiler un pantalon et une chemise que l'on frappe à la porte. Gladys, tout sourire, apporte un chaudron de soupe. Elle est bientôt suivie d'une jeune voisine arrivant avec une miche de pain, puis d'une autre transportant un dessert, et d'une autre encore offrant un rôti de porc. Dans le but d'assurer sa suprématie, Gladys commence à préparer le café. Mais les autres, pour ne pas être en reste, s'occupent de faire cuire des œufs, préparer des rôties et dresser la table. Le ballet des jeunes filles occupe tout l'espace de la cuisine et Julien, trop hébété pour réagir, se réfugie dans la salle de bain afin de recoiffer son toupet récalcitrant.

Les voix féminines de l'autre côté de la porte lui rappellent Anne-Marie qui lui manque cruellement. Il se languit de ses yeux d'azur, de ses bouclettes blondes et de son petit air indépendant et frondeur. L'impulsivité et le sens de la répartie de sa fiancée sont à l'opposé de sa timidité et de sa réserve, mais c'est précisément cette complémentarité qui l'attire et la lui fait paraître si désirable qu'elle en éclipse toutes les autres.

Son esprit voguant à des centaines de milles de sa cuisine, Julien mange sans joie, juste pour se montrer poli et reconnaissant pour le mal que les jeunes femmes se sont donné. Mais chacune des jeunes filles énamourées se méprend et croit que le bijoutier affligé a besoin de plus de réconfort et, toutes, elles se promettent de remédier à cet état pitoyable.

Quand l'essaim de nymphettes se disperse afin de s'endimancher pour une autre visite au salon mortuaire, Julien remet son costume de deuil en soupirant. L'après-midi se déroule avec lenteur, semblable à la veille avec ses dizaines de chapelets et de prières à l'intention du mort, et l'odeur persistante des lys. Quand la cohorte des aguicheuses lui offrent de préparer son souper, Julien les remercie et prétexte avoir besoin d'une sieste. Il compte profiter de ce court répit pour s'allonger et rejoindre en pensée celle dont il s'ennuie à mourir.

Après cette pause, encore plus malheureux, il reprend le chemin menant au funérarium afin d'affronter une autre soirée de veille. Malgré la présence des nombreuses personnes venant lui offrir leur soutien, il se sent seul et désespéré. Il préférerait se retrancher derrière les murs de son appartement afin de recréer l'image de sa bien-aimée, lui écrire une longue lettre où il s'épancherait et lui confierait ses peines et ses espoirs. Au lieu de quoi, il se voit contraint de serrer des mains et d'écouter les formules apitoyées de ses concitoyens.

Debout, à la tête du cercueil, Julien voit entrer un groupe de visiteurs parmi lesquels il croit reconnaître trois personnes qu'il n'attendait pas. Sûr qu'il s'agit d'un mirage, il frotte ses yeux, se disant que la fatigue lui joue de vilains tours. Théo Dumont n'a pas les moyens de payer le voyage de trois personnes, surtout que Julien n'est que le fiancé de sa fille et ne fait pas encore officiellement partie de la famille. Pourtant, Théo s'avance vers lui et, sans un mot, lui fait l'accolade. Puis il est remplacé par Marie qui le serre dans ses bras. Quand elle cède la place à Anne-Marie, Julien ne peut contenir les sanglots qui l'étouffent. Les yeux fermés, il étreint sa fiancée, le nez enfoui dans ses bouclettes soyeuses. Trop longtemps privé de sa bien-aimée, il oublie tout ce qui l'entoure.

Ahuris, les gens de la localité se demandent d'où proviennent ces inconnus qui causent un pareil émoi au neveu d'Éloi. Ils l'ont toujours perçu comme un jeune homme renfermé. Certains jolis minois s'assombrissent et l'air ambiant se remplit d'une litanie de chuchotements n'ayant rien de pieux.

Le curé de la paroisse, bien au fait des malheurs qui s'abattent sur le jeune bijoutier, vient sauver la respectabilité des lieux en proposant d'une voix ferme de réciter une dizaine de chapelets. Une fois terminée la prière pour le repos de l'âme du disparu, trois jeunes filles s'esquivent discrètement, la mine basse, mais Gladys n'est pas du nombre. Dissimulée dans un coin, le regard dur, elle détaille Anne-Marie des pieds à la tête.

Dans le train qui les ramène, le dimanche, Théo observe sa fille. Le regard pétillant, Anne-Marie vogue sur un océan débordant de promesses et lui-même savoure par anticipation la surprise qu'il réserve à Marie-Reine.

— Julien te gâte sans bon sens, dit-il en voyant sa fille palper le cœur en or qui pend au bout d'une fine chaînette.

Anne-Marie sort de sa rêverie et sourit. La parure que lui a offerte Julien, la veille au soir, renferme une minuscule photo de son fiancé. Demain, son portrait à elle sera encastré dans le couvercle et leurs visages se feront face dans le secret du cœur finement ciselé. « Je serai toujours avec toi », lui a dit son fiancé en lui passant le bijou au cou.

Ayant beaucoup à faire pour rattraper le temps passé au chevet de son oncle et pour s'occuper de régler la succession, il a promis à Anne-Marie de venir durant le congé de la fête du Travail.

À l'escale de Mont-Joli, les voyageurs prennent un taxi pour se rendre au sanatorium. En les voyant apparaître, Marie-Reine se redresse d'un bond dans son lit.

— Seigneur Jésus ! Je rêve, murmure-t-elle, la larme à l'œil.

Le mouchoir collé sur sa bouche, la malade se laisse cajoler en témoignant sa joie à la manière d'une fontaine trop prodigue. Une fois allongée dans son lit, les yeux larmoyants de Marie-Reine vont de l'un à l'autre. Souriant, Théo lui offre un cadeau enveloppé et enrubanné. Il a fait une folie en achetant une grosse boîte de chocolats, sachant combien sa femme en raffole. Comme il fallait s'y attendre, Marie-Reine déballe son présent avec précaution et range soigneusement papier et ruban dans le tiroir de sa table de nuit. Elle s'en resservira un jour ou l'autre, c'est certain, à moins qu'elle ne décide de les garder en souvenir.

— C'est pour toi seulement, mentionne Théo quand sa femme leur tend la boîte ouverte.

Mais, comme d'habitude, elle insiste jusqu'à ce que chacun prenne un morceau de chocolat. Une fois ses visiteurs servis, elle en enfourne un dans sa bouche et le savoure en fermant les yeux. C'est sa manière de ne rien manquer du plaisir trop rare, en ces années de privations, de succomber au péché de gourmandise.

Connaissant la générosité de sa fille, Marie lui enlève la boîte et la range dans le tiroir de la table de nuit. Sinon, Marie-Reine serait bien capable d'offrir un chocolat à toutes les malades jusqu'à ce qu'il n'en reste plus.

— Garde-les pour toi, lui chuchote-t-elle à l'oreille.

Ayant reçu l'ordre de se montrer, pour une fois, totalement égoïste, Marie-Reine rosit de plaisir. Sous les éclairs de bonheur que projettent ses prunelles bleues, la blancheur fade des murs du sanatorium prend des aspects satinés et les reflets du soleil dansent sur les surfaces immaculées qui sont les témoins muets de la désespérante solitude des tuberculeux.

Le petit train, appelé « la punaise » par opposition aux longs convois des chemins de fer nationaux qui sillonnent le pays, arrive à la station de Cap-aux-Brumes, toutes clochettes agitées, exhalant un long nuage de vapeur. Sur le quai de la gare, quelques badauds se sont agglutinés pour observer ceux qui ont « la chance de voyager », croient-ils naïvement en apercevant Marie, son gendre et sa petite-fille. Ceux qui n'ont aucun être cher au loin ne peuvent soupçonner que de tristes événements contraignent parfois les gens à « prendre les gros chars » et ils les classent au rang des privilégiés.

Encore aujourd'hui, Marie décèle ces éclats d'envie dans les yeux de Mathilde Lacasse, vêtue de haillons, qui les observe d'un œil sévère. De son poste de guet, la pauvre Mathilde ressemble à un épouvantail à moineaux. Ses traits sont durs et ses lèvres ont pris, avec les ans, les plis amers de la jalousie.

Mais après ces journées d'intenses émotions, Marie se sent exsangue et la cupidité de Mathilde, qu'elle trouve normalement déplorable, la laisse de marbre aujourd'hui. Depuis quelques semaines, les malheurs se sont abattus sans arrêt sur sa famille et elle ressent déjà le poids de la solitude qui va fondre sur elle dès que Théo et Anne-Marie seront retournés à Val-des-Castors.

Autrefois symbole de réussite pour « la Sauvagesse et sa fille » parvenues à se hisser au rang des bourgeois du village, sa grande maison l'oppresse à présent. Le temps où ses murs bourdonnaient d'activité et de rires est révolu. Marie a le sentiment étrange de s'y emmurer vivante. Quand une femme a consacré sa vie entière à se dépenser pour les siens, rien n'est plus déroutant que de se retrouver sans personne à soigner. Marie se sent inutile et sa vie ressemble à un désert sans fin. N'ayant connu de bonheur que dans le don de soi, elle se ratatine et se lézarde. « Doux Jésus ! Je ne vais quand même pas me lamenter sur mon sort sans rien faire. »

Après avoir chargé sa petite valise dans un taxi, la voilà repartie, en chemin vers sa maison, à élaborer des plans de survie en attendant les jours meilleurs. Car Marie a une imagination fertile et ses projets d'avenir incluent ses descendants à leur insu.

Le chapeau de paille au large rebord protège le visage de Marie des rayons du soleil. À genoux, elle arrache les mauvaises herbes qui ont envahi le jardin de Théo. Du revers des manches longues de sa blouse, elle essuie les gouttelettes de sueur qui perlent à son front. Ses gants de travail, maculés de terre, préservent ses mains du soleil. Le raffinement est d'avoir une peau claire, signe d'aisance, alors que le teint hâlé trahit les origines paysannes des gens exposés au grand air à longueur de journée.

— Non, Marguerite ! glapit-elle en voyant sa petite-fille de quatre ans arracher une pousse de laitue naissante.

La fillette, qui s'apprêtait à en extraire une autre, reste interdite par le ton irrité de sa grand-mère. La pauvre enfant à l'esprit lent a vite oublié la recommandation de ne toucher à rien et l'entrain qu'elle mettait à aider se voit brusquement freiné sans qu'elle en comprenne la raison. Sa jolie frimousse s'assombrit, son petit menton tremble et deux grosses larmes jaillissent de ses grands yeux effarouchés.

— Ne pleure pas, ma jolie, dit Marie d'un ton caressant en la soulevant dans ses bras. On a assez travaillé pour aujourd'hui, on va aller boire un bon verre d'eau et se reposer. Après, on va faire un beau dodo.

Rassurée par l'intonation joyeuse, Marguerite se laisse emporter dans la cuisine. La pièce, aux toiles baissées, ressemble à une oasis après la chaleur étouffante du dehors. Marie songe que ce n'était pas une bonne idée d'aller travailler au jardin quand le soleil flamboie comme un feu de forge. Dans son empressement, sitôt le lavage étendu sur la corde, elle a voulu rattraper en un jour le retard causé par la maladie de Marie-Reine, qui prive Théo d'une paire de bras pour venir à bout de l'abondante besogne estivale. Aux premières lueurs de l'aube, demain matin, pendant que toute la maisonnée dormira paisiblement, elle en profitera pour aller finir le désherbage.

Allongée dans sa chambre, Marguerite se frotte le nez en écoutant le babillage de sa grand-mère qui lui invente une histoire de princesse jardinière secondée par une équipe de joyeux lutins. Marie n'a pas le temps d'arriver à la fin du conte que la bambine ferme les paupières. Attendrie par tant de candeur, elle la contemple un moment, puis quitte la chambre à pas feutrés.

La réserve des plats cuisinés par Anne-Marie n'est pas totalement épuisée, mais Marie n'a pas envie de chauffer le poêle pour servir un repas chaud, elle veut préserver la fraîcheur bienfaisante du rez-de-chaussée. Habituée à l'air frais de Cap-aux-Brumes, elle supporte mal la chaleur du rang des Cailles où le vent n'arrive pas à franchir le barrage de la forêt environnante. Vidée, elle s'assoit dans la berçante de la cuisine et s'évente avec un pan de son tablier, autant pour se rafraîchir que pour chasser les trois mouches qui bourdonnent autour de son visage. Les tirettes collantes, suspendues au plafond de chacune des pièces, retiennent prisonnières quelques-unes des bestioles agaçantes qui s'introduisent en douce dès que la porte s'entrouvre.

Et dire que l'été n'est pas officiellement commencé. « Doux Jésus ! Qu'est-ce que ce sera en juillet ? », se demande-t-elle en continuant d'agiter son tablier, victime d'une nouvelle bouffée de chaleur. Marie a maintenant l'impression que l'atmosphère ambiante s'est alourdie. Elle lève la toile et ouvre la fenêtre afin d'aérer la maison. En redescendant le store à mi-hauteur, elle observe les deux vaches couchées près de la clôture du champ situé en bordure du rang. En compagnie de la taure née au printemps, elles ruminent en agitant la queue pour chasser les moustiques importuns. Une hirondelle des granges passe en rase-mottes au-dessus de leur tête. Avec sa silhouette élégante et sa queue fourchue, l'oiseau lui rappelle un gentleman en habit de gala. Le léger gazouillis de la source s'écoulant dans la crevasse séparant la maison du champ ajoute au charme bucolique de la campagne.

Les souvenirs de Marie ressurgissent en foule et la ramènent à ses vingt ans, alors que ses jumeaux dormaient paisiblement et qu'elle devait en profiter pour travailler à l'extérieur. Guillaume parti en mer, elle devait s'occuper seule de la ferme et ne pouvait compter sur l'aide des hommes du voisinage que pour les foins et quelques gros travaux. Ayant trimé d'un soleil à l'autre, elle s'endormait dès qu'elle posait la tête sur l'oreiller. Mais elle maudissait les jours de pluie, qui freinaient son élan et lui laissaient trop de vitalité. Ces soirs-là, elle tournait dans son lit, souffrant de l'absence de son homme.

Marie appuie sa tête contre le haut dossier de la berçante et ferme les yeux. L'image de son grand moustachu s'impose à elle avec netteté et son doux souvenir recrée la magie d'antan.

Le bruit de la pompe à eau qu'on actionne fait sursauter Marie. Pompant d'une main vigoureuse et, de l'autre, s'épongeant le cou et le visage, Anne-Marie lui tourne le dos. Ses cheveux sont trempés et de grosses bouclettes luisantes collent à sa nuque. La sueur imprègne sa blouse de coton clair et laisse voir de larges cernes sous les aisselles et au milieu du dos. Son chapeau de paille traîne au bout du comptoir. Ses bottes de caoutchouc gisent de guingois sur le tapis tressé de l'entrée.

— As-tu fini de désinfecter le poulailler ? s'informe Marie.

Anne-Marie se retourne, le sourire aux lèvres.

— Ça fait déjà un bon bout de temps, affirme-t-elle fièrement.

Puis, baissant le ton, elle confie :

— Odilon m'aide à réparer les menoires de la charrette à foin.

Le conscrit déserteur a déménagé ses pénates dans la grange dès les premiers beaux jours du printemps. Théo a préféré informer sa belle-mère de la présence de cet hôte clandestin afin qu'elle les aide à tenir à bonne distance la marmaille et les visiteurs trop curieux.

— C'est pour lui que tu remplis la cruche d'eau ? dit tout bas Marie.

Anne-Marie répond d'un signe de tête affirmatif tout en calant un grand verre d'eau.

— Je vais nous préparer un souper froid tout à l'heure. Je trouve qu'il fait trop chaud pour allumer le poêle.

— Du moment que papa a du porc froid, on ne l'entendra pas se plaindre, dit la jeune fille en s'épongeant le menton du revers de la manche.

Marie jette un coup d'œil à l'horloge.

— Bon, je me dépêche de préparer le lunch de notre pensionnaire, murmure-t-elle. Les jeunes sont à la veille de revenir de l'école.

— Ne vous pressez pas, nous avons amplement le temps, chuchote Anne-Marie. Nos écoliers se tracassent pour leurs examens de fin d'année, et ils vont être tellement occupés à étudier qu'ils ne prêteront pas attention à nos allées et venues. Papa et les garçons ne sortiront pas du bois avant cinq heures et demie. J'apporterai le souper d'Odilon en allant aider les hommes à faire le train.

À présent acclimatée à la chaleur du rang des Cailles, Marie se balance lentement, assise dans la berçante placée près de la fenêtre de la cuisine. Une douce brise traverse la moustiquaire et soulève un pan du rideau de dentelle. Le cliquetis de ses aiguilles à tricoter est soudain couvert par un bruit en provenance du rang de terre caillouteux. Elle lâche son tricot et aperçoit Victor, qui revient de l'école, courant comme s'il avait le diable aux trousses. Intriguée, elle avance la tête et observe les alentours, mais ne détecte rien d'anormal : nul poursuivant, nulle bête sauvage ne pourchasse son petit-fils dans sa course effrénée. Pourtant, Victor maintient la cadence jusqu'à la porte de la cuisine qu'il ouvre à la volée, haletant.

— Veux-tu bien me dire pourquoi tu cours comme un lièvre effarouché ? dit-elle en se relevant de la chaise.

— L'école… finie… répond-il, à moitié suffoqué.

Il jette sur le comptoir une enveloppe et monte l'escalier au pas de charge, le sac d'école projeté vers l'avant. Marie entend le plancher de bois résonner, victime du martèlement d'un petit écolier de huit ans pressé de faire voler dans un coin son cartable de cuir, puis le son de deux objets moins lourds qui atterrissent rudement au même endroit. Encore un petit va-nu-pieds, songe-t-elle, débinée, se souvenant de la manie de Jérôme au même âge. Inutile d'essayer de convaincre Théo qu'il vaudrait mieux que ses fils se chaussent comme du monde. Un bon jour, il y en a un qui va se blesser sérieusement, s'inquiète-t-elle, les yeux levés vers la chambre où le jeune garçon farfouille dans les tiroirs de sa commode qu'il ouvre et ferme précipitamment. « Toujours aussi bruyant, ce gamin », se dit-elle, se rappelant les pleurs incessants du bébé, né quelques mois après la mort de Guillaume. « Au moins, il ne pleure plus », songe-t-elle, amusée.

Fixant l'enveloppe abandonnée sur le comptoir, elle y lit le nom d'Anne-Marie. En voyant l'adresse de l'expéditeur, elle savoure par avance la joie de sa petite-fille quand elle reviendra de sa visite chez les Fontaine où elle est allée porter les chaussettes de laine qu'elle a tricotées pour le bébé de son amie Estelle. Les parents de la jeune maman s'en vont demain chez les Lepage, à Cap-Chat, où réside leur fille.

Déboulant l'escalier, Victor file vers la porte en bondissant, aussi agile qu'un jeune cerf s'élançant au-dessus des buissons. Au bout de quelques bonds, les pieds nouvellement déchaussés entrent en contact avec les cailloux pointus, et Marie voit Victor ralentir et bifurquer sur l'herbe bordant le sentier menant aux bâtiments.

En raison du congé scolaire, Odilon Soucy a changé de cachette. Chez les Dumont, il lui serait impossible de se soustraire aux garnements fureteurs qui pourraient lui tomber dessus comme une nuée de sauterelles. Il a préféré se réfugier dans les bois. À tour de rôle, Théo et Jérôme vont porter des victuailles dans une cache placée hors d'atteinte des animaux sauvages.

La police militaire revient à l'occasion dans la région. Les soldats ne manquent jamais de fouiller la maison et les bâtiments des Soucy mais, devant les regards apeurés des petits derniers d'Honoré qui ont été traumatisés par la première perquisition, les MP, comme les appellent les Canadiens français en prononçant les deux lettres honnies à l'anglaise, y mettent un peu moins de zèle. Adeline ne fait plus chauffer ses fers et laisse les inquisiteurs explorer tous les recoins de son foyer sans opposer de résistance.

Anne-Marie revient en même temps que Clémence et Gisèle, qui pépient comme des moineaux, se coupant la parole, chacune désireuse d'énumérer les images qu'elles ont reçues pour souligner leurs bons résultats scolaires.

— Mademoiselle Santerre fait dire bonjour à tout le monde, annonce Clémence.

Un sourire espiègle retrousse son nez mutin.

— T'aurais dû attendre au souper pour le dire, plaisante Anne-Marie, se doutant que les salutations visent particulièrement son frère Jérôme, amoureux de la jeune institutrice.

— Tu crois ? répond Clémence, l'air moqueur.

— Allez donc vous changer, les filles, leur ordonne Anne-Marie qui vient d'apercevoir la lettre de Julien sur le comptoir.

Mine de rien, elle cache l'enveloppe dans la poche de son tablier avant de l'enfiler. Puis elle descend à la cave et en remonte avec un seau rempli de pommes de terre au moment où Marie revient de l'étage tenant dans ses bras Marguerite que ses sœurs ont réveillée.

— Amahi ! s'exclame la fillette, tout sourire, en tendant les bras à sa sœur aînée.

Ne pouvant résister à l'appel affectueux de sa boule d'amour, Anne-Marie prend la gamine qui pose aussitôt la tête sur son épaule et entoure son cou de ses petits bras potelés. Anne-Marie décide de bercer un peu sa grosse poupoune, la préparation du souper peut attendre quelques minutes.

— Cette enfant-là est un vrai trésor, dit Marie en caressant les bouclettes frisées de Marguerite.

La fillette lui adresse un sourire propre à faire chavirer le cœur de toute grand-mère, mais reste la tête appuyée contre la poitrine de sa grande sœur. Marie retourne au comptoir et commence à peler les pommes de terre et les oignons pour la préparation du hachis dans lequel elle ajoutera un pot de bœuf en conserve. Le garde-manger de Marie-Reine en contient encore assez pour tenir jusqu'à la fin de l'automne où ils feront boucherie.

Étienne, la mine triste, ouvre la porte arrière, enlève ses souliers sans regarder ni saluer personne avant de monter directement à sa chambre.

— Il n'a pas l'air dans son assiette, chuchote Anne-Marie.

— On dirait qu'il a perdu un pain de sa cuite, murmure Marie. Qu'est-ce qui peut bien s'être passé à l'école ? Les autres sont arrivés depuis un bon moment. Penses-tu que la maîtresse l'a disputé ?

— En fin d'année ? Ça me surprendrait. Surtout que Noémie Santerre n'arrête pas de chanter ses louanges. Elle dit qu'il est brillant et qu'il devrait faire des études.

— Et lui, est-ce qu'il aime l'école ?

— Oui, d'ailleurs il est toujours le premier de la classe. Il faut dire qu'ici c'est pas bien difficile, ils sont seulement quatre en septième année.

— Est-ce qu'il a le béguin pour une fille de l'école ?

— Ça me surprendrait, Étienne ne pense qu'aux études et aux avions.

Marie retourne à ses légumes et Anne-Marie recommence à bercer Marguerite, qui la serre à l'étouffer. Au bout d'un moment, Étienne redescend l'escalier d'un pas lourd. Comme son père, il doit pencher son grand corps d'adolescent efflanqué pour ne pas heurter le bord du plancher de l'étage. Voulant maximiser l'espace du haut pour les chambres, Théo n'a pas fait l'ouverture de l'escalier assez grande. « Celui-là, il pousse comme de la mauvaise herbe », se plaint Marie-Reine, obligée de lui coudre de nouveaux pantalons tous les quatre mois lorsqu'elle constate que ceux qu'elle croyait bons pour au moins six mois sont déjà rendus «à marée haute» comme disent les gens de Cap-aux-Brumes, quand un jeune homme porte un pantalon trop court. À quatorze ans, Étienne mesure déjà près de six pieds et il est maigre comme un clou, selon ce que ne manque pas de dire son père quand il veut l'inciter à manger davantage.

Théo a toujours peur que les siens manquent de nourriture et, à ce chapitre, en dépit de la crise économique et du rationnement dû à la guerre, aucun des Dumont n'a eu à se plaindre de la pénurie alimentaire affectant la plupart des gens. Et, naturellement, Théo se félicite de s'être établi sur une pauvre terre de colon, comme il se l'est déjà fait reprocher par d'anciens camarades travaillant maintenant au nouveau moulin de Cap-aux-Brumes. «On ne manque jamais de nourriture sur une terre quand a du cœur au ventre», se plaît-il à répéter comme s'il devait convaincre tout le monde, à commencer par lui, de la justesse de sa décision. Pourtant, il lui arrive de plus en plus de regretter son emploi au moulin et leur ancien mode de vie à Cap-aux-Brumes où Marie-Reine bénéficiait de toutes les commodités modernes, et il s'accable de reproches depuis l'hospitalisation de sa femme. Si elle n'avait pas eu à travailler si fort, elle n'aurait pas eu la tuberculose, ne cesse-t-il de se répéter le soir, seul dans son lit.

— Aimerais-tu manger du pouding à la rhubarbe au souper, Étienne? dit Marie.

Pour toute réponse, ce dernier soulève les épaules, ce qui, dans le langage d'un adolescent voulant se montrer poli, veut dire: «J'ai pas vraiment faim, faites ce que vous voudrez.» Et la grand-mère, qui a appris depuis longtemps à décoder tous ces signes, se contente de lui demander avec un large sourire :

— Va donc m'en couper six branches.

En se traînant les pieds, Étienne trimballe sa misère au jardin et Marie attend son heure pour connaître la raison de l'étrange morosité de son petit-fils.

À la fin de la soirée, Anne-Marie affirme vouloir finir de tricoter un bas de laine avant d'aller se coucher. L'absence de sa mère la sert bien puisqu'elle peut prétendre qu'elle n'aura pas le temps de finir tous les tricots nécessaires à la famille pour affronter les froidures de l'hiver. En réalité, elle attend avec impatience que tous soient couchés pour lire la lettre de Julien.

Quand sa grand-mère se décide enfin à aller au lit, Anne-Marie ouvre délicatement l'enveloppe avec l'une des aiguilles à tricoter de manière qu'on n'entende pas le bruit du papier déchiré. Son cœur bat à une vitesse accélérée. Fébrile, elle déplie les feuillets.

Ma bien-aimée,

Quand la porte du train s'est refermée dans un bruit de métal grinçant et que j'ai vu par la fenêtre du wagon ton sourire noyé de larmes, tu m'as fait penser à un arc-en-ciel. Ne pleure plus, ma chérie, l'avenir nous appartient puisque nous nous aimons. Ce n'est qu'une question de temps, bientôt nous serons réunis.

Tous les soirs, en me couchant, je prie pour la guérison de ta mère et pour le repos de l'âme de mon oncle qui m'a légué presque tous ses biens. En bon catholique, il a fait don d'une somme d'argent appréciable à la fabrique de la paroisse. Les démarches pour le règlement de la succession et le retard pris dans les réparations m'obligent à faire de longues journées. Mais je ne m'en plains pas, le temps passe plus vite ainsi.

Quand j'éteins la lampe de mon établi, le soir, je me rends compte que la maison est bien silencieuse. Pourtant, sur les murs de la bijouterie, les différents mouvements d'horlogerie des pendules s'en donnent à cœur joie. Leurs aiguilles continuent de marquer le temps, seconde après seconde. Mes horloges n'ont ni âme, ni sentiment, et je dois parfois fermer la porte qui sépare le logis du commerce pour ne plus les entendre. Malgré tout, j'ai peur qu'elles s'arrêtent, car leurs tic-tac signifient aussi la vie. Pourtant leurs carillons se portent bien et ils sonnent exactement le nombre de coups prévus, ils sont à l'heure, pas un seul ne fait défaut. En tant qu'horloger, je m'en réjouirais si tu étais près de moi.

Pardonne-moi de me laisser aller à toute cette tristesse. La fatigue, sans doute, me fait dérailler. J'imagine que, de ton côté, l'ambiance n'est pas à la joie non plus.

Quand je regarde ta photo, je me sens un peu mieux. Écris-moi bien vite, même si tu n'as rien de nouveau à m'annoncer. Je relis chaque soir ta dernière lettre, juste avant d'éteindre la lumière, puis je m'endors en rêvant de toi. Tu es toujours dans mes pensées.

Je t'aime,

Julien

Anne-Marie presse la missive sur son cœur, essuie ses joues inondées de larmes et range les feuillets dans l'enveloppe. Puis elle prend la lampe à pétrole et monte l'escalier d'un pas fatigué.

Une semaine plus tard, Étienne n'a toujours pas retrouvé son entrain et il n'est pas le seul. Théo fait peine à voir. Il rentre fourbu de ses longues journées d'ouvrage. Le foin doit être fauché, mis en vailloches et rentré le plus tôt possible. Le malheureux s'astreint à ce dur labeur comme un automate. Le soleil a beau lui faciliter la tâche, Théo n'émet aucun commentaire de satisfaction. Ce changement de comportement, si opposé à son caractère joyeux, commence à inquiéter Marie qui constate que toute la maisonnée se ressent de cette tristesse qui les enlise, de manière inexorable, comme un bourbier de sables mouvants.

Femme de caractère, Marie n'a pas l'intention de baisser les bras et elle entend les délivrer tous de leur abattement. Pendant qu'Anne-Marie est partie aider les hommes à rentrer les derniers voyages de foin et que Marguerite fait sa sieste, elle décide d'écrire à son fils, Georges. Elle a trouvé une façon de distraire tous ces malheureux et d'encourager sa fille. Le travail a un pouvoir salvateur, elle en sait quelque chose. La satisfaction qu'on en retire a un effet d'entraînement. Petit à petit, elle va lutter contre la déprime qui s'abat sur cette maison, comme elle l'a fait autrefois quand elle se désespérait de l'absence prolongée de Guillaume. « A-t-on idée de se laisser aller ainsi ? », maugrée-t-elle en pressant d'une main énergique un papier buvard sur l'encre humide de sa lettre. « Marguerite a assez dormi pour aujourd'hui, songe-t-elle en regardant l'horloge, nous avons juste le temps d'aller à la poste et de revenir préparer le souper. »

Marie examine les chapons bien en chair qui picorent, dans la plus belle insouciance, les grains parsemant leur enclos. Quand elle saisit celui qu'elle a choisi, il émet quelques cris d'indignation qu'elle ignore, comme le ferait un bourreau accomplissant son sale boulot. Sans manifester la plus petite émotion, elle resserre son emprise sur le cou du volatile qu'elle met en isolation dans une cage du poulailler. L'ancienne fermière se rappelle qu'il vaut mieux laisser jeûner l'oiseau vingt-quatre heures avant de l'abattre. Elle aura besoin de force et de courage, demain, quand elle tiendra les pattes du chapon et appuiera sa tête sur une bûche solide avant de lui asséner le coup de hache fatal.

Elle se souvient de la peur qu'elle avait éprouvée la première fois qu'elle avait dû exécuter cette tâche rebutante. Une fois le cou sectionné, le volatile avait continué de se débattre, lui avait échappé et s'était mis à courir. Marie avait dû surmonter son effroi pour l'attraper et le mettre à tremper dans l'eau bouillante. Puis elle l'en avait vite retiré et l'avait enveloppé dans du papier journal où elle l'avait laissé reposer quelques minutes. Ensuite, elle avait arraché les plumes, puis avait brûlé le duvet à la chandelle. Après avoir tranché les pattes aux jointures, arraché les tendons, coupé la peau du cou et prélevé tout ce qu'il y avait à jeter, en prenant bien soin de ne pas perforer les intestins, les mains de Marie avaient été prises de tremblements incontrôlables.

Quand elle s'était couchée ce soir-là, elle avait pleuré tout son soûl. « C'est la première fois qui coûte », lui répétait sa mère chaque fois qu'elle devait entreprendre une démarche difficile, et Marie avait dû par la suite se résigner à accomplir ce carnage qu'elle aurait préféré laisser à Guillaume. « Nécessité fait loi », se disait-elle pour faire taire sa conscience qui lui reprochait d'être cruelle.

Sitôt revenu de la messe dominicale, Théo va se coucher sans dîner. Sombrer dans l'oubli du sommeil lui fera le plus grand bien, se dit Marie qui le laisse agir à sa guise. Après la vaisselle, elle incite ses petits-enfants à aller pêcher au ruisseau. Pendant ce temps, elle va faire cuire le coq qu'elle a sacrifié hier afin de préparer un souper de choix, car elle espère avoir de la visite.

Le poêle à bois répand une telle chaleur que Marie doit ouvrir toutes les fenêtres, quitte à s'exposer aux courants d'air réputés néfastes pour la santé. Après le vent frisquet de Cap-aux-Brumes, la chaude brise du rang des Cailles ne lui paraît guère menaçante et elle retourne au comptoir hacher oignons, chou et carottes. Dans une grande marmite posée sur le rond arrière, au centre du poêle, mijote un bouillon composé d'un os de bœuf auquel Marie ajoutera plus tard des légumes, et dont elle rectifiera l'assaisonnement. Hier, elle a fait cuire de succulentes tartes avec les fraises des champs que ses petits-enfants avaient cueillies dans la matinée.

De la chambre de Théo lui parviennent des ronflements apaisés et Marie, qui a terminé ses préparatifs, vient s'asseoir dans la berçante. En observant la route déserte, la monotonie des dimanches après-midi passés seule à L'Anse-aux-Brûlots lui revient en mémoire. Elle n'osait pas rendre visite à ses voisins de peur de les empêcher de goûter à ce repos bien mérité, car la plupart des habitants profitaient de ce jour de congé forcé pour faire la sieste après le dîner. Jeune et pleine d'énergie, Marie n'avait pas le goût de se coucher dans la journée, sauf quand Guillaume était à la maison. Et elle sourit en se rappelant que ce n'était pas pour dormir qu'ils allaient s'étendre.

Mais sa joie fait soudain place à une vive irritation, car ce souvenir lui rappelle à son tour la veuve Lafleur, qu'elle a croisée aujourd'hui au magasin général. La veuve fringante, aux lèvres rouge vif, évoque l'image de la Bostonienne qu'elle avait aperçue, quinze ans plus tôt, au bras d'un homme qu'elle avait pris pour Guillaume. Ce matin, la dévergondée du village l'a fait bouillir de rage. L'impudente a eu le toupet de faire ouvertement des avances à son gendre devant ses enfants et tous les gens rassemblés au magasin général.

Sentant la menace planer sur le bonheur de sa fille, Marie n'a pas hésité à remettre à sa place cette femme aux mœurs dépravées. D'un ton cinglant, elle lui a conseillé de s'en tenir aux hommes libres et de laisser les hommes mariés tranquilles. Sous les rires étouffés des paroissiennes, le sourire de la gourgandine a disparu. Marie a passé son bras sous celui de Théo et l'a entraîné vers le boghey. Une fois dehors, son gendre lui a tapoté la main. Il a accompagné son geste d'un sourire triste et Marie y a discerné l'amour qu'il gardait en réserve pour sa Marie-Reine.

Un bruit lointain se rapproche et lui fait lever la tête. Un nuage de poussière signale l'arrivée d'une automobile. D'un bond, Marie s'extirpe de la berçante et sort sur la galerie avant, la main placée au-dessus des yeux pour les protéger du soleil aveuglant. Elle reconnaît la Ford de Georges dont la carrosserie noire s'est fardée d'une épaisse couche de poussière.

Dans la montée, l'auto ralentit et Lucette lui fait signe qu'ils vont se garer près de la porte de la cuisine. Marie rentre en vitesse et vient les rejoindre. Ensemble, ils vident le coffre de l'auto et, sans faire de bruit, rangent les caisses dans la chambre qui donne sur la cuisine, celle que Marie occupe durant son séjour.

Attablés devant une tasse de thé, les visiteurs voient apparaître Théo dans le cadre de la porte qui, à moitié réveillé, s'étire, vêtu de sa chemise blanche du dimanche et de son pantalon retenu par de larges bretelles. En les apercevant, il agrandit les yeux de surprise.

— Tu parles de la belle visite ! Est-ce que ça fait longtemps que vous êtes arrivés ?

— À peine cinq minutes, répond Georges en se levant pour donner la main à son beau-frère.

Les deux hommes échangent quelques tapes amicales sur l'épaule pour se témoigner leur mutuelle affection, à la manière un peu rude des mâles qui n'ont pas coutume d'exprimer en vaines paroles leurs émotions. Quoique Georges et Théo soient plus expansifs que la moyenne, ils veillent à ne pas dépasser les limites tolérées par la société. Comme leurs compatriotes, ils distribuent avec parcimonie argent et compliments.

— Content de vous voir, dit Théo en faisant la bise à sa belle-sœur.

Leur arrivée imprévue semble le ragaillardir et il sort enfin de son mutisme pour les informer des dernières nouvelles qu'il a reçues de Marie-Reine.

— Elle dit qu'elle tousse un peu moins et qu'elle a plus d'appétit. Elle commence à se remplumer, à ce qu'il paraît.

— Il faut que j'aille à Mont-Joli par affaires dans le courant de la semaine prochaine, annonce Georges. Je vais en profiter pour aller la voir.

— Si j'avais su, je lui aurais écrit un mot que t'aurais pu lui remettre, se désole Théo.

— T'as le temps de l'écrire, ton mot, l'assure Marie, on va les garder à souper.

Comme celui d'un enfant, le visage de Théo s'éclaire.

— Ben sûr, vous allez rester à souper ! Où est-ce que j'ai la tête, donc ? Vous allez rester, hein ? insiste-t-il, soucieux de se faire pardonner son oubli.

Le lendemain matin, Théo arrive à la cuisine, le regard clair. Grand et costaud, il marche calmement jusqu'à la fenêtre et émet une remarque sur le beau temps qui se maintient.

— Qu'est-ce que tu comptes faire aujourd'hui ? s'informe Marie, heureuse que son gendre ait enfin perdu son air de chien battu.

— Il faudrait que je renchausse les patates, pis que je répare les stalles de la grange. Depuis le printemps, je me promets de faire ça, mais j'ai pas encore eu le temps.

— Bah, les stalles peuvent attendre. Tant que les animaux sont au pacage, il n'y a pas de presse.

— Vous avez pas l'habitude de parler d'même. Je vous reconnais pas, madame Dumas. Vous êtes pas du genre à remettre à demain ce que vous pouvez faire aujourd'hui.

Marie s'amuse d'être ainsi percée à jour. Mais elle apprécie que son gendre ne l'appelle jamais « la belle-mère », comme d'autres le font parfois sur un ton méprisant. Théo dit toujours « madame Dumas » quand il s'adresse à elle et elle aime cette marque de politesse.

— Tu me connais mieux que je pensais, répond-elle, évasive.

Marie se plaît à le laisser languir et Théo, égal à lui-même, attend patiemment qu'elle ait fini de lui servir son thé avant de demander :

— Pis, c'est quoi que vous avez en tête pour aujourd'hui ?

— J'ai pensé, commence-t-elle, que vu qu'il fait beau, ce serait peut-être une bonne idée de chauler l'extérieur de la maison.

— Pour être une bonne idée, c'est une bonne idée, approuve-t-il. Marie-Reine serait contente. Mais j'ai pas assez de chaux pour faire cet ouvrage-là aujourd'hui. Va falloir attendre à la semaine prochaine. J'en achèterai au village dimanche.

— Ce ne sera pas nécessaire d'attendre, Georges en a apporté hier.

Théo lui jette un regard interrogatif, puis éclate de rire.

— Ah, vous autres les femmes… Je suis ben content que vous ayez pensé à ça, madame Dumas, je vais vous rembourser. Marie-Reine va être contente quand elle va apprendre ça. J'ai l'impression que ça va l'aider à guérir plus vite.

— Surtout quand elle va apprendre qu'on peinture en dedans aussi.

— Quoi ? Vous avez fait venir de la peinture ? dit-il, les yeux écarquillés.

Marie craint d'avoir dépassé les bornes. Elle ne s'est pas demandé si le souci de propreté de Marie-Reine excédait les moyens financiers de son époux. Habituée au confort que ses parents lui ont procuré, sa fille n'a sans doute pas réalisé qu'ils seront les seuls, dans le rang des Cailles, à avoir une maison passée à la chaux et des murs intérieurs peints en blanc, et Théo redoute peut-être de passer pour un prétentieux, un « frais chié », comme diraient ses voisins.

— Oui, avoue-t-elle, mal à l'aise. Je n'ai pas fait ça pour mal faire. Marie-Reine m'avait dit l'automne passé qu'elle voulait peindre les murs ce printemps. Vous comprenez, c'est dur de laver des planches naturelles. La suie imprègne le bois.

— Avec l'hospitalisation de ma femme, je l'avais oublié, mais vous avez raison, madame Dumas, Marie-Reine voulait tout peinturer en dedans. Vous pouvez pas savoir comme je suis content. Mais je vais tout vous rembourser.

— Ce n'est pas nécessaire, je peux bien vous faire un petit cadeau de temps en temps.

Le visage de Théo affiche un faux air sévère que dément son sourire.

— Pas question, pis je veux pas vous voir vous esquinter à peinturer les murs. Jérôme et Anne-Marie vont s'en occuper.

— Ils pourraient commencer par les chambres du haut, vu qu'il faut que je fasse le lavage aujourd'hui.

À la mi-août, toutes les pièces de la maison ont revêtu leur parure virginale. Le blanc a éclairci la demeure et égayé les esprits chagrins. Anne-Marie fait preuve, à présent, de plus de patience et Jérôme retrouve son entrain. Marie doute cependant que ce revirement soit uniquement dû à la couleur des murs. Si on lui en demandait la raison, elle opterait plutôt pour le prochain retour de la maîtresse d'école au rang des Cailles. Au début du congé scolaire, la belle Noémie est retournée chez ses parents et Jérôme a dû se contenter d'un échange épistolaire qu'il jugeait désastreux pour sa cause. Ayant peu fréquenté l'école, il devait se faire aider par Anne-Marie pour composer ses billets doux.

La dernière lettre de Marie-Reine a aussi ramené l'espérance dans le cœur de chacun. Le médecin du sanatorium lui a annoncé que son état allait en s'améliorant et qu'elle avait de bonnes chances de guérir de cette maladie qui s'avère le plus souvent fatale.

Après la messe, Marie constate avec plaisir que la veuve Lafleur retourne chez elle sans faire d'arrêt au magasin général. On ne l'avait pas revue à l'église au cours des derniers dimanches. Les paroissiennes se gaussaient de l'indisposition prolongée de celle qu'elles considèrent toutes comme un danger public. C'est qu'elle est bien tournée, la diablesse, et plusieurs de ces messieurs s'attardent un peu trop à détailler ses courbes généreuses, même s'ils la dénigrent par la suite. Mais les dévotes de Val-des-Castors ne se laissent pas endormir aussi facilement, il leur a été donné trop souvent d'observer, quand la veuve se trouve dans les parages, l'œil concupiscent des jeunes hommes fringants tout comme celui des vieux décrépits édentés qui en bavent de désir.

— Restons un peu à l'écart, murmure Théo en entraînant Marie hors du cercle de paroissiens attroupés entre l'église et le magasin. Après les élections, les esprits s'échauffent toujours un peu et il risque d'y avoir de la bagarre.

Comme de juste, le jeune blanc-bec de Dieudonné n'attendait que la victoire de l'Union nationale pour prendre sa revanche sur le vieux Nicéphore qui l'avait ridiculisé lors de leur dernière empoignade. Les deux poings sur les hanches, il coupe le chemin de son adversaire et se campe devant lui, les deux pieds largement écartés.

— On lui a donné la claque à ton Godbout, persifle-t-il.

— Pfff, fait le vieux bonhomme sans se démonter. Les libéraux ont eu 37 % des voix, c'est mieux que les bleus qui ont récolté rien que 36 %.

— Ouais, mais nous autres, on a 45 sièges et, vous autres, vous en avez rien que 37.

— Y a pas de quoi se vanter, vocifère Nicéphore, le veston ouvert et les deux pouces passés sous les bretelles de son pantalon.

— Arrêtez de vous astiner, maugrée soudain la veuve Allaire, en levant sa canne en direction des deux hommes.

La petite bonne femme, toute ratatinée dans sa vieille robe du dimanche devenue un peu grande, les regarde à tour de rôle, les fixant d'un air de défi.

— Vous avez pas honte de vous chicaner pour des niaiseries? Le monde est en guerre, pis ç'a pas l'air de vous déranger une miette.

La vieille dame hausse le ton et devient rouge d'indignation.

— Les Américains ont lâché une bombe nucléaire sur le Japon, c'te semaine, poursuit-elle. Pis le gars de la veuve Dugas, qui est retenu prisonnier là-bas, il l'a peut-être eue sus la tête. Alors, fermez vos grandes trappes.

Reposant sa canne par terre, elle fait demi-tour de façon aussi imprévisible que son éclat. Personne ne se serait attendu à un tel emportement de cette dame renommée pour sa délicatesse. Médusés, tous la regardent cheminer clopin-clopant vers sa maison. Au son des clic-clac de la canne touchant rudement la terre graveleuse, la petite foule se disperse lentement, dans un silence gêné.

Deux semaines plus tard, l'ambiance est à la joie au village. Elphège Vaillancourt, le marchand général, annonce à ces concitoyens que la France a été libérée. Honoré et Adeline Soucy ne peuvent s'empêcher de verser quelques larmes en apprenant la nouvelle. Le gouvernement les a informés durant la semaine que leur second fils, Octave, était mort au champ d'honneur en défendant la mère patrie.

Anne-Marie, dont c'était le tour d'assister à la messe, détourne la tête de ses voisins et retourne au boghey. La mort d'Ovide ne tourmente plus sa conscience, pas plus que celle de Jérôme qui n'a fait que défendre sa sœur, mais le désespoir des Soucy la chamboule. « Que j'ai donc hâte de partir d'ici », marmonne-t-elle entre ses dents.

— Je me demandais où t'étais passée, dit Théo, quelques minutes plus tard, en rapportant les provisions qu'il a achetées.

Jérôme jette un coup d'œil entendu à sa sœur en montant dans le boghey, puis il lui tapote affectueusement la main.

Dans la pente du rang des Cailles, Goliath ralentit l'allure. Il avance d'un pas lent, mais régulier. Ses muscles puissants ondulent sous la croupe luisante de sueur. À mi-chemin, il s'ébroue bruyamment, s'arrête et se cabre en esquissant un léger mouvement de recul. Intrigué par ce comportement inhabituel, Théo penche la tête en dehors du boghey afin d'observer la route.

— C'est rien qu'une couleuvre. Allez, hue! crie-t-il au cheval effarouché.

Arrivés à la porte de la cuisine, les hommes déchargent les provisions et Goliath attend calmement que Jérôme lui donne l'ordre de repartir vers l'étable.

— Quoi de neuf au village? s'informe Marie.

Théo lui apprend les dernières nouvelles concernant la guerre «dans les vieux pays», comme chacun qualifie ce conflit qui les affecte même si les combats sèment la dévastation à des milliers de milles de leur patrie.

— J'ai appris une nouvelle encourageante, ajoute-t-il. Il paraît que Mackenzie King a fait adopter une loi pour accorder des prêts aux cultivateurs pour le défrichement de leurs terres, la construction des bâtiments ou l'achat d'instruments aratoires.

— J'ai bien peur que Julien décide de rester à Drummondville, soupire Anne-Marie en rangeant la lettre de son fiancé dans la poche de son tablier.

— Qu'est-ce qui te fait dire ça? demande Marie en se tournant vers la jeune fille.

Assise devant la machine à coudre, la grand-mère achève la confection du pantalon que portera Germain. Le petit bonhomme commence l'école dans moins d'une semaine et il est tout fier d'être promu au rang des grands.

Marie a décidé de retourner à Cap-aux-Brumes dimanche prochain, jugeant qu'Anne-Marie peut maintenant s'en tirer toute seule puisqu'elle n'aura que Marguerite de qui s'occuper durant le jour. Ce n'est toutefois pas la seule raison qui la pousse à mettre fin plus tôt que prévu à son séjour au rang des Cailles et Anne-Marie devra se débrouiller seule pour les conserves d'automne.

— Rien de précis, soupire de nouveau Anne-Marie. C'est juste une impression.

— Comme je te connais, il doit y avoir quelque chose dans sa lettre qui te chicote.

Anne-Marie penche la tête pour cacher ses larmes, mais sa grand-mère l'oblige à la regarder en lui relevant le menton.

— Dis-moi ce qu'il écrit qui te cause un pareil chagrin, insiste-t-elle.

— Il n'a pas l'air de s'ennuyer, répond la jeune fille.

— Mais encore…

— Bien… dit-elle d'un ton hésitant, avant de prendre un air courroucé. Figurez-vous qu'il y a une fille qui va lui porter à manger de temps en temps. Elle fait aussi du ménage et repasse ses chemises.

— Pourquoi t'inquiètes-tu pour si peu ? Tant mieux s'il a un peu d'aide, il est si seul.

Anne-Marie fulmine et ses traits se déforment, elle ressemble à un orage qui obscurcit rapidement le ciel et menace d'éclater avec fracas.

— Vous trouvez ça normal qu'une fille se rende seule chez un homme célibataire qui vit seul ?

Anne-Marie a mis beaucoup d'emphase sur les derniers mots.

— Ça ne veut pas dire qu'ils font quelque chose de mal, hasarde Marie.

— Et vous trouvez peut-être normal que la fille en question fasse tout ça gratuitement ? s'insurge Anne-Marie, qui éclate aussitôt en sanglots.

— Chut ! Chut ! fait Marie en lui caressant les cheveux.

Après s'être mouchée, Anne-Marie relève la tête et scrute sa grand-mère.

— Vous rappelez-vous de la fille qu'on a vue au salon funéraire ?

— Il y en avait plusieurs, affirme Marie en faisant un effort de mémoire.

— Un peu trop, réplique Anne-Marie. Mais il y en avait une qui le mangeait des yeux et me regardait avec un œil de porc frais. Je m'en rappelle ! Gladys qu'elle s'appelle.

— Non, je ne me souviens pas, désolée. Mais tu ne devrais pas pleurer, mon enfant, je suis certaine que Julien t'aime et qu'il t'est fidèle.

— J'aimerais bien en être aussi sûre que vous.

— Surtout, ne lui fais aucun reproche. Reste affectueuse dans tes lettres. Les choses ne sont pas toujours ce qu'elles peuvent paraître. Crois-en mon expérience !

2

Cap-aux-Brumes, septembre 1944

— As-tu déjà fini de serrer tes affaires?

— Oui, répond Étienne.

Un peu intimidé, le grand adolescent reste dans l'encadrement de la porte de chambre que lui a attribuée sa grand-mère tout à l'heure, celle qui donne sur la cuisine. Marie lui pose la question pour la forme, car son petit-fils a apporté un maigre bagage et elle-même a eu le temps de ranger le contenu de sa grande valise et de mettre la bouilloire à chauffer.

— Viens te bercer, dit-elle d'un ton enjoué.

Du pas chaloupé qu'il adopte quand il se sent mal à l'aise, le grand brun aux cheveux bouclés prend place dans l'une des deux berçantes. Le poêle à bois commence déjà à répandre un peu de chaleur dans la vaste demeure qui a été abandonnée tout l'été.

— Demain, je te ferai visiter Cap-aux-Brumes.

— Je n'étais pas venu depuis quelques années et je ne me souvenais pas que le village était aussi grand.

Dans l'automobile de Georges, Marie a observé son petit-fils qui regardait défiler les maisons de sa localité dont la population se chiffre à environ 6 000 habitants.

— On a maintenant le statut de ville et, avec le moulin à papier, la fabrique d'eau gazeuse et la manufacture de meubles qui attirent des ouvriers de l'extérieur, on continue de grossir. L'usine de pasteurisation du lait, la meunerie et la fonderie emploient aussi plusieurs personnes. On a un service de traversier pour relier la Côte-Nord qui attire beaucoup de travailleurs forestiers et de mineurs. Et ce qui va sûrement te faire encore plus plaisir, on a maintenant un service de transport aérien.

Les avions le passionnent toujours autant et s'il a suivi sa grand-mère à Cap-aux-Brumes, c'est pour étudier en vue d'être admis dans la Royal Air Force quand il aura atteint l'âge requis. C'est ce qu'il a fini par confier à Marie qui tentait de comprendre l'immense tristesse qui l'affligeait à la fin des classes. En plus de l'héberger gratuitement, elle a promis de lui apprendre l'anglais afin de le préparer à la formation qui se donne dans cette langue, à Kingston, en Ontario. Les yeux d'Étienne s'illuminent, mais comme il ne dit rien, Marie poursuit:

— J'irai aussi te montrer le collège. Ensuite, nous irons marcher sur la grève.

Avant de lui proposer de poursuivre ses études au collège, Marie a pris la peine de vérifier la détermination de son petit-fils en le prévenant que les élèves se moqueraient d'un gars plus âgé qu'eux. Avec sa taille de géant, Étienne passe pour plus vieux qu'il ne l'est et les écoliers ne manqueront pas de lui attribuer maints quolibets peu flatteurs quant au niveau de son intelligence. «Je les laisserai dire», lui a-t-il affirmé, confiant d'être en mesure de leur prouver le contraire. Après tout, ce n'est pas sa faute s'il a dû attendre l'embauche d'une institutrice pour commencer l'école deux ans plus tard que les enfants de la ville. Mais puisque l'école du rang ne peut offrir un enseignement dépassant la septième année et qu'il devait fréquenter l'école jusqu'à l'âge de quatorze ans, selon la nouvelle loi, Étienne n'en a pas vraiment souffert.

Installée à la machine à coudre de Lucette, Marie coud un pantalon pour Étienne, qui fréquente l'école depuis trois jours. Il aura une culotte de rechange ainsi que des chemises et des sous-vêtements qu'elle a achetés pour lui, mais elle garde le tout en réserve pour le lui remettre graduellement. Elle ne veut pas lui faire perdre sa belle assurance toute neuve en soulignant la pauvreté de son trousseau.

Marie se réjouit de le voir plus détendu qu'à son arrivée. Étienne marche à présent le dos droit. Elle craignait qu'il se mette à déambuler l'échine courbée, comme certains hommes très grands qui ont l'air de vouloir ainsi s'excuser de largement dépasser la taille moyenne. Quant aux moqueries redoutées de ses camarades, Étienne l'a vite rassurée. Il lui a raconté avoir toisé d'un œil si menaçant le premier élève qui a essayé de rire de lui que le petit espiègle a dû changer de stratégie. Il a détalé à toutes jambes et s'est enfermé dans les toilettes, sous la risée de ses camarades.

En élève studieux, il consacre toutes ses soirées à ses travaux scolaires. Mais seulement après la vaisselle, car en dépit des protestations de sa grand-mère, il insiste pour l'aider.

Marie coupe le fil, il ne lui restera qu'à confectionner les boutonnières, coudre les boutons et faire l'ourlet du pantalon à l'aiguille.

— Bon, j'en ai assez fait pour aujourd'hui, dit-elle à Lucette.

— Venez prendre une tasse de thé et manger une galette à l'anis.

— T'as pas fait des galettes à l'anis? s'exclame Marie, le sourire aux lèvres. Ça fait longtemps que j'en ai pas mangé. Maman nous en faisait quand j'étais jeune.

Marie s'entend à merveille avec l'épouse de Georges. Lucette est toujours de bonne humeur et, quand elle rit, deux jolies fossettes creusent ses joues. Si elle n'avait pas eu l'impression de trahir Guillaume en vendant sa maison, Marie aurait accepté avec plaisir d'habiter chez son fils et sa bru.

Marie revient chez elle et cache dans sa chambre le pantalon à terminer. Demain, à la lumière du jour, elle complétera le travail qui ne peut être fait à la machine à coudre. Même avec l'éclairage électrique, elle a du mal à enfiler une aiguille le soir. En fin de journée, le fil paraît trop épais et le chas trop petit et, après de multiples tentatives infructueuses, elle doit se résigner à remettre au lendemain.

Elle revient à la cuisine et enfile son tablier, puis ajoute du bois dans le poêle afin de faire cuire le souper. Elle n'a pas à se casser la tête pour le menu, Étienne n'est pas difficile, il mange de tout, contrairement à son frère Jérôme qui lève encore le nez sur le poisson. Lucette lui a donné tout à l'heure un filet de morue fraîche. Marie va d'abord le tremper dans un œuf battu, puis le rouler dans de la fine chapelure et le faire frire dans le beurre.

La chaleur du poêle la réconforte. Elle ne ressent plus le vide de sa grande maison depuis qu'Étienne s'y est installé. Ses pensées sont constamment tournées vers lui. Du matin au soir, elle fait son ménage afin qu'il rentre dans un foyer à l'ordre, fait la cuisine pour le garder en bonne santé, le lavage pour qu'il soit toujours proprement vêtu. Elle s'ingénie à trouver des sujets de conversation qui l'intéressent afin de bien l'accueillir quand il rentre du collège. Marie serait amoureuse qu'elle n'agirait pas autrement.

L'amour est-il si différent, qu'on l'écrive avec une minuscule ou une majuscule ? C'est toujours l'amour et il opère des prodiges chez la personne qui l'entretient.

L'objet de sa félicité franchit le seuil et Marie l'entend suspendre son manteau dans la penderie de l'entrée.

— As-tu passé une bonne journée ? s'informe-t-elle quand il vient la rejoindre à la cuisine.

— Oui, très bonne, et vous ?

— Oh, oui...

Dans son enthousiasme, Marie vient près de se trahir. Dire qu'elle a cousu une bonne partie de l'après-midi amènerait d'autres questions auxquelles elle ne saurait répondre. Elle tourne sa langue deux fois avant de poursuivre :

— Je suis allée faire un tour chez Lucette. Elle avait fait des galettes à l'anis, comme en faisait ma mère autrefois.

« Ouf ! J'ai perdu l'habitude de mentir », songe-t-elle en repensant aux mensonges pieux qu'elle devait raconter aux enfants, pour préserver leur innocence, ou à ses clientes, pour leur être agréable.

— Veux-tu manger une bonne pomme avant le souper ?

Et sans lui laisser le temps de répondre, elle lui tend le fruit proposé, convaincue qu'il s'en régalera et que la pomme ne lui coupera pas l'appétit.

Après le souper et la vaisselle, Étienne étend ses livres et ses cahiers sur la table.

— Pendant que tu fais tes devoirs et que tu étudies, je vais écrire à ta mère, annonce Marie. As-tu le temps de lui écrire un petit mot ? Je pourrais le joindre à mon envoi.

— C'est déjà fait. Attendez, je vais aller chercher ma lettre.

Ma chère enfant,

Quel bonheur de te savoir en voie de guérison, j'ai tant prié pour toi. Comme je te connais, je devine que ça doit devenir monotone d'être allongée dans un lit d'hôpital à ne rien faire. C'est pourquoi je t'envoie un peu de lecture afin de t'aider à passer le temps en attendant que tu puisses retourner chez toi. Si tu t'occupes l'esprit, les journées te paraîtront moins longues.

Étienne t'a aussi écrit une lettre de sa belle écriture appliquée. Ton fils possède tant de qualités que j'aurais envie de dire qu'il est parfait. Il est vaillant, poli, studieux. C'est un jeune homme brillant et il ira loin dans la vie. D'ailleurs, je ne suis pas la seule à trouver sa compagnie agréable. Si tu voyais et entendais madame Dondon! Il faut dire qu'il l'a mise dans sa poche dès leur première rencontre. Il n'a rien fait d'autre que l'écouter. Elle n'a pas changé, tu sais. Il lui faut un public attentif à ses «nouvelles». Étant donné qu'Étienne ne connaît pas encore les gens de Cap-aux-Brumes, il ne peut s'offusquer du mal qu'elle en dit.

Quant à moi, j'ai appris depuis longtemps à la laisser jacasser à son aise. Quand j'en ai assez entendu, je l'amène à parler d'elle. Avec la famille qu'elle a, elle n'a pas de quoi être fière, alors ça raccourcit nos conversations et elle me laisse en paix pour quelques jours... à moins qu'un nouveau potin n'ait surgi et qu'elle s'amène comme un orage imprévu. Si tu t'en souviens, ça arrive de temps en temps.

Comme dit Georges, elle aurait fait un bon journaliste, car elle est au courant de tout ce qui se passe. Sauf qu'elle n'a pas le tact de notre chroniqueur local. Notre nouvel hebdomadaire est bien intéressant et Georges m'apporte aussi La Presse *le soir. Je ne manque pas de distractions, comme tu peux le constater.*

Ton brave Étienne y est aussi pour quelque chose, bien entendu. Il me fait penser à ton Théo, sérieux, honnête, fiable comme pas un. Tu as un bon mari, ma fille, et tes enfants sont bien élevés. Marguerite est un rayon de soleil, elle est si facile, un rien la contente. J'ai passé un bel été dans ta maison toute neuve nichée dans la montagne.

Prends bien soin de toi afin de guérir vite.

Je t'embrasse bien tendrement,

Maman

P.S. Je t'envoie du sucre à la crème, avec des noisettes, comme tu l'aimes.

De retour depuis trois semaines, Marie se surprend de tout ce qu'elle a accompli en si peu de temps. Son énergie lui est revenue avec le vent du large. Si l'air salin la ragaillardit, c'est cependant sans plaisir qu'elle a renoué avec l'obligation de baisser les toiles vert foncé dont elle a muni chacune des nombreuses fenêtres de sa maison. L'obscuration obligatoire contraint les Gaspésiens à cacher toute source de lumière une fois que le soleil a disparu de l'horizon. Comme les phares des automobiles doivent aussi être éteints, il est plus prudent de rester chez soi le soir. Les rumeurs circulent parmi la population à l'effet que plusieurs sous-marins nazis ont été aperçus dans le golfe. Des Allemands auraient débarqué à Métis Beach et certains prétendent qu'ils se seraient mêlés à une noce. Marie en doute. Par contre, il est vrai que des navires de la marine marchande ont été torpillés et ont coulé dans les eaux du Saint-Laurent.

Georges est retourné au rang des Cailles, dimanche dernier, afin de rapporter un peu de viande et de produits laitiers pour tous les membres de la famille obligés de se priver en raison du rationnement imposé par les nécessités de la guerre. Durant son séjour chez Théo, Marie a perdu l'habitude de se soucier des fameux coupons. Son gendre Benjamin, qui a repris l'épicerie de son père après sa mort, ne peut faire d'exception pour personne de sa famille et il doit se conformer lui aussi aux exigences du gouvernement. Il est d'ailleurs sévèrement contrôlé quant au prix de vente des denrées alimentaires qu'il offre à ses clients.

Les privations ont affiné la silhouette des Canadiens et le gouvernement récupère ainsi un peu plus de tissu pour répondre aux besoins de son armée. Si les lois votées ont pu déterminer la longueur maximum des robes et bannir les revers de pantalon, il aurait été inconcevable de réglementer la largeur des vêtements. Le rationnement est venu compenser cette lacune.

Seule sur la grève, Marie respire une grande bouffée d'air salin. Durant la belle saison, Georges et Benjamin continuent de faire venir les marchandises commandées en ville par bateau et, avant l'hiver, ils font provision de tout ce qui se conserve plusieurs mois. Le coût du fret par train est aussi élevé pour la courte distance entre Mont-Joli et Cap-aux-Brumes qu'entre Mont-Joli et Montréal, alors que le tarif des navires est plus raisonnable. « Et dire que Guillaume croyait que l'arrivée du train sonnerait le glas du transport maritime », songe Marie qui ne peut s'empêcher de tout ramener à son grand moustachu. Elle chérit son souvenir, tout le lui rappelle, même les relations amoureuses d'Anne-Marie. « Doux Jésus ! Il faut que je fasse quelque chose avant que ses amours tournent au vinaigre. »

— Bon, il faut que je retourne vite à la maison, dit tout haut Marie qui ne redoute guère l'indiscrétion des goélands volant au-dessus de sa tête.

Après avoir demandé le numéro désiré à la standardiste, Marie attend patiemment, assise devant la petite table qui supporte l'appareil téléphonique, qu'elle a placé dans le couloir, près de la cuisine, pour plus de commodité. Elle entend deux sonneries avant qu'une voix féminine réponde.

— Oui, allô ? (…) Est-ce que je suis bien chez monsieur Julien Briand ? (…) Qui parle, s'il-vous-plaît ? (…) Gladys. Ah, bon. Est-ce que Julien est là ?

Marie est étonnée et vexée, cette Gladys est décidément bien familière pour se permettre de répondre au téléphone. « Il se passe des choses pas catholiques à Drummondville, se dit-elle, ulcérée. Il va savoir de quel bois je me chauffe, le Julien Briand ! S'il croit qu'il peut niaiser ma petite-fille comme ça, je vais le détromper. »

— Julien, ici madame Dumas, la grand-mère d'Anne-Marie Dumont, prend-elle la peine de préciser d'un ton pincé, comme si le jeune homme pouvait avoir oublié sa fiancée. Je m'excuse de vous déranger. Je vois que vous êtes occupé, voulez-vous me rappeler quand vous serez libre ? (…) Non, tout va bien. (…) Je sais que les longue-distance coûtent cher, vous n'avez pas besoin de me le rappeler. Est-ce qu'il faut téléphoner juste quand on a des mauvaises nouvelles ? J'avais le goût de jaser avec vous, c'est tout. (…) C'est ça, j'attends votre appel.

Marie raccroche sans plus attendre, elle l'a vouvoyé intentionnellement. La pâte à pain, qui a besoin d'être pétrie une dernière fois avant la cuisson, promet de donner une mie bien tendre, car la boulangère a grand besoin de se défouler.

Le téléphone sonne quinze minutes plus tard alors que Marie pétrit la pâte avec la vigueur d'un boxeur.

— S'il pense que je vais me déranger pour lui répondre, le petit vlimeux, il peut toujours attendre, rage-t-elle tout haut. Je n'aurais jamais cru ça de lui.

Les sonneries recommencent toutes les quinze minutes sans que Marie se décide à répondre.

— Qu'il s'inquiète à son tour ! dit-elle, la mâchoire crispée. Anne-Marie avait bien raison, et moi, l'idiote, je lui ai conseillé de rester aimante et gentille, se reproche-t-elle amèrement. Les choses ne sont pas toujours ce qu'elles paraissent, que je lui ai dit pour l'encourager. Peut-être bien, mais là, il dépasse les bornes, le Julien.

Marie sort de ses gonds chaque fois que le téléphone se fait entendre, jusqu'au retour d'Étienne. Ce dernier, pour rendre service à sa grand-mère, s'empresse de décrocher le combiné.

— Allô ? (…) Oui, vous êtes chez madame Dumas. (…) Étienne, son petit-fils. (…) Ah, Julien. Comment vas-tu ? (…) Ici, tout va bien. (…) Oui, je reste chez grand-maman et j'étudie au collège. (…) Quand est-ce que tu viens ? On t'attendait au début de septembre. (…) Bien sûr, je comprends. (…) Oui, un instant, je te la passe.

— Grand-maman, c'est Julien.

Marie se rend au téléphone sans se presser, les interurbains coûtent cher et elle veut lui faire payer son inconstance de toutes les façons possibles.

— Allô. (…) Oh, j'ai dû m'absenter. Je ne pensais pas que vous rappelleriez si vite. Je suis en train de préparer le souper et j'ai peur que mes patates prennent au fond.

Voulez-vous me rappeler demain matin? (...) C'est ça, à demain.

— Vos patates sont pas au feu, lui fait observer Étienne, qui la regarde sans comprendre.

— J'étais pourtant certaine que je les avais mises à cuire, répond Marie sans se démonter. Irais-tu me chercher une pinte de lait? J'ai oublié d'en acheter tantôt. Vraiment, je me demande où j'ai la tête aujourd'hui.

Marie a trouvé ce prétexte pour éloigner Étienne, car les pommes de terre ne sont pas même épluchées.

Au début de la soirée, alors qu'Étienne est concentré sur ses devoirs, on frappe à la porte. Marie se dirige vers l'entrée en bougonnant intérieurement, elle n'a envie de voir personne. Pour comble de malheur, c'est madame Dondon qui se présente. Sa voix haut perchée est plus criarde qu'une volée de goélands quand elle salue Marie et son halètement prononcé annonce une tournée de commérages impérative.

— Quel bon vent vous amène? dit Marie, reprenant d'instinct la vieille formule.

Elle s'efforce d'afficher un air de satisfaction pour se prémunir des questions indiscrètes de la commère. La petite madame Tremblay, qu'un brin d'amabilité réussit à berner, commence par râler contre la force du vent d'automne qui lui introduit au même moment une feuille morte entre les lèvres, comme pour se venger. D'un geste rageur, madame Tremblay l'enlève et s'essuie la langue du revers de la main.

— Entrez, lui dit Marie, qui craint que la petite bonne femme provoque un tourbillon vengeur de feuilles mortes si elle reste sur le perron.

— Ah, commence madame Tremblay, j'en ai toute une à vous apprendre !

— Donnez-moi votre manteau, dit Marie, au comble de l'exaspération.

Débouchant dans la cuisine, madame Tremblay salue aimablement Étienne, l'un des seuls paroissiens à être épargné par ses ragots, jusqu'à maintenant. La visiteuse grimace soudain et applique la main sur sa bouche, comme si elle était prise de nausées.

— Assoyez-vous, l'invite Marie, qui demeure impassible.

La frêle madame Tremblay prend place dans l'une des deux berçantes et sort vivement de son sac à main un mouchoir dans lequel elle crache un bout de feuille morte qui lui était resté collé sur la langue. Marie n'a pas le temps de lui demander si ça va mieux que la semeuse de nouvelles malveillantes débute par la phrase usuelle :

— Imaginez-vous donc...

Elle met une main sur son cœur, comme si le fait de révéler son dernier potin était d'une telle gravité qu'il pouvait faire sortir son précieux organe de sa cavité.

— Imaginez-vous donc, reprend-elle, qu'on a découvert des os de bébé dans la cour de la D'Amours.

— Tabarnouche ! balbutie Étienne, estomaqué. Qui c'est, la D'Amours ?

Se tournant vers le jeune homme avec un sourire si largement fendu que les coins de sa bouche rejoignent presque le lobe de ses oreilles, la potineuse s'apprête à révéler ce que chacun fait semblant d'ignorer et s'efforce surtout de taire :

— C'est la p...

— Une femme de mauvaise vie, la coupe Marie, qui n'a pas envie que son petit-fils soit informé si jeune de l'existence des maisons closes. Allons donc nous installer au salon, madame Tremblay, nous dérangeons Étienne dans ses devoirs.

Marie la fixe, la mine sévère. Son regard de braise lance des éclairs menaçants.

— C'est ben d'adon, répond prudemment la visiteuse, décontenancée par l'air hérissé de son hôtesse.

Le salon n'a pas été chauffé et il y fait frais, mais Marie espère que cela incitera madame Tremblay à raccourcir leur entretien. Après les perturbations de l'après-midi, elle aspire au calme, ou tout au moins à un peu de solitude, car la colère qui sourd en elle menace de faire sauter les digues de retenue fragilisées par trop de pression.

— Vous devriez vous tourner la langue sept fois avant de parler, chuchote-t-elle. Étienne n'a que quatorze ans. Ce n'est pas très indiqué de lui parler des femmes aux mœurs légères.

— Oh, fait la réprimandée en plaçant une main devant sa bouche arrondie. Grand comme il est, on dirait qu'il est ben plus vieux.

— Tâchez de vous en souvenir à l'avenir, dit Marie d'un ton courroucé.

— Bon, ben, je pense que je vais y aller, moi là.

Marie se lève prestement, de crainte que sa visiteuse ne change d'idée. Elle l'aide à mettre son manteau, marmonne un bonsoir sans chaleur et ferme la porte sur les talons de l'enquiquineuse, puis tourne la clef dans la serrure. « Bon débarras ! », marmotte-t-elle.

Marie voit rouge, rouge comme les lèvres peinturlurées de la Bostonienne ou celles couleur cerise de la veuve Lafleur de Val-des-Castors, rouge sang comme celles de la D'Amours, la putain de Cap-aux-Brumes, ou rouge rubis comme la petite bouche mince de la Gladys de Drummondville, car Marie se rappelle fort bien Gladys, contrairement à ce qu'elle a affirmé à Anne-Marie. Si une femme amoureuse a des antennes, en raison de l'expérience une vieille femme semble munie d'un radar pour repérer ces vauriennes.

Après une nuit entrecoupée de mauvais rêves, Marie n'a pas l'humeur à l'indulgence. Elle réussit à se maîtriser jusqu'au départ d'Étienne et verrouille de nouveau la porte, puis tire les tentures du salon afin de demeurer invisible aux éventuels visiteurs.

Elle se fait ensuite couler un bain tiède, y ajoute du gros sel, espérant calmer l'exaspération qui fermente en elle et lui cause un violent mal de tête. Elle se masse doucement les tempes, puis s'allonge dans la baignoire, une débarbouillette humide sur le front. Les yeux fermés, elle essaie de contrôler sa respiration saccadée. Elle y arrive presque quand la sonnerie du téléphone vient raviver sa rancœur.

— Tu ne perds rien pour attendre, Julien Briand ! rugit-elle en laissant le téléphone sonner.

Marie se sèche en prenant son temps, puis elle revêt une robe de la couleur de son humeur – noire. Elle épingle ses cheveux pour en faire un chignon bien serré et se rend à la cuisine où une tasse de thé, avalée à petite gorgée, l'aide à combattre la nausée qui l'empêche de déjeuner.

Le téléphone recommence à sonner, Marie se lève et décroche. D'une voix neutre, au cas où l'appelant ne serait pas celui qu'elle attend, elle dit sèchement :

— Allô ? (...) Elle-même à l'appareil. (...) Êtes-vous seul ? (...) Eh bien, disons que ce que j'avais envie de vous dire hier en vous appelant est à l'opposé de ce que j'ai à vous dire aujourd'hui, jeune homme !

Marie prend une profonde inspiration et poursuit:

— Votre conduite est inqualifiable, Julien Briand! (...) Non, n'essayez pas de m'endormir avec vos belles paroles. Quand un homme est fiancé et qu'il ne tient pas ses promesses, j'ai pour mon dire qu'il ne vaut pas cher.

Marie lève les yeux en l'air en faisant des signes de dénégation de la tête.

— Vous aurez beau essayer de vous justifier, ça ne prend pas avec moi. (...) Non, c'est inutile. Écoutez-moi bien. Il n'est pas normal, et je pèse mes mots, qu'une jeune personne, que je ne nommerai pas, se trouve seule avec vous. (...) Elle faisait votre ménage, la belle affaire! Aviez-vous un chaperon? (...) Non, alors j'ai raison. Et si vous avez besoin d'une bonne, vous n'avez qu'à embaucher une dame d'un certain âge. Les gens doivent jaser sur votre compte en pas pour rire!

Marie écoute la longue plaidoirie de Julien avec la morgue d'un juge difficile à convaincre.

— Vous aurez beau dire, je ne vous laisserai pas rire de ma petite-fille plus longtemps, Julien Briand.

Marie a l'impression que de la fumée lui sort par les narines en entendant les explications de Julien.

— Vous ne voulez pas perdre une bonne cliente? Doux Jésus! J'aurai tout entendu! Quand on court deux lièvres à la fois, on risque de perdre les deux!

Avec rage, elle lui raccroche la ligne au nez.

Durant plusieurs heures, Marie a cru que Julien allait tenter de la rappeler, mais l'appareil téléphonique est resté muet. Craignant de l'avoir endommagé en raccrochant trop fort, elle l'examine attentivement, décroche l'écouteur, demande un numéro local à la standardiste et constate, déçue, que tout est en ordre.

« Il faut que j'avertisse Anne-Marie, se dit-elle alors. Il vaut mieux qu'elle sache à quoi s'en tenir et qu'elle oublie ce malotru. » Marie enfile son manteau et se rend au magasin de Georges. Deux vieillards désœuvrés fument la pipe dans un coin. Derrière son comptoir, Georges lit le journal.

— Pourrais-tu me conduire à Val-des-Castors dimanche après-midi ? chuchote-t-elle en se pendant au-dessus du comptoir.

— Avec plaisir, si je trouve de l'essence.

— Arrange-toi pour en trouver, à n'importe quel prix !

En ces temps de disette, il est possible de trouver à peu près n'importe quoi si on est prêt à y mettre l'argent et qu'on s'y prend d'avance. Le marché noir enrichit les audacieux contrebandiers que personne n'a envie de dénoncer aux autorités malgré les prix exorbitants qu'ils pratiquent.

— Vous n'allez pas voir Lucette ? s'exclame Georges, abasourdi en voyant sa mère tourner les talons.

— Pas le temps.

Par la fenêtre du salon, Marie fixe les flots gris agités par le vent. Les feuilles mortes tourbillonnent au gré des caprices d'Éole qui s'acharne sur la flore déclinante. Le ciel pleure à grosses larmes depuis trois jours et la rivière Mélodie s'enfle de toute cette eau que la terre n'arrive plus à absorber. Dans la rue submergée, les rares voitures circulent à vitesse réduite. Les carreaux sont éclaboussés et Marie abandonne son poste d'observation pour aller chercher un peu de réconfort auprès du poêle à bois qui pétille.

Étienne est allé aider son oncle Georges à la quincaillerie, c'est ainsi qu'on désigne son magasin à présent. L'essor de Cap-aux-Brumes a favorisé l'ouverture de nouveaux commerces qui se démarquent les uns des autres par leur spécialité. Georges n'a plus besoin d'ouvrir le dimanche après la grand-messe, comme le magasin général des petits villages de campagne où le marchand doit garder de tout pour ravitailler la population.

Depuis mardi, Marie ne cesse de penser à ce qu'elle va devoir annoncer à Anne-Marie demain. La pauvre enfant aura certes beaucoup de chagrin, mais sa grand-mère est persuadée qu'elle se doute depuis un bon moment de ce qui l'attend. Après l'avoir entretenue de Gladys dans ses lettres, Julien, qui devait venir au début de septembre, lui a annoncé à la dernière minute qu'il avait un empêchement. « Un empêchement ! se moque Marie. Drôle de façon de qualifier la cliente qu'il ne veut pas perdre. »

Près du poêle, elle se frotte les bras pour se réchauffer. Elle a les membres gelés, sa circulation se fait moins bien en raison de son immobilité. Son esprit est tout occupé de ce qui la préoccupe et Marie se ronge les sangs, maudit les beaux parleurs et ne fait que le strict nécessaire pour l'entretien de la maison. Si son Guillaume était là, il ne la reconnaîtrait plus.

Elle entend frapper à sa porte. « Il fait un temps à ne pas mettre un chien dehors, soupire-t-elle, veux-tu bien me dire qui ça peut bien être ? J'espère que ce n'est pas encore madame Tremblay avec ses histoires d'ossements. » D'un geste brusque, elle ouvre la porte et fait face à Julien, pâle comme la mort.

— Vous, ici ? dit-elle, estomaquée.

Julien ne dit rien et se tient devant elle, l'air grave, tenant son chapeau d'une main, une petite valise dégoulinante de l'autre. Instinctivement, Marie recule et Julien, croyant à une invite, se glisse à l'intérieur. Il dépose sa valise sur le tapis et ferme la porte d'entrée. Parce que Marie ne sait quoi dire et Julien non plus, ils restent là à se regarder, les yeux dans les yeux, sans ciller ni l'un ni l'autre, comme deux chiens de faïence dépourvus de vie. On pourrait entendre une mouche à fruit voler.

Les yeux de Julien s'embuent sous le regard inamical de Marie, mais il ne fait pas un geste pour essuyer les larmes qui mouillent ses joues.

— Je viens m'installer à Cap-aux-Brumes, lâche-t-il enfin.

La tension de Marie se relâche. « Il était donc sincère », se dit-elle, un peu honteuse de s'être montrée si dure envers lui.

— Donnez-moi votre manteau et votre chapeau, arrive-t-elle à dire.

Elle suspend le manteau et dépose le chapeau sur la tablette de la penderie, pendant que Julien enlève ses couvre-chaussures. Sans un mot, il la suit à la cuisine où elle l'invite, d'un geste, à prendre place dans l'une des berçantes.

— Je vais faire du thé, dit-elle pour se donner une contenance, tout en se montrant un peu plus accueillante.

Elle retourne au poêle, place la bouilloire sur le rond avant, puis s'en va au comptoir remplir la théière de feuilles de thé et sort deux tasses. Chacun de ses gestes semble prendre une éternité. Marie ne sait pas comment aborder son visiteur. L'inconscience de Julien lui donne envie de se montrer cinglante et de lui demander si Gladys l'a plaqué, mais elle opte pour la prudence. Et Julien, qui ne dit rien, ne facilite pas la communication non plus.

— Comme ça, vous avez décidé de vous installer à Cap-aux-Brumes ?

Avec sa question, Marie lui renvoie la balle sans se compromettre. À lui de se dépatouiller, se dit-elle mesquinement.

— Oui, j'ai arrêté chez monsieur Lapierre avant de venir ici. Mais il n'a pas changé d'avis.

— Qu'allez-vous faire alors?

Marie maintient le vouvoiement, par prudence aussi. Julien a dérogé aux règles de bonne conduite et elle ne va pas lui donner l'absolution sans qu'il ait manifesté un réel repentir. On ne badine pas avec la morale et il devra faire preuve de sa probité s'il veut faire partie de la famille, foi de Marie Dumas!

— Je vais chercher un local pour m'établir.

— Vous ne craignez pas d'avoir du mal à arriver? Deux bijouteries dans une si petite ville, c'est risqué, non?

— Peut-être, mais mon oncle m'a laissé tout son outillage, un assortiment de pièces pour les réparations et un bon inventaire de bijoux de toutes sortes. Je n'aurai pas besoin d'investir au début. Je n'ai pas de dette et je toucherai un revenu de loyer en attendant la vente de la maison qu'il m'a léguée. Je peux tenir un bout de temps.

— Vos clients vont vous regretter, ne peut s'empêcher de persifler Marie en pensant à Gladys.

Julien ne cesse de la regarder dans les yeux, sans manifester d'animosité. Il a cet air bon enfant qui inspire confiance dès le premier abord.

— Mon bonheur est plus important, répond-il calmement.

La bouilloire sifflote à temps, délivrant Marie d'avoir à commenter la réponse de Julien. Elle infuse le thé lentement en observant fixement les feuilles si bizarrement qu'on croirait avoir affaire à une femme désaxée. Puis, le visage fermé, elle se tourne vers lui, les bras croisés sur la poitrine.

— Avant de décider quoi que ce soit, dit-elle pour le refroidir, vous devriez rendre visite à Anne-Marie. Nous y allons demain après-midi.

« Qui sait si ma petite-fille aura encore le goût de l'épouser? », se dit-elle pour soulager sa conscience, car elle éprouve en ce moment un plaisir sadique à le décontenancer et elle veut éviter qu'il croie pouvoir s'en tirer à si bon compte.

— Vous avez raison, répond-il, la mine triste.

— J'ai assez de chambres pour vous garder à coucher cette nuit, ajoute-t-elle avec froideur.

Elle le voit hésiter à accepter l'hospitalité qu'elle offre d'une manière méprisante.

— C'est très généreux de votre part, mais je ne veux surtout pas vous déranger. Je peux aller à l'hôtel.

Son air de gamin malheureux lui rappelle sa rencontre avec le petit bonhomme timide que le hasard lui avait permis de côtoyer dans le train en partance de Montréal, en 1929, et Marie regrette d'avoir déversé tant de fiel sur ce jeune homme qu'elle a peut-être mal jugé parce qu'elle a du mal à digérer l'affront.

— Je vous prie de m'excuser, marmonne-t-elle. J'ai trouvé votre conduite offensante et j'ai un peu de mal à passer l'éponge.

— Je comprends, dit-il simplement.

Marie se retourne vers le poêle, prend la théière et se dirige vers le comptoir. En versant le thé fumant dans les deux tasses, sa main tremble. De vieilles sensations refont surface, laissant place aux mauvais souvenirs qu'elle voudrait oublier.

La porte d'entrée grince, annonçant l'arrivée d'Étienne. Marie reconnaît sa façon d'ouvrir et de fermer la porte, en faisant attention à faire le moins de bruit possible. Elle l'entend enlever ses couvre-chaussures, ranger son manteau, refermer la porte de la penderie. De sa démarche tout aussi discrète, il arrive à la cuisine et s'écrie :

— Julien ! Ah, la belle visite ! Grand-maman ne m'avait pas dit que tu viendrais en fin de semaine.

— Je lui ai fait une surprise, répond Julien qui se lève, souriant, pour donner la main au jeune homme chaleureux.

— Demain, nous irons faire la surprise à ta sœur, dit Marie en essayant de se montrer enjouée.

Le ciel gris crachine un reste de chagrin et le rang des Cailles est si boueux que l'automobile de Georges dérape à deux reprises durant la montée. Assise à l'arrière entre Julien et Étienne, Marie égrène son chapelet. Sa crainte des «machines» remonte aussi loin que l'arrivée du premier véhicule à Cap-aux-Brumes. Elle les classe dans la catégorie des «engins de malheur», au même titre que les bombes. Et s'il lui arrive de reconnaître en son for intérieur que les autos sont bien utiles, elle se gardera de l'avouer à quiconque.

Marie devine que leur arrivée inattendue provoque un véritable branle-bas de combat dans la maison de Théo. L'un d'eux, se berçant près de l'une des fenêtres qui donnent sur le rang, a dû donner l'alerte en apercevant le véhicule familier.

Quand ils pénètrent dans la cuisine, par la porte arrière, Jérôme les accueille en compagnie de la pétillante Noémie. Théo arrive en relevant les bretelles de son pantalon. Clémence, Gisèle, Victor et Germain délaissent leur jeu de cartes pour venir les saluer.

Marie entend les pas précipités en provenance de la chambre d'Anne-Marie et les pleurs de Marguerite, sans doute réveillée en sursaut durant sa sieste.

— Chut ! Fais dodo, entend-elle Anne-Marie murmurer à sa petite sœur.

— Venez vous asseoir dans la salle, dit Théo.

À cet instant, Anne-Marie descend l'escalier, mince et gracieuse dans sa robe du dimanche. Son visage rayonne de bonheur. Dans sa précipitation, elle n'a pas eu le temps de mettre ses bas de nylon et elle porte les bas de coton, couleur chair, réservés aux jours de semaine.

— Tu t'attendais pas à avoir de la belle visite de même, la taquine Georges. Je gagerais mes culottes que t'as été te changer quand t'as vu que le beau Julien était avec nous autres, hein ?

— Arrête donc de la faire étriver, dit Lucette en riant.

Julien regarde sa promise avec des yeux admiratifs. Malgré la fatigue apparente qui se lit sur son visage, il arbore un sourire extasié et ses yeux scintillent comme des étoiles.

Selon les usages, Anne-Marie fait d'abord la bise à sa parenté avant de permettre à Julien d'appliquer un chaste baiser sur sa joue. En se séparant, les deux fiancés restent plantés là à se regarder comme si rien ni personne ne les entourait.

— Fais-nous du thé, commande Théo pour ramener sa fille sur terre.

Le teint d'Anne-Marie rosit.

— Allons dans la salle, dit Théo en invitant ses visiteurs du geste.

Il fait passer devant lui Marie, Georges et Lucette. Puis il met une main sur l'épaule d'Étienne, rendu aussi grand que lui.

— Comment ça marche au collège, mon homme ?

Malgré le temps clair et le soleil lumineux, la mer est grosse. Les grandes marées de l'automne s'acharnent à tosser les énormes blocs de roc empilés tout le tour du quai afin de le protéger des assauts furibonds. Marie est attirée par la véhémence du fleuve qui malmène sans pitié tout ce qui s'endort dans son lit colossal. À présent que tous les siens sont à l'abri sur le plancher des vaches, elle est fascinée par la force de l'eau et elle vient souvent se promener sur le long quai qu'elle arpente d'un bout à l'autre, se ménageant plusieurs pauses afin de contempler tout cet infini qui s'étend à perte de vue et qui entraîne ses pensées dans toutes sortes de direction, selon ses humeurs du moment. Elle navigue du passé à l'avenir, sans avoir à se préoccuper de changements de cap. À certains moments, elle a l'impression de faire partie de ce grand lit d'eau et elle ressent alors une paix profonde.

Comme cette mer, aussi vieille que le monde, Marie charme et captive, en dépit de son âge et des rides qui parcheminent son épiderme. La force de sa volonté exerce une attraction à laquelle il est difficile de résister, et sa séduction réside dans un amalgame complexe de détermination et de bienveillance.

Marie consulte sa montre et décide de rentrer. Elle resserre son foulard que le vent du large menace d'emporter. Les rafales soulèvent les pans de son manteau alors qu'elle fait demi-tour. Arrivée à la maison, elle enfourne deux bûches de bois dans le poêle et se frotte les mains au-dessus des ronds de fonte dégageant une douce chaleur. Après avoir mis la bouilloire à chauffer en vue de préparer du thé, elle va se poster à la grande fenêtre du salon afin de guetter l'arrivée annoncée de son futur pensionnaire.

Toutes les cinq minutes, elle vérifie l'heure à sa montre, retourne à la cuisine afin de remplir la bouilloire qui siffle et se distille en vapeur, puis retourne à son poste d'observation. « Une heure de retard, murmure-t-elle, j'espère qu'il ne lui est rien arrivé de fâcheux. » Et son imagination fertile échafaude tous les scénarios de mésaventures possibles, à partir d'une banale crevaison jusqu'à l'accident fatal où les plaies sanglantes tranchent sur les visages exsangues des victimes gisant éparpillées sur l'asphalte. À force de se torturer les méninges, Marie devient aussi crispée qu'une barre de fer. Ses intestins se contractent et elle souffre d'affreuses crampes.

L'approche d'un camion qui ralentit la soulage de toutes ses angoisses aussi vaines que ridicules. Ce doit être Julien qui arrive enfin.

Après avoir constaté que son amour pour sa petite-fille était sincère, Marie lui a offert d'utiliser une pièce de sa maison, comme au temps où elle-même tenait son commerce de tissus. L'offre n'est pas tout à fait désintéressée, puisque Marie pourra ainsi l'avoir à l'œil. De sa longue observation des hommes, elle a compris que même les meilleurs garçons ont parfois besoin d'un rappel à l'ordre, et si la conduite de Julien n'est pas irréprochable d'ici le mariage, elle n'hésitera pas à en informer sa petite-fille avant qu'il soit trop tard. Comme prévu, Julien a d'abord opposé un refus poli, affirmant ne pas vouloir chambarder les habitudes de vie de Marie. Sachant qu'il devait être méfiant après leur affrontement, elle s'est montrée conciliante et aimante. Elle a fait valoir qu'il y avait autant d'avantages pour elle que pour lui. Mais c'est quand elle a évoqué la vive affection qui la lie à Anne-Marie qu'elle l'a senti flancher.

« C'est lui ! », se réjouit-elle en voyant le véhicule ralentir encore et se stationner à reculons dans l'entrée. Dans le salon que Marie a fait vider la veille par Georges et Étienne, Julien et le déménageur déposent les comptoirs. Durant tout le déménagement, elle se tient près de la porte afin de la refermer très vite pour empêcher le vent d'automne de se faufiler comme un intrus indésirable.

— Venez prendre une tasse de thé, dit-elle au déménageur après qu'il a sorti la dernière boîte.

L'homme consulte sa montre.

— Merci, madame, mais il faut que je parte. J'en ai pour plusieurs heures avant d'être rendu chez nous.

— Vous allez rester à coucher, voyons, proteste-t-elle.

— Vous êtes ben aimable, faut que je m'en aille, j'ai un autre voyage à faire demain.

Le grincement d'une porte réveille Marie. Avec l'obscurité qui règne dans sa chambre en raison des toiles vert foncé qui couvrent les fenêtres, elle n'arrive pas à bien voir l'heure au réveille-matin placé sur son bureau. Elle sort du lit et relève la toile qui donne sur la maison voisine.

— Doux Jésus ! Ça n'a pas d'allure de se lever tard de même, marmonne-t-elle, en constatant qu'il est près de huit heures et demie. Étienne est parti pour l'école et je ne lui ai pas fait son déjeuner.

Puis se souvenant de la présence de Julien, arrivé la veille, elle se dépêche de troquer ses vêtements de nuit contre une tenue décente. Un coup d'œil au miroir lui indique qu'elle aurait besoin de se coiffer convenablement, mais sa brosse et son peigne sont dans le cabinet de toilette. Marie ne s'habitue pas à qualifier cette petite pièce de salle de bain, comme le fait Lucette. « Il va falloir que je change mes habitudes », se dit-elle en démêlant ses longs cheveux à l'aide de ses doigts. Avant de sortir, Marie fait son lit et lève les deux autres toiles. Le soleil irradie la pièce, chassant les doux rêves de la nuit.

— Oh, bonjour, dit-elle en apercevant Julien en train de nettoyer ses comptoirs vitrés. Je n'ai pas l'habitude de me lever aussi tard. As-tu bien dormi? Es-tu debout depuis longtemps?

Il la regarde en souriant de ce sourire timide qui le rend si charmant. La veille au soir, il a commencé à déballer et ranger ses outils dans les minuscules tiroirs de son établi et Marie a pu constater qu'il travaille sans gestes brusques, de façon méticuleuse.

— Oui aux deux questions, répond-il d'une voix douce.

— Je vais nous faire à déjeuner, ce ne sera pas long.

Marie retient sa longue chevelure et se sauve aux toilettes, gênée de faire aussi mauvaise impression dès le premier jour. D'habitude, elle est la première levée et Étienne la voit déjà aux fourneaux à son réveil. Sauf qu'hier, elle est allée au lit plus tard que de coutume parce que Julien n'est monté se coucher qu'à minuit et qu'elle ne voulait pas le laisser seul au cas où il aurait besoin de quelque chose. Après s'être lavée sommairement et avoir remonté ses cheveux en chignon, Marie se fait la réflexion que le fiancé d'Anne-Marie n'est pas un gros dormeur.

Le lendemain, pendant que Marie polit les bijoux à l'aide d'un chamois, comme Julien le lui a montré, et qu'elle les dispose dans les comptoirs, le bijoutier aménage devant l'une des deux fenêtres du grand salon une plate-forme inclinée, recouverte de velours bleu royal, sur laquelle seront exposés montres, réveille-matin, horloges, colliers et boucles d'oreille. Dans la vitrine improvisée qu'il a débarrassée de son rideau de dentelle, il a écrit en grosses lettres rouges le nom de son commerce : Bijouterie Briand. Puis il aménage autour de son étalage des panneaux coulissants afin de protéger la précieuse marchandise de la convoitise des voleurs.

Par la fenêtre, Marie voit s'immobiliser devant chez elle la petite madame Tremblay qu'elle a omis de prévenir, se réservant le plaisir mauvais de la priver de colporter partout un potin d'une telle importance, et elle savoure chaque seconde où la petite dame reste prostrée devant le récent lettrage. « Elle viendrait de voir atterrir des Martiens qu'elle ne semblerait pas plus estomaquée », se réjouit-elle. Malheureusement, l'état cataleptique de la commère prend fin trop tôt à son goût. La main sur le cœur, comme chaque fois qu'elle a une émotion trop forte, madame Dondon fonce vers la porte d'entrée et entre sans frapper. Marie réalise alors qu'elle ne pourra plus jouir de sa précieuse intimité.

— Mais, mais, mais… répète la potineuse, le souffle coupé.

Julien regarde l'étrange petite personne toute fripée dont la voix aiguë arriverait à écorcher les tympans les mieux blindés.

— Madame Tremblay, je vous présente le fiancé de ma petite-fille Anne-Marie, monsieur Julien Briand. Julien, je te présente madame Tremblay, annonce Marie d'un ton cérémonieux.

— Bonjour, madame, dit Julien.

— Bonjour, murmure la commère, dont le regard ahuri va de Marie à Julien.

Marie s'amuse de voir l'enquêteuse chevronnée figée devant eux, incapable de formuler la plus petite question. Mais jugeant que toute publicité peut aider Julien à lui attirer des clients, elle décide d'utiliser les services gratuits de sa petite madame Dondon.

— Vous savez, madame Tremblay, Julien est un horloger hors pair. Il a tenu une bijouterie durant plusieurs années avec son oncle, à Drummondville. Malheureusement, son oncle est décédé en juin, du cancer, précise-t-elle en hochant la tête d'un air triste.

Le visage de madame Tremblay passe du sourire à la mine compassée, s'accordant aux révélations différentes de Marie.

— ... et Julien, qui n'a plus aucun parent, a décidé de venir s'établir à Cap-aux-Brumes pour se rapprocher de la famille de sa future épouse, conclut-elle avec un léger trémolo propre à inspirer la plus grande compassion.

— Oh! fait madame Tremblay, la main toujours posée sur sa poitrine et l'air sincèrement navré. Mes sympathies, monsieur.

— Merci, murmure poliment Julien.

— Vous avez ben fait de venir à Cap-aux-Brumes. Vous allez voir qu'ici, il y a du monde ben d'adon, oui ben d'adon, répète-t-elle en hochant la tête, comme pour approuver sa propre affirmation.

— Venez donc prendre une tasse de thé, madame Tremblay, propose Marie qui se doute que la dame sera trop pressée d'aller répandre la bonne nouvelle pour accepter l'invitation.

— Vous êtes ben fine, mais faut que je me sauve. À la revoyure.

Au bout des comptoirs disposés en L, Julien a installé son coin de réparation qui comprend un établi placé de côté, de manière à voir entrer les clients. Le vieux meuble de son oncle est recouvert d'une épaisse vitre afin de repérer les minuscules pièces de montre qu'il pourrait laisser tomber par mégarde et éviter qu'elles s'enfoncent dans une rainure du bois. Dans les nombreux tiroirs sont rangés ses outils miniatures : pinces coupantes, brucelles effilées droites ou courbées, limes, tire ressort, jeu de tarauds.

Derrière son fauteuil pivotant, il a placé le classeur contenant un assortiment de pièces de rechange pour divers mécanismes d'horlogerie. L'intérieur des minces tiroirs est compartimenté. Sur une table de travail, placée contre le mur entre le classeur et l'établi, sont disposés un polisseur, des étaux, une enclume et son marteau, un chalumeau, une scie à la lame très fine pour découper les bagues qu'un œdème empêcherait de sortir du doigt, deux baguiers et un triboulet pour mesurer doigts et bagues. Trois chamois pliés en quatre traînent à portée de main, car Julien s'en sert à longueur de journée pour polir montres et bijoux.

Le jour de l'ouverture de sa bijouterie, Julien entend un bruit d'explosion insolite. Comme il l'apprendra plus tard, un cargo britannique a coulé aux abords de Cap-aux-Brumes, probablement torpillé par un sous-marin allemand. Dix-sept survivants arrivent à rejoindre la côte. *La Presse* du 3 novembre relate la tragédie. Quarante-cinq membres d'équipage manquent à l'appel. Dans les eaux glaciales du Saint-Laurent, l'hypothermie affaiblit rapidement ceux qui ne coulent pas immédiatement.

Dans les jours suivants, la nouvelle bijouterie bénéficie du battage publicitaire dû aux bavardages de madame Tremblay et les clients ne tardent pas à se présenter. Plusieurs viennent faire réparer leur montre qu'ils n'osent plus confier au bijoutier Lapierre, atteint de tremblements. Par curiosité, les femmes viennent reluquer les bijoux, s'informent des prix et promettent de revenir plus tard quand elles auront économisé la somme nécessaire. La saison des fêtes approche et le choix ira en diminuant, leur explique Julien, puis il leur propose de réserver le bijou désiré moyennant un léger acompte. La formule plaît et il réussit à faire plusieurs mises de côté. Cela lui évite aussi de faire crédit sans offenser la clientèle.

Les gémissements du vent, le brouillard et la neige viennent rappeler aux proches des soldats partis au front les misères additionnelles qui s'ajouteront aux conditions de vie déjà exécrables des combattants. Pour remonter le moral de la population, on annonce chacune des avancées des troupes alliées en Europe.

À la fin du mois de novembre, quelque 3 000 personnes manifestent contre la conscription à Montréal, parce que le premier ministre canadien, malgré ses promesses, demande d'autoriser l'envoi outre-mer de milliers de conscrits. *La Presse* du 8 décembre informe que Mackenzie King a remporté le débat par 143 voix contre 70. Au rang des Cailles et à Cap-aux-Brumes, comme partout dans la province, la police militaire poursuit ses fouilles en vue de retrouver ceux qui manquent à l'appel.

Libéré à la mi-août après quatre ans de détention parce qu'il avait invité la population à défier la Loi sur l'enrôlement obligatoire en refusant publiquement de s'enregistrer, l'ancien maire de Montréal, Camillien Houde, est réélu en décembre.

De tempérament pacifique, Julien bénit à présent l'infirmité qui le rend inapte au service militaire. Le patient travail d'horloger convient parfaitement à ses goûts. Penché au-dessus de son établi éclairé par une lampe électrique, la loupe d'horloger fixée à son œil droit, il examine attentivement le mécanisme de la montre usagée que vient de lui apporter le père Anthime. Le vieil usurier, dont la face profondément ridée ressemble à celle d'un bouledogue, attend de l'autre côté du comptoir. Ne faisant confiance à personne, il ne lâche pas Julien des yeux et attend le verdict, le dos courbé par plus de quatre-vingts ans à chercher les sous tombés des poches percées de ses concitoyens.

Julien referme le boîtier de la montre et la rapporte à son propriétaire.

— Il ne se fait plus de pièces pour ces montres-là. Je pourrais toujours vous en fabriquer une, si vous y tenez absolument, mais ça vous coûterait aussi cher que d'acheter une montre neuve.

— Êtes-vous en train de me dire que ma montre vaut plus rien ? C'est de l'or ça, mon jeune monsieur.

— Désolé de vous décevoir, mais si on vous a vendu ça pour de l'or, on vous a menti. C'est du plaqué or seulement et regardez en dessous, la mince couche dorée est quasiment toute disparue.

— Tu parles d'un maudit voleur, il m'avait pôné ça pour dix piastres dans le temps. Une chance qu'il est mort, le vieux snoreau, sinon je lui ferais cracher mon argent, pis les intérêts en plus.

Julien reste impassible devant l'irritation qu'il trouve parfaitement justifiée, mais devant laquelle il est impuissant. Il condamne vigoureusement le vol et l'arnaque. Dans son domaine, il rencontre souvent des clients s'étant fait berner par des gens sans scrupule.

— Il faut faire affaire avec un bijoutier de confiance, sinon on risque de se faire avoir. Voulez-vous regarder pour une montre neuve ? J'en ai une justement que je pourrais vous laisser à bon prix.

— Combien vous me donnez pour celle-là ? répond l'usurier en montrant sa vieille montre devenue inutile. Elle a encore des morceaux de bon, non ?

— Si c'était une montre de qualité, je ne dis pas, mais…

Julien préfère ne pas finir la phrase de peur d'insulter le vieil homme.

— Ben, si c'est de même, je vais aller voir Lapierre. Il est plus d'arrangement que toi, dit le père Anthime avec suffisance.

L'attitude et le tutoiement surprennent Julien. Pourtant, le bonhomme crâneur reste sur place, s'attendant sans doute à ce qu'il change d'avis et lui fasse une offre, mais comme il reste muet, le père Anthime finit par faire demi-tour en bougonnant.

Au rang des Cailles, Anne-Marie prépare des pâtés à la viande et des desserts variés pour le temps des fêtes. Cette année, elle a été obligée de faire boucherie avec les hommes et de préparer le boudin qui lui donne la nausée. Leur voisine, Alma Fontaine, appelée en renfort, est venue lui donner un coup de main et les tablettes regorgent de pots de viande mise en conserve. Pour la récompenser, Anne-Marie lui a fait cadeau d'une fournée de pains croustillants, à la mie bien tendre.

La dernière lettre d'Estelle redisait son immense chagrin d'avoir perdu son mari à la guerre. La présence de sa petite Julie, qui ressemble à son papa, n'arrive pas à combler le vide. Anne-Marie a l'impression que le fait de vivre auprès de ses beaux-parents n'aide aucunement Estelle à faire son deuil. Elle les imagine cultiver jour après jour le souvenir du disparu et entretenir ainsi leur souffrance. Comme Alma, elle croit que son amie devrait revenir au rang des Cailles. Elle l'a d'ailleurs priée instamment de venir passer quelques jours durant les fêtes, prétendant avoir besoin de support moral en raison du report de son mariage et de la maladie de sa mère. Afin de ménager Estelle, elle a omis de l'informer du déménagement de Julien et de leur amour qui devient chaque jour plus fort que la veille.

Pourtant, elle a maintenant davantage de raisons d'espérer que l'été dernier, car les nouvelles de sa mère annoncent une amélioration très nette de son état de santé. Ce n'est plus qu'une question de mois, a écrit Marie-Reine dernièrement. Et Anne-Marie chantonne en roulant la pâte à tarte.

Julien lui envoie régulièrement de belles lettres d'amour dans lesquelles il affirme son bonheur d'habiter chez Marie et le plaisir que lui procure la compagnie d'Étienne. Il se déclare également satisfait de l'achalandage de la bijouterie qui ne cesse de s'accroître. Anne-Marie prie tous les soirs pour que le temps soit clément afin que Julien puisse lui rendre visite le 24 décembre, qui tombe un dimanche, ce qui donne à son fiancé un congé de trois jours consécutifs.

Anne-Marie entend babiller Marguerite, qui vient de se réveiller de son somme. Elle s'essuie les mains et monte la chercher. Comme chaque fois, sa boule d'amour trépigne en la voyant apparaître. « Amahi ! », s'écrie-t-elle en lui tendant les bras. La grande sœur fond d'amour devant cette enfant attardée, mais si confiante et si affectueuse.

L'étoile décorative d'un sapin en habit de fête courtise depuis hier le plafond du modeste salon des Dumont. Un tapis ouaté recouvre le seau d'eau, dans lequel trempe le pied du grand résineux, et sa base où repose une crèche à l'image du dénuement du petit Jésus, né dans une étable, en compagnie d'un âne gris, d'un bœuf placidement couché près de lui et d'un petit mouton curieux qui observe ce bébé uniquement vêtu d'un lange.

Assise près de la fenêtre, Clémence berce Marguerite en admirant le paysage que la neige a purifié durant la nuit. Les perches de clôture ont l'air de se réchauffer sous une pelisse blanche comme la fourrure de lapin, et les pieux coiffés d'un bonnet rond immaculé ont une allure coquette. Paix et harmonie règnent sur la campagne environnante, le poêle à bois pétille et l'arôme du pot-au-feu titille les estomacs affamés.

Pendant que le maître de maison et ses fils assistent à la grand-messe au village, Anne-Marie dresse la table en chantonnant. Elle a le cœur gai puisque son fiancé pourra se rendre jusque chez elle sans difficulté, cette année. Pour une fois, l'hiver s'est montré bienveillant et, jusqu'à présent, on peut circuler aisément dans tous les rangs de la paroisse. Pour ménager sa nouvelle robe qu'elle ne mettra qu'après le dîner, elle porte la tenue défraîchie des jours de labeur.

— Il y a une auto qui s'en vient, s'écrie soudain Clémence.

Intriguée, Anne-Marie jette un coup d'œil à l'extérieur alors qu'une voiture tourne dans la montée. D'un mouvement précipité, elle pivote sur elle-même et monte en vitesse à sa chambre. Dans son empressement, elle jette la robe usée dans le fond du placard et enfile rapidement la neuve. Aussi vive qu'un thon, elle redescend au moment où Gisèle ouvre la porte de la cuisine et lance des cris de joie en voyant apparaître sa grand-mère, accompagnée d'Étienne et de Julien.

S'il s'était agi d'autres personnes arrivant à l'improviste, ou plus tôt que prévu comme maintenant, Anne-Marie aurait assurément ronchonné. Mais aujourd'hui, le bleu de ses yeux est aussi limpide qu'un ciel sans nuage.

— Je vous attendais juste en début d'après-midi, dit-elle avec un sourire, heureuse d'avoir eu le temps de se changer afin de se montrer sous son meilleur jour.

La jeune fiancée oublie encore que ses bas de coton déparent sa robe chic et trahissent un changement expéditif de costume.

— Julien nous a obligés à aller à la messe basse, affirme Étienne, l'air moqueur.

Le fiancé esquisse un sourire timide.

— L'hiver, il vaut mieux partir plus tôt, se justifie-t-il.

— Oui, c'est plus prudent, l'approuve Anne-Marie.

Le soleil éclatant et l'absence de vent désavouent l'argument des deux amoureux, trop heureux de se retrouver après deux mois d'éloignement, mais personne ne songe à relever la contradiction.

En ce dimanche 24 décembre 1944, Jérôme et Noémie ont eux aussi le regard brillant. Dans le secret de la petite école de rang, Jérôme, venu chercher son amie de cœur pour l'amener avec eux à la messe, l'a demandée en mariage et la sémillante institutrice a rosi de plaisir en répondant un oui attendri. Parce que Jérôme est encore bien jeune, ils ont décidé de ne rien divulguer avant que Marie-Reine sorte du sanatorium.

À l'église, au moment de l'offertoire, Théo se prosterne devant l'hostie en priant la Vierge et tous les saints de veiller sur Marie-Reine. Sa femme lui manque cruellement en cette veille de Noël. L'imaginer seule dans une chambre impersonnelle du sanatorium le désespère. En pensée, il se la représente. Ce n'est pas la Marie-Reine du jour qui s'impose à lui, c'est celle de l'intimité de leur chambre à coucher quand elle dénoue ses longs cheveux et le regarde amoureusement. Elle pense à lui, il le sent très fort.

Dans la chapelle du sanatorium, Marie-Reine égrène son chapelet avec ferveur en rêvant de Théo, son homme qu'elle désire de tout son être. À force de rester allongée dans un lit, son esprit vagabonde et ses pensées dérivent vers l'attrait du fruit défendu, le plus grand péché du monde selon le clergé. Prenez garde aux tentations, ne cesse de répéter l'aumônier de l'hôpital, habitué à entendre en confession les pensées impures dont s'accusent les tuberculeux condamnés à l'oisiveté. Que de fantasmes inapaisés requièrent le pardon du Très Haut ! N'ayant d'autre compagnie que celle, souvent déprimante, des autres malades, Marie-Reine mendie un peu de réconfort à son imagination qui l'amène invariablement auprès de celui qu'elle aime de toute son âme : son grand blond au regard d'azur, aux épaules solides, aux bras accueillants, exhibant fièrement l'étendard de son amour gonflé d'appétence.

Théo se prosterne de nouveau quand le prêtre présente à l'assemblée des fidèles le calice de vin représentant le sang de Jésus. À l'intérieur de sa large poitrine, une boule de chaleur propage des ondes de tendresse bienfaisantes et, sans pouvoir s'expliquer le phénomène, il se sent apaisé et proche de sa Marie-Reine.

Marie, Étienne et Julien ont à peine le temps de faire une bonne flambée dans la cuisine et la bijouterie, pour ranimer la grande maison abandonnée, qu'une grosse tempête se lève sur Cap-aux-Brumes. Durant leur séjour au rang des Cailles, Georges a régulièrement alimenté les deux sources de chaleur afin de protéger les conduites d'eau contre le gel qui les ferait éclater. Les tourbillons opaques et blancs se démènent comme des fantômes affolés par l'emportement du ciel. En moins d'une heure, les bourrasques forment des monticules de neige bloquant la circulation et incitant les gens à rester chez eux, auprès du feu. Avant d'éclairer les pièces assombries par la tourmente, les hivernants de la côte gaspésienne baissent les toiles foncées qui les soustraient à ce déchaînement menaçant de dame Nature.

Après la tempête, le soleil resplendit, mais le froid piquant de janvier étend son emprise. Les eaux du bord du fleuve se congèlent et les marées soulèvent les jeunes blocs de glace, les empilent pêle-mêle sur la rive. Quand les vagues n'arrivent plus à fragmenter la glace épaissie, leurs jaillissements contribuent à amplifier la masse frigorifiée. Chaque jour, la banquise biscornue s'accroît vers le large.

Rompus aux rigueurs de l'hiver, les Soviétiques s'emparent de Varsovie et s'approchent de la frontière allemande, tandis que les Américains prennent Saint-Vith, communauté germanophone de Belgique. Le 29 janvier, la Belgique est libérée.

De son côté, Julien subit les assauts répétés d'une jeune fille un peu trop délurée au goût de Marie. Les abordages hebdomadaires de la nouvelle cliente se font sous un prétexte ou un autre. Et Marie, qui la connaît de réputation, trouve elle aussi prétexte à entrer dans la bijouterie afin de surveiller les intérêts de sa petite-fille. Voyant que la jeune personne semble déterminée à prolonger sa visite, elle s'enhardit.

— Donne-moi ce chamois. Je vais nettoyer les bijoux.

Et sans attendre, elle enlève le bout de tissu à Julien qui n'a d'autre choix que d'aller en prendre un autre sur son établi afin de nettoyer la bague de la jeune femme. Fleurette Hardy prétend qu'elle a accroché sa bague et elle craint d'avoir abîmé les griffes qui retiennent la perle de pacotille qui la coiffe.

— Il n'y a aucun danger, l'assure Julien en lui remettant l'anneau en or blanc qu'il a examiné à la loupe.

Fleurette reprend son bien en effleurant la main de Julien, glisse lentement la bague à son doigt et éloigne sa main en la faisant onduler légèrement pour juger de l'effet.

— J'aimerais essayer ce collier de perles, minaude-t-elle ensuite.

Un à un, elle détache les boutons de son manteau, l'ouvre, se penche au-dessus du comptoir afin d'obliger le bijoutier à lui attacher le collier autour du cou. Marie, qui est restée sur place pour mieux observer son manège, fait semblant de nettoyer les chaînes en or blanc qui sont exposées dans le comptoir. Elle ouvre la bouche de stupéfaction en voyant la naissance des seins dans l'échancrure de la robe décolletée de la gourgandine. « Ce n'est pas une robe d'après-midi », s'offusque-t-elle en vérifiant l'attitude de Julien. Heureusement, le bijoutier demeure impassible devant les charmes étalés avec tant d'audace. Il se concentre sur l'attache du collier, en évitant de toucher sa cliente.

Fleurette se relève lentement et se dirige en se déhanchant vers le miroir fixé sur le mur près du comptoir. Elle touche les perles, s'admire un moment et fait la moue.

— Non, fait-elle. Ces perles sont trop petites.

Comme de raison, elle demande à Julien de dégrafer le collier, se disant incapable d'y arriver toute seule. Durant une heure, la scène se répète avec des regards langoureux lancés au jeune bijoutier, des effleurements du bout des doigts, une suite de propos mièvres. Finalement, après avoir épuisé la provision de colliers de perles sans en avoir trouvé un à son goût, Fleurette doit se résigner à quitter les lieux.

— Ouf, soupire discrètement Julien en replaçant le dernier collier essayé dans son écrin de velours.

— Tu parles d'une garce ! lâche Marie en fronçant les sourcils. Ça se produit souvent, des choses comme ça ?

— De temps en temps, avoue timidement Julien.

— Je n'aurais jamais pensé qu'une femme pouvait s'abaisser à ce point, déclare Marie, outrée.

— Oh, vous savez, les bijoux attirent les femmes et il y en a qui seraient prêtes à tout pour les avoir gratuitement.

Marie pince le bec à la manière des punaises de sacristie scandalisées qu'elle honnissait tant par le passé.

— Vous devriez les remettre à leur place, dit-elle d'un ton tranchant.

— Il faut se montrer respectueux avec les clients, objecte-t-il. Je ne peux pas me permettre de me les mettre à dos.

Marie claque rudement le panneau coulissant du comptoir en le refermant, de manière à démontrer son mécontentement.

— Il y a des limites au respect dû aux clientes. Il faut qu'elles te respectent elles aussi.

— Je reste à ma place. À la longue, elles finissent par comprendre.

Marie se retient de lui remémorer la ténacité de Gladys. Elle a l'impression que les hommes sont de vraies chiffes molles devant les femmes entreprenantes. À croire qu'ils ne demandent qu'à se faire violer, rage-t-elle intérieurement. Si une femme se comportait comme eux, elle se ferait accuser d'encourager les avances des hommes, pour le moins !

— Elles ne comprennent pas toutes, dit-elle, le regard sévère, en appuyant sur le dernier mot.

En silence, Julien retourne à son établi et enfonce sa loupe dans l'orbite de son œil droit. À l'aide de brucelles effilées, il retire délicatement une pièce microscopique du mouvement. Et Marie, l'air offensé, s'en va ruminer son exaspération dans sa cuisine, abandonnant le chamois sur le comptoir.

Le déploiement des forces alliées impliquées dans la guerre se poursuit en Asie. *La Presse* du 25 février 1945 mentionne que 1 200 avions américains ont bombardé Tokyo qui a subi de lourds dégâts. En mars, les mitraillages neigeux s'abattent encore sur les habitants de Cap-aux-Brumes, épuisés par l'hiver. Pendant ce temps, les bombardiers américains continuent de larguer leurs bombes sur Tokyo.

Le combat personnel de Franklin Delano Roosevelt, victime d'une hémorragie cérébrale, prend fin le 12 avril. La carrière du 32e président des États-Unis, juriste de formation, avait commencé en 1932. Harry Truman, jusqu'alors vice-président, lui succède. Le 19 avril, les Américains occupent Liepzig et Nuremberg, puis l'étau allié se resserre sur Berlin. Au Québec, *La Presse* du 19 avril annonce l'entrée d'une taxe « de luxe » de 6 %.

Les nouvelles des avancées des forces alliées alimentent les conversations des habitants qui voient poindre une lueur d'espoir durant ce mois gris et pluvieux d'avril où la neige noircie s'accroche par plaques ici et là, refusant de faire place nette. Les clients de Julien, dont plusieurs ont un membre de leur famille exposé aux tirs ennemis, ne parlent que des progrès des forces alliées.

L'épouse débraillée de Bertrand Jolicœur, accoudée au comptoir, regarde Julien qui se concentre sur le réveille-matin brisé qu'elle lui a apporté.

— J'ai ben hâte que mon mari revienne, soupire-t-elle.

Le calme de Julien incite Agnès à poursuivre, d'un ton geignard, l'énoncé habituel de ses malheurs. Personne n'a eu une plus grosse grippe qu'elle cet hiver, aucun enfant n'a été aussi malade des oreillons que les siens.

Cachée dans le couloir, Marie, qui l'entend se plaindre, lève les yeux au ciel. Elle aurait envie d'ajouter que personne n'est aussi «pichou» que la détestable Agnès. De même que son Bertrand, orgueilleux comme un paon, qui est allé s'enrôler pour prouver à celui qui le défiait, un soir de beuverie à la taverne, en lui disant «qu'il était un pissou et qu'il n'était pas *game*».

Les bas ravalés au-dessus de ses vieux souliers aux talons usés vers l'extérieur parce qu'elle a toujours un pied viré à l'intérieur, comme s'il était trop fatigant de se tenir droite sur ses deux jambes, Agnès s'appuie à présent des deux mains sur la vitre du comptoir, y laissant l'empreinte grasse de ses mains d'une propreté douteuse. La jeune femme, mère de trois enfants, est la digne descendante de sa non moins débraillée de mère, Mathilde, la harpie qui a fait souffrir Marie-Reine durant ses jeunes années. Bon sang ne saurait mentir, se plaît à répéter Marie.

On murmure dans la paroisse que la fille et la petite-fille de la gazette ambulante de Cap-aux-Brumes sont aussi sales que la langue de la vieille colporteuse, dont l'aigreur augmente avec l'âge. Tout comme le caractère de Marie s'altère. Au même rythme que ses vieux os se décalcifient, sa tolérance se racornit et s'effrite. La rivière tumultueuse qu'elle était dans sa jeunesse devient parfois aussi fracassante qu'une débâcle au printemps.

L'embâcle qui enclave l'Allemagne menace de céder d'un jour à l'autre. Le 30 avril, Adolf Hitler se suicide dans le bunker de la chancellerie du Reich, en compagnie de sa maîtresse, Eva Braun, qu'il a épousée la veille. Le 2 mai, Berlin se rend aux armées soviétiques. Le 4 mai, les armées allemandes de la Hollande, du Danemark et du nord-ouest de l'Allemagne se rendent au maréchal Montgomery près de Lunenburg. *La Presse* du lundi 7 mai titre : « Après cinq ans, huit mois et six jours : Fin de la Guerre ! »

Au magasin général de Val-des-Castors, Honoré et Adeline Soucy ne parlent que du retour d'Ovide, leur fils aîné, qu'ils croient parti à la guerre. Anne-Marie et Jérôme échangent un coup d'œil alarmé. « Quand donc cesserons-nous d'entendre parler de cette vermine ? », se lamente intérieurement Anne-Marie, au supplice. La terre où repose le cadavre de Noiraude chevauchant celui d'Ovide ne risque pas de dévoiler de sitôt le terrible secret qu'elle recèle, mais le spectre profondément enfoui revient planer, de temps à autre, comme une menace sur l'avenir confiant d'Anne-Marie et Jérôme. Quand cela se produit, comme aujourd'hui, Anne-Marie n'a qu'une envie : décamper du rang des Cailles afin d'oublier à tout jamais ce tourment récurrent.

— Viens, lui dit Jérôme.

Bras dessus, bras dessous, il entraîne sa grande sœur à l'extérieur du magasin. L'odeur sucrée des feuilles naissantes flotte sur le village encaissé dans la forêt. Anne-Marie traverse la route et s'arrête au bord de la rivière Mélodie, s'assoyant sur un large tronc d'arbre laissé sur place, comme un siège invitant à la rêverie. Tel un canot emporté par le débit rapide du cours d'eau gonflé par la fonte des neiges de la montagne environnante, elle aimerait voguer vers Cap-aux-Brumes et rejoindre Julien, son amour, promesse de lendemains fleuris.

Elle s'était pourtant juré qu'elle quitterait la colonie dès qu'elle atteindrait sa majorité. Pourtant, elle compte vingt-deux printemps et son plan n'a pu se concrétiser. Son affection pour son père et sa boule d'amour la retiennent captive mieux que ne le feraient les barreaux d'une prison. Anne-

Marie est prisonnière de cet attachement qui lénifie son caractère abrupt. Mais il y a aussi, tapie au fond d'elle-même, une crainte qu'elle n'ose avouer à personne. Par pudeur, Marie-Reine n'a jamais abordé le sujet de la sexualité avec sa fille.

À observer les animaux de la ferme, Anne-Marie a tout de même une vague idée des choses. Elle sait à présent que la saillie est nécessaire pour qu'une vache ou une jument se reproduise. En dépit des précautions de sa mère, elle s'est aussi aperçue que, sous la couche, les garçons n'étaient pas faits comme les filles. Elle regrette de ne pas avoir profité de la présence de sa grand-mère, l'été dernier, pour lui poser des questions. Anne-Marie se serait sentie plus à l'aise d'aborder ce sujet avec Marie, alors que chez sa mère, elle sent une retenue gênée et gênante.

Marie-Reine reçoit son congé du sanatorium à l'époque où le lilas refleurit. Ramenée à Cap-aux-Brumes grâce aux bons soins de Georges, elle plonge son nez dans le gros bouquet qui trône au centre de la table de la cuisine. Les yeux fermés, un sourire béat aux lèvres, elle se soûle du parfum exquis des délicates fleurs mauves qui ont bercé ses rêves d'enfant et de jeune fille sage.

La fragrance du lilas lui rappelle aussi son mariage avec Théo qu'elle ira rejoindre demain, après la messe. Ce soir, elle couchera dans son ancienne chambre, seule pour la dernière fois. L'odeur des fleurs exacerbe son désir lancinant.

Marie l'observe et se délecte du bonheur se lisant sur le visage serein de son aînée qui se repaît des effluves de sa fleur préférée. Pour satisfaire ses goûts de prédilection, Marie a aussi mis à cuire un gros chapon hors de prix, acheté au marché noir. Le fumet de la volaille chatouille les narines d'Étienne qui ne tient pas en place. En le voyant tourner en rond dans la cuisine, Marie craint que le poulet ne soit pas assez soutenant pour combler l'appétit du jeune géant affamé.

— Quand est-ce qu'on mange? demande-t-il, la mine gourmande.

— Quand Julien aura fermé la bijouterie, répond Marie.

Sans surprise, elle le voit se diriger vers le commerce, comme si le fait de s'y rendre pouvait faire avancer les horloges. Le mélange des arômes fait gargouiller son estomac et elle décide de mettre la table.

— Je vais vous aider, insiste Marie-Reine, en lui enlevant la nappe des mains.

Marie voudrait protester et inviter sa fille à se reposer, mais l'entrain et la détermination de Marie-Reine font tellement plaisir à voir qu'elle la laisse faire.

Le retour des beaux jours incite plusieurs Gaspésiens à veiller sur leur perron. D'autres choisissent de marcher d'un pas nonchalant sur la berge de la rivière, les mains croisées derrière le dos. À défaut de se dénouer les jambes, les amateurs de galerie se délient la langue au détriment des promeneurs qui musardent, inconscients d'être l'objet de remarques ou de railleries.

Durant cette heure indécise, qu'on appelle entre chien et loup, quand la nuit naissante pourchasse les dernières lueurs du jour, Marie tricote en veillant à ne pas sauter de maille. Julien et Étienne sont assis côte à côte, le journal replié posé entre eux sur la causeuse de bois. Confortablement assise dans une berçante, Marie-Reine s'évente mollement à l'aide de son mouchoir de dentelle. Le vieil usurier de la paroisse marche de l'autre côté de la rue, le dos voûté, les yeux fixant le sol à la recherche de sous perdus. Même lorsqu'il fait noir, il déambule le nez à terre, par habitude.

— Je vous dis que le père Anthime bougonnait dimanche passé, chuchote Étienne afin de ne pas être entendu du bonhomme. Il était bleu de rage parce que le gouvernement libéral a été reporté au pouvoir.

« Même avec une majorité réduite ? Et même si King a été battu dans sa circonscription ? », s'étonne tout bas Marie.

Blasée des chamailleries qui suivent chacune des élections, elle a préféré revenir seule de la grand-messe alors que ses deux pensionnaires restaient sur le parvis de l'église à écouter les querelles coutumières entre les partisans des deux partis politiques fédéraux.

— La défaite de King dans son comté l'a consolé un peu, admet Étienne, mais il était quand même déçu du résultat des élections.

— Déçu, tu dis ? marmonne Julien. Je dirais plutôt enragé.

— Il ne changera jamais, celui-là, s'amuse Marie-Reine.

Elle se souvient du caractère bouillant du père Anthime et des discordes passées entre les deux clans qui s'affrontaient avec tant de hargne qu'elle en était parfois terrorisée.

— C'est un vieux fou, décrète Marie.

Marie-Reine chasse d'un geste impatient une mouche venue se poser sur son bras. L'absence totale de vent encourage les moustiques à se balader eux aussi et quelques maringouins se régalent des chairs tentantes à portée de dard. À leur bourdonnement agaçant se joint le concert des criquets et Marie-Reine agite son mouchoir de plus belle.

— L'Union soviétique occupe la moitié de l'Allemagne malgré les protestations des Alliés. Je me demande où ça va nous conduire, réfléchit tout haut Étienne.

Le combat de sa mère contre les moustiques lui a fait penser aux hostilités en Europe. Mais, peu au fait des raisons qui motivent les vieux pays à se faire la guerre, aucun d'eux n'émet de prédiction. Les alliances des nations impliquées dans le conflit se font et se défont sans qu'ils y comprennent grand-chose. Que les peuples deviennent ennemis puis amis, et vice-versa, reste tout à fait incompréhensible à ces gens pacifistes par nature. Les difficultés d'un vaste pays à bâtir dans des conditions climatiques peu enviables les préservent des envies des potentats d'Europe et d'Asie. Le nouveau continent a bien d'autres défis à relever, et les grands espaces à peupler n'éveillent pas la convoitise que peut créer l'exiguïté ou le manque de ressources.

— Je vais aller me coucher. Je ne suis plus habituée à veiller tard, s'excuse Marie-Reine.

— Bonne nuit, ma petite maman, dit Étienne d'un air taquin. Faites de beaux rêves.

Le jeune homme est fier d'être plus grand que sa mère et, dès qu'il l'a embrassée à sa sortie du sanatorium, il lui a gentiment tapé sur la tête en l'appelant « petite maman », ce qui a fait rire Marie-Reine, trop heureuse de retrouver ce grand fils après plus d'un an d'absence pour se formaliser d'une petite taquinerie.

Julien raccompagne sa future belle-mère au rang des Cailles, pressé qu'il est de revoir sa fiancée et de fixer une date pour leur mariage, car Marie-Reine l'a assuré qu'elle pourrait se passer de l'aide de sa fille aînée, même si le médecin lui a recommandé de continuer à se reposer. Clémence n'a que treize ans et elle devrait normalement fréquenter l'école encore un an, selon la nouvelle loi, mais elle restera à la maison pour aider sa mère. Comme elle a complété le dernier niveau d'étude qu'offre la petite école de rang, son père ne voit pas la nécessité de payer pour l'envoyer au couvent. Les filles sont faites pour se marier et avoir des enfants, en conséquence il juge qu'elle est suffisamment instruite.

Après la visite au presbytère pour l'obligatoire publication des bans, Anne-Marie part pour Cap-aux-Brumes avec sa grand-mère, son fiancé et son oncle Georges afin d'acheter sa robe de mariée. Étienne reste pour aider son père durant les vacances d'été.

Après le souper, le chapelet en famille est vite expédié. Marie-Reine omet la longue litanie de prières qui suivent habituellement le dernier *Gloire au Père*.

— Tout le monde se couche, annonce gravement Théo en se relevant. Il faut se lever de bonne heure demain matin si on veut profiter du beau temps.

Allongée à côté de son homme, Marie-Reine ne se scandalise pas de leur nudité, contrairement à d'autres que leur mari ne voit jamais nues. Ils ont trop de caresses à rattraper pour s'arrêter aux antiques principes de chasteté édictés par de vieux rabat-joie et leurs vêtements gisent par terre sans que l'un ou l'autre se soucie des faux plis. Depuis qu'ils se sont retrouvés, les deux époux se minouchent sans cesse du regard. Ils affichent un sourire étincelant et un air de jeunesse qui les illuminent de l'intérieur. Ils sont le tableau vivant du bonheur.

Après une nuit enfiévrée, au matin, Marie-Reine renoue avec le plaisir de reprendre sa maison en main. Les murs peints en blanc font paraître les pièces plus grandes et plus aérées. Clémence ne rechigne devant aucune tâche, contrairement à Anne-Marie. Levée avant sa mère, elle a mis à chauffer une grande cuve d'eau pour le lavage. Marguerite gazouille de contentement et fait de gros câlins à sa mère quand elle l'habille au saut du lit. Après les étreintes enflammées de son homme, la tendresse de sa benjamine la rassure sur la place qu'elle occupe dans le cœur de chacun.

Durant son hospitalisation prolongée, chaque heure s'étirait à l'infini. Chaque tic-tac monotone résonnait comme un glas et Marie-Reine avait l'impression que sa vie s'achevait dans le pire tourment pour une mère : ne pas pouvoir prendre soin de ses enfants jusqu'à leur maturité. Dans les plus sombres moments, elle se croyait oubliée, puis se voyait remplacée, si elle venait à mourir, par une belle-mère acariâtre qui martyriserait sa marmaille. Elle finissait par s'endormir, vaincue par les larmes.

Depuis que le docteur lui a annoncé sa guérison, elle a le goût de bouger et de rire. Le sentiment de culpabilité qu'elle traînait depuis son enfance a disparu en même temps que sa tuberculose. Durant les mois de réflexion forcée, elle a compris que la vie est trop courte pour perdre son temps en vains regrets. À la suite de cette deuxième guérison providentielle, sa foi en la Sainte Vierge est à présent inébranlable.

Anne-Marie revient de Cap-aux-Brumes chargée de sacs et de paquets. Dans une jolie boîte de carton, enveloppée de papier de soie, Marie-Reine découvre une robe en crêpe beige. Anne-Marie la sort délicatement et l'étale devant elle. La robe, cintrée à la taille, est fermée devant par une multitude de petits boutons ronds recouverts du même tissu.

— Qu'elle est chic ! s'exclame Marie-Reine. Mais où t'es-tu procuré tous ces boutons ?

— Vous ne la reconnaissez pas ?

Anne-Marie sort de la boîte un voile de dentelle écrue et s'en couvre la tête pour aider sa mère à trouver la clef de l'énigme.

— C'est la robe de noce de ta tante Lucette ! Mais on dirait qu'elle est neuve…

— Oui, dit Anne-Marie, ravie. Nous l'avons raccourcie pour être à la mode.

Dans le fond de la boîte se trouvent aussi des gants blancs et une paire de bas de nylon. La fibre synthétique a remplacé la soie devenue rare. Dans un autre carton, Anne-Marie a rangé des fleurs de corsage en tissu et un petit bouquet de mariée composé de fleurs blanches et de rubans de la même couleur. Ne pouvant se procurer de fleurs fraîches à Val-des-Castors, elle a opté pour ce pis-aller. Fouillant dans un autre sac, elle en extrait une paire de souliers à talons hauts et exhibe un joli sac à main assorti, d'un ton de beige s'harmonisant à sa robe de mariée. La robe courte laisse voir ses jambes galbées que mettent en valeur les fins escarpins de cuir.

— Qu'est-ce que tu as dans ce sac ? demande Marie-Reine.

— Un jupon et des sous-vêtements neufs, et une jarretière bleue. Grand-maman tenait à ce que j'aie quelque chose de vieux, quelque chose de neuf et quelque chose de bleu.

— Maman tient aux traditions. Et dans ce dernier sac, qu'est-ce qu'il y a ?

— Ah, ça, c'est une surprise, dit Anne-Marie, l'air espiègle. Essayez de deviner.

Mais comme Marie-Reine n'est pas bien forte sur les devinettes, après une minute de réflexion, elle abandonne.

— Je donne ma langue au chat, dit-elle.

Anne-Marie en sort une autre boîte qu'elle ouvre lentement devant sa mère, écarte délicatement le papier de soie recouvrant un tailleur de fin lainage bleu royal.

— Aimez-vous la couleur? s'informe la jeune fille.

— Oh, oui, répond Marie-Reine, admirative. Ça va mettre tes yeux en valeur.

Anne-Marie prend le deux-pièces et le tend à sa mère.

— C'est pour vous.

Ébahie, Marie-Reine regarde sa fille sans oser prendre le vêtement.

— Mais où as-tu pris l'argent? demande-t-elle, perplexe.

— C'est un cadeau de votre futur gendre, répond Anne-Marie fièrement. Vite, essayez-le, maman, je veux voir s'il vous fait. Sinon, nous devrons retourner à Cap-aux-Brumes.

Les yeux brillants, Marie-Reine prend le tailleur et le serre contre son cœur. Une larme coule sur sa joue. Depuis des années, la mère de famille se prive de tout afin de consacrer chaque sou gagné péniblement au bien-être de ses enfants et de son mari. Elle coud, tricote, reprise sans relâche. Fière et aimant le beau, elle feuillette le catalogue Eaton dès qu'elle le reçoit afin de reproduire dans les vieux vêtements qu'elle rafistole les modèles de son goût. Grâce à son ingéniosité, chacun d'eux est bien mis, mais Marie-Reine n'a rien eu de neuf depuis la robe lilas que lui a offerte sa mère juste avant le retour de Théo, parti bûcher sur la Côte-Nord.

— Ça n'a pas de bons sens, dit-elle, la voix nouée par l'émotion. C'est bien trop cher, et puis c'est toi la mariée et tu vas te marier dans une robe usagée.

Anne-Marie, pourtant, est bien heureuse de se marier dans la robe qu'elle avait tant admirée quelques années plus tôt. Elle n'a rien trouvé de plus chic parmi les robes neuves qu'elle a toutes examinées. Avec la guerre et le rationnement, les tissus ne sont pas autant de qualité que la robe de sa tante.

— Je crois que Julien a un faible pour vous, maman.

La plaisanterie fait sourire Marie-Reine.

— Allez vite l'essayer. J'ai hâte de vous voir là-dedans.

Durant la longue hospitalisation de sa mère, Anne-Marie a réalisé l'attachement profond qu'elle avait pour celle qu'elle a pourtant confrontée effrontément depuis son adolescence. La peur de la perdre, jointe au fait d'assumer seule la lourde responsabilité de la famille, lui a fait comprendre que sa mère s'était dévouée pour eux tous sans ménager sa peine.

— Que vous êtes belle ! dit-elle, quand sa mère revient à la cuisine.

La couleur fait ressortir le bleu de ses yeux, le nacré de sa peau et sa chevelure foncée que pas un seul cheveu blanc ne dépare. Marie-Reine sourit, palpe le tissu, puis d'un geste inattendu, serre fortement Anne-Marie dans ses bras en lui murmurant d'une voix tremblotante un merci ému. Anne-Marie sent une larme couler sur sa joue, une larme de sa mère, et une autre vient la rejoindre, la sienne.

En juillet, comme toutes les mères de la province de Québec, Marie-Reine encaisse son premier chèque d'allocations familiales. Les versements, exempts d'impôt, varient en fonction de l'âge. Pour les enfants de moins de 5 ans : 5 dollars, de 6 à 9 ans : 6 dollars, de 10 à 12 ans : 7 dollars, et de 13 à 15 ans : 8 dollars. Pour ses six enfants admissibles, Marie-Reine touche donc 40 dollars par mois. Avec les noces qui s'en viennent, cet argent arrive à point pour l'aider à chausser son monde.

Le samedi 18 août, dans la modeste église de Val-des-Castors, Anne-Marie épouse enfin Julien. Sa jolie robe de crêpe cintrée met en valeur la finesse de sa taille, ses talons hauts la font paraître plus grande. Le bonheur la transfigure et la mariée est la plus belle femme de toute l'assistance, comme l'est toute fiancée très amoureuse et tendrement aimée en retour. Anne-Marie ne redoute plus la nuit de noces. Lors de ses emplettes, sa grand-mère l'a tout à fait rassurée.

Après l'échange des vœux, Julien sourit franchement, oubliant l'épi rebelle qu'il a collé ce matin à l'eau savonneuse. Impatient d'embrasser sa femme, son toupet frôle le voile de dentelle et l'arrogante aigrette se redresse triomphalement. Comme ils n'ont pas réservé les services du photographe pour la journée, le marié saura corriger ce défaut pour la photo souvenir qu'ils feront prendre à leur retour à Cap-aux-Brumes.

La cloche carillonne gaiement dans l'air tiède du petit village pour annoncer à la ronde le mariage de l'une des leurs qui les quittera pour suivre son mari et accomplir sa destinée de femme.

En épousant la jolie Anne-Marie, dont il est totalement amoureux, Julien réalise le rêve qu'il caresse depuis la mort de ses parents : avoir une femme et une famille bien à lui ! Désormais, l'orphelin ne sera plus seul. À défaut d'argent, la mariée dote son époux d'une famille nombreuse et Julien espère que des enfants viendront bientôt compléter son bonheur.

3

Cap-aux-Brumes, août 1945

Au bras de son époux, Anne-Marie assiste au dévoilement du monument des Braves dédié aux combattants des deux dernières guerres. La cérémonie se déroule en présence de l'évêque du diocèse venu concélébrer la messe clôturant le congrès eucharistique qui rassemble les paroissiens de tous âges depuis cinq jours.

Dès son arrivée à Cap-aux-Brumes, le premier souci de la nouvelle mariée a été de s'acheter des vêtements pour les cérémonies entourant ce grand ralliement religieux.

— Mon petit coucou, a-t-elle susurré à Julien après avoir fait l'amour, je n'ai rien à me mettre. Je ne voudrais pas te faire honte. Que vont dire les gens s'ils me voient dans mon vieux manteau rapiécé ?

Au comble de la félicité, Julien a délié les cordons de sa bourse et il lui a remis de quoi se procurer un manteau neuf et deux robes. Anne-Marie a choisi un tailleur marine et une jolie robe bleu acier pouvant être portée en toute occasion.

Son nouveau statut d'épouse de bijoutier lui donne un aplomb qui ferait frémir sa mère si elle la voyait marchander les prix avec autorité et un air de supériorité assez surprenant chez une aussi jeune personne. La marchande a consenti un rabais exceptionnel sous la promesse d'en obtenir un semblable lorsqu'elle ferait des achats chez

Julien, et Anne-Marie a ainsi pu s'offrir un chapeau de feutre garni d'une plume de perdrix aux tons de roux et de brun mettant en valeur le beige du bibi s'harmonisant à la couleur de son manteau neuf.

Au moment du dévoilement du monument des Braves, Anne-Marie incline la tête afin de masquer la fierté qu'elle éprouve et qui la rend aussi légère que la rémige de son chapeau. Mais l'horreur des récents bombardements nucléaires sur Hiroshima et Nagasaki l'aide à adopter la mine grave convenant aux circonstances, car en dépit de sa frivolité, elle a été terrifiée en apprenant le nombre ahurissant de morts que peuvent causer ces nouveaux engins de malheur.

Julien, devinant ses sentiments, exerce une légère pression sur son bras, lui rappelant par ce geste discret que la guerre prend fin avec la capitulation du Japon, comme il le lui a expliqué hier soir afin de la rassurer. « D'ailleurs, a-t-il ajouté devant son air dubitatif, depuis le mois de juillet, la Commission des prix et du commerce en temps de guerre commence à fermer ses bureaux. C'est un signe qui ne trompe pas. » Ensuite, ils ont fait l'amour et, apaisée, elle s'est endormie dans ses bras.

Comme Anne-Marie l'apprend quelques jours plus tard, le 2 septembre, à bord du cuirassé *Missouri* ancré dans la rade de Tokyo, les délégués japonais et alliés signent enfin l'acte de capitulation sans conditions de l'empire du Soleil-Levant.

La radio et les journaux qui la tiennent constamment informée des derniers développements commencent à créer en elle une agitation un peu trouble. Elle s'empare vivement du journal dès qu'elle le reçoit et le lit avidement en exprimant sa consternation par des mimiques exagérément tristes, accompagnées de claquements de langue désapprobateurs des plus comiques. À l'heure des nouvelles radiophoniques, elle impose le silence autour d'elle par des chut ! chut ! sévères et le même agissement se répète tous les midis au moment des avis de décès. L'intérêt d'Anne-Marie pour les mauvaises nouvelles est récent, il ne date que de son arrivée à Cap-aux-Brumes. Dans l'isolement du rang des Cailles, rien de tout cela ne venait troubler la quiétude qui l'environnait.

Il en faudrait davantage pour perturber son frère Étienne. Bien acclimaté à sa ville d'adoption, il poursuit ses études avec la motivation d'un jeune homme déterminé à atteindre le but qu'il s'est fixé et la maison de Marie, autrefois si vide, bourdonne à présent d'activité.

En septembre, on distribue la sixième et dernière série de carnets de rationnement. Malgré les efforts du gouvernement, le coût de la vie a augmenté de 20 % pendant la guerre. L'augmentation du prix des aliments fluctue selon leur rareté, la viande a connu des hausses vertigineuses.

Tout au plaisir de se découvrir, Julien et Anne-Marie pourraient se passer de nourriture tant ils sont excités par leurs caresses mutuelles qu'ils apprennent à raffiner d'un soir à l'autre. Au début du mois, Anne-Marie, un peu dépitée, a dû annoncer à son « petit coucou » que leurs ébats n'avaient pas porté fruit, ce qui a semblé décupler les ardeurs de Julien qui s'applique à faire dresser les mamelons de sa belle matin et soir. Et, chaque fois, imitant le mouvement de son sceptre, sa mèche indocile se tient au garde-à-vous.

La Presse du 1er octobre annonce le retour d'Europe du Royal 22e Régiment qui reçoit un accueil triomphal. Parmi les soldats, l'air prétentieux, un militaire de la région marche au pas, le dos droit, le menton haut. Sur les champs de bataille, il a traîné sa couardise, la laissant mariner dans l'alcool toutes les fois que c'était possible. Il revient au pays avec tous ses membres et sans la moindre égratignure. La guerre a épargné Bertrand Jolicœur qui, dans sa dernière lettre à sa femme, se fait passer pour un héros. Alors que de vrais braves reposent en terre étrangère, l'ancien béguin d'Anne-Marie plastronne. À en croire Agnès, il aurait décimé l'armée allemande à lui seul.

Connaissant la suffisance de Bertrand, Anne-Marie doute qu'il ait démontré autant de bravoure qu'il le prétend. Mais, se sentant à présent supérieure à lui, elle se réjouit de son retour et entend ne pas rater une occasion de le narguer comme il le mérite. La blessure infligée à son amour-propre se ravive à chacun des rappels du poltron qui l'a trahie pour épouser la première venue afin de s'exempter d'aller à la guerre. Il va apprendre à ses dépens qu'on ne peut faire fi d'une promesse de mariage. Malgré son amour pour Julien, la rancune d'Anne-Marie n'est pas près de s'éteindre. Si elle a la mémoire courte pour les gentillesses qui lui sont faites, elle n'oublie jamais un affront. Comme à la guerre, la paix ne régnera dans son cœur qu'après l'anéantissement de son ennemi.

La Presse du 5 octobre annonce que la Charte des Nations Unies est ratifiée par trente pays. « Plus jamais la guerre ! », clame-t-on partout dans le monde. « Dieu les entende », soupire Anne-Marie. Les pays bombardés sont dévastés, les populations décimées et exsangues. Dans les deux camps qui se sont opposés, nul vainqueur. Les finances publiques de tous les belligérants sont compromises. La reconstruction sera longue et ruineuse. La Deuxième Guerre a causé des séquelles humaines incalculables, impossibles à guérir. En Europe et en Asie, des familles entières exterminées, en Amérique et ailleurs, des milliers de veuves et de mères à jamais en deuil et qui n'auront pas même la consolation de s'agenouiller sur la tombe de l'être cher qu'elles ont perdu. Quantité de jeunes femmes sont condamnées au célibat faute d'hommes pour les épouser. Les combattants qui reviennent au pays sont éclopés, physiquement ou moralement.

Ballottés par les flots durant un mois interminable, les soldats canadiens, prisonniers des Japonais, arrivent à Montréal, le 16 octobre, après quatre années de captivité. Durant leur internement, ils ont été soumis aux travaux forcés et mal nourris. Les survivants n'ont plus que la peau et les os.

Ces hommes reviennent de l'enfer sur terre. Ils ne sont qu'une poignée à avoir survécu à la dysenterie, au béribéri, aux vers parasites et à la malnutrition provoquant enflure et brûlement aux pieds, au gonflement des testicules, ce qu'on appelle «couilles de Hong Kong», qui les rendait parfois incapables de marcher. Même malades, ils étaient tenus de travailler sinon on coupait leurs maigres rations composées d'algues ou de têtes de poisson, de riz qui puait souvent l'essence. Les tortures subies aux mains de leurs bourreaux leur ont inoculé une haine farouche des Japs, comme ils les nomment avec mépris.

Avec les neiges, arrivent à la gare de Cap-aux-Brumes trois rescapés des camps. Anne-Marie a entendu la rumeur à l'effet que le fils unique de la veuve Dugas de Val-des-

Castors serait du nombre, mais elle ne le reconnaît pas. Les trois hommes squelettiques qui viennent de débarquer restent au bas des marches du train, scrutant la foule rassemblée sur le quai. Soudain, l'un d'eux se détache du groupe d'arrivants et s'élance vers Anne-Marie. Malgré la compassion qu'elle éprouve pour ces survivants émaciés, elle a un léger mouvement de recul quand l'homme aux os saillants s'approche d'elle. Il ressemble à l'un des fantômes qui la pourchassent dans ses cauchemars.

— Tu me reconnais pas ? Arthur Dugas ! dit-il en affichant un sourire édenté.

Anne-Marie se souvient tout à coup du garçon et de ses timides approches qu'elle appréhendait toujours parce que le pauvre louchait. Aujourd'hui, c'est le seul signe qui lui permet de croire qu'il s'agit bien du même Arthur dont elle se moquait en prétendant qu'elle ne savait jamais si c'était elle qu'il regardait.

— Euh, oui, Arthur, bredouille-t-elle. Comment vas-tu ?

« Il ne faut pas que je montre ma peur », songe-t-elle en s'efforçant de sourire.

— Content de te voir, répond-il.

Mal à l'aise devant le large sourire de cet homme décharné et pâle comme la mort, Anne-Marie s'empare du bras de Julien.

— Je te présente mon mari, Julien Briand.

Julien tend la main à l'homme dont les commissures des lèvres s'affaissent.

— Arthur ! s'écrie soudain une femme descendant d'un boghey.

Tenant son chapeau que le vent menace de lui ravir, la veuve Dugas court vers eux. Secouée de sanglots, la mère étreint son fils, délivrant Anne-Marie de retrouvailles pénibles. Dans les prunelles bigles, elle a vu briller un éclair qui, tout muet qu'il soit, n'en était pas moins une éloquente preuve de concupiscence. L'air froid la fait frissonner.

— Dépêchons-nous de rentrer à la maison, dit-elle à son mari.

— Tu oublies que nous assistons au souper que le maire a organisé pour accueillir nos héros ? répond-il, surpris.

Anne-Marie n'a pas oublié, mais elle ne peut supporter plus longtemps la vue d'Arthur et de ses compagnons d'infortune. Elle regrette d'avoir consenti à cette sortie dont elle redoute à présent les conséquences fâcheuses.

— Je crois que j'ai pris un coup de froid, prétexte-t-elle. J'aime autant retourner chez nous.

Anne-Marie referme le collet de son manteau en faisant mine de grelotter.

— D'accord, je vais te préparer une boisson chaude en arrivant. Allons prévenir ta grand-mère que nous n'irons pas à l'hôtel.

Afin de calmer les frissons de sa femme, il lui recommande de marcher plus vite et Anne-Marie s'agrippe à son bras des deux mains. D'une grande délicatesse, Julien se montre attentionné envers sa jeune épouse qu'il idolâtre. Leurs jeux amoureux contribuent à l'euphorie qui l'assujettit en douce, car sa chérie satisfait ses désirs les plus audacieux et elle accueille joyeusement chacune de ses tendres invites, le provoquant à l'occasion, ce qui a l'heur de combler le petit garçon malheureux qu'il a toujours été. Tous les soirs, ils s'endorment dans les bras l'un de l'autre, la jambe d'Anne-Marie posée sur les siennes, son bras entourant sa taille.

À leur retour à la maison, il la fait asseoir près du poêle à bois et court lui chercher un châle de laine dont il l'enveloppe. Puis il sort du buffet une bouteille de gros gin.

— Je vais te préparer une ponce chaude avec du miel.

— Il vaut mieux que je ne prenne pas d'alcool.

— Juste une once, ça va te réchauffer, insiste-t-il.

— Non, vois-tu… murmure-t-elle, hésitante.

— Qu'est-ce qu'il y a ?

Il dépose le gin sur le comptoir et vient s'agenouiller près d'elle. Anne-Marie se frotte les mains nerveusement.

— Je suis enceinte, dit-elle en éclatant en sanglots.

— Je pensais… que tu voulais des enfants, bredouille-t-il, malheureux.

Anne-Marie sort son mouchoir de sa poche et s'essuie les yeux.

— Oui, j'en veux, l'assure-t-elle en faisant la moue.

— Pourquoi pleures-tu ? Est-ce que tu as mal quelque part ?

— Non, avoue-t-elle, la bouche en accent circonflexe. C'est que…

Elle doit s'arrêter pour se moucher et Julien, toujours à genoux, lui lance un regard interrogateur.

— C'est à cause d'Arthur, reprend-elle, éplorée.

D'autres larmes dégoulinent le long de son nez et Julien lui caresse les cheveux, en lui murmurant d'un ton caressant :

— Ne pleure plus, ma chérie. Dis-moi ce qu'a pu faire Arthur pour te virer à l'envers comme ça.

— Il est laid à faire peur, hoquette-t-elle, pendant que Julien sourit, à demi rassuré.

— Il louche un peu et il est maigre, reconnaît-il, mais il n'est pas si laid que ça.

— Tu aimerais que notre bébé louche comme lui ?

Julien la regarde, médusé. Ayant été élevé par un vieux garçon après la mort de ses parents, il ne connaît rien aux femmes. Comme il sait qu'Arthur ne peut être le père du bébé d'Anne-Marie, il ne comprend pas ses craintes qui lui semblent irraisonnées.

— Allons, allons, dit-il d'un ton patient. Pourquoi as-tu peur que notre bébé lui ressemble ?

— On dit qu'une femme qui voit des personnes monstrueuses ou des choses effrayantes pendant sa grossesse pourrait accoucher d'un bébé anormal.

À présent rassuré, Julien sourit tout à fait.

— C'est rien que des superstitions.

— Tu crois ?

— Mais oui.

— Mais si notre bébé louche, tu ne diras plus la même chose, dit-elle, la mine déconfite.

— Je vais l'aimer, qu'il louche ou pas, qu'il soit laid ou pas. L'important pour moi, c'est que tu te portes bien.

— Je vais bien, dit-elle, l'air boudeur.

Et le futur papa, à présent serein, serre sa femme dans ses bras, lui caresse le dos et lui murmure des mots d'amour pour l'apaiser.

La neige recouvre les rues et les battures du fleuve sont obstruées de blocs de glace. Les sapins ont revêtu leur pèlerine blanche et la faune frileuse se recroqueville dans ses quartiers d'hiver. À la cuisine, Marie couvre ses beignes d'une couche de sucre en poudre pendant qu'Anne-Marie fait la sieste. Son époux et sa grand-mère la dorlotent et la future mère profite sans vergogne de leur sollicitude à son endroit.

Pour calmer les inquiétudes de sa femme et les siennes devant cette première grossesse, Julien a amené Anne-Marie chez le médecin. Après l'avoir examinée, ce dernier les a tout à fait rassurés : l'enfant devrait naître vers la mi-juillet et le futur papa peut continuer d'honorer la future maman sans danger. En sortant du bureau du médecin, ils ont retrouvé la joyeuse insouciance de leurs premières nuits d'amour. Ce soir-là, ils sont montés se coucher trop tôt au goût de Marie et Étienne qui venaient de sortir le jeu de cartes pour une partie de rami.

Dans sa bijouterie, Julien range dans un tiroir de son établi le reste du lot d'étiquettes à fil dont il s'est servi pour indiquer le prix de vente de la nouvelle marchandise qu'il a reçue par la poste. Plusieurs des clients venus faire réparer une montre-bracelet ou une pendule en ont profité pour faire quelques emplettes et Julien a dû placer de nouvelles commandes pour regarnir ses étalages. Les comptoirs vitrés sont éclairés par des lampes mettant en valeur les bijoux exposés : l'or et l'argent chatoient, les pierres précieuses brillent et les diamants des bagues de fiançailles étincellent. La lumière projetée par les lampes fait ressortir la douceur de la nacre des colliers de perles cultivées.

Entre les deux fenêtres de la façade, les tablettes fixées au mur arborent divers modèles d'horloge et de réveille-matin. De chaque côté de l'élégante truie de fonte qui chauffe la pièce, sont alignées quelques pendules et horloges murales, mais l'unique coucou suisse a trouvé preneur et l'espace vide rappelle à Julien d'où lui vient le tendre sobriquet qu'utilise Anne-Marie. Le petit oiseau sortant d'une fenêtre du chalet suisse pour annoncer les heures l'a amusée au point que Julien, de peur qu'elle ne brise le fragile mécanisme, a dû lui demander d'arrêter de tourner la grande aiguille pour faire chanter l'oisillon à répétition. Coquine, elle a repris son manège sur lui et a fait poindre un coucou d'un autre genre.

Marie-Reine ouvre à l'aide d'un couteau de cuisine la lettre que vient de lui rapporter Gisèle au retour de l'école. Ses yeux parcourent la missive et ses lèvres remuent comme si elle lisait à haute voix, puis cessent net les mouvements silencieux après le premier paragraphe. Le sous-entendu d'Anne-Marie est si clair qu'elle juge plus prudent de poursuivre la lecture de façon plus discrète.

— Comment va la famille à Cap-aux-Brumes ? demande Clémence, alertée par le brusque changement de sa mère.

— Bien, répond machinalement Marie-Reine en tournant la première page.

— Quoi de neuf ? insiste Clémence.

— Veux-tu bien me laisser le temps de finir de lire ma lettre ! répond la mère, agacée par les interruptions de la curieuse. En attendant, remets donc une couple de bûches dans le poêle.

Contrariée, Clémence soupire, mais obéit. Marie-Reine replie la lettre et la fait disparaître dans la poche de son tablier, puis elle remarque l'air dépité de sa fille. Depuis qu'elle la garde à la maison, son caractère a changé. Marie-Reine met ça sur le compte de l'ennui et des changements d'humeur qui se manifestent à l'approche des premières menstruations. Elle lui sourit et dit d'un ton radouci :

— Tout le monde va bien, mais ta sœur ne viendra pas nous voir dans le temps des fêtes. Noël tombe un mardi et la bijouterie de son mari est ouverte le lundi. Comme Julien sera très fatigué après les longues heures d'ouverture, ils vont se coucher après être allés à la messe de minuit.

Elle omet le passage où Anne-Marie mentionne les recommandations du docteur à l'effet de « ne prendre aucun risque vu son état », afin d'informer ses parents de l'heureux événement qui s'en vient.

— Anne-Marie doit être déçue en pas pour rire, riposte Gisèle, restée dans les marches de l'escalier à observer sa mère et sa sœur.

— C'est la vie, répond prestement la mère. Va vite te changer, tu vas nous aider à glacer les bûches de Noël.

Marie-Reine n'a pas envie d'en dire davantage. «Moins on en dit, mieux c'est», professe-t-elle quand elle veut inciter ses enfants à faire preuve de tact et de discrétion. Réservée de nature, elle pratique depuis l'enfance l'art du secret avec la maîtrise d'une virtuose. Personne ne la prend en défaut, personne ne se doute même qu'elle soit un puits saturé de cachotteries. Parlant peu, elle observe attentivement les gens et décèle les signes infimes par lesquels se trahissent les dissimulateurs de toutes sortes.

Depuis quelques semaines, le comportement de Jérôme l'intrigue. À son air absent, elle sent qu'il mijote quelque chose. Quand elle en parle à Théo, le soir, avant de s'endormir, il l'assure qu'il n'a rien remarqué d'anormal.

— Tu t'en fais pour rien. Viens te réchauffer dans mes bras, chuchote le fripon en glissant une main baladeuse sous la pudique robe de nuit de sa femme.

Le désir qu'il fait monter en elle s'avère si pressant qu'il lui fait vite oublier soupçons et soucis.

Le lundi 24 décembre, à l'heure de fermeture des commerces, Julien éteint les lumières de la bijouterie et verrouille la porte avant de la maison de Marie, qui l'avait rarement été auparavant. Même lorsqu'elle tenait sa boutique de tissus, Marie ne craignait pas les voleurs. On rapportait si peu de larcins dans ce village où tout le monde se connaît qu'elle avait rarement senti le besoin de cadenasser sa porte. Le vol était jugé méprisable et la réputation étant le bien le plus précieux que l'on puisse posséder, chacun se faisait une fierté d'afficher une conduite irréprochable.

Quand Julien a ouvert sa bijouterie, il a demandé à sa logeuse de fermer à clef ses deux portes, la nuit venue. Devant son hésitation, il a ajouté pour la rassurer qu'il valait mieux ne pas tenter le diable et Marie a réalisé que les bijoux étaient sûrement plus alléchants que ses bouts de chiffon. Et puis, la municipalité a grossi depuis le temps et l'on voit de plus en plus de gens de l'extérieur venir s'installer à Cap-aux-Brumes, attirés par les diverses entreprises offrant de l'emploi. Parmi eux, qui sait s'il ne se trouve pas un bandit de grand chemin ?

« Les temps changent », songe Marie en voyant Anne-Marie verrouiller à son tour la porte arrière. Elle ne s'explique pas la nervosité de sa petite-fille, qu'elle juge excessive vu qu'elle vient de la campagne où personne n'a l'habitude de se barricader. « Anne-Marie a peur de son ombre », affirme son oncle Georges qui aime bien la taquiner. Et Anne-Marie lui répond d'un ton docte : « Prudence est mère de sûreté. » Tous ignorent qu'après les deux attentats dont elle a été victime au rang des Cailles, la jeune femme ne se sent plus en sécurité nulle part et Julien croit que ses cauchemars sont dus à la peur des cambrioleurs.

Depuis sa tendre enfance, Anne-Marie ambitionne de tenir un commerce où elle vendrait « des belles affaires », comme elle le confiait à sa grand-mère. Tout en se réjouissant d'être l'épouse d'un bijoutier, elle frémit à l'idée que ces belles marchandises excitent la convoitise des voleurs. La vie lui apprend que chaque médaille a son revers et que les pôles négatif et positif vont toujours de pair.

Pour calmer les peurs de sa femme, frisant parfois l'obsession, Julien s'est muni d'un revolver, qu'il garde chargé dans l'un des tiroirs de son établi, à portée de main. Et Anne-Marie, par mesure de sécurité, révèle sous le sceau du secret à la petite madame Tremblay, effarouchée, qu'une mauvaise surprise attend les braqueurs qui oseraient s'attaquer à son mari. Sachant que la commère ira colporter sa confidence un peu partout, elle est persuadée que la rumeur suffira à décourager les éventuels malfaiteurs.

Dans le rang des Cailles, quand chacun monte faire un somme avant de se rendre à la messe de minuit, Jérôme demande à ses parents un entretien. Dans le particulier, précise-t-il. Tous les trois vont s'asseoir dans la salle où les filles ont décoré l'après-midi même le sapin bien fourni que leur grand frère a coupé sur leur terre.

— Papa, maman, commence-t-il un peu mal à l'aise, je vais partir après les fêtes.

— Pour aller où ? demande Théo.

— À Cap-aux-Brumes.

— Tu t'en vas ? dit Théo, hébété. Je pensais que tu prendrais ma suite quand le temps serait venu. Je pensais que t'aimais la terre.

— J'aime la terre, mais je veux me marier et j'ai besoin d'argent. Pouvez-vous comprendre ça ?

« Je me disais aussi qu'il mijotait quelque chose, celui-là », songe Marie-Reine.

— Tu te maries obligé ? s'enquiert-elle.

— Pantoute. Noémie est une fille comme il faut et je la respecte.

— Rien ne presse, alors, reprend-elle, soulagée. Le mariage est une chose sérieuse. Tu es mineur, mon garçon, et tu n'as rien devant toi.

— J'aime Noémie et ça fait longtemps qu'on se fréquente. On n'est pas faits en bois. Et si j'ai rien devant moi, comme vous dites, c'est parce que j'ai toujours travaillé sur la terre de papa.

— Fâche-toi pas, mon homme, dit Théo d'un ton apaisant. Je te comprends, va, pis on l'aime ben ta Noémie, pas vrai Marie-Reine ?

— Oh, oui. C'est une brave fille, on peut pas trouver mieux.

Marie-Reine voit le visage crispé de son fils s'adoucir.

— On est encore trop jeunes pour se donner à toi, reprend Théo. On n'a pas fini d'élever notre famille.

Selon la coutume, les parents cèdent leurs biens au fils aîné qui a travaillé avec eux sur la ferme et celui-ci s'engage, en retour, à prendre soin d'eux jusqu'à la fin de leurs jours.

— Je vous demande rien, répond Jérôme en baissant la tête.

— Je sais, t'es un bon fils et t'as travaillé aussi fort que moi depuis qu'on s'est établis sur la colonie. Donc, voici ce que je te propose.

Théo fait une pause et Jérôme relève la tête, attendant la suite.

— Après les noces, vous pourriez rester avec nous autres. On vous laisserait notre chambre et la salle pour avoir un peu d'intimité à vous autres. Ta mère pis moi, on prendrait l'autre chambre du bas. Tous les hivers, tu pourrais aller te gagner un peu d'argent, à moins que tu décides de bûcher avec moi et qu'on sépare les revenus. Plus tard, on te céderait la terre et tout le roulant… à la condition que tu prennes soin de nous autres jusqu'à la fin de nos jours.

— Et de Marguerite, ajoute Marie-Reine.

— Comme de raison. Je vais en toucher un mot à Noémie quand j'irai la voir chez ses parents au jour de l'An et je vous donnerai notre réponse ensuite. Si elle est d'accord, j'irai travailler à Cap-aux-Brumes jusqu'aux semailles.

Dans l'église surpeuplée, les parfums des uns s'amalgament aux odeurs nauséabondes des autres. Anne-Marie, prise de nausées, se couvre le nez de son foulard. Julien lui fait signe de s'asseoir, puis elle le voit jeter un coup d'œil désapprobateur à l'homme assis à côté d'elle. Bertrand Jolicœur exhale une forte odeur d'alcool.

— Change de place avec moi, chuchote Julien à son oreille.

La moitié du visage enfouie dans la laine douce de son fichu, Anne-Marie se glisse au bord du banc. Pourtant, au bout de quelques minutes, elle tire la manche du manteau de son mari.

— Je ne me sens pas bien, murmure-t-elle.

Julien l'aide à se relever et la soutient par le bras pour sortir de l'église. Une fois dehors, Anne-Marie respire à fond l'air frais pendant que Julien recoiffe son chapeau.

— Pouah, il sentait le fond de tonne, grimace-t-il. Il y a de quoi se sentir mal.

— Ça va déjà mieux, l'assure-t-elle. Retournons communier.

Anne-Marie ne peut se résoudre à être privée d'une petite vengeance qu'elle est impatiente d'exercer.

— Tu es sûre que ça va aller ?

— Oui, oui, ne t'inquiète pas.

Ils retournent à leur banc juste à temps pour l'offertoire. Agenouillée, Anne-Marie se prosterne en se protégeant des haut-le-cœur que provoquent les relents avinés de leur voisin en enfouissant son nez dans ses mains jointes.

— Apporte ton chapeau et tes gants, chuchote-t-elle à Julien avant de se lever de leur banc pour aller communier. Nous attendrons la fin de la messe à l'arrière de l'église.

Elle-même reprend son sac à main qu'elle cache sous la nappe brodée recouvrant les mains des communiants s'agenouillant à la Sainte Table.

Une fois rendue à l'arrière de l'église, tenant fièrement le bras de son époux, Anne-Marie murmure :

— Nous allons attendre grand-maman.

Marie, qui est allée rejoindre Georges et Lucette avant la messe de minuit, a pris place sur un banc situé à l'avant de la nef. Arrivés à la dernière minute, Julien et Anne-Marie ont dû se contenter des deux places libres que le placier leur a indiquées. Étienne est retourné au rang des Cailles pour la durée du congé des fêtes.

Voyant venir dans l'allée Bertrand et Agnès Jolicœur, Anne-Maric, tout sourire, attire l'attention de Julien et lui parle tout bas de manière à ce qu'il soit obligé de se pencher pour la comprendre. Sans en avoir l'air, elle veut narguer celui qu'elle déteste à présent. Afficher son bonheur peut paraître une revanche trop subtile pour un goujat de la trempe de Bertrand, mais l'orgueil d'Anne-Marie la persuade que son indifférence et sa bonne fortune finiront par le blesser plus cruellement que les pires remontrances. Et pour enfoncer une flèche de plus dans ce cœur dévoyé, elle rit et se pince le nez quand il arrive à leur hauteur.

Alors qu'elle s'attristait de ne pouvoir se rendre chez ses parents, la vie lui offre une compensation inespérée. Anne-Marie oublie nausées et contretemps, et c'est avec un esprit serein qu'elle s'apprête à célébrer son premier Noël en compagnie de son gentil mari et de la parenté invitée à réveillonner chez son oncle Georges.

Le jour des Rois, Marie se réjouit d'accueillir un autre de ses petits-enfants. La maison renvoie le bruissement des longs conciliabules entre Anne-Marie et Jérôme qui ont plein de confidences à s'échanger après ces quelques mois de séparation. Leur complicité joyeuse amuse Marie, qui dispense sa petite-fille de certaines corvées pour lui laisser plus de temps avec son frère.

Trois jours après son arrivée, Jérôme se trouve du travail à la manufacture de meubles et Anne-Marie doit boulanger une autre fournée de pains.

Avec trois hommes dans la maison, le repassage des chemises, dont il faut empeser les cols et les poignets, met à mal la patience d'Anne-Marie. Excédée par ses récriminations et lamentations continuelles, Marie s'arrange pour avoir quelque corvée urgente à faire à l'étage le mardi. «À mon âge, se dit-elle, je ne peux quand même pas me charger de tout le travail.»

Tous les lundis, pendant qu'Anne-Marie boulange et cuisine, Marie fait le lavage et va étendre seule la lessive. Jamais sa petite-fille ne lui donne un coup de main; plutôt, la future mère va faire sa sieste sans se soucier non plus de la cuisson du pain qu'elle laisse à sa grand-mère. Les autres jours de la semaine, Marie assume presque seule le ménage de cette grande maison. Anne-Marie trouve toujours un prétexte quelconque pour s'esquiver, soit qu'elle doit aider son mari à la bijouterie, soit qu'elle a une course urgente à faire. Quand elle rentre en retard, Marie est obligée de préparer le souper. Alors, la grand-mère a compris qu'il y avait des limites à se montrer bonne et compréhensive.

Après avoir imité le stratagème de sa petite-fille, Marie s'est aperçue que ça ne donnait aucun résultat. Le ménage ne se fait pas et la maison, autrefois impeccable, se pare de rouleaux de mousse, les meubles peuvent crouler sous la poussière, Anne-Marie ne fait rien pour y remédier. Alors, Marie décide de prendre les grands moyens

L'échange de correspondance plus fréquent avec ses filles restées aux États-Unis n'alerte pas la maisonnée et chacun est surpris d'apprendre son départ imminent en la voyant sortir ses valises au début du mois d'avril.

— Vous partez pour combien de temps ? s'écrie Anne-Marie.

— Je ne sais pas, répond évasivement Marie.

Frappée de stupeur, Anne-Marie ne peut balbutier qu'un « Mais… » coupé par Julien.

— Ça va vous faire du bien ce petit voyage, madame Dumas. Vos filles vont être tellement heureuses de vous revoir après tout ce temps. Il faut en profiter pour voyager tant qu'on a la santé.

— Si c'était pas de l'école, je partirais avec vous, dit Étienne d'un air d'envie.

— J'aimerais ça, moi aussi, aller aux États, commente Jérôme.

— C'est ça, partez tous tant qu'à y être ! rouspète Anne-Marie.

Puis elle tourne les talons et monte l'escalier en courant. On entend claquer une porte de chambre et les sanglots saccadés d'Anne-Marie viennent assombrir la mine de chacun.

— Ne vous en faites pas, dit Julien. Elle est un peu nerveuse.

Sur ces mots, il monte la rejoindre, et Marie et Étienne se regardent, estomaqués par la crise d'Anne-Marie. Ce comportement égoïste convainc Marie qu'elle doit s'absenter pour une période plus longue que ce qu'elle avait projeté.

«Qu'est-ce que ça va être quand madame va avoir son bébé?», se demande-t-elle, déçue par celle qu'elle a toujours préférée aux autres.

Dans le train qui la ramène 17 ans en arrière, Marie se demande si elle devra toujours fuir les situations qui la mettent hors d'elle-même. Pour avoir la paix, faut-il absolument faire la guerre? se demande-t-elle.

Après toutes les horreurs de la Grande Guerre, il lui semble que l'escalade de violence ne connaît pas de bornes. Il n'y a qu'à penser aux chiffres faramineux de cette guerre-ci, dont le coût est évalué à un trillion, dont 154 milliards de dollars américains pour les seuls armements. Ces nouveaux joujoux de guerre de plus en plus destructeurs: mitrailleuses, chars d'assaut, grenades, lance-flammes, mines terrestres, pilonnages d'artillerie, tirs d'obus et bombes nucléaires ont fait plus de 50 millions de morts, 35 millions de blessés et 3 millions de disparus.

Chaque jour, les journaux lèvent le voile sur l'horreur des camps de concentration, l'extermination par millions de Juifs et de Tziganes dans les chambres à gaz, le raffinement des moyens de torture utilisés par les vaincus. Et Marie croit que les vainqueurs n'ont sans doute pas dû faire mieux si l'on pense aux désordres dont on discute à la dérobée, gênés par la conduite des nôtres: maladies vénériennes chez les soldats, infidélités des deux côtés, cas de bigamie. On découvre que des soldats mariés ici se sont remariés là-bas et vice-versa.

Quelques jeunes filles amoureuses de leur petit kaki versent des larmes amères quand les épouses de guerre viennent rejoindre leur mari au Canada. Plusieurs Canadiennes, que la guerre laisse veuves, devront continuer à travailler. Avec cette main-d'œuvre féminine et le retour des soldats, il y a pénurie de logements en ville.

Décidément, la guerre n'apporte rien de bon, conclut Marie. Dans sa tendre jeunesse, elle n'aurait pas hésité à déclencher les hostilités, mais aujourd'hui, elle préfère se replier afin de laisser méditer l'adversaire en espérant qu'il en tire les leçons qui s'imposent. Et tant pis pour les dommages collatéraux de sa tactique, elle n'a plus la force d'endurer certaines situations. Après s'être autant ennuyée dans sa maison abandonnée, elle doit à présent la déserter pour retrouver un peu de sérénité.

Le roulement du train lui apporte momentanément l'apaisement tant désiré et Marie se laisse glisser au pays des rêves, le bras passé dans la ganse de son sac à main.

Délivrée du lavage et du repassage qu'elle laisse aux mains expertes d'une veuve ayant six enfants à charge, Anne-Marie arrive à tenir la maison dans un état de propreté acceptable grâce à l'aide de ses deux frères qui se partagent le lavage des planchers lors de leur jour de congé hebdomadaire. Il ne lui reste qu'à passer la vadrouille dans les chambres et balayer la cuisine, faire les courses et déplacer la poussière, une fois par semaine, à l'aide d'un long plumeau. Parce qu'elle se plaint que sa grosse bedaine lui donne des maux de dos, les hommes font leur lit en se levant et Julien se charge de nettoyer la salle de bain, pour la soulager des nausées que lui cause cette tâche rebutante, et il voit seul au ménage de son commerce.

Pour les récompenser de leurs efforts, Anne-Marie leur concocte de bons petits plats en veillant à varier le menu et elle s'ingénie à leur préparer des desserts propres à leur faire oublier le surplus de travail qu'elle leur impose. Et comme ils la voient s'essuyer le visage à l'aide de son tablier au moindre effort, ils s'empressent de faire la vaisselle, le soir, pendant qu'elle se berce en tricotant. Ainsi dorlotée, Anne-Marie se console peu à peu du départ inopiné de sa grand-mère.

— Il va falloir qu'on engage une bonne, mon petit coucou, dit-elle ce soir à Julien, une fois seuls dans leur chambre. Même si grand-maman revient bientôt, nous aurons besoin d'aide toutes les deux. Je me sens lourde et j'ai de plus en plus de misère à rester debout. Regarde comme mes jambes sont enflées.

La mine triste, elle sort l'une de ses jambes de sous le drap de coton. La cheville, autrefois fine, est ronde et pleine, le dessus du pied est bombé. La peau du mollet reluit tant l'enflure est importante.

— Demain, tu iras montrer tes jambes au docteur.

Le lendemain matin, la première préoccupation de Julien est de vérifier l'état des jambes de sa femme. Elles ont désenflé durant la nuit et les chevilles ont elles aussi retrouvé leur minceur.

— Ça semble aller mieux, dit-il d'un ton jovial.

Anne-Marie, rassérénée, sourit et se lève à son tour. Attentive aux changements qui s'opèrent dans son corps depuis le début de sa grossesse, la future maman s'alarme dès qu'un léger inconfort se manifeste. Les histoires de femmes mortes en couches l'angoissent et il lui faut tout de suite avoir la confirmation que sa vie n'est pas en danger. L'expérience de sa grand-mère la rassurait et elle se sent bien misérable, seule, aux prises avec ses problèmes de femme enceinte qu'elle ne peut confier aux hommes qui, n'étant jamais passés par là, ne sauraient de toute manière lui fournir une explication satisfaisante.

— Je vais aller voir ma tante Lucette, dit-elle à Julien à la fin du déjeuner.

Une heure plus tard, elle revient, désappointée. Lucette ne connaît personne qui pourrait lui servir de bonne et, chaque fois qu'Anne-Marie a voulu aborder le sujet de ses problèmes de santé, sa tante l'a écoutée sans formuler de commentaire, attentive à ne pas faire de faux plis aux chemises de son mari qu'elle repassait après les avoir humectées légèrement. Et la conversation retombait à plat, sans faux plis, comme les cols bien empesés.

— T'en fais pas, on va trouver quelqu'un, répond Julien. J'irai voir monsieur le curé. Il connaît tout le monde et il pourra nous recommander une jeune fille de bonne famille.

D'un pas nonchalant, Anne-Marie, le dos arqué, la main droite posée aux creux des reins, transporte sa déconfiture à la cuisine. La mine abattue, elle pèle les pommes de terre du dîner. Elle viendrait de s'échouer sur une île déserte et inhospitalière qu'elle ne se sentirait pas plus désemparée qu'en ce moment où elle a l'impression que personne ne la comprend et que tous l'abandonnent.

Après le souper, constatant que ses jambes sont de nouveau enflées, Julien l'oblige à s'allonger sur le lit de la chambre attenante à la cuisine et allume la radio pour lui changer les idées.

Après sa visite au presbytère, qui n'a pas été plus fructueuse que la démarche d'Anne-Marie, il la réconforte en l'assurant que chacun des hommes de la maison va s'efforcer de l'aider davantage en attendant la perle rare qu'ils finiront bien par dénicher.

Toujours sans nouvelles de sa grand-mère, le temps maussade de la semaine sainte n'aide guère le moral d'Anne-Marie qui s'accorde aux variations du baromètre. Selon la croyance populaire, plus la fête de Pâques est tardive, plus le printemps se fait désirer. Et comme pour donner raison aux vieux adages, les pluies et le froid retardent l'éclosion des bourgeons en cette année 1946 où la commémoration de la résurrection de Jésus ne sera célébrée que le dimanche 21 avril.

Jérôme attend ce jour avec impatience. Il a acheté une bague en or jaune, ornée d'un seul diamant, pour ses fiançailles avec Noémie, qu'il n'a pas revue depuis les fêtes. Un jonc viendra compléter l'ensemble le jour du mariage prévu le 29 juin.

Le taxi, qu'il a réservé la veille, vient le prendre le Samedi saint en fin d'après-midi. Étienne l'accompagne et Anne-Marie verse des larmes silencieuses en les voyant partir. Ses parents lui manquent et elle donnerait tout l'or de la bijouterie de son mari pour pouvoir serrer contre son cœur la petite Marguerite, sa boule d'amour. La fillette affectueuse a le don de l'apaiser et Anne-Marie en aurait besoin plus que jamais. L'enflure de ses jambes, qui ne diminue pas malgré les longues stations allongées, la préoccupe chaque jour davantage.

Anne-Marie se sent misérable d'avoir à taire ses craintes incontrôlables afin de ne pas effrayer Julien qui se montre si prévenant. Quand, la nuit, son époux aspire le silence de leur chambre et le rejette en chuchotements, elle dilue ses affolements en pleurant des heures durant, puis elle cache ses mouchoirs trempés sous son oreiller, honteuse de sa faiblesse. Une voix lui souffle une phrase importune : « Cesse ces enfantillages et fais une femme de toi. » Elle ne s'endort qu'au milieu de la nuit et se sent à plat au réveil.

Avec le départ de Marie aux États-Unis et celui de Jérôme et d'Étienne à Val-des-Castors, deux jours d'intimité attendent les jeunes mariés et cette perspective enthousiasme Julien. Deux jours de congé d'affilée sont si rares pour un commerçant que le bijoutier rêve de fainéantise aux côtés de sa chérie. Après la messe de Pâques, ils pourront s'allonger l'un près de l'autre pour écouter de la musique en s'aimant tendrement, puis faire la sieste jusqu'au souper si la fantaisie leur en prend. Le lundi, il se voit paresser au lit et se délecte par avance du plaisir d'ausculter sa femme du bout des doigts, du bout de la langue.

Après la fermeture, Julien tourne la clef dans la porte, baisse les toiles des fenêtres de la cuisine et éteint les lumières susceptibles de trahir leur présence. Anne-Marie, occupée à brasser le ragoût qui mijote sur le poêle, le regarde, étonnée. La table des jours de fête est mise pour deux personnes.

— Te rends-tu compte, ma chérie, que nous sommes enfin seuls pour la première fois depuis qu'on se connaît ?

— C'est pourtant vrai, reconnaît-elle, l'air songeur.

Habituée à vivre dans une grande famille, elle n'avait pas pensé que le fait d'être toujours entouré pourrait agacer Julien, lui qui souffrait de ne plus avoir aucun parent. En douce, il s'approche d'elle et la bécote à la base du cou en remontant jusqu'à son lobe d'oreille qu'il suce avidement. Anne-Marie laisse tomber la cuillère dans le chaudron et a la présence d'esprit de le déplacer sur le rond arrière avant que les caresses de Julien se concentrent sur ses seins et lui fassent oublier tout ce qui n'est pas relié au plaisir intense qui la fait frémir de désir.

De caresses en soupirs, la chemise de Julien atterrit à leurs pieds, suivie quelques secondes plus tard de son pantalon et de la robe d'Anne-Marie. Une traînée de sous-vêtements conduisant au lit de la chambre voisine témoigne d'une fringale amoureuse impatiente. En dépit d'une grossesse de six mois, Julien et Anne-Marie s'aiment avec fougue.

Quand, après le souper et la vaisselle, ils montent se coucher, Anne-Marie s'endort aussitôt, son gros bedon soutenu par un mince oreiller de duvet. Julien se couche en cuillère et s'assoupit, anesthésié par la chaleur qu'elle dégage.

Au matin, ils se réveillent en même temps. Anne-Marie s'étire mollement au lieu de se lever immédiatement comme ils en ont l'habitude.

— Tu as bien dormi, ma chérie ?

— Comme une souche, dit-elle en étouffant un bâillement. Et toi ?

— Moi aussi, répond-il en bâillant à son tour.

Il tourne la tête en direction du réveille-matin placé sur sa table de nuit.

— On a le temps de dormir encore un peu. Il n'est que six heures et quart.

La tiédeur du lit les ramène bien vite dans les bras de Morphée et Julien se réveille deux heures plus tard. Il caresse le bras d'Anne-Marie jusqu'à ce qu'elle ouvre un œil.

— On n'a que le temps de se préparer pour la messe, dit-il.

Anne-Marie sourit béatement, s'étire, puis saute du lit prestement. Mais son air joyeux disparaît aussitôt.

— Ayoye, se lamente-t-elle en regardant, horrifiée, la grosseur des veines noirâtres qui gonflent à vue d'œil sur le dessus de ses pieds endoloris. Regarde mes pieds, grimace-t-elle en se recouchant. Je ne peux pas rester debout, ils font trop mal.

— Je vais appeler le docteur, dit-il en attrapant sa robe de chambre.

Julien remonte au bout de quelques minutes.

— Le docteur va passer dans la journée, en attendant, il dit que tu dois rester allongée, les jambes surélevées.

Julien saisit son oreiller et le glisse sous les pieds d'Anne-Marie.

— C'est grave ? demande-t-elle d'une petite voix inquiète.

— Non, le docteur croit que c'est un problème de circulation dû à ta grossesse. Je vais t'apporter ton déjeuner au lit.

— Il faut que j'aille aux toilettes, dit-elle en esquissant un mouvement pour s'extraire du lit.

— Attends, je vais te porter. Tu vas t'installer dans la chambre à côté de la salle de bain, ce sera plus pratique.

Anne-Marie passe ses bras autour du cou de son époux qui vacille légèrement en se redressant. Mais il reprend vite son équilibre et elle se sent en sécurité dans les bras vigoureux qui la tiennent fermement.

Allongée dans la chambre réservée autrefois au plus jeune des enfants de la famille ou à la bonne, Anne-Marie fait des efforts surhumains pour paraître confiante et détendue, alors que sa santé la tracasse plus que jamais.

Julien lui apporte un plateau contenant deux rôties, des confitures aux fraises et un thé bouillant, selon les goûts qu'elle a exprimés. Son estomac nerveux ne pourrait supporter une nourriture plus riche.

Au début de l'après-midi, le Dr Couture recommande à Anne-Marie de garder le lit, les jambes surélevées et enveloppées dans des serviettes d'eau froide. Il lui interdit de se lever, sauf pour aller aux toilettes.

— Ses jambes sont congestionnées, explique-t-il à Julien, comme si Anne-Marie n'était pas présente. Le poids du bébé exerce une pression sur ses veines et le sang n'arrive plus à refluer vers le haut. Dans une semaine, elle devrait pouvoir rester debout pour de courtes périodes, à la condition de bouger, sinon elle devra rester allongée. Il faut qu'elle évite de rester assise afin ne pas couper la circulation du sang.

Le médecin de famille reprend sa trousse et salue sa patiente.

— Je vais revenir vous voir la semaine prochaine, madame Briand.

Julien le raccompagne à la porte et revient auprès de sa femme qui sanglote.

— Ne pleure pas, dit-il en l'enlaçant. C'est rien de grave, tout va bien aller si tu suis les recommandations du docteur.

— Rester au lit, hoquette-t-elle en s'épongeant les joues. Facile à dire. Et qui va faire à manger ?

Tremblante, elle a l'air d'un petit moineau échoué sur un iceberg à la dérive. Et Julien resserre son étreinte.

— On va trouver une solution, t'inquiète pas. En attendant, je suis capable de me débrouiller, tu vas voir. L'important, c'est de prendre soin de toi et du bébé.

Un vol d'outardes signale bruyamment son passage au-dessus du rang des Cailles. Picorant le gravillon de la montée, les corneilles s'énervent et interrompent leurs agapes pour invectiver les bavardes qui survolent leur territoire et rompent effrontément la paix sacrée d'un dimanche ensoleillé. Réveillé par les criailleries des mégères ailées, Ti-Nours, qui sommeillait sur le tapis du portique arrière, court en jappant pour chasser les intruses exaspérantes. Perchés sur les branches dénudées des pommiers du verger, les petits moineaux restent cois. De la grange parviennent des meuglements mélancoliques. Les deux vaches de Théo aspirent à l'air pur dont elles sont privées depuis plusieurs mois, confinées à l'espace étroit de leur stalle et astreintes à un régime composé de foin sec. Alors que tout renaît dans la nature, le bétail encabané piaffe d'impatience.

Privé lui aussi depuis de longs mois de ce qu'il considère comme son oxygène, Jérôme s'énerve de la lenteur des heures qui s'étirent depuis leur retour du village, après l'interminable messe de Pâques. Fébrile, il attend la venue de Noémie et de ses parents, assis dans la berçante près de la fenêtre du modeste salon des Dumont. Il palpe son cœur pour la centième fois et sent, bien à l'abri dans la poche de sa chemise, l'anneau d'or qu'il passera à l'heure du souper au doigt de sa bien-aimée.

Marie-Reine et Théo ont insisté pour recevoir les Santerre afin de célébrer les fiançailles de leurs enfants. « Ils auront bien assez d'organiser les noces », ont-ils plaidé auprès de Noémie un dimanche qu'elle leur rendait visite. La famille de leur future bru réside dans le village voisin, à environ cinq milles de chez eux. Marie-Reine a fait cuire un gros jambon, mets que sa mère a toujours servi à Pâques, et deux poulets dodus, son menu de prédilection, qu'elle a découpés en belles tranches pour faciliter le service. Parce que les légumes frais font défaut, elle a préparé une soupe aux pois dans laquelle trempe l'os du jambon qui confère une saveur particulière au potage. Après les privations du carême, elle a pensé que des tartes au sucre seraient un dessert apprécié et elle en a fait vingt, pour être certaine de ne pas en manquer.

— J'ai fini ma valise, s'exclame joyeusement Clémence en s'assoyant dans l'autre berçante, à côté de Jérôme qui sursaute.

Absorbé à surveiller le rang désespérément désert, Jérôme répond par un son indistinct ressemblant à un grognement d'ours mécontent qu'on ait le toupet de le déranger dans sa tanière.

— Arrête de te ronger les sangs, ça ne la fera pas arriver plus vite, plaisante sa sœurette qui ne connaît rien des tourments de l'amour.

— Mêle-toi de tes oignons, réplique l'amoureux, mi-figue, mi-raisin.

— Justement, rigole l'insouciante. Tu seras bien content que je te les serve tantôt, mes oignons, dorés comme tu les aimes. Tu vas t'en régaler.

Le rappel du souper que sa mère et sa sœur ont concocté avec amour pour ses fiançailles suffit à ranimer son entrain. Depuis son retour, la veille, il a pu constater les progrès en cuisine de sa jeune sœur et l'humeur joyeuse de Clémence a le don de créer une ambiance enjouée.

— Je disais ça pour te faire étriver, répond-il, amusé par le sourire espiègle de sa jeune sœur.

Jérôme goûte ces échanges taquins avec ses cadettes où l'affection se mêle à l'humour puéril et sans malice des gens simples qui s'aiment. De la cuisine, leur parvient le son des assiettes entrechoquées et Clémence le laisse seul à son poste d'observation pour aller aider sa mère à dresser la table avant l'arrivée de leurs invités qui ne devraient plus tarder.

Jérôme calcule mentalement le temps que ses beaux-parents reviennent de la messe, dînent, fassent la vaisselle et effectuent le trajet qui les séparent. Il regarde l'heure à sa montre, puis jette un coup d'œil à l'extérieur. Une automobile apparaît sur la butte, mais Jérôme n'y prête guère attention, car il attend un boghey.

Le véhicule ralentit et emprunte la montée. Il songe un instant qu'il s'agit sans doute de Julien et Anne-Marie qui se sont décidés à venir en taxi, sachant combien sa sœur s'ennuie de la famille. La voiture stoppe devant la galerie et toute une trâlée d'inconnus en sortent par chacune des quatre portières. Une jeune femme élégante, coiffée d'un joli chapeau de paille et gantée de blanc, prend la tête du groupe qui commence à gravir le long escalier. Le cœur de Jérôme bondit quand il reconnaît sa dulcinée.

Vêtue d'un manteau de printemps qu'il n'a jamais vu, il la trouve plus belle que dans son souvenir. Ses mèches châtaines encadrent l'ovale du fin visage aux pommettes roses. Le cœur battant, Jérôme sort en chemise dans l'air frisquet pour accueillir sa promise. Il aurait envie de la serrer contre lui et de l'embrasser, mais il se retient. Que diraient les parents de Noémie s'il se permettait déjà des privautés réservées aux gens mariés, dans l'intimité seulement.

Les yeux verts de l'institutrice rayonnent en apercevant son amoureux. Le grand blond aux yeux bleus est d'une beauté à troubler plus d'une femme. Comme son père, il est carré d'épaules, mais contrairement à Théo dont la taille s'est épaissie avec les ans, Jérôme est bâti comme un athlète. Sous l'étoffe du pantalon, saillent les muscles durs de ses cuisses. Le sourire de Noémie découvre des dents blanches bien alignées quand Jérôme s'empare de sa main qu'il porte à ses lèvres sans la quitter des yeux.

Il doit s'arracher à sa contemplation passionnée pour les poignées de main d'usage. La maman, avec quelques rides et plusieurs livres en plus, ressemble à sa fille. Mêmes yeux verts, même sourire avenant. De stature imposante, le papa est au contraire sérieux, comme s'il prenait la mesure de l'homme qui va lui ravir sa fille adorée. Le chauffeur de l'automobile, un voisin, se tient à l'écart, derrière un frère et deux sœurs de Noémie, tout excités d'assister aux réjouissances, alors que leurs aînés, chargés de s'occuper des animaux, ont dû céder leurs places.

— Ne les laisse pas dehors, Jérôme, proteste Marie-Reine qui s'est dépêchée d'enlever son tablier. Entrez, entrez, voyons!

Elle ouvre en grand la porte et se recule pour leur livrer passage.

— J'avais tellement hâte de vous connaître, dit-elle à madame Santerre. Donnez-moi votre manteau.

Derrière elle, Théo reçoit cordialement ses invités, serrant cérémonieusement la main des visiteurs, imité ensuite par ses enfants qui, comme tous les jeunes un peu intimidés par la nouveauté, calquent leur conduite sur celle de leurs parents. Le caquetage des uns et des autres emplit bientôt la maisonnée de l'heureux bruissement des familles appelées à se lier pour le bonheur de deux des leurs.

Depuis la veille au soir, le moral d'Anne-Marie a remonté d'un cran, car Julien a transporté l'une des berçantes à côté de son lit et il s'y berce durant des heures. Il a placé plusieurs oreillers pour l'installer confortablement et a entouré ses jambes de serviettes humides qu'il rafraîchit régulièrement. Chaque fois qu'il change de compresse, il examine attentivement l'état des pieds d'Anne-Marie, dont les veines enflent et continuent de la faire souffrir aussitôt qu'elle se lève.

Comme tous les amoureux du monde laissés seuls à eux-mêmes, ils se racontent et Anne-Marie s'intéresse vivement aux confidences de Julien. De nature réservée, son mari ne s'est jamais autant livré depuis qu'elle le connaît et le petit garçon blessé qu'elle découvre l'émeut aux larmes. Finalement, elle apprécie ce repos forcé qui les rapproche mieux que ne l'auraient fait des années de compagnonnage.

De son côté, elle se dévoile avec parcimonie. L'attirance qu'elle a éprouvée jadis pour l'ivrogne qu'est devenu Bertrand Jolicœur lui inspire de la honte et elle juge si indécentes les agressions d'Ovide Soucy qu'elle préfère tenir son mari dans l'ignorance. Une femme qui avouerait le désir charnel qu'elle a suscité, même à son insu, passerait pour une moins que rien. « Que les hommes sont chanceux ! s'apitoie-t-elle, ils n'ont pas à souffrir dans leur corps, ni à porter le « paquet », pas de menstruations incommodantes non plus, ni de grossesse mettant leur vie en danger. Et, comme si la nature ne les avait pas assez avantagés dès leur naissance, ils sont rois et maîtres partout, c'est révoltant ! Une chance que mon mari est prévenant, ce n'est pas moi qui me mettrais à genoux devant un homme ! Et puis, il a de l'argent. Un jour je serai riche ! »

— À quoi tu penses ? s'informe Julien.

— Oh, fait Anne-Marie qui veut se donner le temps de trouver une réponse appropriée. Je me disais : si je peux mettre ce bébé au monde, je vais pouvoir m'occuper de mon petit mari comme il le mérite.

Et Julien, abusé par tant de complaisance, ressemble aux moutons candides qui vont bientôt se faire tondre dans toutes les bergeries de la province. « C'est pour votre bien, leur susurrerait la bergère s'ils pouvaient la comprendre, il faut vous enlever ce pelage nauséabond afin que vous ayez moins chaud durant les canicules.» C'est ainsi que les aigrefins se donnent bonne conscience.

— Je ne me sens pas négligé, ma chérie. Ce qui t'arrive n'est pas ta faute. Si ça peut te rassurer, je peux te dire que je suis le plus heureux des hommes de t'avoir pour femme.

Et pour confirmer ses dires, Julien vient déposer un doux baiser sur la joue de sa femme, puis vérifie la température des compresses.

— Je vais rafraîchir tes serviettes.

Après qu'il a enrobé les jambes d'Anne-Marie, on entend tourner la poignée de la porte arrière. Puis des coups impatients retentissent.

— Ce doit être Jérôme et Étienne qui reviennent de Val-des-Castors.

Sachant que ses beaux-frères se moquent de leur habitude de verrouiller la maison en dehors des heures d'ouverture de la bijouterie, Julien s'empresse d'aller ouvrir la porte.

— Ah, ben, tu parles... s'exclame-t-il, surpris.

Jérôme lui fait signe de se taire et dépose deux valises sur le tapis.

— Nous v'là, dit-il, avec la mine du gars satisfait qui garde en réserve une grosse surprise.

Puis les visiteurs enlèvent leurs bottes et suivent Julien dans la chambre où Anne-Marie lit son livre de prières.

— On a de la belle visite, claironne Julien.

— Qu'est-ce qui t'est arrivé ? s'étonne Jérôme en voyant sa sœur allongée, les jambes enveloppées de serviettes.

— Un problème de circulation, répond-elle en déposant son livre entrouvert, face contre les couvertures. Vous avez fait bon voyage ?

Elle lève la tête en direction de ses frères et reste ébahie.

— Clémence ! s'écrie-t-elle, joyeuse. Qu'est-ce que tu viens faire à Cap-aux-Brumes ?

— Je viens prendre soin de ma grande sœur, répond-elle gaiement en se penchant pour lui faire la bise.

— C'est le bon Dieu qui t'envoie, dit Anne-Marie, les larmes aux yeux, en serrant très fort l'ange que lui amène la Providence.

On n'entend que ses reniflements pendant qu'elle prolonge l'accolade en s'agrippant à Clémence comme à une bouée de sauvetage.

— Parlez pas tous en même temps, plaisante Jérôme pour détendre l'atmosphère.

Mal à l'aise, les hommes hasardent un rire gêné et s'enfuient à la cuisine, soulagés de se soustraire aux effusions d'Anne-Marie.

— Elle n'a pas l'habitude de jouer les fontaines, murmure Étienne.

— Les femmes dans sa condition sont plus sensibles, explique à voix basse Julien. Elle s'en fait parce qu'elle doit rester alitée.

— C'est grave ? s'enquiert Jérôme, le front soucieux.

— Grave, non, mais sérieux, oui.

Et Julien leur fournit les explications et recommandations du médecin.

Un mois après le départ de Marie, une enveloppe épaisse, adressée à monsieur et madame Julien Briand, arrive en provenance des États-Unis. Intriguée, Anne-Marie l'ouvre prestement et en sort trois lettres de formats différents. L'une d'elles est écrite sur du papier ligné et est signée : *Aunt* Cécile, la plus jeune de ses tantes, dont elle se souvient vaguement, l'ayant vue en 1935 lors des funérailles de son grand-père. L'autre missive est écrite sur du papier à lettres de fantaisie. Elle reconnaît l'écriture de son autre tante, Irène, celle qui envoie à l'occasion des colis contenant de nouvelles babioles, des disques récents ou des draps de la manufacture où travaille Cécile. Anne-Marie déplie fébrilement la troisième lettre.

Mes chers enfants,

Pardonnez-moi, j'aurais dû écrire avant, mais j'ai été entraînée dans un tourbillon d'activités de toutes sortes. Qui aurait pu prédire que j'entreprendrais un si long voyage, à mon âge ? J'ai mis un temps fou à m'en remettre, mais cela valait la peine. Il y avait trop longtemps que je n'avais pu serrer dans mes bras mes petits derniers, qui me manquaient terriblement.

Vous aurez une idée de ce que je ressentais quand vous aurez des enfants à votre tour. Je ne voulais pas mourir sans avoir le bonheur de les revoir et de connaître mes petits-enfants que je n'ai pas eu la chance de bercer lorsqu'ils étaient petits. Ils sont nombreux et je distingue des traits de famille chez chacun d'eux. Dites à Étienne qu'avec mes petits-enfants et mes gendres, mon anglais s'améliore grandement et que je serai en mesure de lui enseigner plusieurs nouvelles expressions.

J'espère que tout le monde au Canada se porte bien. Cécile et Patrick vont me ramener au pays durant leurs vacances, à la mi-juillet, parce que j'ai trop de bagages à rapporter pour revenir par le train. Transmettez mes salutations à toute la famille.

Affectueusement,

Grand-maman

— À la mi-juillet ! s'écrie Anne-Marie. Tu entends ça, Julien ? Grand-maman va revenir à la mi-juillet avec des parents des États !

— J'ai hâte de les connaître, répond-il.

— Ça prend bien un homme pour dire des choses de même, dit-elle, l'air courroucé.

— Moi aussi, j'ai hâte de les connaître, réplique Clémence.

— T'as pas à prendre son parti, s'indigne Anne-Marie. Où avez-vous la tête, tous les deux ? Je me le demande…

Les coupables désignés se regardent, interloqués, soulevant les épaules en signe d'incompréhension.

— C'est ma date, se lamente-t-elle, la main posée sur son gros bedon.

— Voyons donc, on n'a pas besoin de toi pour s'occuper de la visite des États, affirme en riant Clémence.

— Tu parles d'une réponse de ni…

Anne-Marie allait dire « nigaude », mais décide de ravaler l'injure. Elle a trop besoin de sa sœur pour risquer de la perdre.

— Une réponse de quoi ? insiste Clémence, piquée au vif. Tu voulais dire une réponse de niaiseuse, je suppose.

— Ben non, répond Anne-Marie en faisant des signes de dénégation de la tête et en soupirant, les yeux levés au ciel, comme pour prendre à témoin les planches du plafond que ce n'était nullement le mot qu'elle allait dire.

Mais comme elle ne s'embarrasse pas de fournir d'explication, son geste contribue à irriter Clémence. Devant les plis coléreux qui se creusent au milieu du front de l'offensée, Julien décide d'intervenir.

— Viendrais-tu m'aider, Clémence ? J'aurais besoin que tu me donnes un coup de main pour changer l'étalage de la vitrine.

Conciliante, Clémence enlève son tablier et suit son beau-frère.

Le dimanche suivant, au sortir de la messe, Julien admire le soleil qui se mire sur la surface polie du fleuve pacifié par la douceur de la brise. Les feuilles fraîchement écloses exhibent leur parure d'un beau vert tendre et exhalent leur parfum suave qui se mêle à l'odeur iodée de la mer et aux effluves du bois empilé sur les quais ainsi que des montagnes de bran de scie dressées dans la cour du moulin.

Ensorcelés par le temps d'une douceur exceptionnelle, les paroissiens s'attardent sur le parvis de l'église. Mais Julien, Jérôme, Étienne et Clémence se hâtent vers la maison où les attend Anne-Marie qui a commencé à dresser une table digne des jours de grande célébration. Comme ils l'ont annoncé dans leur dernière lettre, Théo et Marie-Reine sont en route pour ramener Jérôme au rang des Cailles.

— Tu n'es pas encore habillée ? s'étonne Julien au retour de l'église.

Encore en robe de nuit, Anne-Marie aurait aimé se pomponner pour accueillir ses parents qu'elle n'a pas revus depuis son mariage. Mais elle devra se contenter de l'une des deux robes de maternité qu'elle a cousues durant l'hiver.

— Je suis tannée de mettre toujours les mêmes affaires, dit-elle en faisant la moue.

— Tu vas bientôt pouvoir étrenner ton ensemble neuf, commente Julien d'un ton égal.

Anne-Marie a acheté durant la semaine une jupe et deux hauts de maternité en coton en prévision des chaleurs.

— Je vais finir de m'occuper des préparatifs. Dépêche-toi d'aller te changer, lui conseille gentiment Clémence.

Le pas traînant, la mine apathique, Anne-Marie s'enferme dans la chambre attenante à la cuisine et l'on entend craquer les ressorts du lit.

— Je vais aller l'aider à choisir, annonce Julien.

À force de cajoleries et de compliments, Julien a réussi à sortir Anne-Marie de sa déprime et c'est une jeune femme pimpante qui accueille ses parents.

— T'as bonne mine, ti-fille ! s'exclame Théo.

Les yeux admiratifs du père ne peuvent se détacher de sa fille dont il s'est tellement ennuyé. Étienne et Anne-Marie ont été les premiers à quitter la maison, Théo et Marie-Reine ont par la suite été privés de Jérôme. En peu de temps, les parents ont perdu trois de leurs oisillons et, sans eux, le nid leur a paru trop grand, trop silencieux.

Après les étreintes prolongées réitérant sans paroles leur attachement profond, pendant que les hommes inspectent le commerce de Julien, Anne-Marie invite sa mère à venir déposer son manteau et son chapeau dans la chambre qu'elle occupe à présent, et Clémence sort du four un rôti de porc aux patates jaunes, le plat préféré de Théo.

— À part tes problèmes de circulation, est-ce que ça va ? s'inquiète Marie-Reine.

— Je commence à avoir des problèmes de digestion aussi.

— C'est normal, le bébé grossit et prend toute la place. Il vaut mieux prendre des petits repas et manger plus souvent.

— Et l'accouchement ? Ça fait mal ? s'inquiète Anne-Marie.

Sa mère sourit et lui tapote la main.

— Tu as de bonnes hanches, c'est le principal. Si tu es comme moi, tu n'auras aucun problème. Ta grand-mère disait que j'accouchais comme une chatte.

C'est ce qu'elles lui disent toutes et Anne-Marie, un peu sceptique, sourit tout de même. Elle est bien trop fière pour avouer qu'elle est morte de peur rien qu'à songer à la grosseur du bébé qui doit passer par un si petit orifice. Le médecin, à qui elle a posé la question, lui a simplement répondu que c'était prévu pour ça, mais ça ne l'a pas convaincue pour autant. Toutes ces histoires de femmes mortes en couches n'ont rien pour rassurer une primipare qui, de surcroît, se croit atteinte de toutes les maladies dont elle entend parler.

— Allons manger, dit-elle pour couper court aux encouragements qui se butent contre le rempart de sa suspicion.

En fin d'après-midi, même si le soleil brille encore de tous ses feux, l'avenir paraît sombre à Anne-Marie au moment du départ de ses parents. Elle se sent condamnée à mourir dans l'isolement, sans l'assistance des siens qui s'en vont préparer les noces de Jérôme et de Noémie auxquelles elle ne pourra pas assister. À la pensée que son frère Étienne ira les rejoindre à la fin des classes, Anne-Marie pleurniche.

— T'en fais pas, ma ti-fille, lui dit son père. On va revenir bientôt.

Le samedi 13 juillet, au moment où Marie, Cécile et Patrick prennent la route en direction du Canada, Anne-Marie ressent une première contraction. Le souffle coupé par l'angoisse, elle appelle faiblement Clémence qui chante en glaçant un gâteau blanc de deux étages, préparé spécialement pour les visiteurs américains qui devraient arriver demain en fin de journée. Vexée de ne pas obtenir de réponse, quand le spasme prend fin, Anne-Marie hurle à tue-tête :

— Va chercher Julien !

Le ton d'urgence énerve tellement Clémence qu'elle court avertir son beau-frère et se met à aboyer à son tour, sans se soucier qu'il y ait des clients ou pas.

— Vite, Julien ! Anne-Marie t'appelle, vite !

Assis à son établi et concentré sur le mécanisme délicat d'une montre de femme, Julien sursaute.

— Seigneur, que vous m'avez fait peur, mademoiselle ! s'écrie la cliente qui attendait patiemment le diagnostic de l'horloger.

— Excusez-moi, bafouille Clémence, dont les joues s'empourprent violemment.

— Désolé, madame, dit patiemment Julien. Voulez-vous revenir lundi ?

— Bien sûr, répond aimablement la dame.

— Qu'est-ce qu'il y a ? demande-t-il à sa belle-sœur.

— Je ne sais pas, avoue Clémence, l'air effaré. Mais ç'a l'air de presser.

— Garde la bijouterie, lui ordonne-t-il.

Il fonce vers la chambre où Anne-Marie, allongée, se frotte doucement le ventre en marmonnant des paroles inintelligibles.

— Tu as mal ?

— Appelle le docteur, c'est commencé, dit-elle, l'air catastrophé.

— T'inquiète pas, dit-il, pensant la rassurer.

Il décroche le combiné et, le souffle court, demande à la standardiste le numéro du Dr Couture. Après deux sonneries, une voix féminine répond que le médecin est parti faire sa tournée des malades et assure Julien, tout déconfit, qu'elle va lui transmettre son message dès son retour. Quand il retourne auprès de sa femme, la pauvre Anne-Marie se met à sangloter en apprenant que le médecin n'est pas disponible et Julien ne trouve rien de mieux que d'aller quémander l'aide de l'oncle Georges pour conduire Anne-Marie à l'hôpital.

— Mais il me faut une valise, se récrie Anne-Marie au retour de Julien.

— J'irai t'en porter une plus tard. Viens-t'en, ton oncle nous attend.

Aussi énervés l'un que l'autre, ils arrivent à l'hôpital où on leur demande de remplir une fiche de renseignements. Georges repart sans attendre, pressé de retourner à sa quincaillerie.

Quand Anne-Marie, vêtue d'une chemise d'hôpital, a été examinée par un médecin de garde, on insiste pour que Julien retourne à la maison, lui affirmant que le travail n'en est qu'à ses débuts et que le bébé ne risque pas de naître avant plusieurs heures étant donné que les contractions sont espacées et que le col de l'utérus n'est pas dilaté.

— Je vais revenir avec sa valise, dit-il à la religieuse.

— Ça peut attendre, répond celle-ci. Elle a tout ce qu'il lui faut pour un bon moment.

Guère rassuré par les informations médicales fournies, Julien rentre chez lui après que l'infirmière de service, une bonne sœur à la voix raboteuse, l'a assuré que sa femme avait simplement besoin de repos.

Après la fermeture des magasins, il retourne à l'hôpital. Il a à peine le temps de s'asseoir à côté d'Anne-Marie qu'elle commence à se plaindre des soins qu'on lui dispense chichement.

— On me dit de me reposer et on me laisse toute seule presque tout le temps. Touche comme mon ventre est dur et ça fait mal, geint-elle.

— Je vais aller voir l'infirmière de garde, lui dit-il après avoir mis la main sur son abdomen contracté.

Cette religieuse, plus âgée, l'écoute patiemment exposer les doléances de sa femme.

— Votre femme est extrêmement nerveuse. C'est normal que son ventre durcisse durant une contraction. Il n'y a rien à faire pour le moment, il faut laisser agir la nature.

— Mais…

— Ne vous inquiétez pas, monsieur Briand, votre femme est entre bonnes mains.

Malheureux, Julien reste sur place, les yeux rivés au plancher encaustiqué luisant de propreté.

— C'est votre premier enfant, n'est-ce pas? dit-elle doucement.

À bout de nerfs, Julien opine de la tête, la gorge nouée, incapable de prononcer une parole. Il a l'air d'un petit garçon abandonné.

— Je vais retourner examiner votre femme et lui expliquer que tout cela est normal. Pendant ce temps, vous pourriez aller vous recueillir à la chapelle.

— Je ne connais pas l'hôpital, vous pourriez me dire où c'est?

— Suivez-moi, je vais vous y conduire.

Sa jupe à plis creux, noire et longue, froufroute à chacun de ses pas. À la porte de la chapelle, elle lui dit d'un ton serein:

— Confiez vos soucis à Dieu, monsieur Briand. Il vous apportera le réconfort dont vous avez besoin, vous et votre femme.

La religieuse a touché le point sensible de Julien en lui parlant du réconfort dont a besoin sa femme.

— Merci, ma sœur, dit-il en ouvrant la porte du sanctuaire.

— Après, vous pourrez passer quelques minutes avec votre femme, chuchote-t-elle avant de le quitter.

Quelques lampions sont allumés au pied de la statue de la Vierge Marie. Au mur, sur un immense crucifix de bois foncé, se découpe le corps meurtri de Jésus. Ses mains et ses pieds cloués saignent depuis des siècles, médite Julien, et ses tourments actuels lui semblent minimes en comparaison des supplices que le Christ a endurés pour le salut des hommes. Avec ferveur, Julien se tourne vers la Vierge et il la prie d'aider son épouse à donner naissance à son tour.

Quand il revient voir Anne-Marie, la religieuse le prie après quelques minutes de retourner chez lui.

— Ce ne sera pas pour cette nuit, je vous l'assure. Je ne veux pas vous revoir ici avant demain matin, le gronde-t-elle gentiment. Votre femme doit dormir.

Julien n'a personne vers qui se tourner pour quêter assistance ou demander conseil. Habitué depuis l'enfance à souffrir en silence de son handicap et ensuite du vide causé par la mort de ses parents que son oncle n'a jamais pu combler, Julien est démoralisé. Il se tourmenterait moins s'il était auprès de sa femme et sa présence la rassurerait, il en est persuadé, mais que faire devant l'autorité souveraine de l'infirmière en chef ?

Malgré sa foi qui le soutient et les encouragements prodigués par l'infirmière, Julien n'a connu au cours de l'interminable nuit qu'un sommeil agité, entrecoupé de longues périodes de veille consacrées à la prière. Le dimanche matin, il se rend de nouveau à l'hôpital. L'étage est silencieux.

— Chut, murmure-t-il à Anne-Marie quand, surprise et larmoyante, elle l'aperçoit près de son lit. As-tu bien dormi, ma chérie ?

— Presque pas.

— Moi non plus.

Les cheveux d'Anne-Marie sont mouillés. Elle est pâle et cernée. Tendrement, Julien lui caresse la joue. Les yeux brillants, comme si elle faisait de la fièvre, elle commence à grimacer de douleur et se cramponne à l'une de ses mains. Julien souffre davantage de se sentir impuissant que des ongles qui s'enfoncent dans sa chair comme des lames de rasoir.

— Il faut que vous sortiez, monsieur, martèle soudain une voix sévère.

Julien se retourne vers une religieuse inconnue.

— Il faut que je fasse la toilette de la patiente. Vous reviendrez dans une heure.

« C'est trop injuste », se dit-il. Il se rend à la chapelle et en revient, fermement déterminé à passer outre aux interdictions du dragon qui se camoufle sous un déguisement de sœur-infirmière. « Je ne suis peut-être que le père, mais elle ne me fait pas peur », se convainc-t-il pour se donner le courage qui lui fait défaut dès qu'on hausse la voix. Se dissimulant derrière une porte entrouverte, il observe les allées et venues de la nonne. Par un coup de chance exceptionnel, elle s'absente de son poste et se dirige vers les toilettes. Il en profite et se précipite dans la chambre où il s'introduit en douce.

Sa détermination et le changement de garde du personnel leur valent de longs moments d'intimité. On ne le fait plus sortir que lors des examens pour vérifier la progression du travail. Malgré sa fatigue, Julien continue de tenir la main d'Anne-Marie et de lui éponger le front à l'aide de son mouchoir. Devant l'état d'épuisement de sa femme, les mots restent pris dans sa gorge. Que pourrait-il lui dire ? Il lui est déjà difficile d'entendre les religieuses exhorter sa femme à garder son calme. Il voudrait bien les voir à la place d'Anne-Marie, juste pour vérifier comment elles réagiraient. Que connaissent-elles des douleurs de l'accouchement ?

Dans son affolement, Anne-Marie s'offusque du manque de compassion de ses infirmières, et elle leur céderait volontiers sa place juste quelques secondes pour leur faire sentir la douleur affreuse qui écartèle ses entrailles et voir si cela changerait leur attitude. Mais les religieuses la méprisent sans doute pour avoir commis le péché de la chair, le pire qui soit selon les enseignements des curés qui répètent à l'envi que les femmes doivent souffrir pour mettre leur enfant au monde à cause du péché d'Ève. Il ne leur viendrait jamais à l'esprit que Dieu, qui a tout créé, a voulu que les plaisirs sexuels incitent justement à perpétuer la race.

Qui, des femelles animales, a fauté la première comme Ève ? Est-ce aussi la faute de l'une d'entre elles si toutes souffrent pour engendrer leur progéniture ? Sous les cornettes et derrière les cols romains, les bonnes âmes, anesthésiées par la doctrine, gagneraient à se poser des questions, se dit Anne-Marie qui tient de sa grand-mère cet esprit de rébellion jugé néfaste par l'Église qui interdit même à ses fidèles la lecture de la Bible.

Par intervalles, les douleurs la font divaguer et l'entraînent dans de sombres abîmes. À d'autres moments, sa combativité reprend le dessus.

Julien n'a rien avalé depuis l'hospitalisation d'Anne-Marie. La culpabilité le taraude. Si sa femme meurt, il ne se le pardonnera pas. Nerveux à l'extrême, il ne ressent plus sa fatigue. Pourtant, il est aussi livide que les murs du corridor où il attend que l'on vienne lui annoncer que son cauchemar vient de prendre fin ou qu'au contraire, la fatalité vient de lui ravir celle qui est sa raison de vivre.

Tout à l'heure, le Dr Couture a tenté de se faire rassurant, mais Julien est demeuré sceptique. Comment pourrait-il demeurer confiant, lui qui a perdu tous les siens ? Il en arrive à penser qu'il porte malheur. Il consulte sa montre et se rend compte avec horreur qu'il a oublié de remonter le mécanisme. Qu'un horloger commette un pareil oubli est quasiment inconcevable et Julien se questionne sur son état mental. Incapable d'évaluer le temps dans cet espace sans fenêtre, il est comme un capitaine obligé de naviguer dans le brouillard.

Le silence lourd qui l'entoure est soudain envahi par les froufrous signalant la venue d'une religieuse et il fixe le long couloir où elle apparaît, tenant un petit paquet langé de blanc. Il bondit de sa chaise.

— C'est une belle fille, annonce gaiement l'infirmière qui découvre le petit visage rouge et plissé d'un poupon grimaçant.

— Comment va la maman ? s'inquiète aussitôt Julien.

— Elle va très bien.

Cette courte phrase ressemble à une musique céleste et Julien peut maintenant contempler sa fille à son aise. Tout chante en lui, Anne-Marie va bien et la vie est belle, incomparable, fantastique. Et son petit bout de chou cramoisi et chiffonné comme une petite vieille est une pure merveille. Il n'a jamais rien vu d'aussi beau. Du nez ravissant aux petits doigts coiffés d'ongles parfaits, leur fille ressemble à une jolie poupée.

— Quelle heure est-il ? Quel jour on est ? demande-t-il d'un air simplet.

Des larmes d'un bonheur indicible coulent sur ses joues et il ne fait rien pour les essuyer.

— Trois heures du matin et nous sommes le lundi 15 juillet 1946, précise la religieuse, amusée.

— Est-ce que je peux voir ma femme ?

— Vous pourrez la voir dès qu'elle sortira de la salle d'accouchement, mais elle sera somnolente parce qu'on lui a donné un peu de chloroforme et il faudra la laisser se reposer.

« La laisser se reposer », bien sûr, c'est ce qu'on lui répète depuis deux jours et, cette fois, Julien est tout à fait d'accord avec la recommandation. Il n'a pas l'intention d'ajouter à la fatigue de sa chérie qui doit être totalement épuisée, mais comme saint Thomas, il a besoin de la voir et de la toucher avant de quitter l'hôpital.

Resté seul dans le corridor, il se frotte les yeux pour rester éveillé. La tension des deux derniers jours a été si lourde qu'à présent, il a la sensation de flotter comme un bouchon de liège ballotté par les vagues. Sa vue s'embrouille, ses pensées s'enchevêtrent, mais il lutte contre la somnolence qui le gagne. Une civière, qui a l'air de flotter sur un courant d'air, avance vers lui et Julien se lève, flageolant.

Quand il prend la main d'Anne-Marie, elle ouvre les yeux à demi et sourit en l'apercevant. Comblé, Julien lui baise les doigts et lui murmure un « je t'aime » chargé d'émotion. Une perle de rosée, manifestation sensible de l'allégresse du papa, atterrit sur la joue de la nouvelle maman.

En sortant de l'hôpital, l'air du large et la fatigue le font légèrement frissonner. Les mains dans les poches, il accélère le pas. Sa ville d'adoption dort sous un dais serti de diamants et, si ce n'était de réveiller les citadins, il crierait sa joie comme un loup hurle dans la nuit. En devenant père, il a une famille bien à lui, une épouse et un bébé tout à lui et rien qu'à lui. Et il se sent plus riche qu'un roi.

Dans la maison silencieuse, il s'étend entre ses draps en évitant de faire grincer les ressorts du sommier. Il règle son réveille-matin à huit heures au cas où l'activité matinale de Clémence n'arriverait pas à le sortir du pays des rêves. Avant de se laisser aller au sommeil, Julien implore Dieu de protéger son foyer.

Au matin, quand la sonnerie stridente du réveil lui écorche les oreilles, Julien enfonce le bouton d'un geste sec et s'assoit aussitôt au bord du lit pour ne pas se rendormir. Il se sent fourbu et s'étire en bâillant, puis se frotte les joues. Ne s'étant pas rasé depuis deux jours, sa barbe est aussi piquante qu'un cactus. De l'autre côté de la porte, des rires fusent. Qui peut bien faire tout ce raffut? s'interroge-t-il. Un «*My God!*» enjoué ressort clairement à travers le blabla indistinct qui lui parvient.

Se souvenant de la lettre de Marie qui annonçait son arrivée en compagnie de sa fille et de son gendre vers la mi-juillet, il se dépêche de s'habiller et de faire son lit. Faute d'avoir un peigne sous la main, il se passe les doigts dans les cheveux, mais sa mèche frondeuse refuse de suivre le mouvement et lui donne un air des plus comiques.

— Mon cher Julien, lui dit Marie en l'apercevant. Clémence nous a dit hier que tu étais à l'hôpital. As-tu du nouveau à nous annoncer ce matin?

Il sourit aux quatre visages inconnus qui l'observent et se tourne vers Marie.

— Notre fille est née cette nuit.

Marie traduit immédiatement sa réponse aux visiteurs.

— Mes félicitations, cher beau-frère, lui dit Clémence en ajoutant un couvert propre à la place qu'il occupe habituellement à table. Je te sers un café ?

— Volontiers, répond-il timidement en s'assoyant.

Julien se sent un peu perdu parmi les parents de sa femme qu'il ne connaît pas et qu'il ne comprend pas.

— Je te présente Cécile, la plus jeune de mes filles, dit Marie.

Une femme de taille moyenne, que Julien jauge dans la jeune trentaine, lui sourit et balbutie dans un français hésitant et teinté d'un accent anglais :

— Enchantée. Mon français pas très bon.

— Ça va te revenir, ma fille, assure Marie. Quand tu vas repartir d'ici, tu le parleras comme autrefois.

— J'espère, répond la jeune femme.

Julien lui découvre un air de famille. Comme Anne-Marie, elle a les cheveux châtain clair et les yeux bleus. Assis entre elle et Julien, un grand blond aux yeux pervenche lui sourit.

— Patrick O'Brien, dit-il. *Glad to meet you.*

— *Me too. My name is Julien.*

Les deux grands adolescents se nomment à leur tour : Elsie et Sean, auxquels Julien pense à dire « *Welcome* » en signe de bienvenue. De son côté, Clémence, qui s'efforce d'apprendre quelques mots d'anglais, est toute fière d'offrir le *coffee* aux parents américains qui s'amusent à répondre oui ou non en français. Le déjeuner se déroule dans la bonne humeur générale grâce aux bons soins de Marie qui fait office de traductrice.

Le lendemain de l'accouchement, après avoir allaité son bébé, Anne-Marie s'allonge sous les couvertures, le temps de faire un somme avant que Julien vienne chercher la petite Valérie pour la faire baptiser. Elle ne peut assister à la cérémonie, mais elle tient à habiller elle-même sa fille. La couturière la plus renommée de Cap-aux-Brumes lui a confectionné un ensemble de baptême de satin blanc, orné de fines dentelles et de délicats rubans, qu'elle a emballé dans du papier de soie bleu pour éviter que le tissu jaunisse. Sa fille sera aussi gracieuse qu'un chérubin et Anne-Marie sourit de satisfaction en pensant au ravissant bonnet et à la couverture assortie qui complètent l'adorable ensemble. «Agnès Jolicœur va en baver d'envie», songe-t-elle.

Anne-Marie avait demandé une chambre privée, mais aucune n'était disponible. Quelle ne fut pas sa surprise de découvrir que sa compagne n'était nulle autre que la pauvre Agnès. À la naissance de son quatrième enfant, la veille, la malheureuse a fait une grave hémorragie et le docteur a dû l'hospitaliser pour lui transfuser du sang. Jamais Anne-Marie n'avait imaginé que la vie lui apporterait une si douce revanche. Bertrand est devenu aussi blême que sa femme quand il l'a aperçue. En pareille compagnie, Anne-Marie renonce à se plaindre des douleurs de l'enfantement.

Sa rancune se délecte juste à voir les yeux envieux de sa voisine quand elle a revêtu la fine lingerie que lui a achetée Julien et qu'elle a sorti son nécessaire de toilette en argent ciselé pour se brosser les cheveux. Et la jalousie d'Agnès lui fait aussi apprécier les visiteurs des États qui l'ont comblée de cadeaux quand ils sont venus la voir hier soir. Même si elle pensait auparavant qu'ils arrivaient à un bien mauvais moment, elle se dit qu'elle n'a pas à s'en faire, puisque ce sera à Clémence et à sa grand-mère d'assumer le surplus de travail.

Anne-Marie se délecte à présent d'être le centre d'attraction et de pouvoir bénéficier de quarante jours de repos pour se remettre des souffrances épouvantables dont elle ne s'attendait pas à ressortir vivante. « Béni soit le chloroforme », se dit-elle en pensant que sa grand-mère et sa mère n'ont pu bénéficier du soulagement qu'apporte cet anesthésique.

4

Cap-aux-Brumes, août 1946

Marie nettoie les comptoirs vitrés de la bijouterie pendant que Julien est allé chercher le courrier au bureau de poste. Son long séjour aux États-Unis lui a fait le plus grand bien. Vivre auprès de ses filles, Irène et Cécile, et de son fils, Adrien, après plus de dix ans de séparation l'a en quelque sorte réconciliée avec la vie. Elle a été rassurée de voir qu'ils étaient bien installés et jouissaient à présent d'une certaine prospérité.

Peter, le mari d'Irène, travaille à son compte dans la construction. Depuis la fin de la guerre, la demande de nouveaux logis a bondi, là-bas comme ici. Patrick, quant à lui, est resté un syndicaliste convaincu. Il fait maintenant partie du personnel-cadre de son syndicat et il est appelé à voyager souvent. Après plusieurs années de pérégrinations, Adrien s'est finalement casé. Marié et père de deux fillettes, il a atteint le but qu'il s'était fixé et il pilote dans le port de Boston les bateaux venant y faire escale.

Irène, qui désirait une famille nombreuse tout en travaillant, a choisi de faire de la couture chez elle, ce qui lui permettait d'ajuster son horaire en fonction des besoins de ses deux filles. Cécile n'a pas eu le choix de garder son emploi à l'usine de textile, mais elle a été promue au rang de contremaîtresse.

Depuis son retour à Cap-aux-Brumes, Marie est heureuse de reprendre ses promenades au bord du fleuve. Tous les après-midi de beau temps, l'arrière-grand-mère pousse le landau de la petite Valérie qui dort à poings fermés. Âgée de trois semaines, la bambine promet de ressembler à son papa, c'est du moins ce que croit Marie qui s'amuse d'entendre Julien prétendre que Valérie tient de sa maman. Et quand Anne-Marie affirme que sa fille est le sosie de son père en insistant pour connaître l'avis de sa grand-mère, Marie déclare prudemment que Valérie a un peu des deux. En voyant fleurir le sourire des deux parents, elle comprend que la diplomatie a sa place en toutes circonstances.

En raison des problèmes de santé qu'a connus sa petite-fille dans les derniers mois de sa grossesse, Marie se félicite de ne pas avoir dévoilé les véritables raisons qui l'ont poussée à s'enfuir aux États-Unis. En apprenant ces complications, elle s'est bien sûr adressé quelques reproches, mais, tout compte fait, ce voyage a été bénéfique pour tout le monde. Elle ne pouvait supporter plus longtemps les jérémiades d'Anne-Marie, ni s'occuper de l'entretien de cette grande maison. Ses forces ont décliné d'une manière insidieuse et Marie, qui a toujours été solide comme le roc, a honte d'avouer qu'elle a besoin d'aide. Même autrefois, il a fallu que Guillaume décide d'embaucher une bonne pour qu'elle accepte ce renfort qui arrivait pourtant à point. Et aujourd'hui, c'est l'aide de Clémence qui épargne à la fois sa santé et sa fierté.

Julien revient du bureau de poste avec un courrier volumineux : deux petits colis et plusieurs enveloppes de différents formats.

— Vous avez trois lettres des États, madame Dumas.

— Trois lettres ? s'étonne-t-elle.

Marie laisse tomber sa guenille dans le récipient contenant l'eau additionnée de vinaigre dont elle se sert pour nettoyer les vitres. Elle s'essuie rapidement les mains sur son tablier et examine chacun des envois.

— C'est incroyable, mes trois enfants m'écrivent en même temps !

Au cours des dernières années, l'échange de correspondance devenait épisodique. Marie comprenait que ses filles, prises par les enfants et le travail, manquaient de temps. Quant aux lettres d'Adrien, expédiées de ports lointains, elles mettaient souvent des semaines à arriver. Mais quand elles lui parvenaient, les lettres de ses enfants étaient affectueuses et il n'était pas rare qu'elles soient accompagnées de divers cadeaux.

— J'espère qu'ils n'ont pas de mauvaises nouvelles à m'apprendre, poursuit-elle, la mine préoccupée.

Marie ouvre une enveloppe et lit rapidement le contenu de la lettre, puis fait de même avec les deux autres envois.

— Bon, tout va bien, dit-elle en rangeant les trois missives dans la poche de son tablier. Il faut que je me dépêche d'aller faire le dîner.

— Clémence n'est pas là ?

— Oui, mais elle a un gros lavage à faire. Il faut en profiter tandis qu'il fait beau pour étendre dehors.

Une semaine plus tard, il fait encore si beau que Marie oublie de vérifier sa montre. Les vaguelettes viennent lécher le sable chaud et les goélands voltigent dans les airs sans crier à tue-tête, contrairement à leurs habitudes. Aucun d'eux n'épie la plage et la mer à la recherche de nourriture. Ils ont l'air de danseurs qui s'amusent après un grand banquet où ils auraient fait bombance et Marie profite de ces moments de paix pour admirer leur farandole. La brise chaude caresse sa peau et Valérie, protégée du soleil par le toit de son carrosse, dort du sommeil des anges. C'est ici que Marie vient se réfugier quand elle sent sa tolérance s'effriter comme un vieux tissu éventé. Elle y vient maintenant tous les jours. Anne-Marie, qui se fait servir comme si elle était une reine, est encore la cause de son exaspération et, d'un jour à l'autre, Marie a besoin de plus de temps pour reprendre son calme. Si bien qu'aujourd'hui, la grand-mère ramène une petite Valérie affamée. Rouge d'impatience, la petiote pleure et se suce le poing.

— Elle vient juste de se réveiller, dit-elle pour justifier son retard sur l'horaire habituel. Le grand air la fait dormir.

— J'ai hâte d'aller prendre l'air, moi aussi, dit Anne-Marie d'un ton éploré, en prenant sa fille.

Excédée par son ton plaintif, Marie lui tourne le dos et sort une couche propre de la commode afin de changer la petite après la tétée.

— Rien ne t'oblige à rester enfermée, réplique-t-elle.

— Mais je n'ai pas fini mes quarante jours.

— Quarante jours, quarante jours… bougonne Marie. Je ne connais aucune femme qui est restée à rien faire aussi longtemps. Tu devrais sortir, ça te ferait du bien d'aller prendre l'air et de bouger un peu. Si ça continue, tu vas faire des plaies de lit.

— Mais je saigne encore, se plaint la jeune mère.

— C'est normal après un accouchement. Arrête de te croire malade, dit Marie d'un ton ferme en dévisageant sa petite-fille, la mine sévère.

— Mais ça affaiblit de perdre du sang aussi longtemps.

— C'est de rester alitée qui t'affaiblit. Grouille avant que ça rouille.

— Le docteur a pourtant dit à Julien qu'il me faut un repos de quarante jours.

— C'était juste pour faire comprendre à ton mari qu'il ne doit pas exiger que tu fasses ton devoir conjugal avant quarante jours. Aucune femme ne reste au lit tout ce temps, à moins d'être malade, ce qui n'est pas ton cas!

— Ah, bon, fait Anne-Marie, le bec pincé.

— Après le boire, tu changeras toi-même ta fille, dit Marie, résolue à ne plus se plier aux caprices de sa petite-fille.

Clémence sourit à Marie quand elle arrive à la cuisine. Occupée à rouler de la pâte pour des pâtés au saumon, elle n'a rien manqué de l'échange entre sa sœur aînée et sa grand-mère.

— Demain après-midi, je vais aller me promener avec vous, dit-elle en lui adressant un clin d'œil complice et en parlant assez fort pour être entendue de tous. Je ne suis pas sortie une seule fois depuis que je suis arrivée ici, le grand air me manque.

— C'est pourtant vrai. J'aurais dû y penser, se reproche Marie. Mais il n'est jamais trop tard pour bien faire. Demain, pendant que Valérie va faire son somme, je vais t'amener dans les magasins et t'acheter une belle robe.

Dotée d'une énergie et d'une bonne humeur sans faille, Clémence est une véritable bénédiction pour eux tous et Marie entend la récompenser pour l'aide qu'elle prodigue avec entrain. Le contraste entre les deux sœurs est frappant. À part leur ressemblance physique, elles sont diamétralement opposées. Anne-Marie est dolente et se complaît à ne rien faire alors que Clémence est solide et vaillante.

Obligée de se lever parce que son repas ne lui a pas été livré à l'heure du souper, Anne-Marie se traîne à la cuisine alors que tous sont déjà attablés. En la voyant, habillée et coiffée, Julien se réjouit.

— Que tu es jolie, ma chérie. Ça va mieux?

Affichant un sourire contraint, Anne-Marie a l'air de quelqu'un qui a dû faire des efforts extrêmes pour se montrer sous son meilleur jour. Et le pauvre Julien se laisse berner par la mine éplorée de sa femme. Il se lève prestement de table et lui tire galamment sa chaise. Assise près de Clémence, Marie pose sa main sur celle de la jeune fille quand celle-ci s'apprête à se lever de table.

— Si tu veux du pâté au saumon, dit Marie d'un ton sévère en fixant Anne-Marie dans les yeux, tu n'as qu'à te servir. Il y a aussi de la sauce aux œufs si ça te tente.

Julien la regarde, étonné, mais devant le regard noir que lui lance Marie, il reste interdit et le silence n'est rompu que par une mouche impertinente que Clémence chasse d'une main impitoyable. On entend ensuite le lent raclement de la chaise d'Anne-Marie sur le plancher de bois. L'ambiance est si lourde qu'on se croirait sous la menace d'un orage imminent malgré les rayons de soleil qui filtrent à travers les rideaux de dentelle. Chacun reste figé sur sa chaise jusqu'à ce qu'Anne-Marie se rassoie avec une assiette garnie de pâté nappé de sauce.

— Nous allons dire le bénédicité, déclare Marie d'un ton péremptoire.

Formé au respect des aînés, Julien baisse le nez au-dessus de son assiette. Marie trace son signe de croix, aussitôt imitée par les autres.

— Mon Dieu, bénissez ce repas, ainsi que celle qui l'a préparé, ajoute-t-elle à la formule habituelle. Et donnez du pain à ceux qui n'en ont pas. Amen.

Le repas se déroule dans un silence monacal. Aussitôt la dernière bouchée avalée, Anne-Marie retourne à sa chambre.

— Voudrais-tu aider Clémence à faire la vaisselle ? dit Marie quand Julien se prépare à suivre sa femme.

Intimidé par la demande qui ressemble davantage à un ordre en raison de l'air farouche de Marie, Julien obtempère. Le front soucieux, il va chercher le linge à vaisselle pendant que Marie rouvre la porte de la chambre où s'est faufilée Anne-Marie.

— Tu vas te mettre un bon chandail et venir veiller avec nous autres sur la galerie, commande-t-elle. Il est grand temps que tu prennes un peu d'air frais.

L'air contrarié, Anne-Marie enfile un chandail et sort vivement de la chambre. Elle se dirige vers la porte d'entrée et la claque avec fracas. S'acquittant en silence de la tâche que leur a assignée Marie, Clémence et Julien sursautent.

— On dirait qu'elle reprend de la vigueur, signale Marie.

— Elle n'a pas changé, riposte Clémence.

La bouche ouverte, l'œil aussi rond qu'un point d'interrogation, Julien les regarde sans comprendre.

— Ne t'en fais pas. Ta femme avait besoin d'un petit stimulant, déclare Marie. Elle s'écoute un peu trop et si on la laisse faire, elle va finir par devenir impotente.

Soumise au régime draconien de sa grand-mère qui la houspille sans ménagement, Anne-Marie reprend graduellement des forces. Au début, elle a opposé une mine de martyre, mais Marie ne s'est pas laissée apitoyer et a maintenu son programme d'entraînement avec une détermination intimidante.

Son long séjour aux États-Unis lui a permis de réfléchir. Il n'y a rien de tel que de prendre un peu de recul pour être en mesure d'analyser une situation. Quand on a le nez collé sur le mur, on ne le voit plus et l'on se sent bloqué, comme s'il n'y avait pas d'issue, alors qu'il suffit de faire un pas en arrière pour prendre conscience de tout l'espace disponible pour se mouvoir à son aise ou pour apercevoir la porte entrouverte qui nous attend. On ne peut exercer un regard critique qu'en changeant de perspective et Marie est revenue chez elle résolue à imposer ses limites, convaincue qu'elle agit pour le bien de tout le monde, en commençant par celui d'Anne-Marie.

Entichée depuis toujours de sa petite-fille, elle a failli se laisser embobiner de nouveau après avoir appris que sa chère enfant avait connu des ennuis réels de santé à la fin de sa grossesse. Mais dès qu'elle s'est rendu compte que la belle Anne-Marie retombait dans ses anciennes manies alors qu'il n'y avait plus de danger, Marie a décidé de livrer un combat acharné aux démons intérieurs qui empoisonnent sa petite-fille.

C'est l'amour qui lui fait voir les choses sous cet angle, car, dans leur petit patelin où tout le monde se connaît, il s'en trouve pour qualifier la jeune femme de «malade imaginaire». Certains affirment que Julien la gâte trop et que, s'il lui passe tous ses caprices, il s'en repentira amèrement un de ces jours. Les potins vont bon train sans qu'ils affectent le moindrement les principaux intéressés qui, comme de coutume, seront les derniers à les apprendre.

Il en est d'autres qui font la sourde oreille aux cancans, soit par charité, soit par intérêt. Le boulanger, à qui Julien fait appel pour leur livrer du pain de ménage bien frais deux fois par semaine, ne s'intéresse aucunement aux raisons qui lui valent ce nouveau client. Ni la marchande de la boutique de vêtements pour dame qui habille la femme du « jeune bijoutier », comme on l'appelle pour le distinguer de monsieur Lapierre. Ni le curé, ni les bonnes sœurs, ni les frères du collège envers qui Julien se montre si généreux. « Le bon Dieu vous le rendra » ou « Nous prierons pour vous », lui disent-ils chaque fois qu'ils bénéficient de ses largesses.

« Parlez-en en bien, parlez-en en mal, mais parlez-en », dit-on, cela s'avère profitable pour Julien dont la bijouterie connaît un achalandage enviable. Par voie de ricochet, les commérages concernant sa femme rehaussent son prestige personnel. Même le vieux capitaine Tremblay, qui était demeuré fidèle à l'autre bijoutier de la paroisse, l'accoste lors de sa visite quotidienne au bureau de poste.

— Connais-tu ça, mon jeune ? dit-il en sortant du gousset de son veston fatigué une montre de poche dont il détache la chaîne pour la tendre fièrement à Julien.

L'homme de grande taille arbore une moustache large et bien fournie. La pipe au coin du bec, il exhale un ruban de fumée qui incommode les narines de Julien. En ouvrant le couvercle ciselé du boîtier, le bijoutier découvre le cadran en porcelaine blanche à chiffres romains. Il porte la montre à son oreille et constate que le mécanisme n'émet pas le bruit de mouvement argentin caractéristique de la marque.

— C'est une montre de qualité, dit-il. Une Waltham en or, ça vaut cher.

— J'aurais pas eu les moyens de me payer ça. Elle appartenait à mon père.

Habitué à commander son équipage, le vieillard en impose par sa prestance et il toise Julien, l'œil sévère, comme pour l'avertir qu'en dépit de la valeur de sa Waltham, il ne doit pas lui charger trop cher pour la réparer.

— Tu peux me dire ce qu'elle a ?

— Il faudrait que je l'ouvre pour connaître l'étendue des dégâts, mais je constate que l'aiguille des minutes est cassée. Vous l'avez échappée ?

— C'est le flo du gars de mon plus jeune. Un vrai petit diable ! grogne-t-il. Y aurait pas fallu qu'on fasse ça du temps de mon grand-père, on aurait mangé une méchante mornifle. Sont pas élevés, les flos d'aujourd'hui.

Julien doit s'habituer aux expressions régionales. Les gens du coin emploient le terme « flo » pour parler d'un garçon et « floune » pour une fille.

— Passez me voir en fin d'après-midi, je vous dirai combien ça va vous coûter pour la réparation.

— Fais rien avant que je te le dise, l'avertit le vieil homme.

— D'accord, répond Julien, conciliant.

Il empoche le bijou et salue poliment son nouveau client. Il sait d'avance que l'homme déclarera que c'est trop cher malgré qu'il l'assure qu'il vaut la peine de faire réparer une montre de cette qualité. Les Waltham sont d'une précision telle que son fabricant, établi au Massachusetts, est devenu le principal fournisseur des chemins de fer en Amérique du Nord et dans la plupart des pays du monde.

Après avoir rouspété, le bonhomme reprendra sa montre et il ira consulter monsieur Lapierre, puis il reviendra quelques jours plus tard, la mine basse, parce que le concurrent de Julien lui aura demandé un montant plus élevé. Depuis qu'il a ouvert son commerce à Cap-aux-Brumes, le même scénario se reproduit régulièrement.

À son retour à la bijouterie, Julien s'étonne de la présence de Marie, qui a pris la relève de sa femme pour garder le commerce en son absence.

— Où est Anne-Marie ?

Comme Clémence l'avait prédit à sa grand-mère, sa sœur aînée se réserve les tâches qui lui plaisent en délaissant les gros travaux. Si elle n'était obligée d'allaiter sa fille, Marie croit qu'elle s'en désintéresserait rapidement.

— Valérie a réclamé son boire un peu plus tôt, explique Marie. Mais ça tombe bien parce que je voulais te parler.

— Je vous écoute, répond-il après avoir déposé le courrier du jour sur le dessus d'un tiroir ouvert de son établi.

Marie s'approche, de manière à maintenir le ton de leur conversation à son niveau le plus bas.

— Prenez mon fauteuil, lui dit Julien.

— Non, merci, je préfère rester debout. Je n'en ai pas pour longtemps. Voilà, comme Théo et Marie-Reine nous ont laissé Clémence pour le temps des relevailles, elle devra bientôt retourner chez ses parents.

— Déjà ? Que le temps passe vite, dit-il, déçu. Une chance qu'on l'a eue !

— À qui le dis-tu ! Mais j'ai pensé qu'on pourrait la garder encore si on lui offrait de poursuivre ses études. Ma fille peut compter sur sa bru pour l'aider maintenant que Jérôme et Noémie sont mariés et je crois que Marie-Reine saura convaincre son mari de laisser à sa fille la chance d'étudier. Je pense qu'on doit bien ça à Clémence pour l'aide qu'elle nous a apportée gratuitement. Qu'en dis-tu ?

— Je ne demande pas mieux que de la garder avec nous. Je vais en toucher un mot à Anne-Marie et on s'en reparle.

Un peu méchamment, Marie se dit qu'Anne-Marie n'y verra que des avantages. En dehors des heures de classe, elle saura mettre à profit la présence de sa dévouée sœurette.

— Donne-moi sa réponse le plus tôt possible. Si Anne-Marie est d'accord, il faudra que j'obtienne le consentement de Théo et que j'inscrive Clémence au couvent. Il ne nous reste plus beaucoup de temps, l'école commence dans quelques jours.

En secret, Marie a déjà parlé de son projet à Clémence qui espère de tout son cœur obtenir l'autorisation des nombreuses personnes dont dépend son avenir. Comme Noémie, elle aimerait enseigner à l'école de rang quand la remplaçante de sa belle-sœur se mariera à son tour.

Le cœur en fête, Clémence revêt sa robe de couvent toute neuve, cousue à la hâte par sa grand-mère qui n'a rien perdu de ses talents de couturière. Puis elle brosse énergiquement ses cheveux bouclés mi-longs et s'examine sous tous les angles dans le miroir de la salle de bain. Elle est si excitée qu'elle ne tient pas en place. Levée tôt afin de s'acquitter des multiples tâches qu'elle se croit obligée d'accomplir pour payer sa pension, elle fait cuire un gros chaudron de gruau pour le déjeuner, puis elle dresse les couverts et engloutit deux bols de porridge.

— Doux Jésus ! s'exclame Marie. As-tu peur de mourir d'inanition ?

— On dirait bien ! répond gaiement Clémence.

— Mange tant que tu veux, l'encourage Julien.

— Vous pourriez pas parler moins fort ? proteste Anne-Marie en sortant de sa chambre. Vous allez réveiller la petite.

— C'est son heure, d'habitude, réplique Marie.

— J'aimerais bien avoir le temps de manger, moi aussi, gémit la jeune mère.

Mais comme personne ne réagit, Anne-Marie se sert à déjeuner. L'air déconfit, elle s'assoit à table et commence à manger lentement. La voyant lambiner de la sorte, Marie invoque la Vierge et tous les saints pour que la petite Valérie continue de dormir, ne serait-ce que pour clouer le bec de son immature de mère. Et, pour une fois, le ciel semble se montrer coopératif. Aucun son ne parvient de la chambre à la porte laissée grande ouverte par Anne-Marie.

Dès le début des classes, la nouvelle répartition des tâches contraint Anne-Marie à la lessive, au repassage qu'elle exècre et à l'entretien des planchers. Marie a profité de la présence de Julien pour faire valoir qu'en raison de son âge, on devait lui octroyer les travaux légers. Fine mouche, elle a pris soin auparavant d'envoyer Anne-Marie consulter le médecin afin de se faire confirmer qu'elle avait complètement récupéré de son accouchement. Pressentant qu'une contrainte additionnelle aidera la jeune femme à assumer ses responsabilités, Marie se trouve une foule de prétextes pour s'absenter. Lucette a besoin d'un de ses patrons pour se faire un tablier, le laitier n'a laissé qu'une pinte de lait alors qu'il en faut une deuxième pour faire une soupe aux palourdes dont Julien raffole, elle a oublié d'acheter du beurre en faisant l'épicerie la veille…

Contrariée, Anne-Marie fronce les sourcils et serre les dents. La voyant faire, sa grand-mère n'a qu'un regret : lui avoir laissé prendre trop de mauvais plis. Elle croyait, à tort, qu'avec beaucoup de compréhension et d'affection, elle aurait plus de succès que Marie-Reine qui se plaignait de sa fille aînée. Marie comprenait si bien l'immense déception d'Anne-Marie d'avoir à s'expatrier sur la colonie à l'âge critique où toute adolescente normale cherche à s'affirmer en vue de devenir une adulte.

À l'exemple de sa mère, Marie s'était efforcée d'appliquer la méthode douce à ses propres enfants, avec beaucoup de succès. Le cas d'Anne-Marie la dépasse et elle se demande de quelle lointaine ancêtre la jeune femme a pu hériter ce tempérament complexe et déroutant. Anne-Marie peut parfois se montrer d'une aménité ensorceleuse et d'une générosité sans borne. À d'autres moments, elle se rebiffe et rue comme un étalon sauvage.

«Il faudra que je questionne la mère de Théo, ça ne peut venir que du côté de mon gendre», conclut Marie qui cherche une explication.

Les feuilles mortes voltigent en tous sens et assombrissent ce dimanche après-midi pluvieux. Emportées par le vent de l'estuaire, elles se soulèvent, tourbillonnent, vrombissent et fouettent tout ce qui entrave leur course effrénée. Le vent qui s'engouffre dans la cheminée gémit dans le tuyau du poêle et fait crépiter le bois s'y consumant. Les bourrasques de feuilles trempées par la pluie se déchaînent sur les carreaux que Marie vient de laver avant l'hiver. Assise à la table de la cuisine, elle lève la tête de son jeu de patience. Le jour déclinant lui offre le triste spectacle des fenêtres tapissées de feuilles fanées qui restent collées à la vitre.

— Je vais être obligée de refaire les vitres après la tempête, dit-elle d'un ton morose.

— Il commence à faire trop froid pour que vous laviez les carreaux, commente Julien en train de se bercer. Je les ferai dimanche prochain.

Occupée à terminer ses devoirs, Clémence pose son crayon pour se mêler à la conversation.

— S'il fait beau, je les ferai samedi. Tu as trop de travail à faire à ce temps-ci de l'année. Depuis un mois, tu n'as pas arrêté. Tu as rentré le bois pour l'hiver, posé les châssis doubles, tu as entreposé des provisions de légumes pour l'hiver et j'en passe.

— Étienne m'a aidé.

— C'est vrai, reconnaît Marie, mais maintenant, c'est ton commerce qui va te prendre tout ton temps avec la marchandise des fêtes qui commence à rentrer et qu'il faut étiqueter, les étalages à refaire, l'achalandage qui va t'obliger à faire tes réparations en dehors des heures d'ouverture. Clémence a raison, tu n'arrêtes jamais, Julien.

— Je suis dans la force de l'âge et j'ai une bonne santé, se défend-il.

À ses côtés, Anne-Marie lit un des journaux que Georges leur a apportés durant la semaine. Au lieu de les lire chaque soir, comme eux tous, elle les empile dans le porte-journaux placé entre les deux berçantes et choisit de tricoter. Quand, le dimanche après-midi, elle entreprend de les consulter en soupirant qu'elle n'a pas eu le temps de le faire durant la semaine, Marie et Clémence échangent discrètement un brcf rcgard.

— Douze chefs nazis condamnés à la potence, lit-elle tout haut.

— On l'a déjà lu, signale Marie.

Mais Anne-Marie fait la sourde oreille et continue d'énumérer la liste des condamnés à mort :

— Hermann Goering, Joachim von Ribbentrop, Wilhelm von Keitel, Ernst…

Butant sur la difficulté de prononcer ces noms étrangers, elle s'arrête, jette un coup d'œil par-dessus le journal et s'aperçoit que personne ne l'écoute. Marie se concentre sur son jeu de patience, Clémence écrit dans son cahier et Julien regarde par la fenêtre.

— En tout cas, c'est des noms imprononçables, poursuit-elle, mine de rien.

Elle marmonne tout bas la suite de l'article et reprend tout haut :

— La plupart des accusés n'ont témoigné aucune émotion ce matin en venant entendre prononcer leur sentence. Des vrais sans-cœur.

— La dernière partie de ta phrase n'était pas écrite dans le journal, plaisante Julien.

— Bien sûr que non, répond-elle, heureuse que quelqu'un s'occupe enfin d'elle.

Mais elle retourne aussitôt à sa lecture et s'écrie un peu plus loin :

— Ça prend du front ! Imagine-toi, dit-elle à Julien, que Hess a arraché les "écoutes" qu'on avait fournies à chacun des accusés pour la traduction et il a refusé d'entendre la sentence.

— On a déjà tout lu ça, répète Marie d'un ton las.

Comme si un commentateur de la radio avait annoncé : « Mesdames et Messieurs, ne manquez pas la suite, même heure, même poste, dimanche prochain », le dimanche suivant, Anne-Marie leur annonce que Hermann Goering s'est suicidé et que dix nazis ont été pendus.

— On a déjà tout lu ça, répète de nouveau Marie en train de faire une nouvelle patience.

Anne-Marie est bien malheureuse. Personne ne lui prête attention. Pourtant, elle a fait face à l'avalanche des charges ménagères qui la harassent. « Je n'en peux plus », se plaint-elle le soir à Julien. « Va voir le médecin, lui conseille-t-il, tu manques peut-être de fer. » Anne-Marie prend les vitamines que lui donne le Dr Couture et continue de se sentir accablée. Elle se voit à l'article de la mort et s'imagine la peine et les remords qui ne manqueront pas de tourmenter les coupables. Sa grand-mère résiste à toutes ses tentatives de rapprochement et refuse tous les cadeaux qu'elle veut lui faire en disant qu'elle n'a besoin de rien. « Elle manque vraiment de délicatesse », pleurniche Anne-Marie durant la nuit. Et Clémence qui passe son temps libre à aider Julien et à le plaindre. Et Étienne ne prend jamais son parti, il reste muet comme une carpe ou s'éclipse comme un courant d'air. « Non, c'en est trop. »

Pour se consoler, elle achète divers articles et, pour regagner leur affection, elle leur offre des bricoles inutiles. Si Julien essaie de la raisonner et refuse de lui donner plus d'argent, elle se sert dans le tiroir-caisse quand il doit s'absenter pour faire un dépôt à la banque. Mais à la demande de son mari, c'est sa grand-mère qui se rend désormais au bureau de poste. Il prétend qu'il ne peut lui déléguer cette responsabilité puisqu'elle doit rester à la maison pour s'occuper de leur fille.

Alors qu'elle croyait qu'un bonheur sans nuage l'attendait après son mariage et son déménagement à Cap-aux-Brumes, la pauvre Anne-Marie déchante à présent. Elle s'était ensuite imaginé que la venue d'un bébé allait rendre Julien encore plus fou d'amour et qu'il la couvrirait d'or. Mais, là encore, elle est confrontée à une dure réalité. Julien n'est pas aussi riche qu'elle se l'était imaginé même s'il a hérité de son oncle. Il trouve toutes sortes de prétextes pour lui refuser des petits plaisirs peu coûteux. « Tu en as acheté dernièrement… Je n'ai pas fini de payer le compte du docteur et de l'hôpital pour ton accouchement… J'ai dû faire un dépôt à la banque pour couvrir un chèque… Je dois commander des nouvelles marchandises pour remplacer ce que je vends… », et toutes les raisons évoquées la blessent.

Elle oublie les présents dont il la comble et ne compte pas l'argent qu'elle dépense allègrement. Elle ignore à combien se chiffre le compte d'électricité et n'a aucune idée de ce qu'il en coûte pour l'épicerie, le laitier, le boulanger. Anne-Marie a toujours été prise en charge et n'a jamais eu à se soucier des contingences de la vie quotidienne. C'est une femme-enfant qui rêve sa vie : tout ira mieux plus tard. Quand Valérie pourra manger, elle n'aura plus à l'allaiter – quand elle saura marcher, elle n'aura plus à la porter – quand elle sera propre, elle n'aura plus de couches à laver. En attendant, elle se construit des châteaux en Espagne : un jour, elle sera riche ! Et elle a le mari qui l'aidera à parvenir à ses fins.

Quand les jeunes femmes lorgnent Julien, Anne-Marie se sent fière d'être son épouse. Tout le monde aime son mari. On le dit bon, patient, gentil, honnête, travaillant. Et sa façon de la regarder, l'œil allumé, puis de la caresser et de la faire jouir, le soir, la transporte au septième ciel. Rien d'autre alors n'existe en dehors de sa félicité.

Il lui arrive aussi, de temps en temps, de vivre en plein jour des moments de grande satisfaction. Quand, par exemple, on la complimente sur une nouvelle robe, un nouveau bijou, leur fillette si mignonne. Quand Julien lui déclare que personne ne fait mieux à manger qu'elle, qu'aucune femme n'est aussi jolie et qu'il est plus heureux qu'un roi.

Clémence et Étienne sont partis passer le congé des fêtes au rang des Cailles et Anne-Marie déplore, une fois de plus, de ne pouvoir les suivre. Comme une gamine privée de bonbons, elle essuie quelques larmes et remâche sa nostalgie des Noël de son enfance en regardant tomber les gros flocons de neige par la vitrine de la bijouterie. Julien est parti pour l'église sans elle. À défaut de voir son père et sa mère, Anne-Marie aurait aimé aller réveillonner chez son oncle Georges, avec sa grand-mère et le reste de la parenté, mais Valérie a un gros rhume et Julien juge plus prudent de ne pas la sortir.

Anne-Marie laisse échapper un long soupir chargé de toutes les déceptions qui ne cessent de s'accumuler et revient se chauffer près du poêle à bois. C'est le premier Noël de leur petite chérie et elle se faisait une telle joie de lui montrer son bas rempli de surprises au pied du sapin décoré de boules de toutes les couleurs, de guirlandes et de glaçons argentés. Un bel ange vêtu de blanc coiffe le faîte de l'arbre et la vieille crèche de Marie repose sur un tapis d'ouate couvrant la base du sapin qui embaume la cuisine.

Sur les côtés sont empilées des boîtes de différents formats, emballées dans des papiers aux motifs d'hiver éclatants et enrubannées comme des dames vêtues de robes de bal éblouissantes. Mais Julien a décidé que leur fillette ne verra toutes ces merveilles que demain matin. « Puisqu'elle est trop jeune pour se rappeler ce premier Noël et qu'elle est malade, il vaut mieux la laisser dormir une bonne nuit », a-t-il tranché. Et eux-mêmes attendront également au lendemain pour déballer leurs cadeaux, en présence de Marie, puisqu'ils ne sont plus des enfants, a-t-il ajouté. Il n'a pas voulu non plus qu'Anne-Marie leur prépare un petit réveillon en amoureux, invoquant sa fatigue après les longues heures où la bijouterie est restée ouverte jusqu'à dix heures tous les soirs depuis plus de deux semaines.

Anne-Marie s'essuie les yeux et se mouche, puis elle éteint toutes les lumières de la maison. « Puisque monsieur n'est plus un enfant et qu'il est fatigué, je le suis moi aussi et je ne vais pas l'attendre pour me coucher. » Elle ne trouve rien de mieux pour lui signifier son mécontentement et elle ne veut surtout pas qu'il voie ses yeux et son nez bouffis par les larmes. « Puisque le Père Noël ne passera pas ce soir, on n'a pas besoin d'un petit renne au nez rouge ! »

Les pleurs de Valérie la réveillent le lendemain matin et elle constate avec effroi que la place de Julien est vide. Elle s'est endormie aussitôt couchée et aucun bruit n'a perturbé son sommeil. « Il est vrai que je dors dur, se dit-elle, et grand-maman doit être revenue durant la nuit sans que je l'entende. Mais où a bien pu passer Julien ? » Son cœur s'affole. Son imagination débridée lui suggère qu'il a pu la quitter ou qu'il a perdu connaissance à son retour de l'église et qu'il est mort de froid.

Les sanglots de Valérie redoublent et sont entrecoupés d'une toux grasse. Anne-Marie, soucieuse, chausse ses pantoufles. « Il ne manquerait plus que ton bébé meure étouffé », insinue la peur qui trouble son jugement.

— Chut, mon ange, maman arrive.

Quand elle arrive près de sa couchette, la petite lui tend les bras en pleurnichant. Son nez coule et sa petite chemise de nuit est trempée de pipi. Elle a oublié de lui mettre des langes propres avant de se coucher.

— Maman va te changer, mon trésor, gazouille-t-elle pour aider sa fille à patienter. Après, maman va te faire boire du bon lait.

Anne-Marie se dépêche d'enlever les vêtements souillés et de passer une camisole propre, une couche et une petite robe de flanelle. Elle la lavera plus tard, car Valérie ne supporte pas longtemps le jeûne le matin. Elle retourne au lit avec sa fille, lui donne le sein et remonte les couvertures pour les tenir toutes deux au chaud.

La porte de la chambre grince et Anne-Marie, penchée sur Valérie, reconnaît les jambes de Julien et son pyjama. Une main caresse ses cheveux.

— Joyeux Noël, ma chérie, dit-il d'une voix chargée d'émotion.

« Il est rentré ! », exulte-t-elle. Libéré sur-le-champ de l'angoisse qui l'oppressait, son cœur donne un grand coup et son sternum se soulève sous le coup de l'émotion.

— Joyeux Noël, toi aussi, répond-elle d'un ton qu'elle s'efforce de rendre jovial.

— Comment va notre poupée ?

— Elle a une grosse toux qui m'inquiète, dit-elle pour justifier la larme qui coule lentement le long de son nez.

À l'heure du dîner, Marie arrive à la cuisine en robe de chambre, les cheveux décoiffés. Elle bâille à s'en décrocher la mâchoire et porte la main à sa bouche pour camoufler la série de bâillements ininterrompus qui lui font fermer les yeux.

— Vous m'avez l'air d'avoir trop fêté hier soir, madame Dumas, plaisante Julien.

— Toi, mon beau drôle, réplique Marie d'une voix enrouée, je trouve que tu commences à te dégêner un peu trop à mon goût.

Le timide Julien rougit comme une pivoine, ce qui déclenche le rire de Marie.

— Je te taquinais, dit-elle en se remettant à bâiller de plus belle.

— Êtes-vous rentrée tard ? s'informe Anne-Marie.

— À cinq heures ce matin, répond-elle d'une voix rauque.

— Avez-vous le rhume ? demande sa petite-fille.

— Je ne sais pas, répond Marie en levant les épaules. J'ai mal à la gorge, en tout cas.

Ses yeux sont ternes, voilés et son teint pâlot. Mais c'est sa voix éraillée et son laisser-aller qui inquiètent Anne-Marie. Jamais sa grand-mère ne sort de sa chambre sans s'être habillée et coiffée.

— J'ai dans l'idée que vous avez attrapé la grippe de Valérie.

— Comment elle va ? s'informe l'aïeule.

— Elle faisait 102° de fièvre tantôt. J'ai bien envie d'appeler le docteur.

— On ne dérange pas le docteur pour une petite grippe, voyons, l'assure Marie. Frictionne-la comme il faut et garde-la à la chaleur.

« Quand on crache en l'air, ça vous retombe sur le nez », dit le dicton, et Marie, qui a traîné la grippe tout l'hiver, a été tentée plus d'une fois d'aller consulter le Dr Couture. Elle est bien aise quand le gouvernement supprime le rationnement de la viande à la fin de mars.

— Ça fait quasiment deux ans que la guerre est finie, je ne comprends pas qu'ils aient maintenu le rationnement aussi longtemps. Ça va nous faire du bien de manger autre chose que des bines, dit-elle, le nez enchifrené.

— Voyons, grand-maman, on a aussi mangé du lièvre, pis du poisson, se défend Anne-Marie. Papa et maman nous ont aussi fourni un quartier de bœuf, l'automne dernier, et quelques coqs.

— Je sais, mais je suis tannée de manger des crêpes, du pain doré et de la fricassée au baloné. C'est pas avec ça qu'on fait des enfants forts. Moi, j'ai envie d'un bon gros rôti de bœuf.

— Je vais téléphoner tout de suite à Benjamin et lui demander de nous livrer le plus gros rôti possible.

Au bout d'un mois de régime carné, Marie regagne des couleurs. En retrouvant l'appétit, elle reprend aussi goût à la vie. Envoûtée par le renouveau printanier, elle recommence ses longues promenades près du fleuve en poussant le landau de son arrière-petite-fille. Chaudement emmaillotée dans ses habits d'hiver et emmitouflée dans une grande peau de mouton pour la protéger de l'air du large, Valérie dort en confiance.

De retour du quai où un grand navire se prépare à accoster, Marie croise sa petite madame Dondon aux abords de l'église. Toute courbée, elle marche lentement à l'aide d'une canne.

— Ça fait longtemps que je ne vous ai pas vue, madame Tremblay. Comment allez-vous ?

— Madame Dumas ! s'exclame la petite dame de sa voix aiguë.

Elle est si ratatinée qu'on croirait qu'elle a vieilli de vingt ans, se dit Marie.

— Parlez-moi-z'en pas, j'ai eu la grippe tout l'hiver. J'ai été maganée comme ça se peut pas. J'ai perdu ben des forces, pis je tousse encore.

— Qu'est-ce que le docteur dit de ça ?

— J'ai pas été le voir, dit-elle d'un ton bourru. Qu'est-ce que vous pensez qu'il peut faire de mieux que les bons vieux remèdes de nos grand-mères ?

— Ma petite-fille ne jure que par lui.

— Ben pas moé. J'ai pour mon dire qu'il peut toujours ben pas refaire du neuf avec du vieux.

— Vous en alliez-vous faire vos dévotions à l'église ? dit Marie, qui préfère ne pas s'étendre sur le sujet de la vieillesse.

— C'est en plein ça. Pis vous, comment ça va ?

— Comme vous, j'ai eu la grippe tout l'hiver, mais là, ça va mieux.

— Tant mieux, tant mieux. Je suis ben contente de vous avoir rencontrée. À la revoyure.

— Prenez soin de vous, répond Marie, en pensant que sa petite madame Dondon n'est sûrement pas dans son assiette puisqu'elle n'a prononcé aucun des « donc » qui lui ont valu son surnom.

Au début de juin, Anne-Marie écrit à sa mère pour lui demander de leur laisser Clémence durant l'été. Elle est de nouveau enceinte et le docteur lui a recommandé d'éviter tout ce qui pourrait entraver la circulation du sang : pas de corset ou de gaine, pas de longues stations assise. Pour se reposer, il lui suggère de s'étendre les jambes surélevées. En conséquence, elle ne pourra pas aller les voir comme elle l'avait projeté.

Comme à sa première grossesse, Anne-Marie souffre de nausées et d'épuisement. Avec une fillette de près d'un an qui marche et fouille partout, Julien lui a fait entendre qu'il était impensable de demander à sa grand-mère de voir à tout chaque fois qu'elle doit s'allonger.

En termes voilés, Marie-Reine lui fait comprendre dans sa réponse qu'ils ne peuvent se passer de Clémence vu que Noémie est sur le point d'accoucher. Elle lui propose d'embaucher l'une des jeunes filles de leur voisin, Zoé Fontaine.

Le premier dimanche qui suit la fin des classes, en venant chercher Étienne et Clémence, Marie-Reine et Théo emmènent la jolie Zoé. La jeune fille ressemble à sa mère et à sa sœur Estelle, la grande amie d'Anne-Marie. À dix-huit ans, la petite brunette aux yeux étincelants a une longue expérience des enfants et du travail de maison. Son regard franc inspire confiance à toute la maisonnée et son rire en cascade subjugue la petite Valérie qui lui confie sa poupée.

— C'est bon signe, chuchote Marie-Reine en donnant un discret coup de coude à sa fille.

Parce que la chambre attenante à la cuisine est mieux adaptée à ses besoins, Anne-Marie doit octroyer à la bonne une chambre à l'étage. Zoé doit cependant la partager avec Valérie, obligée de céder sa place au bébé attendu en janvier.

La jeune bonne s'acclimate à sa nouvelle vie avec une facilité impressionnante, comme si elle avait toujours fait partie de cette famille. Vive et vaillante, elle arrive à tout faire, et elle a même le temps d'accompagner Marie et Valérie dans leur promenade quotidienne pendant qu'Anne-Marie fait la sieste ou qu'elle se glisse en douce dans la bijouterie pour câliner son beau Julien.

— Va te coucher, proteste-t-il en souriant. C'est pas le moment. On aurait l'air fin si quelqu'un se pointait.

À la mi-juillet, Noémie donne naissance à un gros garçon, pour le plus grand bonheur de Jérôme. Dans sa lettre, Marie-Reine écrit que Théo est si heureux qu'il se pète les bretelles parce que sa lignée est assurée. Anne-Marie en ressent un brin d'agacement. Elle avait toujours cru que son père était différent des autres hommes sur ce point. Étant sa « ti-fille » adorée, elle ne s'est jamais douté qu'il attachait autant d'importance à une descendance mâle. « Heureusement que mon Julien n'est pas comme ça, se dit-elle, ulcérée. Du moment qu'on a un enfant en bonne santé, c'est tout ce qui compte, pour lui comme pour moi. »

Septembre ramène Étienne pour sa dernière année d'étude et Clémence, qui entre en neuvième. Comme par les années passées, Théo et Marie-Reine profitent de leur virée automnale à Cap-aux-Brumes pour acheter les provisions d'hiver et vendre le surplus des produits de leur ferme.

Anne-Marie est fière de sa fille quand celle-ci, vêtue d'une jolie robe rose bonbon, accourt vers son grand-père qui la soulève et la fait tournoyer dans les airs. La petite lance des cris perçants, ce qui fait rire le grand-père.

— T'es aussi belle que ta mère au même âge, dit-il en bécotant l'enfant.

Son bonheur évident fait vite oublier à Anne-Marie la déception que lui a causé l'aveu de sa mère concernant sa descendance mâle.

— Venez à la cuisine, chuchote-t-elle. Julien a une cliente.

— J'ai justement affaire à lui, dit Théo en tendant Valérie à Marie-Reine. J'espère qu'il va avoir le temps de réparer ma montre avant qu'on reparte demain.

— Votre montre est réparée, lui dit Julien au souper.

— Combien je te dois ?

— Une cenne, répond Julien en riant, sachant que son beau-père a du mal à accepter qu'il ne lui charge rien.

— Je te dis, toi… réplique Théo.

Anne-Marie sourit en voyant son père secouer la tête, l'air mal à l'aise. C'est le geste qu'il fait chaque fois qu'il ne sait comment réagir devant une situation délicate. Elle le voit hésiter parce qu'il apprécie son gendre et ne veut pas le vexer. Mais elle le connaît, il a sa fierté et il a horreur qu'on le prenne en pitié. C'est la fierté légitime des gagne-petit, celle des gens honnêtes et travaillants que la vie n'a pas favorisés et qui continuent de trimer dur pour ne pas vivre aux crochets des autres. C'est la fierté bafouée des colons qu'on rabaisse parce que leur terre de misère leur rapporte si peu qu'ils resteront pauvres toute leur vie. « Il a du cœur au ventre, ce monsieur », a répliqué un jour Julien au père Anthime qui levait le nez sur un colon de la région tout content d'avoir fait réparer le jonc de mariage de sa femme en guise de cadeau pour leur vingt-cinquième anniversaire de mariage.

— Qu'est-ce que vous attendez pour payer la facture ? le taquine Anne-Marie.

Branlant toujours la tête, Théo fouille dans sa poche.

— Ça me met mal à l'aise, avoue-t-il en tendant à Julien un sou noir.

— Les bons comptes font les bons amis, plaisante Julien, intimidé à son tour.

— C'est le temps de passer à table, dit Marie.

Quand Anne-Marie apprend que le gouvernement fédéral a mis fin à l'inscription obligatoire et accordé l'amnistie aux déserteurs, elle pense à Odilon Soucy qui pourra quitter les bois et recommencer à vivre comme un être humain. *La Presse* du 15 septembre annonce la levée de la plupart des contrôles gouvernementaux sur les prix. Seul le sucre continue d'être rationné.

Un vendredi soir, juste après la fermeture des commerces, Julien s'apprête à éteindre les lumières pendant qu'Anne-Marie verrouille la porte d'entrée.

— Dommage que l'alcool ne soit pas rationné, vitupère-t-il en voyant, par la vitrine de la bijouterie, Bertrand Jolicœur qui rentre chez lui en titubant.

Il est si soûl qu'il ne s'est pas donné la peine de mettre son coupe-vent. Attaché autour de sa taille par les manches, le vêtement louvoie d'un bord à l'autre du trottoir, suivant le tangage de l'ivrogne.

— Si tu étais marié à un pichou comme Agnès, tu aurais peut-être envie de boire de temps en temps, toi aussi. Elle n'a même pas le cœur de presser son pantalon du dimanche et d'empeser son collet de chemise.

C'est l'excuse qu'Anne-Marie lui a trouvé quand elle a appris que Bertrand s'était enrôlé volontairement, un soir de cuite, en même temps que deux autres habitués de la taverne. S'il l'avait épousée, elle, au lieu de l'autre, elle est persuadée que tout aurait été différent.

— Il a dû aller boire sa paye, comme d'habitude, dit Julien. Je plains sa femme et ses enfants.

Le lendemain, Marie et Anne-Marie emmènent Valérie respirer l'air iodé du fleuve. Le médecin de la jeune femme l'incite fortement à sortir, lui affirmant que la marche est excellente, autant pour sa circulation sanguine que pour renforcer ses muscles en vue de l'accouchement. Marie la sent plus détendue, surtout depuis que le docteur et plusieurs femmes lui ont affirmé que le premier accouchement est le plus pénible.

— Ça fait longtemps qu'on n'a pas vu madame Tremblay, dit Marie en passant devant l'église.

— Vous n'allez pas vous en plaindre, j'espère, rétorque Anne-Marie.

— Je ne trouve pas ça normal. La dernière fois que je l'ai vue, elle n'en menait pas large, je t'assure.

— Puisque ça vous inquiète, en revenant, on arrêtera chez Agnès pour lui demander des nouvelles de sa grand-mère.

Rendues au bout du quai, les deux femmes contemplent les rayons du soleil dansant sur les flots mouvants de l'estuaire. Elles suivent la lente progression d'un long navire en provenance de l'océan dont le moteur produit un tourbillon d'écume blanche qui se dilue dans le sillage du bâtiment. De la plage monte une forte odeur de varech en raison de l'amoncellement des algues charriées par les dernières marées hautes.

— Ça me donne mal au cœur, se plaint Anne-Marie.

— Retournons à la maison. Le vent se lève, observe Marie. On va avoir du mauvais temps.

Elles reviennent sans se presser, désirant profiter au maximum de cet après-midi ensoleillé, qui sera peut-être le dernier de la saison. Anne-Marie ralentit en arrivant devant la maison des Jolicœur. L'allée est encombrée de bouts de bois et d'une poupée sans tête que les enfants ont laissé traîner.

— Je rentre chez nous, j'ai encore mal au cœur, prétexte-t-elle.

Marie doit repousser du pied quelques objets pour se frayer un chemin jusqu'à la porte. La peinture de la galerie est craquelée et laisse voir le bois noirâtre que les intempéries ont malmené. Elle frappe à la porte et attend. Au bout d'un long moment, Agnès entrouvre, restant cachée derrière la porte. Marie ne voit qu'une mince partie du visage recouvert par les longs cheveux de la jeune femme. Même si elle n'a jamais mis les pieds chez ses voisins, le comportement d'Agnès lui semble étrange.

— Est-ce que je peux entrer une minute ?

— Ben… oui, bredouille-t-elle. J'attendais pas de visite, regardez pas le ménage.

— Ce n'est pas le ménage que je viens voir, c'est toi, dit Marie d'un ton aimable.

Agnès la fait asseoir dans une berçante de la pièce située près de l'entrée, qui semble être une salle familiale. Le même désordre règne là aussi : vêtements, journaux et jouets cassés jonchent le sol et les chaises. Lorsqu'elle se penche pour s'asseoir à côté de sa visiteuse, le mouvement de ses cheveux laisse voir un visage tuméfié.

— Qu'est-ce qui t'est arrivé ? s'enquiert Marie d'une voix douce.

— Oh, je me suis cogné le visage dans un panneau d'armoire.

« C'est ce que prétendait Mathilde, sa mère, les lendemains de cuites de son mari », songe Marie.

— Quand on a de jeunes enfants, on a tellement à faire que, des fois, on va trop vite, réplique Marie pour mettre sa voisine à l'aise.

— C'est en plein ça, le bébé pleurait à l'heure du souper…

Sa phrase reste en suspens et Marie n'a pas besoin d'un long discours pour comprendre que Bertrand s'est défoulé sur sa femme, comme son beau-père et comme bien d'autres lâches de son espèce.

— Mets un peu de glace, ça va t'aider. Et puis, tu pourrais t'armer d'une bonne poêle en fonte pour affronter le prochain panneau d'armoire qui se trouvera sur ton chemin, dit-elle en riant.

Marie espère que sa blague donnera l'idée à la pauvre Agnès de se défendre des attaques sauvages de Bertrand. Il n'aurait pas fallu qu'un homme lève la main sur elle. Quitte à y laisser sa vie, Marie se serait défendue avec énergie. Mais Agnès ne se déride pas et Marie la sent, au contraire, plus mal à l'aise.

— Je venais te voir, ma chère Agnès, pour prendre des nouvelles de ta grand-mère. Je ne l'ai pas vue depuis longtemps et je m'inquiète. Elle n'allait pas très bien la dernière fois qu'on s'est rencontrées.

— Le docteur dit qu'il lui en reste plus pour longtemps, dit-elle d'un ton chagrin.

— Est-ce qu'elle est à l'hôpital ?

— Non, elle aime mieux mourir chez elle, qu'elle dit. Maman la veille jour et nuit.

— Penses-tu que je pourrais lui rendre visite ?

— Certain, elle va être ben contente de vous voir. Elle vous aime ben gros, vous savez.

— Je vais y aller ce soir. Je m'excuse d'être arrivée comme un cheveu sur la soupe et je te remercie pour ton accueil. Si tu as besoin de quoi que ce soit, tu peux compter sur moi, Agnès, ne l'oublie pas.

— Merci ben gros, madame Dumas.

L'été insouciant a passé trop vite et Julien est en train de remiser les chaises de la galerie quand Marie revient chez elle. Les couleurs de l'automne viennent rappeler à chacun qu'il faut déjà se préparer pour affronter une autre saison de froidure.

Le garde-manger regorge de conserves variées, la cave renferme une importante réserve de pommes de terre et de carottes, et de nombreuses cordes de bois sont entreposées à leur emplacement habituel. Même si les temps ont changé et que l'épicerie de Benjamin peut leur fournir quantité de denrées, Marie conserve une jarre de lard salé et elle entasse encore dans une chambre du haut une couple de poches de farine et une de sel. Lasse des fèves et de la soupe aux pois, elle n'en a pas acheté à l'automne, se disant qu'ainsi Zoé sera moins tentée d'en mettre au menu. Les nombreuses années de rationnement, dues aux deux guerres et aux années de crise, et l'isolement dans lequel elle a vécu auparavant lui ont donné ces habitudes dont elle ne peut se défaire.

— C'est bien ce que je craignais, dit Marie en arrivant à la cuisine. Madame Tremblay est gravement malade. Agnès dit qu'elle n'en a plus pour longtemps. Je vais aller lui porter un peu de mon bouillon de malade ce soir.

— J'ai toujours pensé que cette bonne femme était trop coriace pour mourir, ricane Anne-Marie. Je me disais que ni le bon Dieu ni le Diable n'en voulaient.

— Tout le monde meurt un jour, ma petite fille, rétorque Marie, vexée par la désinvolture d'Anne-Marie. Et madame Tremblay avait beau commérer, ce n'était pas une mauvaise personne. Elle a travaillé fort pour élever ses enfants après la mort de son mari. Sa vie n'a pas été facile, elle a bien du mérite.

Marie croit sincèrement que celle qu'elle a toujours un peu considérée comme sa meilleure ennemie mérite tout de même un peu de compassion. Confrontée à la mort prochaine de sa petite madame Dondon, elle se sent indulgente et elle est prête à lui pardonner toutes ses indélicatesses. Son départ imminent, en venant lui rappeler tous ses deuils, la bouleverse plus qu'elle ne l'aurait cru.

Aussi ridée qu'une pomme desséchée tombée au pied du pommier depuis plusieurs jours, madame Tremblay gît sur sa couche, la tête appuyée contre trois oreillers de plume. Elle est si menue dans sa robe de nuit de flanelle fleurie qu'elle a l'air d'une naine rachitique affublée d'un déguisement de géant. « Doux Jésus ! Qu'elle a vieilli ! », se dit Marie. Quand la moribonde ouvre les yeux et l'aperçoit à son chevet, son visage s'éclaire d'un sourire béat et elle s'empare de la main de sa visiteuse. Sa menotte décharnée et toute plissée est piquetée de taches de vieillesse, et Marie, éberluée, pense à la comparer à sa propre main, puisque madame Tremblay n'est guère plus âgée qu'elle. Rassurée quant à son état de décrépitude jugé modéré, elle reporte son attention sur sa petite madame Dondon.

— Dieu merci, vous êtes là, halète faiblement la mourante.

Marie n'aurait jamais imaginé que sa présence puisse rendre la malade si heureuse et elle se sent la gorge nouée par l'émotion. Deux grosses larmes surgissent inopinément. « Qu'est-ce qui me prend de pleurer pour cette femme qui m'a fait sortir de mes gonds plus souvent qu'autrement ? »

— Approchez, murmure madame Tremblay. J'ai à vous dire…

Marie se penche au-dessus du visage émacié dont les lèvres remuent sans qu'aucun son n'en sorte. Elle essaie de deviner les mots que la malade essaie d'articuler, mais elle n'y arrive pas. Soudain, la moribonde grimace de douleur. De chaque côté du lit, des sanglots écartèlent le silence et Marie s'approche un peu plus des lèvres qui recommencent à former des mots impossibles à déchiffrer. Dans un effort suprême pour livrer ce dernier message qui paraît d'une importance capitale, madame Tremblay exerce une pression additionnelle sur sa main. Elle presse si fort que Marie a l'impression que les os de sa main vont se rompre. À travers les larmes qui lui embrouillent la vue, elle distingue les yeux de la malade qui se révulsent, elle sent la poigne s'amollir et entend une série de soupirs franchir les lèvres désormais immobiles.

« Trop tard, je suis arrivée trop tard », se reproche-t-elle. Et ses sanglots saccadés se mêlent à ceux de Mathilde et de tous ses enfants réunis autour du lit. Reprenant enfin ses esprits, Marie repose la main de madame Tremblay sur le drap blanc immaculé, et ce détail la frappe. Contrairement à ses filles, la mère était d'une propreté irréprochable.

— Si vous le voulez, je vais vous aider à faire sa toilette mortuaire, dit-elle à Mathilde.

Pleurant toujours, cette dernière opine de la tête et reste paralysée près du lit de la morte. Voyant qu'elle ne peut compter sur aucun secours de sa part, Marie se tourne en désespoir de cause vers Agnès.

— Veux-tu m'aider?

Et sur un signe de tête affirmatif, Marie lui énumère la liste des articles à lui procurer. Agnès est si secouée qu'elle ne pense plus à cacher les bleus qui couvrent son visage. «Maudits soient les panneaux d'armoire!», se dit Marie. Agnès s'avère d'un précieux secours dans ces tristes circonstances où son cœur doit être en charpie après les doubles épreuves qu'elle vient de vivre coup sur coup. Ses gestes tendres, empreints de respect et d'amour, la rachètent aux yeux de Marie, et elle se fait la promesse de tout mettre en œuvre pour aider la jeune femme à se prendre en main.

Pour les funérailles de madame Tremblay, si connue de tous les paroissiens, l'église est bondée. Malgré le vent et la pluie, les gens ont fait la file durant les trois soirs où elle a été exposée dans son salon afin de présenter leurs condoléances à la famille de la disparue, mais sans s'attarder, car les descendants de la morte n'ont pas bonne réputation. C'est comme si les gens de Cap-aux-Brumes voulaient rendre un dernier témoignage à celle qui répandait les nouvelles comme les bourdons essaiment les fleurs, songe Marie qui se demande encore quel pouvait bien être le message qu'elle tenait tant à lui communiquer juste avant que la mort, cynique, vienne la délivrer d'une vie trop remplie de potins en l'empêchant de livrer une ultime communication. « Bof, elle finira bien par me le dire un jour, quand je mourrai à mon tour. »

Dehors, le ciel pleuviote, comme s'il pleurait le dernier secret qui ne peut franchir le cercueil porté par quatre hommes, dont le cogneur d'Agnès surnommé « panneau d'armoire ». Abritée sous son parapluie, Marie lui décoche un regard assassin propre à l'envoyer *ad patres* s'il pouvait se matérialiser sous la forme du coup de poing qu'elle aurait envie de lui asséner afin d'aplatir son répugnant faciès de brute.

Puis elle songe à en parler à monsieur le curé, non pas pour s'en confesser comme toute bonne chrétienne devrait le faire. Non, elle entend plutôt utiliser le pasteur pour sermonner le coupable comme il le mérite.

Le vent forcit et Marie se hâte de revenir du cimetière. Son ressentiment envers Bertrand lui a fait oublier d'aller prier sur la tombe de Guillaume. Sa révolte et sa rage la font bouillonner, et elle ne cesse de maudire ce Jolicœur de malheur, comme elle l'appelle à son tour. Mais comme elle ignore qu'Anne-Marie en a déjà été follement amoureuse, elle ne se prive pas de vitupérer contre l'ivrogne depuis sa visite chez Agnès.

Les veillées d'automne se déroulent au rythme doux du balancement des berçantes dans la cuisine, près du poêle à bois qu'on alimente régulièrement. Anne-Marie écoute la radio dans sa chambre, les jambes surélevées. Zoé tricote et Julien s'installe pour lire le journal pendant que Clémence et Étienne font leurs devoirs. Quand il a terminé, c'est Marie qui le feuillette. C'est ainsi qu'elle apprend le mariage de la princesse Élisabeth, le 20 novembre à Londres, avec son cousin, Philip Mountbatten. Même sans moustache, le beau mari de la princesse lui rappelle, par sa stature et sa blondeur, son Guillaume. Elle va se coucher plus tôt ce soir-là, parce que le souvenir de son homme trouble encore sa chair inassouvie.

Puis la neige recouvre les rues environnantes et Marie sort le traîneau de bois que Guillaume avait fabriqué jadis. Son arrière-petite-fille préfère la plupart du temps s'y asseoir. Les jambes enveloppées dans une peau de mouton, elle se tient sagement aux rebords faits de lattes de bois verni.

Penché sur son établi pour évaluer la réparation à faire à la montre de madame Richard, Julien voit la femme glisser doucement l'un des panneaux qui entourent la vitrine. La cliente s'étire le bras et empoche l'un des bijoux exposés, puis replace tout aussi doucement le panneau. La dame est richement vêtue d'un manteau de vison.

Julien continue d'examiner la montre comme s'il ne s'était aperçu de rien. La cliente lui a confié que ce bijou ancien lui vient de sa grand-mère et qu'elle y tient comme à la prunelle de ses yeux.

— Ça va prendre plus de temps que je pensais pour réparer votre montre, madame, dit-il d'un ton posé. La pièce brisée ne se fait plus et je vais être obligé de la fabriquer moi-même, ça va coûter cher. Vous comprenez, il va falloir que je vous charge mon temps pour l'usiner. C'est un travail de précision.

— Pas de problème, réplique la dame, sûre d'elle. Appelez-moi quand ce sera prêt.

Et elle reprend son sac à main et ses gants de cuir qu'elle avait laissés sur le comptoir pendant sa razzia dans la vitrine.

— À bientôt, lui dit-il très poliment.

Quand elle s'est suffisamment éloignée, Julien vérifie l'étalage de la vitrine et constate que la dame lui a volé une chaînette garnie d'une croix en argent. Doté d'une mémoire prodigieuse qui fascine Anne-Marie, il se rappelle la place exacte de tout ce qu'il offre en vente et il pourrait aussi chiffrer très exactement l'inventaire des pièces de rechange qu'il détient.

De même qu'il a le regard aiguisé, il a aussi l'oreille fine et il est difficile, voire impossible, de le surprendre. Il voit tout, il entend tout. « Un peu comme Dieu le père », le taquine parfois sa femme.

— Qu'est-ce que tu veux, Anne-Marie ? dit-il sans se retourner.

— Comment peux-tu savoir que c'est moi ? Je ne faisais pas de bruit.

— Je reconnais ton pas.

Elle s'approche, le dos arqué en raison des huit mois de grossesse qui l'alourdissent, et lui fait un câlin sur la joue.

— Je venais te demander si tu aimerais prendre une tasse de thé.

— Avec une de tes galettes à la mélasse que tu viens de faire cuire ?

— Comment sais-tu que ce sont « mes » galettes ?

— Parce qu'elles ne dégagent pas tout à fait la même odeur que celles de Zoé ou celles de ta grand-mère.

— Décidément, on ne peut rien te cacher, dit-elle en riant. Je reviens dans deux minutes.

Quand elle lui apporte sa collation, Julien décide de lui révéler l'incident du vol et l'identité de la voleuse.

— Je n'aurais jamais cru ça d'elle. Son mari est assez riche pour nous acheter et nous revendre à crédit. Qu'est-ce que tu vas faire ?

— Je vais inclure le prix du bijou volé au coût de sa réparation de montre. Et tu peux être certaine que je vais l'avoir à l'œil à l'avenir.

— Ce sera bien fait pour elle, l'approuve-t-elle. Je n'en reviens pas.

— Je vais être obligé d'en informer ta grand-mère au cas où cette femme viendrait quand je dois m'absenter et qu'elle garde la bijouterie.

— Je n'en reviens pas, répète Anne-Marie, abasourdie. Je ne me serais jamais méfiée d'elle, elle a les moyens de s'acheter tout ce qui lui tente.

Cette année encore, Anne-Marie voit partir son frère et sa sœur pour le congé des fêtes sans qu'elle puisse les accompagner. Près d'elle, devant la fenêtre de la chambre de Marie, la vaillante Zoé tient Valérie dans ses bras et agite la main pour saluer une dernière fois Étienne et Clémence qui ne reviendront que la veille du jour des Rois, marquant la fin des festivités.

— Si je n'avais pas été si proche de mon terme, je t'aurais donné congé, lui dit Anne-Marie. C'est la première fois que tu passeras Noël loin de ta famille et je sais combien ce sera triste pour toi.

— T'en fais pas pour moi, je m'étais faite à l'idée. Même si tu me l'avais offert, j'aurais refusé.

Parce qu'elles se connaissent depuis plusieurs années et qu'elles se sont toujours tutoyées, Anne-Marie n'a pas voulu que sa servante la vouvoie et l'appelle « madame ». La jeune fille mange avec eux, comme si elle faisait partie de la famille. Même si Anne-Marie a des ambitions, il ne lui vient jamais à l'esprit de renier ses origines modestes et, en dépit de son mauvais caractère, elle s'efforce de respecter les autres.

— Viens, on va se faire un bon chocolat chaud, dit-elle en passant la main sur son bedon qui gargouille.

Son ventre est si proéminent que son long tablier à fronces n'arrive plus à le masquer et elle se retire à la cuisine dès qu'elle aperçoit un passant, au cas où la personne déciderait d'entrer à la bijouterie. Ce matin, parce qu'elle était un peu triste et qu'elle a eu des problèmes de digestion durant la nuit, elle n'a pris qu'une tasse de thé.

Elle referme la porte de la chambre à coucher de sa grand-mère afin d'éviter que l'odeur du tabac à pipe des clients ne s'y répande. Toujours dans les bras de Zoé, Valérie se démène comme un diablotin pour aller voir son père. Au cours de ses explorations, la petite curieuse a découvert où se cachait son papa et, malgré l'attention soutenue des trois femmes qui doivent la surveiller, il arrive que Julien aperçoive un nez mutin à la porte du magasin.

— Non, papa est occupé. Viens avec maman et Zoé, on va te faire un bon lait au chocolat.

Aussi gourmande que fouineuse, Valérie cesse de se débattre. Pour la faire patienter, Zoé lui passe sa bavette autour du cou et l'installe dans sa chaise haute. Anne-Marie sort le lait et une tasse à mesurer.

— Va demander à Julien et à grand-maman s'ils en veulent.

Marie a décidé d'aider Julien jusqu'à Noël. Tout en s'activant à l'emballage d'un cadeau ou au nettoyage des bijoux et des comptoirs, elle renoue avec le plaisir de jaser avec les clientes, comme autrefois, quand elle tenait sa boutique de tissus à la verge. Julien doit la forcer à faire des pauses afin de la ménager, mais Marie se sent si utile qu'elle oublie fatigue et maux de pieds.

Tous les après-midi, Anne-Marie prend soin de leur préparer du thé et une légère collation. Aujourd'hui, les beignes de Zoé sont au menu. Recouverts d'une belle couche de sucre en poudre, ils sont un véritable délice et chacun succombe au péché de gourmandise. Valérie en réclame même un deuxième qu'elle n'arrive pas à finir.

— Elle a les yeux plus grands que la panse, s'amuse Zoé en la débarbouillant pour la bercer.

Toujours entourée de grandes personnes qui lui consacrent beaucoup de temps, la bambine commence à dire plusieurs mots. Le premier a été «papa» et Zoé a déclaré que c'était un signe.

— Si un enfant dit papa en premier, sa mère aura un garçon.

— Maman dit que ce n'est pas toujours vrai, affirme Anne-Marie.

— On verra, répond sagement Zoé, le sourire aux lèvres.

Le soir de la messe de minuit, pour la plus grande joie des petits et des grands, de gros flocons tombent en silence. Après que toute la paroisse a défilé devant la bijouterie pour se rendre à l'église, Anne-Marie chausse ses bottes, enfile son manteau d'hiver et se coiffe d'un béret de laine. Elle descend les marches de la galerie, s'arrête dans l'entrée, lève la tête vers le ciel, ferme les yeux, ouvre la bouche et tire la langue. Comme lorsqu'elle était enfant, elle savoure les flocons qui fondent dans sa bouche. Un sentiment de paix profonde l'envahit, c'est la magie des premières neiges, et la joie de Noël ne serait pas complète sans cette petite bordée féerique.

Les étoiles sont voilées, mais qu'importe puisque l'étoile du berger a déjà conduit les rois mages à la crèche où repose le petit Jésus que le sacristain dévoilera à minuit, quand le ténor de la paroisse entonnera de sa voix puissante le *Minuit, chrétiens!* traditionnel et que l'orgue communiquera aux fidèles rassemblés dans l'église les gros frissons d'émotion que provoque la forte résonnance des premières notes.

Anne-Marie, ayant mangé à satiété cette belle neige toute fraîche, rentre à la maison où l'odeur du bois qui brûle et les arômes du cipaille embaument la maison. Quand Julien reviendra de la messe avec Marie et Zoé, et toute la parenté de Cap-aux-Brumes qu'ils ont invitée, Anne-Marie réveillera Valérie et lui mettra la jolie robe de velours rouge vin qu'elle lui a achetée pour la circonstance.

L'espace autour du sapin est rempli de paquets aux papiers multicolores. Anne-Marie et Julien ont pensé à offrir un présent à chacun de leurs invités pour souligner ce premier Noël où ils reçoivent la parenté. Anne-Marie adopte la nouvelle mode d'ouvrir les cadeaux à Noël alors que ses parents attendent le jour de l'An.

Comme les invités n'arriveront pas avant une heure et demie, elle va s'allonger comme le lui ont ordonné son mari et sa grand-mère.

Après le réveillon, la vaisselle et l'échange de cadeaux, on recouche Valérie et on tasse la table pour faire place aux danseurs de quadrille, mais Anne-Marie se plaint alors de maux de ventre. Sa grand-mère l'entraîne dans sa chambre et lui palpe doucement l'abdomen.

— Tu n'as presque rien mangé au réveillon, ce n'est sûrement pas ta digestion. As-tu eu une contraction ?

— Non, j'ai juste mal au ventre. Un peu comme au début des menstruations.

Marie la déshabille et lui passe une robe de nuit. En enlevant sa petite culotte, Anne-Marie aperçoit un peu de sang et le montre à sa grand-mère.

— Relève tes jambes, je vais regarder si ça saigne encore.

Marie observe attentivement la vulve de sa petite-fille.

— L'écoulement de sang s'est arrêté, lui affirme-t-elle après avoir épongé une dernière goutte de sang avec un mouchoir propre. Tu t'es sans doute trop fatiguée ces derniers jours.

— Je me sentais en forme, soutient Anne-Marie.

— Si le docteur ne s'est pas trompé dans ses calculs, la cigogne ne doit pas passer avant la mi-janvier. Le mieux serait de garder le lit jusque-là, par précaution. Probable que ça va passer si tu te reposes.

— Ça vous est déjà arrivé ? s'informe Anne-Marie.

— À moi, non, mais il y a plein de femmes à qui ça arrive et tout se replace avec un peu de repos. Ne t'inquiète pas, je vais revenir te voir. Essaie de dormir.

On surveille et dorlote Anne-Marie, qui se montre soumise et gentille. Le docteur est passé la voir le lendemain de Noël et il l'a rassurée tout à fait. Julien lui achète tout ce qu'il peut dénicher comme journaux, revues ou livres pour la distraire, tout comme il l'avait fait lors de sa première grossesse. C'est en lisant un roman d'amour qu'elle avait trouvé les prénoms pour leur bébé, elle avait adoré la sonorité douce et joyeuse de Valérie. C'était nouveau et Julien avait aimé aussi. Pour un garçon, ils avaient choisi Rémi. Cette fois, si c'est encore une fille, ils hésitent entre Nicole, Annie, Arlette et Ginette.

Consultés dès leur retour de Val-des-Castors, Étienne et Clémence approuvent tous ces choix de prénom, comme l'a fait Marie, mais sans manifester de préférence pour l'un ou pour l'autre.

— On décidera quand on lui verra la binette, décident les futurs parents d'un commun accord, las de leurs tergiversations.

Le jour des Rois, parce qu'ils ne sont que sept, dont deux hommes, Marie cuisine des petits gâteaux individuels dans lesquels elle cache un pois et une fève qu'elle a dû emprunter à Rachel parce qu'elle n'en garde plus à la maison. Elle nappe ceux destinés aux femmes d'un glaçage blanc au sirop d'érable, et ceux des hommes sont recouverts d'une glace au chocolat. La deuxième fournée des petits gâteaux en surplus reçoit le reste des glaçages qui seront distribués inversement afin de ne pas faire de jaloux entre les deux sexes. Étienne, plus friand de dessert que les autres, engloutit son gâteau en deux bouchées et manque se casser une dent sur le pois qu'il recèle tandis que Zoé découvre dans le sien la fève destinée à la reine.

— Pour avoir leur cadeau, le roi et la reine doivent s'embrasser ! s'exclame Marie.

De son lit, Anne-Marie s'amuse de les voir rougir et elle répète le commandement de sa grand-mère. Finalement, le couple royal finit par s'exécuter et Marie remet à chacun un miniprésent identique. Étienne déballe un jeu de cartes bleues, alors que celui de Zoé est rouge.

À la fin de la soirée, Anne-Marie ressent une première contraction et appelle sa grand-mère.

— Je crois que cette fois, ça y est, lui dit-elle.

Au bout d'une heure, Marie leur recommande de se rendre à l'hôpital, car les contractions reviennent toutes les quinze minutes.

— C'est un peu tôt, non? s'informe Julien, qui n'a pas envie de revivre, séparé de sa femme, l'interminable attente du premier accouchement.

— Pour un deuxième, ça va plus vite. Il vaut mieux ne pas trop tarder.

Le conseil de la grand-mère s'avère des plus avisés puisque quatre heures plus tard, au beau milieu de la nuit du 7 janvier 1948, naît un beau gros poupon. Quand la maman et le papa sont réunis au sortir de la salle d'accouchement, ils se sourient, les yeux embués de larmes.

— C'est un garçon! s'extasie Anne-Marie en s'emparant de la main de son époux.

— Merci, ma chérie, murmure Julien en l'embrassant. À présent, on a le couple. Et notre fils est beau et vigoureux. C'est extraordinaire! Tu ne peux pas savoir comme je suis heureux!

Anne-Marie se surprend à se glorifier d'avoir accompli un tel prodige. Elle qui était prête à condamner son père de tant se réjouir d'avoir une descendance mâle, voilà qu'elle succombe à son tour au bonheur intense de donner un héritier qui perpétuera le nom des Briand.

L'après-midi même, le curé de Cap-aux-Brumes baptise Rémi Briand. Comme le papa n'a plus aucun parent, le parrain et la marraine sont une fois de plus choisis dans la famille Dumont. Jérôme et Noémie ayant accepté cet honneur, ils sont remplacés durant la cérémonie par Étienne et Clémence. Pour ce deuxième rejeton de la quatrième génération, Marie agit encore une fois comme porteuse. Le papa est très nerveux et immensément heureux. Marie voit sa main trembler quand il fait son signe de croix et il n'arrête pas de sourire, les yeux remplis d'étoiles scintillantes. Comme elle l'aime, ce garçon à la mèche rebelle qui lui a plu d'emblée dès qu'elle l'a aperçu dans l'allée du train en 1929 ! Il était si timide qu'il fixait le plancher et Marie en a été si retournée qu'il lui a fait oublier son désir d'être seule.

Quand elle y repense cet après-midi, elle y voit un signe qui l'amène à croire que chacun a une destinée bien tracée. Et elle se demande où se situe le libre arbitre dévolu aux humains. À part le choix entre le bien et le mal que chacun fait selon les valeurs qui lui ont été transmises, un homme peut-il changer le cours de l'histoire ?

5

Cap-aux-Brumes, janvier 1948

« Changer le cours de l'histoire, c'est ce qu'entend faire le premier ministre de la province de Québec », pense Marie en lisant le journal. Le 21 janvier, Maurice Duplessis dote la province d'un drapeau distinctif auquel peuvent s'identifier les Canadiens français, cernés de toutes parts par une mer d'anglophones. Le drapeau fleurdelisé est composé d'une croix blanche, symbole du catholicisme, et de quatre fleurs de lys de la même couleur sur fond d'azur. Le nouveau drapeau, qui remplace l'Union Jack britannique, est hissé pour la première fois le jour de son adoption, à quinze heures, heure locale, au sommet de la tour centrale du parlement de Québec.

Marie lève la tête en direction d'Anne-Marie en train de lire une autre partie du quotidien. La jeune maman a été couchée si souvent durant sa grossesse qu'elle ne demande pas mieux qu'à veiller un peu à la cuisine depuis sa sortie de l'hôpital.

— Avec tous les changements que Duplessis veut faire pour améliorer notre sort, j'espère pour toi qu'il va penser à modifier le Code civil, dit Marie.

— Le Code civil ? Qu'est-ce qu'il y a à changer ?

— Figure-toi, ma chère, que les femmes, en se mariant, perdent presque tous leurs droits. Les suffragettes de la province ont dû revendiquer pendant des décennies avant qu'on accorde le droit de vote aux femmes. Mais une mère de famille ne peut toujours pas signer pour faire opérer son enfant !

— C'est ridicule, s'étonne Anne-Marie. Vous êtes certaine de ça ?

— Sûr que je suis certaine. Mon Noël est mort à cause de cette loi idiote.

— J'en ai jamais entendu parler.

Alors, Marie raconte la maladie de son fils qu'elle avait amené par train à Lévis pour le faire opérer pendant que Guillaume était en mer.

— Quand j'en ai informé ton grand-père, il s'est dit que ça n'avait pas d'allure et il est allé à Québec consulter un avocat, qui lui a confirmé que c'était bien vrai. Alors ton grand-père a écrit à notre député pour lui demander de changer la loi. Pendant des années, il a écrit plusieurs lettres. Chaque fois, le député le remerciait d'avoir porté le sujet à son attention et on n'entendait plus parler de rien.

— C'est révoltant, s'insurge Anne-Marie. Mais êtes-vous bien certaine que ça n'a pas changé depuis le temps ?

— Oui, je me suis renseignée dernièrement. Rien n'a changé ! Toi, tu n'as pas trop à t'en faire, ton mari est toujours à la maison. Mais il y a tellement de pères qui travaillent au loin.

La présence de Julien ne rassure qu'à moitié Anne-Marie. Que vaudrait sa signature si la maladie frappait son Rémi ? Les vilains microbes n'en tiendraient aucun compte, c'est certain. Il faut absolument leur barrer la route, songe-t-elle, affolée. S'il fallait qu'elle perde son fils chéri, elle en mourrait de chagrin.

— Je vais aller voir le bébé, dit-elle, le front soucieux.

Pendant que Rémi Briand s'éveille à la vie et grandit sous la vigilance de sa mère, la carte du monde se redessine en raison de la Deuxième Guerre mondiale qui a remanié les frontières. Le joug de la Russie s'étend aux pays de l'Europe de l'Est. *La Presse* du 14 mai annonce que l'État d'Israël est reconnu par Truman, président des États-Unis.

Loin de ces tracas, Marie et Anne-Marie profitent de la douceur du printemps pour reprendre leurs longues promenades au bord du fleuve, chacune poussant le landau du bébé ou la poussette dans laquelle prend place Valérie. La fillette parle de plus en plus franc et ne porte plus de couche depuis quatre mois.

Depuis que le bijoutier Lapierre a fermé boutique, les clients qui lui étaient restés fidèles viennent voir Julien. Les réparations occupent presque tout son temps, et Marie et Anne-Marie doivent lui donner un coup de main de temps en temps. Clémence les remplace le samedi et Étienne décharge son beau-frère des tâches que doit accomplir l'homme de la maison.

Les jours s'écoulent sans heurt et le lilas refleurit en juin, au moment où commencent les examens scolaires de fin d'année. Quand arrivent les vacances estivales, vient le moment de se séparer. Étienne a terminé ses études, il ne reviendra pas à l'automne.

Au rang des Cailles, après les foins, Étienne, qui a eu dix-huit ans au printemps, part s'engager dans l'aviation. Sa mère, la mine sombre, le regarde déposer ses deux valises dans le coffre arrière du véhicule de monsieur Lavertu, qui habite au pied du rang. Sans pouvoir se l'expliquer, Marie-Reine craint autant les avions que sa mère a peur des automobiles. Mais, selon son habitude, elle tait ses angoisses et prie pour ce fils qui les quitte, se demandant si elle le reverra.

Au prône du dimanche suivant, en parlant des élections provinciales du 28 juillet, le curé de Val-des-Castors clame du haut de la chaire :

— Souvenez-vous, mes bien chers frères, que le ciel est bleu et que l'enfer est rouge.

Le peuple étant soumis au clergé, qu'il a dans sa manche, Maurice Duplessis remporte aisément la victoire. Théo a voté du bon bord, mais il n'y a que sa femme qui le sait parce qu'il lui a demandé de voter comme lui afin « de ne pas annuler son vote », comme le redoutent la plupart des maris de la province depuis qu'on a accordé le droit de vote aux femmes. Il ne discute pas de politique au village de peur d'être pris à parti par le clan adverse s'il venait à perdre ses élections.

Théo s'acharne avec obstination sur sa terre, mais le souvenir du moulin à scie revient régulièrement lui rappeler les bonnes années d'avant la crise économique. Jérôme, qui prendra la relève sur la terre un jour, le talonne pour acheter deux vaches Holstein et un taureau canadien. Contrairement au paternel, le jeune père de famille est un agriculteur par choix et, afin de pourvoir aux besoins des deux familles vivant sous le même toit, il désire également agrandir le troupeau de porcs Yorkshire qui donnent d'excellents rendements, mais Théo est réticent à investir autant d'argent.

— Si une maladie se répand dans l'étable ou la porcherie, on perdra tout ! On aurait l'air fin, plaide-t-il pour faire patienter son fils et l'inciter à la prudence.

Dans sa jeunesse, il croyait lui aussi que tout irait bien, mais il a connu tant de revers qu'il engrange à présent ses maigres économies avec patience en prévision d'un malheur toujours possible. Sans être avare, il lésine sur les dépenses. Il pense à sa benjamine qu'il devra prendre en charge toute sa vie et à ses deux autres filles à marier. Ce n'est pas rien, se dit-il, le soir, avant de s'endormir.

Cette année, c'est au tour de Gisèle de bénéficier de la générosité de sa grand-mère qui lui offre de poursuivre ses études à Cap-aux-Brumes. Clémence, devenue amoureuse durant l'été d'un des fils de Ludger Fontaine, hésite jusqu'à la dernière minute à s'inscrire à l'école normale qui ouvre cette année. Elle soupèse le pour et le contre, puis décide finalement de retourner chez sa grand-mère quand elle apprend que son cher Albert, de cinq ans son aîné, s'en ira travailler tout l'hiver sur un des chantiers de la Côte-Nord. Son petit cœur de seize ans bat à tout rompre pour le beau brun qui lui a déclaré son amour et lui a fait part de son intention d'économiser suffisamment d'argent pour l'épouser, dans deux ou trois ans. Une éternité !

Comme Anne-Marie, ses amours se feront par correspondance et Marie-Reine, qui a eu vent de l'idylle grâce aux confidences d'Alma, la mère du soupirant, se sent soulagée de ne pas avoir à s'inquiéter de leurs longues fréquentations. Le prétendant sera soit au loin, soit à portée de vue, et elle pourra compter sur la complicité d'Alma pour garder les relations amoureuses de leurs enfants dans les limites de la respectabilité.

À la mi-septembre, Julien revient du bureau de poste chargé de paquets et de lettres. Quand Marie retourne à la cuisine, il dissimule deux enveloppes dans l'un des tiroirs de son établi. Avant de partir pour Val-des-Castors, Étienne lui a demandé de remettre discrètement les lettres qu'il enverrait à Zoé. Quand Julien les avait vus tous deux rougir comme des tomates le jour des Rois parce que les souverains d'un jour devaient s'embrasser, il s'était douté que les deux jeunes gens étaient amoureux. L'autre requête vient de Clémence qui lui a fait jurer de garder secrète sa correspondance avec Albert Fontaine.

Après avoir ouvert tout son courrier, il pose une étiquette sur l'horloge de table qu'il vient de recevoir où il inscrit le prix de vente et une série de lettres le renseignant sur le prix de revient de l'article. Il n'y a que lui et Anne-Marie qui connaissent la signification du code utilisé. Puis il apporte son petit escabeau pour placer la belle horloge au boîtier de bois foncé sur la tablette du haut. Julien commence par décaler les autres horloges afin de dégager un espace pour accueillir la nouvelle. Il travaille avec minutie, à gestes mesurés, afin d'épargner les mécanismes fragiles de certaines pendulettes. Il vérifie l'ensemble pour s'assurer que toutes sont bien alignées et s'aperçoit qu'il doit légèrement rectifier la position de l'une d'elles afin de rendre l'étalage harmonieux.

Alerté tout à coup par un bruit bizarre, il se tourne et, du haut de son perchoir, il voit Valérie près de son établi. La fillette a échappé à la surveillance de sa mère et lui-même ne l'a pas entendue arriver. Horrifié, Julien se rend compte que la petite tient dans ses mains le revolver qu'il garde dans l'un des tiroirs de son établi. Le barillet est en place, chargé de six balles, prêt à tirer. Ses pensées défilent comme un film en accéléré. Le souffle coupé, il descend l'escabeau en vol plané, sans dire un mot afin de ne pas affoler Valérie, qui braque l'arme sur lui en souriant, inconsciente du danger. Dieu merci, se dit-il en arrivant près d'elle, ses petits doigts ne sont pas posés sur la gâchette.

— Donne ça à papa, bredouille-t-il, en lui enlevant le revolver. Ce n'est pas un jouet. C'est une arme à feu et c'est très dangereux. Tu dois me promettre de ne plus jamais y toucher.

En attendant de trouver une meilleure cachette, Julien s'empresse d'ouvrir le barillet et de ranger le pistolet dans un tiroir inaccessible à la petite fureteuse. Puis il prend sa fille par la main et la conduit à la porte du commerce donnant sur le corridor.

— Anne-Marie ! crie-t-il. Viens ici tout de suite.

C'est Marie qui accourt.

— Anne-Marie est en train d'allaiter Rémi. Qu'est-ce qu'il y a ?

— Demandez à Zoé de mieux surveiller la petite, dit-il sur un ton de reproche. On a failli avoir une catastrophe, elle a trouvé mon revolver.

— Doux Jésus ! s'exclame Marie en portant une main enfarinée à sa bouche. C'est pas la faute de Zoé, elle est en train d'étendre le linge dehors et, moi, je faisais des tartes. La petite s'était cachée dans la grande boîte vide que tu lui as donnée hier, j'ai jamais eu connaissance qu'elle s'était éclipsée.

Marie est livide et Julien lit sur son visage raviné de plis tourmentés qu'elle s'accable de reproches.

— Je ne disais pas ça pour blâmer quelqu'un, s'excuse-t-il, penaud.

— Je vais faire plus attention à l'avenir, promet-elle sur un ton de repentir sincère.

Après une émotion pareille, Julien met du temps à s'endormir, le soir. Sur l'écran de son rêve, défilent tous les dangers frôlés en raison du geste inconscient de Valérie. Soudain, il s'éveille en sursaut. À la porte arrière, on frappe à grands coups. Sans prendre le temps de chausser ses pantoufles ou d'enfiler sa robe de chambre, il court de nouveau au-devant de la catastrophe pendant que le petit Rémi, réveillé par le vacarme, s'égosille et qu'Anne-Marie lui crie :

— Sois prudent, regarde avant d'ouvrir, c'est peut-être des voleurs !

Mais Julien vient de reconnaître la voix de sa voisine qui s'époumone : « Vite ! Ouvrez ! » Il allume puis déverrouille la porte, qui s'ouvre en grand. Agnès Jolicœur et ses enfants se ruent à l'intérieur comme un troupeau paniqué, nu-pieds, en vêtements de nuit.

— Bertrand a fait maison nette, gémit Agnès, les yeux hagards.

S'apercevant que les enfants tremblent et claquent des dents, Julien s'empresse de fermer la porte et de la verrouiller.

— Plus personne ne peut entrer maintenant, dit-il d'un air convaincu.

Sur les entrefaites, Marie arrive à la cuisine et Agnès court se jeter dans ses bras en pleurant à gros sanglots.

— Vous m'aviez dit… que… si j'avais besoin…

— Tu as bien fait de venir, dit Marie en lui caressant le dos pour la calmer.

Anne-Marie sort de sa chambre et toute la maisonnée s'attroupe autour des rescapés, figés sur place. L'horreur est inscrite dans leurs yeux. Après un réveil aussi brutal qu'inattendu, comment ces enfants pourraient-ils faire confiance au genre humain quand leur papa, censé les protéger, se transforme en monstre menaçant ?

— Zoé, Clémence, allez leur chercher des couvertures, lance Anne-Marie. Et toi, Gisèle, apporte des bas de laine pour tout le monde.

Puis elle se penche sur les deux plus jeunes et leur propose gaiement :

— Que diriez-vous d'un bon chocolat chaud ?

Séduits par le mot « chocolat », l'expression des petits minois se métamorphose et un timide sourire soulève le coin des bouches affamées. Réconfortés par la vue des beignes et des galettes que Zoé sort de l'armoire, les malheureux s'assoient à la table. Par délicatesse, personne ne revient sur l'incident et chacun s'efforce de rasséréner cette marmaille terrorisée. Après le goûter, Marie répartit tout ce petit monde dans les chambres. Cette nuit, certains dormiront à trois dans le même lit, mais tout le monde sera en sécurité et au chaud.

— Tu vas coucher avec moi, Agnès, dit-elle.

Dans le calme feutré de sa chambre à coucher, Marie chuchote :

— Est-ce que c'est la première fois que Bertrand fait maison nette ?

— Non, avoue Agnès d'un ton piteux. La fois d'avant, on a été chez grand-maman. Nu-pieds et en pyjama, en plein hiver ! Il nous avait pas laissé le temps de s'habiller.

Marie n'ose pas lui demander pourquoi elle n'est pas allée chez sa mère, sachant que son père peut, lui aussi, se montrer violent.

— Il te bat souvent ?

— Juste quand il a trop bu. Ça lui fait pas, la boisson, on dirait qu'il devient enragé.

Marie se garde d'émettre un commentaire.

— Vous savez, c'est un bon gars quand il a pas bu.

« Sauf qu'il boit souvent », se dit Marie qui le voit tituber tous les vendredis après qu'il a éclusé à la taverne.

Agnès n'arrête pas de tourner d'un bord puis de l'autre, et Marie ne peut guère fermer l'œil de la nuit. Elle analyse froidement le problème de sa voisine afin de trouver une solution pour améliorer son existence ainsi que celle de ses marmots. Bertrand dépense une bonne partie de sa paie à la taverne et Marie se demande avec quoi cette jeune maman arrive à nourrir sa famille.

Marie reconnaît que, depuis son enfance, cette petite n'a pas été gâtée par la vie: une mère, stupide et négligente; un père, alcoolique et violent. Agnès n'a connu que la faim et le désordre. Marie se souvient de la fois où les petits Lacasse s'étaient jetés sur les restes de leur pique-nique, un dimanche qu'ils étaient tous allés à la plage, avec Nico. Et ce qu'elle venait de découvrir cet après-midi-là l'avait emplie de mansuétude envers tous les enfants affamés.

Marie songe que le seul réconfort d'Agnès lui est probablement venu de sa grand-mère, vaillante et propre – malgré sa langue sale – se dit-elle, oubliant momentanément que les morts ont généralement droit à une réhabilitation complète. «Pauvre madame Dondon, sa vie n'était pas rose tous les jours. C'est peut-être pour ça qu'elle placotait autant. Les malheurs des autres la consolaient probablement des siens», philosophe-t-elle.

À l'aurore, Marie et Agnès s'extirpent du lit en même temps. Par décence, Marie lui prête une robe de chambre, puis Agnès se cache derrière le rideau de dentelle de la fenêtre et surveille sa maison.

— Bon, il est parti, marmonne-t-elle après un moment. On peut retourner chez nous.

— Vous allez prendre le temps de déjeuner, dit Marie d'un ton ferme. De toute manière, les enfants dorment encore. Rien ne presse.

Le lendemain, au sortir de la grand-messe, Marie croise Bertrand sur le parvis de l'église. Il garde la tête basse et s'esquive sans adresser la parole à quiconque. « S'il peut avoir honte assez longtemps... », se dit-elle.

Durant les jours suivants, elle épie ses allées et venues et, le vendredi soir, elle voit Bertrand rentrer directement à la maison après le travail et il n'en ressort pas de la soirée. « Me voilà à espionner les voisins ! Mais c'est pour la bonne cause », se justifie-t-elle. Toute la semaine, elle a eu envie de rendre visite à sa voisine, mais elle s'en est abstenue afin de ne pas l'effaroucher, car Marie s'est donné une mission : aider Agnès à se prendre en main. Consciente de partir de loin avec cette jeune femme qui n'a jamais connu la discipline ni reçu d'encouragement, elle prie sa mère du ciel de lui venir en aide, n'exigeant qu'un tout petit miracle, en somme.

Et un après-midi d'octobre, jaillit la lumière. En discutant de choses et d'autres, Agnès lui dit qu'elle a toujours eu le désir de posséder une machine à coudre.

— Chaque fois que j'entrais dans votre magasin, et que je voyais et touchais vos beaux tissus, je me disais qu'un jour, je serais couturière. Mais on n'avait pas d'argent pour s'acheter un moulin à coudre.

— J'ai donné ma machine à coudre à ma fille, mais ça me manque, dit Marie. Je vais essayer de m'en trouver une usagée et pas trop chère, et je vais t'apprendre à coudre, Agnès.

Le curé de la paroisse, à qui Marie parle de son projet, l'informe qu'une dame vient de s'acheter un moulin électrique et Marie acquiert le vieil appareil pour une bouchée de pain. Les leçons de couture commencent chez Agnès avec l'explication des patrons, la prise des mesures, la préparation des tissus. Marie voit trépigner d'impatience la jeune femme qui lui demande chaque fois :

— Quand est-ce que je vais commencer à coudre ?

Mais elle la fait languir à dessein afin de lui inculquer un peu de discipline. Si elle laissait son élève s'installer à la machine à coudre avant d'avoir acquis les notions de base, elle aurait du mal à lui enseigner quoi que ce soit par la suite. Agnès serait trop excitée pour l'écouter et n'en ferait qu'à sa tête. Au fond, Marie jubile d'avoir à refréner les ardeurs de la jeune femme, car elle a pour son dire qu'il vaut mieux avoir à freiner une personne trop enthousiaste que de pousser quelqu'un qui n'est pas motivé.

Tout doucement, la neige recouvre les feuilles mortes. Après le vent mugissant et les pluies torrentielles de novembre, chacun est bien aise de la blancheur qui égaie le paysage. Dans tous les foyers, on se prépare à célébrer Noël. Après avoir rempli les tablettes du tambour arrière de boustifaille, Anne-Marie s'en va purifier son âme au confessionnal.

— Monsieur le curé m'a demandé si j'attendais du nouveau, confie-t-elle, le soir, à Julien. Il n'était pas content d'apprendre que j'allaite encore le petit.

— Est-ce qu'il t'a donné l'absolution ?

— Oui, mais il m'a fait promettre de cesser d'allaiter.

— De quoi il se mêle ? Un enfant tous les ans ! Comme si une femme était une usine à bébés, maugrée-t-il.

Julien est un fervent catholique, mais il trouve parfois que les curés sont beaucoup trop sévères envers les couples mariés. Anne-Marie et lui ne font rien de contraire aux préceptes de l'Église. Tant mieux si sa femme ne tombe pas enceinte pendant qu'elle allaite : ça lui donne le temps de reprendre des forces. Anne-Marie a une santé fragile et il a tellement peur de la perdre.

— De toute manière, il faut que j'arrête, soupire-t-elle. Ses petites dents me font mal des fois.

— Attends tes prochaines menstruations. Dans l'intervalle, on va en profiter, dit-il, la mine gourmande.

— Parce que tu crois qu'après, on va pouvoir s'en passer ? rigole-t-elle.

Mais Julien l'embrasse avec passion, et le bonheur de se donner l'un à l'autre et de ne faire qu'un les emporte dans un univers où les questions sans réponse coulent au fond d'un puits d'extase, désagrégées par des frissons délicieux.

Ils s'éveillent au matin dans les bras l'un de l'autre, leurs jambes entortillées, et heureux comme il n'est pas permis. Anne-Marie ne demanderait pas mieux que de retarder la prochaine grossesse. S'empêcher de faire tout ce qu'elle veut durant neuf longs mois parce qu'elle doit souvent s'allonger n'a rien pour l'inciter à peupler la paroisse. Si ce n'était des dents de Rémi qui la mordillent, elle le nourrirait quelques années encore et monsieur le curé aurait beau dire, elle ne se laisserait pas fléchir. Ils aiment tellement faire l'amour qu'elle est certaine qu'ils ne pourront pas résister longtemps au désir ardent qui les tenaille. Julien sourit dans son sommeil.

— As-tu bien dormi ? dit-il en ouvrant tout à coup les yeux comme s'il avait senti le regard de sa femme.

— Merveilleusement bien, dit-elle en s'étirant lascivement. Et toi ?

Aussi passionnément que la veille, Julien s'empare de ses lèvres pendant que sa main, douce et chaude, caresse un sein. Anne-Marie soupire quand la bouche de son époux commence à explorer ses parties intimes. Elle ébouriffe ses cheveux et étouffe un gémissement pour ne pas réveiller le bébé dormant dans sa couchette. Quand Julien la pénètre enfin, elle frétille sous ses mouvements de va-et-vient, et lui griffe le dos au moment de l'orgasme qui les fait jouir en même temps.

Après les fêtes, alors que les froids mordants de janvier maltraitent les épidermes fragiles et que les bourses sont vides, les ménagères désertent les magasins. Les cheminées exhalent, de jour comme de nuit, de longs rubans fumeux, synonymes de bien-être. Dehors, les pas des passants crissent sur la neige, les fenêtres se couvrent de givre, les estomacs réclament un surplus de sucre et de matières grasses pour combler les plus grands besoins caloriques qu'exige le long combat hivernal.

Marie se berce à côté d'Anne-Marie pendant que les enfants font leur sieste de l'après-midi. Zoé a mis une soupe aux pois à mijoter sur le poêle à bois qui ronronne et elle est allée étendre la dernière brassée de linge sur les cordes de la chambre réservée à cette fin durant les intempéries.

— J'ai promis à Agnès de lui apprendre à coudre.

Anne-Marie fait la sourde oreille et continue de tricoter, et Marie se trouve bien maladroite de faire une entrée en matière aussi dépourvue d'originalité. Tout le monde dans la maison sait qu'elle a acheté une machine à coudre dans cette intention et qu'elle va régulièrement enseigner la couture à leur voisine.

— Je me dis que ce serait peut-être une bonne chose de transporter la machine à coudre chez Agnès plutôt que de la faire venir ici avec ses plus jeunes. Qu'est-ce que t'en penses ?

Anne-Marie abandonne son tricot et sourit en regardant sa grand-mère.

— Si ça ne vous dérange pas d'aller chez elle pour lui montrer à coudre, je suis bien d'accord avec vous que ce serait la meilleure solution pour tout le monde. C'est fatigant d'avoir à surveiller ses enfants en plus des miens.

— C'est ce que je me disais. Tantôt, je vais aller lui demander si Bertrand peut venir donner un coup de main à Julien pour transporter le moulin chez eux.

— Laisse personne y toucher, recommande Marie après que Julien et Bertrand ont déposé la machine à coudre devant la fenêtre, au bout de la table. Le mécanisme est fragile.

Marie est satisfaite de voir que sa voisine a fait un beau ménage dans sa cuisine. Sa maison a moins l'air à la traîne depuis qu'elle lui donne des cours de couture. Agnès lui a dit cet après-midi que Bertrand « n'avait pas pris de brosse » dans le temps des fêtes. Il boit modérément, moins souvent, et Marie se croise les doigts pour que ça dure.

— Vous avez compris, les flos, dit sévèrement Bertrand. Faut pas toucher au moulin à madame Dumas. C'est pas un jouet.

— Je vous promets d'y faire attention, dit Agnès, la mine réjouie.

— Je vais revenir demain après-midi pour te montrer comment ça fonctionne. Ensuite tu vas pouvoir border tes linges de vaisselle.

Agnès a javellisé plusieurs sacs de farine pour faire disparaître les lettres bleues et rouges de la marque. Le coton épais est absorbant et il ne coûte rien. Toutes les ménagères récupèrent les sacs de farine vides et les font bouillir dans de grandes cuves pour les blanchir. Autre avantage non négligeable, ces linges à vaisselle sont durables.

— J'ai assez hâte de savoir comment me servir de votre moulin, vous pouvez pas savoir. J'ai cousu un tablier à la main dans le temps des fêtes, c'est long en titi.

Les tempêtes de l'hiver 1949 incitent Anne-Marie et Julien à se coucher tôt. En s'engouffrant dans tous les interstices, le vent gémit et fait craquer la maison. Les bourrasques de neige fouettent les carreaux. Une rafale s'engouffre dans la cheminée et fait rugir le poêle à bois et pétiller les bûches qui s'y consomment.

Un courant d'air froid s'infiltre entre les draps de flanelle et incite les amoureux à se coller pour se tenir au chaud. À tant se réchauffer, leur cœur s'échauffe, et leurs sens s'enflamment et crépitent. À l'issue de leur joute amoureuse, explosent des feux d'artifice semblables à ceux de la Saint-Jean.

Un mois plus tard, Anne-Marie a la certitude qu'elle est de nouveau enceinte, mais comme elle peut compter sur l'aide de sa grand-mère et de sa dévouée Zoé, sa grossesse n'est pas une catastrophe. Quoique l'épaississement de sa taille la contrarie, surtout quand Julien reçoit la visite des deux aguicheuses qui lui tournent autour. La D'Amours, prostituée rémunérée, et Fleurette Hardy, dévergondée bénévole, profitent du temps qu'elle est grosse pour essayer de séduire son mari et cela fait tellement rager Anne-Marie qu'elle en grince des dents.

— Fais-moi confiance, lui dit Julien quand elle lui fait une scène de jalousie.

Chaque fois qu'elle voit l'une d'elles surgir à la bijouterie, elle se campe sur ses deux pieds et adopte une attitude réfrigérante. Dévisageant l'indésirable d'un air méprisant et desserrant à peine les dents, elle lui demande d'un ton glacial: «Qu'est-ce que je peux faire pour vous?» Si ses mirettes étaient des pistolets, il y a longtemps que les charmes de ces deux perverses feraient les délices des vers du cimetière.

À part les divers inconvénients d'une grossesse, Anne-Marie déplore surtout d'avoir à passer autant de temps au lit. Quand la radio et la lecture n'arrivent plus à la divertir, se voir confinée entre quatre murs l'horripile. Pour faire contrepoids, Julien se montre très attentionné. Il comprend ses changements d'humeur, sa nervosité, et sait si bien la rassurer quand elle se sent moche et que son moral flanche.

Tout comme Anne-Marie durant ses grossesses, le mois de mars inflige ses humeurs variables. Pendant cinq jours, le soleil a fait fondre la neige et doré la couenne des hivernants qui ont rangé leurs foulards, certains que les beaux jours étaient enfin de retour. Mais ce matin, c'est une tempête d'une force inouïe qui s'abat sur la province. La neige, poussée par un vent rageur, forme un écran opaque, rendant la visibilité nulle. Petits et grands se cantonnent près du poêle à bois en attendant que ça passe.

Après deux jours de tourmente à entendre gémir le vent, Anne-Marie tourne en rond comme un ours en cage. Privée de la radio, à cause d'une panne de courant, et des journaux, qui n'arrivent plus en raison des routes impraticables, elle se sent coupée du reste du monde. Cette tempête, d'une violence impressionnante, l'effraie et elle fait brûler en permanence un lampion au pied de la statuette de la Vierge.

— On va être enterrés vivants, gémit-elle en regardant les fenêtres obstruées aux trois quarts par les bancs de neige.

— Ne t'inquiète pas, dit Julien, je dégage les deux portes régulièrement. Mais ça ne sert à rien d'essayer de déneiger les fenêtres avant que la tempête soit finie.

— Guillaume disait: quand le vent vient du nordet, on en a pour trois jours de mauvais temps. Encore un jour à patienter et le beau temps va revenir.

Et, comme l'avait prédit Marie, l'accalmie revient au bout de trois jours. Mais les bancs de neige sont si imposants qu'ils montent à certains endroits à vingt pieds de hauteur, et il faut compter trois autres jours à pelleter et à déblayer avec tous les moyens à la portée des hommes pour rouvrir partiellement les chemins. Mais, avec le soleil qui brille de nouveau, la bonne humeur est de la partie et transforme la corvée en divertissement.

— On s'en est sortis encore une fois, clame Georges, en leur apportant les journaux arrivés par le train.

Cette fois, Lucette l'accompagne. Après quelques jours de réclusion, les gens ont le goût de se rassembler. Anne-Marie fait circuler le plat de sucre à la crème qu'elle a fait l'après-midi même et Marie sort son jeu de cartes. Zoé prépare une pleine théière et Julien apporte une cruche de vin sucré et une petite bouteille de brandy. Étant donné qu'il boit peu, l'éventail de sa réserve d'alcool se réduit à deux ou trois bouteilles, et il faut une circonstance exceptionnelle pour qu'il pense à servir de la boisson.

— On va porter un toast à la nouvelle province du Canada, annonce Georges en levant son verre.

— Terre-Neuve est finalement entrée dans la Confédération ? s'enquiert Marie.

Parce qu'elle s'intéresse aux nouvelles nationales et internationales plus qu'aux potins locaux, Marie sait que l'opinion de la population de Terre-Neuve, qui se chiffre à

325 000 personnes, est divisée concernant l'annexion de leur île au Canada.

— C'est officiel, déclare son fils en brandissant le journal. Le 31 mars 1949 est un jour historique pour eux. À 11 h 59, les Terre-Neuviens sont devenus Canadiens.

— Depuis la fin de la guerre, le Royaume-Uni veut se séparer de cette colonie qu'il trouve trop coûteuse, commente Marie. Je ne suis pas certaine que leur annexion soit une bonne affaire pour le Canada.

À la mi-avril, Marie fait cuire les palourdes dont la famille se régale chaque printemps. Julien, qui n'a pas été habitué jeune à manger mollusques et crustacés, y a pourtant pris goût et il a maintenant l'air d'un vrai Gaspésien. À la surprise de Marie, c'est Anne-Marie qui lève le nez sur le menu du jour. De la salle de bain où elle a couru, la main sur la bouche, sa grand-mère l'entend vomir.

— Qu'est-ce que tu aurais le goût de manger? dit-elle quand la jeune femme ressort des toilettes, le teint pâle.

— Je n'ai pas faim. Je ne sais pas ce qui m'arrive, j'ai toujours raffolé des *clams*, mais aujourd'hui, l'odeur me fait lever le cœur.

— Ça arrive des fois qu'on prenne dédain d'un aliment, chuchote sa grand-mère, mais ça se replace après la naissance du bébé.

Elles se regardent et échangent un sourire complice. Marie s'était douté que sa petite-fille donnerait naissance à un autre bébé quand, deux semaines auparavant, elle a fait monter la couchette de Rémi dans la chambre de Zoé.

— C'est pour quand?

— Novembre, chuchote Anne-Marie.

— Va te coucher et ferme ta porte de chambre. Je vais ouvrir la fenêtre de la cuisine. Fais un bon somme, après le souper, je te ferai chauffer un bol de soupe aux légumes.

Agnès aussi attend du nouveau pour le mois d'août. Marie a calculé sur ses doigts, comme l'avait fait madame Tremblay après la naissance d'Anne-Marie afin de vérifier s'il s'était écoulé au moins neuf mois depuis le mariage de Marie-Reine. Après son décompte, elle a déduit que les époux s'étaient réconciliés sans attendre que l'ONU adopte, en décembre, la Déclaration des premiers droits de l'homme.

« On ne parle jamais des droits de la femme, songe-t-elle, les curés ne nous entretiennent que de nos devoirs. » Après un tel constat, comment s'étonner que le Code civil de la province ne soit pas encore amendé ? Mais elle se réconforte en pensant que d'autres femmes se lèveront pour réclamer justice et que d'autres hommes, comme son Guillaume, les appuieront, et qu'ensemble, ils parviendront à améliorer ce monde et à le rendre plus équitable.

En cela, elle est encouragée par les changements intervenus chez Agnès. Douée pour la couture, la jeune femme a fait des progrès remarquables et Marie l'a recommandée au propriétaire de la mercerie pour hommes qui lui confie à présent la confection des bas de pantalon de ses clients. Agnès a aussi fait des progrès dans l'entretien de sa maison, et ses enfants se sont remplumés et sont moins nerveux. Qu'importe que son Bertrand reste sobre ou non, Agnès est maintenant en mesure de se déprendre toute seule et cela comble Marie. Ne serait-ce que parce qu'elle a contribué à améliorer le sort de cette jeune mère malheureuse, Marie se dit que sa vie n'aura pas été vaine.

Quand Anne-Marie retourne se coucher après avoir avalé son bol de soupe, Marie la suit et va s'asseoir au bord de son lit un moment. Avec sa petite-fille aussi, elle sent qu'elle a réussi quelque chose. Anne-Marie est encore un peu nerveuse, mais nettement moins angoissée que lors de sa première grossesse. Julien a une heureuse influence sur le tempérament impulsif de sa femme et le couple paraît très uni.

À part le petit Rémi, Julien est maintenant le seul homme de la maison. Entouré de six femmes, en comptant Valérie, il ne semble pas malheureux même s'il ne peut plus compter sur le soutien d'Étienne.

— Tu es heureuse, n'est-ce pas ? demande-t-elle à Anne-Marie.

Surprise par la question, sa petite-fille la regarde d'un drôle d'air.

— Vous m'avez l'air d'être bien sentimentale, ce soir, grand-maman.

Puis elle fait une pause, sourit et prend la vieille main ridée posée au bord du lit.

— C'est vrai, je suis heureuse. J'ai un bon mari, deux beaux enfants en santé et une grand-maman que j'adore.

Les yeux de Marie commencent à piquer et elle doit faire un effort pour ravaler l'émotion qui forme une boule dans sa gorge. « Il faut que je m'enfuie avant de me mettre à pleurer comme une Madeleine. »

— Bonne nuit, ma chère enfant, murmure-t-elle en lui baisant le front.

Une fois dans sa chambre, Marie laisse s'écouler la source jaillissante de joies trop vives. Elle a l'impression que la vieillesse décuple son émotivité et elle préfère cacher sa vulnérabilité. Après avoir épongé ses joues, elle apporte un soin particulier à sa chevelure qu'elle brosse énergiquement, puis elle se fait une grosse natte, comme Marie-Reine, en y ajoutant un ruban blanc. Avec sa robe de nuit toute blanche aussi, elle se dit qu'elle aurait l'air d'un ange si elle n'était pas si ridée.

Allongée sur son matelas de plume, doux comme un nuage, son chapelet entre les doigts, Marie fait sa prière du soir : une longue, très longue prière pour tous ceux et celles qu'elle a aimés. Puis elle s'endort du sommeil du juste, un sommeil profond, sans rêve.

Au matin, Anne-Marie s'éveille avec une sensation de vide intense.

— J'ai fait un drôle de rêve, dit-elle à Julien.

— Moi aussi, lui confie-t-il, l'air pitoyable. À qui as-tu rêvé ?

— À grand-maman. Et toi ?

— Moi aussi, marmonne-t-il.

— Elle me disait qu'elle venait me saluer parce qu'elle devait partir en voyage. Penses-tu qu'elle a l'intention de retourner aux États ?

Julien fait des signes négatifs de la tête, la mine triste comme un mois de novembre sombre et venteux. Il se lève, sans dire un mot, chausse ses pantoufles et endosse sa robe de chambre.

Il revient deux minutes plus tard, les yeux dans l'eau.

— Ta grand-mère est partie, dit-il, la gorge nouée.

— Partie où ? s'alarme Anne-Marie.

De son index, il pointe le plafond et Anne-Marie comprend tout à coup la signification de son rêve.

— Elle a l'air si serein, dit-il, les larmes aux yeux. Viens la voir.

— Non, je ne peux pas, répond-elle, tremblante. Je ne peux pas, Julien.

Puis elle éclate en gros sanglots.

«En avril, ne te découvre pas d'un fil», disait Marie. Marie-Reine y pense en remontant le col de son manteau de printemps. Le vent du large la fait frissonner et, le bras passé sous celui de Théo, elle se colle contre lui. En route vers le salon funéraire, situé près de l'église, Marie-Reine répète pour la troisième fois:

— C'est donc de valeur que maman soit pas exposée dans sa maison.

— C'est mieux d'même, dit Théo d'un ton un peu excédé. Le salon est pris par la bijouterie. Où tu l'aurais exposée?

— Dans sa chambre, réplique-t-elle.

— Il aurait fallu déménager tous les meubles et avec la visite d'en dehors à garder à coucher, ils auraient manqué de place.

— La maison de maman est quand même grande et on aurait pu compter sur Georges et Rachel pour en loger plusieurs.

— Ce qui est fait est fait, ça sert à rien de revenir là-dessus.

— Tu dis ça parce que tu excuses toujours ta fille. Moi, je trouve que c'est un manque d'égard pour maman.

— Essaie donc de comprendre, maugrée Théo. Julien nous a expliqué qu'il a été obligé de faire venir le docteur pour soigner notre fille. Dans son état, elle est plus nerveuse et elle a bien mal pris la mort de sa grand-mère. Pis avant de dire qu'elle manque d'égard, penses-y comme il faut,

Marie-Reine. Anne-Marie était bien proche de ta mère et oublie pas que ça coûte cher d'exposer quelqu'un au salon mortuaire.

— C'est vrai qu'Anne-Marie s'entendait bien avec maman, reconnaît-elle. Mais qui est-ce qui va payer pour le salon funéraire ?

Marie-Reine s'inquiète autant que Théo des dépenses qui viendraient gruger leurs maigres économies.

— Julien m'a dit qu'il allait payer et qu'on n'aurait rien à débourser.

Par un matin venteux et pluvieux, la procession sort de l'église pour conduire Marie Dumas, née Lemieux, à son dernier repos. Marchant derrière le cercueil, le mouchoir à la main pour éponger les larmes qu'elle n'arrive plus à contenir, Marie-Reine songe que sa mère doit être heureuse d'être enfin auprès de son père.

Dans le long cortège qui accompagne la dépouille au cimetière, l'ancien équipage du capitaine, qui n'a pas encore repris la mer, s'est joint à la famille et le grand Médée a demandé la permission de jouer sa petite gigue irlandaise, comme aux funérailles de Guillaume, au moment de porter en terre la femme du capitaine qu'il a en haute estime. Les épouses des marins, les anciennes clientes de Marie et Agnès Jolicœur font cercle autour de la fosse, les yeux rougis.

Au pied du cercueil, entourant le nouveau curé de la paroisse, tous les enfants vivants de Marie et plusieurs de ses petits-enfants se serrent les uns contre les autres, la mine triste. La famille américaine est arrivée la veille et les retrouvailles ont été des plus émouvantes. En perdant leur mère, ils se retrouvent à leur tour sur la ligne de front, comme à la guerre. Ils prennent conscience que leur jeunesse s'est enfuie. L'échéance de leur vie se rapproche inexorablement. Selon toute probabilité, ils seront les prochains à tomber au combat et ils frissonnent.

Allongée dans son lit depuis quatre jours, sans force, Anne-Marie continue de pleurer. Elle a les paupières enflées, ses yeux ne sont plus que deux fentes, son nez est bouffi et rouge.

Dans la maison endeuillée, Valérie et Rémi sont étonnamment tranquilles pour des enfants de leur âge. Le bruit de la pluie, qui tombe dru, et les gémissements du vent n'arrivent pas à couvrir les sanglots de leur mère. Anne-Marie leur a dit que «mémère» était partie rejoindre le petit Jésus au ciel pour expliquer son chagrin.

La bijouterie est fermée. Leur papa et leurs jeunes tantes sont presque tout le temps partis. Quand ils reviennent à l'heure du souper, avec plein d'inconnus, tout le monde a l'air grave, plusieurs se mouchent bruyamment et les enfants vont se cacher dans la chambre de Zoé. Quand elle monte, le soir, les deux bouts de chou se sont endormis dans les bras l'un de l'autre, camouflés sous les couvertures, tout habillés.

Aujourd'hui, ils se bercent ensemble, sans bruit, dans le même fauteuil, pendant que Zoé surveille l'armada de chaudrons assiégeant le poêle à bois. La table de la cuisine est allongée à son maximum, et toutes les chaises disponibles ont été disposées autour de la table et le long des murs. Zoé a habillé les deux bambins de leurs plus beaux vêtements et leur a recommandé d'être bien sages et de ne pas se salir parce qu'ils vont avoir de la visite tout à l'heure.

Et pour ces angelots, qui n'ont pas la notion du temps, ce « tout à l'heure » s'étire et prend des proportions d'éternité.

Quand le lilas refleurit en juin, Julien en fait de petits bouquets qu'il va porter tous les soirs sur le lot de la famille Dumas au cimetière. Dans l'enfant qui sommeille en chacun de nous sont enfouies des blessures qui remontent au tout jeune âge et la sensibilité de Julien a été tant de fois écorchée qu'il ressent un besoin lancinant de se faire materner. Marie incarnait cette image de la mère qu'il a perdue trop tôt. Il s'agenouille sur sa tombe et lui tient de longues conversations. « Grand-maman », peut-il se permettre de lui dire maintenant alors qu'il en a eu tellement envie, mais n'a jamais osé le faire de son vivant.

« Grand-maman, merci d'avoir veillé sur Anne-Marie. Merci de m'avoir accueilli dans votre famille et de m'avoir fait goûter à la tendresse de votre cœur débordant d'amour. Merci d'avoir pensé, dans votre testament, à fixer un prix et des conditions raisonnables pour que nous puissions conserver votre maison. J'en prends bien soin, comme je me préoccupe de votre petite-fille qui ne se console pas de vous avoir perdue. Nous avons gardé votre chambre intacte, Anne-Marie ne veut rien déranger pour le moment. Si vous saviez comment elle a peur des morts ! Je suis idiot, vous le savez sûrement à l'heure qu'il est. » Et il se surprend à rire de sa bêtise. Un couple passant tout près le regarde fixement et Julien, gêné de se donner en spectacle, fait un rapide signe de la croix. « À demain, grand-maman », dit-il tout bas avant de repartir chez lui.

Tous les soirs, Julien va fleurir la tombe de Marie et lui parler de ses états d'âme. Il lui raconte sa journée, en veillant à ne pas s'exprimer tout haut, et il repart chaque fois rasséréné. Même si Marie est partie pour toujours, il la sent toute proche et le fait de s'épancher sur sa tombe l'aide à supporter les soucis quotidiens.

Zoé reçoit régulièrement des lettres d'Étienne en provenance de Kingston. Julien se demande combien de temps encore ils pourront bénéficier des services de leur bonne ? Anne-Marie n'a plus d'allant, elle végète. Qui prendra soin des enfants si Zoé se marie ? Plus le temps passe et plus elle lui semble indispensable, irremplaçable. Ce soir, il confie aussi à Marie que Clémence retourne chez ses parents et ne reviendra pas à l'automne. Elle sera remplacée par son frère Victor, qui fera sa huitième année au collège, et Gisèle entrera en neuvième en septembre.

En dehors de ses visites quotidiennes au cimetière, Julien s'occupe du jardin et, dès la tombée de la nuit, retourne à son établi où il travaille jusque très tard. Pour faire les versements sur l'hypothèque de la maison, payer la bonne, la note du médecin, la nourriture pour tout ce monde dont il a l'entière responsabilité depuis la mort de Marie, il doit travailler d'arrache-pied. Il n'a pas le temps de bercer ses marmots ni de s'apitoyer sur son sort. Il se rend compte qu'il fait beau seulement lorsqu'il est trempé de sueur quand il a fini de bécher le jardin, ou après avoir repeint les fenêtres, les galeries, réparé la remise et tout ce qui cloche.

En août, Agnès accouche à la maison d'un gros garçon, mais Bertrand doit de nouveau hospitaliser sa femme. Sa belle-mère, Mathilde Lacasse, vient s'occuper des enfants et Julien l'entend crier du matin au soir. Cinq jours plus tard, le glas résonne à Cap-aux-Brumes. Les médecins n'ayant pu juguler l'hémorragie qui a suivi la naissance de son poupon, Agnès est allée rejoindre Marie.

Après les funérailles, Bertrand vient voir Julien et lui demande de l'aider à rapporter la machine à coudre que Marie avait prêtée à sa femme.

— J'ai placé les enfants à l'orphelinat, dit-il quand ils entrent dans le logis désert.

Il règne un fouillis indescriptible et Julien aperçoit des assiettes sales qui traînent sur la table, le comptoir est plein de vaisselle et de chaudrons tachés. Les planchers sont couverts de détritus. En une semaine, Mathilde a saboté l'ordre qu'avait réussi à maintenir Agnès au cours des derniers mois, et la maison est plus crasseuse et malodorante qu'une soue à cochons. Julien ne trouve rien à dire pour encourager son voisin dont la vie vient de basculer. « Heureusement que grand-maman n'est plus là pour voir ce gâchis », pense-t-il, accablé par le malheur qui vient de frapper cette famille parvenue à trouver un certain équilibre.

Déjà ébranlée par la mort de sa grand-mère, celle d'Agnès déstabilise Anne-Marie. Ses vieilles angoisses refont surface. Sa voisine n'avait pas de problème de santé durant ses grossesses, contrairement à elle. Sauf une hémorragie après un accouchement.

— Mais tu n'as jamais fait d'hémorragie après tes accouchements, fait valoir Julien, pensant la rassurer.

Se sentant incomprise, Anne-Marie se rembrunit. Elle croit, à tort, que Julien ne s'inquiète aucunement des dangers qui menacent toute femme en couches. Sa nervosité excessive lui fait ressentir quantité de malaises et l'amène à consulter plus souvent le médecin.

— Tout est normal, il n'y a aucun problème, la rassure-t-il chaque fois avec conviction. Vous pouvez dormir tranquille.

«Je suppose que c'est ce qu'il disait à Agnès», se convainc-t-elle, obsédée par la pensée que l'accouchement ne se déroulera pas sans anicroche.

Les avis de décès diffusés à la radio, à midi tous les jours, alimentent sa peur de mourir. Les tentatives de Zoé pour lui faire manquer les annonces démoralisantes échouent toutes lamentablement. Anne-Marie semble se complaire dans le négatif, et les médias, qui ne diffusent en général que des mauvaises nouvelles, retiennent son attention. «Un avion s'écrase à Sault-au-Cochon», lit-elle dans *La Presse* du 9 septembre. Comme madame Dondon le faisait de son vivant, Anne-Marie informe la maisonnée de la terrible catastrophe.

— Aucune des 21 personnes qui se trouvaient à bord du DC-3 de la Canadian Pacific Airlines n'a survécu à l'écrasement: trois hommes d'équipage, une hôtesse et 17 voyageurs, dit-elle d'un ton chagrin.

Puis elle continue de lire l'article avant d'ajouter:

— L'avion avait quitté Montréal le matin à 8 h. Après l'escale prévue à Québec, il est reparti pour Baie-Comeau. L'accident est arrivé à 10 h 45, à 40 milles de Québec. Que c'est triste, dit-elle en émettant les claquements de langue caractéristiques qu'elle fait entendre après toute mauvaise nouvelle.

Dans les jours qui suivent, Anne-Marie s'intéresse tout particulièrement à cet accident inusité qui cause un grand émoi dans la province. Elle apprend dans l'édition du 14 septembre du journal que l'enquête en cours établit que la tragédie aérienne est due à une explosion qui a fait 23 morts. Le 24 septembre, *La Presse* titre: «Les 23 personnes tuées pour une femme dont son mari aurait voulu se défaire. » Et en sous-titre : « Un jeune bijoutier de Québec, J.-A. Guay, doit comparaître en cour aujourd'hui pour être mis en accusation. »

— Tu as lu ça, Julien ? s'écrie Anne-Marie en relevant la tête. Un bijoutier de Québec est mêlé à cette histoire !

Puis elle continue de lire et résume :

— Il aurait fabriqué une bombe pour tuer sa femme. Une madame Pitre, qui a été arrêtée comme témoin important, a déclaré que le bijoutier lui a demandé d'aller porter un paquet à l'aéroport de Québec, mais elle ne connaissait pas le contenu du colis, elle pensait que c'était une statue. Le matin du crash, Albert Guay avait contracté une police d'assurance de 10 000 dollars au nom de sa femme.

Ce meurtre sordide révolte la population et continue d'alimenter les conversations pendant que l'on réinstalle les châssis doubles, qu'on empile les cordes de bois dans la cave et que les arbres se dénudent. Les oiseaux migrateurs s'envolent vers des cieux plus cléments. Les écureuils entassent leurs provisions de noisettes dans divers abris avant que la nature s'endorme sous la gelée.

Il pleut des cordes et la giclée de pluie martelant l'asphalte produit un bruit analogue à la chute de tonnes de clous. La trombe d'eau bouche l'horizon et recouvre d'une chape de grisaille la mer qui s'enfle et la terre qui se noie. Anne-Marie arpente le couloir en se massant le ventre.

— Il faut me conduire à l'hôpital, annonce-t-elle à son mari.

Julien dépose la montre qu'il était en train de réparer et enlève sa loupe.

— Je vais appeler le taxi. Prépare ta valise…

Anne-Marie retourne à sa chambre chercher la petite valise qu'elle tient prête depuis une semaine et Julien vient avertir la servante qu'il doit s'absenter.

— Zoé, s'il vient des clients, dis-leur de repasser dans une heure.

Pendant qu'une infirmière prend en charge Anne-Marie, Julien, le manteau dégoulinant de pluie, procède à son inscription à l'accueil, puis il se rend à la salle de travail pour vérifier que tout va bien avant de quitter l'hôpital. Anne-Marie sait que son mari ne peut fermer le commerce en raison de l'achalandage à cette période de l'année et qu'il n'a personne pour le remplacer. Malgré son désarroi, elle essaie de se montrer confiante quand il se penche pour l'embrasser. « C'est mon troisième », se dit-elle pour s'encourager. Mais une appréhension inexplicable et sournoise déroute sa bonne volonté, et elle se sent misérable à l'idée de voir partir Julien et d'être toute seule pour livrer ce combat à l'issue incertaine. « Tu n'es pas toute seule, souffle sa raison, le personnel médical est là pour veiller sur toi et le bébé. »

— L'infirmière va te téléphoner quand ce sera fait, dit-elle en s'efforçant de sourire.

Au cours de l'après-midi, l'hôpital appelle Julien pour l'informer que sa femme vient de donner naissance à un gros garçon de neuf livres. La maman est encore dans la salle d'accouchement, mais on lui dit que mère et enfant se portent bien. Dehors, le déluge et le brouillard font front commun pour dissuader la clientèle de Julien de sortir.

— Voudrais-tu me préparer un sandwich et du thé ? Je veux aller à l'hôpital de bonne heure, dit-il à Zoé.

Quand Julien entre dans la chambre d'Anne-Marie, il est surpris par son teint blafard. Une infirmière prend son pouls et surveille un long tube rouge qui pend d'un sac accroché à la tête du lit. La malade a les yeux fermés.

— Il vaut mieux la laisser dormir, chuchote la religieuse en apercevant Julien. Allez m'attendre au poste.

Puis elle se penche sur une feuille et y note ses observations. Julien serait bien incapable de comprendre la signification des chiffres inscrits.

— Le docteur a prescrit une transfusion de sang à votre femme, dit-elle quand elle le rejoint.

— Je ne comprends pas. On m'a dit au téléphone que tout allait bien.

— Votre femme a fait une petite hémorragie post-partum après qu'on l'a ramenée à sa chambre. Je ne suis pas en mesure de vous donner plus de détails, il faudra vous adresser au docteur lui-même, dit-elle en guise d'excuse. Il va venir faire sa tournée du soir tout à l'heure.

— Je vais l'attendre dans la chambre de ma femme, déclare Julien, bien décidé à ne pas se laisser évincer.

— Vous ne voulez pas voir votre beau garçon ? dit-elle d'un ton engageant qui transforme la question en proposition.

— Bien sûr. Pardonnez-moi, bafouille Julien, je suis si inquiet pour ma femme que j'oubliais le bébé.

— C'est un beau garçon en santé, affirme la religieuse en se dirigeant vers la pouponnière.

L'infirmière pénètre dans le local vitré et prend l'un des quatre nouveau-nés qui dorment dans des lits minuscules, arrivant à la hauteur de la taille. Julien aperçoit un fin duvet blond pâle sur le crâne du bébé qu'on lui apporte. La lumière du corridor fait grimacer le poupon.

— J'imagine que vous allez le faire baptiser dès demain ?

— Euh, oui, fait Julien. J'ai oublié de contacter monsieur le curé pour fixer l'heure de la cérémonie.

En voyant le sourire satisfait de la religieuse, Julien se dit qu'elle doit se féliciter de lui avoir rappelé son devoir de chrétien. Faire baptiser le plus tôt possible rassure le clergé et les parents. Si le bébé meurt prématurément, la petite âme est sauvée des limbes et s'en va directement au paradis.

— Dites-nous à quelle heure il faudra le préparer, ajoute-t-elle afin qu'il n'oublie pas aussi ce petit détail qui a son importance.

— Je vais vous téléphoner dès que je le saurai, l'assure Julien.

— Comment allez-vous l'appeler ?

— Jean-Marie.

— Quel beau prénom chrétien, approuve la religieuse. Jean, comme l'apôtre du Christ, et Marie, comme sa mère.

Julien se garde de lui apprendre que le prénom a été choisi en l'honneur de l'arrière-grand-mère de son fils. Après son oubli inqualifiable, il ne veut rien ajouter qui puisse le faire passer pour un impie. La religieuse recouche Jean-Marie et sort de la pouponnière, puis elle jette un coup d'œil à sa montre.

— Je vais aller vérifier la perfusion de votre femme.

Julien la suit à distance, de peur qu'elle ne le renvoie. Depuis le premier accouchement de sa femme, à tort ou à raison, il a l'impression que sa présence dérange le personnel. Et cette perception se renforce quand il entre dans la chambre et voit le rideau tiré autour du lit d'Anne-Marie. «Je suis son mari et, puisque nous venons d'avoir un bébé, c'est que je la vois nue tous les jours et que nous faisons des choses que la décence m'interdit de vous raconter, ma sœur», aurait-il envie de rappeler à la nonne. La pauvre en serait horrifiée et l'idée de la voir s'offusquer l'amuse et l'aide à patienter. À voir son sourire angélique, personne ne soupçonne qu'il a de telles pensées.

La religieuse repousse le rideau à la tête du lit et Julien s'inquiète de voir sa femme continuer à dormir. Malgré le sang qui s'écoule goutte à goutte dans la veine de son bras, Anne-Marie est d'une pâleur alarmante.

— Comment va-t-elle ? murmure-t-il.

En infirmière consciencieuse, la religieuse annote le dossier de sa patiente avant de répondre sans relever la tête :

— Seul le médecin est autorisé à communiquer les renseignements concernant l'état de santé de nos patients.

Puis elle sort de la chambre sans même lui jeter un regard et Julien déduit de cette fuite silencieuse que la vie de sa femme est en danger, sinon il aurait été facile de le rassurer. Et il se dit aussi que ce sommeil que rien ne dérange n'est pas normal.

La complainte soporifique de la pluie bourdonne aux oreilles de Zoé. Occupée à laver la vaisselle au comptoir, elle pense à Étienne. Dans sa dernière lettre, il écrit qu'il a hâte d'avoir terminé son entraînement de recrue et qu'il a passé haut la main son examen d'anglais. Il est donc dispensé du cours d'anglais que doivent suivre les Canadiens français et il devrait commencer son cours de formation après les fêtes.

Valérie s'amuse avec sa poupée et Rémi prend appui sur la chaise où il empile des petits cubes de bois. À le voir prendre autant de plaisir à ériger des murs de blocs et à les démolir pour ensuite les rebâtir, Anne-Marie prédit que son fils fera carrière dans la construction. Julien a cependant d'autres ambitions pour son rejeton. Il lui semble plus logique que son aîné apprenne le métier d'horloger-bijoutier, tout comme il a suivi les traces de son oncle et tuteur. Mais Anne-Marie n'en démord pas, son fils sera entrepreneur. Quoi qu'il en soit, le petit bout d'homme de près de deux ans est plein d'énergie. C'est un véritable casse-cou et Zoé a l'habitude de dire que c'est quand il est silencieux qu'il faut le plus s'inquiéter de ce qu'il fait.

À cause de la pluie diluvienne, les enfants sont restés confinés à l'intérieur. En l'absence de leur mère, Zoé a dû leur consacrer toute son attention au lieu de faire son travail et elle compte laver le plancher de la cuisine aussitôt qu'elle les aura mis au lit. Gisèle et Victor font leurs devoirs. Zoé a dispensé Gisèle de la corvée de vaisselle, disant qu'elle n'avait que ça à faire avant de coucher la marmaille.

Elle est en train d'essuyer son dernier chaudron, quand elle entend un bruit de chute dans l'escalier. Elle accourt aussitôt et découvre Rémi gisant par terre, inconscient. Affolée, Zoé lui tapote les joues sans obtenir de réaction.

Engourdi par le bruit monotone de la pluie et le silence de la chambre d'hôpital, Julien somnole dans le fauteuil placé à côté du lit d'Anne-Marie, le tronc légèrement penché de côté, la tête reposant sur l'épaule. Habitué à travailler sans arrêt, le sommeil le gagne dès qu'il devient inactif et il doit faire de gros efforts pour ne pas roupiller durant le sermon, le dimanche. Un bruit de pas le réveille et il se redresse, surpris de se trouver en un lieu qui n'est pas sa chambre. Il se frotte les yeux et en apercevant le tube fiché dans le bras d'Anne-Marie, les remords de s'être endormi l'éveillent tout à fait. Le Dr Couture, vêtu d'un sarrau blanc, entre dans la chambre. Il le salue d'un signe de tête et consulte la fiche de la malade, suspendue au pied du lit, puis il s'approche d'Anne-Marie et sort son stéthoscope. Après les vérifications d'usage, il se tourne vers Julien.

— Il y a eu une petite complication après l'expulsion du placenta. Votre femme a fait une hémorragie et nous devons lui faire des transfusions de sang.

C'est la première fois que Julien entend ce médecin parler de complication et à voir sa mine soucieuse, il s'imagine le pire.

— Elle dort ou elle est dans le coma ? bredouille-t-il.

Le médecin hésite avant de répondre et Julien se crispe, se préparant à recevoir une mauvaise nouvelle.

— L'accouchement et l'hémorragie l'ont affaiblie, se borne-t-il à dire.

Puis il se tourne vers sa patiente, prend son pouls, ausculte la poitrine, tâte les joues du revers de la main et consigne ses observations sur la fiche de la malade. Le martèlement de la pluie emplit le silence pesant de la chambre privée où ils ont placé Anne-Marie et ce détail aussi frappe Julien, qui se sent soudain accablé.

— Elle ne fait pas de fièvre, commente le médecin.

Julien ne sait pas si c'est bon signe. Il n'a aucune connaissance médicale, mais ce qu'il pressent le fait trembler d'effroi. Il songe qu'une mauvaise nouvelle vaut mieux que l'incertitude qui le ronge et il décide de poser la question fatidique.

— Est-ce que vous me recommandez de faire venir monsieur le curé ?

— Il est passé en fin d'après-midi, répond le médecin en le regardant fixement dans les yeux.

Julien retient le sanglot qui menace de l'étrangler. Le médecin continue de le fixer intensément, avec une mine d'enterrement.

— Votre fils vient d'être hospitalisé. Il s'est assommé en déboulant l'escalier.

Consterné, Julien le regarde sans pouvoir poser une seule question. Il se sent terriblement coupable de s'être endormi alors que la vie de sa femme et celle de son fils sont en danger.

— J'ai attendu qu'il reprenne connaissance. C'est pour ça que j'ai fait ma tournée si tard. Nous allons le garder en observation.

— J'aimerais le voir, dit Julien, anéanti.

Le médecin pose une main sur l'épaule de Julien, l'incitant à le suivre, et ce geste empreint de compassion lui apporte un peu de réconfort. Arrivé au chevet de Rémi, qui dort comme sa maman, Julien croit que son cœur va éclater tant l'état de son fils le bouleverse.

— Son visage est enflé, dit-il.

— C'est dû à la commotion cérébrale.

Agenouillé dans la chapelle de l'hôpital, Julien prie en déversant un torrent de larmes. Je porte malheur, se répète-t-il, découragé, entre les *Ave Maria*. Puis il pense à Marie et lui adresse une prière fervente. « Grand-maman, venez nous aider ! », crie-t-il du fond de son désespoir.

Julien rentre chez lui en fin de soirée, trempé de part en part. Trop hébété en sortant de l'hôpital, il n'a pas pensé à appeler un taxi. Après être repassé au chevet de sa femme et n'avoir constaté aucune amélioration, il est sorti sans se rendre compte du déluge. Les yeux hagards et les traits tirés, il a l'air d'un revenant. Gisèle et Victor l'aident à se débarrasser de son manteau et de son chapeau alourdis par la pluie. Son veston est trempé et son pantalon dégouline de toute l'eau absorbée en chemin.

— Si ç'a du bon sens, se désole Zoé en le voyant claquer des dents.

— Il est tard. Vous êtes pas couchés ? dit-il en s'avisant soudain de leur présence.

— On voulait avoir des nouvelles, dit Gisèle d'une voix triste.

— Les deux dorment, répond-il d'un ton las.

Le silence qui suit son commentaire laconique le pousse à ajouter :

— Le médecin ne peut pas vraiment se prononcer. Il faut attendre… et prier.

— Va te changer, l'enjoint Zoé, je vais te préparer un grog chaud. J'ai pas envie que t'attrapes ton coup de mort.

Très tôt le lendemain matin, Julien récupère son manteau suspendu près du poêle à bois et retourne à l'hôpital. La pluie a cessé, mais les rues sont inondées et la rivière en crue gronde, protestant contre les excès chagrins du ciel. Le vent glacial de novembre fait frissonner Julien, qui hâte le pas, pressé de revoir sa femme et son fils.

En apercevant son père, Rémi se jette dans ses bras en pleurant. Le bambin ne parle pas encore et tout ce qu'il arrive à dire est : « Bobo, papa ». Devant la mine éplorée de Julien, la religieuse qui s'occupe des petits malades sourit et lui dit :

— Ne vous inquiétez pas, monsieur Briand. Votre fils va bientôt être sur pied. Il va s'en tirer avec une grosse prune sur le front. Le docteur l'a vu ce matin et il était bien content des réflexes de votre fiston. Nous allons le garder encore une journée, par mesure de sécurité.

Encouragé, Julien se rend à la chambre de sa femme. Anne-Marie, encore toute pâlotte, esquisse un faible sourire et Julien se penche pour lui faire une longue bise sur la joue, le temps de tarir les larmes surgies au coin de ses yeux sans crier gare tant il est heureux de la voir revenir à la vie. Quand il lève la tête et voit le long tube rouge toujours fiché dans le bras de sa femme, il essaie de dissimuler l'inquiétude qui ressurgit malgré lui.

— Nous allons mieux ce matin, madame Briand, dit gaiement la religieuse en apportant le plateau du déjeuner sans égard pour Julien.

L'indifférence de la nonne, qui dépose le plateau et tourne la manivelle jusqu'à ce que la table atteigne la hauteur désirée, sans même saluer Julien, le convainc de déguerpir avant d'être chassé sans ménagement.

« C'est tout de même curieux, se dit-il en chemin, peu importe l'heure où je me présente à l'hôpital, je me sens toujours de trop. Les bonnes sœurs me témoignent plus de déférence quand je paie la facture de l'hôpital ou quand elles se présentent à la bijouterie pour faire réparer la trotteuse cassée de leur montre. La grande aiguille qui marque les secondes leur est indispensable pour calculer le rythme cardiaque et elles sont bien contentes que je la remplace sans attendre. »

Pourtant, son petit moment de révolte intérieure n'aura aucune conséquence fâcheuse pour son fils et sa femme, car Julien n'entretiendra ni contrariété ni rancœur, et il continuera de ne rien facturer aux religieuses, trop heureux de pouvoir compter sur ces femmes d'un dévouement illimité quand l'un des siens doit être hospitalisé.

Et puis, il n'a pas le temps de s'appesantir sur des vexations un peu dérisoires. En revenant, il s'arrête au presbytère afin de s'entendre avec le curé pour faire baptiser Jean-Marie le jour même.

Le lendemain, Anne-Marie peut enfin se passer des transfusions de sang. Le Dr Couture prévient cependant Julien qu'en raison de son extrême faiblesse, Anne-Marie ne pourra pas allaiter le nouveau-né et qu'elle restera quelques jours de plus à l'hôpital.

— Quand elle sortira, il faudra qu'elle soit au repos complet un bon deux mois. Il serait plus prudent qu'elle n'ait pas d'autre enfant, ajoute-t-il sur le ton de la confidence.

Rémi reçoit son congé de l'hôpital, comme l'avait prédit la religieuse. Soulagée que le gamin s'en tire à si bon compte, Zoé a promis à Julien de toujours surveiller le bambin. Plus réaliste, le papa a décidé qu'il allait fabriquer un parc où l'enfant pourra s'amuser en sécurité quand Zoé et Anne-Marie auront besoin de relâcher la surveillance. Il a encore en mémoire le jour où Valérie leur a échappé et s'est emparée de son pistolet chargé.

De retour à la maison avec son dernier-né, Anne-Marie tient à lui donner elle-même son biberon.

— Le médecin a dit que tu devais être au repos complet, objecte Julien.

— Si je reste couchée, et que Zoé dépose le bébé dans mes bras et qu'elle m'apporte son biberon, ce ne sera pas forçant.

Elle le voit se frotter le bout du nez, comme il a tendance à le faire quand il est incertain de la décision à prendre.

— Laisse-moi essayer, Julien, je t'en prie.

— D'accord, mais si ça te fatigue, tu le dis tout de suite.

Il sort de la chambre et Anne-Marie l'entend donner ses instructions à Zoé :

— Tu lui apportes le biberon et le bébé, mais tu restes proche et tu la surveilles, d'accord ?

Puis elle l'entend chuchoter :

— S'il y a un problème et qu'elle ne veut pas t'écouter, tu viens me prévenir tout de suite.

Il revient ensuite dans la chambre et l'installe confortablement contre une pile d'oreillers douillets. Anne-Marie se déride quand Zoé niche le petit Jean-Marie au creux de son bras, elle a besoin de ce contact privilégié avec son nouveau-né pour se prouver qu'elle est indispensable.

— À défaut de l'allaiter, je veux le tenir dans mes bras et lui communiquer ma chaleur, dit-elle avec la mine éplorée d'une mère irréprochable.

Affranchie de toute autre obligation, Anne-Marie peut se permettre de jouer à la poupée avec la plus profonde sincérité. Peu exigeant, le bébé ne chigne que lorsqu'il a faim et, dès que Zoé a changé ses langes, il attend patiemment dans les bras de sa mère son biberon mis à chauffer dans un plat d'eau bouillante.

Chacun étant aux petits soins pour elle, Anne-Marie retrouve assez d'énergie pour célébrer Noël dans la plus stricte intimité. D'ailleurs, la mort de Marie est trop récente pour que la famille ait l'idée de festoyer.

Encore cette année, Zoé se voit privée de passer les fêtes au rang des Cailles, mais elle affirme qu'elle s'est tellement attachée aux enfants qu'elle serait malheureuse d'être séparée d'eux durant plusieurs jours. Gisèle et Victor ont choisi de rester à Cap-aux-Brumes pour prêter main-forte à Zoé qui doit prendre soin de trois enfants en bas âge.

Condamnée au repos forcé, Anne-Marie se berce des heures durant. L'obligation de garder le lit à longueur de journée est devenue pour elle un véritable supplice. L'inconvénient imprévu est aussi que Rémi ne comprend pas que sa maman ne peut pas le bercer comme autrefois et Zoé doit lui changer les idées pour mettre fin à ses colères. Pour le calmer et lui prouver qu'il n'a pas perdu sa place à cause du petit bébé qui est le seul à avoir le droit de se faire prendre par sa maman, Julien le berce, le soir.

Valérie reste sagement assise et observe toutes ces grandes personnes qui ne lui prêtent aucune attention. À trois ans et demi, la fillette, à qui on répète constamment depuis un mois qu'elle doit être sage à cause de la maladie de sa maman, affiche un petit visage réfléchi. Quand son frère devient turbulent, elle répète à sa poupée, qu'elle garde toujours près d'elle :

— Chut ! T'es grande, toi. Tu dois donner le bon èsampe.

Au bout de trois mois d'abstinence, Anne-Marie commence à se questionner. Son mari, d'ordinaire si fringant, ne semble plus éprouver de désir pour elle. Au début, elle voyait dans sa retenue une preuve d'amour, il voulait lui laisser le temps de récupérer. Il avait eu peur de la perdre et il le lui avait dit à quelques reprises avec un air si pitoyable qu'Anne-Marie en avait été chavirée de bonheur. Mais aujourd'hui, elle se demande si son manque d'intérêt pour la bagatelle n'est pas plutôt de l'indifférence à son endroit.

Julien se montre courtois, délicat, empressé et, ce qui aurait dû l'alarmer, il est d'une générosité prodigue malgré la note coûteuse de l'hôpital. Il ne lui refuse rien et pense même à lui offrir des chocolats tous les dimanches. Quoi de mieux pour cacher une infidélité que de faire preuve d'un zèle frôlant la vénération, réfléchit-elle depuis la dernière visite à la bijouterie de Fleurette Hardy. S'étant approchée sans bruit, Anne-Marie a surpris le clin d'œil égrillard de la gourgandine pendant que Julien étalait devant elle un assortiment de bagues alors qu'il a l'habitude de n'en sortir qu'une seule à la fois pour ne pas tenter les voleurs. Comme son mari lui tournait le dos, elle n'a pu voir sa réaction et, restant en retrait, elle les a épiés sans rien apprendre quant à une éventuelle liaison. «Mais Julien a l'oreille fine, se dit-elle, non convaincue de son innocence, il m'a peut-être entendue venir.»

Depuis ce jour-là, Anne-Marie essaie de l'aguicher sans grand résultat. S'ils sont couchés, il prétexte la fatigue ou un malaise quelconque lorsqu'elle commence à se faire câline. Il pousse l'affront jusqu'à lui donner un baiser sur le front, se tourne et s'endort, inconscient de sa frustration.

Après plusieurs tentatives infructueuses, décidée d'en avoir le cœur net, elle attend qu'il s'endorme, puis elle commence à le caresser. Son sexe se dresse au premier contact, preuve que sa libido n'est pas en cause dans sa froideur, et il grogne de plaisir. Puis il s'éveille, haletant, et Anne-Marie continue son massage érotique, encouragée par les caresses de Julien qui excite son clitoris et se régale de ses seins. Impatiente, elle gémit et soulève ses hanches pour lui faire comprendre qu'elle est prête à l'accueillir, mais il jouit à l'instant même, la frustrant davantage.

Oublieuse des risques d'une nouvelle grossesse, Anne-Marie aurait souhaité que Julien perde la tête et la chevauche hardiment. Vivre auprès d'un mari qui ne la désire plus lui apparaît pire que tout.

6

Val-des-Castors, fin mars 1950

Noémie se berce en tricotant. Le gilet de laine qu'elle achève rampe sur son ventre proéminent en suivant la progression des mailles, puis il effectue une spirale complète quand la tricoteuse, arrivée au bout du rang, le retourne prestement. Avant de commencer le rang de finition, elle jette un coup d'œil à l'extérieur.

La dernière tempête de l'hiver – c'est du moins ce que chacun espère – a ajouté deux bons pieds de neige à celle qui n'avait pas eu le temps de fondre et le chemin du rang est impraticable. La route est remplie de congères cabossées par les caprices du vent. Seules les premières corneilles survolent le chemin désert où la neige immaculée scintille au soleil. Les arbres bordant le ruisseau ploient sous le poids de leur épais manteau blanc. Têtes et branches s'inclinent vers le sol, dans une profonde révérence, comme si elles imploraient le roi Soleil de les dépêtrer de l'hiver.

Le poêle à bois bourdonne et Noémie perçoit les ronflements de Marie-Reine, couchée dans la chambre attenante à la cuisine. Son fils et Marguerite font leur sieste à l'étage. Germain s'est rendu à l'école en raquettes, seul, comme un grand de deuxième année. Théo est parti bûcher dans le haut de la terre, seul lui aussi, parce que Jérôme a décidé d'aller passer l'hiver dans un chantier gaspésien afin de gagner un peu d'argent pour acheter du bétail additionnel.

Noémie est sur le point d'accoucher et elle demande au petit bébé dans son ventre de se montrer patient et d'attendre l'arrivée de son papa pour venir au monde. Jérôme lui a promis de ne pas faire la drave et de rentrer le plus tôt possible, mais avec la tempête qui a pris fin hier, elle ne l'attend pas aujourd'hui.

Les pains de la dernière fournée achèvent de dorer dans le four et répandent leur odeur alléchante dans toute la maison. Noémie et la petite chatte grise de la dernière portée se sont adoptées, et la minette se chauffe au soleil, couchée sur la tablette de la fenêtre, juste à côté du fauteuil où se berce sa maîtresse.

Noémie reconnaît le bruit de la porte du four qu'on ouvre et elle réalise en même temps que les ronflements ont cessé.

— Est-ce qu'ils sont cuits? dit-elle en se dépêchant de terminer son tricot.

— Ne te dérange pas, je vais les sortir, répond Marie-Reine.

Noémie noue la dernière maille et coupe le brin de laine avec ses dents. S'appuyant sur les accoudoirs, elle s'extirpe de la berçante qu'elle délaisse à regret. C'était si bon de se balancer, allégée du poids de sa grosse bedaine, et de se laisser éblouir par les éclats de lumière pendant que son esprit partait à la rencontre de son bien-aimé dont elle est séparée depuis l'automne.

Noémie va ranger le tricot et les aiguilles dans sa chambre. Après le souper, il ne lui restera qu'à assembler les épaules et les deux manches du chandail, puis à camoufler les petits bouts de laine qui pendouillent.

Quand elle arrive dans l'encadrement séparant la salle de la cuisine, à travers le rideau de dentelle, elle distingue une silhouette familière et son cœur bondit dans sa poitrine.

La porte s'ouvre et Noémie court se jeter dans les bras de Jérôme.

Ses bras musclés l'enserrent et Noémie rit et pleure de joie, le souffle coupé par l'étreinte de son mari qui comprime son gros bedon. Son homme sent l'épinette et la sueur, sa barbe pique, mais rien de tout cela n'a d'importance, puisqu'il est là à la couvrir de baisers. Ses yeux étincelants et son sourire heureux sont le plus bel aveu d'amour.

Marie-Reine les observe, les yeux humides. Son grand garçon est enfin revenu, sain et sauf. Quel que soit son âge ou sa force, une mère ne s'habitue jamais tout à fait à l'absence de son enfant. Chaque tâche domestique le lui rappelle et elle continue de mettre son couvert, comme s'il allait rentrer. À présent que Jérôme est de retour, sa mère le couve de son affection muette pendant qu'il enlace sa femme, heureuse de son bonheur, attendant sagement qu'il découvre sa présence et vienne lui faire l'accolade.

La joie de Jérôme et Noémie lui rappelle son Théo quand il était revenu de la Côte-Nord. Elle avait cru que tous les émois qui soulevaient sa poitrine la feraient éclater tant son cœur battait fort. Les mots d'amour se bousculaient et se bloquaient dans sa gorge, impuissants à décrire son ivresse. Il était là, après de longs mois sans nouvelles parce qu'il n'y avait pas de courrier pour relier les deux rives du fleuve durant l'hiver, et plus rien d'autre n'existait. Elle avait même oublié un moment la présence de son nouveau-né, couché dans le berceau à côté de son lit.

Germain revient de l'école, les joues rougies par la marche en raquettes, et son entrée met fin aux mamours des deux tourtereaux oublieux de leur entourage.

À Cap-aux-Brumes, le commis voyageur referme sa grosse valise roulante, toute en hauteur, contenant les échantillons qu'il vient de présenter à Julien. Bien mis comme tous les représentants de commerce, l'homme aux cheveux poivre et sel s'exprime dans un français correct, mais ponctué d'un accent étranger. Julien et lui sont en relation d'affaires depuis plusieurs années et, à la longue, ils ont développé une certaine amitié. Pondéré et discret, Willy Grey inspire confiance et Julien s'est toujours félicité d'avoir suivi ses conseils.

— J'ai pas vu ton femme. Elle attend un bébé ?

— Non, le bébé est né en novembre et ma femme a failli mourir. Le docteur a dit qu'il vaudrait mieux qu'elle n'ait plus d'autres bébés.

— Seule solution pour catholique comme toi : plus de sexe, dit-il en secouant la tête d'un air navré.

— Plus facile à dire qu'à faire, avoue Julien.

— Le docteur, il t'a pas parlé des… *safes* ? Oh, je sais pas comment dire en français.

— En cachette, on dit nous aussi des *safes*… ou des capotes. Mais le docteur ne m'en a pas parlé. Je ne suis pas certain que notre pharmacien en garde et je n'ose pas lui en parler. Si monsieur le curé venait à le savoir, je me ferais excommunier, c'est sûr.

— Tu peux les commander en ville et les faire envoyer, suggère Willy.

— Ça paraîtrait suspect si je recevais des paquets d'une pharmacie d'en dehors.

— Je peux t'envoyer des *safes*, si tu veux. Avec le nom de ma compagnie sur le paquet, pas de danger pour toi.

Le premier réflexe de Julien est de se dire que c'est Dieu qui lui envoie cet homme, mais le curé lui dirait que c'est plutôt le diable qui vient l'induire en tentation en se servant d'une personne en qui il a entière confiance. Mais Julien ne sait plus à quel saint se vouer quand Anne-Marie lui reproche ce qu'elle prend pour de la froideur et, pire que tout, elle s'imagine à présent qu'il a une maîtresse et elle n'arrête pas de lui faire des scènes de jalousie. L'offre de Willy Grey arrive à point.

Deux semaines plus tard, Julien revient du bureau de poste avec un petit paquet en provenance de Montréal et plusieurs lettres.

— Une lettre de ta mère, dit-il en tendant l'enveloppe à sa femme, qui s'empresse de la décacheter.

Anne-Marie passe de plus en plus de temps à la bijouterie, «pour aider son petit coucou», dit-elle, mais Julien la soupçonne d'être stimulée par d'autres motifs.

— Jérôme est revenu du chantier et Noémie a accouché le lendemain d'un autre garçon. Pas d'autre nouveau, dit-elle après avoir parcouru rapidement la lettre des yeux, je vais aller aider Zoé à mettre la table. Je viendrai te remplacer quand ce sera prêt.

Chaque jour, elle fait varier l'heure de son repas. C'est sa manière de déjouer les plans de ses maîtresses potentielles, croit Julien. Aujourd'hui, son manège l'amuse et il se dépêche d'ouvrir le paquet en provenance de la ville. Il se sent fébrile en découvrant que l'envoi contient la promesse d'une vie de couple plus harmonieuse.

— Qu'est-ce que tu fais? s'étonne Anne-Marie, le soir, quand Julien commence à coiffer son sexe turgescent d'un petit capuchon en latex transparent.

— Je mets un condom.

Devant l'air ahuri de sa femme, il lui explique brièvement l'utilité du préservatif masculin.

— Wow ! s'écrie-t-elle. C'est fantastique.

— Chut ! dit-il avant de lui clouer le bec d'un baiser passionné.

Privé depuis trop longtemps, le couple répète ses jeux amoureux avec un plaisir toujours grandissant, si bien que la provision de préservatifs s'épuise rapidement et Julien doit faire appel de toute urgence à son ami montréalais.

À sa plus grande joie, Anne-Marie redevient aimante et coquine. Julien se fait un devoir de combler la fringale charnelle de sa femme, qui est d'autant plus grande qu'elle est délivrée de tout souci.

L'année 1950 a été inaugurée comme l'Année sainte par le pape Pie XII et les époux s'accordent à dire qu'ils connaissent un bonheur sans nuage, sauf un tout petit quand même : que dire à monsieur le curé en confession ? Julien fait la leçon à sa femme.

— S'il te pose des questions, tu dis que tu ne refuses jamais de faire ton devoir. S'il te demande si tu fais quelque chose pour empêcher la famille, tu dis non, compris ?

— Oui, mais...

— Il n'y a pas de mais, c'est la stricte vérité. Ce n'est pas toi qui empêches la famille, c'est moi, et une épouse doit obéir à son mari. Mais ça, il n'a pas à le savoir.

— Donc, je mens par omission, conclut-elle.

— Si tu veux. Mais tu ne fais aucun péché. Souviens-toi que tu as dû jurer, le matin de nos noces, d'obéir à ton mari. C'est ce que tu fais, c'est tout.

— Mais c'est quand même un péché, Julien. Et j'y prends plaisir en plus, réplique-t-elle d'un air coquin.

Il la détaille d'un œil gourmand. Il aime sa femme de tout son être. Anne-Marie sait si bien aiguiser son appétit sexuel qu'il ne pourrait résister bien longtemps à la passion qui couve en eux telle la lave d'un volcan en ébullition.

— Le péché serait que je te fasse un enfant en sachant qu'un autre accouchement pourrait t'être fatal, dit-il gravement. Nos enfants ont besoin d'une mère et moi j'ai besoin de toi, ma chérie. S'il fallait que tu meures par ma faute, je ne me le pardonnerais jamais.

Une étincelle de désir brille dans les yeux d'Anne-Marie, lui faisant oublier les affres du confessionnal et les menaces du feu de l'enfer.

Au moment où Julien tourne la clef dans la porte à la fermeture de la bijouterie, le samedi 6 mai, un incendie se déclare dans la cour à bois de la compagnie Price Brothers à Rimouski. Alimentées par des vents violents, les flammes sautent la rivière et s'attaquent au quartier ouest de la ville. Des pompiers des environs se joignent à ceux de Rimouski et aux volontaires recrutés sur place pour combattre le brasier. Mais en raison du manque d'eau durant la nuit et des vents qui continuent de souffler, le sinistre consume maisons, commerces et édifices publics du côté ouest de la ville jusqu'au dimanche après-midi, dont l'hôpital Saint-Joseph, l'hospice, l'orphelinat des sœurs de la Charité, deux couvents, le palais de justice et la prison.

Plusieurs des malades évacués sont placés à bord des wagons du CNR le samedi matin pour être conduits dans les hôpitaux de l'extérieur. On ne déplore aucune perte de vie, mais on dénombre plusieurs blessés et les dommages matériels sont lourds. Près du quart de la population de 10 500 habitants se retrouve sans logis.

Le 9 mai, vers dix heures du matin, c'est au tour de la région du Témiscouata d'être la proie des flammes. Cette fois encore, l'incendie débute dans la cour d'un moulin à scie. En l'espace de quelques heures, plus de la moitié de la ville de Cabano est réduite en cendres. La municipalité, située à une cinquantaine de milles au sud de Rimouski, compte environ 3 000 habitants.

En plus de perdre leur maison et tous leurs biens, plusieurs centaines de personnes des deux localités se retrouvent au chômage. La Croix-Rouge et l'armée canadienne sont appelées en renfort. L'ampleur des deux incendies est telle qu'elle provoque une vague de sympathie dans le monde et les secours arrivent des États-Unis, de la Grande-Bretagne et du Vatican.

À Cap-aux-Brumes, Anne-Marie participe à la récolte de dons pour venir en aide aux sinistrés. Julien y contribue aussi de sa poche en fournissant quelques montres et réveille-matin.

À la fin des classes, Gisèle reste auprès de sa sœur aînée afin de permettre à Zoé d'aller passer deux semaines de vacances chez ses parents. Galvanisée par la gaieté de sa mère et la jeunesse enjouée de sa tantine, Valérie retrouve l'insouciance des enfants de son âge, mais sa poupée franchit rarement le seuil de sa chambre. Elle est remplacée par le petit Jean-Marie que la grande sœur de quatre ans adore promener dans son carrosse.

La fillette joue aussi dans la cour avec Rémi et, quelquefois, elle se rend sur la plage en compagnie de sa mère. À l'aide de sa petite pelle, Valérie remplit son seau de sable à ras bord, Gisèle le tasse, puis ensemble elles chavirent le contenant sur la grève afin de construire un château de rêve, le château éphémère d'une menue princesse sans couronne, dont les boucles châtaines encadrent un minois au sourire doux, un peu timide, comme celui de son paternel. Comme lui, elle a les yeux noisette.

À la mi-août, *La Presse* annonce la grève nationale des chemins de fer canadiens et Anne-Marie doit reporter le voyage qu'elle projetait à Québec en vue de consulter un gynécologue. Sur les conseils de son médecin de famille, à qui elle a confié qu'elle aimerait avoir d'autres enfants, elle a pris un rendez-vous avec le spécialiste qu'il lui a recommandé. Julien la laisse faire afin de ne pas la contrarier, car il sait que sa femme se sent meurtrie à l'idée qu'ils ne pourront élever une douzaine d'enfants, comme elle l'envisageait de façon peu réaliste au début de leur mariage.

Le 25 août, *La Presse* annonce que le premier ministre Saint-Laurent intervient pour régler la grève du rail, qui prend fin le 31 du même mois. Mais Anne-Marie a déjà oublié sa lubie d'avoir un autre enfant et s'adonne plutôt à une orgie de magasinage.

Au début de septembre, Victor revient s'inscrire en neuvième année, comme le lui a proposé Julien avant son départ pour le rang des Cailles. Gisèle s'est déniché un boulot à l'usine de pasteurisation du lait et elle paie une pension modeste à son beau-frère pour loger chez lui, condition exigée par sa mère avant de lui accorder la permission d'accepter cet emploi à Cap-aux-Brumes.

Pour Marie-Reine, il s'agit presque d'une révolution. Bien qu'elle-même ait bénéficié d'une liberté enviable à son époque quand ses parents l'ont incitée à ouvrir un magasin de tissus à la verge dans une localité extérieure, elle n'a jamais envisagé que l'une de ses filles les quitte pour aller s'esquinter dans une manufacture comme beaucoup de jeunes filles le font depuis le début de la Deuxième Guerre mondiale.

La réputation d'une jeune fille ou d'une jeune femme peut être compromise à tout jamais à cause d'un patron libidineux, c'est ce que professent les curés afin de dissuader les campagnardes d'aller travailler en ville. On ne plaisante pas avec la morale et *La Presse* du 1er octobre annonce que la province de Québec est consacrée à la Vierge du Rosaire. Le clergé, qui mène une féroce bataille contre les dangers que représentent les danses modernes, le cinéma et les robes « écourtichées » dont les publicités abondent dans les médias, se sert à son tour de la radio, en train d'envahir les foyers les plus reculés, pour faire la promotion du chapelet en famille. D'une durée de quinze minutes, l'émission est mise en ondes le 1er octobre. Tous les soirs, les familles au grand complet s'agenouillent afin de prier avec leur archevêque.

Durant l'automne, les journaux rapportent que les Américains, soutenus par les Nations Unies, ont débarqué en Corée pour repousser les Nord-Coréens qui ont envahi la Corée du Sud. À la fin de la Deuxième Guerre mondiale, l'URSS et les États-Unis s'étaient entendus pour un partage géographique de la péninsule coréenne à partir du 38e parallèle.

Ignorant que Zoé est amoureuse d'Étienne, Anne-Marie commente la nouvelle et exprime haut et fort ses craintes en lui apprenant que le Canada participe au conflit aux côtés des forces alliées.

— Seigneur ! gémit-elle. Il ne manquerait plus que mon petit frère se fasse descendre avec son avion.

Soudain, Zoé s'affale sur le plancher de la cuisine. L'assiette qu'elle avait à la main éclate en morceaux. Anne-Marie sursaute en lâchant un cri propre à réveiller un mort et Julien arrive à la cuisine, épouvanté.

— Qu'est-ce qui se passe? crie-t-il juste avant de voir Zoé étendue de tout son long.

À l'instant où il s'agenouille près de la servante évanouie, Anne-Marie s'écrie encore:

— Attention! Il y a des morceaux de vaisselle coupants!

— Calme-toi, lui ordonne-t-il.

Ses deux fistons sanglotent. Paralysée de stupeur, la petite Valérie tremblote pendant que son papa tapote les joues de Zoé qui revient lentement à elle, l'air effaré en constatant qu'elle gît par terre.

— Tu as perdu connaissance, lui explique doucement Julien.

Zoé le dévisage en fronçant les sourcils, faisant manifestement un effort pour se souvenir de ce qui a précédé son évanouissement. Puis elle tourne la tête en direction d'Anne-Marie qui tient le journal du jour, et la jeune fille perd de nouveau connaissance. Julien la soulève et va l'allonger sur l'ancien lit de Marie, puis il revient en courant vers la salle de bain. Quand il en ressort, une débarbouillette humide dans les mains, Anne-Marie, assise au bout de la berçante, lui demande faiblement:

— Veux-tu que je t'aide?

— Non, occupe-toi des enfants.

Il revient rapidement à la chambre.

— Ça va mieux? s'informe-t-il quand Zoé ouvre les yeux.

— J'ai un peu mal à la tête.

— Tu as dû te cogner la tête en t'évanouissant.

Penché au-dessus d'elle pour lui rafraîchir le front avec la débarbouillette, Zoé le considère, la mine terrifiée.

— La guerre, murmure-t-elle. Anne-Marie dit que le Canada est encore en guerre et qu'Étienne pourrait mourir.

Julien comprend que sa femme a paniqué en lisant les nouvelles du jour et, selon son habitude, son imagination fertile a amplifié le danger.

— Dans la lettre que tu as reçue hier, Étienne a-t-il mentionné qu'il partait à la guerre ?

— Non, répond Zoé d'un air hésitant. Attends que je me rappelle…

De la cuisine, leur parviennent les paroles de réconfort qu'Anne-Marie s'évertue à répéter d'un ton énervé sans parvenir à calmer les pleurs des bambins effrayés.

Dans les yeux de Zoé, s'efforçant de se remémorer les détails du message de son amoureux, Julien a l'impression de voir défiler les phrases de l'apprenti aviateur. Il s'imagine les mots doux qui doivent émailler certains passages quand il la voit sourire. Ses prunelles brunes s'éclairent, son visage s'apaise.

— Non, il écrit qu'il s'attend d'être muté prochainement à Trenton.

— Bon, tu vois, affirme-t-il d'un ton joyeux. Tu connais Anne-Marie… elle s'en fait souvent pour rien. Mais je pense qu'il serait temps de lui parler de tes amours.

— Je vais demander à Étienne. En attendant, ne dis rien, d'accord ? le supplie-t-elle d'une voix implorante.

Quelques jours après l'inauguration de l'aréna, Gisèle s'achète une paire de patins. Ses collègues, qui savent toutes patiner, lui ont proposé de lui apprendre à évoluer sur la glace et lui ont parlé des garçons qui les prennent par la main pour faire des tours de patinoire. Vêtues de pantalons, les jeunes filles chaussent leurs patins quand la glace n'est pas utilisée par les hockeyeurs amateurs.

Avant la construction de l'aréna, les gens patinaient sur la rivière gelée. Mais à cause des dangers que représente l'amincissement de la glace en raison d'un redoux ou des courants sournois, Anne-Marie a toujours défendu aux siens de s'aventurer sur la rivière. Ses histoires de noyade sont si tragiques qu'elles les ont convaincus de renoncer à ce passe-temps pourtant si agréable.

Sur les conseils de sa femme, Julien adhère plutôt au club de curling et Anne-Marie se fait un devoir d'aller le voir jouer. Les mordus de ce sport d'hiver organisent des soirées réservées aux membres et Anne-Marie se sent honorée de faire partie d'un club sélect auquel sont affiliés plusieurs commerçants de la localité. À ces occasions, elle rencontre les épouses des membres du club et se fait une nouvelle amie parmi elles.

Comme elle, Françoise vient de la campagne. La grande brune délurée n'a pas la langue dans sa poche. Elle souligne les travers des uns et des autres avec une drôlerie qui fait le régal d'Anne-Marie. À part leur plaisir évident de se moquer des gens, les deux jeunes femmes sont à l'opposé l'une de l'autre. Françoise est fortement charpentée et d'une santé à faire pâlir d'envie toute femme malingre. D'un naturel simple, elle est toujours de bonne humeur. Le fait qu'elle soit une épouse de salarié permet à Anne-Marie d'exercer un certain ascendant sur l'humble jeune femme qui prend la vie comme elle vient et se contente de peu.

Tout en observant par la baie vitrée leur époux évoluer sur les allées glacées, les deux amies se tiennent un peu en retrait du groupe des épouses des joueurs. Les entendre souvent glousser indispose la femme du maire qui fronce les sourcils et marmonne à sa copine :

— Écoute-les donc rire. Si c'est pas de valeur de voir du monde se moquer des autres avec autant d'effronterie.

— Elles devraient se regarder avant de rire des autres, murmure l'autre. La grande bringue à Lamarre a quasiment l'air d'un homme et elle est tellement vulgaire que j'aime autant pas lui parler. Pis l'autre, la pincée, elle m'a tout l'air d'une parvenue.

— Ça, tu peux le dire, réplique madame la mairesse. Son mari a du bon sens, mais elle, c'est une m'as-tu-vu qui vient de la colonie et qui se donne des grands airs.

— La Lamarre aussi vient du fin fond de la campagne, rétorque sa compagne.

— C'est toujours celles-là qui rient le plus des autres.

— Bof, vaut mieux les ignorer. Comme dit ma mère : "Si on vaut pas une risée, on vaut pas grand-chose."

Sur la glace, Julien se déplace rapidement en marchant de côté et en agitant son balai devant la pierre que vient de lancer le mari de Françoise. La pierre percute celle de l'adversaire, qui était bien placée pour marquer, et la fait glisser en dehors du cercle des points.

À la fin de la partie, les coéquipiers de Julien se flattent d'avoir vaincu, pour la première fois, la meilleure équipe du club.

— On va vous avoir la prochaine fois, dit le maire, taquin, en venant les saluer.

— On verra, dit Pierre Lamarre, l'œil coquin. Ça se pourrait ben qu'on vous batte encore, monsieur le maire. Pis faudrait pas nous en vouloir.

— J't'en veux pas pantoute, mon vinyenne, réplique le maire en riant. La preuve, je vous paye une bière.

Et les gars, gagnants comme perdants, s'en vont au bar vider leur bock de bière, une blonde à la mousse abondante, en s'entassant autour d'une table basse pour parler de l'autre sport qui les passionne, le hockey. Chacun commente l'exploit de Maurice Richard qui a marqué, le 6 janvier

1951, son 271e but et devient ainsi le meilleur compteur de l'histoire des Canadiens de Montréal. Julien, qui a rarement le temps de suivre les parties diffusées à la radio, les écoute en silence.

— Les Canadiens ont battu les Red Wings de Detroit 5 à 2, se réjouit le maire.

Et les joueurs de curling bombent le torse parce que l'exploit de leur compatriote rejaillit sur eux. Dépourvu d'esprit de compétition, Julien s'estime chanceux d'avoir trouvé un sport d'équipe non violent comme le curling.

Comme il arrive parfois en février, un redoux offre depuis deux jours une accalmie au cœur de l'hiver gaspésien. Ranimé par les rayons du soleil, le mercure monte au-dessus du point de congélation et la neige amollit. Les habitants s'ajustent aux variations du climat en savourant l'allongement des jours et en se promenant sans tuque ni mitaines. Malgré la nécessité de porter encore leurs bottes et leurs manteaux d'hiver, ils se sentent plus légers. Une douce euphorie s'empare d'eux et fait fleurir les sourires sur les visages pâlis par une carence prolongée de luminosité.

Julien revient du bureau de poste et se sent d'humeur folâtre, appréciant par avance d'être délivré des cachotteries entourant la correspondance de leur servante. Il a obtenu l'aval de Zoé, l'aviateur a finalement consenti à officialiser ses amours.

Quand Julien remet à sa femme l'enveloppe en spécifiant que c'est une lettre pour Zoé, le premier réflexe d'Anne-Marie est de vérifier l'adresse de l'expéditeur inscrite au dos de l'enveloppe.

— Veux-tu bien me dire pourquoi Étienne écrit à Zoé plutôt qu'à nous autres ?

— Tu n'auras qu'à lui demander, répond Julien en s'absorbant dans l'ouverture de son courrier.

— Il n'y a rien pour moi ?

— Non. Attendais-tu une lettre ?

Julien a développé une stratégie toute simple pour contrer les interrogatoires embêtants de sa femme. Il lui retourne sa question et, la plupart du temps, cela met fin à la discussion.

— Pas vraiment, répond-elle.

La tête inclinée, il devine à son ton déçu qu'elle doit faire la moue et il ne voudrait pas être dans les chaussures de Zoé.

Anne-Marie quitte la bijouterie rapidement.

— Tiens, t'as une lettre d'Étienne, dit-elle avec un petit air crâneur.

Zoé tend la main sans lui jeter un regard, le visage inexpressif, puis elle fourre la lettre dans la poche de son tablier et continue de vaquer à la préparation du dîner. L'attitude de sa servante l'insulte d'autant plus qu'elle faisait la même chose quand elle recevait une lettre de Julien en présence de sa mère, qu'elle disait trop curieuse.

Marchant d'un pas alerte, Anne-Marie respire à pleins poumons l'air humide chargé d'iode. Dans son manteau de printemps, elle a l'impression de peser dix livres de moins. Cet après-midi, aidée de Zoé, elle a rangé les manteaux et les bottes d'hiver de toute la famille, ne gardant qu'un bonnet de laine et une paire de mitaines pour chacun, qu'elle ne rangera qu'en mai, quand les feuilles naissantes garantiront le début des beaux jours.

Arrivée chez son amie Françoise, elle est surprise de voir la porte légèrement entrouverte. Et son cerveau lui suggère quelques intrigues toutes plus macabres les unes que les autres. Un vol, un enlèvement, un meurtre, ou pire: plusieurs meurtres, la famille massacrée! Ses jambes flageolent et elle se demande s'il vaut mieux aller vérifier ce qui s'est passé ou se sauver à toutes jambes. «Et si Françoise était blessée et qu'elle avait besoin d'aide, je pourrais la sauver.» Le cœur battant, elle frappe sur le cadre de porte pour signaler sa présence.

— Il y a quelqu'un? dit-elle, la voix chevrotante.

— Minute, j'arrive, crie son amie.

Anne-Marie n'arrive pas à deviner d'où vient la voix étouffée par la distance. Mais rassurée, elle entre et attend sur le tapis d'entrée.

— Enlève ton manteau, dit Françoise, essoufflée, en venant la rejoindre. J'étais dans la cave.

— T'avais laissé la porte entrouverte, bafouille Anne-Marie.

— J'avais pas envie que tu revires de bord si je t'avais pas entendue cogner pendant que j'étais dans la cave.

Comme Anne-Marie tend son manteau à Françoise, le téléphone commence à sonner et leurs gestes restent en suspens pendant qu'elles comptent les sonneries: une longue et une courte.

— C'est pas pour moi, celui-là. Nous, c'est deux grands coups.

— C'est pour qui? s'informe Anne-Marie.

— La mère Bossé, répond Françoise en accrochant le manteau de sa visiteuse à un crochet sur le mur du passage.

— Vous êtes combien sur votre ligne?

— Cinq, pis je te dis que ça écornifle souvent. T'es mieux de faire attention à ce que tu me dis quand on se parle au téléphone.

— On est chanceux, nous autres, avec la bijouterie, Julien a eu droit à une ligne privée.

— Viens-t'en, on va prendre un café pis tu pourras me compter ton nouveau. Mais il faudra pas parler trop fort parce que Pierre s'est couché en même temps que les enfants.

Le poêle à bois répand une chaleur réconfortante dans la cuisine. La table est placée le long du mur qui supporte l'escalier. Françoise sort son pot de café instantané Nescafé, du sucre, du lait et deux tasses.

— Le mien, fais-le pas trop fort, chuchote Anne-Marie en la voyant mesurer une cuillerée comble de café soluble.

Françoise verse l'eau chaude dans les tasses et les dépose sur la table, suivies de la pinte de lait et du sucrier.

— C'est sans cérémonie, murmure-t-elle.

Elle entend ainsi s'excuser de ne pas avoir versé le lait dans un pot à lait et d'avoir utilisé ses grosses tasses de semaine, contrairement à Anne-Marie qui sort ses tasses de porcelaine fine.

— C'est ben pour dire, dit tout bas Françoise, ça nous a pris la guerre pour nous faire connaître le café instantané. J'aime assez ça, j'en prendrais cinq ou six par jour si je me retenais pas.

— T'as raison, c'est bon et c'est pratique. Julien a décidé de m'acheter un poêle et une laveuse électriques.

— Mozus que t'es chanceuse ! s'exclame tout haut Françoise.

— Chut ! fait Anne-Marie, un doigt sur les lèves. Je suis pas chanceuse tant que ça. Tu sauras que je vais perdre ma bonne au début de l'été.

— Comment ça ?

— Figure-toi qu'elle va se marier avec mon frère qui est dans l'Air Force. Et ma sœur Clémence épouse le frère de Zoé. Ils vont faire un mariage double.

À chuchoter comme elles le font, elles ont l'air de deux pies enrouées par trop de parlotes.

— Vas-tu prendre une autre fille engagée ?

— Je vais attendre à l'automne. À la fin de l'école, mon frère Victor retourne chez mes parents et maman m'a offert de garder Valérie et Rémi une couple de semaines après les noces. Et comme c'est un peu plus tranquille à la bijouterie durant l'été, Julien n'aura pas besoin de moi. Je veux prendre mon temps pour me trouver quelqu'un de bien. J'ai pas envie de prendre la première venue et d'être obligée d'en chercher une autre au bout d'un mois.

— En tous les cas, si ça peut t'intéresser, une de mes nièces aimerait peut-être ça s'en venir à Cap-aux-Brumes. Elle est ben travaillante, pis c'est une vraie soie avec les enfants.

— Je dis pas non. Si elle est comme toi, je suis sûre qu'elle fera mon affaire.

— Allô, Françoise. Je te dérangerai pas longtemps, je sais que t'es en train de préparer ton dîner. Bon, il y a quelqu'un qui vient de décrocher le téléphone ! Raccrochez donc qu'on se parle tranquille !

Anne-Marie lève les yeux au plafond, exaspérée. Puis elle entend une horloge commencer à sonner les douze coups de midi et reconnaît le timbre du carillon, si unique qu'il n'y a pas à se tromper.

— Écoute, Françoise, j'aimerais que tu viennes prendre un café après-midi, dit-elle très fort pour enterrer le bruit de l'horloge bavarde. On pourra jaser sans écornifleux pour écouter ce qu'on se dit.

Anne-Marie se retient de rire, imaginant la fouineuse se croyant à l'abri de tout soupçon et trahie par son horloge.

— Je t'attends vers deux heures. J'en ai une bonne à t'apprendre, ajoute-t-elle, juste pour se venger de l'indiscrète qui devra rester sur sa faim.

Aussitôt sa vaisselle terminée, Françoise se hâte d'aller chez Anne-Marie.

— Dis-moi vite ta nouvelle, la presse-t-elle en brassant son café.

Depuis le mariage de Zoé, Anne-Marie reçoit elle aussi son amie sans cérémonie. Même si elle n'a à s'occuper que du petit Jean-Marie, elle évite tout travail superflu.

— J'ai pas grand nouveau, c'était juste pour laisser mariner notre écornifleuse. Surprends-toi pas si la mère Bossé cherche à savoir ce que je t'ai dit aujourd'hui.

— Tu penses que c'est elle qui écornifle ? s'enquiert Françoise, étonnée.

— Non seulement je le pense, j'en suis sûre. J'ai reconnu le son de son horloge. Son mari est venu la faire réparer ce printemps et elle a un timbre bien particulier.

— J'en reviens pas. C'est ben la dernière que j'aurais soupçonnée, affirme Françoise, estomaquée.

— On devrait lui donner une bonne leçon, suggère Anne-Marie, l'œil canaille.

— À quoi tu penses ? demande ingénument son amie.

— On va la dompter, jubile Anne-Marie en exposant son plan.

Le lendemain, Anne-Marie appelle Françoise à midi moins une. Elle entend les deux longues sonneries du téléphone retentir à trois reprises selon le scénario convenu afin de donner le temps à l'indiscrète de lâcher la préparation du dîner de son mari. Ce dernier doit passer devant la maison des Briand pour retourner chez lui.

— Allô, Françoise. Comment ça va ?

Anne-Marie reconnaît le son révélant qu'une personne indiscrète vient de décrocher en douce, puis le carillon particulier de l'horloge de madame Bossé commence à sonner les douze coups de midi.

— Seigneur ! hurle-t-elle soudain. Va falloir que je te laisse, il vient d'arriver un terrible accident. Monsieur Bossé vient de se faire frapper, je pense qu'il est mort.

Anne-Marie entend un bruit de chute et raccroche, le sourire aux lèvres.

Comme convenu, les deux amies se retrouvent dans l'après-midi pour prendre un café et se parler du bon tour qu'elles ont joué à madame Bossé.

— Quand j'ai entendu le "bang", je me suis dit : tiens, elle vient de perdre connaissance, rigole Anne-Marie.

— Pis, moi, j'ai su que c'était vraiment elle qui écoutait mes conversations. Ça lui apprendra à sentir sur la ligne, glousse Françoise en se tenant les côtes.

— J'aurais voulu être un petit oiseau pour voir ce qui s'est passé quand monsieur Bossé est rentré chez lui et qu'il a trouvé sa bonne femme étendue à terre, s'esclaffe Anne-Marie qui ne peut s'arrêter de rire.

Et les deux espiègles se bidonnent, leurs épaules se soulevant par saccades. Elles rient à en perdre haleine, insouciantes des émois causés, aussi innocentes que deux gamines irréfléchies.

Durant tout l'été, elles n'ont entendu parler de rien concernant les Bossé, mais quand Anne-Marie appelle chez Françoise, plus personne ne décroche.

Valérie et Rémi sont revenus enchantés de leur séjour à la campagne. Dans leurs bagages s'est glissé un petit pensionnaire à quatre pattes qu'ils ont baptisé Bijou. Leur grand-père a suggéré ce nom qui lui a été inspiré par le métier de leur père et les deux bambins l'ont adopté avec joie, sauf que dans la bouche de Rémi, ça donne «bizou». Mais le chiot répond indifféremment aux deux appellations avec le même enthousiasme. Il court dans le vent, ses oreilles flottant derrière son petit corps deux tons, blanc et châtain, selon Valérie, qui compare le poil du cabot à sa propre chevelure.

Leur tante Gisèle rouspète chaque fois que le chiot dépose une offrande devant sa porte de chambre. Ce n'est guère surprenant, elle a pris le chien en aversion dès son arrivée. Il faut avouer que le malheureux s'est montré plutôt maladroit dans sa tentative de séduction. Il a rongé les talons de ses beaux souliers vernis. Et pour comble, c'était sa première paire de souliers à talons hauts et elle avait dû économiser durant plusieurs semaines pour pouvoir se les offrir. Afin de faire taire les récriminations de sa belle-sœur, Julien a fait remplacer les deux talons par le cordonnier et il garde en réserve une provision d'os pour que le chien puisse se faire les dents en toute sécurité.

Pour se faire pardonner, Bijou abandonne ses os à moitié rongés sur le seuil de celle qu'il s'efforce en vain de conquérir et Gisèle râle quand elle a le malheur de poser le pied sur le malencontreux présent de son adulateur. «Je vais finir par me casser la gueule», hurle-t-elle à pleins poumons. Par un réflexe de survie tout à fait compréhensible, elle a fini par adopter une démarche étonnante en sortant de sa chambre. Elle se traîne les pieds comme une petite vieille, sauf qu'elle ajoute à la technique un mouvement énergique propre à envoyer valser le cadeau méprisé. Mais quand, par malheur, le bout de squelette projeté avec force rebondit sur un mur et revient vers l'expéditrice, la crise devient si orageuse que le pitou piteux court se cacher sous un meuble.

Le dimanche, en guise de cessez-le-feu, Julien et Anne-Marie entraînent marmots et chiot à la plage. À la joie de ses jeunes admirateurs, qui lui prodiguent force caresses, Bijou raffine son art de rapporter les bouts de bois qu'ils lui lancent. Au retour de cet exercice épuisant, le chien n'a plus la force de ronger quoi que ce soit ni de faire la cour à qui que ce soit. Ce qui garantit un lever serein à toute la maisonnée le lendemain.

— Quand tu cries pas après, fait remarquer Valérie à sa tantine un lundi matin, Bijou frétille de la queue.

Le chien regarde Gisèle, les yeux implorants, en agitant frénétiquement la queue. Il quémande un peu d'affection, comme un mendiant affamé implorerait qu'on lui permette de manger les miettes du repas.

— Fiche-moi la paix, espèce de débile, grommelle l'intraitable.

— Pourquoi que t'es méssante avec Bizou ? Il est zentil, lui, plaide Rémi du haut de ses trois ans et demi.

Les dents écartées de Rémi déshabillent au passage les mots chuintants comme une clôture de perches pèle les rusés renards qui s'y frottent en la traversant.

— Ben, moi, je le trouve pas zentil, réplique la tantine à bout de patience.

— Allez jouer dehors et emmenez Bijou avec vous autres, dit doucement Julien pour désamorcer la crise.

À la fin de sa journée de travail, Gisèle court se réfugier dans sa chambre, les yeux dans l'eau. Se souvenant des paroles matinales de son neveu, elle se dit, après avoir claqué la porte à toute volée: «C'est vrai que je deviens méchante.» Comment pourrait-elle se montrer gentille envers le cabot qui lui rappelle inconsciemment le gars qui la fait souffrir? Le don Juan arbore une toison du même ton que le pelage de Bijou: crinière, moustache et sourcils châtains rehaussent une belle bouille au teint pâle. Mais contrairement au chien qui cherche à se faire aimer, l'inconstant s'amuse depuis l'hiver à lui donner de faux espoirs. Gisèle a essayé de se faire une carapace pour se protéger des blessures d'un amour non partagé et Bijou lui sert d'exutoire, elle se défoule sur lui de toutes ses frustrations.

La jeune fille, dotée d'un tempérament très doux, constate qu'elle est en train de se transformer en mégère acariâtre et elle se jette sur son lit en pleurant à chaudes larmes, la face enfouie dans son oreiller pour qu'on ne l'entende pas gémir.

Les tours de patinoire où Ferdinand lui prenait la main en la complimentant appartiennent au passé. Depuis qu'elle essaie de discipliner les mains baladeuses du jeune homme, il joue au chat et à la souris. Après l'avoir ignorée durant quelques jours, un matin il arbore un sourire enjôleur, mais ses mains agrippent ses fesses dès qu'elle baisse la garde. «Un gars qui aime une fille la respecte», lui a affirmé Julien quand elle lui a parlé du comportement de son galant. Parce qu'une jeune fille amoureuse continue d'espérer contre vents et marées, Gisèle a entretenu ses illusions jusqu'à ce qu'elle se rende compte que la nouvelle employée retient maintenant l'attention du contremaître. Et, comme si ce n'était pas assez, aujourd'hui, il s'est montré particulièrement odieux.

Éperdue de chagrin, Gisèle sent tout à coup une langue chaude lui lécher la main. Surprise, elle lève la tête et Bijou entreprend aussitôt de lécher ses joues baignées de larmes. Chavirée par ces démonstrations de tendresse, elle a tant besoin de réconfort qu'elle prend plaisir à se laisser consoler par le jeune chien compatissant.

Intriguée par le claquement de porte qui a suivi l'arrivée de Gisèle, Anne-Marie monte l'escalier en silence. Devant la chambre de sa sœurette, elle ouvre lentement et aperçoit son nez rougi et ses yeux larmoyants.

— Veux-tu bien me dire ce qui t'arrive ? s'informe-t-elle d'une voix caressante.

— C'est mon contremaître, renifle Gisèle, la mine triste.

Anne-Marie s'assoit au bord du lit, pendant que Gisèle se mouche et que Bijou s'étend contre sa jambe en poussant des soupirs plaintifs.

— Il m'a rabaissée devant la nouvelle qui a commencé la semaine passée.

Un bruyant hoquet de chagrin soulève sa poitrine.

— Il a critiqué ma manière de travailler et il a même dit que j'étais mal peignée et que mon filet était mal placé sur ma tête.

— Ça n'a pas d'allure de dire des affaires de même. T'es toujours tirée à quatre épingles. Quelle mouche l'a piqué ?

— Je le sais pas, mais il m'a dit ça tout fort, devant tout le monde, et j'ai plus envie de retourner là-bas, dit-elle, la mine renfrognée.

— T'as qu'à rester à la maison. Tu vas écrire ta lettre de démission et j'irai la porter au grand patron demain. J'ai deux mots à lui dire au sujet de son petit boss des bécosses.

Tu vas te reposer quelques jours et la semaine prochaine, tu commenceras à te chercher un autre emploi.

— Tout le monde va en faire des gorges chaudes dans la paroisse, gémit-elle. J'ai plus envie de voir personne.

— T'en fais pas avec les placotages. Ça va sans doute se retourner contre lui. Et si t'as pas envie de sortir, t'as qu'à rester ici.

— Oui, mais faut que je gagne ma vie, proteste mollement Gisèle en recommençant à pleurer. Vous êtes pas pour me garder pour rien.

— Écoute, dit Anne-Marie en lui caressant le bras. Prends ton temps pour digérer cet affront-là, dans quelques jours, tu verras les choses sous un autre angle. Alors, tu pourras décider ce qu'il y a de mieux à faire. Si ça t'intéresse, on cherche quelqu'un pour remplacer Zoé en septembre. Je sais bien que le salaire est moins élevé qu'à l'usine de pasteurisation, mais en étant logée et nourrie, ça revient presque au même. Mais sens-toi pas obligée, Françoise m'a proposé une de ses nièces.

Gisèle sèche complètement son visage et se mouche bruyamment. Le chien émet un léger gémissement.

— On est tous attachés à toi, ma petite sœur, ajoute Anne-Marie en riant de bon cœur. Même Bijou !

Gisèle esquisse un sourire et flatte le chiot du bout des doigts. L'animal signe leur nouvelle alliance d'un coup de langue sur la main qui le caresse.

Depuis que Gisèle a fait la paix avec Bijou, Rémi cherche à lui plaire de toutes les manières. Et « Zizèle » ne se moque plus du zézaiement du petit bonhomme. Étant sans cesse escortée par ses deux chevaliers servants, elle doit veiller à ne pas les heurter quand elle décide brusquement de faire marche arrière. Par contre, le chiot ne semble pas comprendre le danger qu'il y a à suivre de trop près une servante aux prises avec des tâches ménagères multiples et trois marmots à surveiller.

— Restez dans la maison pendant que je vais étendre le linge dehors, leur intime-t-elle au milieu la matinée.

Rémi et Bijou stoppent net leur élan.

— Et toi, ma grande, surveille tes frères comme il faut.

Depuis le déjeuner, Jean-Marie s'amuse dans son parc et un rôti de porc cuit dans le four pour le dîner. Chaque lundi ensoleillé est une course contre la montre et Gisèle se lève plus tôt. La laveuse électrique lui facilite grandement la lessive, elle n'a plus à frotter les vêtements un par un sur une planche rugueuse, comme sa mère, et le tordeur de la machine essore mieux le linge que ses frêles poignets. Les draps ont eu le temps de sécher et attendent sur la table, pliés et empilés. Gisèle se hâte afin de finir les deux brassées restantes avant le repas.

Par la porte-moustiquaire, elle entend pleurer le petit Jean-Marie et décide d'aller vérifier ce qui se passe. Valérie est déjà en train de consoler son frère quand elle entre, mais en se tournant vers l'évier, elle aperçoit Rémi, grimpé sur une chaise qu'il a approchée de la lessiveuse. Et, horreur, ses petits doigts s'engagent entre les rouleaux du tordeur. Elle se précipite et arrête le mécanisme, mais le garçonnet hurle de douleur.

Gisèle fait couler de l'eau froide sur les doigts rougis quand Anne-Marie surgit à la cuisine, chargée de sacs qu'elle largue sur la table, et vole vers son fils. L'angoisse durcit ses traits et elle arrache Rémi des bras de Gisèle, puis commence à gémir et à blâmer les deux personnes responsables de veiller sur les enfants. Les visages de Gisèle et

Valérie se décomposent sous les accusations de négligence pleuvant sur leurs têtes. La fillette de cinq ans se fait souvent rappeler par sa mère qu'étant la plus vieille elle doit donner l'exemple et veiller sur ses frères.

Alarmé par les réactions de sa mère, Rémi augmente le registre sonore de ses lamentations. Effrayé par le chahut, le petit Jean-Marie ajoute ses cris perçants à la cacophonie énervante. En moins d'une minute, la cuisine s'est transformée en scène d'épouvante et Julien arrive au moment où Anne-Marie, larmoyante, s'écrie :

— Il faut amener Rémi à l'hôpital.

— Qu'est-ce qui s'est passé ? demande Julien en s'adressant à Gisèle.

— Il s'est pris les doigts dans le tordeur de la laveuse, répond-elle d'un air pitoyable.

— Il faut l'amener à l'hôpital, répète Anne-Marie, affolée.

— Calme-toi ! lui ordonne son mari.

Julien tend les bras à son fils et le petit Rémi s'y réfugie en confiance, comme si son papa, grâce à son calme, représentait la panacée à tous ses maux.

— Gros bobo, papa, pleurniche-t-il en montrant sa menotte rougeaude.

Julien prend place dans la berçante.

— Montre à papa ton gros bobo.

Dans l'attente de l'avis paternel, les autres témoins du drame restent immobiles, les yeux rivés sur les doigts meurtris du bambin. Julien palpe doucement la main de son fils qui émet un faible « Ouch ! ».

— T'as rien de cassé, mon bonhomme. Papa va guérir ton bobo, tu vas voir.

Le papa souffle sur chacun des doigts endoloris. Son fiston ébauche un pâle sourire, une dernière larme coule le long de son nez. Valérie et Gisèle gardent un visage grave, mais reprennent peu à peu des couleurs. Pleurant toujours, Anne-Marie s'échoue dans l'autre berçante. Gisèle retourne étendre le linge et Valérie amuse le benjamin.

— Tu ne toucheras plus au tordeur, hein ? demande Julien.

L'air sérieux et tenant sa menotte en l'air, Rémi fait de grands signes de dénégation.

— Va t'étendre, Anne-Marie, dit Julien. Je vais m'occuper des enfants pendant que Gisèle finit de mettre le linge sur la corde.

Anne-Marie sort de la penderie les deux dernières robes qu'elle a achetées et se pavane, alternant l'une et l'autre devant elle en se dandinant pour les faire admirer à Françoise.

— T'as donc ben du linge ! commente son amie en reluquant la garde-robe bondée.

— Pour aider mon mari à la bijouterie, il faut que je sois bien habillée, se défend-elle.

C'est le motif qu'elle oppose chaque fois qu'on lui fait une remarque du genre : « Tiens, encore une nouvelle robe ! » Anne-Marie se moque de la jalousie de ses consœurs moins fortunées. Elle est fière, elle a de l'ambition et s'emploie à faire étalage de l'aisance financière de son mari, dont elle outrepasse parfois les limites. Après deux décennies de privation, il est trop tentant de s'offrir ce dont elle a rêvé et elle ne peut résister longtemps aux beaux étalages qui s'offrent à sa vue.

— As-tu acheté ces deux robes chez Mode Élégante ? demande Françoise.

— Non, je les ai achetées à la Boutique Marcelle.

— Moi, j'ai acheté la blouse que je porte à soir chez Mode Élégante.

— On a les mêmes goûts, s'amuse Anne-Marie, j'ai acheté la même la semaine passée.

Elle range ses deux robes neuves et sort la blouse en question. Par curiosité, elle s'informe du prix qu'a payé son amie.

— L'écœurant ! Il me l'a vendue deux piastres plus cher, rouspète-t-elle. Il ne perd rien pour attendre, celui-là.

Anne-Marie passe sous silence la conversation que le propriétaire de Mode Élégante a eue dernièrement avec Julien. Son mari a confié au marchand qu'une dame aisée de la paroisse était venue faire réparer une bague à diamant achetée à gros prix dans une bijouterie renommée de Québec et qu'il avait dû lui dire qu'elle s'était fait rouler. La dame était repartie offusquée et avait fait évaluer la bague chez un bijoutier de Rimouski. Le constat ayant été le même, elle était revenue voir Julien en exigeant qu'il lui réserve l'exclusivité de ses bijoux les plus chers. « Deux de mes clientes ne m'achèteront rien si c'est bon marché, lui a alors révélé le marchand. Si tu veux un conseil, monte tes prix. Plus les prétentieuses paient cher, plus elles sont satisfaites, et les marchandeuses ont l'impression d'avoir fait une bonne affaire quand on leur accorde un gros rabais. »

Quand Julien a rapporté cette conversation à Anne-Marie, elle lui a spontanément offert de l'aider à changer les étiquettes. À sa grande surprise, il s'est emporté. « Je n'ai pas l'intention de changer mes façons de faire, a-t-il clamé. J'aime mieux fixer un prix raisonnable que de jouer au fin finaud avec mes clients. Quand tu n'es pas franc, ça finit par se savoir et les gens perdent confiance en toi. À la longue, c'est plus payant d'être franc et honnête. »

Depuis, Anne-Marie se montre plus avisée. Elle inspecte à la loupe les vêtements qu'on lui présente et n'hésite pas à déclarer, l'air de s'y connaître, que c'est trop cher. Malgré son stratagème, elle se rend compte aujourd'hui, grâce à Françoise, qu'elle s'est fait avoir et elle se promet de prendre sa revanche.

Le lendemain, le roublard reçoit une leçon qu'il n'oubliera pas de sitôt. Anne-Marie fait un tel esclandre dans sa boutique qu'il lui remet cinq dollars pour s'en débarrasser. Elle se rend aussitôt chez Françoise pour lui rapporter son exploit et les deux amies en rigolent.

Le surlendemain, Françoise arrive à l'improviste.

— Il faut que je t'en raconte une bonne, dit-elle.

— Viens t'asseoir puis conte-moi ça, répond Anne-Marie, intriguée par le sourire réjoui qu'arbore son amie.

— J'ai été voir le maudit croche qui nous a vendu nos blouses !

— Dis-moi pas, rigole Anne-Marie.

— Quand je lui ai dit qu'il l'avait vendue moins cher à d'autres, il a dit que c'était pas vrai. J'ai tenu mon bout, tu peux me croire.

— Pis ? la presse Anne-Marie.

Françoise sort de la poche de sa veste trois billets d'un dollar et les exhibe fièrement.

— Ça lui apprendra ! se réjouit Anne-Marie.

Depuis quelques jours, la radio et les journaux foisonnent de commentaires à propos de la visite au Canada de la princesse Élisabeth et de son mari, le prince Philip. Le 29 octobre 1951, ils arrivent à Montréal et le 5 novembre, le couple fait un bref arrêt à Mont-Joli.

— J'arrive de Mont-Joli et je l'ai vue comme je vous vois, s'exclame Jérôme qui vient de débarquer chez Anne-Marie. Elle est passée juste devant moi. J'en reviens pas d'avoir eu une *luck* de même.

Le jeune père de famille est encore tout excité d'avoir eu la chance de voir de si près la princesse d'Angleterre. Comme la plupart de ses compatriotes, le discours de Jérôme s'agrémente de mots anglais.

— Comment elle est en personne ? veut savoir Gisèle, aussi excitée que son frère.

Même si elle a renoncé à l'amour à cause de la déception cruelle infligée par Ferdinand, l'histoire vécue d'une princesse de sang mariée à un vrai prince la fascine toujours autant.

— Elle est encore plus belle qu'en photo, elle a tellement un beau teint, j'ai jamais vu ça, raconte Jérôme. Elle est souriante et elle a l'air d'être bien aimable pour une personne de son rang. Elle portait un magnifique manteau de fourrure, et un chapeau, naturellement. Son mari est un beau grand blond aux yeux bleus, comme moi.

— Il vente fort dehors, dit Anne-Marie pour se moquer de la vantardise de son frère.

— Vaut mieux entendre ça qu'être sourd, ajoute Gisèle.

— Tu parles comme maman, rétorque Jérôme.

— Que veux-tu, la pomme ne tombe pas loin du pommier, répond sa jeune sœur.

Le discours de leurs parents regorge de vieux dictons et, par automatisme, ils les répètent à leur tour. Depuis que Noémie a mentionné que leur entourage en faisait un large emploi, Jérôme le remarque et s'abstient de les imiter.

— Pour en revenir à la princesse Élisabeth et à son beau mari, reprend-il, ils ont été accueillis par une foule nombreuse. La princesse a déposé une gerbe de fleurs au monument des Braves, puis ils sont repartis par le train qui les attendait. Après ça, j'étais tellement énervé que j'ai eu de la misère à m'endormir.

— Mais pourquoi t'étais allé à Mont-Joli ? s'informe Anne-Marie. Maman n'est pas retournée au sanatorium, j'espère ?

— Non, maman va bien et personne n'est malade. J'y suis allé avec monsieur Lavertu, il avait rendez-vous avec un monsieur Landry, qui a patenté un *snowmobile*. Monsieur Lavertu veut en avoir un pour passer dans les rangs l'hiver. Moi, j'ai profité de l'occasion pour aller à une vente aux enchères du roulant d'un cultivateur de Saint-Joseph-de-Lepage qui est mort il y a quelque temps. Mais, finalement, il n'y avait rien d'intéressant pour moi.

Le langage de Jérôme s'est amélioré depuis son mariage avec la belle institutrice, sauf que les Canadiens français ne connaissent que les termes anglais pour nommer certaines des nouvelles inventions, comme les véhicules à chenilles qui permettent de circuler sur les routes enneigées et les pièces des automobiles.

— J'aimerais ça avoir un manteau de fourrure comme la princesse Élisabeth, roucoule Anne-Marie, le soir, à l'oreille de Julien.

— On va devoir attendre, répond-il. On ne peut pas tout se payer en même temps, ma chérie.

— Voyons, mon petit coucou, on n'a pas dépensé tant que ça ces derniers mois.

— Tu oublies que je t'ai acheté une laveuse et un poêle électriques au début de l'été.

— C'est vrai, je l'avais oublié, gazouille-t-elle.

Anne-Marie se sent irrésistible dans le joli déshabillé qu'elle a mis afin de l'aguicher pour l'amener à lui acheter une fourrure. Le satin soyeux met en valeur ses seins ronds et fermes et fait ressortir la finesse de sa taille. Julien frissonne quand elle s'allonge sur lui et bouge lascivement ses hanches. Elle a placé un voile rouge sur l'abat-jour de la lampe et sa peau prend des reflets irisés alléchants. Sous ses caresses, Julien halète. Anne-Marie s'étire et sort un préservatif de la table de nuit.

La neige tapisse la région et chasse la morosité des jours sombres de novembre. Pleins d'allant, les gens courent les magasins en prévision de Noël, et les comptoirs de Julien se dépouillent au rythme des cadeaux emballés qui s'entasseront bientôt sous les sapins de Cap-aux-Brumes et des campagnes environnantes. Le volume des ventes ranime l'espoir d'Anne-Marie qui voit se profiler dans les dollars qui entrent dans la caisse une fourrure lisse et soyeuse. Piquée au jeu, elle s'évertue depuis un mois à éblouir son époux. Dans la plus belle inconscience, Julien succombe à ses charmes sans se douter que la jolie tête qu'il idolâtre recèle de vils calculs. Assurée de son ascendant, Anne-Marie se sent puissante et invulnérable.

Elle retire en outre de leurs ébats des jouissances punissables des pires pénitences si elle avait l'audace de s'en ouvrir à son confesseur. La rouée pécheresse feint le désappointement quand le curé la soumet à l'inquisition dans la boîte aux aveux. Une femme qui a accouché depuis deux ans et n'est pas de nouveau enceinte lui paraît trop suspecte pour la laisser filer sans une sévère remontrance. À la fin, Anne-Marie s'en tire avec un chapelet, punition réservée aux péchés intermédiaires, ceux que le prêtre soupçonne d'avoir été passés sous silence et qu'il est difficile de départager parce qu'ils ne sont probablement ni véniels ni mortels.

Quand, à vingt-deux heures, ils mettent la clef dans la porte et que Julien se plaint d'avoir mal aux pieds à cause des longues stations debout, Anne-Marie néglige sa propre fatigue et lui prépare un bain de pieds tiède additionné de sel de mer. Pendant que son mari fait trempette, elle lui sert du thé et une collation, masse ses chevilles enflées et la plante sensible des pieds. Elle envoûte son homme en l'enveloppant de tendres attentions. À quatre jours de Noël, elle joue son va-tout pour obtenir le cadeau convoité, car Julien n'a visiblement pas eu le temps de faire des courses et il va sans doute lui offrir un bijou, comme les années passées. Évitant de lui faire des suggestions, elle mentionne en passant qu'elle se sent plus frileuse cette année, puis passe à autre chose avec un excès de gaieté qui devrait alerter Julien.

La robe de nuit satinée vient compléter la panoplie de stimulants déployés pour ragaillardir son époux. À l'instar d'une madrée libertine, au lieu de se trémousser pour l'agacer, elle s'étend sur le ventre.

— Je suis vannée, soupire-t-elle. Je sais que tu es éreinté, mon petit coucou, mais me masserais-tu un peu le dos ?

Comment pourrait-il lui refuser ce service après tout ce qu'elle vient de faire pour lui ? Et dès que Julien la touche, elle s'extasie d'une voix cotonneuse :

— Oh, que ça fait du bien !... Mmmm, tu as des mains de magicien !... Oh, oui, là, encore !... Un peu plus bas... Pas trop fort, gémit-elle... Oui c'est ça... Tu es un amour, roucoule-t-elle.

De façon insidieuse, le massage devient caresse et les soupirs de satisfaction d'Anne-Marie s'apparentent à des gémissements de plaisir.

— J'ai envie de toi, chuchote Julien.

— Moi aussi, halète-t-elle.

Le gland recouvert de l'indispensable préservatif, Julien pénètre doucement sa femme. Ses lents mouvements de va-et-vient la laissent pantelante.

— Mmmm, on dirait que c'est meilleur quand on est fatigué, murmure-t-elle.

— Ouiii, souffle-t-il à son oreille.

Anne-Marie croise ses jambes autour des fesses de Julien, se cramponne à lui, le mordille et le griffe, enivrée. Julien augmente le tempo, puis, tendu soudain au maximum, il explose. Anne-Marie atteint au même moment ce point culminant où la tension se relâche dans le plaisir extrême. Exténué, il gît sur elle et tous deux restent enlacés, sans bouger, à bout de souffle.

Réalisant que le sommeil le gagne, Julien se retire péniblement et constate que le condom s'est fissuré et que du sperme s'est écoulé. Honteux d'avoir perdu la tête au point d'oublier toute prudence, il bafouille :

— On a un petit problème.

— Quoi ? fait-elle, à moitié endormie.

— Je crois que le condom a fui.

— Je m'endors, on en reparlera demain.

Quand Julien aborde de nouveau le sujet le lendemain, Anne-Marie clôt la discussion d'un baiser et déclare de façon sentencieuse :

— À la grâce de Dieu !

Pourtant, elle réalise l'énormité de son étourderie. Elle s'adresse les pires reproches en voyant Julien malheureux, mais ne peut alléger sa culpabilité en lui avouant qu'elle a tout orchestré pour lui faire perdre la tête afin d'obtenir un manteau de fourrure qu'il n'a pas les moyens de lui offrir, elle en est consciente à présent. Mais comme elle n'est pas du genre à s'appesantir longtemps sur ses manquements, elle se décharge de ce qu'elle considère comme un fâcheux contretemps sur la Providence. Le ciel a le dos large avec Anne-Marie qui verse dans le fatalisme quand cela l'arrange.

À la fin de janvier, nul doute n'est plus possible. Anne-Marie est enceinte et des pertes de sang l'obligent à rester alitée. Julien rapproche la radio de leur chambre pour la désennuyer. Toute la maisonnée se passionne pour le radioroman *Un homme et son péché* qu'ils écoutent religieusement. Anne-Marie ne manque pas non plus *Le chapelet en famille* afin d'accumuler les indulgences qu'elle est censée mériter pour chaque dizaine d'*Ave* récités. Avec les risques possibles que laisse planer cette grossesse accidentelle, elle entend ne rien négliger pour s'assurer la clémence du Très Haut.

Julien l'approvisionne en lecture pour lui occuper l'esprit, la frictionne pour soulager les maux de dos causés par son alitement, lui achète tous les aliments dont elle a envie. Il lui a fabriqué un très grand plateau muni de hautes pattes. Confortablement assise dans son lit, Anne-Marie le place sur elle et s'en sert pour faire ses jeux de patience, ses mots croisés, lire les journaux.

Elle ne repense plus au manteau de fourrure qu'elle a tant désiré jusqu'à ce qu'elle apprenne que le roi George VI a succombé à une crise cardiaque durant son sommeil, le 6 février 1952, et que sa fille Élisabeth, partie en Afrique cette fois, doit revenir d'urgence en Angleterre.

Durant tout l'hiver, Anne-Marie se laisse dorloter par tout son monde, insouciante des intempéries. À l'abri dans son cocon, l'embryon fait rebondir le bedon de sa maman qui se gave de sucreries et se laisse bercer par les mélodies en vogue diffusées à la radio. Des airs populaires interprétés par Lucille Dumont au western de Paul Brunelle, en passant par les chansons de Félix Leclerc, Anne-Marie essaie de retenir les textes pour les chanter à son tour, en faussant comme de raison. Ses envolées lyriques ne se sont pas améliorées avec le temps. Elle en a fait son deuil, mais par le biais de sa fille, elle réalise son ambition et, phénomène incompréhensible, la fillette arrive à interpréter sans une fausse note les refrains qu'écorche sa mère. Ce qui ravit Anne-Marie qui peut se targuer d'avoir enseigné ces chansons à Valérie.

L'émission qui met le plus en joie la bambine est celle du midi : *Les Joyeux Troubadours*. En même temps que les animateurs, Anne-Marie et sa fille fredonnent la chanson thème :

Durant toute la semaine
les joyeux troubadours
ont confiance en leur veine
et rigolent toujours
Ce sont des philosophes
au lieu de s'affoler
devant une catastrophe
se mettent à répéter…

Les bateaux ont quitté le havre depuis un mois, les mouettes ont envahi la plage. Les chatons des bourgeons éclos dans les arbres de la côte gaspésienne se balancent au gré du vent et commencent à tomber au sol. Revenant du bureau de poste avec son père, Rémi s'arrête et en ramasse un qu'il tient précieusement dans sa main afin de l'offrir à sa mère.

— On a une lettre de Val-des-Castors, annonce Julien en arrivant près du lit de sa femme.

Le petit Rémi en profite et dépose dans la main tendue son précieux cadeau.

— Minou pour maman, dit-il gaiement.

Croyant qu'il s'agit d'une chenille, Anne-Marie lâche un cri et retire prestement sa main, et le chaton tombe aux pieds du petit bonhomme déconcerté. Son père se penche et le lui rend en souriant.

— Ta mère a eu peur, elle a cru que c'était une bibitte.

La petite peste rentre les épaules et plisse le nez, se riant de l'effroi puéril de sa mère. Il reprend son minou et sort de la chambre en courant. On l'entend monter l'escalier en vitesse.

— Il va aller cacher son trésor dans sa chambre, s'amuse Julien.

— Ça peut nous attirer des bibittes, grimace Anne-Marie. Dis-lui de jeter ça dehors.

— Laissons-le faire. C'est normal pour un petit garçon de son âge de commencer à s'intéresser à la nature. Je faisais pareil, se rappelle-t-il en souriant. Lis vite ta lettre.

Anne-Marie décachette l'enveloppe et parcourt le message en diagonale.

— Gisèle ! crie-t-elle à sa sœur restée à la cuisine, Noémie et Jérôme ont eu une fille. Maman te fait dire bonjour.

Les feuilles naissantes d'un beau vert tendre commencent à regarnir les arbres dénudés et le médecin autorise Anne-Marie à prendre l'air à la condition de ne pas marcher trop longtemps.

— À cinq mois de grossesse, vous ne risquez plus de perdre le bébé et l'exercice va vous faire du bien.

Pourtant, au bout de deux semaines de courtes promenades, les pertes sanguines réapparaissent et le docteur prescrit de nouveau l'alitement. Pour égayer sa femme, Julien suspend une large boîte à fleurs à la fenêtre de sa chambre. Trois géraniums rouge vif, cinq pensées jaune clair et de la lobélie bleue trônent parmi le bacopa au feuillage piqueté de minifleurs blanches. Quand Anne-Marie jette un coup d'œil à l'extérieur, les couleurs vives des fleurs rehaussent son moral et les oiseaux passent à tire-d'aile parce que Julien a placé tout près une mangeoire et un abreuvoir afin de les attirer.

Le 16 juillet, Duplessis est réélu et, à la fin de la soirée, quelques têtes brûlées parmi les chauds partisans de l'Union nationale se promènent dans la boîte d'une camionnette en tirant de la carabine. La population effrayée se terre dans les maisons dont on ferme les rideaux et l'on s'éloigne prudemment des fenêtres pour éviter qu'une balle perdue vous envoie prématurément auprès du gardien des portes du paradis.

Le lendemain matin, quelques habitants, regroupés au bureau de poste, apprennent que la maison de l'organisateur du Parti libéral a été rasée par un feu de pneus allumé devant chez lui par ses adversaires.

— Une bande de vauriens, s'écrie l'un d'eux, indigné.

— Les policiers, où qu'ils étaient ? morigène un autre.

— Cachés chez eux, comme moi ! réplique un grand six pieds réputé pour ne pas avoir froid aux yeux.

— Je les comprends, rétorque le premier compère. Personne a envie de se faire tuer par des gars soûls comme une botte.

Afin de ne pas perdre son temps en palabres, Julien les ignore et retourne rouvrir son commerce après avoir sorti le courrier de sa case postale. Parce que sa femme ne peut plus garder la bijouterie durant ses absences et que Gisèle doit surveiller étroitement deux garnements en bonne santé, à l'aide d'une fillette qui vient tout juste d'avoir six ans, il place sur la porte une pancarte indiquant qu'il sera de retour dans quelques minutes.

Le début du mois d'août est marqué par une canicule laissant Anne-Marie dans un état végétatif. Elle ressemble à une fleur qui se fane sous le soleil ardent, privée d'air et d'eau. Gisèle la lave à l'eau fraîche et la force à boire, l'aide à se coucher sur le côté en calant un oreiller sous son ventre énorme. Huit mois de grossesse à se gaver sans bouger ont alourdi la future mère de plusieurs livres excédentaires. Anne-Marie a du mal à respirer, ses jambes enflent, son cœur se fatigue. Les visites fréquentes du médecin et son silence inhabituel ne laissent rien présager de bon.

Le front soucieux de Julien trahit son anxiété. Son regard terne invalide son sourire factice. Auprès d'Anne-Marie, il prétexte un peu de surmenage pour expliquer son manque d'entrain.

Gisèle prépare la rentrée scolaire de sa nièce. Quand les deux garçonnets font la sieste un après-midi, elles vont acheter le matériel scolaire et les vêtements. La tantine n'a que neuf ans et demi de plus que sa nièce et elle se souvient avec émoi de son premier jour de classe. Elle l'avait tellement attendu, ce moment où l'enfant délaisse les jeux puérils pour ouvrir son esprit aux connaissances. Dans sa hâte de commencer l'école, Valérie lui ressemble et sa tante a bien l'intention de rendre ce jour mémorable.

La fraîcheur qui remplace la canicule revigore peu à peu Anne-Marie. L'œdème de ses jambes diminue, mais le médecin semble toujours préoccupé. La veille de la rentrée scolaire, Anne-Marie insiste pour friser Valérie avec des guenilles afin que sa fille ait de beaux boudins le lendemain.

Réveillée à l'aurore, la fillette a mal dormi en raison de l'excitation et des bourrelets formés par ses frisettes. Elle se lève sans bruit afin de ne pas réveiller sa tante et se poste à la fenêtre. Les premières lueurs du jour rosissent le ciel, puis le rose tourne au rouge flamboyant et le firmament s'embrase comme si l'horizon n'était plus qu'un gigantesque incendie. Un lever de soleil exceptionnel marque le premier jour de la première année scolaire de Valérie, que sa tante aperçoit au réveil, auréolée d'une lumière vermeille.

Au déjeuner, sa maman se lève, le temps de lui servir des poires en conserve avec son pain grillé. L'habitude de consommer cet aliment inaccoutumé pour commencer la journée est venue à Anne-Marie d'une manière inconsciente : depuis des années, ouvrir une boîte de poires représente le plus grand luxe que se permettait sa mère en de rares, très rares occasions. Anne-Marie retourne se coucher, heureuse d'avoir contribué à rendre ce grand jour inoubliable et après avoir rappelé à sa fille de bien regarder des deux côtés de la rue avant de traverser, d'écouter la religieuse, de garder le silence, d'agir comme une grande fille et de se montrer polie.

Valérie écoute les mêmes consignes que lui répète quotidiennement sa mère depuis une semaine.

— Je suis certaine que tout va bien aller, lui dit sa tante en lui remettant son sac d'école.

Deux semaines plus tard, en revenant dîner à la maison, Julien annonce à sa fille que sa mère est à l'hôpital et que la cigogne leur a livré là-bas un nouveau petit frère. Il lui demande de prier pour sa maman afin qu'elle revienne bien vite à la maison.

Son père a l'air triste, mais Valérie n'y voit là rien d'exceptionnel. Il ne sourit plus depuis plusieurs mois et l'image d'un père enjoué remonte à trop loin pour qu'elle se souvienne qu'elle a déjà eu un papa rieur. Qu'il lui demande de prier pour sa mère n'a rien d'inhabituel non plus. Tous les soirs, avant de s'endormir, Valérie prie pour sa mère, son père, ses frères, sa tante Gisèle et tous ceux qu'elle aime, et termine en demandant à son bon ange de continuer à veiller sur elle.

Habituée à s'agenouiller tous les matins à côté de son pupitre pour réciter la prière avant le début des cours, Valérie ne s'étonne nullement d'entendre la religieuse annoncer que la classe doit prier à des intentions spéciales. Dès le premier jour, mère Sainte-Thérèse-de-l'Enfant-Jésus leur a dit que Jésus exauçait la prière des petits enfants parce que leur cœur était pur et elle a déjà demandé à ses jeunes élèves de prier pour la guérison d'une religieuse de la communauté.

— Ce matin, mes enfants, nous allons prier pour la maman de Valérie qui se meurt à l'hôpital.

Une chape de plomb tombe sur les épaules de Valérie, elle baisse la tête pour cacher les larmes qui commencent à lui picoter les yeux. Elle entend les murmures discrets de ses compagnes, sans doute aussi étonnées qu'elle. Elle savait que sa maman était à l'hôpital, comme la dernière fois qu'elle en avait ramené un bébé, mais Valérie ignorait qu'elle était malade et se doutait encore moins que sa vie était en danger. Mais puisque Jésus entend la prière des enfants, la petite fille éplorée lui adresse la sienne avec toute la ferveur de son âme sensible. «Mon bon Jésus, guérissez ma maman. Je ne veux pas qu'elle meure. Je vous en prie, guérissez-la.»

7

Cap-aux-Brumes, octobre 1952

Valérie s'isole de plus en plus. La turbulence de ses frères occupe Gisèle à plein temps et quand son père n'est pas dans sa bijouterie, il est à l'hôpital. Toujours le dernier à se coucher et le premier à se lever, il ne paraît qu'aux repas. Silencieux et l'esprit ailleurs, il ne leur prête guère attention et avale sa nourriture sans joie.

Seule dans sa chambre, accoudée à la fenêtre, elle regarde tomber la première neige. Mère Sainte-Thérèse-de-l'Enfant-Jésus dit que les flocons de neige sont des gouttes de pluie qui ont froid et, parce qu'ils descendent du ciel, Valérie pense en les regardant que le petit Jésus pleure, comme elle, parce qu'il n'a pas réussi à guérir sa maman et que ses larmes se transforment en neige parce qu'il fait très froid dehors. Elle n'en veut pas au petit Jésus et continue à le prier, il a tant de mamans à guérir; la mère de Claudette, sa compagne de classe, est malade elle aussi et ils n'ont pas assez d'argent pour payer l'opération. Claudette doit rester chez elle, de temps en temps, pour s'occuper de ses frères et sœurs quand sa mère fait une grosse crise du foie. Valérie croit que la mère de son amie est moins malade que la sienne parce que mère Sainte-Thérèse-de-l'Enfant-Jésus n'a pas demandé à toute la classe de prier pour elle.

Sa mère est encore à l'hôpital, le bébé aussi, et son père ne sait pas quand ils vont revenir à la maison. Valérie soupire, le temps est long quand on s'inquiète pour sa maman. Elle a demandé à son père de l'amener à l'hôpital, mais il dit que ce n'est pas possible. Pour quelle raison ? Elle ne le sait pas et se sent confuse. C'est un mystère, comme celui de la Sainte-Trinité dont leur a parlé mère Sainte-Thérèse-de-l'Enfant-Jésus. Trois personnes en une, c'est difficile à concevoir, et Valérie qualifie à présent de mystère tout ce qu'elle n'arrive pas à comprendre. Pourquoi les mamans sont malades ? Mystère. Où la cigogne trouve les bébés ? Mystère. Pourquoi les garçons sont tannants ? Sa tante dit que c'est parce qu'ils sont en bonne santé, mais elle est en santé et elle se tient tranquille. Cette question s'en va rejoindre les autres dans le reliquaire des mystères.

Penché sur son établi, Julien essaie de se concentrer sur son travail, mais n'y arrive pas. Anne-Marie ne reprend pas de forces et elle est sujette à des hémorragies difficiles à juguler. Le docteur est avare de commentaires, il suggère de l'envoyer passer des examens approfondis à Québec. Le gynécologue, à qui il confie sa patiente, lui a réservé une chambre à l'hôpital où il pratique et Julien doit y conduire sa femme demain. L'oncle Georges a proposé d'allonger Anne-Marie sur le siège arrière de son automobile, une Chrysler New Yorker récente et confortable. Ils feront le voyage aller et retour.

La semaine prochaine, Julien ramènera son nouveau-né à la maison. Le bébé est nourri au biberon, et le père redoute que le surplus de travail imposé à sa belle-sœur en raison des soins à prodiguer jour et nuit à un nourrisson n'épuise la frêle jeune fille qui est déjà débordée, mais il ne peut payer plus longtemps les frais de pouponnière, car les coûts d'hospitalisation d'Anne-Marie grèvent son budget.

À la mi-novembre, Anne-Marie reçoit son congé de l'hôpital et Julien retourne la chercher, le dimanche, avec l'oncle Georges. Sur le chemin du retour, dans les environs de Rivière-Ouelle, ils sont surpris par la première tempête de l'hiver. Poussés par le vent du nord, les flocons de neige tombent en oblique et les essuie-glaces n'arrivent pas à les déloger complètement. La neige fondante s'accumule sur la vitre de l'auto, diminuant encore la vision déjà embrouillée par la poudrerie. Georges doit s'arrêter au bord de la route pour gratter la vitre et nettoyer le caoutchouc des essuie-glaces.

— Le trajet va être long, dit-il en réintégrant l'habitacle.

Après quelques milles, ne voyant presque plus rien, Georges doit de nouveau répéter l'opération de déglaçage. Puis il repart et avance à vitesse réduite, car la chaussée enneigée se confond avec les champs, et Georges n'arrive à se repérer dans la tourmente que grâce aux poteaux d'électricité bordant la route.

— Ça va, Anne-Marie ? s'informe Julien.

— J'ai hâte d'être rendue, répond la jeune femme, épuisée.

Le teint livide, elle sourit faiblement à son mari qui l'observe du siège avant.

— À Rivière-du-Loup, on va arrêter manger un morceau, dit Georges.

Julien se demande comment l'oncle de sa femme arrive à garder la route, il ne distingue plus grand-chose dans les tourbillons de neige, mais il se retient de poser la question afin de ne pas alarmer Anne-Marie.

En arrivant à l'hôpital ce matin, il a eu un choc. Il s'attendait à retrouver sa chérie en forme. C'est une femme amaigrie et plus pâle qu'à son départ qui l'a accueilli, et Julien a eu du mal à cacher son trouble. Après les tourments vécus au cours des deux derniers mois, sa condition ébranle sa confiance de la voir guérir. Et pour un peu, il se mettrait à chialer comme un enfant. « Au moins, je la ramène à la maison », se dit-il pour se consoler.

Mais la tempête vient compliquer leur retour, et Julien se sent angoissé et responsable de tout ce qui pourrait leur advenir. L'automobile gruge lentement les milles qui les séparent de la prochaine halte. S'ils devaient tomber en panne sur cette route déserte où ils ne peuvent espérer aucun secours, ils pourraient tous mourir, comme cela arrive à certains malheureux presque tous les hivers. Privé d'essence, le véhicule refroidirait jusqu'à descendre sous le point de congélation et les occupants s'endormiraient à tout jamais, frigorifiés.

— On n'est plus très loin, dit Georges, sortant de son mutisme.

— Comment vous le savez ? s'étonne Julien qui ne distingue aucune maison.

— Le bosquet d'épinettes, répond l'oncle, laconique.

La noirceur plonge brusquement Cap-aux-Brumes dans la nuit polaire. Le vent vient de sectionner les fils électriques et Gisèle tâtonne pour trouver la poignée lui permettant de retirer les ronds du poêle à bois.

— Restez où vous êtes, crie-t-elle à ses neveux qui pleurnichent. Ma tante va faire de la lumière.

Elle soulève un rond de fonte. Le feu qui crépite éclaire faiblement la cuisine et Gisèle y voit juste assez pour trouver une lampe à pétrole et des allumettes. Dans cette obscurité moins opaque, les petits visages inquiets observent les ombres mouvantes que projette la lumière sautillante de la lampe. Gisèle règle la hauteur de la mèche et replace le globe protégeant la flamme, puis elle va remettre le rond du poêle en place.

Elle se demande où sont rendus Julien et Anne-Marie qu'elle s'attendait à voir arriver à la fin de l'après-midi. Rouler à la lumière des phares rallonge le trajet, et la tempête, à elle seule, peut facilement expliquer leur retard, mais avec cette panne de courant, elle s'inquiète davantage.

La sonnerie du téléphone les fait tous sursauter. Gisèle s'empresse de décrocher.

— Oui, mademoiselle, j'accepte les frais, dit-elle.

Julien appelle à frais virés et la ligne grésille. Il se dépêche de lui dire qu'ils doivent coucher en route. Après avoir mangé, la poudrerie a encore empiré et ils sont contraints de rester à Rivière-du-Loup.

— Je vais arrêter de m'en faire, merci d'avoir appelé. (…) Non, ne t'inquiète pas, on n'a plus d'électricité, mais tout le monde ici va bien. (…) Oui, je vais faire attention au feu. (…) Bonne nuit et à demain.

Dès leur arrivée, le lendemain, Julien aide Anne-Marie à s'allonger et il appelle le Dr Couture pour lui demander de passer à la maison. Épuisée par ce voyage éprouvant, la jeune mère de famille a le vertige et tremble.

Julien sort ensuite de leur chambre le lit du bébé afin d'éviter que sa femme se fasse réveiller à tout bout de champ par les pleurs du poupon. Il aimerait installer Anne-Marie dans la chambre de sa grand-mère, où les bruits de la cuisine ne l'atteindraient pas, mais en raison de la peur morbide qu'elle éprouve parce que son aïeule y est morte, ce changement lui serait plus néfaste que bénéfique. Il demande donc à sa belle-sœur de déménager ses pénates au rez-de-chaussée pour s'occuper du bébé.

— Est-ce que je peux coucher avec ma tante Gisèle, papa ? demande Valérie.

Ayant peur du noir, la fillette se sent terrorisée à l'idée de dormir seule, là-haut. Quand elle s'éveille la nuit, la chaude présence de sa tante la rassure. Pourtant, elle n'ose même pas bouger le petit doigt de crainte qu'un méchant, caché sous le lit, ne lui saute dessus. Elle reste pelotonnée contre sa tante jusqu'à ce que le sommeil vienne la délivrer des effets pervers de son imagination.

— Le bébé risque de te réveiller souvent durant la nuit, objecte son père. Si tu ne dors pas assez, tu auras du mal à te concentrer en classe.

— S'il vous plaît, l'implore-t-elle, la gorge nouée.

La frayeur qu'il lit dans les yeux de sa fille le décide à autoriser son transfert au rez-de-chaussée, même si l'idée de laisser les deux garçonnets seuls à l'étage l'ennuie quelque peu. Ils sont encore si jeunes, mais il songe que le fait de partager le même lit a tout de même quelque chose de rassurant pour ses deux lascars. Gisèle et lui n'auront qu'à monter vérifier de temps à autre qu'ils dorment sagement.

Au cours de cette première nuit dans sa nouvelle chambre, Valérie est réveillée à plusieurs reprises par le bébé, qui a faim, et par sa mère. Entre les visites du docteur, la malade se plaint de divers malaises, elle s'affole et insiste pour que Julien rappelle le médecin. «Je vais mourir», se lamente-t-elle. La fillette pleure dans le noir et prie Jésus de toutes ses forces.

— Allons, qu'est-ce qu'il y a encore, ma petite madame? dit le médecin d'un ton patient quand il revient pour la troisième fois.

Valérie entend sa mère décrire en sanglotant les symptômes de sa maladie. Mais l'éloignement l'empêche de comprendre les propos entrecoupés de lamentations. Tout ce que la petite fille comprend, c'est que sa mère est très souffrante et qu'elle risque de mourir.

— Je vais lui faire une piqûre pour l'aider à dormir, dit le médecin.

Valérie remercie Jésus: si le docteur fait une piqûre à sa mère, elle croit naïvement que tout danger est écarté pour cette nuit. Et pour en être tout à fait certaine, elle se force à rester réveillée après le départ du médecin. Comme elle n'entend plus aucun son en provenance de la chambre de ses parents, elle finit par s'assoupir. Des pleurs la réveillent quelques minutes plus tard. Anxieuse, elle prête l'oreille, se rend compte qu'il ne s'agit que du bébé réclamant son boire et se rendort aussitôt.

Au cours de l'hiver, Anne-Marie reste alitée la plupart du temps et Julien doit souvent appeler le médecin. Elle recommence à faire des hémorragies et on l'hospitalise de nouveau à Cap-aux-Brumes pour des transfusions sanguines. Le Dr Couture avertit Julien que sa femme ne doit plus avoir d'enfant et, cette fois, il lui avoue sans ambages qu'elle en mourrait.

Dépassé par la condition de sa patiente, il fait de nouveau appel à son confrère de Québec et on décide d'y conduire encore une fois Anne-Marie. Mais au bout de deux semaines là-bas, elle appelle Julien à frais virés et l'informe en pleurant que, malgré une grave hémorragie, le médecin n'a rien fait de plus que lui donner de nouvelles transfusions. « Ils vont me laisser mourir », se plaint-elle. Julien l'invite à patienter, objectant que les médecins connaissent sûrement leur affaire et qu'avec le temps, le repos et les soins, elle va finir par guérir.

Une semaine plus tard, Anne-Marie débarque à la gare de Cap-aux-Brumes et arrive chez elle en taxi. Abasourdi, Julien vient à sa rencontre et lui demande :

— Pourquoi tu ne m'as pas prévenu ? Je serais allé te chercher.

— Je n'ai pas reçu mon congé du docteur, je suis partie de moi-même, déclare-t-elle. Si je dois mourir, j'aime autant que ce soit à la maison. Je ne veux plus retourner là-bas, Julien. Ils ne font pas mieux que notre hôpital et, en plus, je m'ennuie de toi et des enfants.

La détermination d'Anne-Marie pourrait apaiser Julien si ce n'était qu'elle semble vraiment mal en point.

— Viens t'allonger, dit-il en lui prenant le bras.

— Il va falloir que tu paies le taxi, je n'ai plus d'argent, bafouille-t-elle.

À ce moment, Julien aperçoit l'homme qu'il connaît bien et qui se tient discrètement sur le tapis de l'entrée, la valise d'Anne-Marie posée à ses pieds.

— Attendez-moi, je reviens.

La santé d'Anne-Marie fluctue. Par moments, elle se sent un peu mieux, à d'autres elle se plaint de maux de ventre et de saignements. Le Dr Couture mérite vraiment l'appellation de « médecin de famille », tant il est appelé souvent à se rendre chez les Briand. Aujourd'hui, c'est Valérie qui a besoin de ses soins. Depuis deux jours, la fillette fait une forte fièvre et durant la nuit elle a commencé à délirer. Appelé à son chevet, le médecin l'ausculte pendant que le thermomètre placé dans sa bouche mesure la température de la petite fille dont le front est bouillant. Alertée, la mère se tient dans le cadre de porte de la chambre, attendant fébrilement le diagnostic.

— Il va falloir que je te fasse une piqûre, annonce le docteur après avoir lu le thermomètre.

— Non, non, se lamente la mère, pas une piqûre !

Pour contrer les effets déplorables des sanglots désordonnés de la mère, le docteur sourit, adresse un clin d'œil à la fillette et lui dit :

— On va montrer à ta mère que tu es une grande fille. Tu vas voir, ça ne fait pas mal, tu vas juste sentir une petite piqûre de rien du tout.

Anne-Marie s'éloigne en pleurant et la jeune malade écoute le médecin, généralement peu causant, lui parler de l'école pendant qu'il fouille dans sa trousse, puis il lui explique posément chacun des gestes qu'il fait.

— Je vais désinfecter ton bras, dit-il en imbibant un tampon d'alcool à friction. Là, c'est fini, proclame-t-il en retirant l'aiguille du bras de Valérie. Tu as fait ça comme une grande fille.

Auparavant effrayée par les gémissements de sa mère se disant à l'article de la mort, la fillette réalise que sa maman vient de faire un drame d'une piqûre tout à fait indolore et en déduit que sa peur excessive lui fait peut-être exagérer les choses, ce qui ne l'empêche nullement de se tracasser pour la santé de celle qu'elle chérit entre tous.

Dans la chambre attenante à la cuisine, Anne-Marie pleure toujours.

— Tu devrais faire attention à ce que tu dis devant la petite, lui reproche Julien.

— Je sais, je me suis comportée comme une idiote. Je ne sais pas ce qui m'a pris. Je suis trop nerveuse. Pardonne-moi, Julien.

— Je vais demander au docteur de venir te voir avant de partir.

Le médecin revient auprès d'Anne-Marie, qui sanglote, la tête enfoncée dans son oreiller.

— Allons, allons, ma petite mère, dit-il en s'assoyant au bord du lit. Ça ne sert à rien de pleurer, ça vous affaiblit, c'est tout.

— Personne ne me prend au sérieux, se plaint-elle.

— Mais non.

— Je ne suis pas folle, docteur. Alors que je faisais une grosse hémorragie et que je suppliais la sœur à l'hôpital de Québec d'appeler le médecin, elle me répondait: "Voyons, calmez-vous. Vous empêchez les autres malades de dormir. Vous faites tout un plat avec rien." J'aurais bien voulu la voir à ma place. Elle m'aurait laissée crever comme un chien, c'est l'autre patiente dans la chambre qui a appelé le docteur chez lui pour lui dire ce qui se passait.

Les propos d'Anne-Marie sont entrecoupés de hoquets et de pleurs.

— Et il est venu? s'informe le médecin.

— Oui, et il m'a fait une transfusion de sang et m'a donné des pilules. Il n'avait pas l'air content après la sœur.

— Je vais vous donner un calmant. Ça va vous aider à dormir.

— Vous savez, il n'y a rien de pire que d'être malade et de ne pas être prise au sérieux. Est-ce que vous me croyez, vous, au moins?

— Bien sûr que je vous crois. On ne fait pas des hémorragies sans raison. Mais votre nervosité ne vous aide pas à guérir. Prenez ce cachet et essayez de dormir. Je repasserai vous voir demain.

— Merci, docteur.

Le retour des premiers beaux jours du printemps ramène les corneilles et les commis voyageurs. Au fur et à mesure qu'il présente sa collection d'été, Willy Grey note dans son carnet de commandes les articles que désire Julien.

— Comment va ton femme ? dit-il à la fin de sa démonstration.

— Pas trop fort.

Et Julien lui explique les hospitalisations, les transfusions de sang à répétition, la révolte d'Anne-Marie qui se plaint d'être mal soignée dans les hôpitaux, sa faiblesse persistante et, surtout, la mise en garde du Dr Couture à l'effet que sa femme risque de mourir au prochain accouchement. Ce dernier lui a confié, sous le couvert de la confidentialité, que si Anne-Marie n'était pas si jeune, on lui aurait fait la « grande opération ». Cette opération, qualifiée de « grande », comme si elle était d'une rare complexité, n'est pas approuvée par l'Église catholique qui exhorte les femmes à procréer, même au péril de leur vie. « La table d'accouchement sera l'autel de votre sacrifice », disent certains prêtres aux malheureuses qui leur font part du sombre pronostic de leur médecin. L'ablation de l'utérus, somme toute assez simple du point de vue chirurgical, est donc mal perçue par la population. La femme qui n'enfante plus se sent amoindrie, anormale, dégénérée. L'usine à bébés fermée est la pire malédiction à s'abattre sur une femme mariée.

— Ton femme doit venir à l'hôpital de mon ami, un docteur protestant. Lui, il va l'opérer. Les docteurs catholiques… Pfff! trop peur des curés. Ton femme a raison, elle va mourir.

Dans la bouche de l'anglophone, le mot «curé» sonne drôlement, mais Julien reconnaît la pertinence du commentaire de celui pour qui il a de plus en plus d'estime.

— Pourriez-vous en toucher un mot à votre ami quand vous serez de retour à Montréal et me rappeler à frais virés?

— *For sure*, répond Willy Grey.

À la fin du mois de mai, Julien reçoit un appel du commis voyageur lui confirmant que le Dr Brown attend sa femme. Anne-Marie prépare sa valise en silence, puis fait le tour de la maison, enregistrant mentalement chaque image, consciente qu'elle ne reviendra peut-être pas. Le cœur gros, elle embrasse chacun de ses marmots. En disant au revoir à sa sœur, elle lui fait promettre de toujours prendre soin de ses enfants.

Julien la conduit à la gare et ils s'étreignent ardemment au moment des adieux. Quand elle arrive à se détacher des bras de son amour, elle monte rapidement dans le train pour cacher ses larmes. À la demande de son mari, le cheminot porte sa valise. Elle s'essuie les yeux et s'assoit près de la fenêtre pour faire un dernier au revoir à son époux, resté sur le quai de la gare. Elle le mange des yeux et s'efforce de lui sourire afin qu'il garde un bon souvenir d'elle. À son cou, pend le petit cœur en or ciselé renfermant leurs photos se faisant face.

Arrivée à Montréal, Willy Grey et sa femme l'attendent à la gare pour la conduire à l'hôpital où pratique leur ami. Le Dr Brown, fin cinquantaine, lui inspire confiance au premier abord. Le gynécologue a de l'expérience, elle s'en aperçoit tout de suite. Elle a vu tant médecins qu'il lui est facile de faire la comparaison, et puis Anne-Marie se fie à son intuition. Et le fait que ce médecin parle bien français l'aide aussi à faire taire son anxiété maladive.

Après les examens d'usage, il lui annonce qu'il va l'opérer dans deux jours et qu'elle ne pourra plus enfanter. Elle avait espéré, sans trop y croire, que le médecin arriverait à la guérir. Pourtant, la confirmation que la solution consiste à la rendre stérile la déprime. Comment Julien prendra-t-il la nouvelle ? Pour elle, l'utilisation des condoms ne servait qu'à espacer les naissances afin de lui permettre de bien récupérer entre les grossesses. En se mariant, ils avaient fait le projet, comme tous les couples, d'avoir une nombreuse famille. Ils devront se limiter aux quatre enfants qu'elle a mis au monde de peine et de misère, et Anne-Marie a du mal à l'accepter.

L'infirmière, qui l'entend pleurer durant la nuit, prend le temps de l'écouter et de la réconforter. Anne-Marie est surprise d'être si bien traitée. Ici, on ne la gronde pas, on la soigne et on compatit à sa peine. Elle a toujours eu peur de la grande ville, croyant à tort que les gens y étaient différents. À force de lire les journaux relatant les crimes divers commis à Montréal, elle s'était mis dans la tête que la ville était remplie d'individus froids, mesquins, dangereux.

Malgré cette découverte rassurante, la veille de l'opération, Anne-Marie se sent perdue dans cet hôpital montréalais, loin de tous les siens. Elle récite son chapelet, puisant dans sa foi le seul réconfort à sa portée. Plus tôt dans la soirée, elle a téléphoné à Julien, à frais virés, pour l'informer de l'heure de son opération et lui demander de prier pour que tout se passe bien.

Après l'appel d'Anne-Marie, Julien ne juge pas opportun, cette fois, d'alerter les religieuses du couvent pour leur demander de prier pour sa femme. Il ne se sentirait pas à l'aise de répondre à leurs questions et d'avouer la nature de l'opération. Il demande simplement à ses enfants d'avoir une pensée spéciale pour leur maman durant leur prière du soir. Lui-même récite tout un rosaire à l'intention de sa femme et ne s'endort qu'au milieu de la nuit. Réveillé aux premières lueurs de l'aube, il récite une nouvelle prière et offre sa journée à Dieu. Il a du mal à effectuer ses réparations, sa main tremble.

Au milieu de l'après-midi, une infirmière l'appelle pour l'informer que l'opération s'est bien déroulée et que sa femme, sous l'effet des calmants, se porte très bien. Julien raccroche et pousse un long soupir de soulagement, ses yeux picotent, sa tension nerveuse se relâche et une immense lassitude l'envahit. Instinctivement, il fait pivoter son fauteuil vers le mur afin de n'être vu de personne et, la tête entre les mains, il laisse couler les larmes trop longtemps retenues.

Le Dr Brown fait sa tournée des malades sept jours sur sept. Accompagné d'une infirmière, il prend le temps de jaser avec chacune de ses patientes et de leur insuffler un peu d'enthousiasme en soulignant les progrès accomplis. Au bout de quelques jours, Anne-Marie se lève et se rend seule aux toilettes, elle se lave et se coiffe sans aide. Délivrée de la frousse perpétuelle que lui inspirait son état, elle reprend graduellement des forces. Quoiqu'elle se sente toujours perplexe à l'idée de ne plus enfanter, elle recommence à sourire.

— Il était grand temps de vous opérer, déclare aujourd'hui le chirurgien. Vous aviez une tumeur, madame.

Confirmant qu'elle ne se plaignait pas pour rien, cette information la réconforte. L'opération n'était pas un caprice, elle était nécessaire et même vitale, et Anne-Marie se sent libérée du sentiment de culpabilité sournois qui la tenaillait.

— Merci de m'avoir sauvé la vie, dit-elle, émue.

Un nouveau chapitre commence dans la vie d'Anne-Marie. En voie de guérison, elle se laisse bercer par le train bringuebalant qui la ramène à Cap-aux-Brumes. Les journaux qu'elle a lus et abandonnés tressautent sur le siège d'à côté. Ses pieds reposent sur l'autre banquette que l'employé des chemins de fer a gentiment tournée vers elle pour lui assurer plus de confort, elle ferme les yeux et sourit.

Après trois mois de convalescence, elle pourra reprendre progressivement ses activités et elle songe à tous les projets qu'elle a dû mettre de côté en raison de sa maladie. Durant son hospitalisation, la princesse Élisabeth a été couronnée reine le 2 juin 1953, quinze mois après la mort de son père ; elle est la sixième femme à siéger sur le trône d'Angleterre. Toutefois, Anne-Marie ne l'envie pas, ses ambitions sont plus modestes : elles se bornent à aider son mari à agrandir son commerce, s'intégrer à la bourgeoisie locale – et faire fortune, bien sûr.

Les ambitions d'Anne-Marie font sourire Marie-Reine, qui aime tendrement sa fille bien que tout oppose ces deux descendantes de Marie. Marie-Reine est humble et résignée,

Anne-Marie prétentieuse et rétive. Leur seul point commun à toutes les trois est d'avoir eu la chance de s'unir à un homme d'exception. Guillaume, Théo et Julien représentent le mari idéal dont rêvent toutes les femmes.

L'employé des chemins de fer s'approche du siège d'Anne-Marie, extirpe sa valise du porte-bagages et la dépose sur son siège. Informé que cette cliente vient de subir une opération importante, l'homme lui dit:

— Nous arriverons dans quelques minutes. Restez assise, je viendrai vous chercher quand les autres passagers auront quitté le wagon.

Le train décélère et entre en gare en faisant tinter ses clochettes. Le crissement des freins sur les rails marque la fin du long voyage depuis Montréal. Entre la métropole et Mont-Joli, Anne-Marie a bénéficié du confort relatif d'une couchette, mais le petit train qui relie Mont-Joli à Cap-aux-Brumes, de jour, peut se passer de wagon-lit.

Alors qu'elle attend patiemment l'aide du cheminot, la surprise d'Anne-Marie est totale quand elle voit surgir son époux près de son banc. Leurs retrouvailles sont émouvantes, Julien n'a jamais semblé si heureux et Anne-Marie se blottit dans ses bras en pleurant de joie. S'étant imaginé le pire, chacun de leur côté, ils s'émerveillent de vivre une telle félicité.

— Je vais descendre la valise de madame, dit le cheminot, coupant court à leurs effusions.

Regroupés sur la galerie autour de leur tante Gisèle tenant le benjamin dans ses bras, les enfants attendent sagement l'arrivée de leur mère. Émue, Anne-Marie caresse la joue de chacun d'eux en versant d'autres larmes de joie. Comme elle les trouve beaux, ces enfants qu'elle a craint de ne jamais revoir en quittant la maison au mois de mai. Julien et Gisèle se sourient, ils ont réussi à tenir le fort et le petit Francis, tout potelé, gigote dans les bras de sa tante.

Anne-Marie aimerait se bercer et tenir ses enfants dans ses bras, mais elle doit s'allonger en mettant le pied à la maison.

Quelque temps plus tard, alors qu'elle commence à peine à se remettre des fatigues du voyage, voilà qu'elle apprend une nouvelle consternante. La population de toute la province est également en émoi. Le 10 juillet, les corps de trois chasseurs américains assassinés sont retrouvés dans la forêt gaspésienne.

Les vieilles peurs d'Anne-Marie se réveillent et Julien juge que le meilleur moyen de calmer sa femme est de la laisser suivre toute l'affaire. Elle ne sera tranquille que lorsqu'elle saura tout de ce crime crapuleux.

Accroupis dans le foin, Rémi et Valérie s'amusent des cabrioles d'une portée de chatons âgés d'à peine trois semaines. La chatte commence à s'habituer à ces deux intrus, mais elle les surveille attentivement et les bambins ont été bien avertis de ne pas toucher aux bébés chats sous peine d'être griffés par leur mère. «Elle pourrait vous crever un œil», n'a pas hésité à dire leur oncle Germain pour dissuader son neveu téméraire de passer outre à la consigne. Les pleurs de Marguerite, qui les cherche encore, les font rire et ils décident d'aller se camoufler sous le foin entassé dans la grange afin de compliquer ses recherches.

Dès qu'ils échappent à la surveillance de leur tante, les deux jeunes citadins filent dans les aires où sont parqués les divers animaux de la ferme. Marguerite vient d'avoir treize ans, mais son âge mental se situe légèrement en dessous du leur et ils n'ont aucune difficulté à se soustraire à sa vigilance. Les deux pendards n'ont qu'à attirer son attention sur un nid d'oiseau, un trou de fourmis ou un trèfle à quatre feuilles pour que Marguerite se perde dans la contemplation du phénomène.

Plus tôt le matin, leur jeune tante leur a proposé de les amener voir les vaches. Entre les perches de la clôture ceinturant leur pacage, pendant que Rémi poussait des « Meuh » affligeants, Valérie tendait des touffes d'herbe aux animaux placides ruminant sans arrêt.

— On dirait que les vaches mâchent de la gomme, a plaisanté la fillette.

Marguerite a éclaté de rire, jugeant sa nièce complètement idiote de comparer les vaches aux humains. « Comme si les vaches pouvaient mâcher de la gomme ! Niaiseux, ils sont donc niaiseux ces enfants-là ! », s'est-elle dit. Depuis leur arrivée, elle trouve leur méconnaissance du milieu rural tout à fait hilarante. Habituée à la campagne, Marguerite se sent bien supérieure à eux et leurs réactions et commentaires l'amusent franchement.

Afin de laisser le troupeau brouter à son aise, elle a entraîné plus loin les deux bêtas. Parvenus à l'enclos des cochons, Valérie et Rémi ont chacun glissé un pied dans la fente au-dessus de l'auge, en grognant, afin d'attirer l'attention des cochonnets gourmands. Quand le groin de la truie a voulu se refermer sur les appâts présentés, ils se sont enfuis en criant. Ce qui a encore fait rire Marguerite.

Quelques minutes plus tard, le coq, les poules et leurs poussins ont poussé les hauts cris et perdu quelques plumes en essayant de voleter pour échapper aux cailloux que leur lançait Rémi.

— Arrête ! a rugi la tantine.

Cette fois, elle ne rigolait pas et Rémi, impressionné par la voix sévère et la corpulence de sa tante qui s'avançait, menaçante, s'est sauvé en direction de l'étable. Par solidarité, Valérie a couru derrière lui et Marguerite a été obligée de galoper elle aussi afin de les rattraper. Marie-Reine lui a confié la responsabilité des deux gamins et il ne lui est pas permis d'y déroger, car sa mère n'admettrait aucune excuse.

Malheureusement, Marguerite s'est tordu le pied sur un caillou et s'est étendue de tout son long sur le chemin de terre séparant le poulailler de l'étable. Trop souffrante pour se relever, elle a attendu que la douleur se calme. Arrivée au coin de la grange en clopinant, elle a commencé à les appeler en braillant comme un veau.

Cachés sous une meule de foin de la grange, les deux espiègles rigolent.

— Elle nous trouvera pas, chuchote Rémi.

— Où vous êtes ? pleurniche Marguerite.

— Cherche-nous, glousse Rémi.

— Chut ! fait sa sœur, plus maligne.

La chaleur délicieuse de juillet, tempérée par la brise du large, invite Anne-Marie à se bercer en compagnie de sa sœur. Les deux garçons dorment à poings fermés dans la chambre du rez-de-chaussée. Plutôt que de le laisser seul à l'étage, Gisèle partage son lit avec Jean-Marie. Francis, âgé d'un peu plus de neuf mois, dort dans la couchette placée près du grand lit.

— Je me demande comment les enfants trouvent ça, la campagne, dit Anne-Marie.

— Tous les enfants adorent les animaux. Ils doivent bien s'amuser, répond Gisèle. Imagine toutes les choses à découvrir sur une ferme.

— J'espère qu'ils ne s'ennuient pas trop, réplique la mère, prêtant à ses rejetons ses propres sentiments.

— Mais non, ils ont de l'espace en masse pour courir. Ça doit leur faire du bien de pouvoir lâcher leur fou. Ici, avec la bijouterie, ils doivent être sages comme des images.

La remarque de Gisèle donne à réfléchir à Anne-Marie. Elle n'avait jamais réalisé que ses enfants devaient constamment éviter de faire du bruit. Même quand ils jouaient dans la cour, leur père leur demandait de ne pas crier. Afin de ne pas indisposer les clients, on exigeait que de jeunes enfants soient toujours sages, alors que peu d'adultes seraient capables de faire preuve en tout temps d'une parfaite modération.

— C'est vrai que ça doit faire tout un changement. À la campagne, on peut s'époumoner sans déranger les voisins. Qu'est-ce que j'ai dit de drôle ? s'étonne soudain Anne-Marie en voyant sourire Gisèle.

— Je ne ris pas de toi. C'est juste que tu viens de me faire réaliser que les gens de la campagne parlent bien plus fort que ceux de la ville. Ça doit être pour ça que mes amies me demandent souvent de baisser le ton quand on sort ensemble.

— T'as qu'à faire comme moi et leur dire qu'on t'a pas posé de *muffler*, plaisante la grande sœur.

Anne-Marie aimerait bien être munie d'un silencieux quand on lui reproche, à elle aussi, de parler trop fort. C'est peut-être une autre des raisons expliquant qu'elle s'entend si bien avec son amie Françoise.

— Changement de propos, dit coup à coup Gisèle. Penses-tu qu'on pourrait acheter du Nestlé Quick pour faire des chocolats chauds aux enfants quand ils vont revenir la semaine prochaine ?

— C'est nouveau ? s'informe Anne-Marie qui n'a pas remis les pieds à l'épicerie depuis des lustres.

— Oui, c'est ma tante Rachel qui m'en a servi un l'autre soir. C'est pas compliqué à faire, on a juste à faire bouillir de l'eau et à faire fondre un peu de poudre, comme pour le café instantané. Avec la bouilloire électrique que vient d'acheter Julien, ça prendra pas de temps. Je suis sûre que les enfants aimeraient ça.

Guidée par la voix de Rémi, Marguerite se dirige vers la cachette des deux ratoureux, déterminée à leur passer tout un savon. Mais en arrivant près du tas de foin où ils se sont camouflés, elle met le pied sur les dents du râteau laissé là en permanence. Le manche de bois la cogne durement en plein front. Marguerite tombe dans les pommes.

Le bruit de sa chute fait sursauter Rémi et Valérie qui sortent aussitôt de leur abri. Voyant leur tante étendue de tout son long, sans connaissance, ils sont épouvantés. Ne sachant que faire et la croyant morte, ils se mettent à bêler comme des petits moutons effrayés. Quand Marguerite revient à elle et qu'elle entend les pleurs déchirants des deux enfants, sa bonne nature la pousse à se relever pour les consoler.

Soutenue par sa nièce et son neveu, Marguerite revient vers la maison en clopinant. Elle se plaint d'avoir mal à la tête et ses genoux sont en sang. Une belle grosse bosse déforme son front. Repentants, Valérie et Rémi pleurent avec elle.

En entendant le trio de braillards, Marie-Reine sort en vitesse.

— Veux-tu bien me dire ce qui t'est arrivé ? s'écrie-t-elle.

Marguerite avance lentement, prenant appui sur chacun des garnements qui l'enlacent par la taille. Maigre soutien pour une grande fille bien enrobée, à l'esprit lent mais au cœur généreux. Devant leur chagrin sincère, elle a vite oublié qu'ils sont la cause de ses souffrances.

— M'ai enfargé, répond-elle.

Pas assez futée pour mentir, elle a tout de même appris qu'avec sa mère, il vaut mieux ne pas trop en dire. Quant aux deux gredins, leur mine exagérément triste n'éveille aucun soupçon chez la grand-mère d'ordinaire plus méfiante.

Anormalement tranquilles, Valérie et Rémi mangent en silence. La mésaventure de leur tante et la présence d'un quêteux grognon ne sont pas étrangers à ce comportement exemplaire. Ils jettent à la dérobée des coups d'œil suspicieux au nomade que leur grand-mère traite aux petits oignons. Leur grand-père et leur oncle Jérôme sont allés prêter main-forte au propriétaire du moulin à scie qui avait besoin de main-d'œuvre supplémentaire durant quelques jours.

Assis au milieu du banc accoté au mur du fond, encadrés par Marguerite et Germain, ils vérifient discrètement l'attitude de leur jolie tante Noémie, assise en face d'eux, entourée de ses marmots. En l'absence de leur grand-père, leur grand-mère occupe le bout de la table près du poêle à bois, lui évitant des pas inutiles pour servir les bouches nombreuses. Le convive à l'odeur répugnante trône à l'autre bout de la table et, comme un invité d'honneur, il est servi en premier.

— Vous m'excuserez, mon bon monsieur, la soupe est bouillante. Faites attention de ne pas vous brûler.

— C'est correct, répond-il d'un ton bourru. J'aime ça d'même. Y a rien qui m'insulte plus que d'avoir de la soupe tiède.

Valérie est estomaquée qu'un mendiant à qui on fait la charité puisse faire la fine bouche et se montrer aussi pointilleux. Peut-être a-t-il simplement voulu rassurer son hôtesse, mais la fillette de sept ans condamne dans sa petite tête le sans-gêne de ce bonhomme grossier et malodorant. Il est tout l'opposé du quêteux qui s'arrête les voir à la fin de chaque printemps. Sa mère et son père le connaissent depuis longtemps, bien avant qu'elle vienne au monde. Elle croit que ça remonte à l'ancien temps et, d'ailleurs, le monsieur est très vieux, ses cheveux sont blancs comme du lait. Il ne sent pas mauvais, lui, et il est gentil. On l'appelle « le petit Jésus », et quand Valérie a voulu savoir pourquoi, on lui a dit que c'était sans doute parce que le monsieur dégageait beaucoup de bonté. Valérie n'a jamais eu peur en présence de leur gentil mendiant, mais celui-là, elle ne le garderait pas à coucher et elle espère que leur grand-mère l'enverra digérer son repas ailleurs.

Anne-Marie se remet lentement de sa longue maladie. Certains jours, comme cet après-midi, elle peut se bercer sur la galerie et profiter de l'été, mais elle se fatigue à rien.

— Seigneur, que j'ai hâte d'être capable de rester debout toute une journée, se plaint-elle, le soir, quand Julien vient la rejoindre pour se coucher.

— Ça va venir, ça ne fait pas encore deux mois que tu as été opérée.

— C'est vrai, soupire-t-elle.

Vêtu de son pyjama de coton, Julien range ses vêtements sur la chaise droite et vient se glisser dans le lit après avoir enlevé ses pantoufles à semelles compensées. Autant par fierté que par délicatesse, il veille à ne pas déambuler pieds nus.

— Tu sais à quoi j'ai pensé ? dit-elle.

— À quoi ? répond-il, patient, sachant que sa femme le laissera languir s'il ne dit rien.

— J'ai pensé que ce serait une bonne chose pour toute la famille d'avoir un petit coin isolé où on pourrait aller pique-niquer le dimanche. Ça permettrait aux enfants de courir et de jouer comme les autres, tandis qu'ici…

Elle ne finit pas sa phrase afin de lui donner le temps de comprendre par lui-même les besoins de leur marmaille et éviter de lui donner l'impression qu'elle lui reproche la discipline imposée. Comme il ne dit rien, elle poursuit :

— Toi-même, ça te ferait du bien de te détendre et de faire ce qui te plaît, comme ça te plaît, loin des regards et du jugement des clients.

Il reste silencieux, mais elle le voit réfléchir et s'enhardit :

— On n'aurait pas besoin d'acheter un chalet ou une terre. Juste un petit lopin en dehors de la ville, dans un petit coin tranquille.

— On va y penser, répond-il enfin.

L'idée a tout pour plaire à Julien, qui n'ose cependant pas inquiéter Anne-Marie avec l'état de ses finances. Au cours des dernières années, les visites fréquentes de leur médecin de famille, les médicaments, hospitalisations, pintes de sang, frais de déplacement et autres ont sérieusement grevé son budget. Sans compter le salaire de la servante, les vêtements, la nourriture, l'achat d'appareils électriques pour faire plaisir à son épouse, faciliter la tâche de sa jeune belle-sœur et améliorer leur confort.

Julien a conclu des ententes avec chacun de ses créanciers, qui font preuve de beaucoup de compréhension et acceptent des remboursements mensuels. À ce chapitre, le Dr Couture est tout à fait remarquable. Il continue de se déplacer autant de fois que nécessaire et de fournir les médicaments qu'il leur prescrit sans exiger un sou. « Prends ton temps », dit-il à Julien quand ce dernier lui fait part de sa gêne de lui devoir autant. « Tu n'es pas le seul à qui je fais crédit. Et puis, à travailler jour et nuit comme je le fais, je n'aurais pas le temps de dépenser tout mon argent ! » Le médecin loge à l'étage et il accueille les patients dans une pièce du rez-de-chaussée attenante à la pharmacie. Argent ou pas, chacun reçoit les soins et les médicaments dont il a besoin.

L'épouse du médecin est tout aussi dévouée que son mari. Le soir et la nuit, c'est elle qui répond au téléphone quand les employées ont quitté la pharmacie. Elle est toujours courtoise et empressée. Julien admire cette femme, qui est souvent dérangée par les appels téléphoniques et les gens qui vont sonner à leur porte. La plupart du temps, elle est privée de la présence de son mari et doit s'effacer au profit de ses patients.

De nature discrète, elle sort rarement. Aussi, quand elle est venue faire réparer la montre de son époux, Julien, désireux de lui témoigner sa reconnaissance, en a profité pour lui faire admirer ses colliers de perles cultivées. Sans se douter de ses intentions, madame Couture a décidé d'acheter un magnifique collier de deux rangées de perles de qualité avec les boucles d'oreille assorties. Le dos tourné à elle, à sa table de travail, Julien a pris le temps d'enlever les étiquettes tout en la faisant jaser. Puis il a glissé l'écrin dans un sac qu'il lui a remis. Madame Couture a déposé le sac sur le comptoir et a sorti son porte-monnaie pour le payer.

— Serrez votre argent, a-t-il dit. Je dois encore un bon montant à votre mari. Ce collier, je tiens à vous l'offrir en signe de reconnaissance pour tous les dérangements qu'on vous a causés et pour vous remercier de votre gentillesse.

— C'est normal, s'est-elle défendue. Je le fais pour tout le monde.

— Je sais. Tout le monde dit le plus grand bien de vous, madame, et vous avez toute mon admiration, a-t-il répondu la gorge nouée.

Elle a murmuré « merci » d'une voix chevrotante. Une larme est apparue au coin de l'œil de cette femme admirable et elle est sortie rapidement, pressée d'aller cacher une émotion trop forte.

Le lendemain, c'est son mari qui est passé voir Julien pour le remercier.

— Ce que tu as fait pour ma femme, jamais je ne l'oublierai, lui a-t-il dit. Merci d'avoir pensé à elle.

— Ce que vous avez fait pour la mienne n'a pas de prix, docteur.

Et les deux hommes, émus, n'ont rien ajouté de plus.

Valérie et Rémi tournent alentour de Marguerite comme des mouches attirées par la mélasse. À leur retour à la maison, après leurs mauvais coups, ils redoutaient plus que tout que leur tante les accuse, au lieu de quoi, elle a supporté sans mot dire la douleur et les reproches. Sa mansuétude a gagné le cœur des deux chenapans. Depuis, ils s'attachent aux pas de Marguerite, disposés à lui rendre service, veillant à ce qu'elle ne se blesse pas. Et la tante, qui est un puits débordant de tendresse, s'attache de plus en plus à ceux qu'elle considère désormais comme ses copains.

L'adolescente attardée n'a jamais eu d'ami. N'ayant pu fréquenter l'école et étant la benjamine de la famille, elle est restée dans les jupes de sa mère. Les enfants de Jérôme sont encore trop jeunes pour partager ses activités. Marguerite n'appartient plus au monde des tout-petits, pas plus qu'elle ne peut aspirer à celui des adolescents. Elle est condamnée à rester seule, dans une catégorie à part. Du moment qu'elle reçoit de l'affection et un peu d'attention, elle ne semble pas pâtir de cet isolement. Ce sont ses parents qui en souffrent. Ce n'est pas qu'ils se plaignent d'avoir à s'occuper d'elle jusqu'à leur dernier souffle, au contraire, elle leur apporte tant de bonheur. C'est pour elle qu'ils s'en font, pour les connaissances dont elle ne pourra enrichir son esprit, pour les joies de femme qu'elle ne connaîtra pas, pour son innocence qui pourrait être exploitée.

Aux yeux de Marie-Reine, la présence de Valérie et Rémi ressemble à une oasis dans la vie désertique de sa benjamine. En les prenant pour quelques semaines, elle n'a pensé qu'à rendre service à ses deux filles. L'une a besoin de calme et de repos afin de recouvrer la santé, et l'autre, à voir ses traits tirés, nécessite un répit pour l'aider à surmonter la fatigue accumulée.

La grand-mère s'amuse des facéties de Rémi et s'émeut des dons de Valérie, sa filleule. Tous les soirs, la fillette est appelée à réciter l'une des comptines qu'elle a apprises à l'école ou à chanter ce qui lui plaît.

Munie d'un drôle de truc en métal un brin rouillé, Marie-Reine avertit les enfants avant de sortir dans le tambour :

— Restez dans la maison !

Marie-Reine se couvre le nez et la bouche d'un foulard noué. Par la vitre, Valérie l'observe. Sa grand-mère tire une longue tige sortant d'un tube relié à un contenant de métal et la repousse en répétant le procédé aux quatre coins du tambour. Un jet de fines gouttelettes sort de l'engin que Valérie voit pour la première fois. Puis sa grand-mère rentre et referme prestement la porte. La fillette a le temps de sentir l'odeur rebutante.

— Qu'est-ce que c'est, grand-maman ? dit-elle en grimaçant.

— Du DDT.

— À quoi ça sert ? demande la fillette curieuse.

— À tuer les mouches.

— Yeurk ! Ça pue, grimace à son tour Rémi.

— Oui, ça pue, approuve la grand-mère, et c'est poison. C'est pour ça qu'il faut rester dans la maison.

— Je voudrais pas être une mouche, réplique Valérie.

La grand-mère, qui livre un combat sans merci aux mouches, se mord la joue pour ne pas rire.

— Qu'est-ce que vous diriez d'aller vous étendre dehors pour faire un somme avec Marguerite ? propose-t-elle.

Devant la réaction peu enthousiaste de ses petits-enfants, elle ajoute :

— Je vous monterais une tente et, dedans, on étendrait une grande catalogne.

— Yé ! crie Rémi.

« Yé ! », doivent aussi s'écrier quelques combattants canadiens en apprenant la signature, à Panmunjom, de la convention d'armistice de la Corée, le lundi 27 juillet 1953. L'affectation du 426e escadron de l'Aviation royale canadienne auprès du Service du transport aérien militaire des États-Unis ne prend pas fin pour autant, ni celle de la flotte navale canadienne, mais la vie de nos soldats et de nos marins sera moins menacée.

La nouvelle enlève un souci à Marie-Reine. Depuis plusieurs mois, elle craignait de recevoir une lettre de Zoé lui annonçant le départ d'Étienne. Depuis qu'il a obtenu son brevet de pilote, sa mère récite une prière spéciale à son intention avant de s'endormir.

Des tracas, Marie-Reine n'en manque pas et depuis quelques jours une autre prière s'ajoute à toutes les autres. Dimanche prochain, ses petits-enfants retourneront chez leurs parents. Même s'ils ne semblent pas s'ennuyer, elle sait qu'ils seront heureux de retrouver leur foyer et leurs petits frères, mais elle appréhende la réaction de Marguerite.

À leur retour à la maison, Valérie et Rémi sont reçus par leur fidèle Bijou dans un débordement d'effusion que seuls des enfants follement épris de leur toutou peuvent supporter sans se sentir incommodés par ses coups de langue fanatiques. Le chien sautille, comme mû par un ressort fou, branle de la queue avec la fougue d'un percussionniste, donne un coup de langue à un, essaie de grimper sur l'autre, plus excité qu'une puce devant les plumes invitantes d'un rouge-gorge.

— Couché, Bijou, commande Julien d'un ton autoritaire.

Le chien, docile, s'aplatit aux pieds de ses jeunes maîtres et continue de frétiller de la queue. Touché par ce geste éloquent d'affection, Rémi s'agenouille près de son fidèle ami, se penche sur lui, le flatte et lui marmonne tout bas :

— Moi, aussi, je suis content de te voir, mon pitou.

— Allez vous changer de linge, ordonne le père.

Valérie obtempère, mais le garçonnet, éperdu de bonheur, continue à converser avec son chien.

— Je me suis ennuyé de toi…

Et Bijou lui répond par des gémissements si poignants que Julien fait mine d'ignorer l'insubordination de son fiston et file à la salle de bain. Que n'aurait-il donné dans sa jeunesse pour avoir un chien avec qui il aurait pu jouer et qui l'aurait consolé, lui l'enfant unique qui se sentait d'autant plus seul qu'il n'avait aucun ami en raison des moqueries que suscitait le quart de pouce manquant à l'une de ses jambes.

Les êtres fragiles ne peuvent s'attendre à un secours permanent pour les sortir du pétrin. La loi de la jungle s'applique également aux humains et si le souffre-douleur n'arrive pas à puiser à l'intérieur de lui-même la force de surmonter l'adversité, la vie le condamne au rôle de victime à perpétuité.

Ce qui ne nous tue pas nous rend plus forts, à ce qu'on dit, et Julien donne l'impression que rien ne peut l'abattre. Pour le bonheur de sa famille, ses blessures n'ont heureusement pas anéanti sa sensibilité, ni diminué sa capacité d'amour, au contraire, et c'est pourquoi ce qui lui a été refusé dans son enfance, il entend le donner à sa progéniture.

La maladie d'Anne-Marie l'a fait souffrir au-delà de tout ce qu'il avait enduré auparavant et il s'accommode assez bien de la longue abstinence qui lui est imposée. Il s'est culpabilisé au maximum, estimant que sa volupté avait été la cause des souffrances d'Anne-Marie, sans penser une seconde que sa bien-aimée avait souvent tisonné les braises de sa passion assoupie. Que lui importe aujourd'hui d'attendre que la longue plaie de l'abdomen suturé prenne du temps à se désensibiliser et que sa chérie récupère plus lentement que prévu. Ils auront tout le reste de leur vie pour assouvir leur passion sans redouter les contrecoups.

L'esprit serein, Julien peut dorénavant consacrer ses énergies à son commerce. Il lui tarde d'acquitter ses dettes et d'économiser en vue de doter leur maison de toutes les commodités modernes, offrir à Anne-Marie le manteau de fourrure qui lui fait envie, dénicher le petit coin de nature où la famille pourra se délasser et, désir suprême, acheter une berline neuve. L'attrait de l'automobile réside dans le sentiment de liberté qu'elle procure, c'est l'appel d'horizons nouveaux à explorer. Aller où il veut quand il le désire représente le summum de l'indépendance aux yeux de Julien. La vitesse du véhicule suppléerait aux défaillances de ses jambes inégales et lui permettrait de franchir de longues distances en ménageant ses pieds sensibles. Mais il n'en parle pas à sa femme afin de ne pas créer de faux espoirs.

Nerveuse à l'extrême, Anne-Marie, qui insistait pour qu'on tienne la porte d'en arrière fermée à clef en tout temps depuis l'annonce du triple meurtre survenu en Gaspésie, commence à respirer en apprenant qu'un présumé meurtrier est appréhendé le 10 août. Le 28 du même mois, Wilbert Coffin est officiellement accusé de l'assassinat des chasseurs américains.

Malgré la peur de mourir mise en veilleuse à la suite de l'opération réussie, l'interminable convalescence d'Anne-Marie la fait douter de sa guérison et, pire encore, de la fidélité de Julien. Assise sur sa galerie en compagnie de son amie Françoise, elle examine Fleurette Hardy d'un œil mauvais. Juchée sur des talons hauts de trois pouces, la jeune femme aux mœurs légères passe devant la bijouterie en se dandinant. La robe ajustée met en relief la poitrine généreuse et accentue la finesse de la taille, le balancement des hanches intensifie le mouvement de la jupe circulaire. Le claquement des talons aiguilles sur le trottoir alerte les femmes jalouses des alentours.

— As-tu vu la guédaille ? siffle Anne-Marie entre ses dents. Elle a beau porter un chapeau et des gants, elle n'aura jamais l'air d'une dame.

Anne-Marie envie secrètement le sex-appeal de Fleurette. Avant son déménagement sur la colonie, elle-même n'avait pourtant pas hésité à se déhancher afin d'enjôler Bertrand Jolicœur.

— Jouquée sur ses échasses, elle se fait aller le croupion comme une chatte en chaleur, ricane Françoise.

— Elle mériterait de se péter la margoulette, dit Anne-Marie.

Depuis qu'elle l'a vue faire de l'œil à Julien, elle a pris la jeune femme en grippe. La vue de Fleurette Hardy, en réveillant sa jalousie maladive, vient de lui donner le coup de pied dont elle avait besoin. La rage agit sur elle comme un puissant stimulant et va lui permettre d'attacher moins d'importance aux malaises bénins qui l'affectent. « Si elle pense qu'elle va me damer le pion, celle-là, elle a besoin de se lever de bonne heure ! »

Déterminée à détourner Julien des tentations qui s'offrent à lui tous les jours, Anne-Marie prend un bain, se parfume et ressort sa robe de nuit aux fines bretelles. Le vêtement n'a pas trop souffert de ses emballements passés, seule l'échancrure s'est un peu approfondie parce que ses seins avides prenaient ce raccourci pour s'offrir à la bouche gourmande de Julien.

Seul à la cuisine, son époux finit de boire le verre de lait chaud qu'il s'est préparé pour l'aider à dormir. Gisèle est allée se coucher il y a une heure et la maison profite d'un silence bienheureux après le relâchement dont bénéficient à présent les enfants à la fermeture du commerce.

En allant récupérer Valérie et Rémi chez leurs grands-parents, Julien a compris que le grand air, les jeux, les cris et les débordements étaient aussi nécessaires à ses enfants que l'attention et la tendresse dont il les a également privés. Trop accaparé par ses affaires et la maladie de sa femme, il n'a pensé qu'à subvenir à leurs besoins essentiels.

Personne ne songerait à le blâmer, le père est le pourvoyeur de la famille et la plupart des hommes se cantonnent à cette fonction sans mauvaise volonté. Plusieurs n'ont pas connu autre chose; pour la majorité d'entre eux, le père a dû s'exiler pour gagner le pain de la famille. D'autres n'ont pas le choix et n'arrêtent de travailler que pour s'accorder un piètre repos. Mais Julien, qui ne pense qu'aux autres, s'en veut d'avoir trop exigé de ses enfants et de les avoir négligés.

— Je t'attends, mon petit coucou, susurre Anne-Marie par la porte entrebâillée de leur chambre.

Julien doute de ce qu'il vient d'entendre. Il ne peut croire que sa traversée du désert soit terminée. Pas plus tard que cet après-midi, Anne-Marie se plaignait encore d'avoir le ventre sensible. Il soupçonne le lait chaud d'être responsable de ses hallucinations. « Fatigué de ta journée, tu as commencé à rêver debout », lui souffle sa raison. Pourtant, son petit coucou montre des ardeurs que le lait chaud s'avère impuissant à endormir et, mû par son instinct, Julien se dirige vers la chambre.

Il se frotte les yeux pour s'assurer qu'il ne s'agit pas d'un mirage: dans la lumière rosée projetée par la lampe de chevet, Anne-Marie ondule, dans une tenue suggestive. Excité par les reflets chatoyants du satin de la chemisette, le petit coucou de Julien pointe la tête hors de la fente de la culotte de pyjama. Anne-Marie sourit. Impudique et attirante, elle tend les bras à son époux. Envoûté par une invite aussi claire, Julien ferme la porte et rejoint sa femme au lit.

Après une année de sevrage, éblouis et craintifs, ils communient l'un à l'autre avec tendresse.

L'été coule ses derniers beaux jours et la rivière Mélodie s'écoule vers le fleuve, pressée d'unir ses eaux vives aux flots salins du Saint-Laurent. Au bras de Julien, Anne-Marie arpente le quai. Au bout du débarcadère, quelques pêcheurs à la ligne taquinent le menu fretin frayant dans cette zone épargnée par les bateaux qui contournent l'habitat des éperlans et autres petites créatures marines pour venir accoster le long du quai.

Une file de piétons et de véhicules attend d'embarquer sur le traversier qui fait la navette entre Cap-aux-Brumes et la Côte-Nord. Entre deux valises écornées, Bertrand Jolicœur chancelle. Peu de temps après la mort d'Agnès, il a vendu sa maison et a disparu de la circulation.

— Jolicœur s'est remis à boire, dit Julien à mi-voix en approchant de l'ivrogne.

— Salut, la petite ! s'exclame Bertrand quand il reconnaît son ancienne voisine.

Anne-Marie fait la sourde oreille et regarde ailleurs.

— Salut, la petite ! répète-t-il en soulevant sa casquette quand elle arrive à sa portée.

Anne-Marie lève le nez en l'air. L'insolence de Bertrand l'offense toujours autant et elle ne répond pas davantage au deuxième salut. « Il m'a vue en double, je suppose. »

— Bonjour, monsieur Jolicœur, dit Julien. Comment allez-vous ?

— Numéro un ! Numéro un !

« L'alcool le fait aussi parler en double, songe Anne-Marie, qui cherche à fuir son ancien béguin. Soûl comme il est, il serait bien capable de débiter des âneries. »

— Bon voyage, dit-elle pour se déprendre d'une conversation qui risquerait de tourner à son désavantage.

Tiré par Anne-Marie, Julien doit accélérer le pas.

— Tu es bien pressée, lui dit-il d'un air taquin.

— J'ai horreur des ivrognes.

Au début de septembre, Valérie entre en deuxième année. La fillette à la triste mine s'est transformée au cours de ses vacances au rang des Cailles. Grâce à l'affection et aux attentions de sa grand-mère, elle a recouvré un peu d'insouciance. La guérison de sa mère amène un sourire timide qui rehausse ses pommettes et illumine son regard. En chemin pour l'école, un garçon trébuche sur le trottoir, à quelques pas d'elle.

— Tu t'es fait mal ? s'inquiète-t-elle en le rejoignant.

— Pas ben gros.

— Mais tu as les genoux en sang ! Viens chez nous, on va te soigner.

Le garçon lui sourit d'un air benêt.

— Comment tu t'appelles ?

— PPrruneau, finit-il par dire après avoir trébuché sur les premières consonnes.

La fillette réfléchit qu'il est impensable que des parents aient baptisé leur fils Pruneau. Qui songerait à appeler sa petite fille Cerise ?

— Moi, je m'appelle Valérie, dit-elle pour se donner le temps de trouver l'explication de ce nouveau mystère.

En entrant chez elle, elle fait face à son père.

— Bonjour, Bruno, dit ce dernier au petit estropié.

— Booonjour, répond l'interpellé.

« Quel drôle de garçon ! », songe Valérie.

— Il s'est fait mal, explique-t-elle à son père. Il faut le soigner.

— Viens-t'en, mon bonhomme, on va t'arranger ça.

La casquette de travers, Bruno le suit à la salle de bain en souriant aux anges et s'assoit sur le banc d'osier que lui approche Julien. S'appuyant au cadre de la porte, Valérie observe son père laver les genoux du garçon, puis sortir du peroxyde de la pharmacie, en imbiber un tampon d'ouate et désinfecter les plaies. Contrairement aux autres enfants, Bruno n'émet aucune plainte.

— Pas trop de mal, juste des égratignures, on va laisser sécher tes genoux à l'air, dit Julien d'un air satisfait. Mais tu devras faire attention de ne pas tomber de nouveau.

Julien redresse la casquette du garçonnet et Valérie, en voyant Bruno sourire à son père, songe à Bijou. Le garçon a le même regard confiant et affectueux, la même attitude soumise. Il reste là à fixer son bienfaiteur, l'air de ne plus se rappeler que l'école va bientôt commencer et qu'il serait grandement temps d'y aller.

— Merci, papa, dit-elle en espérant que Bruno pensera à remercier son père.

— Merci, ânonne Bruno à son tour.

— Bonne journée, les enfants.

Valérie attrape son sac d'école et Bruno lui emboîte le pas. Ils marchent l'un à côté de l'autre sans dire un mot.

— Tu es en quelle année ? demande soudain Valérie.

— En deuxième.

— Comme moi. Tu as quel âge ?

— Huit ans. Pis toi, t'as quel âge ?

— Sept ans.

Valérie aimerait savoir pourquoi Bruno est en deuxième année alors qu'il a un an de plus qu'elle, mais elle n'ose le lui demander. Ils cheminent en silence. Arrivée au couvent, elle lui dit au revoir et le garçon lui répond par un signe de la main et un sourire candide. Claudette, sa camarade de première année, la regarde venir avec des points d'interrogation à la place des yeux.

— Qu'est-ce que tu faisais avec Pruneau ? lui demande-t-elle.

— Il s'appelle Bruno, rectifie aussitôt Valérie.

— Tout le monde l'appelle Pruneau. C'est un nono, se moque Claudette.

— C'est pas gentil de le traiter de nono, proteste Valérie en pensant à sa tante Marguerite qui n'est même pas assez délurée pour aller à l'école. Papa dit qu'on doit respecter tout le monde.

— Je le traite pas de nono en pleine face, se défend Claudette. Et je dis pas qu'il est fou. Mais maman dit qu'il est pas finfin.

Dans la cour d'école, les autres filles s'amusent en attendant le signal de la rentrée et Valérie se sent mal à l'aise de poursuivre cette conversation. Si la mère de son amie voyait sa tante Marguerite, elle en dirait bien pire.

— Comment elle va, ta maman ? demande Valérie pour changer de sujet.

— Pas si pire. La tienne ?

— Beaucoup mieux.

À la porte du couvent apparaît leur institutrice de première année.

— Bonjour, mère Sainte-Thérèse-de-l'Enfant-Jésus, disent en chœur les deux amies.

— Bonjour, mes enfants. Vous arrivez juste à temps. Mettez-vous en rang de ce côté, dit-elle en commençant à agiter la petite cloche qu'elle tient à la main.

À Cap-aux-Brumes, septembre est l'un des plus beaux mois de l'année. Les forêts environnantes s'enluminent de tons chauds, le soleil brille et les promeneurs n'ont besoin que d'un léger chandail pour affronter la brise. Dans le ciel d'un bleu limpide, les plumes blanches des goélands paraissent plus lisses, plus nettes. Les grands oiseaux planent avec aisance, comme si leur vol s'était perfectionné durant la belle saison. Bien nourris tout l'été, on dirait qu'ils sont moins revanchards, moins criards.

Revigorés par la fraîcheur, les bêtes et les hommes s'activent. Les orignaux sont en rut et les chasseurs inspectent leurs carabines. Partout, en ville comme dans le secret des bois, c'est la course contre le froid. Dans ce pays de neige, l'imprévoyance est synonyme de malheur. Chacun vaque à ses diverses occupations avec plus de dynamisme, pressé de calfeutrer son logis et d'engranger pour l'hiver à venir.

Ces multiples corvées fournissent à Julien l'occasion de prendre l'air et de faire travailler ses muscles peu sollicités par son travail d'horloger. L'immobilité à laquelle l'astreint son métier débilite son organisme, en tapinois, à menus grignotages. Depuis qu'Anne-Marie et lui ont recommencé à faire de longues promenades, Julien se sent ragaillardi. Il en attribue tout le mérite à la guérison de sa femme, mais ces moments de détente au grand air contribuent tout autant à son mieux-être.

Emportées par le vent du nord, les feuilles mortes voltigent et s'éparpillent en tous sens, envahissant les terrains fraîchement râtelés et obligeant les plus méticuleux à recommencer leur ramassage. Les plus avisés les laissent au sol : en se décomposant, le feuillage fertilisera la terre. En bon citadin, Julien opte pour un compromis ; après une première corvée de feuilles, il n'a plus de temps à consacrer au nettoyage toujours à recommencer et il reporte la tâche au printemps suivant.

La marchandise commandée pour la période des fêtes commence à entrer et Anne-Marie aide son époux à l'étiqueter et à la placer dans les comptoirs. Occupée à refaire l'étalage de la vitrine, elle jette un coup d'œil en direction de la silhouette qui se profile et commence à gravir les marches.

— Madame Richard s'en vient, prévient-elle Julien.

Anne-Marie abandonne aussitôt sa tâche pour prendre place derrière le comptoir.

— Bonjour, madame Richard, dit-elle d'une voix mielleuse afin d'endormir la défiance de la riche cliente aux doigts indélicats. Qu'est-ce que je peux faire pour vous ?

Plus modéré, Julien rejoint sa femme en silence.

— J'aimerais voir vos nouvelles bagues, répond la dame d'un ton joyeux.

Julien prend soin de ne sortir qu'une bague à la fois. La dame essaie le modèle, puis demande à en voir un autre et un autre et un autre, puis elle hésite entre trois bagues et, à la satisfaction des époux, elle met fin à leur supplice en choisissant la plus chère. Julien se penche sous le comptoir pour sortir un écrin pendant qu'Anne-Marie va chercher un chamois afin de polir le bijou vendu. Madame Richard paie et s'en va.

— Ça parle au diable ! s'écrie soudain Julien. Elle a réussi à nous en voler une !

— Ça se peut pas. On l'a toujours surveillée !

— Regarde, dit-il en indiquant les deux trous vides dans le baguier. Elle a chipé la bague de perle.

Julien se gratte la tête sans se soucier de l'ordonnance de son toupet. Ce larcin vient d'annuler le profit fait sur la vente de l'autre bague et l'habileté de la voleuse le sidère.

— Comment elle a pu faire ? Je ne comprends pas, se désole Anne-Marie. Qu'est-ce qu'on va faire ?

— On ne peut plus faire grand-chose. On risquerait de se faire poursuivre si on l'accusait de vol sans preuve.

— Son mari fait partie du gratin, ça ferait tout un scandale. Moi, j'irais lui en parler, suggère Anne-Marie. Je lui dirais que ça fait deux fois qu'elle te fait le coup.

— Je vais y penser, dit Julien, le front marqué de deux gros plis.

Anne-Marie s'en va terminer l'arrangement de la vitrine en maugréant contre les voleurs de tout acabit. Du coup, elle envie moins les gens fortunés, car elle se rend compte qu'ils ont parfois des problèmes surprenants.

Dehors, les premiers flocons de neige de la saison commencent à tomber.

Le lendemain après-midi, alors qu'Anne-Marie est allée faire un peu d'épicerie chez l'oncle Benjamin, Julien voit surgir monsieur Richard. Il abandonne la réparation sur laquelle il était concentré pour accueillir « le mari de la voleuse », comme il l'appelle dans sa tête. Méfiant, il appréhende cette visite, monsieur Richard est l'un des hommes les plus influents de la localité. Et si le mari est aussi malhonnête que sa femme, Julien devra trouver un moyen subtil de les décourager de fréquenter son commerce.

— Qu'est-ce que je peux faire pour vous ? dit-il machinalement.

— C'est au sujet de ma femme, répond l'homme, la mine grave.

Par prudence, Julien s'abstient de toute question ou commentaire.

— Je n'irai pas par quatre chemins, soupire le visiteur. Ma femme a un problème. Je ne sais pas si vous vous en êtes aperçu, mais elle vous a volé une bague hier.

— Je m'en suis aperçu après son départ. Pourtant, je faisais très attention. Ce n'est pas la première fois que votre femme…

Afin d'épargner un peu le mari, Julien ne termine pas sa phrase. Monsieur Richard semble très surpris d'apprendre que sa femme avait déjà détroussé le bijoutier.

— Je vous remercie de ne pas avoir appelé la police, dit-il. J'ai tout essayé pour la corriger de ce vice, mais c'est plus fort qu'elle. Le meilleur moyen que j'ai trouvé pour ne pas avoir d'histoires, c'est de l'inciter à me montrer les articles qu'elle vole. Après, je vais payer la marchandise qu'elle a dérobée. Dites-moi combien je vous dois.

Touché par sa droiture, Julien lui demande un prix raisonnable pour la bague subtilisée et l'homme le paie sans discuter.

— Avant, elle volait des petits riens, des pacotilles, dit-il comme pour l'excuser et faire comprendre à Julien qu'elle lui coûte de plus en plus cher.

— Je vais mieux la surveiller à l'avenir.

— Merci beaucoup, monsieur Briand. Mais si, malgré tout, elle vous vole autre chose sans me le dire, je vous demande de venir m'en parler.

Julien lui fait un léger signe de tête en signe d'assentiment. En regardant sortir l'homme affichant d'ordinaire une grande jovialité, Julien constate une fois de plus que la gaieté masque souvent des malheurs insoupçonnés.

Revenant de la patinoire, le dernier samedi avant Noël, Valérie, en débouchant dans la rue principale en compagnie de son amie Claudette, aperçoit Bruno et sa mère qui marchent à environ trente pieds de distance d'elles. La mère bougonne et Bruno rentre son cou dans ses épaules quand elle lui administre une taloche bien sentie derrière la tête. Sa casquette tombe dans la gadoue.

— Ramasse ta casquette, espèce d'idiot ! hurle la marâtre.

Les deux fillettes se regardent, les yeux exorbités. Valérie tire son amie par le bras et l'entraîne vers la vitrine du magasin de vêtements pour dame.

— Fais comme si on l'avait pas vu, chuchote-t-elle.

— Pauvre Pruneau, murmure Claudette.

— Il s'appelle Bruno ! rouspète à voix basse Valérie.

Son amie marmonne un début d'excuses, vite interrompu par les vociférations de la mère du simplet parce que son fils vient de tomber en voulant récupérer sa casquette. Excédée, la mère de Bruno poursuit sa route en bougonnant pendant que le pauvre garçon reste étendu par terre. Valérie l'entend pleurer et tire de nouveau Claudette par la manche. Arrivée près de lui, elle se penche pour l'aider à se relever. Ses patins qu'elle avait noués et portait sur son épaule glissent et vont rejoindre la casquette détrempée de Bruno.

— Viens à la maison, on va nettoyer ton manteau, dit-elle en récupérant ses patins en même temps que Bruno, lui, agrippe sa casquette.

— Ma casquette aussi ? pleurniche le garçon.

En faisant une lippe comique, il tient dans ses mains sa précieuse casquette comme si c'était un oiseau blessé.

— Ta casquette aussi, l'assure la fillette compatissante.

— Salut, je m'en vais chez nous, dit soudain Claudette en poussant un soupir d'exaspération.

Valérie est tout d'abord étonnée que son amie l'abandonne alors qu'elle devait venir prendre une collation chez elle, puis elle s'avise que c'est la présence de Bruno qui l'a sans doute fait changer d'avis. Des amies qui lèvent le nez sur les autres, elle n'en veut pas et elle se promet que si Claudette prononce une seule fois de plus le surnom méprisant de «Pruneau», elle ne lui adressera plus jamais la parole.

— Salut, répond-elle fraîchement. Viens-t'en, Bruno. On va aller manger les bonnes galettes au sucre de ma tante Gisèle.

Sa dernière phrase vise Claudette, et Valérie se rend compte qu'elle a fait mouche quand son amie se retourne et lui fait une vilaine grimace.

Après avoir enlevé leurs bottes dans l'entrée, Valérie apporte le manteau taché du garçon à sa tante. Dans la cuisine, la chaleur ronflante du poêle la console de la malveillance de sa camarade de classe. Elle accordait à sa première amie l'importance qu'aurait eue une sœur si le petit Jésus lui en avait envoyé une et sa déception est si grande qu'elle irait s'enfermer dans sa chambre pour pleurer si elle était seule. Mais Bruno, plus malheureux qu'elle, a besoin de son réconfort et elle fait taire son chagrin jusqu'au soir où elle pourra le laisser s'écouler dans des larmes silencieuses afin de ne pas alerter la maisonnée.

— Pouvez-vous nettoyer le manteau et la casquette de Bruno ? dit-elle, ses yeux implorants fixés dans ceux affectueux de sa tante.

— Je vais voir ce que je peux faire, répond la tante d'un air sérieux.

Gisèle s'amuse de la mine affligée des deux enfants, persuadée que ce chagrin d'enfant est causé par les petites taches faciles à faire disparaître.

— Je peux servir des galettes et du lait à Bruno ? mendie la fillette.

— Je vais vous servir ça tout de suite et je nettoierai les vêtements de ton ami pendant que vous mangerez votre collation.

De la salle de bain où elle frotte les taches, Gisèle entend malgré elle les confidences surprenantes du garçon :

— Depuis que je me rappelle, ma mère m'appelle l'idiot. Je sais pas pourquoi. Elle est toujours fâchée. Pourtant, je lui obéis toujours, toujours.

— Tiens, prends une autre galette, dit sa nièce. Moi, je te trouve très gentil.

— T'es fine, toi. Les autres, ils rient de moi. Je sais pas pourquoi. Je suis toujours poli, moi, et je ris pas des autres.

— C'est vrai. Tu es poli. Et j'aime quand tu souris.

— Je souris tout le temps, même quand j'ai de la peine. Mais ma mère crie pareil après moi. Des fois, je me bouche les oreilles pour pas entendre.

Le reste des confidences se perd en murmures et reniflements et Gisèle attend que les pleurs se calment pour faire son entrée. Depuis sa déception amoureuse et le sentiment de rejet qui l'ont fait se replier sur elle-même, elle est bien placée pour comprendre les souffrances du gamin.

— Tiens, mon beau Bruno, claironne-t-elle, ton manteau et ta casquette ont l'air tout neuf.

Le garçonnet la regarde avec des yeux extasiés. Il lui donne l'impression qu'elle est un ange descendu du ciel.

— Merci, ma tante, murmure Valérie.

Sa nièce la regarde avec des yeux chargés d'amour et Gisèle, qui ne s'attendait pas à une telle reconnaissance, en est toute retournée. Sa sensibilité blessée la porte à vouloir soulager la peine de ses semblables et, après avoir coiffé Bruno de sa casquette, elle serre contre elle ce gamin qui n'a personne pour le consoler.

8

Cap-aux-Brumes, printemps 1954

Les oies sauvages remontent vers le nord et leurs formations dessinent de grands V dans le ciel de Cap-aux-Brumes. De loin, on les entend cacarder lors de leurs escales au bord du fleuve. Julien et Anne-Marie se promènent près du rivage et admirent les grands oiseaux qui leur offrent un spectacle à grand déploiement. À côté d'eux, un vieux bonhomme grommelle :

— Ah, mes maudites ! Je vous haïs, que je vous haïs donc ! Arrêtez de jacasser. Fermez-vous. Allez-vous-en ! Ouste ! Ouste !

Julien sourit de l'entendre vociférer et de le voir agiter les bras en courant pour les effrayer. Pourtant, il comprend l'animosité du vieil agriculteur. C'est qu'elles sont bavardes, ces oies. Et voraces !

— Tu parles d'un vieux fou, marmonne Anne-Marie.

Pendue à son bras, elle se réjouit de l'arrivée des grands oiseaux migrateurs. On dit que les couples de bernaches restent ensemble pour la vie et, pour elle, les oies sauvages symbolisent la fidélité.

Mais elles n'ont jamais fait escale au rang des Cailles et elle peut les admirer sans réserve, alors que les fermiers chez qui elles se posent font les frais de l'hospitalité qu'offrent leurs champs.

— Il n'est pas fou, il en a assez de se faire dévaster ses champs chaque printemps. Qu'est-ce que tu dirais si une bande de malfaiteurs venait vider tous nos comptoirs et repartait sans rien laisser ?

Julien ne peut s'empêcher de faire le parallèle avec certains humains qui se comportent comme ces oies insouciantes. Quelques personnes, qui ne sont jamais la cible des chapardeurs, arrivent à leur trouver des excuses pour justifier leurs grappillages : « ils volent pour se nourrir », disent ces âmes charitables. Mais les victimes à répétition finissent par les exécrer, comme ce fermier ruiné par les nuées de resquilleurs. « De pique-assiette à vide-gousset, il n'y a qu'un pas, songe Julien. On commence par voler un œuf puis on finit par voler un bœuf. » Pour un commerçant honnête et travailleur, il n'est rien de pire qu'un voleur qui vient lui enlever le pain de la bouche. Julien a du mal à comprendre la parabole de Jésus selon saint Matthieu : « Regardez les oiseaux du ciel : ils ne sèment ni ne moissonnent, et ils n'amassent rien dans des greniers ; et votre Père céleste les nourrit. Ne valez-vous pas beaucoup plus qu'eux ? » Julien veut bien s'en remettre à la Providence, mais il se demande ce qui se produirait si tout le monde se comportait comme la gent ailée.

À l'exemple des oiseaux qui font leur nid au printemps, les amoureux songent à se marier à l'approche de la belle saison. Les bûcherons sont de retour des chantiers, les poches remplies d'argent, et Julien reçoit la visite de l'un d'eux. Un grand Jack de six pieds, les épaules carrées, les cheveux coupés en brosse. Sa voix éraillée s'apparente à celle des corneilles chicanières.

— On vient voir vos sets de gages, dit-il, l'air fanfaron. En avez-vous des beaux?

La jeune fille qui l'accompagne est toute menue. Juchée sur ses talons hauts, elle dépasse à peine les cinq pieds.

— Beaux, mais pas trop chers, précise-t-elle d'une voix douce.

— Non, bébé. Je veux ce qu'il y a de mieux!

Julien songe qu'il a devant lui le parfait exemple des contraires qui s'attirent.

— J'ai plusieurs modèles, dit-il d'un ton calme.

Fin psychologue, il laisse dans le comptoir les plus coûteux afin de ne pas forcer le prétentieux à en acheter un juste pour faire de l'épate à sa blonde, de même qu'il omet ceux à prix raisonnable pour ne pas offenser le fier gaillard. Il leur présente les alliances de valeur moyenne, de beaux solitaires d'environ 25 carats dont les prix varient en fonction de la couleur et de la limpidité des gemmes. Aux yeux des profanes, la grosseur du caillou est un facteur important.

La jeune fille essaie la première bague que lui tend Julien. La plus chère de l'assortiment. Elle éloigne sa main pour juger de l'effet, puis regarde le prix et l'enlève, ce qu'avait prévu Julien qui s'assure que le futur fiancé jette un coup d'œil à l'étiquette qu'il a laissée bien en évidence. Puis il présente à la cliente la bague la meilleur marché.

— Regardez-la sous la lampe. Le diamant scintille de mille feux.

C'est de cette façon qu'il met en évidence un diamant moins cher, conscient qu'il y a tant de choses à s'acheter quand on se marie. Julien veut ainsi rendre heureuses les personnes sages qui ne veulent pas se ruiner dans l'achat de leurs alliances. Après avoir vu le prix, la jeune femme déclare qu'elle préfère ce modèle. Quand son amoureux voit le prix, il fronce les sourcils.

— C'est-y un vrai diamant? questionne-t-il, l'air sceptique.

— C'est un vrai diamant, affirme Julien.

— Comment ça se fait qu'il y a autant de différence de prix entre les deux? Ils sont de la même grosseur.

Julien le voit prêt à monter sur ses ergots comme un petit coq irascible. Ce qu'il avait prévu également. Mais par respect pour son client, il prend le temps de lui expliquer que le prix varie selon la pureté de la pierre. Il faut aussi tenir compte de la quantité d'or de la monture et du nombre de carats de l'or.

— Dans un diamant, il y a parfois de légers défauts qui sont invisibles à l'œil nu. L'orfèvre peut monter la pierre de façon que le défaut soit placé vis-à-vis de l'une des griffes qui la retiennent et seul un examen attentif à la loupe peut le révéler à un bijoutier expérimenté. La couleur du diamant influence aussi le prix, la coupe…

— Qu'est-ce qui m'assure que c'est un vrai diamant? rétorque le client suspicieux.

Julien est aussi habitué à la méfiance du novice qui exprime ses doutes haut et fort, pensant se prémunir ainsi des vendeurs malhonnêtes.

— Un vrai diamant raye n'importe quoi sans être rayé. D'ailleurs, on se sert d'une pointe de diamant pour couper les grandes vitres thermos et pour tailler les miroirs. Naturellement, c'est impossible pour vous de vérifier la chose avec le diamant de cette bague parce qu'il est monté. Mais à l'achat, je vous remets un certificat et une facture attestant la valeur de votre bague. Vous pouvez aller voir n'importe quel autre bijoutier pour la faire évaluer, je ne suis pas inquiet.

— C'est plus compliqué que je pensais, soupire la jeune femme. Mais vous m'avez l'air honnête.

La voyant piquer un fard, Julien s'apitoie sur le sort de cette jeune fille posée qui devra endurer toute sa vie un homme si différent d'elle.

— Votre futur mari fait bien de poser toutes ces questions, dit-il pour la mettre à l'aise, on n'est jamais trop prudent. C'est pour ça qu'il faut aller dans une bijouterie qui a pignon sur rue et dont l'horloger est certifié maître horloger.

« Vous pouvez aller voir ailleurs », aurait envie de dire Julien s'il ne craignait que ces jeunes gens l'interprètent de travers et qu'il veuille par là leur signifier qu'il n'est pas intéressé par leur clientèle. Il a toujours peur d'offenser un client. Sa devise est : « Le client a raison, le client a toujours raison. Même quand il a tort, le client a raison. C'est lui qui te fait vivre, ne l'oublie jamais. » Il le répète souvent à Anne-Marie afin de lui apprendre à mater sa redoutable impulsivité quand elle se retrouve derrière le comptoir.

Pour donner le temps au jeune couple de réfléchir afin de faire un choix éclairé, Julien met de côté les bagues que les deux amoureux viennent d'examiner une par une, en comparant les prix, et il leur montre un solitaire au diamant parfait de 10 carats qui vaut plus cher que certains modèles de 25 carats. La jeune femme passe en revue le nouveau baguier et vérifie les prix, puis Julien range les deux assortiments de bagues et leur montre les ensembles de joncs appareillés pour homme et femme, moins chers que les bagues à diamant. Là encore, il y en a pour toutes les bourses. Tous les joncs passent à l'inspection et Julien sera obligé de les frotter avec le chamois après leur départ pour enlever les traces graisseuses des gros doigts du matamore.

À rester debout sans bouger aussi longtemps, ses pieds s'engourdissent et il s'appuie tour à tour sur une jambe puis sur l'autre pour chasser le fourmillement agaçant.

Ses réparations attendent et il devra travailler plus tard pour les terminer afin de les livrer au jour convenu.

— Vous pouvez prendre le temps d'y penser, leur dit-il posément.

Tout autre commerçant moins patient ne se priverait pas d'ajouter qu'ils n'auront qu'à revenir quand ils auront pris une décision, à défaut de leur dire crûment de revenir quand ils sauront ce qu'ils veulent. Julien a une patience d'ange si l'on songe que son temps serait plus productif et plus payant s'il pouvait le passer à son établi.

— Il y a aussi des bagues dans les boîtes de Cracker Jack, dit la jeune fille à la blague.

Et Julien se dit que même timide, cette jeune personne ne manque pas d'à-propos. Le silence incompréhensible de son amoureux doit l'embarrasser. Comme le bijoutier, elle a la délicatesse d'attendre. Puisque c'est son cavalier qui paie, c'est à lui de se prononcer.

— On va y penser, finit par dire l'indécis d'un ton moins arrogant.

Le lendemain après-midi, le gars revient seul et semble moins faraud. Julien retient un soupir d'exaspération et enlève la loupe qui encercle son œil droit.

— Combien vous me feriez ces joncs-là ? tonne-t-il de sa voix grinçante.

Il pointe de son gros index l'ensemble de joncs les moins chers et laisse son empreinte digitale sur le comptoir vitré. Julien sort les deux anneaux et regarde les étiquettes où est inscrit en lettres leur coût de revient. Quand il lui fait part du prix exigé, le prétentieux lui demande :

— Vous faites crédit ?

— Non, mais je peux vous les mettre de côté si vous me donnez un acompte et vous les livrer quand ils seront payés.

— Cibole ! Vous faites pas confiance au monde, vous, rugit-il.

Les veines de son grand cou enflent démesurément sous le coup de la colère.

— Que voulez-vous, répond Julien posément, il faut que je paie mes fournisseurs dès que je commande la marchandise.

— C'est pas de même qu'on fait des affaires, proteste encore le gars.

Au lieu de rétorquer que c'est la façon la plus sûre de rester en affaires, Julien hausse les épaules en signe d'impuissance. Les bijoux ne sont pas un bien de première nécessité et les mauvaises expériences de crédit de son oncle l'ont convaincu de maintenir cette politique. Les coups de gueule des mauvais payeurs ne l'impressionnent nullement. En silence, il range les deux joncs. La langue lui démange et il vient bien près de donner cinq cents au grand fendant en lui conseillant d'aller acheter une boîte de Cracker Jack à sa blonde. Sans broncher et presque sans respirer, Julien regarde fixement l'individu qui décide de faire demi-tour. « Pauvre petite fille, j'espère qu'elle va s'ouvrir les yeux à temps », marmonne-t-il quand le drôle de moineau est hors de portée de voix.

Comme les jours, les clients se suivent et ne se ressemblent pas. Au mois de mai, quand les arbres bourgeonnent et que l'envie de s'égailler dans la nature prend aux tripes, le concessionnaire Ford s'amène, tout guilleret. Julien le croise souvent au bureau de poste et ils échangent quelques mots, mais c'est la première fois que Valmont Poulin lui fait la faveur d'une visite. Pourtant, sa femme et lui sont des gens à la page et très à l'aise financièrement.

— Comment ça marche, mon Julien? dit-il d'un ton amical.

Son sourire enthousiaste découvre une dentition immaculée et une canine en or lustrée par de fréquents brossages.

— Ça va comme c'est mené, répond Julien en riant.

L'homme à la chevelure rousse bouclée a le don de le mettre en joie. Le timide Julien s'épanouit au contact convivial du concessionnaire de voitures. Monsieur Poulin est toujours d'un tel entrain qu'il a un effet tonique palpable sur tous ceux à qui il s'adresse. Anne-Marie a l'habitude de dire que si elle pouvait mettre en bouteille la gaieté qui émane de cet homme, elle ferait fortune. Son attitude chaleureuse lui attire une nombreuse clientèle et son garage prospère d'année en année.

— Ça irait encore mieux si t'avais un beau char, mon Julien. J'ai deux vrais beaux modèles pour toi, mon chum. Un beau Customline de l'année, V8, deux portes – c'est bien pratique avec des jeunes enfants – puis il est rouge cerise, un vrai bijou, mon Julien. J'ai aussi un Fordor Sedan, quatre portes, deux tons: le *top* marine et le bas gris. Tu serais heureux comme un prince au volant d'une de ces deux automobiles-là.

— J'haïrais pas ça, mais j'ai pas assez d'argent, objecte le raisonnable Julien.

— Pas besoin d'avoir tout le *cash*, on pourrait faire un *bargain* tous les deux. Des bijoux, ça pourrait m'intéresser. Depuis qu'on est allés en ville et que ma femme a vu une montre avec des diamants, elle arrête pas de me dire qu'elle aimerait en avoir une. Moi, ça fait longtemps que j'ai le goût d'avoir une belle montre en or bord en bord. Tu peux-tu nous avoir ça, mon Julien?

— Bien sûr, il suffirait que je les commande.

— Passe au garage à soir, je vais te montrer les deux chars. Je vais te faire un prix que tu pourras pas refuser.

Au mois de juin, après un cours de conduite accéléré donné par Valmont Poulin dans la cour du collège, Julien passe son permis de conduire. Avant de conclure l'achat du véhicule, il attend Willy Grey, qui a accepté de faire un spécial pour son ami en venant présenter ses plus beaux modèles au concessionnaire automobile et à sa femme, la ravissante Dorélie. « C'est une carte de mode », entend-on dans la paroisse au sujet de la jolie brunette élancée. Comme son mari, Dorélie est avenante et le couple participe à toutes les activités importantes de la paroisse. Valmont est membre des Chevaliers de Colomb, du Club Richelieu et de la Chambre de Commerce, mais comme Julien, il ne se mêle pas de politique.

Anne-Marie, qui ambitionne depuis longtemps de faire partie de l'élite locale, se croit partie pour la gloire. Elle n'a pas l'intention de lésiner sur les moyens afin de se gagner l'amitié des Poulin. Son plan est déjà tout tracé. La première étape, la plus décisive, consiste à leur vendre les montres les plus chères afin de diminuer le montant à débourser pour acquérir l'automobile. « Le reste, c'est de la petite bière », se dit-elle en préparant le dîner. Pour accueillir Willy Grey, celui à qui elle doit sa guérison, elle s'est emparée du tablier de Gisèle afin de cuisiner les plats dont il raffole quand il vient dans la région durant la bonne saison : homard, crevettes et morue fraîche.

En attendant le commis voyageur, Julien essaie de se concentrer sur la réparation d'un gros réveil Westclock, trop énervé pour s'attaquer au mécanisme délicat d'une montre. Encouragé par sa femme, il se voit déjà au volant de la Customline rouge. Il voulait une voiture à quatre portières, mais le modèle coupé s'avère plus sécuritaire dans leur cas. Julien pourra se concentrer sur la route puisqu'il n'aura pas à se soucier de ce que font dans son dos ses trois casse-cou et leur sœur. Et Anne-Marie a succombé à l'éclat de l'automobile rouge qui attire tous les regards.

Pour son voyage d'inauguration, la Ford rouge cerise soulève la poussière du rang des Cailles. Le beau temps des derniers jours a asséché la route de terre et la rutilante automobile perd rapidement de son lustre. Julien, qui avait fait toute la route la vitre baissée afin de tempérer l'habitacle et de pouvoir signaler avec son bras son intention de tourner à gauche ou à droite, la remonte très vite avant d'étouffer dans le nuage sablonneux et d'encrasser l'intérieur. Les petits cailloux de la route produisent un bruit dur et sec en frappant la carrosserie. La pétarade énerve Julien qui craint d'égratigner la belle peinture toute neuve de la Ford. Par le miroir du rétroviseur, il voit soudain réapparaître une nuée cendreuse à l'intérieur.

— Rémi, monte ta vitre, ordonne-t-il, excédé.

Conduire pour la première fois sur un parcours de plusieurs milles l'a stressé. Tout au long de la route, les quelques imprévus inimaginables avant cette première ont tempéré son enthousiasme. En plus des changements de vitesse qu'il faut effectuer en douceur pour ménager la transmission, Julien a trouvé éprouvant de négocier les courbes qui longent la rivière Mélodie, agaçant d'être aveuglé par les rayons du soleil, et tout à fait écœurant d'avaler un intrus ailé non identifié qui a foncé à toute vitesse dans sa bouche au moment où il était en train de vanter les plaisirs de la balade. À en juger par le bouchon velu qui a failli obstruer sa gorge, il croit avoir gobé un gros bourdon.

Le chahut des garçons assis à l'arrière avec leur tante Gisèle est la petite goutte de trop et s'il devait faire ne serait-ce qu'un mille de plus, il ne répondrait plus de lui. « Ouf », songe-t-il en apercevant la maison de ses beaux-parents.

Il doit ralentir pour tourner dans l'entrée, changer de vitesse, puis peser sur l'accélérateur pour gravir la montée. Un léger grincement métallique lors des manœuvres et un freinage un peu prompt une fois arrivé devant la galerie agacent Julien qui aurait souhaité une approche impeccable.

La porte s'ouvre à la volée et la maisonnée au grand complet, du plus vieux au plus jeune, déboule le grand escalier en poussant des cris de joie. Anne-Marie ouvre sa portière et est aussitôt assaillie par la clique familiale qui s'extasie, étreint, baisote et pose mille questions. Derrière, les occupants doivent se rabattre sur la sortie du côté du conducteur où Julien a laissé la porte grande ouverte et abaissé le dossier de son siège à leur intention. Coincée au milieu du siège avant comme une petite souris prise au piège, Valérie attend que se calme la frénésie tapageuse créée par l'effet de surprise de leur arrivée.

Afin de permettre à tout le monde d'admirer la finition intérieure du véhicule flambant neuf, on permet enfin à Valérie de sortir à l'air libre. Elle a le tournis, la nausée et se sent défaillir.

Valérie revient à elle, enfoncée dans un matelas de plumes. Elle reconnaît le rideau de dentelle soulevé par la brise chaude, s'émerveille des rayons de soleil, du chant des oiseaux et de l'odeur du sapin. La chambre est fraîche et sa grand-maman lui passe une débarbouillette sur le visage.

— Ça va mieux ?

La voix affectueuse ressemble à une mélodie divine, le tendre sourire la rassure. Quand on a une grand-maman aimante, rien de mal ne peut nous arriver et Valérie répond oui, même si sa salive a un goût bizarre et qu'elle doit appuyer sa main sur sa bouche pour ne pas vomir et tacher le lit tout blanc. Habituée aux petites filles malades, sa grand-maman avait prévu le coup et elle lui présente une bassine de fer-blanc.

— Ça va mieux, assure ensuite Valérie en s'essuyant la bouche du revers de la main.

— Recouche-toi, ma belle, grand-maman va revenir te porter une bassine propre.

Valérie entend sa mère, sa tante et sa grand-mère échanger questions et commentaires pour trouver la cause de son malaise. « C'est l'auto qui l'a rendue malade », affirme sa mère. « C'est une indigestion », avance la grand-mère.

— Qu'est-ce qu'elle a mangé ce midi ?

— Du boudin, répond Gisèle.

— Alors, c'est une indigestion, affirme la grand-mère.

Juste à entendre le mot « boudin », Valérie a un autre haut-le-cœur. Quand sa grand-mère rapporte la bassine nettoyée, Valérie la souille de nouveau. L'odeur nauséabonde provoque une autre nausée. Puis sa grand-mère lui lave le visage tendrement.

— Essaie de dormir un peu, conseille-t-elle avant de quitter la chambre.

Dehors, la voix des hommes et les cris des garçons lui parviennent comme enveloppés d'ouate. Valérie a l'impression que ses membres sont de coton. Elle enfouit son nez dans l'oreiller de plumes qui sent la lavande.

En fin d'après-midi, malgré le somme, elle tremblote quand elle essaie de se lever pour retourner à la maison.

— Elle est toute pâle. Laissez-la ici, vous reviendrez la chercher dans deux semaines, conseille la grand-mère.

— Mais elle n'a pas de linge, objecte sa mère.

— On va se débrouiller avec ce qu'on a. J'ai gardé tout le vieux linge de Marguerite.

Après une halte de trois jours dans le lit douillet de sa grand-mère, Valérie réussit à se lever et à garder un peu d'eau tiède. Pendant ce temps, son grand-père a dû coucher à l'étage.

— Ta grand-mère m'a mis en pénitence, blague-t-il quand Valérie s'excuse d'avoir pris sa place.

— Pauvre tite chatte, dit Marguerite en lui faisant une caresse sur la joue.

Valérie sourit, émue par le sobriquet, sachant que sa jeune tante raffole des chats. Durant sa maladie, Marguerite venait la voir en tenant dans ses bras un chaton gris et ensemble, elles s'amusaient de ses cabrioles, puis le minet se laissait flatter en ronronnant bruyamment et elles en riaient parce que Jérôme prétend que le chaton fait autant de bruit que son gros tracteur.

Remise de son indigestion, Valérie se sent bien parmi ces grandes personnes dont elle est le centre d'attraction. Chez elle, elle est la plus vieille, elle doit donner l'exemple. Ici, elle peut se permettre de redevenir enfant. C'est bon, c'est doux, c'est reposant. Jamais sa tante Noémie ne lui demande de s'occuper de ses marmots. Ils vont et viennent à leur guise, libres de courir, de crier et de s'amuser. La maison est remplie de soleil, d'air tiède et de gaieté.

Vêtue de la vieille robe fleurie de Marguerite, Valérie aime courir dans le vent, les bras en croix, dans le large espace herbeux qui s'étend entre la montée en demi-lune et le rang graveleux. Elle ferme les yeux pour mieux goûter la caresse de la brise et la sensation de l'herbe fraîche sous ses pieds nus. Marguerite la suit en l'imitant et quand Valérie s'arrête et se retourne pour vérifier que tout va bien, elle est charmée par la grâce de la tantine lourdaude libérée de son âge.

— Levez-vous ! crie le grand-père, de bon matin.

Chaque jour, ce n'est pas le chant du coq qui réveille la maisonnée. La voix autoritaire du grand-père couvre le son endiablé de la radio qui joue à tue-tête. L'oncle Germain se fait tirer l'oreille avant de quitter son lit.

— Debout, c'est l'heure, mes beaux petits cœurs, chantonne l'animateur rimouskois.

Durant l'émission matinale *Debout, c'est l'heure*, Jean Brisson fredonne le même leitmotiv entraînant environ toutes les quinze minutes afin de stimuler ceux qui se lèvent plus tard à entreprendre leur journée. Valérie s'étire dans le lit qu'elle partage avec sa tante. Elle n'a pas envie de quitter la chaleur des draps. Ses yeux ensommeillés se referment.

— Levez-vous ! hurle encore le grand-père.

La voix tonitruante du patriarche fait trembler de peur Valérie qui remonte le drap au-dessus de sa tête, croyant se prémunir contre le courroux du maître de maison. Au troisième appel, l'escalier craque sous les pas de l'oncle

Germain. Valérie et Marguerite attendent l'accalmie avant de descendre à leur tour.

Durant la matinée, elles doivent s'acquitter de menues corvées, mais personne n'élève la voix et elles sont libres ensuite de jouer. Aller aux fraises, tourner la baratte à beurre ou se laisser enrouler autour des bras tendus la laine que Marie-Reine file au rouet sont pour Valérie des activités si nouvelles et si amusantes qu'elle les considère comme des jeux.

Mais après le souper et la vaisselle, survient un autre moment où la discipline refait surface. À sept heures tapantes, il n'y a pas moyen d'y échapper, tout le monde s'agenouille pour réciter le chapelet en famille. Son grand-père tire une chaise, qu'il tourne pour appuyer ses mains au dossier, sa grand-mère s'agenouille à côté, tenant un grand rosaire fait de billes de bois en forme de roses. Elle fait le signe de la croix, imitée par les autres : son mari, ses enfants, sa bru et ses petits-enfants.

Valérie est agenouillée à sa droite parce que l'aïeule a remarqué qu'elle a tendance à être dissipée. D'un ton solennel, Marie-Reine récite le *Je crois en Dieu*, suivi de trois *Je vous salue Marie* et du *Notre Père*. Les cinq dizaines de *Je vous salue Marie*, entrecoupées de *Gloire au père*, s'égrènent avec la lenteur d'un métronome. Une mouche tourne autour du visage de la fillette et elle la chasse de la main. Après le chapelet, sa grand-mère sortira le tue-mouche pour lui régler son compte.

Au bout de trois dizaines de chapelet, Valérie s'assoit sur les talons, pour soulager ses genoux endoloris par le plancher de bois franc. Au regard sévère que lui lance sa grand-mère, elle se redresse. Le petit chat gris, qui s'était endormi derrière le poêle à bois, se joint au rituel quotidien. Il observe le miroitement des grains de cristal du chapelet de

Valérie. La croix de Jésus, qui pend et sautille au fur et à mesure que la fillette égrène les *Je vous salue Marie*, le fascine. Il s'étire, donne un coup de patte. La croix saute encore et il étire de nouveau la patte pour l'attraper. Puis il s'élance et la mordille. Valérie commence à rire. La grand-mère flanque un coup de coude à sa petite-fille et donne une bonne tape au chaton. Le pauvre minet miaule, il n'a pas compris l'irrévérence de son geste. L'éducation commence au berceau, prêche Marie-Reine, et celle du chaton vient de commencer.

Quand Valérie monte se coucher, le jeune chat épie la grand-mère et dès qu'elle quitte la cuisine, il bondit vers l'escalier et vient se blottir dans le cou de la fillette en ronronnant.

Valérie déborde de joie en retrouvant ses petits frères. Il n'y a rien de tel que d'être privé un certain temps de ce qui compose le quotidien pour mieux l'apprécier par la suite. Au bout de deux semaines, elle a oublié leur turbulence. Les garnements se sont eux aussi ennuyés de leur grande sœur, qui pourtant les chicane quand ils ne se conforment pas aux exigences de leurs parents.

Durant son séjour chez ses grands-parents, sa mère s'est initiée à la conduite automobile et Valérie est bien heureuse qu'elle l'emmène dans le village voisin, chez une cousine qui est propriétaire d'un magasin de vêtements pour dames.

Pendant que les deux cousines échangent les nouvelles et que sa mère essaie quelques robes, Valérie palpe les tissus, hume l'odeur des tailleurs de fin lainage. La boutique est plus petite que celles de Cap-aux-Brumes, mais les vêtements y sont différents, plus doux, autant au toucher qu'à la vue, et ils lui semblent plus raffinés. Ce qu'elle a hâte d'être grande et de pouvoir essayer les robes aux tendres coloris de cousine Albertine !

Sur la promesse de se revoir bientôt, Anne-Marie repart de la boutique avec un joli tailleur enveloppé dans du papier de soie. En reculant dans la rue, elle heurte la clôture du voisin d'en face.

— Sainte bénite ! s'écrie-t-elle.

Sa mère sort du véhicule en laissant la portière ouverte et Valérie voit se profiler dans le rétroviseur l'ombre d'un grand épouvantail qui gesticule.

— Ah, les femmes au volant ! tempête-t-il. C'est ça que ça donne. Quand on n'a pas de tête, on conduit pas un char, verrat ! C'est une affaire d'hommes…

Se prenant la tête à deux mains, l'individu se plaint des femmes, en général, et du bris de sa clôture, en particulier, comme si un cataclysme venait de tout lui ravir d'un coup.

— Le poteau est juste un peu croche, objecte Anne-Marie d'un ton sec. Faudrait quand même pas charrier.

Valérie tremble pour sa mère en entendant la voix tonnante du bonhomme dont les bras menaçants s'agitent en tous sens et elle s'apprête à sortir de l'auto pour la défendre.

— Dites-moi combien ça coûte, dit Anne-Marie d'un ton cassant.

— Cinq piastres ! Pas une cenne de moins !

Valérie songe à la quantité énorme de bonbons qu'elle pourrait se payer avec cinq dollars. Avec un seul sou, elle peut obtenir une ou plusieurs sucreries, selon qu'elle choisit de grosses gommes à mâcher, des pipes en réglisse, des cigarettes en bonbon ou des framboises en gelée. À sa grande surprise, sa mère sort un billet de cinq dollars et le remet au bonhomme. Valérie n'aurait jamais cru que sa maman était si riche.

L'enragé se sauve, pressé de mettre en sûreté son trésor, songe Valérie en son for intérieur. Sa mère sort un mouchoir de son sac à main, l'imbibe de salive et le passe sur le bout de l'aile responsable d'avoir incliné le poteau valant «cinq piastres, pas une cenne de moins», puis elle reprend place au volant. Une fois sur la grand-route, elle se décide à signaler un détail important:

— C'est presque rien, juste une petite grafigne. Dis-le pas à ton père.

Le dimanche suivant, quand Julien prépare tout son attirail pour laver et lustrer la voiture, Valérie monte à sa chambre, redoutant d'être soumise à l'inquisition paternelle. De la fenêtre, elle l'observe. Il lave son automobile avec la même minutie qu'il répare les montres brisées. Mais il passe sur l'aile égratignée sans se rendre compte du dommage subi et Valérie remercie le ciel qu'il n'ait pas porté sa loupe d'horloger.

Les soucis personnels des Gaspésiens sont relégués au dernier plan lorsqu'ils apprennent que Wilbert Coffin est reconnu coupable du meurtre des trois chasseurs américains assassinés un an plus tôt. Le 5 août 1954, à l'issue d'un procès qui a débuté le 15 juillet à Percé, le jury rend un verdict unanime de culpabilité après une demi-heure de délibérations. Le lendemain, le juge Gérard Lacroix prononce la sentence de mort.

La population de la province se passionne pour ce procès peu banal. On entend rarement parler de meurtre en Gaspésie et l'affaire paraît fort nébuleuse, personne n'a été témoin du meurtre et la police n'a obtenu aucune confession pouvant incriminer l'accusé, qui se dit innocent. La

Couronne se base sur des preuves circonstancielles pour convaincre le jury que, puisque Coffin était en possession de quelques objets appartenant aux chasseurs américains qu'il avait aidés quelques jours avant, il les a fort probablement assassinés.

Assise sur la galerie, en compagnie de Julien et Gisèle, Anne-Marie en discute avec un de leurs voisins. Ti-Paul est le dernier-né d'une famille composée uniquement de garçons. C'est un beau jeune homme brun d'environ vingt ans, poli et bien mis. Il vit chez ses parents et fait du taxi pour gagner sa vie. Sa mère ne jure que par lui et il est évident pour tous que son petit dernier est son chouchou.

Comme il ne fréquente aucune jeune fille, Anne-Marie essaie de l'attirer chez elle en se disant qu'il serait un bon parti pour sa sœur. Charmée par son regard de velours et ses lèvres sensuelles, elle s'imagine que Gisèle ne peut qu'en tomber follement amoureuse.

— Coffin est innocent, affirme-t-elle. C'est parce qu'il est protestant et que lui et sa blonde ont eu un enfant sans être mariés qu'on le condamne.

— Meman pense comme vous, dit Ti-Paul. Pepa dit que c'est pour tranquilliser les touristes Américains qu'y se sont dépêchés de trouver un coupable. Y ont pas de preuve, y ont même pas trouvé l'arme du crime.

— Il y a bien des affaires louches là-dedans, ajoute Anne-Marie, avec l'air d'une personne qui en sait plus long qu'elle ne veut l'avouer.

— Je peux pas croire qu'y vont le pendre, déplore Ti-Paul.

Les stridulations enthousiastes des grillons pallient le silence de Julien et Gisèle. Que cette dernière ne manifeste aucun intérêt pour le beau Brummell assis à côté d'elle contrarie vivement Anne-Marie. Elle ne comprend pas que sa sœur ne soit pas attirée par un homme aussi charmant. «Je vais finir par lui tirer les vers du nez», se promet-elle.

— Aimes-tu jouer aux cartes, Ti-Paul ? demande-t-elle tout à trac.

— Oh, oui ! répond-il avec autant d'enthousiasme que les criquets poursuivent leur concert nocturne.

— Qu'est-ce que vous diriez qu'on joue une petite partie ? propose-t-elle.

— J'aimerais autant rester dehors et profiter du beau temps, objecte Gisèle.

— On pourra se reprendre à l'automne pour les cartes, l'appuie Julien.

— Quand vous voudrez, je suis votre homme, s'empresse de répondre Ti-Paul en faisant mine de se lever.

— La veillée est jeune, reste avec nous autres, insiste Anne-Marie.

Depuis son séjour au rang des Cailles, Valérie a pris goût au grand air et elle profite des derniers beaux jours pour passer ses journées dehors au lieu de rester dans la maison comme auparavant. Vu qu'elle n'a plus à s'en faire pour la santé de sa mère, elle se sent libre de s'amuser avec ses frères. Voulant se mêler à leurs jeux, Bijou court parmi eux, essayant d'attraper la balle qu'ils se relancent dans la cour arrière.

Leur père les a bien avertis de ne pas dépasser le coin de la maison et de faire attention à son automobile. Au fond de la cour, Valérie lance la balle à ses frères. Pour leur faire plaisir, elle l'envoie en alternance à l'un et à l'autre. Les garçonnets sont tous deux très habiles pour l'attraper, et parce que la grande sœur met moins d'ardeur dans les lancers à son intention et qu'il doit toujours courir vers l'avant pour la saisir, Jean-Marie proteste :

— Je suis plus un bébé. Lance-la plus fort.

Valérie s'exécute, mais la balle frappe le bout des doigts de Jean-Marie, tombe loin derrière et roule jusqu'à la rue. Paralysés, aucun d'eux n'ose désobéir aux ordres. Mais Bijou, habitué à rapporter les bouts de bois, s'élance à la poursuite de la vagabonde. Au moment où il mord la balle, une automobile surgit et l'on entend soudain un bruit inhabituel suivi du crissement des pneus sur l'asphalte.

En voyant leur fidèle Bijou étendu dans la rue, les enfants se prennent la tête à deux mains en pleurant. Le conducteur débarque de son véhicule, puis constatant qu'il n'y a plus rien à faire, il soulève le corps inerte et le remet à Julien, accouru sur les lieux du drame, en affirmant qu'il l'a aperçu trop tard. Alertées par les pleurs, Anne-Marie et Gisèle arrivent à la rescousse et essaient de consoler de leur mieux le premier grand chagrin de ces gamins au cœur tendre.

En pleurant, Valérie se détache tout à coup du groupe et court vers la cuisine. La porte-moustiquaire claque, fermée par le ressort qu'y a posé Julien afin qu'elle se referme automatiquement. La fillette en ressort promptement avec une boîte vide qu'elle ouvre en s'approchant de son père. Dans un silence de mort, Julien dépose le corps sans vie de Bijou. Valérie pose le couvercle sur la boîte et regarde sa mère.

— Est-ce qu'on peut l'enterrer dans la cour, maman ? dit-elle, la larme à l'œil.

Quatre minois implorants fixent leur mère, attendant la permission de faire des funérailles dignes de leur cher Bijou.

— On va vous aider, répond-elle.

— Non, c'est notre chien. On veut le faire tout seuls, réplique Rémi, les yeux noyés de larmes. Je vais lui faire une croix.

— Viens, dit Gisèle en prenant sa sœur par le coude pour l'inciter à revenir à l'intérieur.

De la fenêtre, elles surveillent la procession des enfants. Valérie, en tête, porte le petit cercueil improvisé. Jean-Marie la suit, tenant majestueusement une croix faite de deux bouts de bois de même longueur que son frère a simplement cloués au centre. Rémi ferme la marche, la tête penchée, la pelle à la main.

La tantine a le regard embué. Gisèle avait fini par s'amuser de trouver un os à moitié grugé sur le pas de sa porte et elle comprend la peine de ses neveux qui perdent leur meilleur ami, celui qui écoutait leurs confidences et savait les consoler d'un coup de langue affectueux.

— Il va me manquer à moi aussi, dit-elle, la gorge nouée, en s'essuyant le coin des yeux.

— On va leur trouver un autre chien, dit piteusement Anne-Marie.

— Laissons-leur le temps de faire leur deuil, conseille Julien qui a tout observé en silence.

Un mois plus tard, de connivence avec les parents, Ti-Paul arrive après le souper avec une cage qu'il dépose sur la table de la cuisine. Intrigués, les enfants s'approchent.

— Qu'est-ce que c'est? demande Rémi.

— Deux petits suisses que j'ai capturés, répond Ti-Paul.

Les deux tamias rayés qui rongent chacun leur petit bout de bois, s'arrêtent, surpris eux aussi par toutes ses paires d'yeux qui les épient, et de part et d'autre, on s'observe en silence. Comme il fallait s'y attendre, Rémi l'intrépide glisse un doigt entre les grilles de la cage.

— Attention ! s'écrie Anne-Marie. Ils vont te mordre.

Rémi retire prestement son index et se tourne vers Ti-Paul.

— Qu'est-ce que ça mange, des suisses ?

— Des noisettes, c'est ce qu'y aiment le plus.

Dans les bras de Gisèle, le petit Francis se démène pour voir les petits écureuils et sa tante doit le placer à portée de vue. Les trois autres enfants restent agglutinés près de la cage, fixant les deux bestioles aux dents aiguisées qui ont recommencé à ronger leur bout de bois.

— Maman, apportez-nous des noisettes, commande l'impétueux Rémi.

Ti-Paul ouvre aussitôt sous leurs yeux un sac de papier contenant des cacahuètes. Valérie commence à en écaler une, alors que Rémi, moins patient, lance la sienne dans la cage. L'un des tamias s'en empare prestement, l'ouvre rapidement à l'aide de ses dents et s'emplit les bajoues des deux cacahuètes que contenait la cosse.

— Il a des grosses joues ! rigole Jean-Marie.

Les enfants s'amusent à nourrir leurs nouveaux pensionnaires jusqu'à l'heure du coucher, si bien que le fond de la cage est jonché d'écales déchiquetées.

Le valeureux trappeur de tamias est ensuite invité à une partie de cartes. Dûment chapitrée par Anne-Marie, Gisèle participe, mais sans enthousiasme. Elle a bien averti Anne-Marie qu'elle ne voulait pas être la partenaire de jeu de Ti-Paul.

— Qu'est-ce que tu as contre lui ? s'informe le lendemain Anne-Marie. C'est un vrai bel homme, Ti-Paul. Tu le trouves pas de ton goût ?

Toute la soirée, Gisèle a opposé une froide indifférence aux avances de leur voisin.

— Moi, les beaux gars, ça ne m'impressionne pas, répond-elle sèchement. J'aime mieux un homme un peu moins beau, mais qui a une tête sur les épaules.

Anne-Marie la regarde, ahurie.

— Qu'est-ce qui te fait dire qu'il n'est pas sérieux ?

En train d'éplucher les patates du dîner, Gisèle pousse un soupir d'exaspération.

— Et toi, qu'est-ce qui te prend de vouloir me "matcher" avec ce gars-là ? J'ai besoin de personne pour me trouver un chum.

— Prends-le pas sur ce ton-là ! proteste Anne-Marie. Je veux pas te forcer, si tu l'aimes pas, je peux comprendre ça. C'est juste que moi, je le trouve bien fin.

— Moi, ça m'intéresse pas un petit garçon à sa meman.

Anne-Marie éclate de rire.

— Tu me fais donc penser à moi avant que je rencontre Julien.

Parrainé par Valmont Poulin, Julien devient membre des Chevaliers de Colomb à l'automne. Une aura de mystère entoure cette association de bienfaisance dont la mascotte est un bouc. L'initiation a duré toute la journée et, à son retour à la maison, Anne-Marie le presse de questions, mais Julien se contente de rire sans rien révéler. Elle s'y prend de toutes les manières possibles pour apprendre les signes secrets qu'ils ont pour se reconnaître entre eux s'ils ont besoin d'aide, par exemple, car les membres de la confrérie ont la réputation de se prêter assistance en toute circonstance.

— Arrête, ça sert à rien, répète-t-il en riant.

L'air de satisfaction de son visage et son rire piquent davantage la curiosité d'Anne-Marie. Sa cravate fripée l'intrigue également.

— Je finirai bien par le savoir, dit-elle d'un air de défi.

— Tu perds ton temps, répond-il, sûr de lui.

Comme tout Chevalier fait le serment qu'il ne dévoilera jamais rien à qui que ce soit, Julien s'amuse follement de la curiosité d'Anne-Marie. Dans les jours suivants, elle a beau le minoucher, lui susurrer « mon petit coucou » ou lui pincer le petit doigt durant la nuit pour le faire parler, toutes ses entourloupettes ne provoquent que l'hilarité de Julien. Alors, Anne-Marie se pique au jeu et lui fait toutes sortes d'agaceries, heureuse que son mari ait enfin franchi une étape qu'elle juge importante dans la progression sociale à laquelle elle aspire.

Un mois plus tard, Julien devient membre du Club Richelieu. Pour assister aux banquets et soirées organisés par les deux associations, Anne-Marie s'achète des robes du soir et de longs gants. Sur les conseils de sa femme, Julien commence à vendre des minuscules sacs en perles ainsi que les accessoires qui les garnissent : pilulier et poudrier de nacre, minipeigne et petit miroir de fantaisie, fin porte-monnaie de soie.

Désireuse de faire preuve de modernisme, Anne-Marie s'achète un paquet de cigarettes douces à bout filtre. Gantée comme une star de cinéma, elle tient son fume-cigarette en relevant l'avant-bras, de manière qu'il soit bien en évidence, ce qu'elle trouve du plus grand chic. Mais elle ne fume qu'une cigarette par soirée. Dans son cas, prétendre qu'elle fume est beaucoup dire, il faudrait plutôt utiliser le verbe «boucaner». Anne-Marie n'aspire pas la fumée, elle l'exhale en s'efforçant d'arrondir sa bouche, imitant du mieux qu'elle peut les vedettes de films.

Ses premières tentatives ne sont guère couronnées de succès, elle s'étouffe ou s'envoie de la fumée dans les yeux. Comme lorsqu'elle était adolescente, en cachette, elle s'exerce devant le miroir de la salle de bain. Mais la pièce s'enfume rapidement et elle doit aérer. L'air froid qui s'engouffre la fait frissonner et elle vaporise un jet de parfum pour masquer l'odeur de fumée qui persiste.

La petite ville continue de se développer et la clientèle de Julien augmente régulièrement. Anne-Marie est convaincue que cet achalandage est dû au fait que son époux fait maintenant partie de la bourgeoisie locale. Pour sa part, Julien croit qu'il doit cette croissance à sa réputation de probité et au respect dont il fait preuve envers ses clients. Pourtant, sa progéniture lui cause parfois des désagréments pouvant nuire à son commerce. Les deux tamias rayés suscitent parfois chez ses enfants des cris enthousiastes plutôt dérangeants.

Les deux bestioles sont à présent si bien apprivoisées que les gamins les sortent de leur cage sans danger de se faire mordre. Les écureuils courent le long des bras qui les délivrent de leurs barreaux, se juchent sur les épaules des petites personnes les gavant de noix. Un jour, par inadvertance, l'un des tamias s'enfuit par la porte entrouverte.

— On vient de le perdre, déplore Gisèle.

Figés dans l'embrasure, les enfants regardent leur petit écureuil courir vers la liberté. Brusquement, il s'arrête au milieu de la cour et creuse à toute vitesse un trou dans la neige, en tournant comme une vrille, jusqu'à ce que sa longue queue disparaisse. Puis, aussi sec, il en ressort et réintègre son hôtel cinq étoiles en trottinant si vite qu'il leur passe de nouveau entre les jambes.

Depuis ce jour, les petits tamias prennent régulièrement un bain de neige et ils regagnent leur foyer d'adoption tout propres et fringants.

Depuis l'automne, un autre habitué vient les saluer régulièrement. Avec le temps, Julien et Ti-Paul ont développé des liens d'amitié. Comme le beau brun n'a pas essayé de la charmer, Gisèle s'est habituée à sa présence et ils ont tous bien du plaisir à jouer aux cartes et à prendre un goûter avant le départ de leur visiteur en fin de soirée.

Depuis les fêtes, Julien le paie pour l'aider quand il a du temps à lui consacrer. Étant donné que toute la famille peut maintenant coucher à l'étage, le bijoutier a décidé d'agrandir son commerce. Au départ, il voulait utiliser tout l'avant de la maison, mais Anne-Marie s'est opposée à ce projet, refusant de transformer la chambre de sa grand-mère qu'elle tient à garder intacte. Par contre, elle a fait valoir les avantages qu'il y aurait à sacrifier la chambre donnant sur la cuisine. Le local serait mieux proportionné pour disposer les comptoirs en U, ce qui serait plus agréable et plus commode pour les clients, et Julien pourrait facilement accéder à la cuisine. En conservant la porte de la chambre, il pourrait s'isoler pour travailler en paix tout en ayant deux accès en cas de feu.

Julien a profité de ces transformations pour faire changer la boîte électrique et l'électricien a installé de nouvelles prises de courant dans toute la maison. Les travaux faisant beaucoup de poussière, Julien a acheté un aspirateur électrique et Gisèle le passe tous les soirs avant d'aller se coucher.

En février, après avoir terminé l'agrandissement du commerce, Ti-Paul vient les aider à ranger la marchandise. Julien et Anne-Marie se réservent le soin de placer les bijoux dans les comptoirs et demandent à Gisèle et Ti-Paul de disposer les articles sur les tablettes qui longent les murs latéraux. Désormais, Julien mettra également à la disposition de ses clients des rasoirs électriques, de beaux ensembles de plumes et stylos, et d'autres articles à offrir en cadeau.

À la fin de la soirée, malgré la fatigue, ils se regroupent autour de la table pour manger une bouchée et arroser la fin des rénovations. Julien sort sa maigre réserve d'alcool et chacun trinque au nouveau local. Un seul verre suffit à faire tourner la tête du bijoutier qui a travaillé d'arrache-pied et s'est privé de sommeil pour éviter de fermer son commerce trop longtemps.

Le matin de l'inauguration, malgré les courbatures, Julien sort du lit avec le même enthousiasme que les tamias s'en allant faire trempette dans la neige. Dans la vitrine, il a placé une grande pancarte annonçant la réouverture et il lui tarde d'accueillir ses clients et de recueillir leurs commentaires. Il est fier d'avoir doublé la superficie de sa bijouterie et de la variété d'articles qu'il peut dorénavant offrir.

La période d'après les fêtes est tranquille et c'est pourquoi Julien a attendu ce moment pour faire ces travaux, qu'il projetait depuis quelques mois, afin de ne pas trop pénaliser la population de Cap-aux-Brumes qui n'a plus qu'un seul horloger. Mais comme tout changement attire, les gens sont nombreux à se présenter.

Très tôt dans la matinée, Julien constate qu'il lui manque une montre de prix et après avoir bien vérifié l'étalage, le dessous du comptoir, l'établi de réparation, regardé partout et n'avoir rien trouvé, il fait un effort de mémoire. Il se souvient qu'il a aménagé lui-même ce comptoir la veille pendant qu'Anne-Marie rangeait celui des colliers et bijoux pour dame, et que Ti-Paul et Gisèle garnissaient les tablettes.

Il se demande qui a pu la subtiliser à son insu, car il a bien surveillé les personnes qui se sont présentées ce matin. Comme sa cliente kleptomane n'était pas du nombre, cela élimine la probabilité que le vol ait eu lieu durant la matinée. Julien est perplexe. Il se rappelle fort bien de l'endroit exact où il l'a placée hier soir, entre deux montres au bracelet de cuir, alors que celle-là est munie d'un bracelet extensible. Il se souvient très nettement de la marque, du modèle, de la forme des chiffres et des aiguilles, ainsi que de ce qui est gravé à l'arrière du boîtier.

Cette disparition vient refroidir son enthousiasme. Après les dépenses effectuées pour les travaux majeurs qu'il a entrepris, le vol d'un bijou de prix le démoralise. L'incertitude quant à l'identité du voleur le tracasse. Se pourrait-il qu'il ait été trahi par l'un des siens ? Cette pensée le tourmente. Il n'a aucune preuve pour accuser qui que ce soit et le doute le ronge. À qui peut-il faire confiance désormais ? Dans les circonstances, il juge préférable de ne confier à personne le vol de la Bulova pour homme.

Le vendredi soir suivant la réouverture, par la porte entrouverte donnant sur la cuisine, la maisonnée résonne tout à coup de cris de terreur. Se doutant de la raison provoquant ces clameurs d'épouvante, les enfants rentrent la tête dans les épaules. Un de leurs gentils petits écureuils vient de leur filer entre les doigts.

Hystérique, la cliente hurle à pleins poumons et cherche à fuir la bestiole qu'elle prend pour un rat.

— Il n'y a pas de danger ! C'est un écureuil ! lui crie Julien pour la calmer.

Il fait le tour des comptoirs et attrape la petite bête terrifiée par le chahut de la dame. Pâle comme la mort, elle porte la main à son cœur et pousse un long soupir de soulagement.

— Je suis vraiment navré, dit-il. Venez vous asseoir un moment dans mon fauteuil.

— Seigneur ! J'ai cru mourir, halète la dame.

— Attendez-moi, je vais ramener cette bestiole dans sa cage.

Quand vient enfin le moment de fermer la bijouterie, le soir, il est trop tard pour sermonner les coupables qui dorment du sommeil paisible des innocents.

Le lendemain midi, le sermon de Julien, prononcé sur un ton calme, chagrine davantage ses enfants que la pire correction. Quand il leur décrit la pâleur de la dame qui a failli en mourir, chacun garde le nez baissé, la mine piteuse.

Si Julien ne s'est pas montré plus sévère, c'est qu'il s'attribue une bonne partie du blâme. Depuis l'incident, il veille à bien fermer la porte communicante de la cuisine. Les mines affligées de ses rejetons et leur manque d'appétit lui ont fait réaliser qu'il valait mieux faire appel à leur intelligence pour les amener à réfléchir aux conséquences de leurs gestes plutôt que de les châtier et se les mettre à dos.

Par leur repentir sincère, ses rejetons viennent de lui montrer la voie pour devenir un meilleur père et Julien se promet d'adopter dorénavant cette méthode d'éducation. Ses quatre enfants ont des caractères différents et, comme ils n'ont pas été livrés avec le mode d'emploi, le jeune papa apprend par essai-erreur, tandis que son amour pour eux s'approfondit de jour en jour.

Il n'aurait pas cru cela possible, étant certain d'avoir connu l'amour absolu en s'unissant à Anne-Marie. Pourtant, ce qu'il éprouve pour ses enfants ne connaît aucune limite, c'est l'amour qui se donne, l'abnégation, la compréhension, le pardon. Et cet amour infini, qu'on dit imparfait par rapport à celui de Dieu, donne à Julien la certitude que les humains seront sauvés des flammes éternelles de l'enfer.

Tout à l'heure, sa fille lui a demandé pardon avant de monter se coucher et il a failli s'excuser à son tour. Trop ému, il s'est retenu, se limitant à lui faire la bise en lui souhaitant bonne nuit. Mais son cœur cognait dans sa poitrine et, s'il s'était laissé aller, il l'aurait serrée très fort et lui aurait avoué qu'il était fier d'elle et de ses frères.

Julien se berce en jonglant à ce qu'il pourrait faire pour montrer à ses enfants combien il les aime malgré les réprimandes qu'il leur adresse.

— Ti-Paul ne vient pas jouer aux cartes ? s'informe soudain Anne-Marie.

— Faut croire qu'il a mieux à faire, rétorque Gisèle.

Contrairement à ses habitudes, Ti-Paul n'est pas revenu veiller. Les premiers soirs, Julien s'est dit qu'il était sans doute fatigué des longues heures de travail qu'il avait consacrées à la rénovation. Lui-même se sent éreinté.

— On devrait en profiter pour se coucher de bonne heure, suggère Anne-Marie.

Julien se réveille après avoir fait le tour de l'horloge. Il a dormi d'un sommeil profond que rien n'est venu troubler.

— Tu aurais dû me réveiller, reproche-t-il à Anne-Marie en arrivant tout habillé dans la cuisine. On va être en retard pour la grand-messe si on ne se dépêche pas.

Puis il file se raser et se coiffer à la salle de bain. Il en ressort la mèche aplatie à l'aide de Brylcreem. Le gel est aussi efficace que le savon mouillé pour mater les mèches rebelles et il a l'avantage de laisser les cheveux lustrés. Anne-Marie l'attend dans l'entrée, le manteau sur le dos.

Arrivant à la dernière minute, ils doivent se chercher un banc libre. Parce que l'église est bondée, les époux doivent se séparer. Le hasard faisant bien les choses, après avoir réussi à caser Anne-Marie, Julien se trouve une place juste à côté de Ti-Paul. Il le salue d'un sourire et son voisin semble heureux de le revoir. Il se dit alors que ce n'est pas son ami qui est le voleur. Mais, alors, qui peut bien avoir commis le larcin ? Et il prie le Seigneur de l'éclairer, car le doute le torture.

Au moment de l'offertoire, agenouillés l'un près de l'autre, les mains appuyées sur le dossier du banc, Julien aperçoit au poignet de Ti-Paul la montre disparue mystérieusement.

— T'as donc une belle montre, chuchote-t-il. Où t'as trouvé ça ?

— Je l'ai pônée pour pas cher à un gars qui était cassé comme un clou.

— Tu m'as l'air d'avoir fait une bonne affaire, murmure Julien. Passe-moi-la que je la regarde de plus près.

Sans se méfier, Ti-Paul enlève la montre-bracelet et la tend à Julien. En examinant l'envers du boîtier, le bijoutier identifie sans aucun doute possible les signes caractéristiques de la montre qu'il s'est fait voler. Alors, sans dire un mot, il la met dans sa poche.

— Eh, qu'est-ce que tu fais là ? Donne-moi ma montre, marmonne Ti-Paul.

— Si tu veux pas que j'appelle la police, tu passeras me voir pour qu'on prenne arrangement, chuchote Julien à son oreille.

Puis il se lève et s'en va communier, à la fois déçu et soulagé. La trahison d'un ami est toujours pénible, mais le supplice du doute lui est enlevé et il a récupéré son bien, même s'il ne peut le remettre en vente. Au retour de la communion, la place de son voisin est vide. Julien s'agenouille et remercie le Seigneur.

Le lendemain, à la première heure, Ti-Paul se présente à la bijouterie. Un tic nerveux secoue le coin gauche de ses lèvres. Julien le fixe sans mot dire et le regard de Ti-Paul oblique aussitôt vers le plancher. Un silence pesant emplit la pièce. Quand Julien se décide à parler, sa voix est aussi tranchante qu'une lame de rasoir.

— En temps normal, je t'aurais fait un bon prix pour la montre que tu m'as volée. Mais puisque t'as pas été honnête, tu vas la payer le plein prix.

Quand il mentionne la valeur du bijou, Julien voit tiquer le voleur. Naturellement, Ti-Paul n'a pas assez d'argent pour payer d'un coup et ils prennent arrangement pour un versement hebdomadaire.

— Au moindre manquement, l'avertit Julien, j'appelle la police.

— Quand est-ce que tu vas me redonner ma montre ?

« Il ne manque pas de culot, le Ti-Paul », réalise Julien.

— Je te redonnerai *ma* montre quand tu l'auras payée au complet.

La démarche allègre, Ti-Paul quitte la bijouterie comme s'il était délivré de tout remords.

Par un dimanche ensoleillé du mois de mars, Julien emmène toute la famille à Val-des-Castors. Ils partent très tôt le matin, de manière à pouvoir assister à la messe. En les apercevant dans le vestibule de l'église, Marie-Reine est si excitée qu'elle leur offre tout haut de prendre place dans leur banc. « Chut ! », souffle une vieille paroissienne offusquée par ce laisser-aller condamnable alors que le Saint-Sacrement est exposé. Finalement, ils s'entassent sur deux bancs et, tout au long de la messe, Marie-Reine déroge à ses principes et se tourne vers ses petits-enfants, les yeux étincelants.

Après la cérémonie et la visite rituelle au magasin général, les enfants échangent leurs places dans l'auto avec leurs grands-parents et envahissent la carriole de l'oncle Jérôme qui a bien du mal à les faire tenir tranquilles sous les peaux d'ours.

Arrivés au pied du rang des Cailles, Julien stationne sa voiture dans la cour de monsieur Lavertu et tous se regroupent dans le *snowmobile* de ce dernier. Jérôme, resté seul dans sa carriole, les laisse partir devant.

Le moteur vrombit, l'odeur de gazoline se répand jusqu'à l'intérieur et fait toussoter Marie-Reine. Le véhicule à chenilles entreprend doucement la montée et les enfants gesticulent en tous sens, essayant d'apercevoir la route et le paysage par les hublots ronds situés sur les côtés. Ils sont cordés serrés sur les banquettes de bois fixées de chaque côté et toutes les fois que le *snowmobile* tangue dans les inévitables congères qui se forment au cours de l'hiver, ils glissent ou se ramassent par terre en rigolant. Un mille de côtes à se faire brasser constitue à leurs yeux la plus belle aventure qu'il leur est arrivée jusqu'à maintenant et ils arrivent tout guillerets chez leur tante Noémie.

Comme si elle n'était jamais prise au dépourvu, Noémie leur réserve un accueil des plus chaleureux. Marguerite serre contre elle Valérie et Rémi, ses anciens tortionnaires devenus ses meilleurs amis.

— M'ai ennuyée, dit-elle.

La maison sent la soupe aux pois et le bon ragoût. En un tournemain, Noémie fait manger les enfants et épluche quelques patates de plus pour la seconde tablée. La chaudronnée de soupe suffirait à elle seule à remplir tous ces estomacs. Les portions de ragoût sont enrichies de grosses tranches de pain de ménage. Le dessert du dimanche est amplement suffisant pour sucrer le bec de plus d'une famille, ses restes se conservant bien, Noémie n'a pas besoin d'en cuire plus le jour du lavage. À la campagne, on cuisine en abondance et les visiteurs imprévus n'ont jamais l'impression de déranger. On s'amène dans sa parenté comme dans une auberge, certains d'y faire bonne chère et de trouver un lit propre si l'envie vous prend de rester à coucher.

Après le repas, les enfants vont jouer à l'étage pendant que les adultes s'en vont papoter dans la salle. Le chaton gris a grossi depuis l'été et Valérie, qui le confond avec un autre, est étonnée que le chat la reconnaisse et vienne lui lécher la main en ronronnant.

À la fin de l'après-midi, on entend de loin le grondement du moteur du *snowmobile* et les jeunes citadins dégringolent dans l'escalier comme une horde d'envahisseurs. Parents et enfants démêlent manteaux, tuques et foulards empilés à leur arrivée sur le lit des grands-parents. On s'embrasse avec effusion et on se quitte sur des: « Vous reviendrez, comptez pas les tours, on n'est pas sorteux. »

Après les glissades et chutes provoquées par les bosses du rang, le confort douillet de l'automobile endort les quatre petits excursionnistes recroquevillés sur le siège arrière jusqu'à ce que l'air glacial de Cap-aux-Brumes leur morde les joues quand leurs parents ouvrent les portières du véhicule. La marmaille à moitié sonnée sort de la Ford en chancelant et Julien doit porter à l'intérieur le petit Francis qui continue de roupiller, le pouce dans la bouche.

Comme cadeau de Pâques, Julien réserve une surprise de taille à sa famille. Même Anne-Marie n'est pas au courant du cadeau exceptionnel qu'il s'apprête à leur faire. La veille au soir, grâce à la complicité du marchand de meubles, ils ont tous deux porté avec d'infinies précautions une grosse caisse près de l'établi de Julien, prétendant que l'horloge qu'elle contient a besoin d'être réparée.

Le marchand est reparti aussitôt et Julien a rejoint son monde après avoir verrouillé la porte avant. Une fois la succession de bains facilitée par le nouveau chauffe-eau, la famille est allée se coucher tôt.

Après la messe et le dîner, les enfants se partagent un gros lapin en chocolat auquel les adultes font également honneur. Privés de sucre durant les quarante jours du carême, les marmots sont excités et aucun n'a envie de faire la sieste dans l'après-midi. Julien doit sortir sa grosse voix pour les obliger à se retirer dans leur chambre. Gisèle s'allonge près du petit Francis pour l'endormir et s'assoupit elle aussi. Anne-Marie monte avec une pile de journaux et Julien sait qu'elle finira par faire un somme.

Quand le calme descend sur la grande maison, le père s'enferme dans sa bijouterie et ouvre la caisse en prenant soin de faire le moins de bruit possible. Où va-t-il poser son encombrant cadeau ? se demande-t-il. Il retourne à la cuisine et cherche l'endroit propice. Depuis qu'ils n'ont plus de salon, les grosses berçantes qui le meublaient en partie ont remplacé les autres, moins massives, qui ont pris le chemin des chambres à l'étage. Le poêle électrique occupe l'ancienne place de la huche et la machine à coudre de Marie a envahi le seul espace libre.

Il vérifie les prises de courant et décide enfin de déménager le moulin à coudre dans l'ancienne chambre de Marie. Puis il transporte le nouveau meuble à l'emplacement qu'il vient de libérer, connecte le fil électrique dans la fiche et recouvre le tout du jeté qui enveloppait la vieille machine à coudre. Le changement n'est guère apparent et en déplaçant légèrement l'une des deux berçantes, il passe inaperçu. Julien se frotte les mains de satisfaction. Il retourne à la bijouterie ramasser les restes du dépaquetage après s'être assuré qu'il ne reste rien dans la caisse.

S'apprêtant à revenir à la cuisine, la sonnerie du téléphone le fait sursauter. Au bout du fil, Françoise demande à parler à Anne-Marie. Julien l'informe qu'elle dort, et l'invite à venir veiller avec Pierre et toute la famille.

Depuis les rénovations, l'appareil téléphonique est placé près de son établi. Julien ne veut pas avoir à payer pour deux lignes, surtout qu'on lui charge plus cher pour une ligne commerciale. Il a percé dans le mur un carreau muni d'un panneau coulissant pour passer l'appareil dans la cuisine le soir et le dimanche. Quand Anne-Marie et lui doivent s'absenter, ils peuvent verrouiller toutes les portes d'accès du commerce afin d'assurer plus de sécurité à leur famille. Après le vol commis par Ti-Paul, son grand ami, Julien ne veut tenter personne et il ferme à clef la porte d'entre-deux dès la fermeture du magasin.

Gavés de chocolat, les enfants ne prennent qu'un léger souper et, après la vaisselle, Julien fait asseoir sagement tout son petit monde. Invitées à prendre place elles aussi, Anne-Marie et Gisèle le regardent, étonnées.

— Nous allons avoir de la visite tout à l'heure, mais en attendant, j'ai une belle surprise pour vous autres.

Et sans plus attendre, il tasse la berçante et retire le jeté qui masquait le meuble qu'il vient d'acheter.

— Une télévision ! s'écrie Anne-Marie.

Voulant connaître le coût des téléviseurs nouvellement arrivés chez le marchand de Cap-aux-Brumes, elle en était revenue débinée. C'était trop cher et elle en avait fait part à Julien. Mais comme pour l'automobile, le vendeur avait besoin d'une nouvelle montre et Julien a réussi à conclure l'affaire à un prix satisfaisant.

Pendant que Julien tourne en tous sens les antennes de lapin afin de trouver la position idéale pour que l'appareil arrête de grincer et que le brouillard de neige disparaisse de l'écran, les enfants regardent les images qui se précisent et écoutent les voix qui s'éclaircissent. Ils poussent des « Oh ! » et des « Ah ! » de surprise devant une telle merveille.

Quand le présentateur s'amuse à saluer les auditeurs et la petite fille qui se tient sagement dans le coin, ils s'interrogent :

— Maman, il a vu Valérie ! s'écrie Rémi.

— Mais non, affirme Julien. Nous le voyons, mais lui ne nous voit pas.

Comme pour faire exprès, le commentateur rabroue le petit garçon qui n'écoute pas pendant qu'il parle. Et Rémi s'obstine :

— Oui, oui, il nous voit. Il vient de parler de moi, papa.

— Chut ! Chut ! gronde Anne-Marie qui ne veut rien manquer de l'émission. Va éteindre la lumière, Gisèle, on verra mieux l'écran à la noirceur.

Rivés devant le téléviseur, petits et grands suivent avec beaucoup d'intérêt l'émission pour enfants qui commence. Les marionnettes Pépinot et Capucine entrent en scène, suivis rapidement du ratoureux Panpan qui leur tend les pires pièges et Valérie, dotée comme sa mère d'une vive imagination, entre dans le jeu et s'effraie des mauvais tours dont sont victimes les deux héros. La lumière blafarde et changeante de l'appareil crée d'ailleurs une ambiance affolante avec les ombres sautillantes qui dansent sur les murs. Imperceptiblement, elle se rapproche de Rémi.

L'arrivée de Françoise et de sa famille vient mettre un terme à son malaise. On rallume et les exclamations des nouveaux arrivants contribuent à atténuer les peurs qu'a éveillées en elle le détestable Panpan.

Françoise et Pierre sont repartis coucher les enfants depuis un certain temps quand la tête de l'Indien apparaît sur la mire d'ajustement de la télé et que l'appareil n'émet plus que des chuintements désagréables. Le pays possède la télévision depuis septembre 1952, mais comme elle n'en est qu'à ses balbutiements et qu'il faut des tours de relais pour transmettre les ondes, la population des régions éloignées met plus de temps à se doter de cette extraordinaire et coûteuse invention.

Le petit écran fascine les gens. La nouvelle que Julien possède un téléviseur se répand très vite dans leur entourage et tous les soirs, après le souper, la parenté et les voisins viennent faire leur tour. Le téléroman *Le Survenant* captive les femmes. Les hommes sont davantage attirés par les parties de hockey diffusées le samedi soir.

Les Canadiens se passionnent pour leur sport national. Chaque localité a son équipe de hockey et, grâce aux automobiles, les compétitions régionales sont de plus en plus suivies. Depuis quelques années, les amateurs de sport peuvent suivre à la radio les parties de la Ligue nationale de hockey. L'équipe de Montréal est la seule équipe québécoise de la ligue. Les supporteurs des Canadiens de Montréal sont de chauds partisans, ils sifflent, crient, huent ou acclament bruyamment chacune des péripéties se déroulant sous leurs yeux.

Un peu plus tôt cette année, Montréal a connu une émeute sans précédent qui a causé plus de 100 000 dollars de dommages. Il a fallu plus de six heures à la police pour rétablir le calme dans les rues de la ville.

Tout commence lors d'un match contre les Bruins, au Boston Garden, le 13 mars 1955. Maurice Richard reçoit un coup à la figure par Hal Laycoe, ce qui déclenche la bagarre entre les deux joueurs. Le juge de ligne, Cliff Thompson, tente de maîtriser Richard tandis que son adversaire continue de le frapper. Pour se libérer du juge qui le met dans une position dangereuse, Richard lui donne un coup de poing au visage.

Trois jours plus tard, le président de la LNH, Clarence Campbell, le suspend pour le reste de la saison et pour la durée des séries éliminatoires. Selon la plupart des journalistes sportifs, cette punition est trop sévère. Les partisans des Canadiens ressentent cette sanction comme une injustice flagrante alors que leur club est en compétition pour le titre de champion de la saison avec les Red Wings de Detroit et qu'un écart de seulement deux points sépare les deux équipes.

Le match suivant a lieu le 17 mars contre les Red Wings. Une foule nombreuse se dirige vers le Forum et plusieurs personnes brandissent des pancartes : « À bas Campbell » et « Vive Richard ». Les policiers de Montréal déconseillent à Campbell d'assister à la partie, puisque sa présence serait considérée comme une provocation par les partisans des Canadiens. Campbell ignore leur avis et se rend au Forum sous les huées de la foule massée à l'extérieur.

Alors que les Red Wings mènent 4 à 1, une bombe lacrymogène est lancée sur la glace. L'émeute explose dans le Forum et divers objets sont jetés sur la patinoire. Clarence Campbell reçoit un coup de poing à la figure et met fin à la joute après une période. La foule, dehors, grossie par les évacués du Forum, réagit violemment et l'émeute se propage dans les rues de Montréal. Les émeutiers lancent des projectiles dans les vitrines, sautent sur les voitures et mettent le feu aux poubelles.

Le lendemain, lors d'une allocution radiophonique, Maurice Richard déclare accepter sa punition et lance un appel au calme.

Ces fâcheux incidents ravivent cependant la ferveur des partisans des Canadiens et suscitent un intérêt marqué pour le sport national. Plus que jamais, Maurice Richard est l'idole de tous les amateurs de hockey de la province. La cuisine des Briand devient le lieu de rassemblement lors des parties télédiffusées.

— Jacques Plante, ça, c'est un gardien de but, mon homme ! s'écrie Pierre en donnant un coup de poing assourdissant sur la table lors d'un arrêt spectaculaire.

— Moi, il m'énerve quand il sort de son but et qu'il se rend jusqu'à la ligne bleue, râle Anne-Marie. On dirait qu'il se prend pour un joueur d'avant.

— Il a un style à lui tout seul, décrète Julien.

— C'est le meilleur gardien au monde ! proclame un autre.

— Je le trouve drôle avec sa tuque de laine sur la tête, s'amuse Gisèle.

Les sportifs de salon ont tous une opinion bien arrêtée même s'ils ne connaissent rien des stratégies et techniques. Ils se laissent emporter par leur enthousiasme et il est fréquent que les enfants dormant à l'étage soient réveillés par les cris et protestations subites des fanatiques regroupés devant le téléviseur.

La saison se termine par la victoire des Red Wings de Detroit en sept rencontres. Ils remportent la coupe Stanley et les partisans des Canadiens ne se privent pas d'affirmer haut et fort que leurs joueurs l'auraient gagnée s'ils n'avaient pas été privés des services de Maurice Richard, le meilleur marqueur de la LNH.

À Cap-aux-Brumes, on se console comme on peut de la défaite.

— On va se reprendre l'année prochaine, disent les amis de Julien avant de retourner chez eux.

9

Cap-aux-Brumes, juillet 1955

Durant les belles soirées de juillet, tous boudent le téléviseur. La fin de la saison de hockey avait déjà sonné le glas des réunions de cuisine chez Julien. Après le grand ménage du printemps, tout le monde fait relâche durant l'été, les écoliers oublient professeurs et bulletins, les Chevaliers de Colomb et le Club Richelieu suspendent leurs agapes, et Anne-Marie prend congé de son fume-cigarette.

Les vacances scolaires aident les petits Briand à se consoler de la perte de leurs écureuils. Au début de juin, Anne-Marie a eu le malheur de déposer dans leur cage un papier rembourré provenant d'une boîte de chocolats et les deux petits rongeurs s'y sont attaqués sans méfiance. Le lendemain matin, on les a retrouvés morts. Cherchant une explication, Julien s'est aperçu qu'ils avaient le museau obstrué par une matière blanche. En observant le papier troué de la boîte de friandises, Anne-Marie a aussitôt trouvé la clef de l'énigme.

— Si j'avais su, a déclaré la coupable d'un air stupide.

Sauf que ses remords n'ont pas amoindri le chagrin des enfants. Julien a laissé échapper un soupir mal dissimulé. Il a nettoyé la cage et l'a fait disparaître, puis il a attendu d'être seul avec sa femme, le soir, pour manifester son exaspération.

— Où as-tu la tête ? Je me le demande, des fois.

Le bec pincé, Anne-Marie n'a pas répondu et s'est couchée en boudant, vêtue d'un pyjama austère peu approprié à la chaleur saisonnière.

Le dimanche suivant, elle a proposé d'aller voir les grands-parents au rang des Cailles et les enfants ont eu la permission d'en ramener un des chatons de la dernière portée de la grosse chatte qui chasse les rats de la grange.

On a baptisé la petite chatte Barbouillis : son pelage semble avoir été peint par un artiste troublé qui aurait essayé toute sa palette de couleurs en torchant son pinceau sur la petite bête. Sa fourrure est un véritable gâchis et Julien n'était pas très fier du choix de sa progéniture. Il a longtemps cherché ce qui a pu motiver leur décision, optant d'abord pour une douce vengeance en raison de la mort des tamias provoquée par la négligence de leur mère. Mais comme les enfants n'ont pas semblé avoir de ressentiment, il a fini par conclure que ses marmots avaient sans doute eu pitié d'une minette affligée d'un poil hirsute et bariolé.

Se berçant ce soir sur la galerie, en pensant aux finesses de Barbouillis, Julien se félicite que sa descendance ait su voir au-delà des apparences. La minette semble avoir toutes les qualités : intelligente, affectueuse, propre et sage. Elle accourt dès qu'on l'appelle, comme un chien. Le soir, elle va faire un câlin à tout le monde, même aux adultes, puis va se coucher avec Valérie, sa préférée.

Profitant du beau temps, Anne-Marie observe les passants en marmonnant des commentaires désobligeants et cela agace Julien.

— Tu vas devoir aller te confesser avant d'aller communier dimanche, lui dit-il en poussant un soupir excédé.

— T'es donc bien bête ! réplique-t-elle.

Insultée, elle rentre en claquant la porte et Julien reste seul avec Gisèle qui continue de se bercer la tête appuyée au dossier, les yeux fermés. Même en sachant qu'il sera privé des plaisirs de la chair le temps que sa femme digère sa remarque, il goûte ce moment de paix. Depuis quelques mois, Anne-Marie se montre arrogante avec plusieurs personnes et Julien craint que son attitude ne fasse fuir ses clients. Déjà deux d'entre eux lui ont signifié qu'ils préféreraient être servis par lui quand ils viennent à la bijouterie.

La douceur de la brise et le chant des grillons l'enchantent, et il n'a pas envie d'aller se coucher. Il juge bon d'attendre qu'Anne-Marie soit profondément endormie avant de monter. Le silence de sa belle-sœur lui laisse penser qu'elle a autant besoin que lui d'un moment de détente.

Croyant entendre un bruit, il arrête de se bercer et prête l'oreille. Identifiant la sonnerie atténuée, il se lève prestement et court répondre au téléphone. Gisèle le suit, car l'heure tardive d'un appel téléphonique annonce généralement une mauvaise nouvelle.

— Allô ? (…) Non, on n'était pas encore couchés. Comment ça va chez vous ?

Un long silence suit.

— Quoi ? La maison est complètement rasée ! (…) Des blessés ? (…) Oui, on va monter tout de suite. De quoi avez-vous le plus besoin pour le moment ? (…) D'accord, à tantôt.

Il raccroche et dit à Gisèle :

— Tes parents viennent de passer au feu. Ils ont tout perdu, mais ils sont sains et saufs.

Arrivant à la cuisine en pyjama, Anne-Marie se lamente comme si elle venait elle-même d'échapper aux flammes. Ses cris, pleurs et commentaires échevelés désespèrent Julien. Mais ce soir, il n'a pas le temps ni le goût de la traiter comme une fragile poupée de porcelaine. Durant sa maladie, il a fait preuve de patience et de compréhension et, par la suite, il a cru qu'elle s'était calmée pour de bon. Depuis quelques mois, elle a recommencé à faire des scènes et à se montrer capricieuse. Pour un rien, elle éclate et ce comportement frôlant parfois l'hystérie, comme ce soir, commence à lui peser.

— Prends sur toi, lui dit-il d'un ton brusque. Il n'y a personne de mort ! Aide Gisèle à préparer des couvertures, des vêtements et tout ce qui peut leur être utile.

Secouée de sanglots, Anne-Marie remonte à l'étage et il s'en va chercher des boîtes vides tandis que sa belle-sœur, plus mature, prépare des denrées. Anne-Marie redescend en vitesse, énervée, mais habillée.

— Je viens avec toi, dit-elle d'un air farouche.

— Si tu tiens à venir, rends-toi utile, réplique Julien, excédé.

— Ah ! Je te dis, ma petite fille, que ton père a été chanceux de pas y rester.

Marie-Reine berce l'un des enfants de Jérôme tandis que Gisèle s'occupe du plus jeune. La jeune fille lit sur les traits fatigués de sa mère la désolation du sinistre qui vient de priver les deux familles de leur foyer.

— Ton père m'avait aidée à sortir la machine à coudre et notre matelas, quand tout à coup, Noémie a pensé au bébé qui était resté dans sa chambre. Les flammes sortaient par la toiture et elle hurlait comme une folle parce que Jérôme la retenait pour l'empêcher de retourner dans la maison. Ton père a fait ni une ni deux, il a bondi dans l'escalier. Avec la fumée et les flammes, je l'ai perdu de vue, mais je l'entendais tousser. Au bout d'un temps qui m'a paru interminable, il est ressorti avec le petit dans les bras.

Mais il n'a eu que le temps de se rendre à l'escalier que le deuxième étage s'écroulait.

Marie-Reine essuie les grosses larmes qui coulent sur les rides de sa peau parcheminée. La gorge nouée, elle poursuit :

— Ton père a failli se faire écraser. Un gros morceau de bois en feu l'a frappé dans le dos et l'a projeté au milieu de l'escalier qu'il a descendu sur les fesses. Noémie lui a arraché le bébé des bras et Jérôme a aidé ton père à se relever. Il boitait. En tombant, sa mauvaise cheville a encore versé vu qu'il n'avait pas ses bottines. Je te dis qu'on avait l'air fin en vêtements de nuit, nu-pieds.

Sans l'interrompre, Gisèle l'écoute lui raconter la tragédie en long et en large, comme elle l'a fait cette nuit après avoir couché les enfants de Jérôme dans l'une des chambres à l'étage. Marie-Reine a besoin de pleurer l'album photo et tous les autres souvenirs qu'elle n'a pas eu le temps de sauver, de se demander comment ils vont faire pour rebâtir et remeubler leur maison, et racheter tout ce qui est parti en fumée.

— Heureusement qu'on a pu sauver le matelas où je cachais nos économies et que les bâtiments ont été épargnés, répète ce matin Marie-Reine. Béni soit Dieu, on est tous sains et saufs, soupire-t-elle encore une fois. Je me demande si ton père a réussi à dormir. Sa cheville doit le faire souffrir sans bon sens. J'espère qu'Alma a du liniment pour le frictionner.

— Ne vous inquiétez pas, maman, je suis certaine que les Fontaine vont en prendre bien soin et que le curé de la paroisse va organiser une corvée pour rebâtir votre maison. On va vous aider, nous autres aussi. J'ai des économies et j'ai bien l'intention de m'en servir pour faire raccorder l'électricité à votre maison neuve.

— C'est sûr que si on avait eu l'électricité, on n'aurait pas passé au feu. Mais, quand ils ont posé les poteaux d'électricité, ton père trouvait que cent piastres c'était trop cher. Faut dire qu'on n'avait pas vraiment les moyens non plus. Mais si on n'avait pas été obligés de laisser une lampe allumée parce que François a peur dans le noir, ce serait pas arrivé.

Le petit François que berce Gisèle suce son pouce et de sa main libre s'agrippe à sa tante. C'est ce petit bout de chou effrayé qui a réveillé toute la maisonnée par ses cris déchirants quand sa chambre s'est embrasée.

— C'est pas tellement la lampe qui est le problème, que le chat qui l'a renversée, fait remarquer Gisèle.

— D'habitude, je le laisse pas dormir dans la maison, je le renvoie à la grange avec sa mère pour qu'il apprenne à chasser la vermine. Hier, j'ai oublié de le faire sortir, c'est de ma faute.

— Arrêtez de vous blâmer, maman.

En entendant des pas dans l'escalier, elles se taisent. Dans quelques minutes, les enfants vont descendre à leur tour, à la suite de Julien qui arrive à la cuisine en bâillant.

— Pauvre Julien, on te donne bien de la misère, se désole Marie-Reine.

— Excusez-moi, dit-il en pensant à se couvrir la bouche.

Il étouffe un autre bâillement et disparaît dans la salle de bain. Gisèle se lève en portant François sur sa hanche. Le petit bonhomme se cramponne à elle et de sa main libre, elle emplit la bouilloire électrique pour préparer du café en poudre pour les adultes et des chocolats chauds pour ses neveux.

Chaque dimanche que Julien la ramène au rang des Cailles, Marie-Reine se réjouit de retrouver son Théo. Bien que l'été soit court et que les cultivateurs doivent travailler d'un soleil à l'autre, tous les voisins participent à la corvée pour rebâtir la maison et l'aide arrive de partout, même des paroisses environnantes. Comme la plupart de ses concitoyens, Théo n'avait pas d'assurance. Le curé recueille tous les dons en argent et en biens matériels. Le propriétaire de la scierie, que Théo et Jérôme ont dépanné l'été passé, leur donne toute la planche planée dont ils ont besoin pour la finition des murs intérieurs.

Moins d'un mois après l'incendie, les Dumont déménagent dans leur nouvelle maison qui sent le bois fraîchement scié. Les économies péniblement amassées servent à se procurer ce que l'entraide n'a pu remplacer.

Entourée de meubles et d'objets qui ne lui sont pas familiers, Marie-Reine ressent un grand vide à l'intérieur. S'efforçant de toujours voir le beau côté des choses, elle remercie le ciel qu'aucun des siens n'ait péri, mais elle se sent tout de même dépossédée. En consumant les photos de famille et les souvenirs si chers, le feu lui a fait perdre ses amarres et Marie-Reine a l'impression de voguer à la dérive.

Chaque matin, en arrivant à la cuisine, elle effleure la machine à coudre de sa mère, le seul bien la reliant à son passé. Finalement, ce sont les nécessités de la vie quotidienne qui lui servent d'ancrage. Comme sa mère avant elle, Marie-Reine retrouve son équilibre dans les petits gestes qu'elle doit faire pour le bien-être des siens. À la campagne, le découragement n'a pas sa place. On se relève les manches ou on crève. Comme chaque petit pas la mène vers l'avant, Marie-Reine refait tout doucement son nid.

Par un bel après-midi du mois d'août, Ti-Paul entre à la bijouterie d'un pas alerte. D'un geste ample, il sort son porte-monnaie et étale avec ostentation une série de billets de dix dollars sur le comptoir.

— Je viens chercher ma montre, déclare-t-il d'un air désinvolte.

L'outrecuidance du voleur n'impressionne nullement Julien. Sans se presser, il sort du classeur des mises de côté l'enveloppe contenant la montre et la facture sur laquelle il a noté tous les acomptes versés jusqu'à ce jour. Sans un mot, il encaisse l'argent, inscrit la mention « Payé » sur la facture, y ajoute ses initiales et abandonne le tout sur le comptoir. Sous le regard froid du bijoutier, Ti-Paul passe la montre-bracelet à son poignet, empoche la facture et quitte le commerce avec la même fierté qu'aurait démontrée un honnête homme ayant enfin pu se payer la montre de ses rêves.

Pour Julien, cette somme arrive à point. La banque vient tout juste de l'appeler pour lui demander de couvrir un chèque qu'il a fait à un fournisseur. Par précaution, Julien ne laisse qu'un peu d'argent dans le tiroir-caisse afin qu'Anne-Marie n'y fasse pas main basse comme elle a pris l'habitude de le faire chaque fois qu'il doit lui confier le commerce pour quelques minutes.

Sa femme a recommencé la tournée des boutiques en vue de la saison des banquets qui commence au début de l'automne. Il a beau essayer de la raisonner et lui faire promettre de réduire ses dépenses, ses bonnes résolutions ont la vie aussi courte que celle des papillons.

Quand son mari lui serre la vis, Anne-Marie se fait coquine et, au bout de quelques jours ou de quelques semaines selon le degré d'irritation atteint, le pauvre Julien finit par se laisser embobiner avec une telle candeur que sa femme, sûre de son emprise, recommence peu à peu à faire des caprices.

Aujourd'hui, le tiroir-caisse presque à sec constitue un message on ne peut plus clair et Anne-Marie réalise qu'elle doit faire volte-face. La période des petites douceurs à consentir doit s'amorcer sans retard si elle veut le faire succomber à temps pour se faire offrir une étole de fourrure. En vison naturel, rien de moins !

Avec ses longs gants, ses escarpins aux talons aiguilles recouverts du même brocart que la dernière robe du soir que lui a confectionnée la couturière de madame Poulin, Anne-Marie anticipe déjà la joie mauvaise qu'elle aura à rabattre le caquet de la femme du maire. Elle n'a pas encore digéré l'affront de madame la mairesse. Voulant faire preuve de courtoisie, Anne-Marie lui a offert une cigarette lors du dernier bal de la saison, mais l'ingrate a aussitôt rétorqué d'un ton méprisant : « Non, merci. Je suis une dame, je ne fume pas ! » Du tac au tac, en prenant son petit air d'archiduchesse indignée, Anne-Marie a répondu : « Eh bien ! Moi, je suis une dame et je fume. » L'autre a plissé le nez d'un air dégoûté et Anne-Marie, pour se venger, lui a soufflé sa fumée de cigarette au visage. La dame a poussé un « Pouah » écœuré et s'est levée de table pour aller aérer ses narines frémissantes.

— Il faut que j'aille à l'épicerie. Qu'est-ce que tu aimerais manger pour souper ? minaude Anne-Marie au retour de Julien.

— Fais ce que tu veux, avec la chaleur qu'il fait, je n'ai pas très faim.

— Un steak, peut-être ?

Julien s'installe à son établi sans lui jeter un regard.

— Comme tu veux, répond-il en enfonçant sa loupe dans son orbite.

Ne sachant comment interpréter le manque d'intérêt de son époux, elle se risque tout de même à lui demander un peu d'argent pour l'épicerie.

— J'avais un chèque à couvrir, j'ai déposé tout ce qu'il me restait.

— Comme ça, on va être obligés de manger des sandwiches, dit-elle, dépitée.

En revenant à la cuisine, Anne-Marie informe sa sœur qu'en raison de la chaleur, son mari préfère manger froid au souper. Gisèle la regarde, surprise.

— Je viens de finir de dépecer le poulet qu'on devait servir en sauce. Si Julien tient à manger froid, on pourrait le servir en salade ou en sandwich.

— Non, tu feras des sandwiches aux tomates. Avec un peu de concombre. On ne mangera pas de dessert non plus, ajoute-t-elle.

Elle range au frigo le gâteau au chocolat que sa sœur vient de glacer, et déplace les plats et les pots de façon à le masquer, ainsi que les morceaux du poulet dépecé. Julien et les enfants n'ont pas l'habitude de fouiner dans le réfrigérateur, mais elle ne veut courir aucun risque. S'il fallait que son mari découvre qu'elle le prive intentionnellement, il lui faudrait des mois pour se racheter.

— On mangera des confitures aux fraises avec de la crème, se ravise-t-elle. Ça va être moins lourd à digérer.

C'est le dessert que Julien et les enfants réclament quand il n'y en a pas, et qu'ils ont le goût de se sucrer le bec.

Quand la brise vient tempérer les derniers jours de l'été, monsieur Lévesque, l'un des policiers de la municipalité, vient faire changer le bracelet de sa montre. Pendant que Julien pose le nouveau, le policier lui dit :

— Je sais que Ti-Paul Doiron vient souvent vous voir.

Comme le policier ne dit plus rien et semble attendre une réaction, Julien répond prudemment :

— Il vient moins souvent depuis un bout de temps.

— Ce serait mieux qu'il revienne pas.

Sans savoir exactement de quoi il retourne, Julien se doute que le policier sait quelque chose de grave, mais lui-même n'a pas l'intention de lui dire que Ti-Paul l'a volé.

— Il faudrait me jurer de garder pour vous ce que j'ai à vous dire, poursuit monsieur Lévesque.

Julien finit de poser le bracelet et rapporte sa montre au policier.

— Vous pouvez compter sur ma discrétion, promet-il.

— Il y a deux semaines, il a secouru un gars qui a eu un accident sur la grande route, vis-à-vis du rang de la Mort.

Le rang porte officiellement un autre nom, mais en raison des nombreux accidents mortels qui s'y sont produits, les gens du coin l'ont rebaptisé ainsi.

— Quand le gars a repris connaissance à l'hôpital, poursuit le policier, il s'est aperçu que son portefeuille était vide. On n'a pas de certitude absolue, mais on soupçonne que Ti-Paul lui a volé son argent. Faites attention à lui.

— Je vous remercie de m'avoir prévenu, dit Julien.

Monsieur Lévesque le paie et s'en va. Julien n'a pas osé lui avouer le vol de la montre ni le paiement effectué il y a un peu moins de deux semaines. Comment savoir avec certitude que Ti-Paul l'a payé avec de l'argent volé ? C'est impossible de le prouver et, en cas de doute, ne dit-on pas qu'il vaut mieux s'abstenir ? Si Julien l'accusait sans preuve et qu'on le cite à procès, Ti-Paul pourrait ensuite le poursuivre et c'est lui qui serait dans le trouble. Mais cette histoire le tracasse et il est bien content de ne pas en avoir parlé à Anne-Marie. Quand sa femme se demande pourquoi leur voisin ne vient plus, Gisèle répond systématiquement qu'il doit avoir mieux à faire et Julien fait comme s'il n'avait rien entendu.

La prochaine soirée du Club Richelieu devant avoir lieu dans une semaine, Anne-Marie se rend essayer les étoles de vison chez le fourreur.

— Oh ! Qu'elle est belle celle-là, c'est vraiment ma préférée, s'extasie-t-elle.

Elle caresse la fourrure avec la tendresse qu'elle refuse à Barbouillis.

— Elle vous fait bien, disent de concert le marchand et sa femme.

— Oui, mais c'est au-dessus de nos moyens, dit-elle d'un air de regret sincère. Julien a dû débourser beaucoup d'argent pour venir en aide à mes parents qui ont passé au feu cet été.

Elle prend cet air navré qui lui va si bien, du moins selon ce que lui renvoie le miroir de la salle de bain devant lequel elle examine ses mimiques afin d'en mesurer l'efficacité.

— Vos parents ont passé au feu ? s'étonne l'épouse du fourreur. Quelle catastrophe !

— Ils ont tout perdu, ajoute Anne-Marie. Heureusement, personne n'est mort.

Se prenant au jeu, ses yeux s'embuent légèrement. Pour un peu, elle devrait essuyer un début de larme avec l'étole de vison qu'elle a toujours sur le dos. Mais tout compte fait, elle juge que les larmes feraient mauvais effet puisqu'il n'y a pas eu de mort.

— On en a des moins chères, dit le fourreur.

Pour lui faire plaisir, Anne-Marie essaie les étoles meilleur marché sans manifester d'intérêt pour l'une ou l'autre. Qu'importe le prix, si Julien se bute, elle n'aura ni étole ni cape, et elle devra porter le châle qu'elle a mis deux fois au cours de l'hiver.

— J'aime autant attendre pour en avoir une en vison, dit-elle.

— Comme vous voudrez, répond la femme du marchand.

— Si vous aviez besoin de bijoux, peut-être qu'on pourrait s'arranger, propose Anne-Marie en dernier recours.

Elle espère que Julien acceptera une telle proposition si elle réussit à convaincre le marchand et sa femme de s'offrir un bijou. C'est de cette manière qu'ils ont acquis l'automobile et le téléviseur. Mais ni l'un ni l'autre ne donnent suite à sa suggestion. Et Anne-Marie repart déçue, espérant trouver une autre solution.

Voyant sa femme manger sans appétit au souper, Julien lui propose d'aller marcher au bord du fleuve. Lui-même ne trouve rien de plus vivifiant que respirer à pleins poumons l'air iodé, et aucun spectacle ne lui semble plus féerique que les couchers de soleil sur la mer. Depuis que, lorsqu'il était tout petit garçon, Marie lui avait décrit l'horizon à perte de vue et la beauté des couleurs qu'étale le soleil couchant, il s'était promis qu'un jour, il viendrait voir ces merveilles. Maintenant qu'il en est tout près et qu'il est tombé sous le charme dès la première fois, il ne se lasse pas de ce spectacle grandiose.

Le sourire qui éclaire le visage d'Anne-Marie lui donne à penser qu'il l'a négligée ces derniers temps et qu'il s'est peut-être montré un peu dur envers elle. « Ce n'est pas sa faute, après tout, si elle a un caractère variable, réfléchit-il. Elle a été si malade et elle est tellement nerveuse. Peut-être souffre-t-elle de ne plus être capable d'enfanter. On dit qu'une femme se sent moins femme dans ces cas-là. »

On juge les autres d'après soi et Julien est si bon qu'il finit toujours par trouver plein d'excuses à sa chérie qui lui a donné quatre beaux enfants le comblant de joie. Son amour sincère l'entraîne à tout comprendre, à tout pardonner, à tout oublier.

Quand Anne-Marie passe son bras sous le sien et marche en silence près de lui, douce et aimante, il est au comble du bonheur. Sa femme est belle, il le sait et il le voit dans le regard des hommes qui se retournent sur son passage. Les enfantements ne l'ont pas déformée et, après les œdèmes de grossesse, ses jambes bien galbées ont retrouvé leur splendeur d'antan.

Passant devant la taverne, ils croisent Bertrand Jolicœur qui en sort en vacillant. Anne-Marie a un mouvement de recul en l'apercevant. Jolicœur se déride et soulève sa casquette.

— Salut, la petite, dit-il, l'œil égrillard.

Anne-Marie ne répond pas à l'ivrogne et s'agrippe des deux mains au bras de son époux, y cherchant du secours.

— Comment allez-vous, monsieur Jolicœur ? dit Julien sobrement. Ma femme et moi ne vous avons pas vu depuis longtemps. Êtes-vous de retour pour de bon ou êtes-vous seulement de passage ?

La question de Julien n'est pas tout à fait désintéressée. Il n'aime pas le regard concupiscent de Jolicœur qui déshabille sa femme.

Anne-Marie est complètement bouleversée après cette rencontre. Elle avait cru s'être débarrassée pour toujours de Bertrand et elle vient d'apprendre qu'il s'est trouvé du travail à Cap-aux-Brumes et qu'il ne retournera pas sur la Côte-Nord. Comme il est souvent soûl et qu'il a recommencé à l'appeler effrontément « la petite », comme lorsqu'elle en était amoureuse, elle redoute qu'il s'enhardisse. S'il fallait qu'il révèle à tout le monde leur projet de mariage avant qu'elle ne parte pour la colonie, elle en mourrait de honte.

« Et s'il fallait que cela vienne aux oreilles de Julien, aussi bien dire que ma vie serait finie. Que penserait-il de moi ? Comment ai-je pu être amoureuse de ce vaurien ? », se demande-t-elle, horrifiée. Elle se reproche d'avoir été naïve et le majestueux coucher de soleil n'arrive pas à lui changer les idées.

À l'abri dans sa belle maison, auprès de son gentil mari, de ses merveilleux enfants et de sa sœur chérie, Anne-Marie reprend peu à peu confiance. Que pourrait bien lui faire ce Jolicœur de malheur ? Elle est mariée, mère de famille et elle ne se gênera pas pour le lui rappeler à la prochaine occasion.

S'étant convaincue qu'il ne peut rien contre elle, Anne-Marie finit par sortir pour faire quelques courses. En revenant vers la maison les bras chargés de sacs, Bertrand surgit au coin d'une rue. Elle lui jette un regard de colère.

— T'étais pas si farouche, dans le temps, la petite, dit-il d'un air fat.

— Si tu continues à m'écœurer, je vais prévenir mon mari, le menace-t-elle.

— Pfff, se moque Jolicœur. J'ai pas peur de lui, j'en ferais rien qu'une bouchée.

— Je suis mariée et j'ai des enfants, Jolicœur. T'en as toi aussi pis t'as même pas le cœur de t'en occuper, s'enhardit Anne-Marie afin de lui faire honte. Alors, fiche-moi la paix. Va cuver ta bière ailleurs. Efface !

— On va se revoir, la petite. Je me priverai pas de te parler si j'en ai envie.

Anne-Marie lève le nez d'un air de défi et poursuit son chemin, mais elle se tracasse. « Sainte bénite, qu'est-ce que j'ai pu faire au bon Dieu pour mériter un supplice pareil ? »

L'étole de fourrure est loin de ses préoccupations et elle se terre de nouveau chez elle. Gisèle se charge dorénavant des commissions. Quand Julien s'en inquiète, Anne-Marie se décide à lui révéler une partie de la vérité. S'il prenait à Bertrand l'envie de lui faire des révélations, elle pourrait ainsi mieux se défendre.

— Je n'ai pas envie de rencontrer Jolicœur, dit-elle, irritée. Il se comporte avec moi avec une familiarité tout à fait déplacée. J'ai eu beau essayer de le remettre à sa place, il ne veut rien comprendre. On dirait qu'il a perdu la boule et qu'il ne réalise pas que je ne suis plus la petite voisine naïve à qui il chantait la pomme autrefois. Je n'ose plus sortir, de peur qu'il m'aborde. Il me fait horreur.

Et elle éclate en sanglots. Le demi-aveu lui a coûté. Un mot de travers et c'en est fait de la confiance de Julien. Elle tremble à l'idée de s'être trompée.

— Il a du front tout le tour de la tête, maugrée-t-il. Je m'étais aperçu qu'il te regardait d'une drôle de façon et je n'aime pas ça du tout.

« Sainte bénite ! », songe-t-elle, en se sentant près de défaillir.

— Un homme qui ne respecte pas une femme mariée n'a ni cœur ni honneur et il est capable de n'importe quoi, le prévient-elle, à tout hasard.

Claustrée depuis deux mois, Anne-Marie trouve le temps long. Elle s'interdit de dépasser les limites de la cour arrière, où elle se sent à l'abri des regards de Bertrand, et remercie le ciel qu'il ait vendu sa maison. Le magnifique décor de l'automne, elle l'admire par les fenêtres de sa maison ou lors de leurs randonnées en voiture le dimanche.

Le danger ayant aplani les aspérités de son caractère, les relations des époux s'en trouvent grandement améliorées. L'anxiété s'émoussant avec le temps, Anne-Marie retrouve le goût de sortir.

— Quand on passe près de Jolicœur en auto, il n'a pas l'air de me reconnaître. Ça m'a donné l'idée de l'utiliser quand je veux sortir. Il ne pourra pas m'achaler.

— Bonne idée. De toute façon, tu n'es pas pour t'encabaner à cause de lui.

— Si je le vois dans les parages, je n'aurai qu'à m'embarrer dans l'auto et revenir à la maison.

— Je te fais confiance, Anne-Marie, mais je te demande d'être prudente. Je me méfie de lui. Quand il est en boisson, il ne sait plus ce qu'il fait. Tu te souviens de la fois qu'il a fait maison nette ? S'il a pu faire ça à ses enfants, il serait bien capable d'user de la force avec toi, c'est ça qui m'inquiète.

« Ouf ! », songe Anne-Marie qui se sent tout à coup moins menacée par Bertrand. Julien vient de lui fournir le meilleur raisonnement pour réfuter les propos de Jolicœur. S'il vient à trop parler, elle n'aura qu'à affirmer qu'il ne sait pas ce qu'il dit quand il a trop bu. « Pourquoi n'y ai-je pas pensé plus tôt ? », se demande-t-elle. Elle se trouve idiote de s'être privée inutilement. Qui prêterait foi aux divagations d'un ivrogne ? Qui donc croirait qu'une femme dans sa position pourrait être attirée par un guenillou ?

D'ailleurs, à force de réfléchir à son passé, elle finit par se persuader qu'elle n'a jamais été vraiment amoureuse de Bertrand. C'était juste une lubie d'adolescente. Quelle jeune fille ne rêve au prince charmant ? Surtout quand la jeune personne se voit contrainte d'aller vivre au fond des bois, que sa mère ne la comprend pas et la prive de tout ce qui lui fait envie. Oui, à présent, Anne-Marie se souvient fort à propos des interdits de sa mère et de son désir de s'affranchir. « C'est de sa faute si... tout ça, quoi ! Oui, si maman avait été plus compréhensive, je n'aurais pas... enfin, je me comprends ! » Allégée du poids du passé, Anne-Marie se promet de rattraper le temps perdu.

Elle recommence à accompagner Julien dans les soirées auxquelles il est invité. Même si Bertrand ne peut y assister, elle avait eu si peur de ses bavardages qu'elle avait préféré ne plus se montrer en ville. Tous les dimanches, elle se plaignait d'un malaise quelconque pour se dispenser d'assister aux offices religieux. Comme par magie, le mal de ventre passait après le dîner quand Julien proposait une balade en auto.

D'une sortie à l'autre, Anne-Marie s'enhardit, constatant que Bertrand manque la messe du dimanche, probablement trop mal en point à cause des libations de la veille.

Au volant de son automobile, Anne-Marie se sent guillerette. Quelques nuages joufflus soufflent sur les flots argentés pour les faire valser gaiement avant que le gel s'attaque aux battures du fleuve et que les glaces viennent empêcher l'accostage des bateaux. Dans son manteau d'hiver, coiffée d'un béret de laine et les mains à l'abri du froid dans des gants de cuir doublés, elle est parée pour affronter le vent du large. Privée trop longtemps de liberté, elle aspire à l'infinitude de la mer et du ciel, elle veut faire le plein d'air salin avant de se claustrer près du poêle jusqu'à la fin de l'hiver.

Reportant son attention sur la route, elle aperçoit Bertrand qui se dirige vers le quai en traînant une grosse valise et un coffre à outils. « Tiens, il retourne travailler sur la Côte-Nord », se dit-elle, remplie d'espoir, en voyant le traversier arriver. Elle va se garer plus loin de façon à pouvoir surveiller l'embarquement sans être vue. Elle veut savourer ce moment où il disparaîtra enfin de sa vie.

Au bout de quelques minutes, les camions et voitures sortent lentement du ventre du navire. Bertrand, le dos courbé, attend derrière la ligne des piétons en partance. Il a déposé ses bagages par terre, de chaque côté de lui. Quand le dernier véhicule est sorti, les voyageurs commencent à monter à bord. Anne-Marie s'assure que son tortionnaire franchit la passerelle et que sa grande carcasse s'estompe dans l'antre du traversier, puis elle redémarre en direction du centre-ville. Le cœur léger, elle se met à fredonner. Plus rien ne viendra entraver ses plans.

Anne-Marie met la dernière main à la décoration de la table du réveillon avant de se changer. Les familles de son oncle Georges et de sa tante Rachel se joindront à eux après la messe de minuit. Afin de recevoir autant de monde, Anne-Marie a finalement accepté la suggestion de Julien de transformer la chambre de sa grand-mère en salon. Sans l'avouer, elle souhaitait ce changement depuis le départ de Bertrand.

Dorénavant, madame Briand sera en mesure d'inviter le gratin de Cap-aux-Brumes. Quelques-uns des anciens meubles du salon de Marie sont revenus au rez-de-chaussée et Anne-Marie a fait l'acquisition d'un confortable divan, assorti d'un fauteuil, et de tables pour supporter les nouvelles lampes électriques et les cendriers dont ne saurait se passer une maîtresse de maison moderne.

Pour justifier le mariage des meubles anciens et contemporains de son living-room, Anne-Marie évoque son amour pour sa grand-mère. Elle chérit trop ses souvenirs pour s'en départir, proclame-t-elle. Grâce à son imagination, le vieux Simon, l'ancien second de son grand-père qui a fabriqué ces meubles avec minutie, devient un ébéniste fort renommé en son temps, dont elle a malheureusement oublié le nom. Curieux comme le manque de mémoire sert bien certaines causes… Et même si Gisèle était trop jeune pour se souvenir de cette époque lointaine, Anne-Marie évite de parler de l'origine du mobilier ancien en sa présence.

Des piles de cadeaux attendent l'heure du déballage sous l'imposant sapin garni de lumières multicolores dressé devant la fenêtre du salon. Julien cache soigneusement sous la vieille crèche de Marie un petit paquet, celui qu'il distribuera en dernier.

Anne-Marie étrenne une jolie robe ajustée soulignant la minceur de sa taille. Contrairement à sa mère qui se cantonne aux vêtements sombres au cas où elle devrait porter le deuil, Anne-Marie a opté pour le rouge. Elle a les moyens de s'acheter plusieurs robes et elle entend être de son temps. Finie la crise économique, finie la guerre et son rationnement. Et surtout, finies les grossesses où elle devait se cacher, fini le temps du danger de voir sourdre un vaurien titubant et grossier pouvant anéantir ses ambitions par des aveux gênants.

Ce temps des fêtes, Anne-Marie le veut sous le signe du renouveau, de la prospérité et de la joie. Ses enfants sont maintenant tous en âge de participer aux agapes et elle n'a rien ménagé pour qu'ils se souviennent de ce Noël toute leur vie. Les deux aînés assistent à la messe de minuit et leurs jeunes frères dorment sagement sous la garde de Gisèle en attendant le moment de se joindre aux festivités.

Au retour de l'église, Julien sort son gallon de vin Saint-Georges pour les dames et son quarante onces de gros gin. Pendant que les adultes trinquent, les enfants assis par terre près des beaux emballages intrigants attendent fébrilement.

Dans sa hâte d'entendre leurs cris de joie, Anne-Marie commence à remettre les cadeaux. L'opération se déroule sans entracte et les bambins, qui reçoivent plus d'un présent, ne savent où donner de la tête. Le petit Francis commence à déballer un paquet qui n'est pas le sien et Gisèle intervient juste à temps pour empêcher une bataille en règle avec Rémi, l'offensé qui cherche à défendre son bien. Julien a du mal à entasser tous les papiers déchirés dans une boîte vide.

— Ralentis un peu, la supplie-t-il.

Anne-Marie s'amuse follement du méli-mélo qu'elle a créé. Ne regardant pas à la dépense, elle a emballé pour chacun de ses enfants divers paquets contenant vêtements, gâteries, articles scolaires. Mais elle a aussi choisi pour chacun un cadeau spécial et mémorable. Dès que Francis sort de sa boîte un petit ourson pelucheux, sa mère le lui enlève et le dépose sur le plancher, puis elle actionne le mécanisme alimenté par une pile. L'ours commence à marcher en émettant un ronron mécanique et ses yeux s'allument et clignotent. Le petit garçon le contemple, fasciné, puis le soulève afin d'examiner ce curieux joujou sous toutes ses coutures, ce qui fait la joie de sa mère qui y voit là un signe indéniable d'intelligence.

Jean-Marie pousse des cris émerveillés en découvrant un gros camion et il entreprend aussitôt d'y entasser les petits bouts de papier jonchant le sol autour de lui. Quand il soulève la benne pour la vider, son père ramasse derrière lui et le bambin, jamais pris au dépourvu, se sert des mitaines et des chaussettes qu'il a reçues en étrennes pour remplir la boîte de son fardier. Là encore, la maman applaudit la débrouillardise de son fiston.

Rémi, chez qui Anne-Marie a cru déceler un talent précoce d'entrepreneur, s'exclame de joie en recevant un jeu de mécano. Par prudence, il rapatrie tous ses paquets et déguerpit, les bras chargés, sous l'œil amusé de sa mère. On entend craquer les marches de l'escalier qu'il monte à toute vitesse pour mettre ses trésors à l'abri de la curiosité de ses petits frères.

Valérie murmure un « Wow ! » fasciné en apercevant une machine à coudre miniature, rouge comme la robe de sa mère. La fillette pourra s'initier à la couture en confectionnant des vêtements pour sa poupée qu'elle conserve précieusement même si elle ne se sent plus en âge de s'amuser avec un bébé artificiel. La maman en herbe a depuis longtemps des frérots très actifs pour l'occuper. Mais un jouet qui coud en vrai représente un cadeau inestimable pour une grande fille de neuf ans et Valérie, revenue de sa surprise, se lève prestement pour embrasser ses parents.

— Merci, maman, murmure-t-elle, les yeux embués.

Le regard d'Anne-Marie étincelle.

— Je vais t'apprendre à coudre, dit-elle.

Julien suspend sa cueillette de papiers froissés et sourit quand Valérie vient l'embrasser en entourant son cou de ses bras menus. Attendrie par la joie manifeste de ses rejetons, Anne-Marie commence à distribuer les cadeaux aux adultes. Quand elle a terminé, Julien sort de sous le tapis entourant le pied du sapin un joli paquet qu'il lui tend en exhibant un air de satisfaction rehaussé d'un sourire énigmatique.

— Oh ! fait Anne-Marie. Qu'est-ce que ça peut bien être ?

Curieuse, elle arrache le papier d'emballage et découvre un écrin de velours qui renferme le collier et les boucles d'oreille qu'elle avait convoités dès que Julien les avait reçus à l'automne. Ce dernier avait opposé un refus énergique, disant qu'elle pourrait les avoir seulement s'ils n'étaient pas vendus aux fêtes. Anne-Marie avait rouspété, affirmant qu'ils s'envoleraient bien vite et, peu de temps après, elle avait été fort désappointée en constatant qu'ils avaient disparu du comptoir. Ce soir, elle est si heureuse qu'elle serre Julien avec vigueur.

— Si tu continues, dit-il en riant, tu vas m'étouffer.

Comme un chiot excité, elle le bécote encore et encore avant de permettre à son mari de lui passer le collier en or serti de rubis.

— Qu'il est beau ! s'exclament Rachel, Lucette et Gisèle en même temps.

Anne-Marie fait circuler l'écrin où sont restées les boucles d'oreille pour permettre à chacune d'admirer le travail du joaillier.

— Passons à table, dit-elle après avoir récupéré ses boucles.

Rassemblés autour d'une table allongée à son maximum, les convives devisent joyeusement en évoquant les souvenirs des fêtes d'antan où saint Nicolas distribuait les cadeaux que les enfants sages découvraient le matin du jour de l'An.

— Maintenant, c'est le Père Noël qui l'a remplacé, explique Lucette aux enfants d'Anne-Marie qui n'ont jamais entendu parler de saint Nicolas. Comme le Père Noël a beaucoup de lutins pour l'aider, il peut livrer les cadeaux une semaine plus tôt.

— Où il est, saint Nicolas ? demande Jean-Marie.

— Il se repose au paradis, répond son grand-oncle Georges.

— Maman dit que c'est le bon Jésus qui donne des sous aux parents pour acheter les cadeaux, affirme Rémi.

— J'aime mieux que les enfants sachent la vérité, déclare Anne-Marie.

Au moment du dessert, Julien s'évade discrètement. Il revient et cache sous la nappe le petit paquet qui était resté sous la crèche de l'Enfant Jésus.

— Valérie, dit-il, ta maman et moi voulons te féliciter pour le beau bulletin que tu nous as rapporté avant Noël. Et nous avons pensé à t'offrir quelque chose pour t'encourager à continuer à bien travailler.

Étonnée, la fillette regarde son père venir vers elle et lui tendre une boîte minuscule recouverte d'un papier rouge où figure un angelot tout blanc. Souriant timidement, elle observe le cadeau, puis son père.

— Ouvre-le, dit-il en s'accroupissant près d'elle.

Valérie continue de sourire timidement, comme son papa. Quand, après avoir enlevé le papier délicatement, elle découvre le contenu, ses yeux s'agrandissent et ses lèvres dessinent un Oh ! muet que tous les convives observent en souriant. Julien doit prendre la relève de sa fille, figée par l'émotion, pour retirer le bijou de sa boîte.

— Une montre ! s'exclame Gisèle. Chanceuse !

Julien passe au bras de Valérie la montre-bracelet de couleur argent.

— C'est une montre de qualité, précise-t-il.

Valérie fixe son poignet comme si elle avait du mal à croire qu'elle possède un tel trésor. À l'école, elle sera la seule élève à porter une montre. Les autres petites filles n'ont pas la chance d'avoir un papa bijoutier, songe Anne-Marie, émue de la stupéfaction qui se peint sur le visage de sa fille.

— Es-tu contente? lui demande-t-elle.

Un signe affirmatif de la tête et un regard éblouissant viennent confirmer une joie trop vive pour être verbalisée. Anne-Marie s'approche de sa fille et la serre dans ses bras, de même que Julien qui lui réitère ses félicitations. Puis toute la parenté complimente l'élève studieuse.

Plus tard, pendant que les femmes font la vaisselle, les hommes retournent au salon et les enfants à leurs jeux jusqu'à ce que le sommeil les gagne. Ils disparaissent l'un à la suite de l'autre, portés dans leur lit par Gisèle.

Quand les derniers invités s'en vont au petit matin, Anne-Marie est pleinement heureuse, ce Noël restera inoubliable pour eux tous. Elle l'a perçu en voyant briller les yeux de ses convives quand ils dépaquetaient le cadeau qu'elle avait choisi avec amour pour chacun et chacune. Toute la nuit, elle a senti leur bonheur de festoyer ensemble en toute simplicité, unis par des liens invisibles.

Comme ses enfants, Julien a eu droit à plusieurs cadeaux, mais celui qui l'a le plus ému est la photographie grand format de leur famille qu'Anne-Marie lui a offerte dans un superbe cadre en argent. Julien l'a placée bien en évidence sur l'une des tables, en face de l'entrée du salon.

Les jours courts et froids de janvier et février se consument auprès du poêle à bois. Au cours des longues soirées, la famille et les proches se rassemblent autour du téléviseur que Julien a déménagé dans le salon.

Sur la table basse placée devant le divan repose *La Presse* du 10 février 1956 qui annonce qu'on a pendu Wilbert Coffin à la prison de Bordeaux. Chez les Briand, la consternation est vive.

— On vient de pendre un innocent, affirme Anne-Marie, émue.

Depuis l'arrestation du Gaspésien soupçonné d'avoir tué trois Américains à l'été 1953, comme ses compatriotes, elle a épluché les journaux relatant l'enquête et le procès. Quelques points recueillis lors de divers témoignages n'ont pas été éclaircis à la satisfaction de ceux qui prennent fait et cause pour Coffin, des témoins sont revenus sur leurs déclarations et plusieurs prétendent que l'enquête a été bâclée. Une aura de mystère plane sur l'affaire Coffin, comme l'on qualifie désormais ce procès.

— Quand il s'est échappé de la prison de Québec, l'année passée, il aurait mieux fait de pas se rendre aux autorités le lendemain, déplore Françoise.

— Son avocat l'a probablement convaincu qu'en faisant appel, le jugement de la cour serait renversé, commente Julien.

— Moi, j'ai trouvé ça louche que Duplessis critique la décision de la Cour suprême de réexaminer le cas de Coffin, déclare Pierre. J'espère qu'un jour, on fera la lumière sur cette histoire. Je suis convaincu que Coffin est innocent.

Les quatre amis ont la mine triste des gens qui viennent de perdre un être cher. L'affaire a fait couler beaucoup d'encre et la population a suivi passionnément le fil des événements.

— Coffin a maintenu jusqu'à la fin qu'il n'avait pas commis ces meurtres, ajoute Julien. Et trop de questions sont restées sans réponse. C'est dur d'affirmer sans l'ombre d'un doute qu'il est coupable.

— On vient de pendre un innocent ! répète Anne-Marie.

Influencé par l'enthousiasme de Pierre, Julien finit par prendre goût au hockey. En compagnie de quelques voisins, les deux amis suivent les matchs diffusés à la télévision. Pendant que leurs hommes regardent la partie au salon, les femmes jouent aux cartes à la cuisine. Entre les brasses, elles en viennent inévitablement à parler des nouvelles locales.

— Je te dis que madame la mairesse a eu toute une commotion quand elle a vu ton collier de rubis à la dernière soirée des Chevaliers de Colomb, ricane Françoise.

Anne-Marie sourit d'aise. L'épouse du maire lui est si antipathique qu'elle éprouve un malin plaisir à exciter sa jalousie.

— Ah, oui ? T'en as entendu parler ?

— Je comprends ! Tout le monde à Cap-aux-Brumes sait maintenant que t'as un collier qui vaut ben cher. Tu serais mieux de ben le cacher, ça peut donner des tentations aux voleurs.

— Parlant de voleurs, avez-vous su que Ti-Paul Doiron s'est fait arrêter par la police hier ? demande Henriette, la cousine de Françoise. Il est en prison, le verrat.

Estomaquée par la nouvelle, Anne-Marie en laisse choir ses cartes sur la table.

— Qu'est-ce qu'il a fait ? demande-t-elle, les yeux exorbités.

— C'est lui pis deux de ses chums qui ont dévalisé le garage de Valmont Poulin.

Le beau brun lui est toujours apparu si angélique qu'Anne-Marie a du mal à croire que Ti-Paul ait pu commettre un tel geste. Le jeune homme n'est plus revenu les voir et, comme Julien ne lui a jamais parlé de la disparition de la montre, elle a cru que c'était à cause de la froideur de Gisèle.

— J'en reviens pas! marmonne-t-elle.

— Je me suis toujours méfiée de lui, commente Gisèle. J'ai toujours trouvé qu'il avait un air de faux jeton.

Anne-Marie pâlit en réalisant qu'elle a accueilli sous son toit un voleur de la pire espèce sans se douter de rien. Les voleurs ont cassé l'une des grandes vitrines du garage de Valmont Poulin et ont même saccagé les deux automobiles neuves qui étaient exposées dans son *showroom*, comme Valmont appelle sa salle d'exposition. Puis ils sont partis avec le coffre-fort.

— Je te dis que sa mère doit être découragée sans bon sens, ajoute Henriette. C'est ben juste si y chiait pas de l'or, son Ti-Paul.

Une fois revenue de sa consternation, Anne-Marie remercie le ciel que Ti-Paul ne leur ait plus rendu visite au cours des derniers mois. Qu'auraient pensé d'eux Valmont et Dorélie Poulin? Ils ont rapidement développé des liens avec le garagiste et sa femme et, depuis quelque temps, leurs nouveaux amis essaient de leur apprendre la valse.

Les jambes raides, Anne-Marie a du mal à s'abandonner au rythme de la musique. L'air concentré, elle compte les pas à mi-voix: un, deux, trois; un, deux, trois. Mais ses pieds ne suivent pas le décompte et il leur arrive de sauter une demi-mesure. Elle est convaincue que le quart de pouce qui manque à l'une des jambes de son mari explique leurs difficultés à valser avec l'aisance des Poulin. Pourtant, Julien semble très bien s'en tirer quand il danse avec Dorélie, alors qu'Anne-Marie peine à suivre Valmont. Elle valse comme elle chante, dirait Jérôme s'il la voyait.

Mais ses faux pas, comme ses fausses notes, ne gâchent en rien son plaisir. Madame Briand insiste pour danser une valse à toutes les soirées auxquelles ils assistent, et monsieur Briand, timide et prudent, l'entraîne au milieu des couples rassemblés sur la piste pour se soustraire aux regards de ceux qui préfèrent rester sagement assis pour observer les autres. Et Anne-Marie est heureuse comme elle ne l'a jamais été. Elle a enfin atteint son but.

Les rares soirées où ils sont seuls à la maison, Julien aime bien aller marcher pour se dégourdir les jambes, et Anne-Marie opte pour la lecture des journaux et revues qu'elle achète à profusion. Gisèle s'occupe des enfants sans déranger sa sœur, comprenant que chacun des époux a besoin de ces moments de solitude, étant sans cesse sollicités par les clients, les activités sociales ou les voisins qui viennent écouter la télévision.

L'hiver passe et quand le soleil de mars réchauffe les bancs de neige, les corneilles s'invitent au festin printanier, les habitants de Cap-aux-Brumes s'animent. Au grand bonheur des amateurs de hockey, les Canadiens de Montréal se rendent en finale. Leur joie est à son comble quand leurs idoles remportent la coupe Stanley, face aux Red Wings de Detroit, le 10 avril. Les invités de Julien se séparent en fin de soirée après avoir commenté les passes et les buts.

La fin de la saison de hockey marque un tournant important. Les hommes ont le goût de bouger et délaissent la télévision. Les femmes commencent leur grand ménage et rangent tuques et mitaines dans les boules à mites. On ressort les chapeaux de paille et, un dimanche midi, la famille Briand au complet s'entasse dans l'auto pour se rendre au rang des Cailles.

Dans la montagne, la route graveleuse est détrempée par la fonte des neiges. Les champs sont encore parsemés de grandes plaques de neige. À l'orée de la forêt, on peut voir l'épais tapis blanc qui ne disparaîtra tout à fait qu'en juin.

On aperçoit la nouvelle demeure des Dumont en arrivant sur la butte où habitent les Soucy. Son toit à quatre faces est moins pentu que celui des autres maisons du rang, mais elle est plus haute que l'ancienne dont le deuxième étage était mansardé. Pressés de se reloger après l'incendie, on a laissé de côté l'esthétique et la tradition architecturale. Le gîte des Dumont ressemble à un gros cube coiffé d'un drôle de petit chapeau pointu.

La galerie avant et le long escalier sont dépourvus de rampe. La porte, qu'on a installée à l'étage en cas d'incendie, débouche sur le vide. L'habitation carrée est dénuée de tout ornement. Le manque de finition dénote une construction érigée dans la précipitation et Anne-Marie ressent un profond malaise devant le logis de ses parents.

— On va rentrer par la porte d'en arrière, dit-elle à Julien.

Ti-Nours arrive en clopinant et frétille de la queue en reconnaissant les visiteurs. Le chien commence à se faire vieux, mais son accueil chaleureux fait oublier à chacun le sentiment de carence éprouvé à la vue de la demeure dépouillée. Puis Jérôme ouvre en grand la porte de la cuisine.

— Entrez, entrez, dit-il gaiement.

Noémie tend les bras aux visiteurs et la ronde des embrassades fait éclore des sourires sur tous les visages. Réveillée par la cacophonie joyeuse, Marie-Reine sort de sa chambre, suivie de Théo.

— Ah, ben, la belle visite ! Si c'est pas ma filleule ! s'exclame le grand-père en soulevant Valérie pour lui faire la bise.

Bien qu'ils aiment tous leurs petits-enfants, Théo et Marie-Reine ne peuvent s'empêcher de trahir de mille manières leur affection particulière pour l'aînée de la génération montante. Et comme la fillette se classe souvent première à l'école, qu'elle chante bien, ils en sont fiers et ne se privent pas de signaler ses talents à toutes leurs connaissances. Cette attitude pourrait susciter de la jalousie si ce n'était que Valérie fait montre d'une réserve timide et qu'elle ne cherche pas à se faire valoir. La fillette sensible et aimante s'attire aussi la sympathie de l'entourage quand on découvre que sa mère l'élève de façon très stricte alors qu'elle laisse tout passer à ses garçons.

— Si c'est pas ma ti-fille ! se réjouit Théo en étreignant Anne-Marie.

Gisèle et Noémie échangent un regard de connivence. La prédilection de Théo pour son aînée fait parfois sourciller. Dans la famille, on peut comprendre qu'un parent manifeste une préférence, mais le caractère capricieux et la superbe d'Anne-Marie finissent par irriter les femmes de son entourage. « Pour qui se prend-elle ? », ont l'air de se dire les malheureuses qu'elle cherche à surpasser.

Encore aujourd'hui, pour faire de l'épate, Anne-Marie a mis sa robe rouge des fêtes et son collier de rubis. Quand Julien lui a fait remarquer que ce n'était pas une tenue d'après-midi, elle a fait la sourde oreille. Pourquoi se priverait-elle de la première occasion qui lui est donnée pour arborer devant les siens son riche collier ? Sûre d'elle-même, elle sourit gracieusement et tient sa main gauche près des rubis pour attirer l'attention, mais elle n'obtient pas la réaction désirée. Personne ne la complimente et leur silence la froisse.

— Aimeriez-vous aller voir le petit veau qui est né la semaine passée ? propose gaiement Jérôme.

— Oui ! s'enthousiasment les petits Briand.

— Non, objecte leur mère. On n'est pas habillés pour ça, on va se salir.

Elle fronce les sourcils et pince le bec. Les enfants regardent leur père avec des yeux implorants. Le pauvre Julien desserre son nœud de cravate, visiblement mal à l'aise.

— La prochaine fois, on va apporter nos bottes, dit-il à son beau-frère.

Le visage des jeunes s'assombrit aussitôt et leur regard se déporte sur leurs chaussures inadéquates. Noémie vient sauver la situation en leur proposant de jouer aux pichenottes. Les garçons lancent un « Yé ! » enthousiaste.

— La table est en haut, dit-elle aux garnements qui détalent comme une horde de chevaux sauvages.

Leur tintamarre réveille la gamine qui dormait à l'étage.

— Ne courez pas dans les escaliers et ne faites pas de bruit, les gronde Julien.

— Ne t'en fais pas, lui dit Noémie, la petite va vite se rendormir.

— Je vais aller la chercher et la bercer, annonce Marie-Reine qui se dépêche de monter avant que sa bru l'en empêche.

— Allons jaser dans le salon, propose Théo.

Dans l'automobile qui les ramène en soirée, les gamins dorment à poings fermés. Le plus jeune repose dans les bras de sa tante Gisèle, les deux autres sont appuyés l'un contre l'autre, coincés comme des sardines entre leur tante et leur sœur. À l'avant, Julien se concentre sur la route pendant qu'Anne-Marie questionne son père à propos des habitants du rang et des gens du village.

Julien n'avait pas prévu de revenir si tard, mais quand son beau-père lui a demandé de l'héberger durant quelques mois, il a dû accepter de rester à souper. Demain, Théo doit rencontrer le patron du moulin. Julien ignore si c'est à la demande de l'homme. Son beau-père est resté vague et, par délicatesse, il ne lui a pas posé de question. Mais à voir les travaux qu'il reste à faire sur la maison, il se doute que c'est la nécessité de gagner de l'argent qui l'amène à Cap-aux-Brumes. Comme plusieurs de ses semblables, un fermier désargenté doit s'expatrier pour regarnir son bas de laine quand il est vide. La ferme ne rapporte pas assez pour faire face aux grands malheurs.

Cet homme à la stature imposante est « fort comme un bœuf », selon l'expression en vogue. Mais, comme Achille, le célèbre héros grec, Théo a un tendon fragile depuis l'incendie qui a rasé l'ancien moulin à scie. Julien a beaucoup d'estime pour son beau-père qui fait toujours preuve de bonne humeur et ne se plaint jamais. Et, plus que tout, il est l'honnêteté incarnée, ce qui a beaucoup de prix aux yeux du bijoutier, trop souvent la cible des voleurs.

Le lendemain midi, Théo revient du moulin à l'heure du dîner.

— Le boss m'a engagé jusqu'à l'automne, leur annonce-t-il non sans fierté. Pis il a accepté de me laisser aller aider Jérôme durant le temps des foins. C'est un gars ben *smart*, pis il va me donner des bonnes gages.

Un patron respectueux, qui accorde des salaires équitables et de bonnes conditions d'emploi, a plus de chance d'être bien servi par ses employés qui, en retour, ne ménagent pas leur peine, sans penser à se syndiquer.

— Vous avez la job de contremaître ! se réjouit Anne-Marie.

— Non, il a un bon contremaître qui travaille pour lui depuis plusieurs années. Je vais travailler à la grande scie.

— Oh ! fait Anne-Marie, visiblement dépitée. Vous valez mieux que ça, papa. C'est dangereux cet ouvrage-là. Vous auriez pas dû accepter.

— T'inquiète pas, ti-fille, j'ai ben l'intention de garder tous mes membres.

— Ton père connaît son affaire, soutient Julien.

Discrètement, il fait signe à Anne-Marie de se taire. La mine renfrognée, elle mange sa soupe, puis se lève de table et sort de la cuisine. Quand Théo retourne au moulin, Julien va rejoindre sa femme partie bouder au salon.

— Je sais que tu as peur que ton père se blesse, lui dit-il doucement. Mais c'est plus un enfant, il est assez vieux pour savoir ce qu'il a à faire.

— Qu'est-ce que t'aimerais manger pour le souper ? lui demande-t-elle.

Anne-Marie fait la sourde et change de sujet chaque fois qu'on lui sert une vérité dérangeante. Mais plus tard, elle trouve le moyen de se venger de l'affront.

— Fais ce qui te plaira, répond-il d'un ton patient.

Julien n'est nullement surpris du comportement d'Anne-Marie et d'habitude, il se tait pour éviter les conflits inutiles. Pourtant, aujourd'hui, il n'a pas pu s'empêcher d'intervenir, jugeant que les commentaires de sa femme étaient déplacés et blessants. Pour Julien, le respect des aînés est sacré et un enfant, quel que soit son âge, n'a pas à remettre en question la décision de ses parents. Il souffre de ne plus avoir les siens et il aime profondément ses beaux-parents.

C'est la première fois qu'Anne-Marie se permet de désapprouver son père devant lui. D'ordinaire, il l'entend chanter ses louanges, car elle le pare de toutes les qualités alors qu'elle attribue à sa mère tous les défauts. Quand elle commence à la dénigrer, Julien lui rappelle le quatrième commandement de Dieu: « Père et mère tu honoreras ». Si Anne-Marie rouspète, il l'avertit qu'elle aussi sera soumise un jour à la critique de ses enfants et qu'elle doit leur donner le bon exemple dès à présent si elle veut être bien traitée par eux plus tard. Mécontente, Anne-Marie commence à bouder et Julien trouve consolation dans le travail. C'est son refuge le plus sûr, la seule activité qu'elle ne peut lui reprocher. S'il sort prendre l'air, au retour, elle lui fait une scène de jalousie. Au bout de quelques jours, elle redevient câline et Julien se laisse de nouveau charmer, espérant comme tout homme amoureux que sa dulcinée s'amendera pour de bon.

La présence de son père amène Anne-Marie à se montrer plus complaisante et moins indolente. Devant lui, elle joue à la bonne mère de famille et tous s'en portent mieux, à commencer par Julien qui se leurre en supposant que sa femme a vraiment changé.

Le soir, autour de la table, Gisèle soupire en entendant Anne-Marie énumérer les tâches qu'elle a accomplies durant la journée. Elle est la seule à ne pas se laisser duper par ce revirement soudain. Les enfants sont candides et Théo croit naïvement que la maternité a fait mûrir son aînée. En voyant les visages rayonnants qui l'entourent,

Gisèle prie pour que cela dure le plus longtemps possible et elle se joint au concert d'éloges qui accompagne le dessert cuisiné par Anne-Marie.

Puis le lilas refleurit et la cuisine se parfume de l'odeur exquise des grappes de fleurs mauves qui trempent dans un grand pot de verre au centre de la table. La brise tiède soulève le rideau de dentelle et le pépiement des oiseaux vient compléter le décor d'un foyer harmonieux où il fait bon vivre.

À la fin des classes, les trois aînés reviennent à la maison avec un sac bourré de tout leur matériel scolaire. Jean-Marie exhibe fièrement l'image qu'il a obtenue pour son assiduité. Valérie a remporté plusieurs prix et Rémi, pour ne pas être en reste, sort de sa poche une gratification toute personnelle qu'il a récoltée en chemin. Aussitôt libéré, le crapaud tout désorienté saute par terre en coassant et le petit Francis essaie de l'attraper sous les cris horrifiés d'Anne-Marie. Son admiration pour les éclairs de génie de Rémi s'arrête au seuil de ses frayeurs. La peau verruqueuse et les yeux exorbités du batracien la dégoûtent.

— Sors-moi ça d'ici! ordonne-t-elle au fautif.

Imperturbable, Rémi attrape le crapaud et le transporte au jardin.

— Allez vous changer, commande la mère aux deux autres.

Avec l'aide de Gisèle, Valérie et Jean-Marie ne se font pas prier pour troquer leur chaud costume d'école pour des vêtements légers aux couleurs gaies. En redescendant, ils croisent Rémi qui monte pesamment l'escalier, l'air renfrogné. Son sac d'école entrouvert laisse échapper son contenu sur les marches. Valérie s'apprête à ramasser les objets épars quand sa tante l'arrête.

— Rémi, tu ramasseras tes affaires! dit-elle.

— Allez donc l'aider ! glapit Anne-Marie en arrivant au pied de l'escalier.

Le visage fermé, Gisèle continue de descendre sans se soucier des éclairs de colère qui zèbrent les yeux de sa sœur. La jeune fille doit souvent refréner son envie de riposter. Le sentiment d'injustice qu'elle ressent devant le favoritisme d'Anne-Marie envers Rémi l'exaspère. Ce garnement peut briser les jouets de ses frères et sœur sans encourir ni pénitence ni remontrance. Il peut les battre, ne pas participer aux corvées assignées aux enfants, faire la forte tête, tout lui est permis. Et si son père essaie de le réprimander, sa mère se porte à sa défense sur un ton qui irrite les oreilles. Quand le loup hurle, les agneaux se taisent. Mais, aujourd'hui, Gisèle en a marre et elle oppose une indifférence tranquille plus désarmante que les répliques les plus cinglantes.

— Va aider Valérie à faire sa valise, bougonne Anne-Marie.

— Pas le temps…

Gisèle file à la cuisine et bardasse les chaudrons pour manifester sa mauvaise humeur. Ce comportement inhabituel chez sa sœur, Anne-Marie n'a aucun mal à l'interpréter. C'est celui dont elle use et abuse fréquemment. C'est l'argument final des conflits impossibles à dénouer, le dernier mot des entêtés. Elle le comprend si bien, ce langage, qu'elle sait qu'il vaut mieux faire marche arrière. Sans un mot, elle se retire à la bijouterie.

Le soir, la litanie de ses accomplissements n'anime pas le souper qui se déroule en silence tant la tension est palpable. Aucun dessert ne vient couronner le repas, et les petits becs sucrés doivent se contenter de pain trempé dans la mélasse et la crème. Il n'y a que les mouches qui bourdonnent aux oreilles de la famille rassemblée. Les fréquents aller et retour de Rémi, pour surveiller son crapaud, leur ont permis de s'introduire en douce dans la cuisine. Théo chasse de la main une mouche fonçant en direction de sa mélasse appétissante.

— La gueuse veut me voler mon dessert, dit-il pour détendre l'atmosphère.

— Laissez-vous pas faire, répond Julien, dont les commissures des lèvres se retroussent.

Mais les autres restent de marbre, à l'exception du petit Jean-Marie qui s'amuse à attirer l'insecte avec une bouchée de pain imbibé de mélasse. Quand la mouche s'approche, vivement il enfourne l'appât dans sa bouche et la resquilleuse vient se poser au bord de ses lèvres barbouillées de sirop brun.

Le dimanche de la Saint-Jean, de bon matin, la famille Briand s'embarque pour Val-des-Castors. Théo s'ennuie de Marie-Reine et Anne-Marie entend profiter du voyage pour aller vérifier si les fraises des champs commencent à mûrir. Ensuite, elle compte emmener les enfants pêcher au ruisseau. Ils ont apporté des vêtements de rechange et des bottes de caoutchouc.

Tout le long du trajet qui les conduit au village où ils vont assister à la messe, Valérie observe les arbres bordant la rivière Mélodie. Hier, elle a préparé sa valise avec l'aide de sa tante. Sa grand-mère l'a invitée à passer deux semaines de vacances, et elle se fait une joie de retrouver la douce Marguerite et ses cousins du rang des Cailles.

Les retrouvailles de ses grands-parents remuent la fillette. Marie-Reine et Théo se sourient sans pouvoir détacher leurs regards, se tenant simplement par la main. L'église n'est pas l'endroit convenant le mieux aux rendez-vous amoureux, pourtant leurs visages radieux révèlent l'amour profond qu'ils se portent. Valérie en ressent un grand bonheur. Un amour comme celui-là, c'est ce qu'elle espère vivre quand elle sera grande.

Après la visite rituelle au magasin général, les enfants embarquent avec l'oncle Jérôme. Rien ne peut leur faire plus plaisir qu'une randonnée en boghey. Le claquement des sabots de Goliath et le bruit grinçant des roues sur la terre graveleuse valent à eux seuls le déplacement. L'odeur de la poussière soulevée par leur passage se mêle à celle du cheval dont la croupe luit de sueur. La brise soulève sa longue crinière blonde et fait ondoyer les hautes herbes dans les champs. Les oiseaux volent gaiement, une jument hennit, un chien jappe. La campagne tranquille grouille de vie.

Dans la cuisine flotte l'arôme du rôti de porc aux patates jaunes. Au bout du comptoir, repose un énorme pouding à la rhubarbe selon la recette de grand-mère. Au milieu de la longue table, de grandes tranches de pain de ménage allèchent les convives à qui l'on sert de la soupe aux pois. On a préparé tous les plats favoris de grand-père.

Sitôt la vaisselle lavée après le dîner, les deux familles se scindent : les hommes s'en vont taquiner la truite et les femmes, munies de plats, partent à la recherche de fraises des champs. Les grands-parents refusent de les suivre, prétextant avoir besoin de faire un somme. Valérie croit qu'en réalité, c'est l'excuse qu'ils ont trouvée parce qu'ils ont plein de choses à se raconter.

Trop jeune pour la pêche, Francis a été confié aux femmes. Le petit bonhomme n'a pas encore quatre ans et il trottine sur ses courtes jambes pour suivre Valérie qui le tient par la main. Un papillon l'attire et elle doit le ramener en douceur dans le sillage de leur mère qui dirige la marche. La procession ralentit, puis s'immobilise. À l'avant,

Anne-Marie, Noémie et Gisèle se penchent pour observer la verdure qui les entoure. Des plants et des courants de fraisiers indiquent qu'elles ont trouvé le bon endroit. Tout à coup, en observant le sol à ses pieds, Valérie aperçoit un point rouge.

— Maman ! s'écrie-t-elle en brandissant le petit fruit qu'elle vient de cueillir, j'ai trouvé une fraise bien mûre.

— Bravo, Valérie ! C'est toi qui as trouvé la première fraise de la saison, dit Noémie.

— Elle est pour Francis, déclare la fillette.

S'étant délecté, le gamin s'accroupit comme sa sœur pour chercher les petits fruits savoureux. Rien de mieux que la gourmandise pour inciter un jeune enfant à se transformer en cueilleur passionné. Valérie lui montre comment écarter délicatement les feuilles des fraisiers pour examiner ce qu'elles cachent. Puis, quand le groupe a passé tous les plants à la loupe en faisant attention à ne pas les écraser, on s'en va chercher plus loin une autre talle prometteuse. Au bout d'une heure, les plats sont pratiquement vides, car les jeunes cueilleurs ont mangé les rares fruits mûrs trouvés.

Les mouches bourdonnent aux oreilles de Francis. Il lève la main pour les chasser. Ses petits doigts sont rougis par le jus des quelques fraises qu'il a ramassées, ce qui attire un gros bourdon velu qui s'enroule soudain autour de son index. Le dard enfoncé dans la chair tendre injecte le venin aussi brûlant qu'une flamme vive. Francis crie et secoue son doigt pour déloger l'insecte qui s'agrippe fermement. Gisèle arrive à son secours au moment où le bourdon s'enfuit. Le doigt enflé, Francis se lamente dans les bras de sa tante qui court vers la maison. Derrière eux, Anne-Marie gémit aussi fort que son fils. Valérie et Marguerite les suivent ainsi que Noémie et sa fille.

Arrivée à la cuisine, Gisèle couche le bambin sur le comptoir et lui recommande de placer sa main sous le jet d'eau froide du robinet pendant qu'elle actionne la pompe à eau. Alertés par les pleurs, les grands-parents sortent de leur chambre.

— Qu'est-ce qu'il a ? demande Marie-Reine.

— Il s'est fait piquer par un bourdon.

Marie-Reine sort le vinaigre et en imbibe un linge qu'elle applique autour du doigt. Théo tend les bras au gamin dont les pleurs commencent à faiblir.

— Grand-papa va te bercer, dit-il d'une voix rassurante en essuyant de sa main aussi large que des battoirs les joues mouillées de l'enfant.

Le petit bonhomme pose sa tête sur l'épaule de son aïeul et l'on entend les gros soupirs qui s'échappent de sa poitrine et, bien sûr, les pleurs de sa mère qui s'affale sur une chaise, aussi blanche qu'une première neige. Valérie tremblote, elle se sent coupable de ce qui vient d'arriver à son frérot. Elle devait le surveiller et elle a failli, et même si sa mère oublie de lui faire des remontrances, elle se fait elle-même les reproches qu'elle croit mériter.

La famille repart en fin d'après-midi avec les truites que les hommes ont pêchées. Leur récolte est meilleure que celle des femmes et ils en auront suffisamment pour souper, affirme Gisèle. Après avoir somnolé dans les bras de son grand-père, Francis a retrouvé son entrain. Son doigt meurtri le fait moins souffrir et il fait de gros câlins à chacun avant de partir.

Sur la galerie avant, Valérie regarde sa famille s'engouffrer dans l'auto. Une grande paluche repose sur son épaule, Théo reste pour faire les foins. Et la fillette se sent le cœur léger entre ses grands-parents qui l'aiment sans partage.

— Il va encore faire beau demain, prédit Théo après le souper.

Et, le lendemain, le soleil entre dans la demeure par la radio et la voix enjouée de l'animateur qui claironne: «Debout c'est l'heure, mes beaux petits cœurs.» Valérie n'attend pas que son grand-père tonne de sa voix puissante qu'il est temps de se lever. Elle saute du lit et s'habille en vitesse. Elle veut avoir le temps de déjeuner et d'accomplir les menues tâches qu'elle partage avec Marguerite avant le retour des hommes qui rapporteront le lait de la traite. Hier soir, sa tante Noémie lui a promis de lui montrer comment fonctionne leur centrifugeuse toute neuve et la fillette a hâte de voir s'accomplir l'écrémage du lait chaud.

Avant l'achat de la centrifugeuse, il fallait laisser reposer le lait jusqu'à ce que la crème remonte à la surface. Après quoi, on se servait d'une grande cuillère pour la prélever, mais il fallait y aller délicatement pour ne prendre que la crème en faisant attention de ne pas brouiller le mélange. Sinon, tout était à recommencer. Avec l'électricité, plusieurs travaux requièrent moins de temps et d'efforts.

— Avec la centrifugeuse, ça nous donne plus de crème et on peut faire plus de beurre, affirme Noémie. La machine finit par se payer toute seule.

— À la longue, oui, ajoute Marie-Reine, habituée par la force des choses à ménager chaque sou gagné et à ne dépenser que pour l'essentiel. Mais faut dire que les nouveaux appareils électriques nous facilitent la vie pour la peine. Le lavage se fait quasiment tout seul, astheure.

— L'année prochaine, Jérôme veut s'acheter un *pick up*, dit Noémie. Il dit que c'est à son tour de se gâter.

— La vie change… marmonne Marie-Reine qui se passerait encore longtemps d'une camionnette.

Valérie voit deux plis soucieux barrer le front de sa grand-mère et elle se demande pourquoi le progrès semble la préoccuper autant. Pour sa part, elle aimerait bien que la maison du rang des Cailles ait une toilette. Au matin, l'odeur du pot de chambre est repoussante. Et elle a toujours peur de tomber dans le trou quand elle utilise les bécosses. Et puis, s'essuyer avec des feuilles de catalogue ou des bouts de gazette est vraiment désagréable. Valérie adore passer un peu de temps à la campagne, mais quand elle revient chez elle, elle goûte le plaisir de n'avoir qu'à tourner les robinets pour faire couler l'eau tiède afin de se laver. Et puis, faire trempette dans un bain est si relaxant.

La campagne n'est pas dépourvue de charmes à ses yeux, mais elle ne se sent pas l'âme d'une fermière. Et elle n'a aucune aptitude pour ce métier, car elle n'arrive pas à extraire une seule goutte de lait du pis des vaches, l'odeur du foin la fait tousser et elle a peur du gros bétail qu'elle préfère observer de loin. Elle fuit même le jardinage à cause des vers qu'elle trouve répugnants.

Elle affectionne le monde rural pour ses paysages bucoliques, pour ses habitants simples et chaleureux, pour sa quiétude. Mais elle a peur du loup, ce prédateur malfaisant qui hante les bois, dévore une pauvre grand-mère alitée et s'apprête ensuite à croquer sa petite-fille qui vient lui porter à manger. Le conte *Le petit chaperon rouge* lui revient en mémoire chaque fois qu'elle entend un hurlement, le soir, couchée sous les couvertures.

Au matin, elle oublie ses frayeurs. Curieuse de tout, elle suit sa grand-mère et l'interroge sans arrêt. Durant des heures, elle observe ce qu'elle fait et s'intéresse au métier à tisser, au rouet, à la tricoteuse à manivelle, à la sertisseuse pour les conserves. Elle accepte volontiers de s'occuper de la baratte à beurre jusqu'à ce que le mélange épaississe et qu'elle n'ait plus la force de tourner la poignée.

— Va au bureau de poste avec Marguerite, suggère Marie-Reine pour la forcer à prendre l'air.

Comme Valérie trouve amusant de ramasser les bibittes à patate, Marguerite et elle héritent de la corvée. Quand elles ont terminé leur besogne, elles peuvent jouer. Dans une ferme, les enfants commencent tout jeunes à travailler et, malgré les progrès technologiques, la nouvelle génération n'échappe pas à la règle. Et les fermiers continuent de trimer d'un soleil à l'autre, parce que l'ouvrage ne manque pas. On dirait qu'on n'en vient jamais à bout : il reste toujours des arbres à abattre, des réparations aux bâtiments ou aux clôtures, des soins à donner aux animaux. Pour payer les nouveaux instruments aratoires, il faut traire plus de vaches, semer plus de foin… C'est comme la spirale des tâches ménagères, la poussière revient inexorablement. Les femmes et les fermiers n'ont jamais congé.

Les deux semaines de vacances de Valérie passent très vite et l'heure de retourner à Cap-aux-Brumes sonne au milieu de l'après-midi du dernier dimanche avec l'apparition de la Ford rouge qui soulève un nuage de poussière visible de loin.

10

Cap-aux-Brumes, juillet 1956

Anne-Marie connaît une véritable fringale d'excursions. Tous les jours de beau temps, elle prend la Ford et entraîne sa marmaille aux fruitages. La saison des fraises finit quand commence celle des framboises, qui sera remplacée en août par les bleuets.

Le jardin qu'entretient Julien donne à profusion et Anne-Marie prépare salades et sandwiches pour des pique-niques sur la grève ou dans un petit coin tranquille le long de la rivière Mélodie. Théo n'apprécie guère cette nourriture et Gisèle continue de préparer des repas chauds qu'elle prend en compagnie de son père. Ensuite, ils se bercent sur la galerie jusqu'au retour des enfants que Gisèle doit laver avant le coucher.

Aujourd'hui, le mercure atteint des niveaux inégalés et le vent fait relâche. Théo, qui sue à grosses gouttes, accepte enfin d'aller pique-niquer avec la famille, parce que Gisèle lui a réservé du porc froid et des cuisses de poulet, comme Marie en préparait autrefois quand ils allaient passer le dimanche après-midi sur la plage. C'était le bon temps et il adorait ces randonnées au bord du fleuve, mais l'absence de Marie-Reine leur enlève à présent tout attrait. À la vue des vaguelettes, les souvenirs reviennent et Théo se sent nostalgique.

— Vous n'avez pas l'air dans votre assiette, papa, remarque Gisèle.

— Ta mère me manque, répond-il. Je demande au bon Dieu de venir me chercher en premier. Je pourrais pas vivre sans elle.

Un goéland solitaire plane au-dessus d'eux et pousse un cri plein d'ennui, comme s'il partageait le sentiment de solitude de Théo.

— J'aime pas ça, vous entendre parler de même, papa. Vous êtes trop jeune pour penser à la mort, voyons donc.

Au loin, Anne-Marie et les enfants marchent en scrutant la grève à la recherche de jolis coquillages. Valérie porte un seau de plastique où chacun dépose ses trouvailles et Julien viendra plus tard les rendre à la mer quand sa progéniture les aura abandonnées dans la remise du jardin. Les châteaux de sable qu'ils construisent patiemment sont eux aussi effacés par les marées hautes et Julien se surprend à penser que la vie est précaire et qu'il faut profiter du moment présent.

— On va vous amener voir votre femme dimanche, dit-il à son beau-père.

Et le dimanche suivant, Julien tient sa promesse. Comme il fait beau et chaud, Gisèle et Anne-Marie emplissent deux grands paniers de victuailles. Il y en a assez pour nourrir les deux familles. Julien ne veut pas abuser de l'hospitalité de son beau-frère.

Finalement, tous les dimanches, il conduit son beau-père au rang des Cailles et Théo perd sa mine de chien battu. Quand il pleut, Anne-Marie et Julien laissent les enfants à la maison avec Gisèle. Une fois rendus, ils offrent à tous de se balader en auto. Jérôme adresse un clin d'œil complice à Julien quand ses parents refusent l'invitation pour aller faire un somme et Julien lui sourit en se mordant l'intérieur des joues pour ne pas rire. Ensuite, il laisse Anne-Marie conduire, prétextant qu'il peut ainsi admirer le paysage, et il sait qu'il a pris une bonne décision en voyant le visage de sa femme irradier.

Un dimanche que les enfants se plaignent de ne pouvoir suivre leurs parents, Julien laisse un dollar à Gisèle.

— Tu les amèneras chez Ti-Gus et tu leur paieras la traite.

Le fameux Ti-Gus, qu'on appelle Ti-Gus-la-cenne parce qu'il fendrait un sou en quatre s'il le pouvait, tient un petit magasin où on peut acheter des boissons gazeuses, des bonbons, des journaux et des cigarettes. Dans un coin du petit local, des jeunes hommes s'assoient autour d'une table pour boire leur Coke et manger leur sac de croustilles ou leur tablette de chocolat tout en introduisant un vingt-cinq sous dans le juke-box pour faire tourner des airs à la mode.

Ti-Gus-la-cenne a en permanence près de sa caisse enregistreuse un gros pot plein de sous noirs. Il mérite aussi ce surnom parce que le pauvre enfant à qui il manque un seul sou doit retourner chez lui pour le rapporter s'il veut avoir les friandises qu'il a choisies. Ti-Gus ne fait aucun crédit et ne se laisse attendrir par personne.

Gisèle se sent gênée par la présence des jeunes gars qui la reluquent en émettant des commentaires. Elle baisse la tête et s'aperçoit que Valérie a chipé une paire de souliers à talons hauts de sa mère. Pourvu qu'Anne-Marie ne l'apprenne pas, songe-t-elle, effarée. Dans l'espoir de repartir au plus vite de l'endroit enfumé, elle presse les enfants de faire leur choix.

— Deux orangeades, deux Cream Soda et un Seven Up, dit-elle à Ti-Gus. On va aussi prendre deux chips, pour dix sous de framboises en gelée, une Caramilk et une Cherry Blossom.

Le dollar y passe en entier, mais à voir les mines enjouées la dépense en vaut la peine. Gisèle tire cinq pailles de la boîte placée sur le comptoir, les glisse dans le grand sac de papier brun que lui a remis Ti-Gus et fait demi-tour sans un regard pour l'attroupement de mâles goguenards. Elle n'a pas besoin de dire aux jeunes de la suivre, ils la talonnent et bourdonnent comme un essaim d'abeilles attirées par un jardin de fleurs. Les talons des souliers trop grands pour Valérie émettent des clic-clac agaçants et Gisèle se demande comment elle a pu ne pas les remarquer à l'aller. Puis elle se souvient qu'elle a pensé à son ancien contremaître qui aimait passer du temps chez Ti-Gus, et elle comprend que la nervosité lui a fait tout oublier. «Je suis ridicule, se dit-elle, ça fait si longtemps et il est parti de Cap-aux-Brumes depuis un an, il n'y a plus de danger que je le croise de nouveau.»

— Tiens, si c'est pas la sœur de la petite! marmonne un grand brun à la voix pâteuse quand Gisèle arrive devant la bijouterie.

«Tiens, en v'là un autre qui était parti et qui revient», se dit-elle.

— C'est ma matante! fanfaronne Rémi en s'interposant entre Gisèle et l'ivrogne.

— Bonjour, monsieur Jolicœur. Vous êtes revenu depuis longtemps? dit-elle pour se montrer polie.

— Je suis arrivé hier soir, répond-il en hoquetant et en titubant.

Pressés de se débarrasser du gêneur afin de se régaler de leur collation de luxe, les enfants s'attroupent autour d'elle et la forcent à monter l'escalier.

— Vous devriez aller vous coucher, conseille-t-elle à Bertrand en tournant la clef dans la serrure. Bien le bonjour.

— C'est ça. Bien le bonjour, se moque l'ivrogne. Sont ben pareilles. Deux maudites pimbêches!

Il poursuit son chemin en zigzaguant sur le trottoir. Il a encore maigri, son pantalon est froissé et il flotte dans une vieille chemise d'une propreté douteuse.

Allongés sur leur matelas de plume, Marie-Reine et Théo viennent de se témoigner dans une étreinte ardente l'amour éternel qu'ils se sont promis un matin de juin. Leurs vêtements du dimanche les attendent, sagement pliés sur une chaise droite, mais leurs sous-vêtements gisent par terre de chaque côté du lit.

— Après trente-trois ans de mariage, je te trouve toujours aussi belle, ma femme.

Les vieux amants se regardent avec des yeux luisant d'adoration. Le chignon défait au cours de leurs ébats s'est déroulé sur l'oreiller et Marie-Reine pose tendrement sa main sur le torse musclé de son époux. En dépit de la canicule, elle a besoin de le toucher et de sentir la chaleur qui se dégage de son homme. Habituée à se coller à lui en toutes saisons, elle a du mal à s'endormir depuis qu'il est parti.

— Et moi, Théo, je t'aime encore plus aujourd'hui que le jour de notre mariage. Si on m'avait dit ça ce matin-là, je ne l'aurais pas cru parce que j'avais l'impression que mon cœur allait éclater de bonheur tant je t'aimais.

— Je pourrais pas vivre sans toi, ma femme. Je te l'ai toujours dit, pis ça change pas, même qu'avec le temps, on dirait que c'est pire. T'as pas idée comme tu me manques, Marie-Reine. J'ai assez hâte de finir mon contrat au moulin pis de m'en revenir ici pour de bon.

Marie-Reine sourit, ferme les yeux et se colle à Théo, rassurée. C'est plus fort qu'elle, quand elle vit séparée de son homme, elle se torture à l'idée qu'il sera tenté par les autres femmes. Il est fringant et si insatiable qu'il lui semble impossible qu'il puisse se passer de sexe. « Faut faire attention, les hommes ne pensent qu'à ça, ma petite fille », lui avait dit un jour une de ses clientes de Belles-Terres. Déjà farouche, Marie-Reine s'était méfiée, jusqu'à ce qu'elle tombe follement amoureuse du fils de sa logeuse. Mais elle n'avait jamais pu oublier tout à fait l'avertissement de la vieille dame.

Des éclats de lumière éblouissants s'échappent de la Ford rouge comme si le feu dansait sur la carrosserie du véhicule stationné près d'un saule pleureur le long de la rivière Mélodie. Penchée au-dessus d'une fosse, Anne-Marie se concentre sur le mouvement des poissons qui suivent le ver frétillant qu'elle vient de mettre à l'eau. Julien et la famille de Jérôme se tiennent à peu de distance les uns des autres, sans bruit, surveillant eux aussi leur ligne. C'est sans doute la dernière fois qu'ils pourront pêcher avant que ne débute la fraie.

Anne-Marie s'amuse à plonger le vermisseau dans les eaux froides du fond caillouteux, puis à relever lentement le bout de la perche qui se courbe brusquement. Elle donne un petit coup sec afin de bien ferrer le poisson puis donne un peu de mou à la ligne pour éviter qu'elle se rompe.

— Vite, Julien, murmure-t-elle. Apporte la puise, j'en ai une grosse et j'ai peur qu'elle casse ma ligne.

Pendant que Julien dépose sa canne à pêche, Anne-Marie roule doucement le moulinet. La truite oppose une forte résistance et Julien réussit à glisser l'épuisette sous le poisson qui s'arc-boute au moment où Anne-Marie parvient à le sortir de l'eau. Comme dans un film au ralenti, ils voient tous deux la grosse truite mouchetée se décrocher de l'hameçon.

— Il était moins une ! s'exclame Julien quand la truite tombe lourdement dans le filet.

— Tu parles d'une belle pièce ! dit Jérôme en arrivant près d'eux.

Julien s'éloigne du rivage avec l'épuisette et son beau-frère saisit la truite par les ouïes et la soupèse.

— T'as pêché une truite d'au moins deux livres ! Félicitations, ma petite sœur.

— Merci, répond en riant Anne-Marie.

Il n'y a que Jérôme qui peut utiliser ce qualificatif avec sa sœur aînée sans se faire rabrouer. Surtout parce qu'elle n'est pas très grande, elle a horreur qu'on utilise le mot « petite » pour parler d'elle. Les vendeurs qui lui disent avec un sourire mielleux « Bonjour, ma petite madame » n'ont aucune chance de lui vendre quoi que ce soit. Elle les trouve aussi insignifiants que Bertrand Jolicœur. « Ah, que la vie est belle depuis qu'il est parti, celui-là ! », se dit-elle en admirant la grosse truite qui frétille encore.

— Elle est trop grosse pour ton panier, rigole Jérôme.

— Attends, j'ai une grande chaudière dans le coffre, dit Julien.

En fin d'après-midi, les pêcheurs réintègrent une maison endormie où les ronflements de Théo oblitèrent le silence.

— Le père ronfle comme un gros tracteur, plaisante Jérôme.

Anne-Marie regarde l'heure à sa montre.

— Vous allez rester à souper, s'empresse de dire Noémie. On va mettre vos truites au frigidaire pour les garder au froid.

— Julien aime mieux conduire de clarté, soutient Anne-Marie en jetant un coup d'œil appuyé à son mari en espérant qu'il se souvienne qu'ils doivent partir tôt.

Après bien des tentatives infructueuses, elle a enfin réussi à le convaincre de l'amener au cinéma. Depuis qu'il a acheté le téléviseur, il lui répond: «On n'a pas besoin d'aller aux vues et de dépenser de l'argent pour rien, on les voit à la télévision.» Anne-Marie rouspète que la télé ne projette pas les nouveaux films. L'engouement de son amie Françoise pour le grand écran l'incite à en faire l'expérience. Autrefois, ses parents ne lui permettaient pas d'aller au cinéma. Selon monsieur le curé, c'était un endroit de perdition qu'il fallait éviter, ce qui le rendait encore plus attirant. En se mariant, elle croyait qu'elle pourrait faire tout ce qui lui plairait. Mais elle prend conscience d'une évidence irritante: celui qui gère les finances a le dernier mot.

— En partant après le souper, vous aurez le temps de vous rendre avant la noirceur, affirme Jérôme. Julien, viens m'aider à faire le train.

Son époux sort à la suite de Jérôme sans lui jeter un regard et Anne-Marie fulmine. «Julien Briand, tu vas me le payer», se promet-elle. Il ne lui vient pas à l'esprit que ce n'est pas la faute de son mari. Si son père avait été debout, ils auraient pu revenir à temps. Peu après, Jérôme revient avec les truites à mettre au frigo.

— Tu serais mieux de les vider tout de suite, dit-il à sa sœur.

Elle qui rêve d'être riche et célèbre, comme les stars d'Hollywood, elle est obligée de se salir les mains et d'éventrer des poissons visqueux. Anne-Marie pompe de l'eau pour en remplir un grand bassin et elle se défoule sur l'étripage des truites sans égard pour sa belle-sœur qui doit préparer le souper en l'ayant dans les jambes. Sa colère rentrée ne trompe personne. Anne-Marie a les mâchoires crispées et affiche la mine boudeuse si familière à ses proches. Celui ou celle qui osera lui adresser la parole avant qu'elle ait fini de ruminer son ressentiment s'expose à faire face à une furie.

Noémie chantonne gaiement en dressant la table quand Théo et Marie-Reine font leur apparition dans la cuisine.

— Ça parle au diable ! marmonne Théo, l'air coupable, en jetant un coup d'œil à la pendule. On a dormi comme des souches. Où c'est qu'est Julien ?

Marie-Reine se dépêche d'enfiler un tablier sans dire un mot et Anne-Marie reste aussi muette que les truites qu'elle évide.

— Il est allé aider Jérôme à faire le train, répond Noémie. Vous allez souper avec nous autres, monsieur Dumont.

Théo s'approche du comptoir et enserre la taille d'Anne-Marie, sa chère ti-fille.

— Sapristi, vous avez pogné de la grosse truite ! Viens voir ça, Marie-Reine.

Le ton admiratif de son père lui fait oublier instantanément sa rancœur et Anne-Marie exhibe fièrement son trophée. Parmi les autres poissons, tous étêtés, celui-ci a été épargné de la décapitation. Et comme sa mère s'exclame qu'elle n'a jamais vu une aussi grosse truite de sa vie, Anne-Marie ne pense qu'à aller se faire photographier, dès demain matin, avec sa prise exceptionnelle afin de présenter à tous les sceptiques la preuve de son exploit.

Revenant de chez le photographe, à l'heure du dîner, elle aperçoit sur le trottoir le dos d'un grand efflanqué qui lui rappelle vaguement quelque chose, mais elle est si pressée de mettre son poisson au frais qu'elle ne s'y arrête pas.

À la fin de l'après-midi, alors qu'elle achève de refaire la vitrine, Bertrand Jolicœur passe devant. Anne-Marie a un léger mouvement de recul en le reconnaissant et elle baisse la tête afin de lui faire croire qu'elle ne l'a pas vu. « Pas encore lui ! », se dit-elle, au comble de l'exaspération. Ce retour sonne la fin des promenades insouciantes. La méfiance viendra gâter le plaisir de faire les courses et elle devra de nouveau utiliser l'automobile pour se protéger des face-à-face importuns. C'était si bon de vivre sans cette épée de Damoclès suspendue au-dessus de sa tête.

Au souper, la truite dont tous se régalent lui paraît fade. Sa performance de la veille n'a plus rien de spectaculaire, le cinéma n'a plus d'attrait. Tout lui paraît terne et elle se retient pour ne pas pleurer devant tout le monde. Elle attendra qu'ils soient tous endormis pour laisser s'écouler les larmes de dépit qui lui nouent la gorge.

Après avoir détrempé quelques mouchoirs, Anne-Marie s'endort pesamment. Elle s'éveille d'une nuit sans rêve. Pourtant, elle se sent lasse et manque d'appétit. Après deux ou trois bouchées, elle a la nausée et doit sortir de table.

Au bout de quelques jours de réclusion, son appréhension commence à décroître et elle décide de faire les courses en auto. Peu à peu, elle se convainc qu'elle pourra l'éviter. Au volant de sa Ford rouge, son opiniâtreté lui revient et elle se sent de nouveau invincible. Bertrand Jolicœur n'a qu'à se tenir loin s'il ne veut pas se faire aplatir comme un rat. Anne-Marie a tellement envie d'en découdre avec lui qu'elle se sent d'attaque pour foncer sur lui s'il s'avise de la menacer.

Un vendredi soir qu'ils font un bout de veillée sur la galerie après la fermeture de la bijouterie, une camionnette zigzagante avance lentement dans la rue.

— Encore un gars soûl au volant, critique Julien.

De tempérament sobre, il déplore les excès des alcooliques et condamne leur irresponsabilité quand il en voit un au volant d'un véhicule. « Il y a un bon Dieu pour les ivrognes », déplore-t-il chaque fois que l'un d'eux cause un accident et s'en sort avec quelques égratignures, alors que les autres personnes impliquées perdent la vie.

— Ma foi du bon Dieu, s'écrie Théo, c'est Jolicœur !

— Dites-moi pas qu'il est revenu, cet escogriffe-là ! grommelle Julien. On aurait bien pu s'en passer !

Anne-Marie se sent tout à coup prise au piège. Bertrand a un véhicule et il pourra dorénavant la suivre partout où elle ira. « Je ne sortirai plus toute seule », se dit-elle. Pour les commissions urgentes, elle n'aura qu'à demander à Gisèle ou aux enfants de les faire à sa place. Elle ne prendra l'auto qu'en compagnie de Julien ou de son père. Bertrand n'osera pas l'intercepter s'il la voit accompagnée d'un homme. « S'il entend me narguer à son tour, il va s'apercevoir que je ne suis jamais prise au dépourvu. » Pourtant, si elle le pouvait, elle le ferait disparaître à tout jamais tant il lui empoisonne l'existence. Mais comme Anne-Marie ne supporte pas longtemps les désagréments, elle l'évacue de son esprit. Le truc lui réussit à merveille : selon le nouveau scénario qu'elle s'est inventé, il n'y a plus de Bertrand Jolicœur.

À la fin du mois d'août, pour permettre à Julien de venir à bout du travail qui s'accumule, elle lui propose d'aller seule conduire son père à Val-des-Castors pour sa visite hebdomadaire.

— Tu pourrais partir samedi, suggère Julien. Ça te ferait du bien de prendre un petit congé et à ton retour, dimanche, on irait au cinéma.

— Oh ! T'es un amour, mon petit coucou, roucoule-t-elle.

Et le soir même, Anne-Marie témoigne à son gentil petit mari sa reconnaissance, puis elle s'endort la tête posée sur son épaule.

Le samedi après-midi, aussitôt que Théo s'est lavé et changé en propre en revenant du moulin, le père et sa ti-fille partent le cœur léger après avoir embrassé tout le monde. Libre de partir sans les enfants, de coucher chez ses parents et de se faire dorloter tout en sachant qu'au retour Julien l'amènera au cinéma pour la première fois, Anne-Marie se sent si légère qu'elle a l'impression d'avoir des ailes.

En chemin, Théo et Anne-Marie se réjouissent d'arriver à l'improviste et de voir la surprise de Marie-Reine, mais en arrivant à la maison, ils ne trouvent personne. Théo se rend aux bâtiments et constate que le boghey et le cheval sont absents. Il revient auprès d'Anne-Marie qui se berce à la cuisine.

— Ils sont partis, dit-il, désemparé. J'espère qu'il leur est rien arrivé de mal.

— Ce serait bien le bout des écus, s'apitoie Anne-Marie.

Elle retombe facilement dans ses névroses et Théo, ne trouvant aucun réconfort dans sa compagnie, s'en va dans la salle pour guetter d'un châssis à l'autre. Il tourne comme un ours en cage. Dans la cuisine, Anne-Marie se ronge un ongle en élaborant toutes sortes de drames. Des pas dans le tambour la font sursauter. Au même instant, Théo surgit dans l'encadrement.

Marie-Reine et Marguerite, inconscientes des émois causés par leur absence, affichent une mine réjouie.

— Veux-tu ben me dire où t'étais passée ? demande Théo d'une voix où perce encore un soupçon d'inquiétude.

— On ramassait des noisettes, répond en riant Marie-Reine. Avoir su…

Elle dépose le sac de jute rempli de noisettes sur le comptoir et va lui faire une chaste accolade pendant que Marguerite emprisonne sa sœur aînée dans ses bras.

— Tu vas coucher avec moi, dans mon lit, lui dit-elle, tout sourire.

Ses yeux plissés de bonheur ne sont plus que deux rainures laissant filtrer un infime coin d'azur. Ses iris, d'un bleu très pur, captent immédiatement l'attention des étrangers. Tant que Marguerite ne parle pas, ils ne se rendent pas compte que la jolie fille un peu grassouillette a le cerveau d'un enfant. Son élocution laborieuse la fait alors paraître plus débile qu'elle ne l'est et l'hébétude écarquille les paupières des jeunes hommes qui lui souriaient l'instant d'avant.

Quand Marguerite se détache d'Anne-Marie, elle se plaque contre son père dans un abandon si total qu'il donne toujours à craindre à ses parents. Depuis que la demoiselle trop confiante est devenue pubère, Théo la surveille de près. Même à la campagne où tout le monde se connaît, il ne manque pas de débauchés et Marguerite incarne une proie facile. Avant d'aller travailler à Cap-aux-Brumes, il a recommandé à sa femme de toujours l'avoir à l'œil, et c'est pourquoi Marie-Reine l'a gardée avec elle aujourd'hui.

— Jérôme et Noémie sont allés habiller les enfants au village, leur dit-elle.

— Elle ne coud pas ? s'étonne Anne-Marie.

Pourtant, elle-même coud très rarement. Presque tous leurs vêtements sont achetés dans les magasins et c'est précisément ce genre de remarques énoncées d'un air supérieur qui font que plusieurs personnes la prennent en aversion. « Elle devrait commencer par se regarder avant de critiquer les autres », répliquent celles qui se sentent visées.

— Les temps changent… riposte sa mère, l'air sévère.

Bien que Marie-Reine s'entende bien avec Noémie, quand elle se trouve seule avec Théo, elle se plaint de la jeune génération. Elle trouve que son fils et sa bru sont bien dépensiers et qu'ils gâtent trop leurs enfants. Elle juge de son devoir de leur rappeler à l'occasion qu'on pourrait revivre une crise économique comme celle de 1929, mais Jérôme lui cloue le bec d'une plaisanterie propre à la faire rire. « Tu es le digne fils de ton père ! », lui dit-elle alors.

Allongée sous les couvertures, Marie-Reine sent le besoin de se délester de l'amertume qui la ronge depuis les dernières semaines.

— S'ils étaient pas si gaspilleux, tu serais pas obligé d'aller gagner au loin, chuchote-t-elle. Quand je pense qu'on s'est privés toute notre vie et qu'il faut encore que tu t'expatries pour gagner notre pain, je trouve pas ça juste. À quoi ça sert de s'être donnés à notre garçon s'il faut que tu continues à travailler pour des étrangers ? On aurait bien mérité de vieillir tranquilles, il me semble.

— Ben sûr, mais fais-toi z'en pas avec ça, ma femme. Après c'te *run*-là, je vais rester à maison. Pis penses-y un petit brin, on n'a pas trop à se plaindre, notre gars pis sa femme sont ben travaillants pis ben bons pour nous autres, tu trouves pas ?

— Pour ça, t'as raison... Mais je m'ennuie de toi sans bon sens, mon Théo. J'ai pas le goût de te voir partir. Tu devrais rester ici demain, ton *boss* comprendra.

— Il me reste juste une semaine à faire. Pis j'ai donné ma parole, Marie-Reine, faudrait pas l'oublier.

— Fais comme tu l'entends, d'abord, murmure-t-elle, déçue.

Dans la chambre de Marguerite, les deux sœurs chuchotent elles aussi, collées l'une contre l'autre. L'adolescente a encore du mal à prononcer les R et à bien articuler.

— J'aimerais ça aller chez vous. Tu vas-tu m'amener chez vous demain ? implore Marguerite de sa voix traînante après avoir dit à Anne-Marie combien elle s'ennuie d'elle depuis son mariage.

— T'aimes pas mieux attendre un peu plus tard ? Maman va s'ennuyer si tu pars toi aussi.

— Ben, non, c'est juste pour une semaine ! Pis elle sera pas toute seule.

— Tu demanderas à maman, murmure Anne-Marie, sûre que sa mère refusera. Bonne nuit, ma poupoune d'amour.

Assise entre son père et sa grande sœur, Marguerite observe le paysage défiler à vive allure. Elle n'est pas habituée à aller en auto et elle doit mettre sa main devant sa bouche quand la nausée lui soulève le cœur. La route en lacis, encaissée par la montagne rocheuse et la rivière, lui donne le vertige.

— Va pas trop vite, gémit-elle à travers le mouchoir qu'elle plaque sur ses lèvres.

— Je roule juste à cinquante milles à l'heure, se défend Anne-Marie.

Pour Théo aussi, la vitesse paraît excessive. Il trouve que sa ti-fille a le pied pesant. Elle conduisait tout aussi vite à l'aller, mais il avait si hâte de revoir Marie-Reine qu'il ne l'a pas remarqué.

— Marguerite a mal au cœur, dit-il. Il y a un filon d'eau qui coule de la montagne pas loin d'ici. T'arrêteras là, peut-être que l'eau froide va lui faire du bien.

À l'endroit désigné, Anne-Marie se stationne contre le rocher afin de dégager la route le plus possible, ce qui fait qu'ils doivent tous descendre du côté du conducteur.

Les mains en coupe, chacun s'abreuve au filet d'eau pure et fraîche qui ruisselle au milieu du cap rocheux.

— Ça fait du bien, dit Théo en s'essuyant le menton. Ça va t'y mieux, Marguerite ?

— Voui, répond-elle en se tamponnant le menton avec son mouchoir.

— Bon, on rembarque, décrète Anne-Marie qui a hâte d'arriver.

À midi, quand Marguerite a fini par arracher à sa mère la permission d'aller passer la semaine à Cap-aux-Brumes, il a fallu lui préparer une valise, et une discussion à n'en plus finir entre la mère et la fille pour chaque objet à emporter les a mis en retard sur l'horaire prévu. Et pour Anne-Marie, il est exclu qu'elle manque encore le cinéma.

Au détour d'une courbe, elle voit venir une camionnette qui louvoie sur la route.

— Encore un gars soûl qui va plonger dans la rivière, dit-elle en ralentissant.

Sur la route étroite, elle longe le bord de l'escarpement rocheux en gardant les yeux rivés sur la camionnette qui frôle le bord du cours d'eau, puis qui empiète soudainement sur l'autre voie.

— C'est Jolicœur ! crie-t-elle.

« Celui-là, il ne m'aura pas ! », se jure-t-elle quand elle le voit continuer de foncer sur eux. Et elle donne un coup de volant brusque en direction de l'autre voie.

— Veux-tu bien me dire ce qu'ils font ? s'inquiète Gisèle quand son beau-frère arrive à la cuisine après la fermeture de la bijouterie. Ils devraient être arrivés depuis un bout de temps.

— Ils ont dû être retardés, répond calmement Julien.

— Je vais servir le souper, les enfants ont faim.

Devant son air soucieux, Julien ajoute :

— T'inquiète pas, on doit aller au cinéma ce soir, Anne-Marie ne voudra pas manquer ça pour tout l'or du monde.

Après le souper, Anne-Marie et Théo ne sont toujours pas rentrés et Julien commence à se faire du mauvais sang. Les enfants ressentent l'angoisse des adultes, ils deviennent nerveux et s'agitent.

— Allez jouer dehors, leur ordonne leur père.

Gisèle termine la vaisselle quand des coups retentissent à la porte. À travers le rideau de dentelle, Julien aperçoit deux policiers. Ils entrent, enlèvent leur casquette et restent sur le tapis, l'air emprunté. Le plus âgé des deux est un client de Julien, l'autre paraît dans la jeune trentaine.

— Votre femme a eu un accident, lui annonce monsieur Lévesque.

— C'est grave ?

Les deux policiers baissent les yeux et Julien, la gorge nouée, ose tout de même une autre question. Tout vaut mieux que l'incertitude.

— Ils sont morts tous les deux ? murmure-t-il.

— Tous les trois, répond le jeune policier.

— Tous les trois ? s'exclame Julien en regardant sa belle-sœur.

Mais Gisèle lève les épaules, l'air intrigué.

— Vous en êtes sûrs ? demande-t-elle, les sourcils froncés.

— Il y avait un homme et deux femmes à bord, précise l'agent.

Devant la stupéfaction de Julien et Gisèle, le plus expérimenté propose à Julien de les accompagner pour identifier les cadavres. À ces mots, Gisèle porte la main à sa bouche et pleure en silence.

En route vers l'hôpital où reposent les corps, monsieur Lévesque prévient Julien :

— L'auto a frappé un arbre et ils ont ensuite capoté. Les victimes d'un accident comme celui-là sont souvent très amochées.

Et effectivement, deux d'entre elles sont méconnaissables. Julien tremble en reconnaissant les alliances de sa femme et les bottines lacées de son beau-père. L'autre femme a le visage intact et il n'a aucun mal à identifier Marguerite dont les deux mains sont ensanglantées.

— Elle s'est protégé le visage avec ses mains, commente le jeune policier.

Et Julien comprend qu'ils ont eu le temps de voir la mort venir. Il se sent étourdi et ses oreilles commencent à bourdonner.

— Aide-moi à le sortir d'ici, entend-il avant de se sentir soulever de terre.

Le visage fouetté par le vent frisquet soufflant du nord, il recouvre la vue et le grondement de ses oreilles s'interrompt.

— Comment c'est arrivé ? pense-t-il alors à demander.

— On a déduit, d'après la scène, que votre femme a dû donner un coup de volant pour éviter l'autre véhicule, dit monsieur Lévesque. La camionnette qui circulait en direction sud a embouti le cap. Bertrand Jolicœur était au volant.

« Comme d'habitude, il devait être soûl », se dit Julien.

— Il est mort ?

— C'est pas sûr qu'il va s'en sortir.

Jolicœur vient de lui prendre son amour, en plus de son beau-père et de Marguerite. Julien a soudain la rage au cœur et il souhaite qu'il crève afin qu'il n'en tue plus d'autres. Puis il pense à Marie-Reine qui perd du coup son mari et deux de ses enfants.

— Il faudrait aller avertir ma belle-mère. Ils n'ont pas le téléphone.

Dans le salon mortuaire de Cap-aux-Brumes sont alignés trois cercueils dont un seul est ouvert. On a placé celui du père au centre, Théo est entouré de ses deux filles qu'il aimait tant.

Vêtus de noir des pieds à la tête, tous les membres de la famille se tiennent debout pour accueillir les visiteurs venant présenter leurs condoléances. Julien et Marie-Reine serrent les mains tendues sans manifester de réaction, comme si toute vie s'était éteinte en eux. Ils ont le teint cendreux, les yeux hagards.

Les enfants, vêtus de noir eux aussi, sont assis sagement autour de leur tante Gisèle. Leurs petits visages abattus font peine à voir. L'insouciance de l'enfance s'est enfuie à tout jamais. Une vilaine sorcière leur a jeté un mauvais sort et ils restent silencieux, aussi immobiles que des statues de pierre. Ils ne pleurent pas. Le choc a paralysé leurs petits cœurs. « Votre maman est au paradis », leur a dit leur tante Gisèle. Et leur grand-père aussi, et la gentille Marguerite.

«Je veux aller au paradis, moi aussi», a dit le petit Francis en regardant les étoiles, le soir du drame.

Julien est engourdi et il agit comme un automate, il réussit à surmonter temporairement son chagrin parce qu'il se sent responsable de tout ce petit monde en état de choc. Il doit voir à tout ce qui a rapport aux formalités. L'esprit de Marie-Reine est ailleurs et sa pâleur inquiète ses proches. Gisèle déleste Julien des soucis domestiques, mais il est conscient que c'est quand même beaucoup pour sa jeune belle-sœur, remuée elle aussi par ces trois décès. Elle a réussi à caser la famille du rang des Cailles et Noémie a pris le contrôle de la cuisine. Jérôme se tient près de son beau-frère pour lui porter assistance. Les Fontaine s'occupent de sa ferme en son absence.

Les funérailles se déroulent comme dans un cauchemar sans fin. Épuisés par les trois jours et les trois soirs de veille, la famille tient le coup par on ne sait quel miracle. À la suggestion du curé, Julien a acheté deux lots voisins au cimetière pour les trois bières à ensevelir et pour les autres qui viendront les rejoindre un jour. Et il paie pour les deux lots, comme il règle tous les frais, Jolicœur n'ayant aucune assurance pouvant les dédommager.

Comme Julien l'apprend durant la réception qui suit l'enterrement, l'ivrogne est mort le jour même sans avoir repris connaissance.

Quand vient le moment de se séparer, Julien propose à sa belle-mère de rester quelques jours de plus et Marie-Reine y consent, tout lui indiffère, ici ou ailleurs a peu d'importance. Jérôme et Gisèle ont pensé qu'il vaudrait mieux qu'elle demeure à portée d'un médecin, car ils craignent pour la santé de leur mère. Elle n'a pas reparlé depuis l'accident et elle semble complètement perdue.

Les enfants recommencent l'école et la présence de leurs camarades ramène un semblant de normalité dans leur vie pour qui ne les observe pas attentivement. Gisèle aperçoit souvent les trois garçons scruter le ciel à la recherche des trois nouveaux anges qui sont censés y habiter. Le petit Francis pointe le firmament en disant: «Maman là-haut, avec Jésus.» Jean-Marie et Rémi, qui sont plus vieux, semblent fort déçus de ne pas l'y voir comme leur benjamin.

Valérie observe les uns et les autres d'un air accablé et Gisèle l'entend pleurer dans le noir quand la fillette croit tout le monde endormi. Le lendemain, ses yeux enflés et rougis illustrent son chagrin. La supérieure du couvent lui donne souvent des images saintes et, sachant que les Briand raffolent de sa tire Sainte-Catherine, elle leur envoie toute la quantité qu'elle a confectionnée spécialement pour eux.

Marie-Reine a l'air d'un mort-vivant. Elle erre comme une ombre, restant la plupart du temps dans sa chambre, celle de Julien. Il la lui a cédée dès le premier soir parce qu'il se sentait incapable d'y dormir seul.

Il préfère s'enrouler dans une couverture et s'asseoir sur l'un des divans du salon. Il contemple le portrait de famille que lui a offert Anne-Marie à Noël. Gisèle se demande s'il lui arrive de dormir en le voyant les traits de plus en plus tirés. Comme Marie-Reine, il ne parle que pour l'essentiel. Il s'absorbe dans le travail et on ne le voit qu'aux repas où le silence n'est rompu que par le cliquetis des ustensiles.

Tous ont perdu le sourire et l'on dirait que les murs de la maison suintent les sanglots du deuil dont ils se font l'écho. En entrant dans la demeure, une chape de souffrance oppresse les visiteurs qui ne s'attardent plus comme autrefois. Personne ne vient regarder la télévision bien que le téléroman *Les belles histoires des pays d'en haut* commence à être diffusé sur les ondes de Radio-Canada à partir du 8 octobre. Pourtant, dès le début, l'avare, Séraphin Poudrier, et sa malheureuse épouse, la belle Donalda, captivent l'auditoire. Les Briand écoutent assidûment l'émission parce qu'elle leur évite de penser à leur propre chagrin. La misère des personnages imaginaires permet de refouler momentanément la leur.

Quand tous montent se coucher, Julien s'installe à la table de la cuisine. Devant le vide de sa vie, il épanche sa peine dans l'écriture de son journal intime. C'est la première fois qu'il utilise un tel exutoire. Noircir les pages blanches lui apporte un peu d'apaisement et l'aide à dormir quelques heures.

> *Allongé dans le noir, il m'arrive de sentir ta présence. Je te revois juste avant ton départ, vêtue d'une robe fleurie. Comme souvent quand tu croyais que je ne t'observais pas, tu te servais dans la caisse et j'ai fait semblant de n'avoir rien vu.*
>
> *Ton souvenir me fait parfois basculer au pays des songes. La brise transporte un rai de lumière et chuchote à mon oreille quelque chose d'important que je viens près d'entendre. Que veux-tu me dire, ma tourterelle ? Je veux comprendre le sens de ce rêve. Tu disais souvent : « Pour vivre heureux, vivons cachés. » J'aurais dû te garder près de moi ce jour-là. Il aurait fallu que je coupe tes ailes pour t'empêcher de t'envoler, mais une tourterelle estropiée est probablement condamnée à mourir. J'aurais pu te cacher au cœur de la forêt, mais peut-être qu'un loup affamé t'aurait trouvée trop appétissante, qui sait ? Il aurait fallu arrêter le temps, mais je ne suis qu'un horloger n'ayant de pouvoir que sur les aiguilles d'une montre. Je n'ai rien pu faire pour contrecarrer le mauvais sort et cela m'anéantit. Mais puisque le destin est inéluctable, avant de*

t'envoler, ma jolie tourterelle, aide-moi à saisir les paroles que murmure le vent.

Les jours mornes s'écoulent lentement. Le tic-tac des horloges est d'un ennui mortel. Chaque seconde fait résonner un gong assourdissant à la longue. Chaque heure prend des airs d'éternité sans joie. Les mois de froidure durent… et durent… et durent. Il neige sans discontinuer dans le cœur de l'endeuillé.

Un soir de printemps, Julien reprend son épais cahier auquel il ne reste que deux pages pour livrer une dernière confidence. Il trempe sa plume dans l'encrier en laissant échapper un profond soupir.

Un rêve suit l'autre et je m'égare dans les brumes du temps, je ne sais plus l'heure, ni le jour, ni l'endroit. Je flotte dans une masse de nuages opaques et ne ressens plus la soif ni la faim. Je suis et ne suis plus, je me confonds à la grisaille, je me dissous dans la bruine et je m'averse. Toutes les larmes retenues s'écoulent comme pluie d'automne, puis un nouveau rai de lumière, plus brillant que le soleil, perce les nuées et, devant le rideau de mes larmes, un arc-en-ciel se dessine. Puis je me réveille et me sens plus léger. Merci, ma tourterelle. Je sais que de là-haut, tu continues à veiller sur moi et sur nos enfants.

Au mois de mai, la religieuse qui enseigne à Valérie met en garde ses élèves contre un nouveau suppôt du diable et, selon ce qu'elle en dit, il serait plus dangereux que tous les autres. La fureur de la jeune nonne s'est déclenchée quand elle a découvert le journal qu'a apporté en classe une élève pour le montrer à ses camarades. *La Presse* relate la visite d'Elvis Presley à Ottawa. À la fin de sa jérémiade, la nonnette est en larmes et elle doit se sauver en courant pour aller se cacher dans sa chambre.

Les jeunes filles consternées se demandent quelle mouche l'a piquée. Elvis chante divinement et il a la beauté d'un ange.

— Les sœurs voient du mal partout, se moque Claudette en cachant le journal incriminé dans son sac d'école.

— Cette sœur-là est folle, affirme Ginette.

La grande brune ne se laisse pas facilement impressionner. Le comportement puéril de la sœur l'amuse et, d'un commun accord, les jeunes espiègles ourdissent un plan diabolique afin d'éprouver les nerfs fragiles de leur jeune enseignante.

Une fois par semaine – il ne faut pas exagérer, conseille d'une d'elles – une élève sera désignée. La première sadique dont le nom sera tiré au sort devra parler d'Elvis en chuchotant assez fort pour que l'institutrice l'entende. Henriette est l'élue.

Une semaine plus tard, sœur Sainte-Philomène, qui a reçu le nom d'une vierge et martyre au moment de ses vœux, pique une nouvelle crise de larmes et sort de la classe. Afin de ne pas s'attirer les foudres de la supérieure, les élèves plongent le nez dans leur livre d'histoire.

Quand vient le tour de Valérie, on lui demande de chantonner un air d'Elvis en revenant de la récréation. Perfectionniste, elle se fait aider par sa grand-mère, qui parle anglais, pour écrire les paroles de la chanson et elle s'exerce ensuite à chanter en lui demandant de la corriger si elle prononce mal certains mots. La semaine suivante, Valérie s'exécute : *Love me tender, love me sweet, never let me go*… Elle est si nerveuse qu'elle oublie le reste des paroles, mais cela n'a plus d'importance, la religieuse vient de se sauver en courant.

— Sœur Sainte-Philomène connaît les chansons d'Elvis, ricane Ginette. C'est à croire qu'elle passe son temps à écouter tous ses disques.

— Elle risque l'enfer, pourtant, se moque une autre élève.

Les jeunes filles se marrent à l'idée que la religieuse, qui traite Elvis de damné, se repaît de sa musique qu'elle semble très bien connaître puisqu'elle s'est de nouveau enfuie en pleurant après les premières paroles de la chanson. Mais la récréation prolongée prend fin avec la visite inopinée de la supérieure.

— Allons, mesdemoiselles, vous semblez de bien belle humeur. Où est donc passée votre institutrice ?

— Elle est sortie sans nous dire où elle allait, réplique Ginette de son air tranquille.

Lentement, la supérieure examine chaque fillette dans les yeux dans l'espoir d'un geste de repentir de l'une d'elles. Mais toutes soutiennent son regard perçant sans trahir aucune nervosité. Et pour cause : personne ne se sent coupable, elles n'ont pas été impolies, elles travaillent bien, ce n'est pas leur faute si leur enseignante agit comme une tête de linotte, c'est du moins ce qu'elles se disent entre elles lors des récréations.

— Quelle matière vous enseignait sœur Sainte-Philomène juste avant de vous quitter ?

— On revenait de la récréation, répond encore Ginette d'un ton placide.

— Bon, prenez votre catéchisme et lisez-le. Pendant ce temps, je vais tirer cette histoire au clair avec sœur Sainte-Philomène. Nous nous reverrons, mesdemoiselles.

La supérieure ne hausse jamais le ton, fait preuve de respect et de tact en toutes circonstances, mais les élèves la craignent et la respectent. Dès sa sortie, les fillettes se concentrent sur les pages de leur petit catéchisme. Depuis la première année qu'on le leur enseigne, elles le savent par cœur.

Les petites filles redoutaient tant d'être punies qu'elles se sont bien comportées jusqu'à la fin de l'année scolaire et l'âme de sœur Sainte-Philomène n'a plus connu le danger d'être vouée aux flammes éternelles si elle venait à mourir avant les vacances.

Dans sa grande bonté, la supérieure a passé l'éponge sur les étourderies de la classe de cinquième. Mais, assez curieusement, toutes les élèves désignées par le tirage au sort ont été convoquées une par une à son bureau. Alors qu'elles s'attendaient à recevoir une punition, les fillettes en sont ressorties avec une image sainte et des encouragements à continuer de bien étudier. Valérie en a été si attendrie qu'elle s'est juré de ne plus faire de misère à personne. Mais elle s'est aussi promis qu'elle ne se comporterait jamais de façon aussi irresponsable que sœur Sainte-Philomène. Valérie se souviendra de la mansuétude de la supérieure et s'efforcera de l'imiter. Elle a compris que l'amour donne de meilleurs résultats que la sévérité.

Au début de juin, Marie-Reine suggère à Julien d'initier ses fils au jardinage afin de leur changer les idées et de les occuper à des activités profitables. « L'oisiveté est la mère de tous les vices », lui dit-elle. Le désœuvrement des garçons la préoccupe. Absorbé par sa peine, Julien a laissé les enfants à eux-mêmes. Il est présent physiquement, mais il a le cœur et la tête dans les nuages. Réservé de nature, la tristesse l'a rendu inaccessible et ses enfants en sont grandement affectés.

Quand arrive le temps des vacances, Valérie entreprend de faire perdre à sa grand-mère son air accablé qui lui fait redouter le pire. Et sa présence constante touche le cœur de Marie-Reine qui prend conscience que sa petite-fille doit souffrir, tout comme elle, et qu'elle est bien jeune pour être privée de sa mère. Leur affection mutuelle les revivifie peu à peu et de timides sourires renaissent sur les visages décolorés.

Depuis l'accident, Gisèle se dépense sans compter pour eux tous. Elle se sent investie de trois missions : élever les enfants de sa sœur en leur prodiguant tout son amour ; prendre soin de sa mère jusqu'à la fin de ses jours ; et rester près de son beau-frère tant qu'il ne se remariera pas. Elle s'est aperçue que des clientes lui tournent autour. De la porte séparant la cuisine de la bijouterie, que Julien laisse entrouverte les jours d'école, elle en a entendu quelques-unes lui faire du plat. Elle a pensé que ces femmes n'avaient aucune dignité pour faire des avances à un homme dont le veuvage est récent. Mais c'est surtout l'éventualité de ne plus avoir à veiller sur sa nièce et ses neveux, s'il se remarie, qui la chagrine.

Tout au long de l'été, l'enlèvement des mauvaises herbes rapproche les fils de leur père. Le grand air les ragaillardit et leur redonne des couleurs. Cahin-caha, la famille se maintient à flot.

Après la messe anniversaire célébrée à la mémoire de Théo, d'Anne-Marie et de Marguerite, les endeuillés se permettent de verser quelques larmes en se réunissant au cimetière. À l'annonce de l'accident, le choc les a assommés et ils ont été incapables de pleurer dans les premiers jours. Plus tard, comme après une anesthésie, la douleur s'est faite plus vive, au point d'en devenir insupportable. Perdre trois êtres chers d'un coup laisse une blessure impossible à guérir en une seule année.

Le temps est un grand guérisseur, dit-on, mais il arrive que le cycle doive s'étirer sur une plus longue période avant qu'il puisse faire son œuvre. Le temps n'a pas la même valeur selon que l'on est bien-portant ou souffrant. Marie-Reine se questionne sur la longueur du chemin qu'il lui reste à parcourir avant d'aller rejoindre Théo et Marguerite. Julien s'ennuie de sa chérie, qui est passée de l'autre côté du temps, là où nulle horloge n'arrive à calculer l'éternité. Quant aux enfants, leur maman leur manque cruellement, bien que leur tante Gisèle et leur grand-maman comblent en partie leurs besoins affectifs. Personne ne peut remplacer une mère.

Quatre saisons se sont écoulées dans une espèce de brouillard entrecoupé de rares percées de soleil. Un nouvel automne vient leur rappeler l'urgence de se préparer à affronter un autre hiver. Les médias leur font prendre conscience qu'ailleurs la vie bouillonne. En octobre, l'URSS annonce le lancement d'un premier satellite artificiel ; après six mois de grève, les mineurs de Murdochville, en Gaspésie, reprennent le travail ; et Maurice Richard compte son 500e but contre les Black Hawks de Chicago.

Au couvent, une religieuse plus expérimentée et très gentille prend en charge la classe de sixième. Valérie l'aime bien, mais elle sourit quand elle leur recommande de porter une gaine. La jeune fille filiforme n'en voit pas la nécessité, mais la sœur ajoute : « Même vous, Valérie ! »

À la maison, une nouvelle routine s'installe. À l'heure du souper, Julien impose le silence afin d'écouter les nouvelles à la télévision. Le salon n'accueillant plus de visiteurs, il a rapporté le téléviseur à la cuisine.

En novembre 1957, ils apprennent que Spoutnik II poursuit sa course avec à son bord la chienne Laïka et que la première tentative des Américains pour mettre un satellite en orbite a avorté.

— Je croyais que les États-Unis étaient beaucoup plus en avance que les Russes dans une foule de domaines, commente Julien.

Puis la pluie monotone de novembre se change en neige. Le paysage tout blanc est plus gai et il y a de nouveau affluence à la bijouterie. Le soir, Gisèle laisse les enfants sous la surveillance de sa mère afin d'aider son beau-frère, et Valérie s'initie à l'emballage des cadeaux qu'achètent les clients.

Il n'y a que la bijouterie qui jouit de l'effervescence du temps des fêtes. Depuis le fatal accident, Noël n'a plus la même saveur, et le père et la grand-mère, soutenus par leur foi, ne parlent que de la naissance de Jésus, comme les religieuses du couvent et les frères du collège. Les cadeaux sont plus modestes et moins nombreux, et l'on se couche au retour de la messe de minuit.

Les enfants ne demandent pas mieux que de retourner à l'école après le jour des Rois. Leurs camarades sont plus stimulants. Le soir, ils restent à la cuisine pour faire leurs devoirs et étudier leurs leçons sous l'œil attentif de Francis qui a bien hâte de commencer l'école en septembre. Gisèle le berce en écoutant la télévision.

— Ton père serait content, s'exclame Marie-Reine quand elle apprend la victoire du Parti conservateur de John Diefenbaker, le 31 mars.

— Il ressemble à un bouledogue, ricane Rémi.

Sa grand-mère lui jette un regard de reproche.

— On ne parle pas comme ça des gens, le réprimande son père. Si tu veux qu'on te respecte, mon garçon, commence par respecter les autres.

Une autre année passe, pareille à la précédente. Marie-Reine, qui s'est résignée toute sa vie, prie pour la santé du nouveau pape Jean XXIII qui a remplacé Pie XII, décédé en octobre. Elle s'active dans la maison pour aider Gisèle qui doit aussi travailler à la bijouterie.

À douze ans, Valérie a beaucoup de maturité pour son âge et elle materne ses frères. C'est elle qui les aide à faire leurs devoirs et à apprendre leurs leçons.

L'agitation du temps des fêtes accapare Julien. Marie-Reine cuisine pour toute la maisonnée et les garçons héritent de la corvée de vaisselle pour permettre à leur grand-mère de souffler un peu.

Valérie adore travailler à la bijouterie. Son père lui a donné la signification du code dont il se sert pour l'étiquetage de la marchandise et la jeune fille peut conclure elle-même les ventes, à moins qu'un client n'insiste pour obtenir un plus gros rabais.

À voir travailler son père dans son commerce, Valérie apprend à mieux le connaître. Ainsi, à un couple qui vient de s'acheter des alliances en vue de se fiancer à Noël, il dit à la future mariée: «Le meilleur moyen de garder votre bague toujours propre, c'est de laver la vaisselle.» Les deux amoureux en rient et Valérie découvre que son papa, sérieux et distant, peut parfois se montrer taquin.

À la mi-décembre 1958, on annonce que les États-Unis ont placé un singe en orbite.

— Tiens, ils veulent rattraper les Russes, commente Julien.

Quand il ferme son commerce le 24 décembre, il propose à Valérie de choisir un bijou à son goût, parce qu'il veut la récompenser pour tout le travail qu'elle a fait.

— Je peux choisir n'importe lequel? demande-t-elle, étonnée et ravie.

— Celui qui te plaira.

Valérie fait le tour des comptoirs et opte finalement pour un ensemble composé d'une fine chaîne en or jaune, agrémentée d'un petit camée ovale, avec les boucles d'oreille assorties.

— Ton choix est excellent, la félicite son père. C'est un pendentif délicat et discret. Mais tu devras attendre encore deux ou trois ans avant de porter les boucles d'oreille.

Les yeux pétillants, Valérie embrasse son père. Puis elle se sauve en courant dans sa chambre afin d'essayer sans témoin la chaîne et, surtout, les boucles qui devront attendre.

Pour assister à la messe de minuit, elle porte son petit camée que personne ne peut voir vu qu'il est caché sous son manteau d'hiver, mais juste de le sentir sur sa peau la rend heureuse.

Au retour de l'église, le camée va rejoindre les deux boucles dans son écrin de velours et Valérie se glisse sous une montagne de couvertures en ayant une pensée pour sa maman.

— Pas encore une grève! s'indigne Marie-Reine en apprenant à la fin du mois de décembre le débrayage des réalisateurs de Radio-Canada.

— C'est la nouvelle génération, maman, dit Gisèle. Il faudra vous y habituer.

Le matin du jour de l'An 1959, Marie-Reine se réveille avec le frisson. Gisèle, qui l'entend tousser et la voit mal en point, sort le thermomètre de la pharmacie.

— Vous faites cent quatre et demi de température, lui dit-elle. Il faut appeler le docteur.

— Voir si on dérange un docteur pour une petite grippe, marmonne Marie-Reine.

Gisèle ne se donne pas la peine de riposter, bien décidée à faire venir un médecin pour examiner sa mère le jour même, quitte à se rendre à l'hôpital s'il le faut.

— Je vais vous aider à vous recoucher, lui dit-elle. Il vaut mieux éviter de prendre un refroidissement.

Gisèle réussit à joindre le Dr Couture et lui rappelle l'historique médical de sa mère. Une demi-heure plus tard, il frappe à leur porte. Pendant que Marie-Reine s'excuse de l'avoir dérangé, le médecin sort son stéthoscope, puis il ausculte le dos de la malade en lui demandant de tousser.

— Vous faites une pneumonie, ma chère madame, lui annonce-t-il. Je vais vous faire une piqûre de pénicilline.

Le Dr Couture a apporté le sirop et les pilules pour traiter les poumons fragiles de sa patiente et il les remet à Gisèle, après l'injection, en lui donnant ses instructions.

— C'est pas aujourd'hui que vous allez danser un rigodon, madame Dumont, dit-il pour faire sourire la malade.

— Depuis que mon mari est mort, j'ai plus le goût de danser, répond-elle d'un ton pitoyable.

— Je vais revenir vous voir après-demain, dit-il en lui tapotant la main. En attendant, repos complet !

— Je m'excuse d'avoir gâché votre jour de l'An. Combien je vous dois ?

— On en reparlera quand vous irez mieux.

Une fois seul avec Julien, il lui confie que l'état de la malade l'inquiète.

— Son moral n'a pas l'air fameux, ajoute-t-il.

Le médecin a vu juste. Chaque soir, à la fin de ses prières, Marie-Reine demande à Théo de venir la chercher.

Dans les semaines qui suivent, malgré les bons soins qu'on lui prodigue, elle reste dolente et Gisèle doit souvent emprunter l'escalier.

— Je vous donne bien du trouble, s'afflige Marie-Reine tous les jours.

Julien, qui l'aime comme une mère, craint de la perdre. Pour lui redonner le goût à la vie et l'aider à prendre des forces, il lui achète de belles oranges juteuses, des poires en conserve, du poulet, des chocolats et tout ce qui peut exciter sa gourmandise. Gisèle fait appel au vieux remède de ses ancêtres, un petit brandy dans du lait tous les matins.

Après s'être gavée de tout ce qu'elle aime le plus, Marie-Reine se remet lentement de sa pneumonie.

Le 25 juin, l'inauguration officielle de la Voie maritime du Saint-Laurent, par la reine Élisabeth II et le président américain Eisenhower, lui rappelle son père, et Marie-Reine va fleurir les tombes des défunts de la famille, accompagnée de Julien qui s'attache à ses pas.

Au cours de l'hiver, la maladie de sa belle-mère et la relecture de son journal intime ont dessillé les yeux de Julien. S'ils ne font rien pour surmonter leur chagrin, ils vont vivoter misérablement et gâcher la vie de leurs proches. Il s'en est ouvert à Marie-Reine et lui a demandé de l'aider parce que, laissé à lui-même, il ne s'en sent pas la force. Et c'est ce qui a achevé de la guérir, physiquement.

Depuis ce temps, Julien la consulte pour toutes les décisions à prendre et c'est ensemble qu'ils vont rencontrer Valmont Poulin au début de juillet. Et c'est encore ensemble que, deux jours plus tard, ils vont prendre possession de la Ford Galaxie 1959, bleu clair, quatre portières. Ils cachent la nouvelle auto dans le garage de Georges et ne disent rien à la famille afin de leur faire une surprise.

Le dimanche après le dîner, Julien sort sans mentionner où il va. Il revient quelques minutes plus tard et dit aux enfants :

— Qu'est-ce que vous diriez d'aller faire un tour chez mon oncle Jérôme ?

— On va prendre un taxi ? demande Valérie.

— Oui, puis dépêchez-vous parce qu'il est déjà à la porte.

Il réalise trop tard qu'il n'aurait pas dû se montrer si pressant quand il manque de se faire renverser par la galopade des amateurs d'excursions. Marie-Reine le regarde en riant franchement et, pour la première fois depuis l'accident, Julien éclate de rire lui aussi. Décontenancée, Gisèle les regarde en fronçant les sourcils.

— Voulez-vous m'expliquer ce qu'il y a de si drôle ? dit-elle.

— Suis-nous, tu vas comprendre, répond Julien.

Tous les dimanches, la famille s'entasse dans la Ford neuve et Julien part explorer les alentours. La route qui longe le littoral leur offre des paysages à couper le souffle. Les teintes du fleuve diffèrent d'un dimanche à l'autre. Il est parfois d'un bleu clair uniforme et calme comme de l'huile, à d'autres moments la nappe grise se couvre de vagues soulevées par le vent, quelquefois l'eau d'un bleu profond présente des courants nuancés.

La famille fait des arrêts dans les petits villages où il y a toujours une cabane à patates frites, un pêcheur qui rentre au port avec de la morue fraîche ou un fumoir offrant du hareng fumé dont la famille raffole, mais qu'il faut envelopper dans plusieurs épaisseurs de papier journal pour ne pas trop empuantir l'habitacle.

D'une randonnée à l'autre, un petit bonheur bien tranquille vient faire son nid dans la grande maison morose. Les fenêtres ouvertes laissent entrer le chant des oiseaux et les rayons de soleil. Les murs bruissent à présent d'animation.

C'est leur premier été serein depuis le grand bouleversement et la dernière saison du premier ministre du Québec. Le 7 septembre, Maurice Duplessis meurt à Schefferville, terrassé par une hémorragie cérébrale lors d'une visite sur les terres de l'Iron Ore. Même s'il était âgé de 69 ans, il avait l'air solide et ses partisans le pleurent, dont Marie-Reine qui fait le rapprochement avec son Théo chaque fois qu'il est question de l'Union nationale, au Québec, ou du Parti conservateur, à Ottawa. Quelques jours plus tard, Paul Sauvé est assermenté comme premier ministre.

Puis les Soviétiques font alunir la fusée Lunik 2 et Marie-Reine pense de nouveau à Théo qui lui avait déjà dit, comme bien d'autres galants le faisaient auparavant, que s'il le pouvait il lui décrocherait la lune.

— C'est des inventions, dit-elle.

Et bien que les journaux publient à la fin d'octobre les premières photos de la face cachée de la lune, elle continue de douter.

Dans ses temps libres, Valérie commence à confectionner les choux de ruban qui orneront les cadeaux qu'elle emballera encore cette année à la bijouterie. Parce qu'elle trouve les dimanches après-midi d'un ennui mortel, elle les consacre à cet ouvrage.

— Tu travailles un dimanche ? dit Marie-Reine, occupée à tricoter tout en se berçant.

— C'est juste pour me désennuyer, un peu comme vous avec votre tricot.

Sa grand-mère reste sans voix, elle aussi trouve les dimanches après-midi bien longs et comme le tricot n'est pas un travail forçant, elle tricote en prétendant que c'est un passe-temps. Et puis, comment pourrait-elle rester les mains inoccupées après toute une vie où aucune minute ne devait être gaspillée ? Quand ses mains ne servaient plus au travail, elles écrivaient une lettre, caressaient un enfant, son homme ou, le plus souvent, les grains de son chapelet.

Gisèle cuisine encore aujourd'hui, mais ce n'est pas considéré comme un travail, ni par les hommes ni par les curés. Aucun d'eux ne songerait à se priver de nourriture pour accorder aux femmes un jour de repos, comme l'a prescrit Dieu dans sa grande sagesse.

Quant à Julien, il a tellement de travail à abattre jusqu'à Noël qu'il passe lui aussi ses dimanches à se désennuyer dans sa bijouterie et Marie-Reine fait celle qui ne voit rien. Sauf qu'elle incite parfois son gendre à prendre du repos. « Tu travailles trop », lui dit-elle d'un ton inquiet.

Alors que Valérie se lève pour aller ranger sa production dans la bijouterie, elle a l'impression d'avoir mouillé sa petite culotte. Intriguée, elle se rend aux toilettes et aperçoit une tache de sang. Sans s'énerver, puisque Gisèle l'a prévenue de ce léger désagrément qui afflige toutes les femmes, elle entrouvre la porte.

— Ma tante, j'aurais besoin de vous, dit-elle d'une toute petite voix.

11

Cap-aux-Brumes, janvier 1960

Couchée sur le côté, Marie-Reine étreint l'oreiller de Théo. Le temps des fêtes lui a ramené, encore cette année, les souvenirs doux amers d'antan. Depuis que Gisèle lui a fait remarquer qu'il n'était pas bon de s'appesantir sur le passé, Marie-Reine s'isole dans sa chambre pour se remémorer les moments tendres en compagnie de son Théo. Son unique consolation est de penser qu'il n'est pas seul là-haut puisque Marguerite et Anne-Marie sont auprès de lui. Sa foi la soutient quand le chagrin lui pèse trop : un jour, elle ira le rejoindre. La sage Marie-Reine ne vit que dans l'attente de ce moment tant désiré.

Chaque soir, elle s'entretient avec son époux, mais il n'entrecoupe jamais ses longs monologues par quelque blague, comme de son vivant. Alors, elle lui parle jusqu'à ce que le sommeil la gagne et elle a l'impression, quand elle s'éveille au matin, d'avoir passé la nuit avec son bien-aimé. C'est ce qui la fait sourire à son insu quand ce doux émoi revient la faire vibrer dans le courant de la journée.

Marie-Reine vit par procuration les peines et les joies que connaîtrait son Théo s'il était encore de ce monde. C'est pourquoi elle s'attriste depuis quelques jours d'un décès qui a surpris toute la population de la province. Le premier ministre Paul Sauvé a été terrassé par une crise cardiaque à son domicile de Saint-Eustache, il n'avait que

52 ans. Cinq jours plus tard, Antonio Barrette lui succède. Marie-Reine, qui ne s'est jamais intéressée à la politique autrefois, continue de « voter du bon bord » depuis la mort de Théo. L'Union nationale est le parti du clergé qui réprouve les idées libérales, qu'elles soient de nature politique ou autre. Les prêtres craignent l'influence des nouveaux médias qui répandent à un train d'enfer des idées qu'ils jugent néfastes pour leurs ouailles. Les jeunes s'enthousiasment pour tout ce qui est nouveau, et certains commencent à manifester une envie pressante de réformer la société.

Marie-Reine s'inquiète tout particulièrement de la transformation qui s'opère chez sa fille. Elle n'a rien de précis à lui reprocher. Gisèle ne fréquente aucun garçon et elle se consacre entièrement à ses neveux. Elle est sérieuse et responsable et, à cet égard, son comportement est même exemplaire. Et pourtant ! Il y a une légère différence dans son attitude. Tout en se montrant déférente, elle exprime des idées un peu trop modernes au goût de sa mère. Si Marie-Reine la contredit, sa fille réplique qu'il faut être de son temps. « De son temps ! maugrée la mère qui tolère mal d'être contestée. Les règles de bonne conduite n'ont pas à changer comme la mode », s'insurge-t-elle. De caractère égal, Gisèle change alors de sujet de conversation ou se met à fredonner en continuant de travailler, ce qui laisse Marie-Reine dans un état de perplexité insupportable. Comment gagner une joute oratoire quand l'adversaire se dérobe ? Comment savoir si sa fille admet son point de vue ou si elle se fiche totalement des vieux principes ?

Marie-Reine se sent perdue dans cet univers en mouvance. Tout va trop vite. Les femmes n'ont qu'à tourner un bouton de la cuisinière électrique et la chaleur arrive instantanément. On veut des nouvelles d'un proche ? On n'a qu'à prendre le téléphone. Marie-Reine n'a même plus le droit de trouver le temps long. «Vous n'avez qu'à écouter la radio ou la télévision, se fait-elle conseiller. Sortez, changez-vous les idées!» Comme si les humains étaient munis de commutateurs qu'il suffit d'actionner pour passer de la peine à la joie, bougonne intérieurement Marie-Reine.

«Ah, mon Théo, le monde change. Les gens dépensent comme si l'argent poussait dans les arbres. Valérie et Gisèle s'achètent des serviettes hygiéniques au lieu d'utiliser des guenilles. Tu parles d'un gaspillage!»

Soudain, elle sursaute dans son lit. Le fracas d'une vitre cassée ébranle la maison. Julien bondit de sa couche et court à la bijouterie, en quête de son arme. Son cœur bat la chamade. Julien entend les bandits vider le contenu de sa vitrine. Il ouvre le tiroir de son établi d'un geste nerveux. Le temps de trouver son revolver et de l'enclencher, les voleurs déguerpissent en faisant crisser les pneus d'une automobile noire comme une nuit sans lune.

Après avoir rassuré les enfants qui ont accouru à la cuisine, pieds nus et tremblants, Julien les renvoie au lit.

— J'ai vu trois silhouettes, mais j'ai pas pu reconnaître les voleurs, dit-il aux deux policiers qui ont immédiatement répondu à son appel et sont venus constater le méfait.

Marie-Reine et Gisèle ramassent avec précaution les milliers d'éclats de verre éparpillés autour de la grosse roche que les bandits ont lancée dans la vitrine qui s'est brisée en menus morceaux.

Deux semaines plus tard, le chef de police appelle Julien pour lui demander de venir identifier les bijoux qu'ils ont trouvés dans une vieille maison de campagne inhabitée.

Les trois lascars soupçonnés du vol ont été arrêtés. Ti-Paul Doiron et deux complices attendent la suite des procédures derrière les barreaux du poste de police local.

Julien reconnaît sa marchandise. Quelques bijoux ont subi des dommages, mais il est abasourdi quand il voit l'une des montres volées au poignet de l'un des policiers présents. Julien le dévisage sans rien dire. Le costaud a le regard fuyant, mais ne manifeste aucune nervosité. « Il croyait que je ne m'en apercevrais pas. Décidément, on ne peut faire confiance à personne ! », se désole Julien encore une fois.

— Nous devons garder les bijoux comme preuve, dit le chef de police. Vous pourrez les récupérer après le procès. Voulez-vous une copie de notre rapport pour vos assurances ?

— J'ai pas d'assurance. Ça coûte trop cher d'assurer une bijouterie.

Puis il quitte le poste la mine basse. La perte matérielle qu'il doit éponger est atténuée puisqu'il a récupéré une grande partie des bijoux dérobés et il devrait s'en réjouir, mais la malhonnêteté du policier le désespère.

Marie-Reine, à qui il s'en ouvre, essaie de le distraire et il n'est pas rare qu'elle reste devant le petit écran avec son gendre quand Gisèle monte se coucher. Elle veille le plus tard possible parce qu'elle a, elle aussi, du mal à s'endormir dans son lit. La tête accotée contre le dossier de leur fauteuil, l'assoupissement les soustrait de temps à autre à leurs soucis.

Réveillé par le son agaçant qu'émet l'appareil à la fin des émissions, Julien se lève et tourne le bouton. La tête de l'Indien qui occupe tout l'écran disparaît et le silence bienheureux l'apaise. Il réveille doucement sa belle-mère et l'aide à se rendre à son lit.

La télévision est devenue l'activité préférée de toute la famille quand chacun a fini son travail. Le samedi soir, les enfants de Julien sautent de joie à chaque but que marquent les Canadiens de Montréal. Leur passion pour le sport national entraîne de nouveau Julien à suivre les matchs de hockey et tous exultent en apprenant que les Canadiens remportent la coupe Stanley, le 14 avril, pour une cinquième année consécutive, en défaisant les Maple Leafs de Toronto quatre parties à zéro.

La veille de la fin des classes, Valérie observe sa grand-mère qui suit le résultat des élections provinciales. Son visage se décompose quand elle apprend que le Parti libéral prend le pouvoir. Jean Lesage devient le nouveau premier ministre.

Au cours de l'été, Marie-Reine fronce les sourcils chaque fois que le gouvernement fait de grandes annonces : les fonctionnaires seront désormais choisis par voie de concours, l'octroi de contrats pour travaux publics se fera dorénavant avec soumission publique sans considération des partis. Valérie, qui se sent devenir femme parce qu'elle vient d'avoir une paire de souliers à bout pointu qu'elle trouve des plus élégants, lui fait remarquer que ces changements sont souhaitables.

— Tiens donc, réplique soudain Marie-Reine en fixant les chaussures neuves de sa petite-fille. Les chaussures à bout pointu sont revenues à la mode.

— Ç'a déjà été à la mode ? demandent en même temps Gisèle et Valérie, interloquées.

— Il y a trente ans, c'était la grande mode. Avoir su, j'aurais gardé mes vieilles bottines.

Valérie était convaincue que les bouts pointus étaient quelque chose de vraiment nouveau, d'original, contrairement aux crinolines qui avaient été portées dans l'ancien temps, quand les femmes s'habillaient en robes longues. Les crinolines étaient revenues à la mode il y a trois ou quatre ans. Raides et bouffantes au début, les jeunes filles devaient en porter trois, l'une par-dessus l'autre, pour obtenir le même effet après les avoir lavées. Et quand elles s'assoyaient toutes ensemble sur un divan, le tulle formait une montagne tout à fait gênante qui leur cachait le visage et n'offrait plus rien de gracieux. Elles avaient beau essayer de les aplatir, rien n'y faisait, et elles avaient toutes été bien aise d'abandonner cette mode dont elles s'étaient sottement entichées.

Au début de l'automne, les beaux souliers de Valérie ressemblent à une paire de skis. À force d'être pliés durant la marche, les longs bouts pointus retroussent et Valérie commence à déchanter. Ses orteils souffrent d'être coincés dans le bout étroit de la chaussure. Et ce n'est pas sa seule déception. Chez les Briand, comme dans tous les foyers des amateurs de hockey de la province, on ressent une grande tristesse quand Maurice Richard annonce sa retraite à la mi-septembre. Le joueur vedette des Canadiens a marqué 544 buts en 18 ans de carrière.

Au mois d'octobre, c'est au tour de Marie-Reine de ressentir un peu d'amertume quand Jean Lesage nomme la Commission Salvas pour enquêter sur l'administration de l'Union nationale. Après avoir dénoncé les scandales des libéraux, l'Union nationale a gouverné pendant 16 ans. Marie-Reine ne se fait pas d'illusion : le pouvoir corrompt. Les nouveaux ne feront pas mieux que les anciens, mais les vainqueurs ne peuvent s'empêcher de prendre leur revanche sur les vaincus. « À trop vouloir montrer qu'ils lavent plus blanc que blanc, ils finissent tous par nous lessiver », se dit Marie-Reine.

En novembre, ses deux sœurs vivant au Massachusetts lui écrivent qu'elles ont voté pour le démocrate John F.

Kennedy. C'est un fait sans précédent, Kennedy est le premier catholique à devenir président des États-Unis et elles en sont fières. En lisant leurs lettres, Marie-Reine réalise que ses petites sœurs sont devenues de vraies Américaines.

Au Québec, le discours du Trône mentionne la création des ministères des Affaires culturelles, des Affaires fédérales-provinciales, des Richesses naturelles et de la Famille et du Bien-être. Quelques jours plus tard, le gouvernement annonce que les services hospitaliers seront gratuits pour tous à partir du 1er janvier 1961 et que la gratuité scolaire sera accordée jusqu'à la fin du secondaire. Avec son sens pratique, Marie-Reine se doute de ce que tous ces services gratuits coûteront à la population.

En septembre, Jean-Paul Desbiens, frère mariste, publie *Les insolences du frère Untel*, qui critique entre autres le système d'enseignement québécois. Quelques mois plus tard, le gouvernement annonce la création d'unc commission pour enquêter sur l'état de l'éducation au Québec. Et comme il dénonce aussi le fait que les Québécois parlent «joual», on crée l'Office de la langue française. Sur ce point, Marie-Reine et Gisèle conviennent qu'il est urgent de remédier à l'usage du joual qu'on entend de plus en plus à la radio et à la télévision.

— Mais voulez-vous bien me dire à quoi ça sert de changer le nom de la Commission des liqueurs ? s'insurge Marie-Reine au mois de mars. Comment ils vont l'appeler, donc, déjà ?

— Ça va s'appeler la Régie des alcools, soupire Gisèle.

— C'est de l'argent jeté par les fenêtres, proteste sa mère.

À force d'entendre Marie-Reine critiquer, Gisèle se dit que sa mère vieillit. Depuis qu'elle est toute jeune, elle a remarqué que les vieux ergotent pour des vétilles et adressent des reproches à la jeune génération, comme s'ils perdaient la faculté de s'adapter aux changements.

— C'est pareil pour les engins qu'on envoie dans l'espace, dit Marie-Reine, un jour, après avoir lu dans *La Presse* qu'un Russe a fait un voyage cosmique. Le monde est-il devenu fou, coudon ?

— Voyons, grand-maman, on ne peut pas empêcher le progrès, objecte Valérie. Sinon, on n'aurait jamais découvert que la Terre est ronde, ni l'Amérique, ni…

— Valérie ! la coupe Julien en se levant de table.

Valérie se tait aussitôt et son père poursuit d'une voix égale, sans élever le ton :

— Viens donc m'aider à la bijouterie.

Il lui demande de nettoyer la vitre des comptoirs avant de retourner à l'école, puis il ferme la porte derrière eux. Valérie s'empare du chiffon de coton et du vaporisateur prévus à cet effet. Son père s'approche d'elle quand elle commence le nettoyage.

— Je ne veux plus que tu répliques à ta grand-mère, lui dit-il tout bas.

— Mais, papa, elle passe son temps à chialer. Je trouve ça fatigant.

— Tu lui fais de la peine inutilement, tu ne la feras pas changer d'avis. Souviens-toi qu'il faut toujours se montrer respectueux envers nos parents. Qu'est-ce que tu penserais de moi si je contredisais ta grand-mère chaque fois que je ne suis pas d'accord avec ce qu'elle dit ?

À la fin du mois d'avril, la pluie tombe à torrent et Julien ressent un vague à l'âme qui lui est peu coutumier. En raison du mauvais temps, la journée a été tranquille. Au milieu de l'après-midi, un nouveau commis voyageur se pointe à la bijouterie. Il parle très bien français, mais avec un accent étranger que Julien n'arrive pas à identifier. L'homme est courtois et bien vêtu, comme tous les vendeurs, mais sa prestance et son aisance intriguent Julien.

— D'où venez-vous ? lui demande-t-il après avoir passé en revue tous ses présentoirs.

— De la Hongrie, répond l'homme d'un ton courtois.

Pressentant qu'un étranger doit périr d'ennui dans une petite ville de province noyée sous un déluge inhospitalier, Julien décide de le retenir en lui offrant un café. Son offre est agréée avec un sourire éloquent et les deux esseulés font connaissance au son de la pluie qui éclabousse la vitrine, ruisselle le long du trottoir et glougloute dans les gouttières. Pressé de questions, le commis voyageur raconte volontiers son histoire et Julien boit ses paroles.

— Quand l'armée soviétique a envahi Budapest, en novembre 1956, nous avons été obligés de fuir en pleine nuit et nous avons dû abandonner toutes nos possessions. Mon père avait beaucoup d'argent, mais il disait que la plus grande richesse qu'un père pouvait léguer à ses enfants était l'instruction, et il a poussé ses enfants à faire des études avancées et à apprendre le français et l'anglais. À l'époque, j'aurais mieux aimé sortir et m'amuser avec les jeunes de mon âge. Mais mon père avait raison, ça m'a permis de m'adapter rapidement à mon nouveau pays et de gagner ma vie.

Après le départ du commis voyageur, cette conversation laisse Julien songeur. Que deviendraient ses enfants si un tel malheur venait à se produire ? Lui-même se sent bien désarmé quand un touriste américain a besoin de ses services. Pour le moment, il a de la chance, il peut compter sur sa belle-mère pour servir d'interprète.

— Tu vas aller faire ton cours de secrétariat bilingue, annonce-t-il à Valérie à la fin du mois de mai.

Sa fille va étudier l'anglais tout en apprenant un métier qui lui permettra de gagner de l'argent avant de se marier. Deux années de formation dans une école privée de secrétariat au coût de 10 dollars par mois. Ce n'est pas rien et Julien est fier de sa décision. Comme les jeunes femmes arrêtent de travailler en se mariant, il vaut mieux investir davantage dans la formation des garçons. Et pour ses fils, Julien se sent prêt à tous les sacrifices pour leur assurer un métier qu'ils aimeront et qui leur permettra de bien faire vivre leur famille.

— Chanceuse, dit Marie-Reine, tu vas apprendre la dactylo.

Et la jeune adolescente, curieuse d'apprendre, accepte la décision paternelle sans se questionner. À défaut d'avoir pu étudier le piano, elle pianotera sur le clavier d'une machine à écrire. Elle s'appliquera à maîtriser l'art de la sténographie pour compenser sa nullité en dessin. Son désir d'être missionnaire en Afrique s'est vite envolé quand elle a compris qu'elle ne sentait pas l'appel de Dieu pour la vocation religieuse, ce dont pourtant essaie de la persuader sœur Saint-Henri, son institutrice.

Valérie fête ses quinze ans en juillet. Son père lui offre un petit appareil Kodak muni d'un flash et sa grand-mère lui fait cadeau d'une provision d'ampoules de rechange pour lui permettre d'éclairer les décors sombres qu'elle voudra photographier. Valérie étrenne aussitôt l'appareil pour immortaliser ses généreux donateurs, ainsi que sa tante Gisèle entourée de ses frères. Son père la photographie ensuite devant le gâteau d'anniversaire que lui a confectionné sa tante avec ses quinze bougies allumées. Comme son père, elle sourit timidement, incapable d'exprimer verbalement sa joie et sa reconnaissance. Mais ses yeux brillants parlent au cœur de ceux qui la connaissent.

Durant les vacances, Valérie travaille avec son père. Comme sa mère, elle raffole des bijoux et rien ne lui plaît davantage que d'assister aux démonstrations des commis voyageurs. Invariablement, le bijou qui lui plaît s'avère le plus coûteux de l'assortiment.

— Zut! J'ai des goûts luxueux, dit-elle à Willy Grey d'un air dépité. Je tombe toujours sur le plus cher.

Monsieur Grey s'amuse alors à lui faire deviner le bijou qui a le plus de valeur dans chacun des présentoirs suivants et Valérie ne se trompe jamais.

— Ton goût est très bon, comme ton mère, lui affirme-t-il avec son accent anglophone dont il ne parvient pas à se débarrasser, même si son français s'améliore.

Et Valérie se prend d'affection pour cet homme qui a connu sa mère et qui vient de lui faire le plus beau cadeau qu'on puisse offrir à une orpheline en la comparant à sa maman disparue trop tôt.

Tous les commis voyageurs qu'elle voit défiler piquent sa curiosité et lui apprennent quelque chose. Plusieurs viennent de l'étranger, comme ce Suisse qui lui raconte sa traversée de l'Atlantique durant laquelle il avait remarqué que plusieurs passagers consommaient le contenu d'une petite bouteille verte qu'il n'avait jamais vue auparavant. Il s'était promis de s'offrir un jour ce petit luxe. Le jour où il toucha sa première paie, il entra dans un restaurant et demanda un «septupe». La serveuse eut beau lui faire répéter, elle ne comprenait pas ce qu'il désirait. Il lui a alors montré la bouteille sur laquelle était écrit «7-UP». Ah, un

Seven-Up, a-t-elle dit. Quand, une autre fois, la serveuse lui avait demandé ce qu'il désirait comme breuvage, il s'était senti offensé parce que dans son pays le terme breuvage ne s'employait que pour les animaux. Plus tard, il avait compris que c'était une expression courante des Québécois. En écoutant cet homme agréable raconter ces deux mésaventures dont il s'amuse encore, elle comprend les difficultés auxquelles se butent les immigrés, même lorsqu'ils parlent français.

Quand arrive, à la mi-août, le Hongrois que son père apprécie beaucoup, Valérie entend parler de la construction du mur de Berlin séparant les secteurs Est et Ouest de la ville, afin d'empêcher l'exode de la population vers l'Ouest. Les pays de l'Occident protestent auprès du gouvernement est-allemand, sous le contrôle de l'URSS.

— Des familles vont être séparées pour toujours, s'apitoie le Hongrois.

Valérie, qui a entendu par la même occasion le récit de la fuite de la famille hongroise, rapporte les deux tragédies à sa grand-mère, le soir.

— Les Russes, c'est des communistes, lui dit Marie-Reine d'un ton méprisant. Dieu nous préserve de la guerre, ma chère enfant !

Et Marie-Reine, aussi bonne conteuse que l'était Marie, lui relate durant la soirée plusieurs drames individuels qui ont marqué son époque : deux guerres mondiales entrecoupées par dix années de crise économique. Pour la première fois de sa vie, Valérie entend parler de privations, de deuils et de souffrances inimaginables.

Dans son lit, l'adolescente sensible n'arrive pas à trouver la paix de l'âme. Elle pense à tous les conflits qui divisent les peuples de la terre et se pose une foule de questions auxquelles elle ne peut donner de réponse. Qu'est-ce qui peut bien pousser des humains à faire souffrir aussi cruellement leurs semblables? s'interroge-t-elle, horrifiée. Et comme par le passé, quand les religieuses demandaient à leurs élèves de prier si quelque prophète de malheur prédisait la fin du monde ou un nouvel affrontement possible entre les nations, elle implore le ciel d'épargner le Canada.

En septembre, Valérie commence son cours commercial. À sa grande surprise, l'institut privé accueille aussi des garçons. Cependant, les matières nouvelles à assimiler occupent entièrement l'esprit des uns et des autres, et la présence de l'autre sexe semble même gêner la plupart des élèves qui choisissent naturellement de se tenir en groupes séparés. Les gars ensemble, derrière les filles, quand ils ne peuvent se ranger chacun de leur côté. Le ton est ainsi donné pour toute la durée des études. La discipline sévère des instituteurs voit à maintenir un climat propice aux apprentissages et ils ont pris soin de ne pas accorder de récréation. Sage décision qui restreint les possibilités de flirt à l'école.

Quand Valérie, toute fébrile, se retrouve devant une machine à écrire, elle écoute les instructions du professeur chargé de leur enseigner la façon de placer leurs doigts sur le clavier. Le premier exercice consiste à écrire «fie» et d'appuyer sur le tabulateur avec son pouce droit, puis de répéter inlassablement les trois lettres sur toute la ligne, puis d'une ligne à l'autre, durant le reste de l'heure que dure la séance de dactylo. L'activité lui paraît simplette et ennuyeuse.

— Vous ne devez pas regarder vos doigts, gardez la tête haute et regardez droit devant vous, tonne le professeur pour couvrir le bruit métallique des touches enfoncées maladroitement par les néophytes.

Valérie se rend vite compte qu'elle doit s'appliquer à respecter le rythme de la machine afin que les tiges de métal qui martèlent le ruban ne s'enchevêtrent pas ensemble. Les branches doivent avoir le temps de retomber à leur place avant d'appuyer sur une autre touche.

— L'apprentissage exige de la coordination, de la dextérité, de la précision avant de songer à acquérir de la vitesse, dit encore le professeur.

Quand les élèves ont parfaitement maîtrisé le premier exercice, la difficulté augmente graduellement. Mais lorsque Valérie doit pour la première fois taper le A avec son petit doigt, elle a aussitôt envie de tricher. Cependant, l'expérience du professeur lui fait bien vite repérer les fautifs qui se font aussitôt avertir. Au bout d'une heure, le petit doigt malmené de Valérie souffre de sa taille écourtée.

Les cours de sténographie mettent aussi la patience de Valérie à rude épreuve. Là encore, la vitesse ne s'acquiert que par la répétition. Et l'enseignante insiste, elle aussi, sur la précision afin de pouvoir interpréter correctement les signes tracés au moment de transcrire le texte. L'anglais commercial, la comptabilité et le langage des affaires occupent le reste de l'horaire.

Parce qu'elle peut compter sur une mémoire quasi infaillible, Valérie n'a pas à consacrer beaucoup de temps aux devoirs et leçons. Elle retient facilement tout ce qu'elle entend ou lit, et elle n'a pas grand mérite à décrocher souvent la première place lors des examens. Elle peut donc profiter d'un bout de veillée pour lire le journal afin de se tenir au courant de l'actualité. De plus, elle écoute le bulletin des nouvelles télévisées à l'heure du souper. Ce qui se passe dans le monde l'intéresse davantage que les émissions de variétés. Valérie a l'impression qu'elle n'aura pas assez de toute une vie pour apprendre et faire tout ce qui lui fait envie.

La dernière sonde spatiale soviétique excite la curiosité de ses frères qui se passionnent pour tout ce qui concerne l'exploration de l'espace, alors que sa grand-mère fait la sourde oreille à ces prouesses auxquelles elle ne prête pas foi. Pour sa part, Valérie s'inquiète un peu que les récents progrès dans ce domaine soient réalisés par les communistes honnis par sa grand-mère et le clergé.

À Cap-aux-Brumes, le froid transforme les mornes pluies de l'automne en neige apaisante. Un doux manteau blanc habille les arbres dénudés et protège les champs fanés des effets pernicieux du gel.

À la mi-décembre, Gisèle et Marie-Reine s'émeuvent quand Claire Kirkland-Casgrain devient la première femme à siéger à l'Assemblée législative de Québec. Pour Valérie, cela semble aller de soi.

Pendant que l'Américain John Glenn devient le premier astronaute à effectuer trois orbites autour de la Terre, en février 1962, Marie-Reine colle dans son carnet les timbres Gold Star que leur remet Benjamin lors de leurs achats à l'épicerie. Depuis des semaines, elle feuillette le catalogue de primes en rêvant du jour où elle aura accumulé suffisamment de timbres-primes pour commander un article de son choix. La quantité exigée est si grande qu'elle doit restreindre ses ambitions premières même si elle peut compter sur les timbres verts que lui donne sa belle-sœur, Lucette.

De son côté, Julien commence à se préoccuper de l'avenir de ses rejetons. Rémi achève sa septième année, mais il n'est pas intéressé par les études et il obtient de faibles notes. Julien décide d'aller consulter le curé de la paroisse.

Le bureau dans lequel le pasteur reçoit ses paroissiens est lambrissé de planches vernies. Le plancher de bois franc et l'ameublement de bois sombre confèrent un cachet austère à la pièce décorée d'un grand crucifix, de la photo du pape et d'une statue de la Sainte Vierge. Une immense fougère garnit le seul coin libre.

— Dans son cas, il est inutile de songer au cours classique qui convient aux élèves se destinant à l'état ecclésiastique ou aux professions libérales, dit le prêtre. Laisse-le finir son secondaire, s'il se rend jusque-là. Tu pourras ensuite l'orienter vers l'école d'arts et métiers ou l'envoyer faire son cours commercial comme ta fille.

— Je pourrais lui enseigner mon métier, répond Julien.

— Tu sais, de nos jours, le fils aîné ne suit pas automatiquement les traces de son père et ce n'est d'ailleurs pas toujours souhaitable. S'il n'aime pas ton métier, il ne fera rien de bon. Je te suggère de commencer à tester les aptitudes de tes fils pour savoir lequel serait le plus apte à prendre ta relève.

— Vous me donnez une bonne idée, monsieur le curé, merci pour vos conseils.

Dans les jours qui suivent, Julien invite Rémi à démonter un réveille-matin, puis à le remonter tout seul. C'est de cette manière qu'il a commencé lui-même et son oncle lui a toujours dit que c'était la meilleure façon de vérifier les dispositions naturelles d'un jeune garçon.

Julien lui a dégagé un espace sur la grande table de travail située derrière son établi et Rémi se sent gonflé d'importance. Il démonte le réveil avec une célérité prometteuse, puis, après quelques tentatives infructueuses pour remonter le mécanisme, les jours passent sans que le jeune adolescent témoigne un intérêt quelconque à s'acquitter de la tâche.

Au début d'avril, la grève des pilotes du Saint-Laurent paralyse la circulation fluviale et les bateaux cessent de passer devant le phare devenu inutile. Les outardes remontent vers le nord et les pièces du réveille-matin, enrobées de poussière, gisent toujours sur l'établi de fortune. Rémi n'a plus remis les pieds à la bijouterie. Julien nettoie et rassemble le tout en vue du prochain test.

Depuis quelque temps, Rémi s'enthousiasme pour le projet de métro à Montréal. *La Presse* du 23 mai titre : « Depuis 1910 qu'on en parlait… Les travaux du métro ont débuté ce matin. » Il dévore tout l'article, contrairement à son désintérêt habituel pour les journaux. « Serait-il doué pour la construction, comme le pensait sa mère ? », s'interroge Julien. Rémi participe activement à la préparation du jardin et Julien décide de vérifier les prédispositions de son fils aîné dans d'autres domaines.

— Tu aimerais fabriquer une cabane d'oiseaux ? lance-t-il à tout hasard en le voyant observer les va-et-vient d'un couple de rouges-gorges.

Ses yeux pétillants constituent la meilleure réponse pour Julien.

— Il y a quelques planches dans la remise et mon coffre à outils est dans la cave. S'il te manque quelque chose, viens m'en parler.

Parce que Valérie termine plus tôt son année scolaire et qu'elle peut s'occuper du commerce, Julien a le temps d'enseigner à Rémi, à son retour du collège, les quelques notions de menuiserie qu'il a aussi apprises de son oncle qui était intelligent et doué pour bien des travaux manuels, comme l'étaient beaucoup d'hommes de sa génération ayant dû se débrouiller tout seuls, sans argent. « Nécessité fait loi », disaient nos ancêtres et le manque de moyens est un bon révélateur de talent. Tout comme la nouvelle émission diffusée le 16 juin par Télé-Métropole, *Jeunesse d'aujourd'hui*, animée par Pierre Lalonde, qui permet de faire connaître une nouvelle génération de chanteurs.

La cabane d'oiseaux de Rémi a fière allure avec son toit bleu et son miniperron rouge, mais il se désole qu'aucun couple n'y ait élu domicile.

— La saison est trop avancée, lui fait remarquer son père. Je suis certain qu'un si beau logis sera occupé dès le printemps prochain.

Encouragé par le compliment, Rémi continue de fabriquer des cabanes d'oiseaux que Jean-Marie vend ensuite dans le voisinage. Il varie les formes et les couleurs afin que chacune soit différente.

Comme la petite ville s'agrandit, il faut maintenant prendre l'auto et rouler quelques milles pour trouver les fruits des champs naguère à la portée des villageois. Et vu qu'elle ne conduit pas et que Julien n'a que le dimanche de congé, Gisèle doit compter sur les vendeurs ambulants pour compléter son approvisionnement.

Le progrès métamorphose rapidement tous les secteurs d'activité. En septembre, le ministre de la Jeunesse, Paul-Gérin Lajoie, annonce que la province de Québec comptera plus de 35 commissions scolaires régionales d'ici juin 1963. À la fin du mois, le premier satellite canadien, Alouette 1, est placé en orbite.

Depuis quelques années, les États-Unis et l'URSS, les deux superpuissances alliées durant la dernière guerre mondiale, se livrent à ce qu'on appelle à présent la « guerre froide ». De chaque côté, la course aux armements se poursuit. Le 22 octobre 1962, le président américain annonce au public que des missiles nucléaires soviétiques sont pointés sur le territoire des États-Unis depuis l'île de Cuba. Le lendemain, John F. Kennedy signe l'ordre de blocus naval contre Cuba.

Les États membres de l'OTAN sont en état d'alerte, le monde est au bord de la guerre nucléaire. Les Briand suivent les nouvelles dans la plus grande anxiété, car des cargos soviétiques sont en route vers Cuba où les attendent les destroyers américains. La tension monte de jour en jour. Finalement, le 28 octobre, Khrouchtchev accepte de démanteler les bases cubaines et de retirer les missiles. Valérie, qui ne dort presque plus depuis une semaine, s'effondre en larmes dans les bras de sa grand-mère.

Après le dénouement de la crise des missiles, les Québécois ont maintenant l'esprit plus libre pour suivre la campagne électorale provinciale qu'a déclenchée le premier ministre après seulement deux ans au pouvoir. Le 11 novembre, a lieu pour la première fois au Québec un débat télévisé qui oppose les chefs des deux grands partis. Le 14, la réélection du Parti libéral de Jean Lesage, avec son slogan électoral «Maîtres chez nous», permettra la nationalisation de l'électricité.

Le 5 décembre, Claire Kirkland-Casgrain devient la première femme à occuper un poste de ministre au Québec. L'année 1962 se termine sur une note d'espoir pour les féministes qui ne cessent, depuis des décennies, de revendiquer des droits.

L'année 1963 débute sous un froid mordant, comme par les années passées. «C'est l'une des seules choses qui ne changent pas dans ce monde en ébullition», se dit Marie-Reine qui ressent une immense lassitude. Née avec le siècle, elle se sent vieille et cafardeuse. L'agitation qui précède Noël, à la bijouterie comme à la maison, la laisse dans un état de léthargie difficile à surmonter. Comme elle, les Briand aiment profiter des deux journées de congé d'affilée pour flâner et reprendre des forces.

Durant ces jours de flottement, Gisèle les gave de sucreries et de restes de dinde et de cipaille cuisinés en trop grande quantité. Tous peuvent s'empiffrer de dessert le matin si l'envie leur en prend. Déroger aux règles habituelles lui apparaît comme le meilleur moyen de combattre l'ennui et elle ne met aucun frein à leurs fantaisies alimentaires. Durant les deux premiers jours de l'année, il n'y a plus d'horaire non plus, on fait vraiment relâche, comme si les horloges s'étaient toutes détraquées. La douce chaleur du poêle à bois apaise les nerfs tendus et chacun dort tout son soûl. Comme on n'attend personne parce que le reste de la famille de Marie-Reine est aussi dans le commerce et vit le même stress, on reste en pyjama. Durant deux jours, les Briand ressemblent à des ours en hibernation.

Le lendemain de la fête des Rois, Valérie chantonne en se préparant pour l'école. Une seule salle de bain pour toute la famille l'oblige à se coiffer dans sa chambre. Depuis qu'elle a vu la photo de son quinzième anniversaire, elle consacre beaucoup de temps à essayer diverses coiffures. Elle a réalisé que la queue de cheval qu'elle trouvait si simple à faire et si commode ne lui allait pas du tout. Avec son petit visage ovale, elle avait l'air d'un chat siamois doté d'une queue de cheval, justement! Sans parler de ses grandes oreilles un peu décollées qui ressortaient davantage avec ses cheveux tirés vers l'arrière. Elles lui paraissaient aussi immenses que des oreilles d'éléphant.

Comme Valérie n'aime pas avoir les cheveux dans le visage lorsqu'elle se penche sur son pupitre, elle les a d'abord remontés en chignon, en veillant à laisser une bonne mèche cacher le haut de ses oreilles. Sans doute le chignon de sa petite-fille a-t-il rappelé un vieux souvenir à Marie-Reine, mais elle n'a rien dit. Les grand-mères sont toujours plus permissives avec leurs petits-enfants.

Aujourd'hui, Valérie croit innover en nouant deux tresses qu'elle enroule ensuite de chaque côté de sa tête. Peut-être qu'une photographie ancienne enfouie dans les tréfonds de sa mémoire l'a inspirée, mais il ne faudrait surtout pas que ses minces nattes se détachent et la fassent ressembler à une petite fille du cours primaire. Voulant à tout prix éviter cette disgrâce, elle enfonce une dernière pincette et vérifie la solidité des deux spirales tressées.

Quand vient le temps de mettre son chapeau de laine devant le miroir de l'entrée, les choses se corsent. Le bonnet n'est pas assez grand pour couvrir les excroissances chevelues et elle n'a pas le temps de se repeigner.

— Zut de zut! bougonne-t-elle.

Intriguée, Gisèle vient vérifier ce qui se passe. Amusée par ce revers cocasse, elle sort un béret d'une boîte rangée sur la tablette du haut de la penderie et en coiffe sa nièce. Penché de côté, il dégage entièrement l'une des nattes nouées. Valérie se regarde dans le miroir et sourit, satisfaite du résultat.

— Merci, ma tante, dit-elle en plaquant un rapide baiser sur sa joue.

Aussi vive et légère qu'une gazelle, Valérie s'enfuit et disparaît derrière l'écran de neige, et Gisèle revient auprès du poêle à bois. L'hiver, elle préfère cuisiner la plupart des plats sur le vieux poêle de fonte de Marie. S'il lui arrive d'utiliser la cuisinière électrique parce qu'elle est pressée,

Marie-Reine ne manque pas de lui signifier que c'est une dépense superflue.

Tous les soirs, durant des heures, Valérie a le nez plongé dans ses livres empilés sur un coin de la table de la cuisine. Elle ne suit plus aucun des téléromans qu'elle aimait et sa capacité de concentration impressionne son père. Il doit parfois lui poser la même question deux ou trois fois avant d'obtenir une réponse.

— Tu travailles donc bien fort depuis que t'as recommencé l'école, s'étonne Julien.

— Je veux me présenter aux examens de 12e année.

— Mais tu n'es qu'en 11e !

— À la fin de l'année, les élèves qui le désirent peuvent s'inscrire aux examens de 12e et ça ne coûte rien. On n'est pas obligés de les réussir pour avoir notre diplôme de fin d'études, mais si on y arrive, on nous remettra un diplôme de 12e année commerciale. Monsieur Beauchamp nous a avertis que ces examens sont très difficiles.

Parce que le bulletin des nouvelles est diffusé à l'heure du souper, Valérie peut l'écouter sans entamer le temps qu'elle doit consacrer à ses études. Mais comme elle est hypersensible, certaines informations la troublent davantage et, la sentant de plus en plus anxieuse devant les perturbations que connaît le Québec, son père se demande comment elle arrivera à passer ses examens de fin d'année.

Depuis le mois de mars, les attentats du Front de libération du Québec font les manchettes. Du 7 au 8, les felquistes s'attaquent à trois casernes militaires avec des bombes incendiaires. Dans son premier communiqué, le FLQ déclare : « L'indépendance du Québec n'est possible que par la révolution sociale. » Le 29, un attentat détruit le monument de Wolfe sur les plaines d'Abraham. Le 1er avril, trois bombes sautent : une dans l'édifice de l'impôt fédéral à Montréal, une autre à la gare du CN et la troisième sectionne une portion du chemin de fer à Lemieux, ce qui retarde le train de John Diefenbaker, en campagne électorale.

Le 3 avril, le Parti libéral de Lester B. Pearson remporte les élections fédérales. Au Québec, le résultat est de 47 libéraux, 20 créditistes et 8 conservateurs. Le nouveau gouvernement est minoritaire. Mais ce résultat ne calme pas les ardeurs des felquistes. Une nouvelle bombe explose derrière le centre de recrutement de l'armée canadienne à Montréal, le 21 avril, tuant le veilleur de nuit, Wilfrid O'Neil.

La première préoccupation de Valérie en revenant de l'école est d'éplucher le journal à la recherche des dernières informations, puis d'allumer la télévision au cas où l'on diffuserait un communiqué spécial avant l'heure du bulletin de nouvelles. Le 3 mai, une bombe saute à la Légion canadienne, à Saint-Jean. Le 17, une dizaine de bombes sont déposées dans des boîtes aux lettres de Westmount, et cinq d'entre elles explosent. Un sergent en fait sauter une en tentant de la désamorcer et doit être amputé d'un bras.

Marie-Reine, qui voit pleurer Valérie, essaie de la rassurer :

— Ça se passe loin d'ici, tu n'as pas à t'inquiéter. On est en sécurité à Cap-aux-Brumes.

— Je sais, hoquette Valérie entre deux sanglots. Mais toute cette violence me fait peur, grand-maman. Je ne veux pas vivre dans un monde miné par la haine.

— Ça va se calmer, tu vas voir. C'est juste quelques fanatiques qui font tout ce trouble. La police va finir par leur mettre la main au collet.

— Vous croyez ?

— Mais oui!

Des coups retentissent à la porte arrière et Valérie aperçoit son ami Bruno, l'idiot dont tout le monde se moque.

— Faites-le patienter pendant que je me rince le visage à l'eau froide.

Elle court se cacher dans les toilettes afin de tamponner ses yeux rougis. Bruno est si compatissant qu'il aurait du chagrin rien qu'à savoir qu'elle en a, peu importe la cause. Valérie se doute qu'il traverse une mauvaise passe, car plusieurs filles de sa connaissance lui ont dit en ricanant que Pruneau leur avait envoyé une lettre leur demandant de sortir avec lui. Dans sa candeur, il a expédié toutes ses missives en même temps, espérant sans doute en attraper une sur le lot. Si les statistiques justifient une telle approche, il n'aurait pu faire plus mauvais choix. Les filles se marrent franchement et taquinent leurs compagnes qui n'ont rien reçu. «Il faut que je lui change les idées», se dit Valérie.

— Salut, Bruno, dit-elle gaiement en sortant de la salle de bain. Viens avec moi dans le salon, je vais te faire écouter le dernier disque de Michel Louvain que papa a acheté.

Une fois que Marie-Reine entend la voix de velours de Michel Louvain chanter *Sylvie* sur un rythme entraînant de cha-cha-cha, elle s'avance dans le passage en prêtant l'oreille. Elle a confiance en Valérie, mais elle se méfie des grands attardés incapables de dominer les réactions que déclenchent leurs hormones.

Bruno ayant pris place au bout du divan, Valérie s'assoit dans le fauteuil afin de prévenir toute méprise. Elle veut éviter que Bruno s'imagine qu'il pourrait y avoir autre chose entre eux qu'une simple amitié.

— T'as-tu un chum? demande-t-il abruptement.

En voyant le sourire niais qui éclaire le visage de celui qu'elle traite avec amabilité par pure charité chrétienne,

Valérie se sent mal à l'aise. Elle n'a pas l'intention de lui révéler qu'elle pourrait chanter chacune des paroles de la chanson *Tous les garçons et les filles de mon âge*, de Françoise Hardy, en les faisant siennes tant elle se sent seule quand elle se compare à ses copines qui ont presque toutes un cavalier ou un flirt.

— Non, je n'ai pas d'amoureux, avoue-t-elle franchement.

Mais en voyant le regard de Bruno s'allumer et son sourire s'allonger, elle ajoute :

— Je vais encore à l'école et je n'ai pas le temps de penser aux amours. Et toi, t'as une amoureuse ?

L'expression heureuse de Bruno s'efface aussitôt.

— Non, dit-il piteusement en baissant la tête. Y a pas une fille qui veut de moi.

— Tu es encore jeune, tu vas finir par trouver ton âme sœur.

Il relève la tête et sourit. « Il est si naïf », se dit-elle, apitoyée.

— J'aimerais ça avoir une blonde. Je l'amènerais au cinéma. À la noirceur, je pourrais lui donner des becs en cachette.

Sa réponse étonne un peu Valérie. Bruno va encore à l'école et il ne travaille pas puisque personne ne veut embaucher un garçon aussi peu dégourdi.

— Avec quel argent tu l'amènerais au cinéma ?

— J'en prendrais dans la sacoche de ma mère.

— Tu volerais ta propre mère ? s'écrie-t-elle, stupéfaite.

— Ben, qu'est-ce que je peux faire d'autre ? dit-il stupidement en haussant les épaules.

Le Bruno que Valérie croyait gentil et trop innocent pour commettre de mauvaises actions révèle à présent un côté de lui plutôt inquiétant, et elle prend conscience qu'il vaut mieux mettre un frein à leurs relations amicales avant d'avoir des problèmes.

— Tu devrais avoir honte, Bruno, dit-elle d'un ton sévère. Maintenant, tu vas m'excuser, mais je dois étudier si je veux passer mes examens de fin d'année.

Marie-Reine, qui a tout entendu, sourit de contentement et se dépêche de s'esquiver à la cuisine. Bruno sort par la porte arrière avec son éternelle casquette enfoncée jusqu'aux yeux, sans saluer personne.

À la fin du mois de mai, la cabane d'oiseaux de Rémi loge une portée de petits moineaux qui piaillent de faim du matin au soir. Les parents font d'incessants aller et retour pour combler l'appétit vorace de leurs oisillons.

En chantonnant, Valérie revient à la maison, chargée de tous ses livres de classe et de tous ses cahiers d'exercice. Il lui faudra patienter quelque temps pour savoir si elle a réussi ses examens.

Comme l'avait prédit Marie-Reine, *La Presse* du 2 juin titre: «FLQ: huit détentions; saisie d'un arsenal». En lisant la manchette, Valérie retrouve sa joie de vivre. Le lendemain, elle commence la tournée des employeurs potentiels. Son père lui a offert de travailler à la bijouterie, mais elle lui a répondu qu'elle préférait se trouver un emploi qui lui permette d'exercer son métier.

— Mais je continuerai de vous aider le samedi et durant la période des fêtes, a-t-elle ajouté pour amoindrir la déception possible de son paternel.

Son père n'a rien dit, mais Valérie sait qu'il n'y aurait pas suffisamment de travail à la bijouterie pour l'occuper à temps plein, et elle préfère travailler pour des étrangers et relever de nouveaux défis. Comme beaucoup de jeunes filles, elle a aussi le goût de s'affranchir de la tutelle de son père. Ainsi que la plupart de ses copines, il lui tarde de voler de ses propres ailes, de vivre de nouvelles expériences. L'infinitude du ciel et de la mer de son coin de pays l'invite à explorer le monde.

Pendant un mois, Valérie visite presque tous les employeurs potentiels. Ceux qu'elle ne va pas voir ont déjà une secrétaire ou deux, et il y a un professionnel pour lequel elle n'irait jamais travailler parce qu'il a la réputation d'avoir la main baladeuse. Peu d'entreprises locales comptent beaucoup de personnel de bureau. En terminant son cours, elle avait cru qu'elle décrocherait rapidement un emploi et tous les après-midi, elle rentre déçue sans toutefois perdre espoir.

Jusqu'à l'heure du souper et toute la journée du samedi, elle se rend utile en nettoyant les bijoux des comptoirs, en tapant quelques lettres sur une petite machine à écrire portative dont les touches de métal sont si faibles qu'elle doit ralentir son rythme de frappe.

Trois semaines après avoir passé une batterie de tests chez une compagnie de transport, Valérie se voit offrir un poste de sténodactylo au salaire de 29 dollars par semaine. Ils ont vérifié sa rapidité en sténographie et en dactylo, évalué la qualité de son français et de son anglais écrit. Ils lui ont même fait passer un test pour mesurer son quotient intellectuel.

— Ce n'est pas beaucoup, commente Julien. Une bonne gagne 20 dollars par semaine, logée-nourrie.

— On dit qu'ils sont réputés pour bien former leurs secrétaires. Je vais prendre de l'expérience, ensuite j'aurai le choix.

— Tu as raison, il faut un commencement à tout. Quand est-ce que tu débutes ?

— Lundi prochain.

— Quand tu toucheras ta première paye, je vais te demander dix dollars par semaine pour ta pension. Ce n'est pas pour faire de l'argent, et ce serait plus cher si tu logeais chez des étrangers. Je veux juste que tu sois consciente qu'il en coûte quelque chose pour se nourrir et se loger.

Valérie sait que le prix d'une chambre et pension est de l'ordre de vingt à vingt-cinq dollars par semaine et elle calcule qu'il lui en restera assez pour s'acheter du linge et se payer des sorties.

— C'est correct. Avez-vous autre chose à me faire faire ?

Cette offre d'emploi arrive juste à temps, il ne reste plus un seul bijou à faire reluire. Le contenu de toutes les tablettes a été épousseté. Elle a même mis de l'ordre dans les compartiments de rangement sous les présentoirs, et elle vient de laver encore une fois tous les miroirs et toutes les surfaces vitrées des comptoirs.

— Tu as vraiment fait un beau ménage. Je te remercie, ma fille.

Valérie se sent émue en voyant son père sourire de la façon un peu énigmatique et timide qui lui est propre. Il s'avance vers elle et lui remet un billet de vingt dollars.

— Tu iras t'acheter quelque chose pour te faire belle pour ton premier jour de travail.

Valérie se jette au cou de son père.

— Oh, merci, papa !

La robe neuve de Valérie lui donne juste assez de confiance en elle pour surmonter l'anxiété qu'elle ressent à la pensée de se retrouver dans un milieu où elle ne connaît personne et où elle devra exceller dès le début si elle veut conserver son emploi. Elle est la première de son groupe à s'être trouvé du boulot et il ne manque pas de candidates pour prendre son poste si elle ne fait pas l'affaire. Elle n'a rien pu avaler d'autre qu'un café avant de quitter la maison.

Près de la gare de triage des chemins de fer, elle arrive devant l'immense bâtiment peint en blanc qui a l'allure d'un entrepôt vieillot abandonné au fond de la ruelle. Une antique clenche de métal permet d'ouvrir la porte. L'intérieur, tout en lattes de bois, est éclairé par des néons aveuglants. La salle regroupe près d'une vingtaine d'employés. Quelques portes entrouvertes laissent deviner des bureaux particuliers. Le plancher de grosses planches grises et disjointes représente un réel danger pour ses talons aiguilles. Sans vernis, les planches de « bois *rough* » ont été polies par des années de semelles usées. Le mobilier vétuste porte les empreintes d'un usage négligent.

La réceptionniste est à demi cachée par un muret. À sa droite, plusieurs fils noirs sont fichés dans les trous d'un *switchboard* comptant plusieurs lignes téléphoniques. Le système date, et les appels internes et externes requièrent l'attention constante de la jeune fille, obligeant les visiteurs à attendre qu'elle soit disponible.

Quand Valérie s'identifie en mentionnant qu'elle est une nouvelle employée, la réceptionniste s'adresse à sa compagne retranchée derrière un muret identique au sien de l'autre côté du couloir.

— Pauline, va dire à Colette que la nouvelle est arrivée.

La sonnerie qui se fait entendre la ramène à son tableau de fils noirs et Valérie reste plantée devant la minicloison de bois, ne sachant si elle doit s'asseoir afin de dégager l'accès à la porte du bureau situé sur sa gauche, où elle a passé les divers examens auxquels on l'a soumise. Pauline revient à son bureau.

— Ce sera pas long, dit-elle avant de retourner à sa paperasse.

Valérie vérifie l'heure à l'horloge ronde suspendue au-dessus d'un bureau vitré d'où parviennent des jurons proférés sur un ton menaçant par un homme corpulent en train d'en engueuler un autre assis en face de lui. Heureusement que le pupitre les sépare, songe Valérie en voyant le costaud lever le poing en l'air. Il n'est que 8 h 27 et la vieille baraque bourdonne comme une ruche remplie d'abeilles furieuses. Quelques gars vont et viennent à pas pressés, le teint blême, les traits crispés. Valérie se demande dans quelle galère elle vient de s'embarquer quand une jeune femme apparaît en lui faisant signe de la suivre. Elles franchissent une porte donnant sur une pièce sombre et minable. Colette saisit dans l'une des cases fixées sur le mur de droite un carton ligné qu'elle introduit dans une machine qui émet un fort claquement. Elle le ressort et Valérie aperçoit l'heure et la date que l'appareil vient d'imprimer, et son nom inscrit au stylo dans l'en-tête du formulaire.

— Tu dois "puncher" en arrivant et en partant, matin, midi et soir, lui dit Colette. Si tu arrives une seule seconde en retard, on te coupe un quart d'heure sur ta paye. Inutile d'essayer de reprendre ton temps en fin de journée. Pour être payée, il faut que tu aies travaillé au moins quinze minutes en dehors des heures normales et que ton temps soit approuvé par ton patron. La cloche sonne à midi, on reprend le travail à une heure et demie et on finit à cinq heures et demie. Le samedi, on travaille de huit heures et demie à midi. Je vais te montrer ton bureau.

Colette fait un mouvement en direction de la porte, puis se ravise.

— Tandis qu'on est ici, aussi bien te montrer ce qu'il y a à voir. La porte à droite mène à l'entrepôt qui occupe tout l'étage.

Valérie aperçoit un long escalier droit. Ce qu'elle en voit et tout ce qui l'entoure est fait de vieux bois terne et foncé. Ça sent la poussière. Vivement, Colette se déplace vers une pièce sur la droite. En franchissant l'embrasure qui n'a plus de porte, Valérie aperçoit au centre de la salle de grosses colonnes carrées assez larges pour dissimuler l'homme qui en surgit derrière et la fait sursauter.

— La salle des archives, dit Colette en montrant d'une geste ample les étagères remplies de chemises beiges contenant des documents entassés là parce qu'ils sont moins souvent consultés.

Elle entraîne Valérie vers un bureau situé à gauche, à l'arrière de l'édifice.

— Le bureau de monsieur Royer, pour qui tu vas travailler. Mais il n'est pas là aujourd'hui. Il est souvent sur la route. Il ne te donnera pas beaucoup de travail, mais quand il aura besoin de toi, ce sera urgent parce qu'il ne reste pas longtemps au bureau.

Colette repart en quatrième vitesse et s'arrête devant un bureau dans l'espace ouvert de l'immense salle principale.

— Monsieur Leblanc, je vous présente Valérie Briand, votre nouvelle secrétaire.

— Bonjour, dit l'homme dans la jeune quarantaine. J'ai des lettres à vous dicter.

— Laissez-moi cinq minutes pour tout lui montrer. Ensuite elle sera à vous.

— Pas plus que cinq minutes, d'abord.

«Avec lui, ce ne sera pas la joie», se dit Valérie. Colette la tire par le bras et la mène à une pièce située à côté du bureau vitré où l'homme à la voix forte parle au téléphone.

Elles pénètrent dans une pièce tout en longueur contenant deux pupitres d'un côté, et des classeurs et un appareil émettant des bruits incessants de l'autre côté.

— Ton bureau, dit-elle en indiquant celui près de la porte, juste en face de l'appareil bruyant. L'autre bureau, c'est celui de monsieur Collin, pour qui tu vas travailler. Il est présentement en réunion. Tu travailleras aussi pour monsieur Blackburn, en réunion lui aussi. Cache ta sacoche, on sait jamais.

Puis elle soulève le panneau accordéon du pupitre où sont rangés dans des petits compartiments du papier à en-tête, du papier blanc, des carbones, du papier pelure et des enveloppes. Le tiroir du centre contient des tablettes lignées pour la dictée et toute la panoplie de la parfaite secrétaire.

— Va vite rejoindre monsieur Leblanc avant qu'il s'impatiente. Si t'as besoin de moi, mon bureau est le deuxième derrière le sien. Bonne chance.

Valérie cherche un endroit pour cacher son sac à main. Les classeurs sont fermés à clef. À tout hasard, elle fouille le tiroir du centre, mais n'y trouve aucune clef. « Il faudra que je demande à monsieur… » Elle ne se rappelle déjà plus du nom du patron en question, ne lui revient en mémoire que celui de Leblanc qui l'attend impatiemment. Elle prend son carnet de sténo, une gomme et deux crayons bien aiguisés. Sa machine à écrire est une Underwood du même modèle que celle sur laquelle elle tapait à l'école. Le drôle d'appareil derrière elle émet des cliquetis rapides sur un rouleau de papier protégé par une boîte vitrée; cette grosse caisse de bois est munie d'un clavier aux touches cerclées de métal et une chaise dactylo est placée devant. Valérie trébuche en sortant de la pièce et se rattrape juste à temps, elle ne se souvenait pas d'avoir franchi une marche pour y accéder. Plusieurs employés se sont retournés et la regardent, elle se sent rougir jusqu'à la racine des cheveux.

Monsieur Leblanc est au téléphone, mais en l'apercevant, il tire une chaise dactylo à côté de la sienne et lui fait signe d'y prendre place. Le gens qui circulent dans l'étroit corridor trébuchent dans les pieds de la chaise et la poussent sans ménagement contre le fauteuil de monsieur Leblanc. Valérie essaie de se faire toute petite, mais le tiroir ouvert déchire l'un de ses bas de nylon. Quand monsieur Leblanc raccroche et se rend compte qu'elle est coincée, il se plaint de ne pas avoir un bureau fermé.

— Assois-toi à côté, dit-il d'un ton bourru.

Valérie pousse la chaise à roulettes dans le couloir et contourne les deux pupitres côte à côte pour la placer près de la table inoccupée. Une goutte de sang perle à l'un de ses genoux.

Après deux heures de dictée, dans les deux langues, entrecoupée de quelques appels téléphoniques, monsieur Leblanc la prévient qu'il a besoin d'expédier toute sa correspondance avant la fin de l'après-midi. Valérie retourne à son bureau et se prépare à taper la première lettre : un original sur papier à en-tête et quatre copies sur papier pelure. Elle commence à intercaler le papier carbone entre les feuilles quand le grand costaud à la voix tonitruante surgit en vociférant.

— Comment ça se fait que mon *teletype* est pas encore parti, tabarnak ?

Terrorisée, Valérie ne sait que répondre. Heureusement, Colette arrive à la rescousse.

— C'est pas de sa faute, j'ai pas eu le temps de lui montrer, dit-elle d'un ton ferme.

— Ben envoye-lé toé-même, tabarnak. Pis ça presse !

Le malotru sort de la pièce le visage rouge de colère. Deux secondes de plus et le sang lui sortait par les oreilles, se dit Valérie qui n'a jamais vu un être humain aussi hargneux et grossier. Il lui fait penser à un taureau furibond.

— Je pense que t'as assez d'ouvrage pour aujourd'hui, dit Colette en regardant l'épaisseur de feuilles noircies de la tablette de sténo posée à côté de la machine à écrire. Je vais m'occuper du *teletype* et je te montrerai demain comment ça fonctionne.

Valérie finit de placer les carbones et insère le paquet de feuilles en prenant soin de bien aligner le tout. Il lui faut dès le début évaluer la longueur du texte de manière à présenter une lettre bien centrée, puis elle commence à taper en essayant d'éviter de faire des fautes de frappe. Sinon, elle doit placer un morceau de papier entre chacune des copies à corriger et se servir d'un crayon à effacer muni d'un mince pinceau pour faire disparaître l'erreur en veillant à ne pas perforer les feuilles. Ensuite, elle doit enlever les rognures et retirer les bouts de papier. Les erreurs font perdre un temps précieux, affectent la qualité du travail et obligent parfois à tout reprendre depuis le début. Les feuilles gaspillées témoignent d'une inexpérience lamentable et Valérie essaie de contrôler sa nervosité.

Soulagée, elle sort sa première missive et commence à retirer les carbones. Mais sa détente est de courte durée. Dans son énervement, elle a placé l'un des carbones à l'envers et doit retaper deux copies identiques à l'original sur papier pelure. Deux fois plus de travail alors qu'elle aura du mal à tout livrer dans le temps exigé. Elle déteste immédiatement ce boulot. Mais comme elle a hérité de la détermination farouche de Marie, elle refoule ses larmes et s'efforce de ne plus penser à rien d'autre qu'à terminer à temps ce travail assommant. Elle réussit à taper quatre lettres avant que résonne l'horloge stridente qui la libère pour une petite heure et demie de cet environnement rebutant.

En arrivant chez elle, son père lui remet une grande enveloppe brune. Valérie l'ouvre et découvre son diplôme de 11e année portant la mention « Très grande distinction ». Elle le soulève pour le montrer à tous et aperçoit un autre diplôme identique, mais d'une couleur différente.

— J'ai aussi réussi mes examens de 12e année ! s'exclame-t-elle en le tendant à son père.

— Félicitations, dit fièrement Julien après avoir lu le document.

Le second diplôme porte lui aussi la mention « Très grande distinction ».

Pendant qu'au bureau ses patrons se disputent ses services à coups de gueule, une charge de dynamite renverse la statue de la reine Victoria, au parc Victoria de Québec. Valérie a appris à faire fonctionner le téléscripteur placé derrière son bureau. Elle doit envoyer les messages de tout le monde et distribuer ceux qui entrent, en plus de s'acquitter du secrétariat de quatre patrons aux exigences particulières. Monsieur Blackburn, un grand brun sérieux, ne dicte pratiquement que des lettres en anglais. Il est courtois et ne se montre jamais impatient comme monsieur Leblanc, qui pourrait l'occuper à lui seul tant son volume de correspondance est important. Jusqu'à présent, elle n'a eu que trois lettres à taper pour monsieur Royer, qui est le plus aimable de tous ses supérieurs. C'est un bel homme, avenant et respectueux. Monsieur Collin, le plus jeune, est d'un abord agréable. Mais il est le plus pointilleux des quatre. Aujourd'hui, il lui fait reprendre une lettre à cause d'une virgule qu'il décide d'ajouter, puis d'enlever et vice-versa. Chaque fois, il déchire la lettre en lui demandant de la recommencer.

— Ne la déchirez pas, celle-là, l'avertit Valérie. Ça fait cinq fois que je refais la même lettre et j'ai beaucoup de travail qui m'attend. Si vous le voulez, je vous en ferai une autre sans la virgule et vous n'aurez qu'à jeter l'une des deux lettres quand vous aurez fait votre choix final.

— Non, ça va aller, répond-il sans se départir de son calme.

Au bout de trois semaines, Valérie se fait engueuler au téléphone par le gérant de leur succursale de Québec qui a interrompu le long message urgent qu'elle envoyait en direct par le téléscripteur. Comme il est interdit d'utiliser l'appareil quand il émet et qu'elle était outrée de s'être fait couper encore une fois par ce malappris, elle a coupé sa transcription à son tour pour lui donner une leçon.

— J'étais en train d'envoyer une commande très urgente de pièces pour le garage et vous m'avez coupée, dit-elle sèchement au gérant. Il faudra que je recommence depuis le début et c'est long de taper une série comportant des lettres et des chiffres. Si je fais la moindre erreur, les camions ne seront pas réparés à temps pour reprendre la route et la compagnie perdra de l'argent. Vous devriez le comprendre, il me semble !

Après l'avoir traitée de tous les noms et lui avoir signifié qu'il se plaindrait aux autorités, il lui raccroche la ligne au nez. Valérie fulmine. Ces commandes sont le travail le plus ingrat dont elle doit s'acquitter. Le mécanicien, qui lui dicte les numéros des pièces à commander, lui fait perdre un temps précieux en lui débitant toutes sortes d'obscénités. Aujourd'hui, elle s'est disputée aussi avec lui en l'avertissant qu'elle informerait le contrôleur de ses agissements s'il n'y mettait pas un terme. Pour toute réponse, le gars a bougonné : « Relis-moi ma commande pour être sûr que tu feras pas d'erreur. »

Quelques minutes plus tard, le contrôleur vient lui ordonner de le suivre à son bureau. Cet homme terrorise régulièrement le personnel, mais elle est tellement en colère qu'elle se fiche qu'on la mette à la porte. Elle est normalement très respectueuse envers tout le monde, très polie et dévouée, mais elle n'a aucune tolérance pour le manque de respect des deux goujats avec qui elle vient de s'engueuler. Quand elle a commis une faute, elle est prête à la reconnaître et à tout faire pour la réparer, mais elle devient une vraie tigresse si on l'agresse ou si on l'accuse injustement. Bien qu'elle vienne tout juste d'avoir dix-sept ans, elle n'a pas l'intention de s'en laisser imposer par tous ces mufles et elle se défend des accusations du gérant de Québec avec la dernière énergie.

— T'es soupe au lait, lui dit le contrôleur.

— Entre soupes au lait, on se passe la carte, réplique-t-elle, outrée.

À la surprise de Valérie, le gars s'esclaffe.

— J'aime ça une fille qui a du caractère ! Avec toi, on sait tout de suite sur quel pied danser. T'es pas de celles qui disent jamais rien pis qui vous sautent en pleine face comme une bombe quand on s'y attend pas. J'y ai dit, à Turcotte, qu'il avait pas d'affaire à couper la ligne du *teletype*. Ça se fait pas ! S'il recommence, viens me le dire. On va finir par lui apprendre à vivre. Mais essaie de pas te chicaner avec lui, c'est un bon travaillant, pis je voudrais pas le perdre.

Valérie réalise au bout de quelques mois qu'une fois sa pension payée, elle ne peut s'offrir tout ce dont elle rêve.

Comme l'argent lui file entre les doigts, elle décide de noter toutes ses dépenses dans un petit calepin. En analysant ses déboursés, un mois plus tard, elle réalise qu'elle pourrait couper dans les sorties au restaurant. Gourmande et généreuse, elle invite souvent ses petits frères, sa tante ou sa grand-mère à l'accompagner, ce qui absorbe plus de la moitié de son budget.

Valérie a l'intention de s'acheter un transistor pour écouter, le soir dans sa chambre, le *hit parade* que diffusent plusieurs postes de radio en soirée. Elle a besoin de se nourrir de musique pour oublier le travail fastidieux de taper à la dactylo durant plusieurs heures d'affilée. Ou la préparation des bains d'acide pour photocopier les documents importants, vêtue d'un couvre-tout malpropre pour protéger ses jolies robes des éclaboussures.

Mais avant qu'elle ait pu économiser la somme nécessaire, une nouvelle répand la consternation dans le monde. Après avoir été atteint d'un coup de feu à la tête, John Fitzgerald Kennedy, 35e président des États-Unis, meurt à Dallas, au Texas, le 22 novembre. Deux jours plus tard, Jack Ruby abat l'assassin présumé, Lee Harvey Oswald. Le meurtre d'Oswald attise la suspicion. Pourquoi la police ne l'a-t-elle pas mieux protégé ? L'a-t-on éliminé pour cacher la vérité ? Quel était le mobile du meurtrier ? Avait-il des complices ? Était-ce un meurtre commandé ? Kennedy était un président populaire, mais plusieurs de ses décisions dérangeaient certains groupes. Les rumeurs les plus folles commencent à circuler. Une chose est claire aux yeux de tous : la mort d'Oswald ne va pas faciliter le travail des enquêteurs.

Le 27 novembre, débute à Québec le procès de Léopold Dion, soupçonné d'avoir assassiné quatre enfants. Le 29, un DC-8 d'Air Canada s'écrase près de Sainte-Thérèse-de-Blainville, faisant 118 morts.

Les clients de la bijouterie commentent en long et en large les trois affaires. Le 13 décembre, Dion, surnommé le monstre de Pont-Rouge, est condamné à mort.

L'année 1963 se termine sur ces tristes notes et Valérie souhaite que l'année 1964 soit plus heureuse.

12

Cap-aux-Brumes, février 1964

Deux soirs par semaine, Valérie suit des cours d'anglais et elle fait des heures supplémentaires un soir ou deux. On lui a accordé une augmentation de salaire sans qu'elle ait à la demander. Le samedi, elle aide son père à la bijouterie. Le dimanche après-midi, elle va jouer aux quilles avec Arlette, une de ses collègues.

Durant ses temps libres, elle lit tout ce qui lui tombe sous la main, sans discrimination. Elle a cependant une préférence pour les récits de guerre, à travers eux elle cherche à comprendre ce qui déclenche les conflits, savoir ce que ressentent les soldats, les prisonniers de guerre et les populations occupées. Elle raffole des romans relatant de grands événements historiques, et des romanciers étrangers qui dressent un portrait de leur époque et décrivent les us et coutumes de leurs compatriotes. Elle est friande de psychologie parce qu'elle se questionne sur le genre humain et les motivations profondes des individus.

— Tu tiens de moi pour aimer la lecture, lui dit sa grand-mère.

À courir à gauche et à droite, les mois s'écoulent, les saisons changent et, un bon soir, le lilas refait son apparition sur la table de la cuisine. Marie-Reine respire le bouquet les yeux fermés et, à la voir sourire, Valérie songe que ces fleurs lui rappellent sans doute de bien doux souvenirs.

Quand Marie-Reine apprend que la loi donnant le droit à la femme mariée la capacité juridique d'exercer une profession et de gérer ses propres biens entre en vigueur le 1er juillet, elle sort de sa réserve habituelle.

— Ça prenait une femme pour faire changer cette loi injuste ! dit-elle.

La fameuse loi a été parrainée par Claire Kirkland-Casgrain et Valérie s'étonne que sa grand-mère approuve une décision du gouvernement libéral. Marie-Reine lui raconte alors la mort de son frère qui n'a pu être opéré à temps parce que son père n'était pas là pour signer l'autorisation d'opérer et que la loi ne permettait pas à la mère de signer le document. Valérie comprend mieux la jubilation de son aïeule. Jamais elle ne s'était douté que la femme n'était pas traitée en égale et cet incident la sensibilise davantage aux injustices des laissés-pour-compte.

Durant la semaine de vacances de Valérie, Cécile, la sœur cadette de sa grand-mère, vient enfin « se promener en Canada », comme elle dit. Son mari l'accompagne et Valérie est bien contente d'avoir suivi des cours d'anglais, car Patrick ne parle pas la langue de Molière. Et puis, comme sa grand-tante parle « franglais », il vaut mieux connaître la langue de Shakespeare si l'on veut comprendre ce qu'elle dit. Mais elle est divertissante avec ses plaisanteries, son sens de la répartie et ses histoires cocasses. Malgré sa forte taille et ses jambes enflées qui la font marcher comme un canard pataud, Cécile a de l'énergie à revendre. Elle fume comme une cheminée et rit à tout propos. Elle est l'antithèse de Marie-Reine, réfléchie et digne. Pourtant, les deux sœurs semblent s'apprécier grandement. Les contraires s'attirent, se dit Valérie.

Comme elle est libre de son temps, la jeune secrétaire sert de guide aux deux Américains qui veulent visiter toute la parenté en compagnie de Marie-Reine. À la fin de la semaine, on se dit au revoir en se promettant de recommencer l'an prochain.

Au mois de septembre, ses frères se passionnent pour le spectacle des Beatles au Forum de Montréal. Le groupe britannique n'emballe pas Valérie qui préfère, comme ses copines, les chanteurs français et américains.

Comme elles n'ont pas le droit d'entrer dans les endroits où l'on vend de l'alcool avant d'avoir vingt ans révolus, les filles se regroupent chez l'une ou chez l'autre pour apprendre les danses sociales et chanter en chœur les succès de l'heure. Parfois, elles se risquent à aller danser dans l'un des hôtels où l'on fait semblant d'ignorer qu'elles n'ont pas encore l'âge requis. Si elles se font prendre dans une descente de police, elles savent que le juge, assez complaisant envers les jeunes, ne leur imposera qu'une amende de 2 dollars.

Valérie adore danser et, comme elle a la chance d'accompagner son père qui a recommencé à assister aux banquets des Chevaliers de Colomb et du Club Richelieu, elle se trémousse avec plusieurs de ces messieurs d'un âge respectable qui sont seuls ou accompagnés d'une épouse ayant mal aux pieds après deux tours de piste. Le rock'n roll, la samba, le cha-cha-cha et le twist ne conviennent pas à quelques dames qui se satisfont d'une valse, d'un fox trot ou d'un *slow* sentimental.

Le chanteur de l'orchestre entonne *Put Your Head On My Shoulder*, popularisée par Paul Anka, et tous les couples se dirigent sur la piste de danse. Son père jase avec un autre veuf et Valérie se sent plus seule que jamais. Un jeune homme qu'elle ne connaît pas s'approche d'elle en souriant. Elle lui rend son sourire et se lève. Ils n'ont pas eu besoin d'échanger une parole. Il est beau, grand et souple, et le pouls de Valérie s'accélère quand il l'enlace. Il attend la fin de la chanson pour se présenter en la retenant par la main.

— Je m'appelle Raymond, et toi ?

Entre les danses, Valérie apprend qu'il vient d'être embauché pour enseigner le français à l'école de métiers. À la fin de la soirée, il l'invite à l'accompagner à un party de bureau le samedi suivant et lui demande son numéro de téléphone.

— Il est plus vieux que toi, lui fait remarquer son père sur le chemin du retour.

— Il a seulement six ans de plus, papa.

Ce soir-là, Valérie s'endort en rêvant aux yeux de velours de Raymond, à son sourire enjôleur et à ses bras enveloppants. C'est la première fois qu'un garçon l'attire et la trouble de la sorte. Il lui est arrivé de ressentir de doux émois devant le regard appuyé de deux ou trois garçons, et de croire à une idylle possible, sans plus. Avec Raymond, le rapprochement s'est fait spontanément.

D'une sortie à l'autre, elle découvre ses goûts et ses opinions. Ils ne font pas de projets d'avenir et Valérie en est heureuse, elle est trop jeune pour songer au mariage et une rapide déclaration d'amour l'effaroucherait. Même s'il lui plaît infiniment, elle veut prendre le temps d'approfondir leur relation. Elle se sent bien en sa compagnie et ils discutent de plusieurs sujets. Raymond vient de Montréal, et il lui avoue qu'il était bien content de se dénicher un emploi de professeur, même s'il a dû s'expatrier en Gaspésie.

— Quand on commence, lui dit-il, on doit être prêt à faire des sacrifices pour prendre de l'expérience.

Ces paroles devraient retenir son attention, mais elle n'y prête pas garde. Elle-même partage ce point de vue puisque dès le début, elle a affirmé à son père qu'elle devait faire ses preuves avant d'exiger de meilleures conditions d'emploi.

Chaque fois que Raymond vient la reconduire en fin de soirée, Julien est toujours debout, quelle que soit l'heure.

— J'ai de la misère à digérer, dit-il quand Valérie s'en étonne.

Un samedi après-midi qu'ils sont seuls à la bijouterie, son père lui demande si Raymond la respecte. « Bien sûr », le rassure-t-elle. Elle omet de lui dire qu'ils s'embrassent passionnément, mais Raymond ne va pas plus loin et Valérie adore ces baisers langoureux dont il faut se confesser avant d'aller communier.

— J'ai confiance en toi, Valérie. Mais souviens-toi qu'une fille doit se garder pour le soir du mariage. La chair est faible et une femme risque davantage de succomber quand elle est amoureuse.

— Ne vous inquiétez pas, papa, Raymond reste à sa place.

Valérie se couche ce soir-là avec la certitude qu'elle a enfin rencontré son prince charmant et elle savoure cette attente délicieuse précédant la grande déclaration.

Une semaine avant Noël, Raymond lui annonce qu'il s'est enfin trouvé un emploi d'enseignant à Montréal. Il ne sera plus là à Noël. Valérie se réjouit pour lui, mais elle se désole d'avoir à vivre ses amours par correspondance. Ils se disent adieu dans un dernier baiser.

La sérénité de son père, quand elle lui apprend le départ de Raymond, lui semble de bon augure, et Valérie combat sa déception en travaillant avec lui dans la soirée.

L'achalandage des dernières heures de magasinage avant Noël l'empêche de penser aux petits désagréments que lui causent ses patrons durant le jour. Au cours de l'automne, Valérie s'est fait une carapace, et leurs accès d'humeur ou leurs caprices ne l'affectent plus autant qu'avant. C'est pour elle une question de survie, mais elle ne peut s'empêcher de s'étonner de voir à quel point ils sont différents de son père qui n'est que douceur et amabilité.

Ce soir, elle constate encore une fois sa prévenance. Julien conseille à la femme qui s'achète un collier de perles cultivées de ne pas mettre de parfum quand elle le portera afin de ne pas altérer l'orient de la perle.

— C'est la première fois qu'un bijoutier me donne ce conseil, dit la cliente. Je comprends pourquoi mes perles perdaient leur éclat. Je vous remercie beaucoup, monsieur.

Son exemple apprend plus à Valérie que tous les beaux discours que son père pourrait tenir. Par sa probité et son professionnalisme, Julien a su s'attirer la confiance d'une clientèle qui ne cesse de s'accroître. Sa patience incite Valérie à persévérer. Dans les jours qui suivent, elle se désennuie en lisant et en soupirant après une lettre de Raymond. La période des fêtes, qu'elle espérait différente cette année, est semblable aux autres : reposante et insipide.

Elle a délaissé ses amies pour consacrer ses soirées libres à son beau professeur de français et, depuis qu'il l'a quittée, elle se retrouve vraiment seule. De toute manière, en l'absence de Raymond, elle n'a plus le goût à rien et, tant qu'à se morfondre, elle préfère le faire en solitaire plutôt que d'avoir à répondre à des questions indiscrètes concernant sa relation avec le beau Montréalais.

Valérie se replie dans la quiétude de son coquillage et s'invente des scènes de retrouvailles enchanteresses avec Raymond. Elle a hérité de son arrière-grand-mère une imagination fertile, de sa grand-mère la faculté de voir le beau côté des choses et, de sa mère, celle de transformer la réalité au gré de sa fantaisie. C'est ainsi qu'un jour gris, semblable aux autres, revêt l'habit d'un jour de fête ensoleillé. Un cœur naïf s'offre le luxe d'un décor féerique, l'esprit survole les nuages et y voit le soleil caché derrière comme l'aviateur traverse les turbulences, confiant de trouver la paix et la lumière au-delà de la couche nuageuse.

L'imagination, c'est aussi le pouvoir de l'esprit de dépasser les contingences matérielles pour recréer le monde selon la vision de l'artiste en soi. C'est la fuite du réel trop sombre, l'école buissonnière de la raison, la félicité des mal-aimés, le refuge inviolable des libres penseurs et des contestataires, le paradis des marginaux et, quelquefois aussi, la geôle des illuminés.

Pendant que Valérie continue d'attendre une lettre de Raymond, le Canada se dote d'un nouveau drapeau officiel afin de remplacer le Red Ensign. Le nouveau drapeau rouge, exhibant dans un carré blanc une feuille d'érable rouge stylisée à onze points, est déployé sur la colline du parlement à Ottawa, le 15 février 1965, lors d'une cérémonie d'inauguration. L'unifolié se veut le symbole unissant tous les Canadiens.

D'autres transformations majeures sont en cours et les catholiques du monde entier vivent une véritable révolution. Le pape Paul VI a décidé de poursuivre l'œuvre entreprise par son prédécesseur, Jean XXIII, mort le 3 juin 1963 après la première session du deuxième Concile œcuménique qu'il avait initié afin que la doctrine chrétienne soit conservée et préservée d'une façon plus efficace. Le 7 mars 1965, une messe est célébrée en français pour la première fois au Québec.

Sur la province souffle d'autres vents de changement. Le ministre de l'Éducation, Paul Gérin-Lajoie, publie le 13 mai le nouveau règlement régissant l'enseignement. Le cours primaire sera dorénavant d'une durée de six ans, le secondaire s'étendra sur cinq années, et les enfants devront avoir six ans avant le 1er octobre pour être admis en première année. Le ministre crée également une année d'école maternelle non obligatoire avant le début du cours primaire. Valérie pense de nouveau à son gentil professeur qui n'a toujours pas écrit. «La mère des gars n'est pas morte», lui dit sa grand-mère quand elle voit sa petite-fille la mine triste, le regard absent.

Le gouvernement provincial, résolu à améliorer le sort des Québécois, annonce le 20 mai qu'à partir du 1er janvier 1966, tous les travailleurs seront tenus de participer au Régime des rentes du Québec dès l'âge de 18 ans s'ils ont un revenu supérieur au minimum prévu. Valérie préférerait disposer de ce petit montant pour s'offrir ce qui la tente, la retraite semble si loin à cet âge et économiser pour plus tard ne concorde pas avec ses priorités de l'heure. Elle n'a pas du tout l'intention de se priver à l'extrême comme sa grand-mère. La jeune secrétaire est de son temps, elle a pris une assurance-vie, garde en banque un minimum d'économies et dépense tout le reste sans se soucier de l'avenir. Sa mère est morte si jeune que Valérie se dit qu'il vaut mieux profiter raisonnablement du moment présent.

La nouvelle génération remet en question les vieilles croyances. Grâce aux nouveaux médias, les jeunes se rendent compte que le Québec accuse beaucoup de retard par rapport à d'autres nations. Plusieurs sont pressés d'atteindre les buts qu'ils se sont fixés et ils contestent haut et fort. Les extrémistes continuent de recourir à la violence. Si bien que le 24 mai, jour de la fête de la reine Victoria, une bombe posée par des nationalistes éclate devant l'édifice de la Prudentielle d'Angleterre à Montréal. Environ 2 000 personnes se massent devant le monument des Patriotes, au parc Lafontaine, ainsi que dans la rue Amherst, afin de protester contre la célébration du Victoria Day. La police procède à plus de 200 arrestations.

D'autres manifestants revendiquent de meilleures conditions de vie. Les protestataires trouvent sans cesse de nouveaux combats. Quand Marie-Reine apprend, le 9 juin, que les citoyens du Saguenay s'opposent aux machines à fabriquer la pluie, elle croit de nouveau à un canular.

— Des machines à pluie, voyons donc ! Qu'est-ce qu'ils vont encore inventer la prochaine fois pour nous faire marcher ?

Le 30 juin, une nouvelle bombe explose à l'arrière de l'hôtel de ville de Westmount. Le lendemain, une violente manifestation au parc Lafontaine à l'occasion de la fête de la Confédération se solde par plus de 100 arrestations. Valérie commence à croire que son cher Raymond a été victime d'un attentat perpétré par le FLQ, soupçonné de tous ces incidents. Autrement, comment expliquer son silence ?

Quand Valérie entend sa grand-mère et sa grand-tante américaine, revenue en vacances au pays, se plaindre des jeunes femmes qui utilisent la nouvelle pilule anticonceptionnelle, elle se pince pour ne pas rire, convaincue qu'elles y auraient fait appel dans leur temps si le contraceptif décrié avait existé. Elle trouve d'autant plus drôle que Cécile se joigne aux protestations de sa grand-mère, alors qu'elle n'a eu que deux enfants. « Était-ce vraiment la volonté de Dieu ? », se questionne-t-elle, sceptique.

La visite repart et la fraîcheur de la fin d'août vient mettre un terme à ses folles attentes. Tout l'été, elle a espéré la visite de Raymond. Même s'il est professeur de français, il n'est peut-être pas « écriveux », lui dit sa grand-mère un soir du début de septembre où elle a réussi à la faire parler du gars de Montréal. Il ne doit pas être « téléphoneux » non plus, rétorque Valérie.

Elle revient au bureau après le congé de la fête du Travail avec la ferme conviction que Raymond ne mérite pas qu'elle continue de se morfondre. Mais entre ce que dicte la raison et ce que ressent le cœur, il y a un fossé difficile à combler, et après le travail, elle pense encore à l'inconstant. « Pourquoi a-t-il fallu que je m'éprenne d'un beau parleur ? », se morigène-t-elle.

À la fin de la soirée, l'une de ses compagnes de travail l'appelle en pleurant pour lui annoncer que son père fait partie des 12 ouvriers tués lors de l'explosion survenue sur le chantier de construction du pont de Trois-Rivières en fin d'après-midi. Valérie l'écoute longuement, incapable de trouver les mots qui consolent. Sa compagne devra s'absenter quelques jours et elle la remercie en reniflant.

— Ça m'a fait du bien de te parler, Val. Merci de m'avoir écoutée. Désolée pour le surplus de travail que mon absence va t'occasionner.

— J'imagine déjà la belle engueulade entre Bourgoin et Leblanc demain matin, plaisante Valérie qui réussit à faire rire son amie.

Comme prévu, le lendemain matin, les deux hommes au caractère bouillant s'affrontent en grognant, chacun prétendant avoir priorité sur l'autre, chacun soutenant avoir du courrier urgent à expédier. Valérie assiste, impuissante, à ce combat de coqs où les récriminations de Leblanc sont couvertes par les « prières » de Bourgoin, qui sacre comme un damné. Voyant que Bourgoin a des chances de sortir vainqueur de l'affrontement, Valérie décide d'aller se cacher dans la salle des archives. Elle choisit la colonne du fond pour se soustraire aux recherches intensives qui suivront et fait signe au commis en train de fouiller les étagères de se taire.

Peu de temps après, la voix tonitruante de Bourgoin fait trembler les vieux murs lambrissés.

— Valérie ! Valérie ! VALÉRIE !

Les appels pressants se rapprochent et Valérie, le dos appuyé contre le large pilier, retient sa respiration.

— As-tu vu Valérie ? tonne Bourgoin.

— Non, marmonne le commis.

Elle écoute sans bouger les pas pesants grimper l'escalier menant à l'entrepôt et les appels répétés. Quand le lourdaud redescend et que le silence revient dans la vieille bâtisse, Valérie retourne en douce à son bureau et commence à expédier les messages qui s'accumulent déjà sur la table du téléscripteur. Bourgoin surgit et la fait sursauter en la questionnant d'un ton sec.

— Où t'étais ? Je t'ai cherchée partout.

— Je faisais du classement dans le bureau de monsieur Royer, ment-elle.

— Tu m'as pas entendu ?

— Non, dit-elle en continuant de taper sur le clavier.

— J'ai du courrier à te dicter, pis ça presse.

— Je termine ce message et j'arrive, dit-elle calmement sans le regarder.

Elle n'a pas besoin de tourner la tête, elle se doute que les plis contrariés du front de Bourgoin obligent ses sourcils broussailleux à se croiser comme des épées au sommet de son gros nez et que les poils de ses naseaux raidissent comme du fil barbelé, mais elle s'en fout royalement. Elle n'est pas la secrétaire attitrée de ce goujat et, d'une manière retorse, elle entend le contrarier autant qu'elle le peut pour se venger des ordres du gros tas de graisse qui se prend pour le bon Dieu. Comme elle plaint la pauvre Arlette d'avoir à travailler pour un tel butor.

Elle l'entend se diriger au fond du bureau principal et se doute qu'il va aller se plaindre au contrôleur. Elle se retourne juste à temps pour le voir s'engouffrer dans le bureau de Desrochers.

Quand, quinze minutes plus tard, elle arrive avec son sourire hypocrite et son carnet de sténo dans le bureau de Bourgoin, il a déjà l'air plus calme.

— Régie des Transports, clame-t-il.

Puis il se ravise et adoucit le ton.

Elle en a pour deux heures et demie de dictée à retranscrire tout de suite et Leblanc se présente aussitôt qu'elle sort du bureau de Bourgoin pour réclamer ses services de toute urgence. Il n'y a aucune échappatoire possible et Valérie le suit avec son bloc-notes. L'algarade reprend aussitôt entre les deux lascars. Tous les regards des employés de la compagnie sont tournés vers les belligérants et Valérie, jambes et bras croisés, observe les poings levés. Colette, la secrétaire du président, arrive dans l'arène et propose ses services à Leblanc. Ainsi prend fin la bataille appréhendée entre le loup hurleur et l'ours grognon. En soupirant, Valérie retourne à son bureau où le rouleau de papier du téléscripteur s'est déroulé sur le clavier. L'amoncellement, s'il n'était retenu par le dossier du fauteuil, se répandrait sur le plancher.

— Une semaine de ce régime et je meurs à mon tour, se dit Valérie en songeant au père d'Arlette, enseveli par l'explosion du caisson sur lequel il travaillait.

Les feuilles des arbres changent de couleur en se fanant, puis elles jonchent le sol d'un tapis se mouvant au gré du vent capricieux de Cap-aux-Brumes. Ne s'accordant aucun moment de repos, Valérie perd ses couleurs. Son teint devient aussi crayeux que la blancheur hivernale s'étendant jusqu'aux confins de l'horizon. Entre les heures supplémentaires au bureau, les cours d'anglais qu'elle poursuit résolument, l'aide à la bijouterie, elle rentre de la messe de minuit et se réfugie dans sa chambre, le souffle court.

— J'ai un point juste là, dit-elle à son père en lui montrant le creux de sa poitrine.

Elle est assise sur son lit, le dos appuyé contre la pile d'oreillers que lui a apportée sa grand-mère.

— Tu travailles trop et tu ne dors pas assez, lui dit-il. Tu es en train de brûler la chandelle par les deux bouts. Va falloir que tu ralentisses, ma fille.

Deux gros plis marquent son front et Valérie s'efforce de lui sourire pour le rassurer.

— Repose-toi bien, je vais revenir te voir avant de me coucher.

L'intense point au cœur de Valérie ne passe qu'au bout de cinq jours. Ce long congé forcé l'oblige à reconsidérer sa façon de vivre. À vouloir trop en faire, elle ruine sa santé. En revenant au travail, elle prévient le contrôleur qu'il n'est plus question pour elle de faire des heures supplémentaires et elle lui demande également de la dispenser de rentrer les samedis matin. Pour ce travailleur impénitent, la demande de Valérie prend des airs d'affront et il refuse énergiquement.

Valérie sort de son bureau et revient, quinze minutes plus tard, lui porter sa lettre de démission. Elle en a assez de ce boulot crève-cœur, l'agressivité la tue lentement mais sûrement. Elle a bien fait quelques abus en se couchant tard pour lire et se détendre, mais c'est le climat malsain à son travail qui la mine. Elle ne supporte plus ni les cris, ni les jurons, ni toute cette nervosité perpétuelle. Ses nerfs sont à la veille de flancher, elle tremble et s'efforce de retourner calmement à son bureau. Les larmes montent à ses yeux malgré elle. Valérie prend son sac à main et sort sans saluer personne.

— Qu'est-ce que tu fais à la maison à cette heure ? s'étonne Julien en la voyant rentrer par la porte de la bijouterie.

— J'ai démissionné, papa, dit-elle en fondant en larmes. Je ne suis plus capable

Les sanglots l'étouffent.

— Va te coucher et essaie de dormir jusqu'au dîner. Ce serait une bonne chose d'aller consulter le docteur cet après-midi.

Le Dr Couture, qui la connaît depuis qu'il l'a mise au monde, lui impose un mois de repos complet et lui prescrit un bon tonique. Il lui recommande aussi de faire de longues promenades tous les jours et de dormir autant qu'elle le voudra.

Le lendemain midi, monsieur Desrochers se présente à la bijouterie et demande à rencontrer Valérie. Julien le prie de patienter, le temps de voir si sa fille peut le recevoir.

Le teint chiffonné malgré une nuit de sommeil prolongée jusqu'en milieu de matinée, Valérie suit son père. Elle a refusé de faire passer le visiteur au salon comme il le lui a proposé. De l'autre côté du comptoir, monsieur Desrochers la regarde fixement et, à ses traits crispés, Valérie se rend compte qu'il est nerveux.

— Bonjour, comment vas-tu ? lui demande-t-il d'un ton si doux que Valérie se demande si c'est le même homme qui fait trembler de peur le personnel féminin de la compagnie.

— Le docteur m'a prescrit le repos total, répond-elle. Il va réévaluer ma condition dans un mois.

Présumant que ce n'est pas uniquement pour prendre des nouvelles de sa santé qu'il vient la voir, Valérie préfère mettre les choses au clair tout de suite. Même s'il est prêt à réduire son horaire, elle n'a pas l'intention de revenir sur sa décision.

— Tabarouette ! s'exclame-t-il les yeux ronds. T'es vraiment à boute ?

Valérie ne se donne pas la peine de répondre, jugeant cette conversation tout à fait inutile. Elle a donné sa démission et n'a plus à justifier une absence pour maladie. Hier, le refus catégorique du contrôleur l'a tellement offusquée qu'elle est partie illico alors qu'elle aurait dû donner un préavis d'une semaine au moins, mais le diagnostic du médecin la dispense de cette obligation.

— Je pensais pas que c'était si sérieux, dit-il en se frottant le menton.

— À présent, vous le savez, répond-elle d'un air farouche.

Elle n'a pas l'intention de prolonger l'entretien et n'a qu'une hâte, qu'il déguerpisse et la laisse tranquille. En une minute, il l'a vidée de toute son énergie et elle a envie de retourner s'étendre. Mais Desrochers persiste et lui dit qu'elle n'aura qu'à revenir au bureau quand elle sera rétablie, qu'il va déchirer sa lettre de démission. Comme elle repousse son offre, il lui promet une augmentation de salaire substantielle, qu'elle refuse également.

— T'es trop fatiguée. On en reparlera dans un mois, conclut-il d'un ton cordial.

Valérie se prépare à lui dire que c'est tout réfléchi, mais son père intervient avant qu'elle ouvre la bouche.

— Écoutez, monsieur Desrochers, dit-il de son ton posé. J'apprécie beaucoup votre démarche, mais ma fille vous a donné sa démission. Travailler pour votre compagnie l'a rendue malade. Sans vouloir vous offenser, elle n'y retournera pas et j'y veillerai moi-même. Elle est encore mineure…

Les petits points de suspension de sa phrase interrompue flottent dans l'air et sont suffisamment explicites pour que le contrôleur comprenne qu'il perd son temps. Valérie regarde son père, bouche bée. Comme elle travaille depuis un an et demi, elle se croyait autonome, du moins en ce qui concerne ses décisions professionnelles. Mais le moment des explications devra être reporté à un autre jour parce qu'elle se sent épuisée.

Desrochers remet son chapeau et reprend ses gants qu'il avait laissés traîner sur le comptoir.

— T'as été la meilleure secrétaire qu'on a jamais eue, dit-il à l'adresse de Valérie. Prends soin de toi. Si t'as besoin d'une lettre de référence, tu peux compter sur moi.

— Merci, se borne-t-elle à répondre, pressée d'aller se coucher.

Un chapelet de tempêtes s'égrène sur Cap-aux-Brumes et Valérie se blottit sous les couvertures. Elle ne descend qu'aux repas. Le reste du temps est occupé par la lecture, entrecoupée de siestes. Quand le soleil refait son apparition, elle sort se promener le long des battures. Chaudement emmitouflée, elle apprécie le désert de glace qui s'étend devant elle. Comme un animal blessé, c'est dans la solitude et le silence qu'elle panse ses plaies. À part son père, tous les hommes l'ont déçue. Cependant, l'observation de la nature lui procure la certitude profonde que l'hiver de sa vie se terminera un jour pour faire place à un doux printemps. Elle ne sait pas quand, mais, grâce à l'appui de son paternel, elle n'a pas à se soucier des contraintes financières.

Quand elle lui a demandé des explications à la suite de la visite de monsieur Desrochers, il lui a dit: «Je ne laisserais pas mon porte-monnaie dans les mains de n'importe qui. Comme tu es plus précieuse que mon argent, je ne t'abandonnerai pas à la merci de gens qui te sont nuisibles. À partir de maintenant, je ne te charge plus de pension. Prends tout le temps qu'il faut pour te refaire une santé.» La larme à l'œil, elle aurait eu envie de se blottir dans ses bras, mais elle s'en est gardée. Son père n'a eu que très peu de contacts physiques avec ses enfants. Ce n'est pas par froideur, il est réservé et pudique de nature. Son affection, il la prouve autrement.

Quand, un mois plus tard, Valérie parle de se chercher un nouvel emploi, son père juge que c'est trop tôt et il insiste pour qu'elle attende au printemps.

— Tu n'es pas complètement remise, lui dit-il pour mettre fin à ses objections.

À l'insu de Valérie, il a demandé conseil à leur médecin de famille, mais il ne lui en dit rien pour ménager sa fierté. Il retrouve chez sa fille le besoin d'émancipation que revendiquait si fort Anne-Marie. Il y a dans le caractère de la fille un peu de l'impétuosité de la mère, mais Julien sent également une extrême fragilité en raison de son hypersensibilité, de son désir de consoler et de soulager les souffrances de son prochain. Et il a peur que sa petite fleur ne se fane avant l'heure.

Julien veut la préserver de la cruauté de ce monde, mais comment le pourra-t-il alors que les bombes des felquistes continuent de faire des ravages? Le 5 mai 1966, quand Valérie vient de recommencer à travailler, la secrétaire de l'usine de chaussures Lagrenade, rue Rachel à Montréal, est tuée sur le coup. Moins d'un mois plus tard, une charge de dynamite saute à l'aréna Paul-Sauvé lors du rassemblement libéral en campagne électorale.

L'Union nationale, dirigée par Daniel Johnson, remporte les élections. En entendant le résultat, Marie-Reine émet un discret « Oh ! », mais son visage rayonnant exprime une satisfaction incontestable. Depuis la formation du Rassemblement pour l'indépendance nationale, nouveau parti politique qu'elle redoute presque autant que l'enfer, elle n'a pas arrêté de se ronger les sangs et elle a essayé de sonder les intentions de vote de tous ses proches. Avec Julien, elle n'est parvenue à rien. Son gendre observe scrupuleusement son principe de neutralité. Mais comme il ne contredit jamais ses prises de position, elle le croit du même avis qu'elle.

Le lilas refleurit et fane de nouveau pendant qu'une jeune fille romantique, qui vient d'acquérir un tourne-disque portatif, fait jouer tous les soirs les derniers succès enregistrés sur des 45 tours de vinyle auxquels il faut fixer une rondelle de plastique avant de les introduire sur l'axe étroit conçu pour les 33 tours. Édith Piaf, Petula Clark, Adamo et bien d'autres chanteurs francophones s'ajoutent aux *hits* d'Elvis Presley, Tom Jones et The Beach Boys.

Le 3 août, alors que prend fin la grève générale qui sévissait dans les hôpitaux de la province depuis la mi-juillet, Valérie voit venir sur le trottoir le bel inconnu qui la reluque depuis le début de l'été en se demandant s'il se décidera à l'aborder, car elle a décelé dans les regards appuyés des prunelles sombres un intérêt pour sa personne. Dans une petite ville où tout le monde se connaît, elle a vite appris qu'il s'appelait Fabrice et que ses parents résidaient à Cap-aux-Brumes. Si elle ne l'a jamais rencontré, c'est qu'il a toujours été pensionnaire à l'extérieur. Il travaille durant l'été pour les comptables qui occupent le bureau situé devant celui de son nouveau patron.

En arrivant à sa hauteur, Fabrice la salue en souriant, puis s'arrête et lui demande si elle accepterait de l'accompagner au cinéma samedi. Valérie avait cru au début de l'été qu'il s'arrangerait pour lui parler plus tôt. « Mieux vaut tard que jamais », se dit-elle, tout de même un peu désappointée qu'il ait attendu le mois d'août, puisqu'il devra retourner à l'université très bientôt.

— Samedi qui vient ? demande-t-elle en se remémorant les activités déjà planifiées.

Il opine de la tête et la scrute jusqu'au fond de l'âme. Valérie se sent attirée par ce regard envoûtant. Elle a l'impression qu'elle le connaît depuis toujours. « Mon âme sœur », songe-t-elle, frémissante.

— Oui, je suis libre, dit-elle après quelques secondes, en prenant soin de lui adresser un sourire engageant.

Elle devra décommander la sortie qu'elle devait faire avec Arlette, mais elle est certaine que son amie comprendra qu'elle ne devait pas rater une si belle occasion.

— Je passerai te prendre à six heures et demie, ajoute Fabrice qui poursuit ensuite son chemin.

Et Valérie est de nouveau légèrement déçue. Elle s'attendait à ce qu'il la reconduise chez elle et en profite pour jaser. Elle songe que les garçons sont parfois déroutants, voire étranges. Si elle avait été un homme, elle aurait passé à l'action bien plus tôt. Étant femme, elle doit attendre que le mâle conquérant amorce la relation. Son amie Arlette, qui attend elle aussi un signe d'un autre étudiant revenu travailler dans sa ville natale durant les vacances, lui a confié que son Léo la détaille des pieds à la tête dès qu'il l'aperçoit et, pourtant, il n'a pas encore osé l'aborder.

Valérie rentre chez elle et décide de téléphoner immédiatement à Arlette. Au bout de deux sonneries, son amie répond et Valérie lui explique qu'elles ne pourront pas sortir ensemble samedi parce que le beau Fabrice s'est enfin décidé. De son côté, Arlette lui apprend qu'elle vient tout juste de rencontrer Léo qui lui a fait la même proposition.

— À croire qu'ils se sont consultés ! rigole Valérie. Comme c'est amusant que ça nous arrive le même jour !

À la fin du mois d'août, les deux étudiants retournent à la même université. Dans deux ans, Fabrice terminera ses études comme comptable agréé et Léo obtiendra son baccalauréat en pédagogie. Ils reviendront ensuite s'établir à Cap-aux-Brumes.

Les amoureux ne se reverront qu'aux fêtes parce que les finances des étudiants ne leur permettent pas de se payer le voyage par train ou autobus, et qu'il n'est pas convenable que des jeunes filles de bonne famille aillent en ville rencontrer leur cavalier et leur fassent perdre un temps précieux devant être consacré aux études.

Les deux couples ont fait quelques sorties ensemble, mais la plupart du temps, les amoureux ont préféré se rencontrer en privé afin de faire plus ample connaissance. Les liens d'amitié entre Arlette et Valérie s'approfondissent du fait qu'elles ont commencé à fréquenter leur soupirant le même jour et qu'ils sont tous deux étudiants. Elles vivent les mêmes attentes et partagent les mêmes espoirs.

Lorsque Radio-Canada commence à diffuser des émissions en couleur le 1er septembre et que son père change leur téléviseur, Valérie voit déjà la vie en rose. Arlette et elle suivent ensemble le nouveau téléroman *Rue des Pignons*.

Sans se le dire expressément, elles ne vont plus danser et économisent leur argent pour garnir leur coffre d'espérance. Il est encore de tradition qu'une jeune fille ait ce qu'on appelle un trousseau : draps, linges à vaisselle, articles de cuisine et autres accessoires.

Elles s'achètent des revues spécialisées pour apprendre le crochet et commencent à confectionner des centres de table et des napperons. À vingt ans, le traître Cupidon leur a décoché une flèche qui transforme les jeunes filles insouciantes et fofolles en futures ménagères responsables.

À présent, Valérie regarde la télévision sans se sentir coupable puisque ses mains sont occupées au crochet. Elle peut donc suivre également l'autre nouveau téléroman *Moi et l'autre*, mettant en vedette Dominique Michel et Denise Filiatrault.

Valérie et Arlette se réjouissent pour leur amoureux quand le métro de Montréal est inauguré le 14 octobre. Dans leur dernière correspondance, ils s'enthousiasment tous deux de la vitesse du train souterrain qui révolutionne le transport en commun de la métropole.

Au bulletin d'information diffusé à l'heure du souper, les catholiques de la province apprennent qu'ils seront dorénavant dispensés de faire maigre le vendredi.

— Voilà une nouvelle qui va faire plaisir à Jérôme ! dit en riant Marie-Reine. Lui qui déteste le poisson. Ça me fait penser qu'il faut que je leur écrive.

— Il faut que je réponde à Fabrice, dit en écho Valérie.

Toutes les deux semaines, Valérie reçoit une lettre de Fabrice. Son style d'écriture est clair et concis. Il dénote un esprit structuré, un tempérament aimant l'ordre et la discipline. Elle en déduit que c'est un homme solide auquel une femme peut se fier.

D'une lettre à l'autre, le temps s'écoule comme le débit régulier de la rivière Mélodie et Valérie supporte mieux, cette année, les pluies déprimantes de novembre qui se convertissent graduellement en gouttelettes givrées. La pureté des premières neiges nettoie la grisaille de l'attente, Noël approche à grands pas. À compter du 8 décembre, les magasins sont autorisés à rester ouverts jusqu'à dix heures du soir afin de permettre aux travailleurs de faire leurs emplettes des fêtes et Valérie donne un coup de main à la bijouterie. Pour tromper son ennui, Arlette se joint à l'équipe de vendeuses et d'emballeuses sous les ordres de Gisèle. Jean-Marie vient prêter main-forte depuis que son père a commencé à lui enseigner les rudiments du métier. Rémi travaille à la patinoire dans ses temps libres. Francis aide sa grand-mère à la cuisine et lui tient compagnie.

Juste avant la fermeture le vendredi précédant Noël, deux jeunes hommes fringants entrent à la bijouterie Briand. Le dos tourné à la porte, Arlette et Valérie emballent avec diligence la marchandise qu'elles viennent de vendre. Valérie ressent une immense fatigue à la suite des longues journées de travail qui lui laissent peu d'heures de sommeil depuis deux semaines. En fixant le chou décoratif au joli paquet auquel il ne manque qu'une petite carte, elle se demande où elle trouvera la force d'assister à la messe de minuit le lendemain. Elle insère l'emballage-cadeau dans un sac de papier blanc aux motifs d'étoiles dorées, puis jette un coup d'œil à sa montre. Il ne reste que cinq minutes avant la fermeture des magasins et elle aspire à prendre un bain avant d'aller s'étendre pour la nuit.

Elle se retourne en même temps qu'Arlette et retient un cri de surprise en apercevant Fabrice et Léo, affichant tous deux un sourire coquin. Elle n'attendait son amoureux que demain soir, mais l'arrivée à l'improviste de Fabrice lui apporte un regain d'énergie, et c'est avec un sourire pétillant qu'elle remet l'achat à son client en lui souhaitant un «Joyeux Noël» enthousiaste. Fabrice la dévore des yeux. Une étincelle de désir illumine ses prunelles couleur de nuit et Valérie se sent fondre comme une neige de printemps chauffée par un soleil ardent.

— Si tu n'es pas trop fatiguée, lui dit-il, on pourrait faire une petite promenade.

— Attends-moi, j'enfile mon manteau et j'arrive.

Une myriade d'étoiles constelle le ciel de Cap-aux-Brumes. Main dans la main, ils se dirigent machinalement vers le phare où ils ne risquent pas de rencontrer d'autres promeneurs à cette heure tardive. La blancheur feutrée de la moquette hivernale étouffe le bruit de leurs pas. Dans cct univers apaisé, Valérie a l'impression qu'ils sont seuls au monde. Elle ne ressent plus sa fatigue, ni la froidure qui rosit ses joues, elle se sent aussi légère qu'une brise tiède quand ils arrivent en bordure du fleuve.

— Je me suis tellement ennuyé de toi, murmure-t-il en exerçant une légère pression sur sa main.

Prise d'un léger vertige, Valérie appuie sa tête contre l'épaule de Fabrice.

— Moi aussi, chuchote-t-elle.

À l'abri des regards indiscrets, Fabrice l'enlace et l'embrasse.

— Je veux qu'on se fréquente dans un but sérieux, dit-il en la serrant fort contre lui.

D'un geste plus éloquent que tout discours, elle lui offre ses lèvres et un baiser passionné vient sceller leur entente.

— Mes parents t'invitent à venir réveillonner demain soir, si cela te convient, naturellement. Si tu préfères rester auprès des tiens, ils t'attendront pour souper le soir de Noël.

Par cette simple invitation, Valérie mesure soudain la différence entre leurs familles et cela la ramène aux Noël de son enfance.

— Depuis la mort de ma mère, dit-elle d'un air tristounet, nous nous couchons en revenant de la messe de minuit.

— Alors, c'est décidé, tu viens chez moi.

Le rire cristallin de Valérie résonne dans l'air pur et monte jusqu'aux étoiles qui scintillent, témoins du bonheur de cette jeune fille sage qui connaîtra de nouveau les joies d'un réveillon familial, en compagnie de son bien-aimé. Valérie a enfin trouvé celui que son cœur espérait et tout se fait musique en elle.

« Fabrice ! Fabrice ! », chante la lune dans le firmament. « Fabrice ! Fabrice ! », chuchote la neige sous leurs pas. « Fabrice ! Fabrice ! », bruissent les sapins de Noël à leur passage. Pour Valérie, toutes les lettres du prénom de son amoureux sont uniques et elles s'assemblent en un tout harmonieux. « Fabrice ! Fabrice ! », scande son cœur en pâmoison.

La famille de Fabrice l'accueille avec tant de chaleur que Valérie a déjà l'impression d'en faire partie. Le fils a hérité de son père sa toison brune et ses yeux couleur chocolat, de sa mère son joli creux au menton et ses lèvres bien dessinées. Fabrice est l'aîné d'une fratrie de quatre garçons et quatre filles, nés en une parfaite alternance d'un garçon suivi d'une fille.

— Nous vous donnerons la recette, plaisante le père en adressant un clin d'œil coquin aux amoureux.

Pudique comme son père, Valérie se sent rougir.

— Laisse-les donc tranquilles, réplique sa femme en lui donnant une petite tape sur la cuisse.

Puis elle oriente la conversation sur des sujets plus sérieux avant de procéder à l'échange des cadeaux. Pour les remercier de la recevoir, Valérie leur offre une boîte de chocolats importés et la mère de Fabrice lui tend un petit paquet emballé à la hâte d'un simple papier de Noël.

— Oh, qu'il est joli ! s'exclame Valérie en découvrant un tablier fleuri bordé d'un liséré rouge. Merci beaucoup.

— C'est peu de chose, répond modestement la maman. C'est moi qui l'ai cousu.

— Il n'en a que plus de valeur à mes yeux, l'assure Valérie.

Pendant que ses parents continuent la distribution des cadeaux, Fabrice lui remet le sien en s'excusant de lui offrir un présent si modeste. En soulevant le couvercle de la petite boîte, Valérie découvre un petit cœur artisanal en émail sur cuivre suspendu à une cordelette noire.

— Merci, murmure-t-elle, émue, en lui tendant le bijou pour qu'il le lui attache autour du cou.

— C'est peu digne d'une fille de bijoutier, dit-il. Je n'ai pas trop réfléchi.

— Il me plaît beaucoup, l'assure Valérie.

Puis elle lui donne le sien et l'observe défaire l'emballage avec précaution, et ses gestes lui rappellent sa grand-mère qui prend un soin jaloux de tout et garde précieusement papiers, rubans et choux décoratifs.

— Tu t'es souvenu que je n'avais pas de réveille-matin ! dit-il joyeusement. Chaque fois que je regarderai l'heure, je penserai à toi, chuchote-t-il à son oreille.

— Alors, tu vas penser à moi jour et nuit, murmure-t-elle. Les aiguilles et les chiffres sont lumineux.

Il l'embrasse sur la joue.

— C'est assez le bécotage, les taquine le père. C'est le temps de passer à table.

Le congé des fêtes passe trop vite au goût d'Arlette et de Valérie qui reviennent de la gare après avoir échangé un dernier baiser avec leur ami de cœur. S'harmonisant à leur humeur chagrine, le ciel déverse des trombes de neige sur la petite ville qui retourne à sa léthargie après des fêtes animées.

Les yeux encore pleins d'étoiles, elles se racontent ces quelques jours de bonheur comme si le fait d'en parler prolongeait leur durée. L'enthousiasme de Valérie pour la famille de Fabrice ne trouve pas d'écho chez Arlette, qui n'a pas reçu un accueil aussi cordial de la mère de Léo.

— C'est peut-être aussi bien de même, dit-elle. Moi, quand je m'entends trop bien avec la belle-mère, ça fonctionne moins bien avec le fils. De toute manière, c'est pas la belle-famille qu'on épouse quand on se marie.

— Non, mais on peut l'avoir sur le dos longtemps, répond Valérie. Veux-tu rentrer un moment ? propose-t-elle en arrivant devant sa porte.

— Non, j'ai envie de me coucher de bonne heure pour être en forme à la job demain. Surtout qu'on commence nos cours de cuisine demain soir, dit son amie en étouffant un bâillement.

— Bonne nuit, à demain.

Paupières mi-closes, Valérie reste devant l'entrée jusqu'à ce que sa copine s'éloigne, puis elle tend les bras en croix et tire la langue pour avaler les flocons de neige. Lui reviennent en mémoire les paroles de l'*Hymne au printemps* de Félix Leclerc. Et « comme un vieux râteau oublié », le cœur de Valérie va hiverner sous la neige en attendant le printemps qui lui ramènera Fabrice pour une nouvelle saison d'amour.

Durant cet hiver québécois trop long, les enseignants de la province font la grève pendant plus d'un mois, obligeant plus de 200 000 écoliers à prendre un congé forcé. Francis écoute sans broncher sa grand-mère dénigrer les syndicats.

— Les syndicats, c'est rien que des faiseux de trouble ! marmonne-t-elle.

Quand les enseignants rentrent au travail après une loi d'exception, elle se réjouit, disant que les libéraux commencent à se réveiller. Elle affirmerait qu'ils ont été éclairés par les lumières célestes que leur envoie du paradis son cher Duplessis que Valérie n'en serait pas surprise.

Mais à la mi-mars, son aïeule vitupère de nouveau contre le gouvernement libéral parce que la taxe de vente grimpe à 8 % au Québec. Comme la taxe, les bancs de neige atteignent de hauts sommets à Cap-aux-Brumes.

Au mois d'avril, Valérie attend avec impatience une lettre de Fabrice. La préparation des examens de fin de session l'accapare, se dit-elle pour excuser ce retard inhabituel.

À la fin du mois, le jour de l'ouverture de l'Exposition universelle à Montréal, elle reçoit enfin le courrier attendu avec fébrilité. Commencée avec le sourire, la lecture de la lettre prend fin sur une expression de contrariété.

— Quelque chose ne va pas ? demande Marie-Reine.

Valérie regarde sa grand-mère et dit d'une voix éteinte :

— Fabrice ne reviendra pas à Cap-aux-Brumes cet été, il va travailler pour une grande firme de comptables à Montréal. Il écrit, dit-elle en reprenant la missive : "C'est une expérience qui me sera utile quand je voudrai m'établir à mon compte."

— Beau dommage, répond Marie-Reine.

Valérie ne sait comment interpréter la réflexion de sa grand-mère. Elle pourrait signifier qu'elle trouve la raison invoquée par Fabrice pleine de bon sens, comme ce pourrait être un commentaire laconique sous-entendant que c'est un pur prétexte. Mais elle n'a pas le cœur à tirer les choses au clair pour le moment. Le temps finira par lui fournir la réponse, mais la décision inattendue de Fabrice la déçoit amèrement.

En mai et juin, les lettres de Fabrice n'arrivent que toutes les trois semaines et Valérie songe, débinée, qu'il devrait pourtant avoir plus de temps disponible pour écrire que durant l'année scolaire. Son père l'exhorte à se montrer plus compréhensive et plus patiente quand elle lui fait part de ses doutes.

Mais Valérie se désole à l'idée qu'elle va fêter ses 21 ans sans son amoureux. Comme toutes les jeunes filles, elle a attendu ce jour avec une impatience grandissante, se disant que lorsqu'elle serait majeure, elle pourrait faire tout ce qui lui plairait sans avoir à demander de permission à personne. Mais rien ne se déroule comme elle l'avait prévu. Et elle se sent de plus en plus délaissée étant donné que son amie Arlette passe le plus clair de son temps en compagnie de Léo.

Dans la solitude de sa chambre, Valérie écoute des mélodies qui correspondent à son état d'âme et elle pleure doucement en entendant Gilles Vigneault chanter :

Ah que l'hiver tarde à passer
Quand on le passe à la fenêtre

Avec des si et des peut-être
Et des vaut mieux pas y penser

On frappe à sa porte et Valérie se lève en poussant un soupir d'exaspération. C'est la veille de son anniversaire et elle a le goût d'être seule, vraiment seule, afin de déverser le flot de larmes qui risque de noyer son cœur. Quand elle aura pleuré jusqu'à ce qu'elle ait drainé le puits de son chagrin, elle pourra faire semblant d'être heureuse et sourire, mais entre-temps, elle voudrait qu'on lui fiche la paix. Elle entrebâille la porte pour dire à l'intrus ou l'intruse de s'en aller. Gisèle se glisse aussitôt dans la brèche et referme vivement la porte derrière elle en faisant signe à Valérie de se taire.

— Sèche vite tes larmes, un visiteur t'attend en bas, chuchote-t-elle.

Son air espiègle intrigue Valérie.

— Qui est-ce ?

— Quelqu'un que tu vas être très contente de voir !

Sceptique, Valérie fronce les sourcils et sa tante se dérobe avant qu'elle ait pu en apprendre davantage. Sécher ses larmes est bien facile, un coup de papier-mouchoir et c'est fini. Ce qui l'est moins, c'est d'effacer les rougeurs révélatrices. Valérie sort son poudrier et se tamponne le visage, mais le résultat n'est guère satisfaisant. Tant pis, se dit-elle en camouflant la rougeur de ses yeux par un trait de crayon charbon, puis en appliquant sur ses lèvres une couche rouge vif pour détourner l'attention de son pif rougeaud malgré la poudre.

Elle descend l'escalier sans faire de bruit, espérant apercevoir le mystérieux visiteur avant qu'il ne la voie. Caché dans la pénombre au pied de l'escalier, il entoure sa taille quand elle arrive à sa hauteur et l'attire contre lui. Elle n'a pas besoin de lumière pour reconnaître son odeur et l'onctuosité de ses lèvres gourmandes.

« Fabrice ! Fabrice ! », tambourine son cœur. « Fabrice ! Fabrice ! », frémit son ventre. Fabrice, celui qu'elle n'espérait plus ! Toutes ses incertitudes s'envolent comme de jolis papillons multicolores. « L'été est revenu », se dit Valérie, vacillant dans ces bras faits pour l'étreindre et suppléer à ses jambes flageolantes.

Valérie a vécu une fin de semaine qui a passé comme un rêve et elle doit regarder les photographies prises lors de son souper de fête pour s'assurer que Fabrice était bien réel, présent en chair et en os et souriant de ses dents étincelantes. Elle passe son doigt sur la reproduction du visage aimé tout en écoutant d'une oreille distraite le bulletin de nouvelles à la télévision.

— De quoi il se mêle, celui-là ? bougonne sa grand-mère.

— Quoi ? Qu'est-ce qu'il y a ? De qui parlez-vous ? interroge Valérie, tirée abruptement de sa rêverie.

— Le général de Gaulle, maugrée Marie-Reine.

— Qu'est-ce qu'il a fait ?

— Il a le front de venir chez nous et de nous dire : "Vive le Québec libre !" Quand les Français nous ont abandonnés aux Anglais, on a été obligés de se débrouiller tout seuls. Aujourd'hui, on n'a plus besoin d'eux et il n'a pas à mettre son grand nez dans nos affaires ! Tu parles d'un effronté !

Quand on repasse « l'incident » du 24 juillet à la télévision, Valérie entend beaucoup des gens présents acclamer la déclaration que le général a faite du haut du balcon de l'hôtel de ville de Montréal, mais elle n'ose le faire remarquer à sa chère grand-maman qui a de plus en plus la mèche courte. Elle était si effacée autrefois, se souvient sa petite-fille qui se demande quelle mouche a pu piquer sa paisible grand-mère pour qu'elle devienne si emportée.

Pourtant, cette fois, Marie-Reine n'est pas la seule à s'indigner. Le gouvernement fédéral considère Charles de Gaulle comme un agent provocateur et son départ précipité ne met pas fin aux inquiétudes d'Ottawa.

Le 3 août, François Aquin devient le premier député indépendantiste à l'Assemblée législative et, à cette occasion, Marie-Reine expose ses craintes pour l'avenir du pays. Et Valérie finit par comprendre que sa grand-mère se méfie des séparatistes et des syndicats qu'elle associe aux communistes. « Des athées ! », dit-elle d'un ton méprisant. Depuis son enfance, on lui enseigne que la religion catholique est la seule à assurer le salut éternel. Donc, les adeptes de toutes les autres confessions religieuses, et à plus forte raison les athées, sont des suppôts de Satan qu'il faut combattre avec vigueur.

— S'ils prennent le pouvoir, ils vont nous empêcher de pratiquer notre religion, prédit-elle. J'espère que je ne serai plus de ce monde si ça arrive.

Valérie trouve que sa grand-mère s'énerve pour rien.

— Comme vous m'avez dit un jour, grand-maman, ne vous inquiétez pas, la police veille sur nous. Fabrice dit qu'il n'y a qu'une minorité de gens qui adhèrent à ce mouvement et que nous sommes bien protégés contre les agitateurs et agresseurs de tous genres.

— Si Fabrice le dit, tout est dit, réplique en riant Marie-Reine.

Dans le train qui approche de Montréal, Valérie regarde défiler le paysage en s'imaginant la fébrilité de Fabrice qui l'attend à la gare. Sur le banc qui lui fait face, Arlette et Léo se font des mamours à n'en plus finir. Valérie retourne à son livre : *Terre des hommes*, de Saint-Exupéry. « Cette ville semble reposer sur un vrai sol que l'on croit riche en profondeur comme une terre de Beauce », lit-elle. Cette phrase la ramène à sa destination.

Terre des hommes, c'est ainsi qu'on appelle l'île Sainte-Hélène, agrandie, et l'île Notre-Dame, créée pour accueillir les pavillons de l'exposition universelle et les visiteurs du monde entier.

« Un jour, un jour, quand tu viendras, nous t'en ferons voir de grands espaces… », fredonne Valérie. Arlette et Léo entonne la suite, bientôt imités par les autres voyageurs. La chanson thème de l'Expo 67, qui coïncide avec le centenaire de la Confédération canadienne, tourne souvent à la radio et les Québécois la connaissent par cœur.

La génération montante est pacifique et condamne la guerre du Vietnam, les jeunes préconisent l'amitié universelle et sont curieux de découvrir la culture des pays étrangers. Depuis l'ouverture de l'exposition, le 27 avril, Valérie s'est juré qu'elle irait visiter tous ces pavillons à l'architecture audacieuse que leur montre la télévision. Son père a émis quelques réserves et l'a mise en garde contre tous les dangers potentiels, mais il ne peut s'opposer à ce voyage puisqu'elle est majeure.

Elle est si excitée qu'elle retire sa valise du porte-bagages dès que le train entre en gare au lieu d'attendre qu'il s'immobilise.

— Il n'y a pas de presse, la taquine Léo.

Valérie est aussi pressée de sortir du train qu'une jeune pouliche qu'on libère au printemps. En apercevant Fabrice par le hublot, elle s'élance vers la sortie, mais doit attendre que le cheminot ouvre la portière et dépose son petit escabeau au pied des marches du wagon.

— Salut, lui dit Fabrice en lui faisant la bise sur la joue.

Elle s'était imaginé des retrouvailles enflammées marquées d'un baiser passionné, mais avec la foule qui les entoure, elle ne se formalise pas de la retenue de Fabrice. Pudique comme son père, elle réserve ses câlins pour les moments intimes. Encombrés de valises, ils se rendent d'abord à l'appartement que Léo partage avec Fabrice et deux autres étudiants gaspésiens afin d'y déposer les lourds bagages de leur compagnon de voyage.

Puis ils s'en vont à la chambre que Fabrice a réservée pour les filles dans une auberge située près d'un arrêt d'autobus et d'une bouche de métro. C'est plus économique que de loger à l'hôtel et la pièce est propre. Le matelas à ressorts a connu de meilleurs jours, mais Valérie serait prête à dormir sur le plancher tant elle est heureuse d'être à Montréal – auprès de Fabrice – et de prendre part à un événement d'envergure internationale.

— Je veux essayer le métro, dit-elle en sortant de la salle de bain où elle s'est passé une débarbouillette fraîche sur le visage.

— Vous avez passé la nuit dans le train, vous ne voulez pas vous reposer durant quelques heures ? propose Fabrice.

— On a dormi, objecte Valérie, et j'ai faim. Où est-ce qu'on va déjeuner ?

Après un petit-déjeuner expéditif et le trajet en métro, le groupe débarque sur le site de l'Expo. Valérie et Arlette s'émerveillent du décor grandiose des 48 pavillons nationaux à l'architecture audacieuse, exotique ou traditionnelle. Elles ont bien l'intention d'aller voir la trentaine de pavillons thématiques et La Ronde, le parc d'attractions qu'on dit époustouflant.

Dès l'entrée, une foule compacte les bouscule et les quatre amis se tiennent par le bras afin de ne pas être séparés par des gens impatients. N'ayant que deux jours pour tout visiter, Fabrice leur suggère de faire aujourd'hui la tournée des pavillons et de réserver la journée de demain pour les manèges de La Ronde.

— On n'aura pas le temps de tous les visiter, les prévient-il. Ça fait plusieurs fois que je viens et je n'ai pas encore tout vu. Je vais vous montrer les plus importants.

Le soir, les filles rentrent fourbues de leur virée et les garçons retournent à leur appartement après un baiser expéditif. Elles prennent une douche et s'affalent sur le lit qui grince.

— Quel pavillon tu as le plus aimé ? demande Valérie.

— Il y en a tellement que je ne saurais pas lequel choisir. J'ai été impressionnée par celui des États-Unis et aussi par l'audacieuse structure du pavillon de l'Allemagne. Et toi ? dit-elle en bâillant.

— J'ai bien aimé celui de la France, je le trouve superbe, et puis celui de la Chine avec son architecture traditionnelle, celui de l'URSS n'était pas mal non plus. Mais je suis particulièrement fière du nôtre, le Katimavik, avec son triangle reposant sur la pointe, c'est original, tu ne trouves pas ?

S'apercevant qu'Arlette dort déjà, elle éteint la lumière. Elle essaie de se rappeler le nom du pavillon qui projetait un film, et où elle a dû se retenir à un support d'acier fixé au plancher devant chaque visiteur afin ne pas tomber quand l'avion dans lequel elle avait l'impression de prendre place a fait un virage serré. Lorsque l'avion s'est redressé, elle a ri en s'apercevant que tout le monde s'était penché de côté, comme elle. Mais le sommeil l'emporte bien vite.

Le dimanche matin, elles sont déjà prêtes quand Fabrice et Léo les appellent de la réception. La veille, ils ont décidé d'un commun accord de ne pas assister à la messe afin de profiter de chaque minute de leur court séjour. Ce matin, Valérie se sent vaguement coupable. Si son père apprenait qu'elle manque la messe, elle se ferait sermonner.

Un peu secouée, elle savoure son café jusqu'à la dernière goutte et en commande un autre afin de s'éclaircir les idées. Fabrice a les traits tirés.

— Tu n'as pas l'air en forme, s'inquiète Valérie à la fin du déjeuner.

— Je n'ai pratiquement pas fermé l'œil de la nuit.

Devant eux, Arlette et Léo se bécotent. Valérie aurait le goût d'en faire autant, surtout que personne ici ne la connaît et ne pourrait rapporter cet écart de conduite à son père. Elle pose sa main sur celle de Fabrice qui se lève aussitôt.

— Bon, il est temps d'y aller.

Toute la journée, il conserve cet air grave comme s'il était indisposé ou que quelque chose le préoccupait. Pourtant, il ne se fait pas prier pour monter dans les manèges.

— Ça ne va pas? As-tu mal au cœur? lui demande Valérie après avoir fait le Gyrotron et les montagnes russes.

— Non, non, ça va, dit-il sans vraiment avoir l'air d'aller mieux.

Comme il faut faire la file à chaque manège et qu'il y a affluence, comme la veille devant tous les pavillons, ils manquent de temps pour tous les essayer.

Après le souper, Léo propose de les amener au parc Lafontaine et Valérie attend que Fabrice se prononce. Ils n'ont pas eu un seul instant en tête-à-tête et l'idée d'un banc de parc dans la pénombre la tente beaucoup. Elle aimerait que Fabrice la serre dans ses bras et l'embrasse à lui couper la respiration, comme la veille de son anniversaire.

— Allez-y si vous le voulez. Je vais aller reconduire Valérie et rentrer me coucher, j'ai besoin de dormir.

— C'est une bonne idée de se coucher de bonne heure, hein Arlette ? dit Léo. Vous avez une longue route à faire demain. À quelle heure est votre autobus ?

— À dix heures demain matin.

Fabrice regarde sa montre.

— Il est déjà neuf heures, le temps qu'on reconduise les filles, qu'on rentre chez nous et qu'on prenne une douche, il va être au moins dix heures et demie, onze heures.

En voyant bâiller les deux garçons, Valérie comprend que leurs amis doivent se taper matin et soir le trajet entre l'auberge et leur logement et qu'ils ont donc moins de temps qu'elles pour se reposer. À la porte de leur auberge, Fabrice lui fait la bise sur les deux joues, « comme à une amie », songe Valérie dont la tête commence à tourner.

Au déjeuner, le lendemain, Fabrice a l'air absent et Valérie le regarde en riant et en agitant sa main devant ses yeux fixes.

— Ohé, la Lune… ici la Terre !

Fabrice sort de sa torpeur et ébauche un demi-sourire.

— Message reçu, 10-4…

L'intermède ramène un peu de vie au sein du petit groupe à la veille de se séparer.

— La fin de semaine a passé trop vite, déplore Arlette.

— Toute bonne chose a une fin, ma chérie, soupire Léo.

Il bécote le cou d'Arlette en lui murmurant des mots tendres. Fabrice s'examine le bout des doigts et Valérie suppose que les comptables ne sont pas très romantiques en public. Elle essaie en vain de se souvenir s'il l'a déjà embrassée devant d'autres personnes. Il contrôle bien ses émotions, se dit-elle, tout de même déçue du peu de cas qu'il fait d'elle juste avant son départ. Il a de nouveau ce regard songeur et elle se demande s'il n'a pas quelque souci qu'il n'ose pas lui confier. Puis il se retourne vers elle et lui sourit tristement. Elle lui effleure la joue, mais il repousse sa main et se lève.

— Je crois que votre autobus arrive, dit-il.

La pluie commence à tomber dès Saint-Hyacinthe et les essuie-glaces ont du mal à fournir même si le chauffeur de l'autocar les a réglés à la vitesse maximale. Leur grincement se mêle au lamento lugubre du déluge. Le tonnerre gronde et des éclairs strient le ciel, sombre et maussade. Arlette dort du sommeil du juste et Valérie range *Terre des hommes* dans son sac à main. Elle terminera ce livre chez elle après avoir récupéré de ce voyage dont elle revient avec des questions plein le cœur.

Elle est heureuse des deux jours passés à l'Expo où tant de belles représentations du génie de l'homme l'ont émerveillée. Tous ces pays rassemblés et vivant en harmonie sur deux petites îles au centre du majestueux Saint-Laurent représentent la paix et l'harmonie auxquelles elle aspire si fort.

Pourtant, dans le ciel qui recouvre toute cette féerie s'étend un nuage gris. Livrée à elle-même, Valérie ressent un malaise intense en repensant à Fabrice. Elle l'a senti soucieux, malheureux, mais il ne lui a fourni aucune explication. «Je vais lui écrire et lui demander d'éclairer ma lanterne», se dit-elle avant de s'abîmer dans un sommeil ballotté par les cahots de la route.

Le jeudi suivant, une lettre de Fabrice l'attend quand elle rentre du travail en fin de journée. Le cœur palpitant, elle monte à sa chambre et déchire l'enveloppe en tremblant. Elle en extrait une seule page, pliée en trois, comme une lettre commerciale.

Valérie,

J'aurais aimé te l'apprendre de vive voix, mais nous n'avons pas eu un seul moment à nous durant la fin de semaine et je ne peux différer l'explication que j'aurais dû te donner depuis quelque temps déjà. Je te prie de croire que cette démarche me coûte et me fait mal. Pourtant, je dois me montrer honnête.

J'ai fait la connaissance d'une autre jeune fille, cet hiver. Au début, ce n'était qu'une amie, mais peu à peu nos sentiments ont évolué. Elle est la femme dont j'ai toujours rêvé: professionnelle et sportive, comme moi. Nous projetons de nous marier à la fin de nos études et de nous établir à Cap-aux-Brumes.

Je te demande pardon pour la peine que je te fais. Je sais que tu dois m'en vouloir de ne pas t'en avoir informée avant. C'est que j'essayais de lutter contre l'attirance que je ressentais pour Maryse et je continuais de t'apprécier énormément. Mais tu mérites mieux qu'une parodie d'amour.

Si nous pouvions commander notre cœur, je te prie de croire que je lui aurais ordonné de ne battre que pour toi. Tu es une fille exceptionnelle et je te souhaite de rencontrer un jour le grand amour.

Je te garde mon amitié sincère,

Fabrice

FIN DU TROISIÈME TOME

Mes remerciements vont à…

Marcel, l'homme merveilleux qui partage mon quotidien et sait créer un environnement propice à l'écriture;

Robert, mon fils aimant qui me décharge des soucis informatiques;

André Gagnon, éditeur sans pareil;

Toutes les personnes travaillant à l'édition et à la promotion de la saga *Madame Tout-le-monde*;

Et à tous les lecteurs et lectrices qui lui donnent vie.

Suivez-nous

Achevé d'imprimer en septembre 2013
sur les presses de Marquis-Gagné
Louiseville, Québec